Alfredo Bryce Echenique

# 胡里乌斯的世界

Un mundo para Julius

[秘鲁]阿尔弗雷多·布里斯·埃切尼克 著

毛频 译

上海译文出版社

献给麦琪。

胡安小时候没有学会的，长大了也永远不会。

——德国民谚

阿贝尔族，正义的种族，富庶的种族，说得多么心安理得！独享苍穹，众星捧月，多么怡然自得！有朝一日，思如其父，思如其祖，当是怎样的得意……

——让·阿努伊，《美狄亚新黑色戏剧》

# 目　录

第一章　旧宅 ················································································ *001*
　Ⅰ ······························································································ *003*
　Ⅱ ······························································································ *017*
　Ⅲ ······························································································ *038*
　Ⅳ ······························································································ *048*
　Ⅴ ······························································································ *070*

第二章　学校 ················································································ *095*
　Ⅰ ······························································································ *097*
　Ⅱ ······························································································ *111*
　Ⅲ ······························································································ *134*

第三章　乡村俱乐部 ······································································ *191*
　Ⅰ ······························································································ *193*
　Ⅱ ······························································································ *208*
　Ⅲ ······························································································ *266*

第四章　归来 ················································································ *273*
　Ⅰ ······························································································ *275*
　Ⅱ ······························································································ *353*
　Ⅲ ······························································································ *408*

# 第一章

## 旧宅

I

你记得小时候妈妈带我们坐火车旅行，我们总是从卧铺车厢溜出来，在三等座的车厢里跑跑跳跳。那些在拥挤的车厢里熟睡的人吸引着我们，他们或斜靠在陌生人的肩膀上，或胡乱倒在地上。我们觉得他们比家中的常客更加真实。一天晚上，从戛纳回巴黎，在土伦火车站，我们看见三等座的乘客在车站上的小饮水池边喝水。一个工人把行军水壶递给你，你一口气喝完水壶里的水。你扭头看向我，那眼神俨然一个小女孩完成了平生第一个壮举……我们生来是头等舱的乘客，然而，不同于远洋客轮的规定，我们似乎因此而被禁足于第三等级之外。

——罗歇·瓦扬《美丽的面具》

胡里乌斯出生在萨拉维利大街上的一座宫殿般的大房子里，正对着古老的圣菲利佩跑马场。这是一座有车库、游泳池、花园和一个小果园的宫殿。胡里乌斯两岁时经常在果园里迷路，找到他的时候，常常见他背着人站在那儿，对着什么——比如一朵花——发呆。宫殿里还有仆人们的住所，仿佛一张美妙绝伦的脸庞上硬生生长了一颗痣。甚至还有你曾祖父使用过的四轮马车，胡里乌斯，那时他还是共和国的总统呢。小心！不要碰，那上面布满了蜘蛛网。此时，他正背对着他的妈妈——她真美，他试图够到马车门的把手。这驾马车和仆人居住区总是格外吸引着他，它们具有一种叫做"不要碰，甜心；别去那边，宝贝"的魔力。那时，胡里乌斯的父亲已经去世了。

父亲是在他一岁半的时候去世的。那时，胡里乌斯只要得空就独自在宫殿里四处行走的行为已经持续好几个月了。他去往仆人区——我们刚刚说过，十分遗憾，那儿就像美妙绝伦的脸庞上长出的痣——只是还不敢擅自闯入。确实，当他的父亲得了癌症，生命垂危时，整个凡尔赛都围着他的病榻转，除了孩子们，他们是不应该看见他这样的。胡里乌斯是个例外，他太小，不知道什么是恐惧。他在大宅里自由行走，在最意想不到的时刻到达父亲的房间，他穿着绸缎睡衣，背对着打盹的护士，眼睁睁地看着他的父亲死去，看着一位优雅的、富有的好男人死去。胡里乌斯从没有忘记那个凌晨，三点钟，就着圣罗莎[①]像前微弱的烛光，护士做着针织驱赶睡意。他看见父亲睁开一只眼睛叫他小可怜。护士跑出房去找他美丽的母亲，她每晚都在旁边的一个房间里哭泣，护士劝她多少休息一会儿，一切都结束了。

爸爸死了。最后一个询问爸爸何时旅行归来的孩子已经不再询问；妈妈停止了哭泣，晚上开始外出；家中不再有默默前来的访客，他们径直进入大宅里最昏暗的大厅（建筑师当初居然连这一点都考虑到了）；仆人们说话时也不再刻意压低嗓音；收音机又打开了。爸爸真的死了。

谁也没能阻止胡里乌斯住进那位曾经是总统的曾祖父的马车里。他整天都待在那儿，坐在已经摇摇晃晃、曾几何时却有金丝绒边的蓝色天鹅绒的座位上，不停地朝人开枪。每天下午，管家和女仆都倒毙在马车边，罩衫上沾满灰尘。女主人特地让他们买了好些罩衫来，好在胡里乌斯突发奇想向他们扫射时，能随时倒毙在地上却不至于弄坏制服。没有人阻止他上午和下午都待在马车里，只是在六点光景，当天色开始黑将下来时，会有一个姑娘来找他，他美丽的妈妈称她为漂亮的乔洛姑娘[②]。她可能有一个尊贵的印第安祖先，或许是印加王的后裔，这个就不得而知了。

这个可能是印加王后裔的乔洛姑娘总是将胡里乌斯腾空抱起，紧贴着隐藏于制服之下的曼妙的胸部，到了浴室才将他松开。这是宫殿里的幼儿浴室，现在是胡里乌斯专享。乔洛姑娘常常会踢到管家或者园丁，他们倒在马车周围，假装死去，好让胡里乌斯——抑或杰西·詹姆斯[③]，或者加

---

[①] 全名圣罗莎·德利马（Santa Rosa de Lima，1586—1617），秘鲁天主教最受崇拜的圣人之一，秘鲁的保护神。
[②] 乔洛人，白人和印第安人的混血种人。
[③] 杰西·伍德森·詹姆斯（Jesse Woodson James，1847—1882），曾是美国强盗，后被刻画成一个传奇人物。

里·库珀①，总之，每天都有不同的名字——能安安稳稳去洗澡。

在父亲去世两年之后，母亲开始来浴室向他告别。到的时候，他总是背对着她，面朝着水池，看着水面逐渐上升，水池里满是天鹅、鸭子和鹅，那是一个巨大的水池，仿佛是瓷制的，泛着天空的颜色。胡里乌斯浑身赤裸，小鸡儿露在外面，但是她看不到，她唤他亲爱的，他不回头，她亲吻了他的脖子，然后就出门了，她总是打扮得很漂亮。与此同时，美丽的乔洛姑娘伸手试探水温，她动作生硬，生怕掉进那个甚至配得上比弗利山庄②的游泳池。

每天下午六点半光景，美丽的乔洛姑娘都会从腋下将胡里乌斯腾空抱起，轻轻放入水中。水池里的天鹅、鸭子和鹅在温暖清澈的水面愉快地升降起伏，好像在向他行礼。他抓住它们的脖子，将它们轻轻推开，这时，美丽的乔洛姑娘拿着毛巾和孩子用的香皂，开始温柔且满怀爱意地擦洗他的胸部、肩膀、背部、胳膊和腿。胡里乌斯笑吟吟地看着她，总是问着同样的问题，比如："你从哪儿来呀？"然后，便聚精会神地听着她讲起普基奥③：在从纳斯卡去往山里的路上，有一个小镇，那里有很多泥土堆砌的房子。她喜欢讲镇长的故事，有时也提到巫师，说的时候总是咯咯笑着，好像已经不再相信这些事情了，再说，她已经很久没有回去过了。胡里乌斯目不转睛地看着她，等她回答完毕，就再提一个问题，这个问题刚答完，便又提出另一个问题。每天下午皆如此。与此同时，他的哥哥们和姐姐在楼下做功课，一边等着吃晚饭。

他的哥哥们和姐姐已经在大宅里真正的餐厅，或者说主餐厅里用餐了。那是一个巨大的餐厅，四面全是镜子。美丽的乔洛姑娘总是将已经睡眼惺忪的胡里乌斯抱去那儿，先是给父亲一个吻，然后再到餐桌的另一

---

① 加里·库珀（Gary Cooper，1901—1961），美国演员，在银幕上重新定义了好莱坞的英雄形象。
② 比弗利山庄（Beverly Hills），位于美国洛杉矶，有"全世界最尊贵住宅区"称号，被认为是财富与名利的象征。
③ 普基奥（Puquio），位于秘鲁南部山区，海拔3214米。

头——可真有一段路——把一天里最后的一个吻献给他的妈妈,她闻起来总是那样芳香四溢。这已经是从前的事了,那时他才几个月。现在他总是一个人跑到主餐厅,长时间地注视着一套大型的银质茶具,放置在那位做过总统的曾祖父从布鲁塞尔买回来的大靠壁桌上,看起来仿佛教堂的穹顶一般。胡里乌斯还够不着那只光芒四射的茶壶,他从未放弃努力,却总是无功而返。终于有一天,他够着了,但是不能坚持一直踮着脚,总而言之,他没能及时松开手,茶壶掉在地上摔扁了,发出巨响,差点没把他的脚砸碎。总之,那场面糟糕透顶。自那之后,他对宫殿里的什么真正的餐厅或者主餐厅里的银质茶具再也没有了兴趣。除了茶具和镜子,主餐厅里还有玻璃柜、波斯地毯和瓷器——桑切斯·塞罗[1]总统在遇害前一周赠送的礼物也位于其中——现在,他的哥哥们和姐姐已经在这儿用餐了。

只有胡里乌斯在小餐厅或者儿童餐厅用餐,现在也叫胡里乌斯餐厅。这里仿佛一个迪士尼乐园:墙上画满了唐老鸭、小红帽、米老鼠、泰山、"猎豹"、穿着衣服的简、像是在痛揍德古拉的泰山,还有大力水手和骨瘦如柴的奥莉芙;所有这些人物都画在餐厅四面的墙上。椅子的靠背上是哈哈大笑的兔子,椅子腿是胡萝卜形状的,而胡里乌斯的餐桌的四个腿仿佛四个小印第安人,和美丽的乔洛姑娘在"比弗利山庄"给他洗澡时说到的印第安人完全是两码事。啊!还有一个秋千,上面挂着一张小椅子,是哄胡里乌斯喝汤专用的,快来喝汤,胡里托(有时也会叫他胡里乌斯西托),这一勺是为妈妈喝的,这一勺为辛缇塔[2],再为你的哥哥小鲍比喝一勺,诸如此类,但是没有一勺是为你的爸比喝的,因为爸比已经不在了,他得了癌症去世了。有时,当仆人们将他放在秋千里荡来荡去,一边往他嘴里喂着汤时,他的妈妈从旁边经过,正好看见他们用可怕的昵称把孩子们的名字改造得不堪入耳。"给孩子们取那么动听的名字真是白费力气,"她说,"你要是听见他们把辛缇娅叫做辛缇塔,把胡里乌斯叫做胡里托,就知道

---

[1] 全名路易斯·米盖尔·桑切斯·塞罗(Luis Miguel Sánchez Cerro, 1889—1933),在 1927—1933 年间两次当选秘鲁总统。
[2] 辛缇塔是辛缇娅的昵称。

有多难听了！"她和某人打电话时这样说的，但是胡里乌斯没有听见她的声音，他一口接着一口喝着汤，在秋千上荡来荡去，就这样慢慢失去知觉，只等美丽的乔洛姑娘将他抱回房间。

现在，所有的仆人都来迪士尼乐园与胡里乌斯做伴，这是他的哥哥们在这里用餐时不曾发生过的。就连"雨林女人"妮尔达也来了，她是厨娘，身上总有一股大蒜味，食品间与厨房是她的领地，她在那里时手上总拿一把切肉刀，让人望而生畏。她常常来，却不敢碰他一下。他倒是很想碰碰她，但是妈妈关于大蒜气味的评论无疑起了作用：对胡里乌斯而言，一切难闻的东西都有一股大蒜味，都带着妮尔达的气味，然而，他并不清楚何为大蒜，于是一天晚上他提出了这个问题，妮尔达听了之后哭起来，胡里乌斯记得那是他有生以来度过的第一个悲伤之夜。

一段时间以来，妮尔达的丛林故事以及"坦波帕塔"①这个词让胡里乌斯心醉神迷。坦波帕塔位于马德雷德迪奥斯②更是令他大惊小怪，他于是缠着妮尔达让她讲更多的有关裸体部落的故事。这一切也让胡里乌斯在四岁时意识到他的周围暗藏着阴谋与怨恨。维尔玛，就是那位来自普基奥的美丽的乔洛姑娘，在给胡里乌斯洗澡时，一直是他注意的中心，但是当她将他带到餐厅之后，他全部的注意力便转移到妮尔达以及她故事里的美洲狮和花里胡哨的琼乔人③身上。可怜的妮尔达只是试图使胡里乌斯保持目瞪口呆的状态，好让维尔玛更轻松地一勺一勺地喂汤，然而事情并非如她所愿。之所以这样说，是因为维尔玛嫉妒得要死，就连看她的眼神里都带着嫉恨。令人叫绝的是胡里乌斯很快就注意到这一情况，他巧妙地解决了这个问题。他开始也向其他人提问，包括两个男管家、负责洗衣的女工和她同样负责浣洗的女儿以及园丁安纳托里奥，甚至还有司机卡洛斯——

---

① 坦波帕塔（Tambopata），秘鲁位于亚马孙热带雨林区的省份，属于马德雷德迪奥斯大区。
② 马德雷德迪奥斯是秘鲁东部的一个大区，在西班牙语中是"Madre de Dios"，意思是"上帝之母"。
③ 琼乔人（chunchos），秘鲁的一个土著部落，居住在亚马孙雨林区。

偶尔几次他不用送女主人外出时也会在场。

两个男管家分别叫做塞尔索和丹尼尔。塞尔索曾说过他是库斯科大区安塔省瓦罗孔多市的市长的侄子。此外，他还是位于林塞①的瓦罗孔多之友俱乐部的出纳。在这个俱乐部常常聚集着很多管家、咖啡馆的服务生、女佣、厨娘，甚至还有德斯卡尔索斯—圣伊西德罗线路的一位司机。更有甚者，他还说，作为俱乐部的出纳，他负责管理俱乐部的保险箱，因为俱乐部的门锁已经陈旧，他就把保险箱带回来保管，就在楼上的房间里。胡里乌斯惊呆了，他完全忘记了维尔玛和妮尔达。"给我看看保险箱！给我看看保险箱！"他恳求塞尔索。在迪士尼乐园，所有的仆人都忍俊不禁：拥有一个储量丰富的存钱罐，却对此全然不在乎的胡里乌斯，此时坚持要看看、摸摸和打开瓦罗孔多之友俱乐部的保险箱。那天晚上，胡里乌斯下定决心一定要前往那个遥远而神秘的仆人居住区，更何况，此时他已经知道那儿还藏着一处宝藏。明天我一定要去那儿，今天就不去了，今天不去是因为汤刚喝完，秋千摇摆得越来越轻柔，他坐着椅子怕是已经荡到月亮上了。同往常一样，维尔玛如同笤帚杆一般粗糙的双手一把抱起他，把他送回阿帕奇要塞②。

阿帕奇要塞——门上的牌子这样写着——是胡里乌斯的卧室。世界上所有的牛仔都在这个房间里，或者张贴在四面墙上，真人大小；或者做成纸板模型，立于房间中央，手里拿着塑料的手枪，发出金属的光泽。所有的印第安人都已经死了，好让胡里乌斯安安稳稳地睡觉。实际上，在阿帕奇要塞，战争已经结束，印第安人只有杰罗尼莫③获得胡里乌斯的好感，说不定他哪一天可以同伯特·兰卡斯特④成为朋友。总之，只有杰罗尼莫幸存下来，依然站在房间的深处，若有所思，却不乏得意。

---

① 林塞（Lince），秘鲁首都利马的一个城区，中产阶级的主要聚居地之一。
② 阿帕奇人，印第安部族，以勇猛善战著称。阿帕奇要塞是位于美国亚利桑那州的一处印第安人保留地。
③ 杰罗尼莫（Jerónimo，1829—1909），阿帕奇族的最后一位首领。
④ 伯特·兰卡斯特（Burt Lancaster，1913—1994），美国演员、导演和制片人，在电影《阿帕奇人》（*Apache*，1954）中饰演一名阿帕奇勇士。

维尔玛将胡里乌斯视若宝贝。他大大的耳朵和可爱的模样十分讨她喜欢,在她身上激发出如同苏姗夫人一样细腻的幽默感。苏姗夫人是胡里乌斯的母亲,最近仆人们对她颇有微词,她每天晚上都外出,直到三更半夜才回来。

苏姗夫人总是将他吵醒。其实,胡里乌斯总在维尔玛将他放在床上之后很久才睡着。他假装睡着,等到她一离开,就睁开眼睛,开始天马行空地思考,一想就是好几个小时。比如,他会想着维尔玛对他的柔情,想着想着,问题就会没完没了地出现。维尔玛虽然是半个白人,也是半个印第安人,可她每天在阿帕奇要塞成堆的印第安人的尸体中走来走去,却从不抱怨。此外,她从未对杰罗尼莫表现出好感,倒是加里·库珀颇得她的青睐。当然,这些事都发生在美国,但是我房间里的这些也是印第安人,还有那个塞尔索也是印第安人……他就这样想着直到睡着,也许是在等候妈妈上楼梯的脚步声将他唤醒,她到家了,在上楼了。胡里乌斯聆听着她的脚步声在楼梯上响起,满心欢喜,她走近了,从门口经过,继续向前,那是她的房间,位于走廊深处,爸爸就是在那儿死去的,我明天早上要去那儿叫醒她,她真美……他要赶紧进入梦乡,以便早些去叫醒她,他总是叫她起床。

维尔玛眼中的庙宇,胡里乌斯眼中的天堂,对苏姗而言只是寡居的卧室,她才三十三岁,依然美丽动人。每天上午十一点左右,维尔玛都会将胡里乌斯带去那儿。每天都是同样的场景:她睡得很沉,他们犹豫要不要进入房间。他们在虚掩的门外站住,迟疑良久,这时维尔玛终于鼓足勇气,将他轻轻推向床的方向。那是一张带顶篷的床,有弯曲的立柱,四面挂着细纱织就的帷幔,在顶篷的四角上雕刻着巴洛克风格的小天使。胡里乌斯回头看向门边,维尔玛示意他碰碰妈妈。他于是伸出手,拨开两边的帷幔,看见妈妈睡得很香甜,未施粉黛,看起来美极了。终于,他下定决心,用手轻触苏姗的胳膊,而她还未从头一天晚上的记忆中清醒过来,依稀仿佛还在夜总会里,坐在对面的那个男人抚摸着她的手背,她回报以一个微笑。胡里乌斯再次摸摸苏姗,她翻身向里,一边将脸埋在枕头里,似乎想要再睡一会儿。她刚回来不久，舞跳得疲惫，不记得是什么时候才躺下的。"妈咪。"他叫道，维尔玛从门边为他打气，他轻柔地呼唤妈妈，带着娇嗔的语气。当胡里乌斯第三次触碰她的时候，苏姗开始觉察到白天已经到来，然而，趁还没睁开眼睛，她再次隔着桌子，向对面的那个男人投去一个微笑，同时又翻身转向躺下时朝向的那一侧，脸在枕头里埋得更深了。胡里乌斯说出的"妈咪"依然余音未尽，她瞬间清醒过来，意识到早上已经到来。她懒洋洋地露出一个甜美的微笑，这次确实是给胡里乌斯的。

"亲爱的，"她打着哈欠，样子很美，"谁为我准备早餐？"

"我，夫人，我这就让塞尔索送上来。"

看见维尔玛站在门口，苏姗这才完全清醒过来。每逢这个时候，她总是思忖着，维尔玛应当是印第安贵族的后裔，虽然说起来她的肤色过于白净，也许是某个印加王的后裔吧？为什么不呢？有十四个印加王呢！

胡里乌斯和维尔玛总是看着苏姗吃早餐。首先，塞尔索，这个管家-出纳悄无声息地到了，带来了热气腾腾的黑咖啡、橙汁、糖罐、银质小勺，以及同样是银质的咖啡壶，为了满足女主人的不时之需，他还带来了烤面包片、荷兰的黄油和英国的果酱。紧接着，早餐的声响奏鸣曲便开始了：涂抹果酱的声音、汤匙搅拌糖的声音、咖啡杯碰触托盘的声音以及牙齿咬在酥脆的烤面包片上的声音。当所有这些声音响起时，一种温柔的气氛笼罩着房间，清晨最初的喧哗仿佛在众人身上激起无尽的柔情。胡里乌斯难以掩饰激动，维尔玛和塞尔索面带微笑，苏姗在众人的注视下享用早餐，他们仰慕她，珍视她，她似乎很清楚，她发出的每个细小的声音对在场的人来说都是一种恩赐。她不时抬起头，露出一个微笑，好像在问："想要更多的声音吗？要再来点打击乐吗？"

早饭结束之后，苏姗开始打一长串的电话。胡里乌斯和维尔玛前往果园、游泳池，或者去四轮马车里做游戏。然而，这一次，胡里乌斯不等维尔玛牵起他的手，就抢先跑去追赶拿着托盘下楼的塞尔索。"给我看看保险箱！给我看看保险箱！"他大声叫喊着，但是塞尔索已经沿着楼梯走远了。最后，胡里乌斯在厨房追上了他，管家-出纳答应摆放好餐桌就拿给他看，他的哥哥们马上就要放学回家了，他们怕是早就饿坏了。"你一刻钟之后来找我。"他说。

"辛缇娅！"胡里乌斯大声叫嚷着出现在楼梯口的大厅里。

和每天一样，穿着黑色制服、戴着帽子的家庭司机卡洛斯，刚刚将胡里乌斯的哥哥们和姐姐从学校接回来，此时他们正上楼去向妈妈打招呼。

"小耳朵！"圣迪亚哥叫他，并没有停下脚步。

鲍比没有回头，相反，辛缇娅已经在楼梯中间的平台上停住了。

"塞尔索要给我看俱乐部的保险箱，瓜……"

"瓦罗孔多。"辛缇娅微笑着帮他说出俱乐部名称。"你和我一起吃午饭，我这就下来。"

几分钟后，胡里乌斯第一次走进大宅里的仆人生活区。他打量四周，一切都变小了，一切都很普通，一切都没那么漂亮了，这儿什么都又丑又小。突然，他听到塞尔索的声音：进来吧，这才想起自己是跟着他来的。直到看见一张棕色冷峻的铁床，他才意识到自己走进了一间卧室，气味难闻。这时，管家说：

"这个就是保险箱。"一边指着一个圆形的小桌。

"哪个？"胡里乌斯问道，同时仔细打量着小桌。

"嗯，就是那个。"

胡里乌斯看见了那个不可能是保险箱的小桌，"哪个？"他再次问道，如同有人在自己鼻子尖上找寻什么，就等着别人告诉他：没看见吗？那个！在那儿！在你自个儿的鼻子尖上！

"真是个小瞎子，胡里乌斯！这个就是。"

塞尔索俯身拿起小桌上的饼干盒递给了他。胡里乌斯没有接好，只拿住了盖子，盒子打翻了，一堆脏兮兮的纸币和硬币顺着他的裤子滑下，散落在地上。

"这个孩子！瞧你做的好事……快过来帮忙！"

"……"

"快过来,我还要给你的哥哥姐姐开饭……"

"我要去陪辛缇娅。"

胡里乌斯有维尔玛,辛缇娅也有自己的奶妈,她不是婀娜女郎,胖胖的,人很好。她胖胖的,和气而刻板,年事已高却恪尽职守,生着满头白发。胡里乌斯整天问着她同样的问题,她始终不知道如何作答。

"妈妈说你是附近少数几个长白头发的女人之一,你为什么长白头发?"

可怜的贝尔莎有着天使般的心肠,她竭尽一切可能进行调查,有一天终于找到了答案。

"穷人的死亡率高于体面而富有的人。"

胡里乌斯完全没有听懂她的话,却很可能在潜意识里记下了这个句子。七年后的一天,当他骑着自行车在马球俱乐部闲逛时,原封不动的连同语病一起将它照搬了出来。那时,他确实悟出了其中的含义。

那时,贝尔莎离世已经七年了。她死得很突然。那是一个夏日的午后。游泳池已经放空,她坐在椅子上,等着为辛缇娅梳头,还要给她噗噗地喷上几注花露水,却从来不会让花露水落入她的眼睛。三十年前她也是这样对待小苏姗的,直到她被送去英国读书,后来,她回来之后也是一样,直到她和圣迪亚哥先生结了婚,再后来,孩子们就陆续出生了。辛缇娅跑到她的身边,上气不接下气,大声叫嚷着:"贝尔莎妈妈,我在这儿!"然而,这个可怜的女人已经死于一直困扰着她的高血压。在预感到死亡来临之前,她很谨慎地将花露水瓶放在了一个安全的地方,以免它滚落。她选择放在地上,那是离她最近的地方,她将辛缇娅的梳子放在花露水瓶的旁边,还有她的小毛刷。她最后听到了辛缇娅的声音。

辛缇娅坚持要为贝尔莎服丧,并央求妈妈为胡里乌斯买一根黑色的领带。

"不行!绝对不行!"美丽的苏姗惊呼道,"这会毁了我的胡里乌斯!看着他整天在花园里打滚就已经够了!他整天和用人们混在一起。绝对不行！"

她随即出门了，闻起来芳香四溢，直到半夜才回来。就这样，胡里乌斯戴着一根黑色的劣质领带出现在她面前，他看起来极不舒服，稚嫩的脖子通红，但是无论拿多少零花钱哄他，他都不肯摘下领带。两个管家中的谁给他的？关于这件事，漂亮的苏姗始终未能知晓。胡里乌斯脖子上挂着那个一直垂到前襟下面的领带，无论辛缇娅去往大宅里的何处，他都跟在身后，只有和她在一起，他才不会因为贝尔莎的死而过于难过。当辛缇娅去上学时，事情难免失控，因为他很想去菜园或者马车里玩耍。之前有个下午，他玩命似的向印第安人射击，脖颈上汗如雨下，他摘下了帽子，也摘下了那根硕大的领带。辛缇娅恰巧在这时回来了。一看见她，胡里乌斯立刻想起失去贝尔莎的悲痛，他一边整理领带，一边满心愧疚地走下马车。

现在，事情愈发不可收拾了。看到爸爸葬礼的照片后，辛缇娅开始比较。美丽的苏姗抱怨说，实在无法形容这个神经兮兮的小丫头让她多么痛苦，她感觉备受折磨，她太敏感了，天啊，她和一个朋友这样说，提的那些问题简直……胡里乌斯特别黏她，眼巴巴等着她放学！我跟维尔玛说了，别让他俩在一起，就跟没说一样！维尔玛太爱胡里乌斯了，家里所有的人都宠着他。苏姗没有说的是，辛缇娅关于爸爸葬礼的提问差点没把她逼疯。妈妈，为什么？妈咪，我偷偷溜出来了，我从窗户里都看见了，为什么爸比是被一辆黑色的凯迪拉克带走的，后面还跟着很多黑衣人，就跟以前爸比去总统府参加宴会一样？妈咪，为什么？为什么啊，妈咪？她一连几个小时跟她说我知道，妈咪，他们把爸爸带走的时候我看见了，他们也跟我说了。只是当时她没在意，现在一下想起来，便开始与贝尔莎的出殡队伍相比较。贝尔莎是救护车带走的，妈咪，走的是侧门。说到这儿，辛缇娅一时语塞，开始结结巴巴，她不知该说些什么来指控谁的坏心肠，他们从侧门将贝尔莎带走了，匆匆忙忙的，就好像拉走一个什么讨厌的东西似的。

胡里乌斯目睹了这一场拷问。辛缇娅提问时，他一动不动，两只耳朵仿佛两片会飞的圆饼干，双手紧贴着身体两侧，两个脚跟并在一起，脚尖分得很开，看起来就像一个处于立正姿势的战士，心思却不知去了哪儿。拷问发生在父亲以前常用的洗手间里。他的各种物什都在那儿，没有人动过。洗发水、剃须膏、折叠刀，甚至他用过的香皂和牙刷都还在原处。一切都还没用完，以后也不会了。"看起来好像他还会回来。"辛缇娅有一天对胡里乌斯说，但她并没有因此而忘记贝尔莎。

"胡里乌斯，把你的黑领带洗洗干净。"另一天她说道。

"为什么？"

"明天下午我们去给贝尔莎下葬。"

第二天，从学校回来的时候，辛缇娅看起来很紧张。她去问候妈妈，说没有家庭作业要做，随后就去找胡里乌斯，他正和维尔玛在花园里玩耍。这个小可怜一夜没合眼，整个下午都在等待辛缇娅，一看见她，就跑了过去。辛缇娅牵起他的手，他跟着她，那些天来一直这样。维尔玛跟在两人身后。辛缇娅将胡里乌斯带到房间，说要将校服脱下，叫他在门口等候。再出来的时候，她已经换了一身黑衣服，看起来很漂亮。自从贝尔莎去世之后，除了去上学，辛缇娅总是穿着黑衣服，苏姗对此已经不置可否。辛缇娅牵着胡里乌斯的手，将他带到洗手间，为他清洗小脸蛋，又说要给他梳头，还要打湿他的头发。胡里乌斯任由她在身上喷满花露水，任由她梳理头发，也任由她解开黑领带再重新打上，虽然维尔玛可能会不高兴，因为通常总是她为胡里乌斯系领带，用一种只有她知道的方式。几滴花露水顺着胡里乌斯的脖子流下来，真辣啊！他的眼泪都出来了。辛缇娅问他是否想换一根领带，他说不要，看见辛缇娅放心地微笑，他感到一种想大喊"绝不要换！"的冲动，没有黑领带可就不能去参加葬礼了。辛缇娅又牵着胡里乌斯的手将他从洗手间带回了房间，当着维尔玛的面放声哭起来，把维尔玛看得目瞪口呆。乔洛姑娘一直默默地跟着他们，好像默许了一切，好像早已预料到此刻正目睹的一切：辛缇娅哭着打开了衣柜的抽屉，取出一个匣子。胡里乌斯很忐忑地盯着她，他知道要为贝尔莎举办葬礼，但是要怎样做呢？辛缇娅打开匣子，将里面的东西一一取出来。看见贝尔莎曾经每天用来给辛缇娅梳头的梳子、发刷和花露水,维尔玛和胡里乌斯禁不住放声哭起来,里面还有辛缇娅的一小撮头发,"那是你第一次剪头发时留下来的。"三个人一边抽泣一边走下楼去。辛缇娅已经关上了匣子,双手将它捧在胸前。他们穿过游泳池所在的花园,向庭院走去。胡里乌斯很吃惊地看到,一路走着,塞尔索、丹尼尔、卡洛斯、阿尔敏达和她的女儿朵拉,还有安纳托里奥都接连加入进来。甚至连妮尔达也出现了,因为胡里乌斯的原因,她这几天和维尔玛的关系十分紧张。所有人都在等待,辛缇娅事先安排好了一切,每个人都穿着深色的衣服,这也是辛缇娅的主意。现在,他们都到场了,请求她快一点儿,拜托,小姐,夫人会发现的。两位管家尤其着急。司机卡洛斯笑脸相迎,毕恭毕敬,他对辛缇娅小姐爱护有加。终于,找到了一个合适的地方,安纳托里奥负责掘开一个墓穴,把那个装有梳子、发刷和贝尔莎最后使用过的那瓶花露水的匣子埋在里面。小墓穴终于挖好了,众人按捺不住,都哭了起来,胡里乌斯感到一种从未有过的灼热感从脖颈上系着领带的地方传来,他的鼻涕快要拖到地上了。这一切是多么悲伤啊!然而,不论是他还是其他人都没有觉得恐惧,当辛缇娅取下挂在胸前的银质小徽章,并将它一起掩埋时,大家都比以前更加爱她。首先是辛缇娅和胡里乌斯,随后是其他人,大家依次往墓穴里撒入一小把土。这最后一步是妮尔达的主意。之后,众人就此散开,只有卡洛斯雷打不动地去喝六点钟的下午茶。

一个星期之后,苏姗想批评辛缇娅怎么那么不小心,怎么把谁送给你的小银币弄丢了,却又一时想不起是谁送的,就在那时,她注意到辛缇娅几天来都很安静,而且仔细想来,至少已有一周没有再穿那身黑衣服了。

"你怎么样啊?"

她向胡里乌斯俯下身去,他定定地站在那儿,两个脚尖分得很开,她再次强烈地感到,他如果还是个婴儿那该有多好,她没跟他说你已经五岁了,要去上学了,而是给了他一个吻,闻起来芳香四溢。

"亲爱的,妈妈要迟到了。"她一边说着,一边转身去照镜子。

随后,她弯下腰来,好让他们够着她的脸颊,一缕美丽的金色发束直直地滑落下来，就像她每次弯身向下的时候那样。她用秀发将辛缇娅和胡里乌斯包围起来，秀发间便留下了他们安放的吻，层层呵护，陪伴着妈咪直到她再次归来。

II

贝尔莎的葬礼使胡里乌斯和辛缇娅更加亲密无间，现在他们拥有一个共同的秘密，去哪儿都一起。虽然辛缇娅总是避开在总统-曾祖父的马车里发起的针对印第安人的屠杀，但这并未影响两人和睦相处，她正好利用这个时间完成家庭作业。

辛缇娅从来不在马车里嬉闹，究竟是因为她是女孩，而打打杀杀是男孩的游戏，还是因为她已经十岁了，或者是因为她一直身体不适，其中的缘由她一直没有说明。辛缇娅真不简单！她和妈妈有一个约定：是的，所有的药她都一声不吭地喝下去，即便是最难喝的药，她都绝无怨言，她会服用医生开的所有的药，以及他们希望她吃的所有的东西，条件是胡里乌斯不能知道这一切，医生要悄悄地进来，如果可以，就从侧门进来，永远不要让胡里乌斯知道我生病了，妈咪。是的，个中缘由永远都解释不清了。另一件没法解释的事情是：似乎总能洞察一切的胡里乌斯，这次怎么迟迟未能觉察到辛缇娅病了，而且病得很重？实际上，他是在他的表兄，混蛋拉法埃里托·拉斯塔里亚①的生日上才得知的。

苏姗挂了电话，让人把他们叫到跟前。美丽的维尔玛一手牵着一个，将他们带过来。只听妈妈说道：

"孩子们，你们要去做客。苏珊娜是我的表姐，她打电话来邀请你们，前几年圣迪亚吉托②和鲍比去过，今年轮到你们了。"

那个周六的下午，大家给他们穿上了白色的衣服和鞋子；给胡里乌斯戴了一根白色的真丝领带，和戴在辛缇娅金色小脑袋上的、挽住一个式样过时的发髻的蝴蝶结可谓相得益彰。他们是坐奔驰汽车去的。司机卡洛斯和维尔玛带着礼物——一艘可以在表兄家的游泳池里航行的帆船——坐在前排；维尔玛比平时更加漂亮和白净。后排坐着他们两个，一言不发，胆战心惊，随着离拉斯塔里亚家越来越近，离表兄们越来越近，两人的心跳也越发剧烈起来。胡里乌斯和辛缇娅对他们早有耳闻：几年之前，他们的哥哥圣迪亚哥和鲍比已经在这样的邀请中备受折磨。可爱而柔弱的辛缇娅坐在奔驰车的皮座椅上面色惨白，一声不吭。胡里乌斯坐在她的旁边，双脚还够不着地面，双手紧贴着身体两侧，全身感到凉飕飕，两个脚跟并拢，在空中颤抖。他们就这样到达了目的地。维尔玛将他们抱起来放在路边，卡洛斯将帆船从车里取出，帆船高高的桅杆从包装纸里露了出来。其他的孩子也陆续到达了。有些彼此认识，有些还未相识。在那儿，在拉斯塔里亚家的门口，漂亮的孩子和不漂亮的孩子，健谈的孩子和不健谈的孩子，以及穿着特定制服的保姆们，所有人都在争相斗艳，竞显尊贵，在一切可以比较的方面一争高下，看起来似乎所有人都彼此敌视。

维尔玛不太明白孩子们的表兄住的是怎样奇怪的房子，她已经习惯在一座宫殿里生活和居住，不知道那些巨大的石头墙壁、阴暗的窗户和如同树干一样的房梁都有什么用处。她并不是心有所忧，然而，当孩子们被邀请去用茶，在厨房里面，管家和她搭讪，他洗着茶杯，说这是一座城堡式的建筑，您所在的房子是什么样的，美女？那时，她确实感觉自在了很多。

正是这个管家——拉斯塔里亚家体面的管家，打开门，跟大家说请进，并在所有的保姆之间，一眼看上了维尔玛。胡里乌斯立刻就发现了这一切，他用胳膊肘捅了辛缇娅一下，她正咳得快要窒息。孩子们进了城堡，拉斯塔里亚夫人挨个亲他们，并叫出他们的名字。"下午好，夫人！"维尔玛说，并将礼物和小卡片交给她。她吓了一跳，胡里乌斯不见了。感谢上帝，他在那儿，背对着她，正盯着一副巨大的金属盔甲出神，那副盔甲仿佛一个在城堡门前站岗的哨兵。辛缇娅走近他，牵起他的手，于是两个人一起看着盔甲，就在这时，盔甲的一条胳膊垂落下来，差点砸到他们。这是拉法埃里托最爱的把戏之一，此时他正飞快地冲向花园，没有向任何人打招呼。胡里乌斯意识到拉斯塔里亚表兄家的生日聚会就此开场

---

① 拉法埃里托（Rafaelito）是拉法埃尔（Rafael）的昵称。
② 圣迪亚吉托（Santiaguito）是圣迪亚哥（Santiago）的昵称。

了。"拉法埃里托！拉法埃里托，快来看看你的礼物！"他的妈妈大声喊道。拉法埃里托已经消失在花园里，众人只好都到花园里去玩耍。

"所有的孩子都到花园里来！"苏珊娜姨妈大声喊着，"拉法埃里托和他的哥哥都在那儿！维克多……"她转身面对管家，"孩子到了之后带他们来花园。"

管家悉听尊便。他站在门口等待其他客人到来。他很不情愿地留在那儿，眼睛却紧紧跟随着维尔玛，她简直让人垂涎欲滴。

在通往花园的路上，他们穿过了一个满是盔甲、刀剑、盾牌的走廊，四处可见笨重的金属器皿、恐怖片里常见的用来喝人血的巨型酒杯，还有沉重的黑铁烛台，放在仿佛罗宾汉与英格兰国王交好时使用的餐桌上。在走廊的两侧有很多扇宽敞的门，可爱的辛缇娅路过时觉得它们似乎被无可挑剔的铠甲守护着。门内隐约可见昏暗的客厅、曲棍球室、钢琴室、电动火车游戏室、书房、餐厅、图书馆以及一间又一间维尔玛不知道是做什么用的房间。"到了。"她终于说道。

花园里挤满了孩子和保姆。孩子有六岁、七岁、八岁的，五岁的只有胡里乌斯一个人。很多孩子穿着白色的套装，打着整齐的领结，外套不带翻领，府绸衬衫的领子浆得笔挺，上面系着精致的小领结，天蓝色的、红色的，或者像斗牛士的一样是绿色的。还没有人开始长雀斑，所有的人都很开心，都准备好好玩上一天，别太靠近游泳池，孩子，别向水池里的金鱼扔石子。胡里乌斯、辛缇娅和维尔玛的三人小分队彼此牵着手，仿佛在等待着什么发生。

拉法埃里托今天就要满八岁了，也在等待着。他藏在树上，胡里乌斯他们没有看见，所以，当土块和湿泥团猛烈而精准地接连落到身上时，三个人都不知所措。一时间叫喊声、嬉笑声和抱怨声掺杂在一起，维尔玛张开双臂围住他们，试图将他们藏在双腿之间，掩护在她的制服下面。她喊着："夫人！夫人！"直到夫人来了，开始发号施令，一切才告一段落。她命令拉法埃里托从树上下来！立刻下来！她说他简直令人无法忍受！不知道要好好对待表弟表妹！既然这样，为什么要邀请他们！明年不给他过生日了！……就这样，仿佛正在上演一场闹剧，最后，拉法埃里托磨磨蹭蹭地从树上下来，带着胜利者的微笑，双手沾满污泥，生日礼服上系着一条泰山款的遮羞布。

从另一棵树上下来的是比波。他是拉法埃里托的哥哥，也是他的死敌，有客人的那些日子除外。每当有客人来，特别是他们的表兄弟或者表妹，比如胡里乌斯、辛缇娅、鲍比等等，两人之间就会萌生一种少见的兄弟情谊。比波从另一棵树上下来时十分不悦，他没能及时瞄准，箭还没来得及射出去，手上还拿着三支。

辛缇娅不停地咳嗽，却没有哭，她看着胡里乌斯，胡里乌斯看着维尔玛，维尔玛正看着拉斯塔里亚夫人。"快！快叫人把他们身上的泥土擦干净！幸好没有掉进眼睛里，老天保佑！"维尔玛的嘴里倒是掉进了一大块土。"真不知道该拿拉法埃里托怎么办！维尔玛，快把孩子身上刷刷干净，我等下亲自送他们去花园。"

再回到花园时，三个人都狼狈不堪。辛缇娅冷得要死，不停地咳嗽；胡里乌斯非常气愤，双手紧紧贴在身体两侧；维尔玛还在吐着土。维尔玛担心着她的制服，心里还在想着那个管家，一边听着辛缇娅咳嗽。跟夫人说过多少遍了，辛缇娅咳得越来越厉害了，夫人，那个药方，唉，她对此又知道多少呢？她整天忙于外出，一直是我和贝尔莎在给这两个孩子当妈，特别是在先生过世之后……"过来，辛缇塔，休息一小会儿，胡里乌斯，过来陪陪你姐姐……"他在那儿，正看着她。

那个乔洛人很帅，皮肤白皙。也许所有来参加生日聚会的人都到了，不必再等着门铃一响就去开门。所有的人都在那儿，在花园里面，生日庆祝活动正常进行着。维克多——维尔玛的那个追求者——正穿过花园，他知道维尔玛正在看着他。他以一种在那个家中工作多年所培养起来的沉着稳重穿过花园，他托着银质托盘，上面放着小瓷杯，还有冰镇的可口可乐和深紫色的奇恰酒①。有些孩子自己倒上可乐或者奇恰酒，有些是奶妈

---

① 奇恰酒（chicha），由玉米或者其他谷物发酵而制成。

为他们倒上的，比波和拉法埃里托那两个混蛋——跟他们一样的还大有人在——则是从口袋里取出吸管，将冰冷的液体吹到其他小朋友的身上，甚至吹到他们的眼睛里。奶妈们匆忙赶来将争执中的孩子拉开，维克多已经工作多年，适应了所有这一切，仍不失冷静，继续从花园的一侧到另一侧来回忙碌。他在人群中穿梭，没有洒落一滴饮料。他潇洒自如，头上打着发蜡，他知道维尔玛在看着他。

维尔玛确实在看着他。她坐在一扇落地窗边，在她身边，辛缇娅在咳嗽，胡里乌斯正扭头看向室内，看向那条满是盔甲、刀剑和盾牌的走廊。就在这时，可怕的苏珊娜姨妈出来了，辛缇娅对她说："姨妈，我很喜欢你的家，可以到里面看看吗？"姨妈吃了一惊，连忙说可以，毕竟苏姗的孩子多少都有点儿古怪。辛缇娅牵起胡里乌斯的手。"来。"她说。为了让可怕的姨妈更加不快，她跟胡里乌斯说要去图书馆看会儿书。胡里乌斯像是明白了她的意思，跟着她走了。维尔玛起身打算一起去，却被姨妈拦住了。

"维尔玛，您可以去厨房。"她说道，又转向旁边的其他几位奶妈，"在孩子们用餐之前，请大家喝杯茶。请一起过来吧。"

辛缇娅和胡里乌斯花了很长时间打量那些盔甲。他们首先确定没有人藏在盔甲的后面或者里面，然后才仔细打量起来。辛缇娅给胡里乌斯解释在学校里学到的所有关于武器、盔甲和盾牌的知识，胡里乌斯在她身旁仔细聆听，一边听一边点着头。几分钟之后，他们已经到了另外一个厅，是台球房，然后又是另外一个厅，是书房，这里我们还是不要进去了，下面又是一个厅，是钢琴房。"这个是贝多芬。"辛缇娅告诉胡里乌斯，一边将大理石立柱上的正愤怒地注视着钢琴的铜质半身像指给他看。"你知道家里书房照片上的那位舅爷爷，在舅奶奶之前有过一个老婆吗？"胡里乌斯摇摇头表示不知道，同时在脑海里出现的大宅书房里的祖先肖像画中，立刻锁定了舅爷爷的那一幅。"真的。"辛缇娅补充道，接着就长篇大论地给他讲了舅爷爷的故事，浪漫的舅爷爷，都这么称呼他的，妈咪跟她讲了整个故事。

他很浪漫——胡里乌斯仔细地听着——他爱上了一个与他条件不般配的女子，是个钢琴家，钢琴弹得很好。妈咪说她很穷，很低微。终于，胡里乌斯似乎听明白了，没再不停地问"为什么？"，他静静地听着，让辛缇娅把故事讲完。他们不让他见她，就是那个和他条件不般配的女子，但是舅爷爷继续见她，妈咪是这么说的，于是就只好采取强硬手段，不然还能怎样呢？强制她进了修道院，那个时候就是这样对付不听话的女孩的：她们直到终老都是修女。但是这个女孩没有，胡里乌斯，她后来出来了，因为病得很严重，但是钢琴一直弹得很好。浪漫的舅爷爷，就成了画像上那样，留着长胡子和长头发，爸爸说他对家族的生意很迷茫，幸好他还有兄弟，好吧，舅爷爷不想娶别人，甚至不想娶当时已经爱上他的舅奶奶。他等啊，等啊，终于那个女孩生病之后从修道院出来了，妈咪说她已经快不行了，但是舅爷爷还是和她结婚了，因为他觉得对她负有责任，不管怎么说，他都是个绅士。你不觉得他真的很好吗？胡里乌斯点头表示同意，眼睛里流露出要听故事余下部分的渴望。

辛缇娅继续讲着，她告诉胡里乌斯他们结婚了，搬去圣米盖尔居住，房子还在，在圣米盖尔，很漂亮，白色的，就像个玩具房子。他们住在那儿，她只能躺在床上，不能起来，她得了很严重的咳嗽，咳得很厉害，不停地咳。那时，舅爷爷无心打理生意，就陪在她的身边，总是请她弹钢琴，结婚时他送给她一架特别漂亮的钢琴。她只活了三个月，胡里乌斯。有一天早上，他请她弹钢琴，他每天都请她弹钢琴，但是她都无法从床上起来，只有那天她起来了，开始弹奏，弹得很优美。就在那时，她突然开始咳嗽，死去的时候还在弹着曲子。"故事到这里就结束了。"辛缇娅说，胡里乌斯还是问了几个问题。她告诉他，后来，舅爷爷就和我们的舅奶奶结婚了，他没有活很久，他的第一个妻子已经将疾病传染给了他。他是那位总统的大儿子，爸比的亲伯伯，在爸比出生之前就已经早早地去世了。所以，每当我们当中有人咳嗽，爸比就十分害怕。他们开始陷入沉思，两个人已经在钢琴前的凳子上坐下，打开了琴盖。四只轻巧灵活的小手有些迟疑地敲击着象牙琴键，毫无疑问，拉斯塔里亚家的人连碰都没碰过这些琴键。

在厨房里,二十三位从秘鲁不同地区来到利马的奶妈已经成功地将第二号男管家希利罗赶走了。她们没有将维克多赶走,他镇定自若,此时正熟练地操作各种电器,吸引着女士们的注意。他一边烘干茶杯,一边按动一个连接着石质小滑轮的按钮磨光刀具,同时还在通过内线电话向女主人报告。"我这就把可口可乐送到。"他说。当他将两片面包放入烤面包机时,至少有十位奶妈的反应十分夸张,他等了几分钟,提醒女士们仔细听,只听"丁丁"两下铃声,烤好的面包片便弹了出来。他取出来献给了维尔玛,至少有五位奶妈妒火中烧,怎么会不是她呢?不管怎么说,她都是女王。她们注意着那场景,却没有看她,她们心里很清楚,眼睛却盯着茶杯的底部,看那神情,似乎并不打算看任何其他地方。维尔玛可不一样,她接受了那出于挑衅或者其他什么意图而献给她的面包片,她可真是个不同凡响的女仆。"没有黄油吗?"她问道,不乏挑逗的意思。其他的乔洛女人都低下头,维尔玛真够胆大的,她真的很美,她们打心眼里佩服她。维克多有那么一刻差点不知所措,但很快恢复了镇定,赶紧去取黄油。"给您,小姐。"他说,一边无比恭敬地将黄油递给她。"谢谢。"维尔玛回答道。她开始用黄油涂抹第一片面包,面带微笑,整个人气定神闲。这时,女主人走进厨房:孩子们已经去餐厅了,各位也该过去了;维尔玛,胡里乌斯和辛缇娅不见了。

这儿已经找过了,那边也是,实际上,楼下所有的地方都已经找过了,只剩下楼上了,花园里已经没有人了。"维克多,"女主人命令道,"跟维尔玛去上面看看,找到了马上通知我。"两人一起到了楼上,彼此之间没有说话,他们在装饰简单的卧室里,在有着足可以住人的大浴缸的卫生间里寻找,在穿过的每一个走廊里,呼唤着胡里乌斯!胡里乌斯!辛缇娅!他们也不在书房。在穿过一段楼梯时,维克多想要一个亲热的表示,但是未能如愿,他未能如愿,因为维尔玛正在哭哭啼啼,她受到了惊吓,完全不在状态,她现在能够认清一些路了,似乎房子的这一部分她已经有些熟悉了,院子里的那些冷冰冰的石板,他们这会儿正在仆人居住区,她继续叫着他们的名字，直到听见从洗手间里传出辛缇娅细小的嗓音，说我们在这儿。

"你们跑哪儿去了？"一看见他们，维尔玛惊呼道。

"这个洗手间没有浴缸，维尔玛。"胡里乌斯说。

这就是她得到的全部答复。又有什么关系啊！他们就在这里，安然无恙。维尔玛抱着他们亲个不停。

"不给我一个吗？"维克多插空说了一句，显得十分多余。

胡里乌斯和辛缇娅很迷惑地看了他一眼。

"请快去通知夫人，找到他们了。"维尔玛一边说，一边整理发髻。

"您不先告诉我哪天可以出来吗？"他问道，笑容可掬，站在原地等着维尔玛回答。

"星期四！星期四！快去！快去通知夫人！……"

维克多飞快地离开了，维尔玛松了口气。她慢慢地、温柔地、颤抖地牵起他们的手向餐厅走去，胡里乌斯和辛缇娅睁大眼睛回头看着他们正逐渐离开的城堡的这个区域。

拉法埃里托和比波有一个朋友，是他们的偶像，虽然他们尽力在客人们面前掩饰自己的不安，然而，从第一个客人到达之时起，他们就一直在等待着他的到来。怎么还没到？他会来吗？确实，妈妈倒希望他不要来。不是反复告诫过他们不要和他在一起吗？但今天是他的生日，是拉法埃里托的生日，什么也不能阻止他。"他们还是邀请了他。"苏珊娜向她的丈夫抱怨。她说那是一个陌生人，住在刚建不久的那些楼房里，他的妈妈是个很不体面的人，她在教区教堂里见过，那孩子就是个小魔王，年纪比拉法埃里托大，可惜个头比较矮，但愿他不要来，他已经教会拉法埃里托说"阴毛"，她因为说了如此不堪入耳的词而请求原谅，她喋喋不休地说了很多诸如此类的事情。

马丁的个头并不像说的那么矮，他已经十一岁了，正好赶在下午茶的时间到达了。他独自从家里走来的，一进门就说明天把礼物带来，实际上这个小可怜的爸爸已经告诉他不要再娘娘腔了，都已经过了送小礼物的年纪了，就不要再唧唧歪歪了。此刻，他紧贴着餐桌，正在吃第三个香肠面包，拉法埃里托盯着他，眼神活像一只发情的小猫。维克多在招呼着孩子们，奶妈们留心着孩子们塞进嘴里的每一口食物，她们要么给感冒的孩子将香肠面包里的生菜去掉，要么为他们剥开巧克力的包装纸，将里面附赠的坎波阿莫尔①的诗句留起来。胡里乌斯和辛缇娅各自拿着三明治，维尔玛已经恢复了平静，美丽依旧，苏珊娜姨妈重新掌控了一切，看起来和往常一样可怕，拉法埃里托和比波指着胡里乌斯和辛缇娅，告诉马丁说就是他们。所有的人都在吃东西，这个小胖子当然也在吃，快看他吞咽的样子有多可笑！他是奥古斯多和丽西娅的儿子。所有人都吃着甜点，那可是利马古老修道院的修女做的，有巴霍·埃尔布埃恩特修道院、德尔卡门修道院，还有德罗斯巴里奥斯·阿尔托斯修道院，一个比一个远，真的，司机都迷路了，他在那一片住过，现在不住那儿了，真的，现在他们住在新建城区，就是莫名其妙新开发的那一块儿，一大早就要出门，太讨厌了！现在大家在吃小蛋糕，你看那个小胖子，吃相是不是太粗野了？大家在吃冰淇淋了，那个就是马丁。还要一些可口可乐，维克多拿来分给大家，经过时从维尔玛身上擦过，她正在占据着一整面墙的大镜子前欣赏着自己的倩影：她很美，所以维克多喜欢她，她的发髻梳得很得体，鞋跟的高度真是再合适不过了，穿着制服一点也不显高——否则夫人不会允许的——也不显矮，鞋跟几乎察觉不到，衬托出她完美的腿形。白色的制服清晰地衬托出胸部的轮廓，制服的布料很显她的身材，腰带勾勒出腰部的线条，宽阔的胯部，结实而诱人……女主人从厨房的另一侧打量着她，虽然在和人聊着别的话题，眼睛却一直盯着她：维克多真够可以的！这个乔洛姑娘很漂亮，有点儿胖，但是很漂亮，头发一般，但是人长得很好看，两条腿很美，身材丰满而又匀称。她照顾胡里乌斯有好些年了，从他出生起就开始照顾了。她人很美，很有企图，瞧她照镜子的样子，我很难看，这个乔洛

---

① 全名拉蒙·德坎波阿莫尔（Ramón de Campoamor, 1817—1901），西班牙诗人，属于现实主义流派，他的诗句发人深省又不失揶揄风趣。

姑娘很漂亮，可怜的女人……维克多这个流氓，就想着和她上床，和她上床，瞧他挤眉弄眼的样子：他正在和镜子里的维尔玛眉目传情。

当然少不了吹蜡烛，虽然拉法埃里托真心希望这一切都能被免去。在他的旁边，马丁正不怀好意地注意着事情的进展，对一切充满了不屑。维克多可不会错失良机，他用一根火柴点燃了所有的蜡烛，维尔玛觉得他就要烧到手指头了，但是没有，虽然眼看快要烧着了，蜡烛点着了，终于他做到了期待已久的事情：他将火柴在空中稍稍抬起，恰好让所有的人看见他用指头掐灭了火。维尔玛觉得仿佛有一阵灼热感掠过她的指尖。

"快切蛋糕！"马丁大声喊道。

"我跟你说，就是那个。"

就这样，苏珊娜·拉斯塔里亚跟她的姐姐切拉评论着正发生的一切，切拉是来帮她一起对付这些小野兽的。小野兽们此刻正吃着蛋糕，或者说"cake"。两人没完没了地说着这是某人的儿子，那又是谁的儿子，那个参议员，多好的一个人，最近老了很多，和他妈妈一个样儿，仿佛两滴水珠一般相似。苏姗？可怜的苏姗，你可不要以为她过得有多差，我看见她和他在一起，也难怪，她都守寡三年了……

可能是因为地理学上所说的地理决定论（人类其实是反决定论者），胡里乌斯和辛缇娅继续被卷在正在发生的一切里。现在，他们一刻也不离开维尔玛。在众人进食的时候，他们享受了片刻安宁。下午茶眼看就要结束了，马上就是去花园玩耍的时间了。

马丁下令说要选出两个小队踢足球。所有的人都想和马丁一组。他是新的首领，由他下达命令：你在这一组！你去那一组！你不要上场！你去那边！这个女孩走开！拉法埃尔来这边！那个小孩太小了！于是，拉法埃里托上前推了胡里乌斯一下，维尔玛上前来接住他，辛缇娅也来帮忙。"来，胡里乌斯，"她说，"我教你一个东西，你要好好学啊！听见没？"他们走向城堡的里面，路上碰到了苏珊娜姨妈。

"不要再走丢了！"她说，"就待在大家能看见你们的地方！维尔玛，看紧他们。再有半小时魔术师就到了。"

魔术师到的时候，足球比赛已经结束了。人人都知道马丁那一队赢了：二比零。比波一脚将球踢到了对方守门员的腹部，球落在球门里面。另一分是马丁进的，城堡的一扇窗户被踢得粉碎。天色渐晚，奶妈们用温暖的湿毛巾擦拭孩子们满是汗水的小脸。"我的天！孩子，你的衣服怎么弄得这么脏？"她们娴熟地将孩子们拾掇利落，演出就要开始了。今年不看电影，看魔术表演。

孩子们在城堡大厅里一排排的小椅子上坐下了。辛缇娅和胡里乌斯坐在第三排最右边的两个座位上，维尔玛站在一侧。在大厅的深处，维克多越过五十多个孩子的小脑袋和十五个得以找到座位的奶妈的脑袋欣赏着她。其他的奶妈都靠墙站着。在第一排的中间坐着拉法埃里托、比波和马丁。魔术师还没出现，马丁说一切都是骗人的把戏。在第一排的角落里坐着切拉和苏珊娜姐妹俩。苏珊娜正在斥责马丁："不许那样！坐下！"马丁一边起哄，一边等着魔术师出场："都是骗人的！都是骗人的！都是骗人的！"满脸鼻涕的小矮子，太不像话了！

波伊尼魔术师——他在电视上表演过——非常妖娆地进来了，差不多是从大厅的侧门飞跑进来的。能在城堡表演，他感到十分开心。他迅速地走到苏珊娜跟前，亲吻她的手背，他在利马已经很久没有对人行过如此大礼了。"夫人，乐意为您效劳！"他所到之处全是浓浓的香水味。之后，他向切拉姨妈表达问候，又是手背上轻轻一吻。他向她们介绍他的助手，也是他的妻子，她已经在南美的很多舞台上演出多年，收获不少追捧，哦，不，远不及夫人。他询问是否可以开始表演，得到肯定答复后，他走到预先准备好的桌子前，面向孩子们站立。苏珊娜姐妹俩重新就座，魔术师向观众行了一个注目礼，仿佛台下坐着几百万人，他向大厅深处脱帽致意，那是维克多所在的方向。"有谁可以给我一杯水吗？"他问道，一副很不情愿的样子。维克多佯装不知，管他谁呢！女主人回过头来："维克多，给魔术师……给这位先生，拿杯水来。"这个可怜人只好当着维尔玛的面摆出卑微的姿态。魔术师也已经注意到她了，可惜时机不对，这里可是城堡！

魔术师举起双臂，做出仿佛有人朝他开枪的样子，并示意搭档将他的斗篷脱去。他已经将高筒礼帽和黑皮箱放在桌上，看起来不那么像德古拉了，胡里乌斯和其他孩子因此稍感安心，继续目瞪口呆地紧紧盯着他。辛缇娅用胳膊肘捅了一下她的弟弟："别忘了啊，胡里乌斯，你都记得吧？"维尔玛似乎也参与了他们的秘密。就在这时，维克多拿着一杯水来到了魔术师的舞台，放那儿吧，放在桌上。他看清魔术师也没么白净，他的脸精心修饰过，他将杯子放下，不忘又补上愤恨的一眼。演出真的就要开始了。

演出就要开始了，因为此时，拉斯塔里亚先生——拉法埃里托的父亲——到了。魔术师立刻行动起来。拉斯塔里亚先生，也就是胡安·拉斯塔里亚，进入大厅，走到妻子身边，并向她表达问候。上次这样问候她已经是十七年以前了。魔术师满怀崇敬地看着他，等待着他的指示，以上前致意。那位就是拉斯塔里亚先生，他令人肃然起敬，此刻正看着他，示意他可以过来致意了。他愉快又谄媚地握着拉斯塔里亚先生的手，当然，这位先生可没有亲吻他的搭档——也是他的妻子——的手背。

相反，苏姗的手背他是要吻的。是苏姗，不是苏珊娜，胡安·拉斯塔里亚清楚地感觉到两者的区别。苏姗，胡里乌斯美丽的母亲，她此刻也到了，来接参加生日聚会的孩子回家是被看好的，是母爱和责任心的体现。她利用这个机会一举两得，既能接孩子们回家，又顺便艳压丑陋、肤浅的表姐苏珊娜；既让胡安垂涎欲滴，又让他兴奋异常，顺便让他亲吻一下她的手。"我的公爵夫人。"轻轻一吻落在美丽的手上，仿佛泡沫一样转瞬即逝。

所有的人都在这儿了。大家彼此打着招呼：苏姗和苏珊娜，胡安·拉斯塔里亚和魔术师，魔术师的搭档、苏珊娜和有些不合群的苏姗。苏姗是个寡妇，苏珊娜丑陋，而且难以相处。胡安以前是个勤奋的小职员，一心想着飞黄腾达。通过与苏珊娜的婚姻，终于住上了城堡，如今成了个虚荣而做作的家伙。魔术师是个艺术家。拉斯塔里亚先生是个成功人士。魔术师的搭档精疲力竭，但是她毕竟有二十年的伪装经验。终于，众人结束了彼此问候。"胡里乌斯！辛缇娅！"苏姗叫道，同时回头看向他们所在的地方，她走过去，亲吻他们，她真美！"来杯威士忌吗，公爵夫人？"她的表姐夫这样问道。"好的，亲爱的，加一小块冰。"亲爱的小可怜，他娶了苏珊娜，苏珊娜表姐，最终发现还有更好的东西，一种叫做档次、贵族的东西，比如说她，从那时起，他就伸着脖子生活，好像是想要够着什么，亲爱的，那是你永远也无法企及的。

然而，在魔术师看来，事情是另外一个模样。他欣赏不了什么档次，他更在乎的是蝇头小利。他打心眼里佩服拉斯塔里亚先生，因此一直懊悔之前要了一杯水，那可真是不合时宜，现在一定不会再邀请他喝苏格兰酒了。管家将酒送过来了，他心算了一下酒杯的数量，管家迅速地在众人之间分发，他成为魔术师是有原因的：不，没有一杯是给他的。每个人拿起自己的那一杯，拉斯塔里亚先生也有一杯。现在轮到他表演了。

胡安·拉斯塔里亚邀请"公爵夫人"坐在身旁，他抿了一口威士忌，一边斜眼注视着她，同时下令演出开始了。苏姗也在打量他：表姐夫胡安，看起来多么享受啊！隐藏在丝绸衬衫下的胖胖的胸部，裁缝处心积虑帮他掩饰的腹部，他将手放在上衣纽扣之间的姿势真让人受不了，嘴唇上方水平的一排胡子，上帝知道他是从哪家酒吧学到的款式（圣迪亚哥，她的丈夫，曾经说那是他的两片面颊之间最短的距离）。还有典型的希腊-阿根廷显贵式的发型，一年到头都戴着一副太阳眼镜，故作风雅的表姐夫。这是铭刻在她脑海中的他的形象，让她避之唯恐不及，可怜的表姐夫……孩子们的笑声吸引了她的注意：魔术已经开始了。

魔术师已经开始表演了。他已经从一个帽子里取出了很多鸡蛋，此时又取出了一个。他不停地取出更多的鸡蛋，就像是有些人花里胡哨的老姨妈，浪漫的独身女人，本以为她不会再有男友，噢——！有一天她在家里拿出一些小甜点招待你，孩子，这是为你准备的，这是我的男朋友，这回是个意大利人。连马丁都被这么多鸡蛋搞晕了，在场的人都热烈鼓掌。魔术师向众人表示感谢，他行了一个礼，并示意也给他的搭档一些掌声。然而，掌声少了很多，这个女人唯一做的就是不停地将他从帽子里、袖子里、嘴巴里、礼服的翻领里或者内袋里取出的东西——收起来。这个家伙真神了！此时，他刚从一个空空的口袋里一连掏出了三只鸽子。当然，不乏有人恰好带着一根橡皮筋，在那儿做了一个弹弓出来，没有人承认是自己干的。看到为自己工作的鸽子差点被干掉一只，魔术师十分不悦。

"孩子们，请安静！"苏珊娜命令道。"没关系，请继续。"胡安·拉斯塔里亚说。魔术师遵从指示，继续表演。当然，他先收好了鸽子，开始往身体里塞东西：先是吞下了一个热铁块，后来又吞进去一把剑，诸如此类，现在开始上演纸牌把戏。这是一位魔术大师，他曾在电视上表演过，他的搭档不厌其烦地反复强调，这是为秘鲁和南美的孩子们准备的一个质量一流的节目，是为庆祝今天拉法埃里托·拉斯塔里亚的生日而特别定制的优质节目，大家为他鼓掌（当然，跟马丁一点关系也没有），为东道主的孩子鼓掌……够了，一群小丑！

有时，魔术师们试图向孩子们证明，这个世界上没有什么是不可能的。这时他们就会鼓动孩子们，会叫他们中的一个上台，随便哪一个，并且教他表演一个魔术。所有的孩子都很拘束，感到难为情，他们不说话，低着头，把小脸蛋埋在胸前，奶妈们推他们，叫他们上台去，直到一个胆大的孩子站出来，比如说，一个曾在弥撒中帮过忙的孩子，他走上台，在魔术师的指导下完成一个小把戏，并因此赢得所有小伙伴的佩服。事情总是这样，或者说，基本上是这样，因为这个生日中发生了一件更绝的事，那可是一个了不得的场面。

魔术师反复问着："看看谁来表演一个小魔术？"这时，没有人注意到——除了维尔玛和辛缇娅——魔术师发现身边有一个大耳朵的小男孩，他挨着桌子站着，两个脚后跟紧紧地并在一起，脚尖分开，双手紧贴着身体两侧。

"我会变魔术。"

"来来来！……孩子，你叫什么名字？"

"胡里乌斯。"

所有的人都笑得前仰后合。美丽的苏姗在发抖。维尔玛吓得要死。辛缇娅不停地咳嗽:"但愿他都记得。"

"太神奇了!太妙了!不同凡响!孩子,你几岁?"

"五岁。"

"太妙了!太神奇了!简直太棒了!胡里乌斯,在我的指导下,将给诸位表演一个史上最神奇的魔术!"

"不,我自己会变魔术。"

"来来来!孩子!"

魔术师开始有些紧张,他朝城堡主人看去,他们都面带微笑。

"你会变魔术?"

"是的。"

"嗯……孩子,来来来!上这儿来。你打算变个什么魔术?说说看……"

胡里乌斯看着辛缇娅,辛缇娅做了一个手势,像是要提醒他什么。维尔玛双手掩面不敢看下去。

"我需要另一个孩子的帮助。"胡里乌斯说,语气平淡,仿佛在背诵一些毫无意义的句子。他的两只手紧贴着身体两侧,耳朵大大的,一直盯着拉法埃里托。

"啊!看来是一个复杂的魔术,一个双人魔术!太棒了!太神奇了!你叫什么名字来着,孩子?"

"胡里乌斯。"

"接下来,胡里乌斯将会向我们展示他的才艺!大家不要错过!精彩这就开始!你想要哪个孩子帮助?"

"拉法埃尔。"

"啊!拉法埃里托?当然!拉法埃里托,当仁不让的主角!这真是太好了!"

搭档朝向又惊又怕的拉法埃里托伸开双臂,在他旁边,马丁满腹狐疑地微笑着。

"哦,好吧,去吧。"他对拉法埃里托说,用胳膊肘捅了他一下。

当仁不让的主角站起来，不无迟疑地向魔术师的桌子走去。他从来没有这么痛恨过他的表弟。此刻，他也十分痛恨所有的来宾，简直无法相信他们是多么的喧哗。快看，是拉法埃尔！看啊，看啊，他们这样叫喊着，在座位上不安地挪动。

"我需要一个烟灰缸和一块小石头。"胡里乌斯说，一边从上衣口袋里取出一个烟灰缸和一块小石头，"在这儿。"

"太神奇了！太棒了！"魔术师惊呼道，"下面你要给我们表演什么魔术？"

胡里乌斯将烟灰缸和小石头放在桌上，看着他的表兄拉法埃尔。

"我把小石头放在桌上，用烟灰缸盖上。然后我会念几句咒语，我保证不碰烟灰缸就把石头取出来。"

拉法埃里托气得脸都绿了，他恨死胡里乌斯了。他看向观众席，在一千个不安地攒动的脑袋中，他看见了他爸爸、他妈妈，还有苏姗，大家都看着他，都在等待。更有甚者，在第一排，马丁仿佛在跟他说："等着瞧吧，伙计，这下有你受的！"

观众们都已忘记他是生日聚会的主角，拉法埃里托大喊道：

"骗人！"

"真的。"胡里乌斯说，一边用烟灰缸罩住小石头。

"你看见了吗？它在这下面。"

"嗯，现在呢？"

"现在我要念，念……"胡里乌斯结结巴巴地说，同时看向辛缇娅，"我要念几句咒语……"

"来啊！"

"阿不拉卡达不拉……"胡里乌斯念道，手放在烟灰缸上方二十厘米处。

魔术师——他的脸上扑满了粉——和他浓妆艳抹的搭档，一齐满怀期待地看着胡里乌斯。

"现在呢？"拉法埃里托怒气冲冲地问道。

"现在我将不碰烟灰缸就取出石头。"

维尔玛已经咬下了一块指甲,开始咬另一块。辛缇娅似乎感觉松了一口气。

"怎么取?"

"你看,看好了啊!"

拉法埃里托扑向烟灰缸,将它拿起来,石头还在下面。这时,胡里乌斯的小手直直地伸过去,颤巍巍地将小石头拿走了。

"看见了吗?"他说,"我可没有碰到烟灰缸。"

起初,没有人明白发生了什么,特别是孩子们,他们着实花了点时间才笑得前仰后合。然而,胡安·拉斯塔里亚已经开始揪胡子了,苏珊娜永远都不会原谅美丽的苏姗。魔术师又在变出很多鸽子,它们在城堡中飞舞,他从各处变出无数个鸡蛋,还差点没把手提箱吞进肚子里。胡里乌斯一直看着辛缇娅,孩子们开始鼓掌,这时,拉法埃里托恼羞成怒,大喊道:

"乡巴佬!你家可不住在安孔!"说完就消失了。

魔术师又切掉了一根假想的手指,变出了一只胳膊,将一把剑插入搭档的胸膛,总之,他又变了好几个魔术,终于使孩子们渐渐平静下来,很明显,他们个个都很兴奋。胡里乌斯重新坐在辛缇娅的身边,维尔玛已经咬掉了三块指甲,此时在找寻维克多的目光。

孩子们已经回到花园,等待妈妈或者司机来接他们回家。四处都是色彩斑斓的灯,奶妈们看起来都很苍白,就快赶上制服的颜色了。她们赶到花园来找孩子们,现在唯一的愿望就是他们不要再把衣服弄得更脏了。她们叫着他们的名字和姓,弗拉尼托、索塔尼托、孟卡尼托……他们一个一个离开花园,在门口,他们收到苏珊娜夫人的吻,还有拉法埃里托投来的怨恨眼神。

在城堡里的咖啡厅,气氛却轻松得多。胡安·拉斯塔里亚、苏姗、切拉和其他一些愿意过来喝一杯威士忌的家人或者朋友愉快地抽着烟,聊着天。当然不乏某位讨厌的女客人执意谈论孩子学校里的事情,但总体而言，拉斯塔里亚得以营造合适的气氛，自在地与苏姗聊天，称呼她"我的公爵夫人"，并且尽享她在半个世界面前对他以"亲爱的"相称这一荣耀。这样的生活真是令人愉快，这样的生活才值得活下去，辛苦工作正是为了这样的生活。这样，说到我们的祖先，说到你的祖父，苏姗，他是那么具有英伦范儿，体面得体，现在很难见到像他那样的人，连名字都别有深意，帕德里克，他在牛津读过书，没错吧？太正统了！拉斯塔里亚向往着一切与英国有关的事物，城堡就是明证。所以，此时能把苏姗——英国人的孙女、英国人的女儿、在伦敦受过教育的女子——拐带进咖啡厅，他觉得此处谁也不缺，什么都显多余。

只是缺了魔术师。可怜的魔术师，已经将他的鸽子、刀剑和真丝围巾都收进手提箱了，差点没把他的搭档也装进去。此时，他披着德古拉的斗篷，盛装站在距离咖啡厅十米的地方。斗篷是搭档为他扣好的，每逢重大场合，他总是这副打扮。胡安·拉斯塔里亚看见他到了，便向他打招呼，邀请他以及搭档喝一杯。他亲自为他们倒上威士忌，亲自在杯子里放上冰块，然后就开始提问。类似于"鸽子那个魔术，您是如何做到的？"或者"您是怎么切下一个手指的？怎么还流血了？"之后，也问了一些关于个人生活，以及艺术生涯的问题。那时，魔术师的搭档——她浓妆艳抹的模样有点吓人——居然说得有些动容。就这样，到了要离开的时刻。

花园里也并不太平。拉法埃里托、比波和马丁的三人组合，在一些新的追捧者的簇拥下，再次来到花园，准备玩"主人和狗"的游戏。简而言之，他们决心找胡里乌斯报仇，要让他吃不了兜着走。辛缇娅是唯一一个还留在花园里的小女孩，她浑身冒着冷汗，维尔玛匆匆给她穿上外衣，就急着去和维克多说话了。两人在树下极尽打情骂俏之能事。维尔玛没让孩子们离开她的视线，所以，可以听见他们的对话，差不多是这样的：

"好吧，那我去街角等你。"

"喂，我可不认识你。"她嗔笑道。

"星期四，我也可以休息。"

"您怎么知道我星期四休息？"她又笑道，同时看了一眼两个孩子。

"您跟我说的。"

"如果是假的呢?"

"您很喜欢说谎吗?"

"我从不说谎。"

"所以是真的?"

"您怎么知道?"

"好吧,所以您是个很难捉摸的人?"可怜的维克多有些不耐烦,掌心开始出汗。

"您觉得呢?"又是一阵笑声,夹杂着几声喘息,一双大眼睛又黑又亮。这个乔洛姑娘真是太漂亮了。

"我说,您不是看上那个魔术师了吧?"

"上帝!您说的什么啊!魔术师?您没看见他有夫人吗?"

"不知道他们那些人是怎样生活的……那些艺术家……"

"您看见他变出那么多鸽子了吗?"

"不过是骗人的把戏。"

"说不定您也挺会骗人的吧?"维尔玛很严肃地问道。

"我从不对一位女士说谎。"维克多答道,坚信他熟记在心的宝书一定不会有错。那是在中心市场买的,叫做《恋爱的艺术》,已经帮过他好几次了。

"真会说话!"维尔玛娇嗔地看向树梢,拉法埃里托就是从那上面扔了他们一身的土。她立刻回头看向两个孩子:他们正彼此说着话,远离其他的孩子,就在她身边不远的地方,斜着眼看着她。

"面对美丽的年轻女郎,我总是很会说话。"

"真会奉承人啊!"维尔玛微笑着答道,"我都要飘起来了。"

此时,根据《恋爱的艺术》上说的,他应该问她喜不喜欢看爱情故事片,她会说喜欢,然后,他就可以告诉她,他也是一个浪漫的人。然而,宝书没有考虑到这一场景是发生在一棵树下,而非电影院里。维克多一时不知所措,不知道该说什么,最后只好又回到星期四休息的话题上。

"如果我星期四去等您呢？"

这个还未可知。同样未可知的是花园中心发生了什么，只听见传来嘈杂声和叫喊声。维尔玛回头看去，胡里乌斯和辛缇娅都不在原处。维尔玛撒腿就跑，横穿半个花园喊着"胡里乌斯！胡里乌斯！"。在混乱中，爬出来好几个孩子，扮演着"小狗"，后面跟着的主人，是另外几个孩子，个头稍大一些，牵着前面几个孩子脖子上系着的粗绳和皮圈。胡里乌斯和辛缇娅处于喧闹的中心，辛缇娅一边咳嗽一边理论："不行！""行！"拉法埃里托叫嚷着，"胡里乌斯必须和其他人一样玩！""在胡里乌斯的脖子上系上皮带！"胡里乌斯也在大声喊着："不！"辛缇娅提出，如果一定要玩，他们可以奉陪，但是必须由她来做胡里乌斯的小狗。这时，还未弄清楚情况的维尔玛，看见辛缇娅趴在地上，四肢着地，正往脖子上系皮带："来，胡里乌斯，拿着！"胡里乌斯接过皮带，维尔玛赶来将他们从那一群孩子当中解救出来，就在这时，她看见一滴滴鲜血正沿着辛缇娅的胳膊滑落。辛缇娅用尽全力挣脱出来，一边跑一边大声喊着："我没事！我没事！你留下来陪胡里乌斯！我去找妈咪！"她一边跑着一边咳嗽。

胡里乌斯一直不知道，也未曾想要知道在咖啡厅里发生了什么。他只记得苏珊娜姨妈来花园里找他，并告诉他该回家了。在出口处，大门外，他的姨父胡安向他告别，并且不忘亲吻他的"伯爵夫人"的手背。"没什么，胡安，没事，亲爱的。她只是鼻子里面有些不舒服。"苏姗向所有人告别，她看起来很漂亮，也很紧张。

车子到了，司机卡洛斯和维克多抢着为他们打开车门。

辛缇娅！亲爱的辛缇娅！不，她身上没有任何污迹，干干净净的，散发着清香，她面带微笑，头发梳得很整齐，脸也刚刚清洗过，没有任何痕迹会吓到一路上一直看着你胳膊的胡里乌斯，亲爱的辛缇娅，终于，拉斯塔里亚表兄们的又一个生日聚会结束了，那些混蛋！现在他们回家了，他们将直奔浴室，然后上床睡觉。妈妈也一样，她坐在前排，看起来十分美丽，不时回头看看他们：这两个孩子真叫人操心啊！总是容易紧张，动不动就生病，她那天晚上就待在家里，哪儿也不去了，她会给他打个电话，辛缇娅的情况开始让她担心了。她的两个大孩子就不这么难养。眼前这两个没有父亲，由奶妈和管家带大，这是无法避免的，他们是如此脆弱，又聪敏过人，他们如此脆弱，如此与众不同，如此难以理解，把他们送去寄宿学校？不，苏姗，你不是坏女人，从来不是，你只是你自己，你不能总是形单影只，就这样无聊地在偌大一个房子里发号施令，对着几个孩子，你的孩子，苏姗……一个管家打开了铁栅门，奔驰车沿着通向宫殿正门的道路缓缓前进。那儿，所有的人都在等待着他们回来，甚至连来自热带雨林的女人妮尔达也在，他们整个下午都在等待，此刻面带微笑，满心欢悦地在门口迎接，准备回答胡里乌斯的无数个问题。然而，他们应该是觉察到了什么，或者是维尔玛给了什么暗号，所有的人突然各自散开了。苏姗不喜欢他们到处走动，最近他们哪儿都去，出入所有的房间，圣迪亚哥在的时候可不这样。当然，他们现在和孩子们住在一起，这是她无力避免的。她既没有时间，也没有意愿，只是勉强有点儿气力给出些指示，就像现在这样：给他洗澡，哄她睡觉，把体温计拿来，她该吃药了。维尔玛立刻遵命，她将两个孩子带到楼上，给他们拿来食物，哄她睡觉，给他洗澡，她向夫人报告可以来跟他们说晚安了，之后，她又和胡里乌斯待了一会儿，有说有笑，还开着玩笑，好像是想和他说——他能理解吗？——在打开车门那一刻，维克多告诉她，周四在街角等她，三点整，周四他休息。

## III

然而，周四一整天大宅里都没有人外出。没有人外出，因为晚上夫人要和辛缇娅去美国。医生说这是最好的举措，问题正在变得严重，坦白说，孩子的情况不容乐观，他不想耸人听闻，但是最好还是去波士顿的医院治疗，对，对，必须立即行动，一分钟也不能耽搁。准备工作立刻开始了，给旅行社打电话，匆忙办护照，疯了似的收拾行李。自从说了要去美国，宫殿里所有的人说话都降低了音调，胡里乌斯终于明白，美国不是在马尔特空地新建的，满是摩天轮和无数写着英语的新奇玩意的中央公园。美国可远多了，呜呼！远太多了，要去机场，穿过黑沉沉的天空，想想你能想到的最远的地方，比那还要远很多，很多，特别，特别远……"不！"他叫道。然而，他怒气冲冲的小脸立刻被泪水浸湿，难过盖过了恼怒。

辛缇娅躺在床上，出发前咳了好几个小时。她穿得严严实实，来到大餐厅里时，胡里乌斯和他的哥哥们已经在桌旁就座。用餐时，几个人都一言不发，礼貌而周到，还未等谁要求就已经将黄油递到，不等管家来，已经自己倒上了水，他们互不对视，也不急于相互致谢。终于，他们用完了餐，然后到钢琴房里继续等待。辛缇娅试图掩饰自己的不适，她在钢琴凳上坐了一小会儿，敲击着琴键，好像很不情愿，又像是心不在焉。这时，她与胡里乌斯直视的目光相遇了，他看着她，像是吓坏了。她赶紧将颤抖的双手从琴键上收回，起身过去在他的身旁坐下。

"等我回来时，希望你已经不玩马车的游戏了。"她说着，在他的腋下胳肢了几下想逗他笑。

钢琴房里的气氛很悲伤。房里只开着一盏灯，照亮了苏姗坐着的扶手椅。辛缇娅、胡里乌斯、圣迪亚吉托和鲍比非常优雅地坐在暗处的一张沙发上。房间外面的走廊里，用人们的低语类似于呢喃，似乎表达着他们对这一悲伤气氛的感同身受。他们停止了说话，少了他们的声音，孩子们觉得房间里寒气袭人，都冷得直打颤，苏姗抚摸着身上的鸡皮疙瘩沉默不语。有时,他们又开始低语,然而在这短暂、脆弱的声响之后,是更加持久和深重的沉寂。这一沉寂大声呼喊着她的名字,仿佛就要散去,又忽而停滞不前。突然响起了晚上十点的钟声,是从另外一个大厅传来的,一样悲伤,一样暗不见光。辛缇娅离开的那一天,从日落时分起,所有的房间就变成了连通器,流淌着悲伤和沉寂。巨大的、宛如湖泊一样的器皿,此刻正缓慢又令人绝望地传来一声又一声,滴答,滴答,滴答,离出发还有半小时。他们默默地、一动不动地听着钟声,仿佛浑身湿漉漉的高烧病人,在失眠中找寻梦境的入口,专注地数着没有拧紧的水管传来的滴水声。"今晚不睡了,豁出去了。"一边说着,一边记着数。

他们不知道,在夜色之中,行李正一件一件放进停在外面的樱桃木色的奔驰车里。苏姗深深地叹了一口气。她在异常美丽、极其优雅的时候得知了这个坏消息,她仿佛一只受伤的天鹅,浮在水面,随风漂荡,当电话响起时,可能刚好到了岸边。"你好歹还能打发点儿时间。"看着她出去接电话时,圣迪亚吉托这样想道。趁苏姗不在,仆人们蹑手蹑脚地进来了,妮尔达走在前面,其他的人跟在后面,看起来她要代表众人发言,辛缇娅,辛缇塔,除此之外他们不知道该说什么。

"跟着我们,胡安·卢卡斯。"苏姗对坐在另外一辆奔驰车驾驶座上的男人说道,那是一辆奔驰跑车,停在他们那一辆的后面。他在出发的时刻到达,铁栅门已经打开,好让他开到宫殿的大门前。现在,他重新启动发动机,跟在他们后面,驶向机场。辛缇娅往后看,黑暗中她看不清是谁在开后面那一辆车。胡安·卢卡斯这个名字她以前没有听说过,她用胳膊肘捅了胡里乌斯一下,差点没把他吓死。这是他第一次在晚上出门,第一次前往机场,第一次要和他的姐姐分开这么久。他犯困的小脑袋里想着很多件事,现在正越来越清醒。这突如其来的一捅太可怕了,但是他立刻反应过来,露出了一个微笑。奔驰车里坐了很多人。他的哥哥圣迪亚哥和鲍比每动一下,他的地方就缩小一点,他们把他挤在椅背上,就差要把他从后排座位的空隙里挤出去了。在前排,苏姗在默默地哭泣,只有坐在旁边的卡洛斯和维尔玛能够察觉到。

"CORPAC指的是秘鲁民用航空公司。"辛缇娅给胡里乌斯解释道,他在路程的最后一段已经清醒过来,开始不停地提问题。辛缇娅又开始咳嗽,维尔玛给她穿上外衣,准备下车。"风很大。"她说。卡洛斯刚说他去拿行李,一个戴着帽子的男人过来说了同样的话,两个人彼此敌视起来。这时又来了一个男人,也戴着帽子,外衣的翻领上还别着一个写有数字的牌子,他过来收费,还说要代为泊车,卡洛斯说这些是他的工作,两个人也互相敌视起来。这个家伙追问谁付停车费。苏姗打开手包,机票、粉扑、太阳镜和金质的唇膏盒一起掉出来。她捡起太阳镜,众人都弯腰帮她拾起其他的东西,辛缇娅开始咳嗽,鲍比说妈妈的钱包里从来找不到一分钱。维尔玛在制服的口袋里找,她也没有,鲍比拒绝拿出自己的钱,最后卡洛斯付了钱,他想对收费的家伙爆粗口,因为有夫人和孩子在场,结果只能对他怒目而视。当然,在卸行李的时候,卡洛斯一个人拿不了夫人带的所有箱子,只好找来刚才还拉着拖车站在那儿的男人:"请叫他过来!"胡里乌斯打了老大一个呵欠,差点儿仰面倒在地上,刚恢复平衡,他就开始问要坐哪架飞机走,那时一架也看不见。"不要问了!"苏姗大声制止,随即又扑过去抱住他,亲吻他,泪水弄湿了他整张小脸。

一个男人走过来叫了一声苏姗,他们从来没有听人这样叫过,好像这是他唯一要说的话,仿佛他装了金子做的声带,所以说起话来才如此享受。苏姗戴上墨镜,露出一丝微笑,胡安·卢卡斯,但愿你能理解这一切。胡安·卢卡斯牵起她的胳膊,冷静,冷静。他抬起左臂,打了几下响指,一切就都平静下来。来了几个男人拖着行李车,殷勤有加,他们负责搬运各位所有的行李。之后,他一直挽着她的胳膊,带她走进机场里灯火通明的候机厅,仿佛踩在松软的地毯上走向圣洁的光明。这时可以将他看清楚了:他暂停了娱乐,不辞辛苦地到机场来了。孩子们跟着他们,后面是维尔玛和像往常一样拿着一个小行李箱的卡洛斯。四个孩子神情悲伤,睡眼惺忪地走向帕那格拉登机柜台,圣迪亚哥感到怒火中烧:那个挽着母亲胳臂的白痴是谁?

现在,这个人近在身旁,十分醒目地倚着帕那格拉登机柜台。圣迪亚哥感到怒不可遏，却不知道应该抓住他哪儿，他精致优雅，几乎吸引住了他，他无从下手。这个人直接从蓝色海岸被带到了一个高尔夫球场，当然，他应该是在高尔夫球场认识苏姗的，他应该是在那儿第一次见到她的，当时他正挥起球杆，白色的球落进完美的绿地里，他往前走，风吹动他的头发，拂过他铜色的肌肤，发丝在光洁的额间轻轻飘动，优雅一如往常。之后——为什么不呢？——他们一起喝了杯金汤尼，看不见的、顺从的双手用托盘一直送到俱乐部的游泳池边，随即又悄无声息地离开，留他们安心地聊着天，他的话语穿过微风，到达她的耳中依然不减细腻，尊贵的会员们，以及他们的客人们享受着美妙的音乐，金鱼在水中自在地游来游去……每天晚上，她就是和他出去！和他跳舞！和他喝酒！和他深夜不归！就是因为他，他们总见不着她！也是因为他，她才这么悲伤！圣迪亚吉托刚刚发现了令他忍无可忍的事情。

"就连好莱坞也没有。"当胡安·卢卡斯说在这些文件上签字，苏姗，并递给她一支广告里从未见过的金笔时，帕那格拉的柜员满怀崇拜地想着。笔仿佛香烟一般夹在他的两指之间，他无疑是在金笔书写和觥筹交错中接受的教育。可怜的苏姗在三张纸上签上了名字，却发现每张纸上的字迹都不一样。"我签不好自己的名字，"她十分惶恐地扭头看向胡安·卢卡斯，"我该怎么办，亲爱的？我是不是会有大麻烦？"胡安·卢卡斯拿起钢笔，重新将它放进上衣口袋里。他一直盯着帕那格拉的柜员，仿佛要打消他想要嘲笑苏姗的念头。他挽起她的手臂，签证手续已经办理完毕。圣迪亚哥想过不要继续扭扭捏捏，不要一直欣赏这个胡安·卢卡斯，然而，当他和他的母亲一起穿过机场大厅的时候，他又目不转睛地看起了他，他们看起来就像是在走向天堂。苏姗回头嘱咐维尔玛，叫她不要给辛缇娅脱下外衣，并让她带孩子们去酒吧。当然，胡里乌斯已经不见了，众人开始大声呼唤他的名字，胡安·卢卡斯最先看到，他指向胡里乌斯，精致的手指伸得老长，差点没挡住其他人：那儿，那儿，窗户边上，在看停机坪。维尔玛一把抓住胡里乌斯的胳膊，差点没把他吓死。在他的身后，胡安·卢卡斯说，辛缇娅坐的就是那架飞机，法航的，是他最喜欢的航空公司。

在酒吧里，每个孩子都有可口可乐，除了辛缇娅，亲爱的，你最好什么也不要喝。胡里乌斯将自己的那一杯倒了一半给她，并保证说没有冰。苏姗正想责怪他，目睹这一场景的胡安·卢卡斯仰身向后，开心地大笑三声，哈，哈，哈，那感觉不亚于打了十八杆，杆杆入洞。苏姗双手掩面，说这一切对她而言简直难以承受，就在这时，威士忌送到了。"我们请圣迪亚哥喝一杯，怎么样？"高尔夫球手提议道。苏姗很吃惊地看着他，正想说点儿什么，只见圣迪亚哥倏地站起了身，一边大声说着喝酒他自己买单，一边就去了吧台。胡安·卢卡斯做了一个鬼脸，仿佛错过了一杆很容易的球。"给那个年轻人一包切斯特①，"他立刻反应过来，"他用得着。"

当广播通知乘客登机时，圣迪亚吉托已经喝完了三杯威士忌，正打算喝第四杯。他甚至不想和辛缇娅告别。当他们走向通往起飞跑道的大门时，胡安·卢卡斯是唯一没有落泪的人。维尔玛甚至开始呻吟，这让高尔夫球手十分反感，啜泣已经让人够受的了。辛缇娅的告别很简短，她拥抱了每一个人，伴以轻轻的一个吻，对胡里乌斯，她许诺给他写信，叫他回信。之后轮到苏姗了，她亲吻了孩子们，和维尔玛和卡洛斯握手道别，她弯腰拦住鲍比，不让他扑向一个嘲弄他的男孩。孩子们看见，这个叫做胡安·卢卡斯的男人拥抱了他们的母亲，温柔地亲吻她，还说如果她迟迟不回，他将去美国看望她。所幸当时圣迪亚吉托并不在场。

之后，胡安·卢卡斯、维尔玛和卡洛斯一起带着孩子们去露天平台看飞机起飞，并跟妈咪和辛缇娅告别。"他们在那儿！"鲍比叫道，他第一个看见她们。母女俩走在起飞跑道上，回头向他们告别。苏姗戴着墨镜，辛缇娅在咳嗽。胡里乌斯看见了别的，他看见有人正在给那架在他看来辛缇娅将要乘坐的飞机加油，这架起飞要晚很多，但这是他为她选择的飞机，此时正在等候着乘客登机。就在这时，他开始呕吐，弄脏了站在旁边的一位先生的裤子。这位先生当然很生气，然而，不同凡响的胡安·卢卡斯轻松解决了这个问题。他看着委屈的先生，一边说着得体的话，一边递给他

---

① Chesterfield，英国菲利普·莫里斯烟草公司的一个香烟品牌。

一块散发着香水味的真丝手帕,仿佛那只是一张传单。

"不要忘了叫圣迪亚哥。"他说着就离开了。离开时也并不清楚那个白痴抱怨的呕吐物是怎么回事,不管怎么说,当时还没开始散发异味。

他们坐在车里等待卡洛斯将圣迪亚吉托带来。在酒吧里找到了他,花了很长时间说服他该回家了,他的弟弟们都快睡着了。终于他像是要让步了,然而,在付钱的时候,服务生说这几杯都已经付过了,是年轻人的爸爸结的账。那个场面确实很难看,圣迪亚吉托叫喊着说那个皮条客不是他爸爸,说要让他滚蛋,并发誓要杀了他,他的妈妈是个圣女,以及诸如此类的话,最后他放声哭起来,一下子摔倒在地上。卡洛斯把他架了回来,到了车里,他依然拳打脚踢,嘴里骂骂咧咧。胡里乌斯说他疯了,鲍比说他没疯,只是因为妈妈的缘故而醉得不轻。

第一封波士顿来信是在一周之后收到的,是写给胡里乌斯的。维尔玛情绪很低落地念给他听:

亲爱的胡里乌斯:

你好吗?想我了吗?我真的很想你。我和妈妈都很想你。妈妈说你该上学了,她说一回利马就送你去"圣洁心灵"学英语。妈咪说你应该学英语,还要学习认字。她说你已经落后了,她打算给苏珊娜姨妈写信询问胡丽娅小姐的地址,要请胡丽娅小姐到家里来给你上课。我告诉她,你已经能认很多字了,她不信,她说你整天就在马车里、院子里和管家和维尔玛玩儿。在我们回来之前你一定要好好表现,妈咪特别担心你。

我很好,很开心。我和护士们,还有医生说英语。共有三个医生,他们时不时就来看看我。我能明白他们跟我说的话,我跟他们说了要给你写信,他们都让我向你问好。我跟他们说了你,他们每次来都会问起你。所以,你要给我写信告诉我你怎么样,这样我就可以跟他们说更多关于你的事。把你想说给我的话告诉维尔玛,不过,你也要写一点儿,看看你的字写得怎么样了。我很难过不能继续给你上课了。你学得很快。胡丽娅小姐到的时候,给她看你跟我,还有维尔玛学的东西,因为妈妈不相信你已经学了很多了。

　　我很好，在飞机上我几乎一直在睡觉，妈咪也睡着了。开始的时候她在哭，可能是因为圣迪亚吉托的事情，后来她吃了一堆药，就在我旁边睡着了。在纽约我们换了架飞机，但是没有出机场，妈咪说外面很冷，而且也没有时间。在这架飞机上，我们也睡着了，醒来的时候已经在波士顿了。我们直接去了酒店，又睡觉。第二天早上我们就来了医院。这个医院很大，我们刚到，妈咪就遇见了一位利马的先生，他得了癌症。再后来，他们带我来到我的房间，很漂亮。妈咪住在酒店，每天一大早就来看我，她白天陪我，晚上去看电影。我在努力让这一切尽快结束，我要快快好起来，好让她放心。妈咪脸色很不好，一点儿妆也不化。她很伤心，每天晚上离开的时候都哭得很厉害。她很想家，都是我不好。所以我觉得，你要好好表现，这些天不要让她生气。要好好表现，一定啊！希望回去的时候，你已经不在马车里玩儿了，你在那儿浪费太多时间了。

　　代我问候维尔玛、卡洛斯、阿尔敏达，还有其他人。我会给他们写信的，但是我想先给你写。一定要给我回信啊！一言为定？

　　吻你一千次。

辛缇娅

　　第二封写给胡里乌斯的信是十五天之后到的，也是维尔玛念给他听的，她一边念，一边哭。

亲爱的胡里乌斯：

　　我上周没有给你写信，因为我给鲍比、圣迪亚吉托还有仆人们写了。我有点儿担心，我好像忘记写卡洛斯的名字了，那封信也是写给他的。请转告他，拜托了。我好累。我收到你的信了。妈咪看了你写的字，吃惊极了。她不知道你已经学了这么多，她说跟着胡丽娅小姐你会学得更多，说不定能提前一年上小学，那样就不用去幼儿园了。但愿如此，幼儿园可没劲儿了。我觉得那是小婴儿去的地方。我好累。你的信写得很好。我很爱你,胡里乌斯,你要好好表现啊。胡丽娅小姐很凶,胳膊上长着黑乎乎的汗毛,会不停地扎你,不知道为什么,自从苏珊娜姨妈推荐了她之后,妈咪就老给她打电话。虽然她很不好,你为了妈咪也要忍着。我下午再给你写,我现在好累。

他们叫我最好今天不要给你写信。我刚醒,现在已经是晚上了。我还是改天再给你写吧,今天就到这里了。最老的那个医生来了,他就在这里。再见,胡里乌斯。

爱你的,

辛缇娅

  随后收到了妈妈的三封信,再后来,胡安·卢卡斯到了,衣着讲究,神情严肃。最后,是一个美国打来的电话。胡安·卢卡斯好像一直在等这个电话,他在电话机旁坐了很长时间,一拿起电话就说马上去波士顿,带圣迪亚哥一起去。圣迪亚哥哭着扑进他的怀里,他撇撇嘴,那表情让他瞬间老了起来。圣迪亚吉托在大宅的门口亲吻他们的面颊告别,仅此而已。没有人去机场给他们送行。奇迹发生的时候,他们就会回来。

  与此同时,胡里乌斯每天都和胡丽娅小姐一起度过好几个小时,不过,她从来不扎他。说来也奇怪,他总是等着她来扎他,常常心不在焉,却什么也没有等到。相反,胡丽娅小姐好像被吓到了,她看着他的样子似乎有点儿害怕。之后她开始跟他低语,声音越来越低沉。有一天她说祈祷,孩子,祈祷吧,胡里乌斯开始呕吐,整个人都在颤抖。

  晚上,苏珊娜姨妈和胡安·拉斯塔里亚姨父来了,手里拿着一封电报。鲍比去找朋友了,胡里乌斯已经睡觉了。仆人们出去迎接他们,一边走着,一边无力地举着双臂,紧张而绝望,妮尔达痛苦的哀嚎打破了宫殿的沉寂,接着是一声又一声的悲泣。冷静点,请冷静点,你们会吓到孩子们的,快去看看胡里乌斯,他肯定被吵醒了,可怜的孩子,在他妈妈回来之前最好什么也别知道。最后,拉斯塔里亚姨父和姨妈看着仆人们哭泣,心生厌倦,他们进入书房稍事休息。她在祷告,他保持沉默,直到忍无可忍,他起身在房间里来回踱步,说还是从前好,说没有什么比传统更可贵。楼上,在他的房间里,胡里乌斯跪在床边,叽叽咕咕地祷告着,所有的仆人都围在他的身边。维尔玛神情专注地捧着一个小便盆,卡洛斯一只大手挡住脸哭泣,妮尔达竭力忍住哽咽,胡里乌斯看着他们,似乎有所察觉,他浑身颤抖着,快要窒息了。

之后就是去机场的一番折腾。从那儿直接去了墓地。夫人有令在先:谁也不要来,他们不想见任何人,除了鲍比,还有卡洛斯,他开车。胡安·卢卡斯每走一步,就痛苦地撇撇嘴,好像胃酸很严重。他的发型有点儿乱,穿着一件他也许并不想在那样一个下午穿的外衣。苏姗服用了镇静剂。她记得手里原本拿着一块手帕,还有一小盒彩色药片,那是什么时候的事?她睁开眼睛,透过太阳眼镜看见棕色的飞机场,还有胡安·卢卡斯棕色的胸部,来,女士。卡洛斯负责看住鲍比,鲍比紧贴着圣迪亚吉托。

我的上帝啊!这一切什么时候才能结束!奔驰汽车穿过一个个丑陋的、古老的、贫穷的街区,这是利马吗?奔驰车紧跟在灵车的后面,行驶在陌生的、充满敌意的、陈旧的——对她而言是崭新的——街道上,上次是在圣迪亚哥去世的时候,我的上帝!我的上帝啊!苏姗,亲爱的。人们看着这两辆车慢慢驶过,坐在人行道旁或者自家门口的男人和女人们看着他们经过;一些孩子穿过街道,也好奇地回头看看他们,眼神里满是恶意,这些穷人啊。一个转弯,现在上了一条宽敞的直道,那些人已经远远地留在了人行道上,我们在前行。警察抬起手臂,为他们放行,态度谦恭,请通行,请通行。

"您可以将车停在这里,卡洛斯。"胡安·卢卡斯一边说,一边用手抚弄头发。在打开车门之前,他从车窗向外张望。这里也有人抢着照看汽车。他打开车门,让开!不要挡道!他打开后面的车门,走这边,苏姗,跟着我,鲍比,圣迪亚哥,快来。他们知道怎么去家族的陵墓;他们的爸爸圣迪亚哥就葬在这里。他们在坟冢之间行进,一排排的灵柩架,一排接着一排,雪白的、冰冷的坟冢,一旦关闭再也不会开启。一些和他们差不多的人,彼此互不对视,默默地从旁边走过,保持着尊重的距离。在鲜花朵朵、宛似花圃的墓园里，几个女人拿着小瓶酒精正在做墓地清洁，旁边还有一名牧师。就是这里了。牧师正等着他们到来。他们下到冰冷的大理石的墓穴前，这里还有更多的人在等待他们：负责葬礼执行的司仪，他们深谙失去至亲之悲怆，由他们来处理最可怕的环节，牧师的职责并不在此。辛缇娅，亲爱的小天使，去到爸爸身边吧。葬礼开始了。胡安·卢卡斯伸出一只手，一边声音颤抖地念着祷告词，一边放下一个小十字架，随后把抹尘交还给司仪。他拥抱了每个人，搀扶他们慢慢走上台阶。没有人回头看，他们和所有其他人一样，迎着风，在花圃般的墓地里行进，在逝者之间行进。他们到了围栏边，出了墓园，胡安·卢卡斯走在前边，指引着鲍比、圣迪亚吉托和苏姗。很多孩子为他们看着车，他们对此不以为意，都结束了。

宫殿里从此一片漆黑。不打开一扇百叶窗，也不拉开一片窗帘，一切都紧闭着。每天，在上学之前，鲍比和圣迪亚吉托都和他们的妈妈去做弥撒。他们被要求发疯似的学习，提前完成期末考试，好去欧洲旅行。他们将在月底出发，与苏姗，还有胡安·卢卡斯叔叔同行。胡里乌斯将继续和胡丽娅小姐学习，来年直接就上学前班了。一连串的事情就这样迅速决定了。大宅里仍然一片漆黑，人们行色匆匆，每个人都渴望忘记。苏姗毫无节制地依赖着镇静剂，胡安·卢卡斯叔叔建议她打打高尔夫，她于是穿着灰色的衣服同去，就这样一直到出发去旅行。有一天，胡里乌斯走到苏姗身边，请求带他一起去欧洲，这时她发现他斜视。她只好叫来医生，告诉他胡里乌斯斜视，就和贝尔莎奶妈去世后，辛缇娅的情况一模一样。医生说这个孩子极度敏感，万万不能考虑把他带去欧洲。相反，他认为乔希卡①干燥的气候是适宜的，还开了一大堆维生素。于是她便想到胡安·卢卡斯在孔多莱斯的房子，可是，仆人们该如何安置呢？这可真是个棘手的问题。必须尽快做出决定。

---

① 乔希卡区（Chosica），位于利马省西部的一个沿海大区，其宜人的气候在20世纪60年代就吸引利马上层社会人士前往建造别墅。

## IV

　　胡里乌斯和仆人们一起向乔希卡出发了。洗衣女仆阿尔敏达乘机带上了女儿朵拉。女孩最近表现糟透了，甚至计划和"多诺雪"的一个冰淇淋小伙私奔。妮尔达带上了她不久前生下的婴儿，谁也不知道怎么回事，有一天就发现她的厨娘围裙下的腹部开始隆起，再之后有个下午她请假去分娩。一周之后，她带着那个孩子回来，已经为去乔希卡做好了准备。她似乎更加担心胡里乌斯，刚刚安顿下来，就决定要趁夫人不在，使他的耳朵重新贴回脑袋。胶布、胶条，一切都被用来实现她的目标，维尔玛对此怨声载道，于是，这个来自雨林的女人拿着为新家特意添置的大菜刀吓唬她，叫她闭嘴。

　　房子坐落在乔希卡的一个美丽的地方，四面被白色的高墙包围，从外面看不见。房子的后部正对着山，住在这里的人每天面临着巨石滚落的威胁，幸好，它们从来没有掉下来过。价值上百万的房租可不是白交的。房子里有游泳池，花园里长满了树，还有一个小苇塘。胡里乌斯穿行于其间，不时碰到一只癞蛤蟆，吓得浑身冒汗。"吓死我了，妮尔达！"他在雨林女人和她小儿子的卧室门前这样说道。几乎没法出门，尤其是礼拜天或者节日，那时，半个利马的人都来这儿晒太阳，到处都是令人讨厌的黄色小汽车，还有作恶的长发女人，等到她们离开的时候，乔希卡到处都是果壳和废纸。他们必定要去拜访的是乔希卡伯利恒修道院的法国修女，无论如何都要去一趟，因为胡安·卢卡斯先生的一位做修女的姑母给了他们一封介绍信，写在圣徒卡片上。

　　一周三次，星期一、星期三和星期五，胡丽娅小姐都会如期而至。这个胳膊上长满了黑色汗毛的可怕女人打算教会胡里乌斯的东西多得吓人。刚到乔希卡不久，她就开始扎人了，胡里乌斯烦透她了。然而，有时她也是很有趣的，那是在她讲起辛缇娅的事情的时候。她常说，辛缇娅在做她学生的时候，是一个多么聪明、甜美和温柔的小女孩！胡里乌斯不停地追问，怎么也听不厌。虽然说的都是同样的事情，连使用的形容词都一样，温柔、甜美、可爱的辛缇娅。

另外一些经常来的人是医生，他们总是一起来，一周来一次，将他脱光了检查。之后，他们会交谈很长时间，就当着他的面，不过那时他已经在想念辛缇娅了。离开前，他们总是留下一摞处方，一个开营养剂，另一个开注射剂。他们说胡里乌斯很健康，正在以惊人的速度康复。常来的还有一个给他打针的小姐。为了不让胡里乌斯感到害怕，注射剂常被说成是果冻，她先付给他一个索尔买他的果冻，走的时候，再收取二十一个索尔作为注射的费用。

除了这些令人不愉快的时刻，乔希卡的生活平静而舒适。终于有一天他们决定出去走走，就这样敲响了伯利恒修道院的绿色大门。一个小修女说着法语给他们开了门，当发现他们一个词也听不懂的时候，立刻改口说西班牙语。维尔玛把写着介绍信的圣徒卡片交给她，小修女看了之后，马上把他们让进门，她喜欢接待客人，向他们展示修道院有多美。她带着他们四处参观，挨个向他们介绍修道院里不同的院落和花园。透过窗户，胡里乌斯看见有很多女孩在学习，她们在上课，小修女告诉他，等会儿再进去，就要下课了。可以先去办公室见见修道院院长。"请从这边走。"白净的法国小修女说，她一直把他们带到修道院院长跟前。

修道院院长是个年事已高的小老太太，西班牙语说得很吃力，似乎已经记不起那位写推荐信的修女。不过，她还是一样很热情地邀请他们吃巧克力，还送给他们圣徒画像。送给维尔玛的那一张更大，更像回事儿。相反，送给胡里乌斯的那几张上面画着天使、白云和蓝天，绿树葱葱，羊儿成群，充满了诗情画意，一派田园景象。她没有再邀请他们吃巧克力，也许贪吃是一种罪。谈话很快就结束了。突然，修道院院长坐下，完全忽略了他们的存在，她看起来神情恍惚，仿佛看不见他们。接下来的几分钟仿佛几个小时一样漫长，一种冰冷的沉寂笼罩着房间，刚才那位小修女怕是也完全忘了他们。该如何是好呢？修道院院长刚刚进入她惯常的短暂神游状态，期待着就此完美地结束圣洁的一生……这个状态转瞬即逝：可怜的女人旋即意识到离去的日子尚未到来，一时不知所措，那神情仿佛有人抢先拿走了她想要的那块蛋糕，怕是要等到下一次了。总之，她是突然之间沉默下来的，之后，好像有人在轻轻地为她打着扇子。终于，她决定重拾谈话，然而，她还未开口，她那短暂的神游状态意犹未尽，裹挟着美好的往昔和难忘的旅行，沉默再次延续。该如何是好呢？这好似一出哑剧。小老太太脸色苍白，面带微笑，六神不知已远游至何处；她们可怜兮兮的，浑身长满了鸡皮疙瘩，待在原地，四周环绕着圣徒像。他们开始发抖，内心充满了期待，时间又过去了一分钟……终于，修道院院长恢复了正常交谈，胡里乌斯和维尔玛松了一口气，这奇怪的状态结束了，没有一个圣徒得以利用它，这本来——绝对是——一个绝佳的显灵时刻……万事俱备……另加三个目击证人，分属三个不同的年龄段……

　　修道院院长站起身来，暂时结束了内心参省，她走到胡里乌斯身边，在他的额头上画了一个小十字架，这一举动差点没把他吓死，他打了一个寒战。修道院院长叫他去外面和别的孩子一起玩一会儿。

　　很多小女孩儿课间不能四处跑动，她们患了风湿，面色苍白。胡里乌斯和她们聊天，他告诉她们，他的妈妈和哥哥们都去欧洲了，因为他的姐姐辛缇娅去世了。他还说，姐姐去世之后，他有一只眼睛开始斜视，要在乔希卡才能恢复，所以他就来这里治病了，他的故事让所有的小女孩听得目瞪口呆。旁边还有一些年龄稍大一点的女孩，是高年级的女生，她们抚摸他，亲吻他，他害羞得脸跟喝醉了酒一样通红。随后，她们又开始向他提问，比如，何时开始上学？几岁了？他回答说，到了夏天就满六岁了，在家里跟胡丽娅小姐学习。他还说，他已经学会阅读和正确书写，写字时不会犯正字法的错误。一个很漂亮的女孩从围裙里取出一支铅笔和一张纸，跟他说，来，写写看。胡里乌斯接过笔，写道："胡丽娅小姐的胳膊上有黑黑的汗毛。"他准备再写点儿什么，这时，一边耳朵上的胶布乍开了，所有的女孩都大笑起来。他拔腿就跑，一直跑到修道院外面的街上才停下来，维尔玛跟在他身后。他说以后再也不来了。

　　回去的时候，他们选了修道院右边的一条街，那是一条有阶梯的坡路。两人拾级而上，沉默不语，若有所思。突然，有什么东西一下子吸引住了胡里乌斯的注意。"他们是乞丐，"维尔玛说，"不要过去。"但是，她说晚了。胡里乌斯已经朝他们跑过去，眼看就要到达他们躺着的地方，那是修道院的一个边门。他在离他们很近的地方停下来，毫无顾忌地看着他们。乞丐们也看着他，其中有一个甚至对他微笑，他正要问为什么他们所有的人都有一个小碗，维尔玛打断了他，"快走吧！"她命令道，一边拉起他的胳膊。胡里乌斯不为所动，他定定地站着，两个脚后跟紧紧贴在一起，脚尖分开，双手紧贴着身体两侧。还是随他吧。乞丐们纷纷叫他"小孩子"，向他露出友好的微笑，破衣烂衫十分醒目。他们是一些从山区下来的男男女女，一些年事已高，另一些身有残疾。这时，修道院的那扇门开了，出来一个修女打扮的女人，梳着发髻。一起出来的还有一个男人，一边说着"饭来了"，一边将一口大锅放在一张带轮子的桌上。在他们身后，一位善良的修女面带微笑，她双臂张开，感谢上帝赐福。布施开始了。

这几天陆续收到了最初的几封欧洲来信。第一封来自马德里，是寄给维尔玛的，信中指示她将其中部分段落读给胡里乌斯听。他们在马德里已经收到了医生的信，告知胡里乌斯的康复状况。他们得知胡里乌斯长了一公斤，吃得很好，已经不再呕吐了。他们还知道他已经不再开口必提辛缇娅，服用了新的镇静剂之后睡得很安稳。他们在欧洲过得不差，只是常常觉得悲伤，非常想念胡里乌斯。没能把他一起带来真是十分遗憾，但是这样也好，于他而言，参观博物馆，马不停蹄地从一个地方赶到另一个地方，都是来日方长的事。他们还没参观任何一个博物馆，但已列入日程，因为要带孩子们去，他们都表现得很好。胡安·卢卡斯先生在马德里有很好的朋友，每天都邀请他去郊外的一家俱乐部打高尔夫。这使他们紧张的神经得到些许放松，这正是他们迫切需要的。需要找点儿消遣，需要忘却。他们很悲伤，得到消遣并不容易，胡安·卢卡斯先生和他的朋友们尽一切可能让他们开心。和在利马不同，这里没有人认识他们，他们可以出去吃晚饭。而且，也不用穿着如此令人压抑的黑衣服。维尔玛应该能理解他们是多么需要找点儿乐子，外出散散心，换换环境，只有这样才能忘记。胡安·卢卡斯先生在教圣迪亚吉托打高尔夫，他学得很快，和胡安叔叔相处得越来越好。鲍比经常去游泳池，已经认识了一些同龄的朋友。真的，他们在马德里过得很好，很想比预期多待上一阵子。之后，要去巴黎和伦敦买衣服，给所有的人买礼物。为了忘却，必须多走动，找点消遣。他们在等胡里乌斯的回信，请他写信，拜托。想看看他和胡丽娅小姐学习取得的进步。胡安·卢卡斯先生也多次问起他，叫他也给胡安叔叔写一封吧。他们请维尔玛说说胡里乌斯在乔希卡的一切，请给他拍张照片寄过来。请坐卡洛斯的车带他出去兜风，但要注意安全。另外，还有短信一封：

胡里乌斯，亲爱的：

　　医生跟我说你很好。他说你吃得越来越好，很快就会和泰山一样强壮。你要听医生和维尔玛的话。好好学习，很快你就可以进学前班了。妈咪保证，下次你也和我们一起来。胡安叔叔向你问好，他正在系领带。他是个非常好的人，亲爱的，等你长大了也要像他一样。他在催我快点儿，妈咪还没有准备好，已经该出发了。吻你一千次。

爱你的妈咪

　　苏姗用英式字体签了名，随后将信塞进了一个豪华信封。她起身走到镜子旁边，胡安·卢卡斯正在为他完美的领带结锦上添花。几分钟之后，他们出现在走廊里，圣迪亚吉托和鲍比已经在等他们了。电梯将他们缓缓地送到了底层，胡安·卢卡斯的朋友们已经到了，众人互相热情地问候，想去哪儿吃晚餐？先在酒吧喝点开胃酒，然后再看吧。这个高尔夫球手对一切饭店了如指掌：地道的、既地道又昂贵的、单纯昂贵的。他对斗牛和斗牛士也很在行，从那天晚上起，圣迪亚吉托一定会无比崇拜他，还有什么他不知道！有谁他不认识！开胃酒还没有上来，他已经异常兴奋，笑得停不下来，和苏姗表现得比任何时候都亲热，比和任何人都亲热，因为没有人和苏姗一样。"喂！""想什么呢？""我们的胡安·卢卡斯要结婚了？""老兄！"现在更难让他们停下来了：朋友们早就开始猜测了，现在他们都在酒吧里，心情愉悦，等待开胃酒上来，目睹胡安·卢卡斯深情凝望苏姗，"老兄！"为这一对儿干一杯吧，错不了……

乔希卡一切顺利，足以让在欧洲的人再待上几年，如果他们愿意。胡里乌斯感觉越来越好，甚至连斜视都改善了，事实上，他已经几乎不斜视了，虽然看起来很瘦，两只耳朵用胶布和橡皮胶带紧贴在脑袋上，从正面看起来，他的小脸儿更显消瘦。他毫无怨言地忍受着胡丽娅小姐，但他觉得儒勒·凡尔纳有趣得多。他是有一次在下乔希卡发现他的，当时维尔玛正和一个书店的职员眉来眼去。下乔希卡的市场让胡里乌斯眼花缭乱，到处都是水果和挂在巨型铁钩上的动物。最近他开始每天都跟维尔玛和妮尔达一起去买食物。很多人都认识他，对他微笑：这就是那个大耳朵的小男孩，和他一起的是蛮横无理的厨娘和风情万种的保姆。

有一天，他们正在那儿闲逛，胡里乌斯看见一个美国画师，那人留着络腮胡子，口中衔着烟斗，脚上穿着网球鞋。此人一下就吸引住了他，他坐在那儿，一边画着市场里的商贩，一边学着说西班牙语，看起来极其古怪。这个美国佬说话口吃，人却极其和蔼。"画我，先生！画我，先生！"摊主们争相恳求，他回答说慢慢来，没法同时画所有人。然而，当他看见胡里乌斯拿着一个满满的篮子，旁边还跟着维尔玛时，他说请，请不要走，因为他想……想画他们。不出几分钟他就已构图完毕，晚些再上色，因为胡里乌斯已经拿不动那个装着一条大鱼的篮子了，也因为他摆着姿势时说的那些话很有趣，格外引起他的注意。当他提出要请他们喝汽水，还要和他们聊一会儿时，维尔玛几乎吓死了。胡里乌斯说好，但是她拒绝了，改天吧，他们正赶时间。然而妮尔达在这时到了，带着一个篮子，装满了大蒜、卷心菜、芹菜、洋葱……她也说好，只为和维尔玛唱反调。三个人同美国画师一起去了一个酒吧餐厅，那是一个位于河上的巨大的露天咖啡馆，就在吊桥旁边。

妮尔达喝了一大杯啤酒，并且滔滔不绝地给那位美国先生讲述热带雨林里的事情。相反，维尔玛微笑着听他们谈话，自己并不发言。胡里乌斯目不转睛地看着，全神贯注地听着。彼得——这是画家的名字——已经去过雨林区，对伊基托斯、塔拉波多和廷戈·玛丽亚①了如指掌。此外，他甚至在亚马孙河航行过，而且去过巴西，在贝棱·杜巴拉住过。现在，他正在秘鲁游历，靠画画为生。他留络腮胡是因为懒得剃，烟斗也从来不点，只是无法将它从口中拿下来。"那是这位先生的棒棒糖。"妮尔达评论道，随即爆发出一阵大笑，露出满嘴的龋齿和镶金假牙。彼得没有听懂这个笑话，回之以微笑，继续询问更多关于雨林的事情。妮尔达侃侃而谈，把所知道的关于雨林的一切都告诉他。她要做的就是继续说，坐在桌子前不停地说，在这位先生面前大出风头，迷住他，让他和胡里乌斯以及其他在场的人都目瞪口呆，让维尔玛看起来不过是个无知的女人。她尽显有趣，希望他也能为她画像。对胡里乌斯而言，那是一个快乐的上午，他从来没有听过这个来自热带雨林的女人讲起这么多关于雨林的故事，从来不知道蛇有那么大的毒性，意大利狼蛛的幼虫那么可怕，也不知道香蕉上的蜘蛛那么一丁点儿小，却那么讨厌。妮尔达完全不知道故事发生在哪个时代，她将秘鲁热带雨林的时间顺序弄得一团糟，她的童年、少女时期、她成年后在塔拉波多度过的岁月都混在了一起，雨林最终变成了琼乔人聚居的地方，他们时常赤身裸体，在危险的茫茫绿色里来来回回，比如说，从语言学家的营地到传教士的营地，路上还会碰到腰缠万贯的橡胶种植园主，他们可比胡里乌斯的爸爸——愿他安息——有钱多了。妮尔达甚至记得那些人的名字，他们用钞票点烟卷，在茫茫的雨林里建造宫殿。可怜的女人使尽了浑身解数，然而美国先生并没打算画她，他更愿意听她讲故事。时间已经不早了，必须回去了，胡里乌斯该吃午饭了。总而言之，彼

---

① Tingo María，秘鲁中北部城市，位于雨林高地，被称作"秘鲁热带雨林区的大门"。

得和胡里乌斯几乎没能说上话，两人约好还要再见面，画家许诺他们的画像第二天一定完工。

家里到了一封法国来信，是夫人写给维尔玛的。她说恰巧在离开马德里之前收到了胡里乌斯的信，她说，美丽的、亲爱的维尔玛，希望胡里乌斯能多给他们写信。他们正在蓝色海岸①，然而，天公并不作美。圣迪亚吉托认识了一个意大利女孩，无论如何也不愿意离开那里，说什么也不想去巴黎。胡安·卢卡斯先生负责在必要的时候解决这个问题。和他的朋友们在一起时，他们受到了很好的招待。她感觉平静一些了。他们不停地折腾，从一架飞机换到另一架，她的脑子始终被其他的事情占据。当天早上他们刚刚受邀去坐游艇（苏姗用的是英语单词 yacht），在海上她会得到很好的休息，海总是能让她身心舒适。他们很开心胡里乌斯一切都好。医生们又来信了，说他的情况好得不能更好了。还有罗马、伦敦和威尼斯没有去，但他们会如期回来庆祝胡里乌斯的六岁生日，还要给他物色学校。

胡里乌斯，亲爱的：

我们的时间很紧张，因为大家正等着我们去坐游艇。你的来信对我们来说可是个宝贝。我们所有的人都看了，包括你的胡安叔叔。鲍比和圣迪亚吉托非常喜欢胡安·卢卡斯叔叔。亲爱的，你也会非常爱他的。这对我们来说非常重要。吻你一千次。

妈咪

二十分钟之后，受高尔夫球手的一个开夜总会的朋友的邀请，苏姗、胡安·卢卡斯、鲍比和圣迪亚吉托已经在海鸥号游艇上了。他们时不时地仰望天空，起初天气没有好转的迹象。他们用英语交谈，好让孩子们都能听懂。之后，太阳出来了，航行的几小时都有蓝天相伴，龙虾余留的咸味

---

① 蓝色海岸，法国东南部地中海沿岸地区，是著名的度假区。

使五官全部投入到对海的体验之中,胡安·卢卡斯抿了一口干白,违心地扭曲着他说惯了西班牙语的唇舌以赞扬这醇酿,于是开始了一场漫长的法语谈话,语音纯正得无可挑剔。

给胡里乌斯打针的小姐生病了,接替她的是帕罗米诺。一天下午,帕罗米诺骑着自行车来了,带着医生专用的黑色手提包,上面用金色烫着名字的首字母缩写。他非常使劲地按门铃,塞尔索来开门时,他说是来找小胡里乌斯的,说得好像是一个前来拜访的朋友似的,甚至还一屁股坐在门厅的地上。塞尔索十分讨厌帕罗米诺,而帕罗米诺也很瞧不起塞尔索。这个乔洛人是医学院的学生,帮忙注射。他自认为是乔希卡的堂胡安①,每到国庆节,都会穿上一身崭新的海蓝色套装。此外,他还吹嘘自己是中央公园里的那些保姆眼中的王子,他的针打得相当不错,是他引以为豪的谋生之道。

那几天,维尔玛和妮尔达之间的关系非常紧张。在帕罗米诺第一次来的那一天,两人之间的矛盾激化了。胡里乌斯当时正在妮尔达的房间里,问她想什么时候给她的婴儿行命名礼。一开始差点没把他吓死,因为她说自己不是天主教徒而是福音教徒,然后,她解释福音教徒意味着什么,还说有很多宗教,而天主教不一定就是最好的。她的话可怜的胡里乌斯似懂非懂,但足以让他目瞪口呆。可怜的孩子圆睁着双眼,两只手紧紧地贴在身体两侧,一动不动站在那里,好像还在等待着什么。就在这时,妮尔达的小婴儿哭起来。她用一只手将他抱起来,好像他不过是一个小包裹,另一只手解开自己的上衣,从里面取出一只巨大而松软的乳房,粉色的乳头上清晰可见小小的突起,她开始给孩子喂奶。那场面令人难以置信。她继续讲着福音书,胡里乌斯不能离开,他浑身都在发抖,感觉无法再忍受。他觉得口中充满了苦水,当他往门口看时已经为时已晚,他呕吐了。呕吐

---

① 堂胡安(Don Juan),也译作唐璜,是西班牙家喻户晓的传说人物,以英俊潇洒及风流著称,后作为"情圣"的代名词使用。

的时候，他有些懊恼，他并不想吐在那里的。这时维尔玛进来找他了，她目睹了全部场景。也许是因为自打前几天叉子事件起，她就一直和妮尔达相处不佳，而且集市画家彼得的事情使两人之间的关系更加恶化。胡里乌斯茫然不知所措地看着维尔玛，又看看肮脏的地面，继而又看看维尔玛，以及给婴儿喂奶的妮尔达，她的乳房依然裸露在衣服外面。维尔玛对妮尔达劈头盖脸一通指责，雨林女人叫她等着，说等她喂完奶，就要她好看。幸好这时塞尔索来通报，说一个叫做帕罗米诺的人来打针了。

维尔玛将胡里乌斯仔细检查了一番，确定他没把衣服弄脏，她用一块喷了香水的小毛巾给他擦擦脸。她知道他很健康，呕吐另有他因，所以最好还是不要告诉任何人，特别是不要告诉医生，以及那个来打针的家伙。帕罗米诺看见他们到了就站起身来，甚至连看都没看胡里乌斯一眼，相反，两只眼睛恨不得将维尔玛整个人都吞进去。"是谁要打针？"他问道。他很清楚自己是来给一个孩子打针的，但是他希望由她来告诉他，这样好回答她说太遗憾了，同时趁着几缕阳光照进房间，好好炫耀一下他的医生手提箱上那几个烫金字母。维尔玛冲他微笑，尽显妩媚。

给胡里乌斯注射的那位小姐再也没来过。她休息的那一个月已经过去了，可是依然没有下文，来访的总是帕罗米诺，甚至在不用给任何人打针的时候他也会来。他和维尔玛一聊就是好几个小时，这让胡里乌斯倍感无聊。除了维尔玛，其他人都对他十分反感，连他的自行车、海蓝色套装，还有黑色手提箱，都让人生厌。这个叫做帕罗米诺的家伙还真把自己当医生了，他不知道，卡洛斯、塞尔索和丹尼尔甚至想把他杀了。妮尔达对此事另有看法，她大声呵斥维尔玛，说她是一个不知廉耻的女人，叫她等着女主人回家，如果女主人知道她现在甚至都不管胡里乌斯，只知道和那个男护士打情骂俏，那她就等着瞧吧。帕罗米诺谁也瞧不起，甚至连招呼都不打，他每天花费越来越多的时间待在花园里，有一次甚至忘记要给胡里乌斯注射，因为当时正在和维尔玛聊天。另有一次，他带着照相机过来，让她摆出各种姿势拍照。卡洛斯和两个男管家出门了，妮尔达正忙于儿子的事情，阿尔敏达和她的女儿，上帝知道在哪儿呢！可怜的胡里乌斯想要到市场上去找画家彼得，都快要想疯了，他许诺过那天下午去的，但是维尔玛根本不理会他，而帕罗米诺甚至对他大声叫喊，叫他再等一会儿，不要碍手碍脚，这样，直到维尔玛穿着浴衣出来——那是夫人送给她的，她穿起来十分合身，像个伦巴的选秀舞者——摆着极不娴熟的艺术姿态。确实，这个乔洛姑娘真是秀色可餐，帕罗米诺不停地一张照片接着一张照片拍摄，从不同的角度，黑白的或者是工艺彩色的——按照他的话说。时间一小时接着一小时地过去，可怜的胡里乌斯一直在等待，最后他一个人逃跑了。

他很容易就找到了去下乔希卡的道路，第一个路口左转，再走两个街区，到达中央公园。一直往前走，直到看见一段阶梯，可以下到七·二八大道。七·二八大道是下乔希卡区的主干道，很宽敞，两边都是商店、杂货店和酒吧。最远处的一个街口就是市场了，在紧里边，就在河边，找到它并不困难。当然，这个冒险足以吓坏任何一个像他这个年纪的小孩，但是胡里乌斯急切地想要找到集市画家彼得，一时忘记了害怕，也丝毫没有迷路。已经可以看见货亭、摊位、移动商贩的包裹、蔬菜、闪闪发光的鱼，还有那些悬挂着的、巨大的、红色的牛肉和已经宰割的牛。彼得也在那儿，他拿着调色板，所有工具都在一个袋子里。他正在和市场上的一个女摊主聊天，周围有很多看热闹的人、潜在的顾客，以及虔诚的仰慕者。当看见胡里乌斯的时候，他露出一个微笑，将烟斗稍稍向右边倾斜，一只手招呼他靠近，另一只手指向远处的一个东西，在一个货亭里面。胡里乌斯走近，生平第一次主动和别人握手，无需任何人在他身边说，快打招呼，孩子。

集市画家彼得把他介绍给了围在那儿的一群人，然后结结巴巴地说，画已完工，要送给他。随后，他问起妮尔达和维尔玛，胡里乌斯说她们在家里忙活，所以他就一个人来了，但是他一点也没有迷路。彼得朝他微笑，说正忙于鲜活的西班牙语课，他是这样称呼他在街上和人们的交谈的。确实，他在学习，而且学得很快，但是他的语音真的很差，因此取笑他的人可不在少数，当然，他们都是怀着好意和尊重，这个美国先生已经成为集市上的一个地标性的存在。他总是不停地画画，常常和人交谈，不厌其烦地讲述他的国家和他的旅行，口中总是衔着一个烟斗，而且说话结结巴巴。和当地人聊天对他而言可不是一件轻松的事情，但是他始终坚持不懈。

大约十分钟后，他告别了所有人，和胡里乌斯一起来到他保存着那幅画的货亭。胡里乌斯双手接过画，长时间地看着，半晌才说非常喜欢，非常感谢。画上有他和维尔玛，还有一个篮子，鱼从篮子边缘露出来，背景是一排蔬菜摊。他的朋友画得很好，胡里乌斯说，他要把这幅画带回家，挂在他的卧室里，他解释说，乔希卡的家是新的，墙上没有什么画。集市画家彼得问他是否愿意去河上的那家饭店喝一杯汽水，他当然愿意了。

他们坐在一排酒瓶前聊了很长时间，胡里乌斯很精确地回答所有的问题，他给彼得讲述他家的故事，没有什么比利马家中的那驾马车更让这个美国佬吃惊的了。这个可怜人发疯似的想要画它，可惜胡里乌斯回利马的时候，他肯定已经在库斯科，或者普诺，他还没去过那些地方。对于彼得而言，胡里乌斯天真无邪的眼中看到的家族荣耀，他的父亲，美丽的母亲，贝尔莎的葬礼，还有他那浪漫的舅爷爷与得了肺结核的女钢琴家之间的爱情故事都极具诱惑力，他不停地问这问那，想要知道更多的事情。他注意到，当说到姐姐辛缇娅的时候，胡里乌斯异常激动，面色苍白，就连拿起桌子上的杯子都无能为力。

所以，他转而问他有没有上过吊桥。他问得恰到好处，穿过那个会发抖的桥在胡里乌斯看来是惊心动魄的。维尔玛从来不愿意带他去那儿。美国佬叫来服务生，付了汽水的钱。"走吧。"就这样，他们出发了。在踏上桥之前，他让胡里乌斯注意看，桥整个儿都在颤抖，他问，害怕吗？不怕，胡里乌斯一边回答，一边镇静自若地往前走。他一个人走着，眼看就要到达桥边了。彼得虽然内心十分惊恐，表面上却不动声色，倒不是因为他有一副铁石心肠，而是关于儿童教育，他有非常现代的理念。

胡里乌斯让他想起他自己的童年，这个孩子让他大开眼界。美国佬甚至有点激动。内心深处，他是一个很孤单的人，更何况最近……过了桥，他将车站旅馆指给胡里乌斯看。这座建筑已经破旧得几近倒塌，但它历史悠久，独具魅力。胡里乌斯似乎知道这是一座重要的建筑，他仔细地聆听。彼得说这是一家古老的酒店，全木质结构，看好了，虽然如今入住者寥寥，但在鼎盛时期，它可接待过很多任总统和很多位部长。最终，胡里乌斯还是没有忍住，他问彼得为什么说话结结巴巴，彼得立刻停止结巴，说自己并不是天生如此，相反，在孩提时代……因为胡里乌斯已经跟他说了辛缇娅的事情，以及他自己斜视的问题，于是，正对着古老的车站旅馆，集市画家经历了生命中难得的推心置腹的时刻。

之后，他们又和酒店的一位管理员交谈了一会儿，那是一位魅力四射的老先生，对乔希卡自远古时期以来的历史了然于心。这个小老头甚至提出要请他们喝汽水。很多年过去，他对这个美国人充满了好奇，可怜的彼得仿佛是一个富有的旅行者，他的出现象征着乔希卡这个被遗忘之地的新生。说起来，那个场面是十分伤感的。胡里乌斯决定还是不要接受他的邀请，他感到有点头晕，而且美国佬看起来也无精打采，只有这个小老头格外兴奋。

他笑容满面。那两个人开始在石块之间缓缓下行，朝河边走去。老头儿沉浸在回忆之中，独自笑个不停。当他直起身来，找到一个合适的地方观望时，只见他们还在那儿，在下边，坐在两块石头上，双脚浸在水中。他多想听听他们在说什么！可是他什么也听不见，因为他们几乎不怎么说话，只是互换照片，说这是辛缇娅，或者，这个是我小时候，只有你这么大，差不多五岁。他们就这样待了好一会儿，最后，彼得表现出倦意，胡里乌斯发觉时，他已面色苍白。朝旅馆走去时，他的状况更糟了，看起来十分疲倦紧张。回到吊桥时，他感觉糟透了。他问胡里乌斯敢不敢过桥，胡里乌斯回答说当然，几乎感觉不到桥在动——为了让彼得安心，他又补了一句。彼得笑了，在离开前，他摸了摸胡里乌斯的头，目送他离开，在那儿，那边，已经看不见了，珍……珍……珍……他想说珍重，但是说了第一个音节就卡住了，只能这样了，明天他就走了，等胡里乌斯再到市场来找他时，会有人替他告别的。

在回上乔希卡的路上，胡里乌斯心事重重：维尔玛想必吓坏了，都怪她，他要再过一会儿回去，这个时候乞丐们应该在等开饭了，维尔玛从来不愿意带他去那儿，他们一定在找他，都怪她。总之，他取道伯利恒修道院了。到达时，那个穿着如同修女一般却梳着发髻的女人恰巧出现。同时出现的还有那个推着有轮子的桌子的男人，桌子上放着一口巨大的锅，还有那个微笑着为所有的人祈福的善良的小个子修女。可怜的胡里乌斯相当失望，乞丐们全然不理会他，都盯着那口大锅。他本来想给他们看看那幅画的，还要跟他们说可以把他的画家朋友带过来，请他也画画他们。他一路抱着画过来，这会儿有些累了，他决定回家了，因为等他们吃完要好几个小时。他正打算走，小个子修女用一口很好听的法国口音开始追问：你的奶妈在哪儿？你的家在哪儿？你怎么在这儿？太可怕了！诸如此类。可怜的女人显然是吓坏了。乞丐们死死盯着各自的碗，根本没有注意到祈福修女牵起那个孩子的手将他带走了。

在家里，特洛伊的战火已经点燃。当维尔玛为帕罗米诺摆拍完毕，回房间重新换上保姆制服时，战争就开始了。回来时她遇见了妮尔达，妮尔达对她的厌恶之情溢于言表。雨林女人问她小胡里乌斯在哪儿，她回答说在花园里，不然还能在哪儿？于是妮尔达开始大声嚷叫，胡里乌斯！无人应答，他绝对不在花园。就知道和那个拈花惹草的家伙鬼混！现在小胡里乌斯在哪儿？要是夫人知道了！维尔玛只是回答说不要惹她。雨林女人发出第二声嚷叫，胡里乌斯！依然没有人应答，可怜的女人开始感到害怕。他也许是在楼上，可是，就算在楼上，也不可能听不见。两个女人同时有了不好的预感，发疯似的同时往楼上冲，在楼梯上磕碰了好几次。到了楼上，她们把所有的房间跑了个遍，连胡里乌斯的影子也没有看见。

"都是因为您不要脸，整天就知道卖……"

妮尔达没能把话说完，维尔玛绝望地扑到她身上，两个人厮打在一起，时而撞到墙上，时而碰到扶手椅，时而又滚到地上，过程中混杂着尖叫声、哀嚎和呻吟。

在花园里，帕罗米诺听到了叫喊声，不知如何是好，他未能准确地判断出声音是从哪儿传出来的,只听见"啊呜!""啊咦!""放开我!""救命!"甚至"帕罗米……诺!",然而,门是关着的,他无计可施,时间一分钟一分钟地过去,他很清楚地意识到这两个女人在厮打。可怜人开始感到不安,可能会卷入一个大麻烦的想法让他异常害怕。叫喊声继续,他清楚地听见两个女人的哀嚎,她们正在楼上厮打,妮尔达将维尔玛抓得满脸伤痕,而维尔玛则抓住了妮尔达的后颈,给她重击。就在这时,家中的男人们赶到了,他们正抬着一张刚从奔驰车上卸下来的床进来,碰到帕罗米诺,觉得他在花园里十分多余,非常想杀了他。就在这时,他们听见了哀嚎声。卡洛斯一把搁下床,撒腿就跑,他打开大门,迅速跑到楼上。到了那儿,他一眼就看见两个女人已经筋疲力尽,却仍不放弃互相伤害。两人的衣服皱皱巴巴,破烂不堪。维尔玛躺在一个角落里抽泣,在刚才的争斗中,她多次摔倒在地上,弄断了小手指,卡洛斯看见她的时候,她仅用脚在抵抗妮尔达零零星星的进攻。

"孩子丢了,"雨林女人一边抽泣一边说,"都是因为她!"

卡洛斯赶紧去通知两个管家,结果在花园里找到了他们,两人正拦住试图逃跑的帕罗米诺。卡洛斯说胡里乌斯不见了,是维尔玛的错。

"就因为和这个混蛋打情骂俏。"

帕罗米诺邂逅了生命当中仅有的几次紧急情况之一。他微笑着,显得很不自然,而且惊恐万状,他试图做出一些解释,或者说点什么,但是没有人,也没有什么东西能够控制住塞尔索和丹尼尔。这个来打针的人将相机收起来,很被动地往后退。就在这时,两人一拥而上,在花园正中央,树木和芦苇丛中痛揍他,把他身上弄得很脏,发型也完全破坏了。两个管家打烂了帕罗米诺身上最令人讨厌的东西:他的脸、手提箱和海蓝色的套装。最后,又拳打脚踢了一番才将他赶出了门。

之后,他们跑到楼上去看两个女人的战况:维尔玛和妮尔达在哭泣,两人解释不清发生的事情,事实上,谁也不知道发生了什么,胡里乌斯具体是什么时候不见的,是不是被绑架了,总之一无所知。雨林女人说,修道院的那些乞丐是吉卜赛人,也许他们拐走了胡里乌斯,如果是这样,怕是再也见不着他了。

"等他哪天再次出现的时候，怕是在一个马戏团打工，那时他已经是吉卜赛人了，早不记得自己的家人了。"

她旋即又否定了这个猜测，改口说是那个美国佬，他一定是个同性恋，道德败坏，他绑架了胡里乌斯，猥亵了他，现在说不定已经把他杀了。维尔玛的哀嚎打断了她，乔洛姑娘发了疯似的向墙壁撞去，诅咒着她的厄运，也诅咒着帕罗米诺，她从来就没想和谁调情！原谅她吧！她只是想拍几张照片而已！胡里托！胡里托！我的上帝呀！我该怎么办！妮尔达也在呻吟，她被自己的话吓到了。两个管家也和她们一样不知所措。卡洛斯犹豫着：打电话给警察吧，他又不敢。主人们还在欧洲呢！

这时，电话铃响了，卡洛斯冲过去接听。是从伯利恒修道院打来的，胡里乌斯在那儿。司机回答说现在就去接他，因为奶妈的疏忽，孩子自己跑了，他现在就去接他。灵魂重新回到了肉体上，他们彼此微笑着，颤抖着，精疲力竭，却也如释重负，大家都站在原处，彼此微笑对视，满怀羞愧。与此同时，卡洛斯在奔驰车里飞速前进。

胡里乌斯在伯利恒修道院的门口安静地等待，看见他神情紧张，赶紧迎上前说什么事也没发生，只是嬷嬷不想让他一个人走，她害怕乞丐们会伤害他，既然他们这么坏，为什么还要给他们食物呢？这时，小个子修女出现了，开始责怪卡洛斯，带着很好听的法国口音，卡洛斯摘下帽子，非常恭敬地低下头。看见她一边同胡里乌斯告别，一边笑容可掬地在他的小脑袋上画着一个小十字架，卡洛斯赶紧重新戴上帽子，以防在他的头上也画上一个十字符。可不是穿上修女袍就是圣女罗莎的。

所有的人都出来迎接，维尔玛和妮尔达还在哭，还穿着撕破的制服，塞尔索和丹尼尔将头发稍事整理，脸上挂着满意的笑容。恶时辰已经过去了。现在他们来迎接他，他还是那个备受宠爱的孩子，他不会知道，当他不在的时候发生了怎样可怕的事情。那两个女人让他无法思考，她们一边不停地吻他，一边询问他去哪儿了，为什么跑出去也不告知一声，胡里乌斯非常吃惊地看着她们，似乎是在等待一个解释：谁打了她们。在争斗中从楼梯上滚下去的一把椅子,仍然倒在地上,仿佛在指控她们。维尔玛难以忍受按捺的情绪,再次哭了起来,大声请求原谅,她再也不会见帕罗米诺了!对她而言,胡里乌斯比什么都重要!她再也不会疏于职守了!真的仅仅是为了几张照片!她不是坏女人!她从来不让别人碰!妮尔达完全误会她了!没有了胡里乌斯,她将无法生活!总而言之,妮尔达也很激动,也放声大哭起来,就这样,两人在胡里乌斯面前上演了一出可怕的哭戏。男人们试图安慰她们,说什么也没发生,塞翁失马,焉知非福,实际上,众人算是撞了好运,由此摆脱了帕罗米诺。

　　胡里乌斯本以为大家已经看见他手里拿的那幅画了,于是展示给他们看。然而,这并不是一个好主意,维尔玛一看见画中的自己,就立刻想起了她伤痕累累的脸,于是再次痛哭流涕。她有一只眼睛还睁不开,热辣辣的痛觉遍及全身。美丽的乔洛姑娘不停地呻吟,双腿一半裸露在外面,布满淤青和蹭破的痕迹。妮尔达和她一样,哭哭停停,此起彼伏。她越哭就越疼得厉害,她的上嘴唇被撕裂成两块,肿得很大,仿佛随时都会炸开,上面沾了很多脏东西,应该尽快上楼取药箱给伤口消炎,必须立刻找来乔希卡的随便哪个大夫,让他看一看维尔玛的小手指,还要看一看妮尔达,看她到底为什么不停地呻吟,她感觉呼吸不畅,抱怨后脑勺受了重伤,说维尔玛对她后颈的沉重击打无异于一个致命伤。她差点再次朝维尔玛扑过去,碍于胡里乌斯在场,必须停止暴力,使用理性:应该编造出怎样的一个故事来搪塞?要怎么和医生说呢?

　　当天下午,有人给维尔玛的手指打上了石膏。这个可怜的女人感到剧烈的疼痛,却竭尽一切可能假装不疼,在工作上依然保持高效。她从一个房间到另一个房间,紧紧跟随胡里乌斯,竭尽讨好之能事。晚饭时,他开始讲述自己的探险经历,他说自己一直是和他的朋友——集市画师彼得在一起,后来他又去看了那些乞丐。他还说要不是因为那个嬷嬷,他早就到家了,嬷嬷不让他一个人回家。他不停地说着这些话,维尔玛注意到,他开始变得很紧张,越说越激动。他持续不停地重复讲述,每一次都不同,似乎停不下来,从未见过他这般魂不守舍。维尔玛在几分钟前刚同妮尔达和解，此时跑去找她。两个乔洛女人就此获得解脱，就像在希腊神话故事里经常发生的那样，因为战争，因为痛苦而最终释怀。雨林女人到了，假装很镇静，表示很乐意帮助她的同事，但是维尔玛发现，自从她进入厨房之后，胡里乌斯话更多了，也说得更快，而且越说越快。事态没有好转，反倒恶化了。突然，他没了胃口，一边不停地说着他和彼得见面的事情，一边不停地说，我不想吃了，把这个盘子拿走，他的朋友彼得一直把他带到河边，把它拿走，维尔玛，他把他介绍给车站上的木头旅馆的小老头，我不饿，就在中央火车站。维尔玛飞也似的跑进厨房痛哭。妮尔达也无法忍受，她去把两个男管家叫来之后也离开了。胡里乌斯看见塞尔索和丹尼尔面带微笑进来，脸上完好无损，感觉到一阵发自内心的轻松。卡洛斯随后也到了，他拿着一小瓶镇静剂，医生说过，必要时可以使用。

"胡利安，来，试试这个吧……"

卡洛斯说得对，第二天他醒来的时候很平静，他昨晚睡得很好。他感觉好极了，准备去上胡丽娅小姐的课。他只会告诉她，维尔玛和妮尔达因为一些私事打起来了，她不需要知道细节。乔希卡重新恢复了平静，所有在胡里乌斯身边的人都试图证明什么也没有发生过。胡里乌斯也一样。

起初，维尔玛不敢与胡丽娅小姐打照面，但是，当妮尔达出现时，她鼓起勇气现身了。妮尔达比平时看起来更像雨林女人，右眼上方有一小块肉暴露在了外面，好像在大声宣告："这关您什么事！"胡丽娅小姐是个谨慎、细致的人，她明白了一切，却对在女仆和厨娘之间发生的那些无聊琐事不作任何评论。这一切都和她在有四百年历史的、美洲最古老的大学圣马尔科斯国立大学教育学系纯粹的学生生活毫不相干，与她在"教育大联盟"——承蒙一九四八年转战平原的曼努埃尔·A.奥德里亚将军[①]的政府眷顾而建立——的教师生涯毫不相干，与她的西班牙语和语法课也毫不相

---

[①] 全名曼努埃尔·阿图罗·奥德里亚（Manuel Arturo Odría，1896—1974），秘鲁军人，政治家，1948—1956年任秘鲁总统。1948年10月27日，他在阿雷基帕领导了一场针对政府的军事政变。阿雷基帕位于秘鲁的山区，在政变中，其势力扩展到平原地区。

干。难道这两个不幸的女人会知道句法或者正音法是什么吗？会知道谁是鲁文·达里奥①或者"美洲的诗人"是谁？而她却不同，她可是《卡雷尼奥准则》②的精致成果。当看见别人在吃饭时，她会说"祝您好胃口"；或者更厉害的是，当有人跟她说"祝您好胃口"时，她会答"多谢"。她坐在那儿，紧挨着胡里乌斯，为他讲解正字法。她的胳膊和腿上长满了长长的汗毛，又直又黑，所有汗毛分得很开，都直直地挺立着。她待人不太客气，穿着蹩脚裁缝做的套装，带着一个塞满巴士车票的小夹子，她总是买往返票。还有她那说话时永远不变的完美的祷告腔调。对了，当然，她特别喜欢出没于有钱人的宅邸，虽然女主人此时并不在，但她是真心喜欢和她交谈的。每当她谈论"美洲的诗人"，或者说到是时候对巴列霍③的诗歌进行深入的研究，说这是秘鲁文学史上的一个空缺时，夫人总是不予理睬。有一天她也会写论文，可惜，巴列霍过于深奥，她无法写一篇关于巴列霍的论文来填补这深深的空缺。不管怎样，她将会获得教师资格，会赚更多的钱，而无需靠做家教来谋生，不用再和她到访的那些人家的仆人们一起在食品间喝茶，等待着那些富有的女主人——她十分羡慕她们——在最意想不到的时候将她解雇，就好像苏姗夫人在她给辛缇娅上课时做的那样。这个大耳朵的小男孩去上小学的时候，她一定还会再次这样做的……胡丽娅小姐想得太多，心情极其苦涩，她此时的心理状态就好像是有人在等待一只苍蝇停下来。胡里乌斯犯了一个错误，她扎了他一下。

胡里乌斯大叫一声，维尔玛慌忙赶到，却不敢插手，担心家庭教师又会对着她说教。相反，气急败坏的胡丽娅小姐却扑面说道，你看起来糟透

---

① 鲁文·达里奥（Rubén Darío，1867—1916），尼加拉瓜现代作家，拉丁美洲现代主义诗歌的代表人物。
② 《卡雷尼奥文明行为准则》（*El Manual de urbanidad y buenas maneras*）的简称，由委内瑞拉人曼努埃尔·德卡雷尼奥写于1853年，是一部关于如何在工作、学习、家庭等各种公共及私人场合保持正确行为举止的建议和准则的汇编，书中的建议和准则主要以基督教的伦理规范作为标准。
③ 全名塞萨尔·巴列霍（César Vallejo，1892—1938），秘鲁现代作家，生于安第斯山区。被认为是20世纪最伟大的诗歌改革者之一。

了，姑娘，谁把你打成这样？妮尔达打断了她，她气势汹汹地进来问道，为什么小胡里乌斯大声喊叫？胡里乌斯说被扎了一下，雨林女人愤怒地大声吼道，是想让他呕吐还是怎样？可怜的孩子感到眩晕，或许是为了避免造成更加混乱的局面，他请求继续上课。胡丽娅小姐被吓到了，她说继续上课。厨娘一直守在一旁，直到下课。时间并不太难过，老师教给胡里乌斯的母亲节小诗十分有趣。离母亲节还有很长的时间，正因为这样，他才有足够的时间将它背下来，你的妈妈也会喜欢这首小诗的。还有什么要做的吗？这个小可怜将一边结结巴巴地背诵一首诗，一边给妈咪送上一小捧花，很可能是在家里的浴室中。一定会让妈咪措手不及，场面十分尴尬，让人羞愧难当。

要不是因为洗衣女仆阿尔敏达的女儿朵拉，可以说乔希卡一切进展完美。医生们已经没有来的必要了，胡里乌斯的健康状况不能更好了。只找人替代了帕罗米诺三四次，现在已经不需要再打针了。石膏拆除的时候，维尔玛的手指恢复得很好，她近来的表现也无懈可击。每天下午，他们一起乘坐奔驰车出行，一直开到帕罗玛尔，或者去看足球赛。二十二个乔洛人，穿着二十二套不同的衣服，鞋子的种类也五花八门，甚至有人还光着脚，在公路旁临时搭建的足球场踢球。有时在中央公园也有足球赛，那儿的两支球队各有自己的球服，每个人都穿着足球鞋。一天下午，他们看完足球赛回来时，阿尔敏达伤心欲绝：朵拉和卖冰淇淋的小伙跑了，去利马了。

朵拉回来时，阿尔敏达扇了她几个耳光，气恼地用刀指着她，妮尔达一把将刀夺下来。可怜的阿尔敏达好话已经说尽，朵拉无礼至极，理都不理。她面露鄙夷，十分傲慢。她是从哪儿学来的！说一句顶一句。妮尔达说，要是她的儿子敢这样，她就烧了他的舌头……可怜的好女人阿尔敏达快要气死了，她向来待人和蔼，心地善良。怎么能这样说话！上帝啊，太没教养了！她可是她的母亲啊！真该好好揍她一顿！好啊，那就揍吧！朵拉也不依不饶。四十年！四十多年勤勤恳恳洗衣服，双脚浸在冷水中！真倒霉啊！不，这个没良心的！跟她的爸爸一样混蛋！可怜的阿尔敏达不停地叫骂，愤怒得快要死去，胡里乌斯害怕极了，妮尔达的婴儿哭闹着，朵拉竭尽所能躲避击打，妮尔达从衣服里取出乳房。第二天，朵拉不见了，留下一张纸条，说和"多诺雪"的冰淇淋小伙去山区了。阿尔敏达低下头，一下苍老了很多。

"夫人和胡安·卢卡斯先生结婚了！"妮尔达惊呼道，手里扬起一封打开的信。胡里乌斯刚从市场回来，他已经第六次被告知画家彼得已经离开了，没有留下地址。听见雨林女人的嚎叫声时，他正在想象着彼得坐在的的喀喀湖畔，手里拿着调色板和画笔。"把信给我。"他说。他的两个脚后跟并在一起，脚尖分得很开。妮尔达把信递给他，他看了一眼，就递给维尔玛，急切地想知道上面究竟写了什么。他将双手紧紧贴在身体两侧。

亲爱的胡里乌斯：
　　我很激动。我刚刚和胡安叔叔在伦敦的一座教堂里结婚了。只来了他的一些朋友，还有爸比和我的一些朋友。我们很开心。圣迪亚吉托和鲍比都在。你会很喜欢胡安·卢卡斯叔叔的。他非常可爱，和你一样。我们两小时之前结婚的，现在去昂斯洛广场附近的一个餐馆吃午饭。多希望你也和我们在一起啊！
　　很高兴你已经康复了。我们的旅行很快就结束了，还差威尼斯和罗马，我也不是很清楚，总之，要准备回利马了，我们很快就回去了。和胡安·卢卡斯叔叔在利马度过一个美好的夏天，亲爱的，你觉得好吗？夏天之后，我们的胡里乌斯就要去上学了。我要赶紧去找胡安·卢卡斯了，他在吧台等我。附上我们所有人的吻。吻你一千次。

她还穿着婚礼上的那一身绿色套装，觉得自己是世界上最美丽的女人，也是最幸福的一个。那天早晨，苏姗步履翩翩地走向酒店的吧台，感觉当真是妙不可言。她在胡安·卢卡斯的注视下，缓缓走过来，在他身边，圣迪亚哥和鲍比穿着深色的套装，于蓬勃朝气中散发出稍加修饰的优雅，看起来赏心悦目。两个孩子在和几个刚刚相识的人聊天，还有他们父亲的朋友，令人难以置信的约翰和胡里乌斯。这两个人已显醉意，苏姗觉得他们和初见时一样迷人。一切仿佛就发生在昨天。就在昨天，她在伦敦认识了一个秘鲁人，和他在利马结了婚。此刻，她刚和一个在利马认识的秘鲁人在伦敦举办了婚礼。回想起来，当她和圣迪亚哥交往时，胡安·卢卡斯也正在伦敦呢。就在昨天，她许诺胡里乌斯要给孩子取他的名字，而此刻再见他时，她刚给胡里乌斯写了几行信……她微笑着加入了吧台前的交谈，决定不再追忆往昔，胡安·卢卡斯替她解了围：他说着话，轻轻地揽住她的后颈，满怀爱意地将她拉向自己，一边继续风趣而开心地聊着天。苏姗感觉到脖子上轻柔的压力，张开嘴，面部绷得很紧，活脱脱一副米高梅狮子的表情。而当她靠向胡安·卢卡斯肩膀的时候，表情发生了变化，她察觉到自己的颈项被舒舒服服地安置在胡安·卢卡斯结实有力、令人愉快的臂弯里，她接过一杯酒，将另外一只胳膊伸向他的后背，同时将头后仰，金色的头发随即滑落，散落在胡安·卢卡斯完美而应景的深色西服上。她闭上嘴，露出一个微笑，谁也没有注意到在如此短的时间内她表情的变化。她感觉到胡安·卢卡斯的胳膊正从她的脖子后挪开，她几乎就要重复刚才同样的表情，差点扭头看向另一侧，但是立刻又担心那只手已经抽离，害怕是自己要求太多，害怕在轻咬自己之后发觉一切只是回忆当中的一个片段，已经不是此刻，一切正在远离，对吗？怎样？似乎在问她什么。她总是从无比温和的场景之中醒过神来，所以看起来总是风情万种，所以不论做什么都会得到谅解，她是如此值得爱。

## V

大宅光彩照人，等待他们归来。那个夏天，阳光从宽敞的窗户照入室内，触及房间里的每一个角落，一切看起来生机盎然。塞尔索和丹尼尔使每样东西都重新闪亮，让每个房间都恢复了往日的光彩。所有不愉快的记忆都应该消失，一切准备就绪，即将迎来全新的生活，而他们也准备好效劳于新的男主人。所有人都在马不停蹄地烹饪、熨烫、打蜡、清扫、冲洗和抛光，都已经接受辛缇娅小姐不在了。

去机场那天，所有的人都起得很早。妮尔达在食品柜里放满了食物，维尔玛负责给胡里乌斯穿衣服，卡洛斯清洗汽车。他们叫胡里乌斯不要钻进马车里，让他安静地等待出发。维尔玛把他打扮得像是要去参加第一次受洗礼，还给他戴上了斗牛士的小领带。他紧张地等待着，回忆起往事，将这个第二次飞机场之行与第一次联系起来。他不想在钢琴房等待。他们时不时过来看看他，他始终心平气和。他很好，他自己这样说，不知不觉中他已经在学习伪装的艺术。他的双手在颤抖。

卡洛斯一路上都在和他交谈。他说，圣迪亚吉托一定已经是个男子汉了。出发前，众人已经下了一致论断：圣迪亚吉托就要满十六岁了，一定已经长成大人样了，欧洲一定使他发生了改变。他们坚持这样认为，好像几个月不在就足够使一个孩子变得高大。他们在自己的意识里使他成长起来。鲍比也快十三岁了，就要上中学了，他不会再穿短裤，一定长高了不少。就要到飞机场了，卡洛斯依然不停地说着话，努力地哄胡里乌斯开心，卡洛斯心情不错。你在乔希卡玩得很开心，再享受几个月吧，然后就该上学了，这就是生活，每个人都在成长，每个人都回到……

"每个人都回到出生的地方。"卡洛斯唱道，他的两片厚嘴唇夸张地一开一合，他有些得意忘形了。他将飞机指给胡里乌斯看，开心之情溢于言表。"只要不发生霍尔赫·查韦斯①那样的事情，"他语无伦次地说道，"除非飞机一头栽下来，准备迎接你的妈妈吧。"他不能保持沉默，甚至不能停止手舞足蹈，因为他，胡里乌斯无法安心地四处环顾：对，对，那一架就是他曾为辛缇娅选择的飞机，辛缇娅，辛缇娅，高音喇叭声证实了他的判断，法航二〇七号航班，途经巴黎、里斯本、皮特尔角城、加拉加斯、波哥大、利马。他感觉到一阵眩晕，这可不是时候……

两人极力克制着。"芝麻开门。"卡洛斯好像在说，他站在平台上，很不安生地等待飞机舱门打开。这个庞然大物令他肃然起敬，天空是为天使预留的，公鸡飞不过屋顶，为什么还不开门？司机咄咄逼人，他甚至开始自我批评，你是怎么回事？怎么这么激动？来的又不是你的母亲，不过是你的雇主……一看见飞机舱门打开，他就脱下帽子，女主人回来了，他开始轻声哼唱克里奥约人②的华尔兹舞曲，就像他每次自寻烦恼时做的那样。"堂胡安·卢卡斯！"一看见胡安·卢卡斯出现在舷梯上，他就惊呼道。胡里乌斯克制住呕吐的欲望，还是改天吧，他开始发疯似的挥手。确实，那个就是胡安·卢卡斯，衣着得体。（也许哪天地震了，胡安·卢卡斯也会衣着得体地登场，大声叫喊着"救命！""我的高尔夫球棒！"）在他身边站着一位空中小姐，一定希望能够和他有一段，这个女孩正处在生命的冒险期，她飞来飞去，还不想结婚。然而，当苏姗出现时，她就显得一钱不值。苏姗看起来像是受了惊吓，好像在说把我带到哪儿来了，她认不出这里，上帝知道前几分钟她还在想什么呢。她看起来很美，似乎比以前更美了，胡里乌斯朝她使劲地挥手，再见，再见，再见，她还是没有看见他。苏姗摘下太阳眼镜，阳光差点要了她的命，她立刻又重新戴上眼镜，胡里乌斯在哪儿？"在那儿，妈妈！在那儿！"圣迪亚哥喊道，时而对着她的耳朵，时而又朝向天空，"在那儿，看见了吗？"她看见卡洛斯了，却没

---

① 霍尔赫·查韦斯（Jorge Chávez, 1887—1910），秘鲁裔的法国飞行员，1910年在穿越阿尔卑斯山时，因飞机低空坠毁而身亡。
② 克里奥约人（criollos），在拉丁美洲出生的欧洲人或者黑人，泛指拉丁美洲本地人。

看见胡里乌斯,没关系,妈妈!快下来!你挡住了其他人!他们占据了整个舷梯。赶紧!

当然,他们因为行李超重而交付的罚金足够发好几个人的工资,但这不值一提。主要的行李是走海运的,包括人人都有份的高尔夫球杆,以及全套装备;英国、法国、意大利的服装;连洗衣女仆都有礼物,成堆地购买,甚至都没有经过筛选;罕见的、无比醇厚的烈酒;装饰品、灯具和珠宝;丹希尔的烟斗套装,每个都有皮烟盒和象牙烟嘴。这是一次非常愉快的旅行,太短了,转眼他们就已经回到利马了。短时间内很难概括清楚。人们会询问,而他们无论怎么讲述都嫌不够。总而言之,用胡安·卢卡斯的话说,新闻报道一定会用那些模仿不来的愚蠢话语来替他们作答。就算他们不愿意,总会有人提及他们的旅行……(这个我就不掺和了,这是触及利马人内心深处本我的东西。永远不为人知。当被问及是否愿意出现在"本地要闻"里,人人都说别……)

大宅变化多么大啊!谁买的漂亮家具?谁为墙壁挑选的油画?胡安·卢卡斯在一封信中,将这些任务委派给了一位品位高雅、行事有效的专业人士。卡洛斯继续搬运着猪皮行李箱,摆出一副"我正在负责"的表情,显得高人一等。维尔玛注意到圣迪亚吉托已经长成了一个成熟男人,他一直盯着她。她立刻就注意到胡安·卢卡斯——他就是新任男主人,以及他优雅的一米八七的身段,她说不清他究竟有什么特别之处,实际上她也不确定他凭什么被认为是一个帅男人,说真的,他看起来与任何一个墨西哥的电影明星都很不同。他与女主人是天造地设的一对。再次扭头看时,圣迪亚哥依然在盯着她。妮尔达已经将她那双散发着大蒜气味的手清洗干净,她发出一声开心的欢呼,却被男主人的表情打断。这些女人怎么这么兴奋?她们还是赶紧消失吧,一切都赶紧安置完毕吧,在某一个通风的阳台上必须有金汤尼。苏姗确实很爱他们,妮尔达还是一如既往地散发着大蒜的气味,阿尔敏达在哭泣,随即双手合十,没来由地说着上帝啊,请赐福于所有来到这个家里的人吧。可怜的苏姗强忍住情绪,亲吻了一下厨娘,好了,过来,阿尔敏达又因为女儿朵拉和"多诺雪"的冰淇淋小伙的事情发作了，塞尔索和丹尼尔不得不放下手中的行李过来安慰她，他们架住她的两只胳膊，将她从女主人身上拉了下来。胡安·卢卡斯放下了他平易近人的态度，双臂神经质地张开，很多年没有在大宅里听到这样威严的声音了，苏姗崇拜地看着他：请将行李箱放在该放的地方，当心不要剐蹭；请到楼上来帮我们挂上这些东西；够了，别哭了，女士！他不知道阿尔敏达的名字，也不知道妮尔达的名字，妮尔达不停地出现，大喊着那个是她的儿子，她要把他教育成一个体面的小孩。她把那个小魔头介绍给他们，胡安·卢卡斯开始皱眉，眼睛的两侧清晰地浮现出典型的温莎公爵式的皱纹，胡里乌斯说，看，妈咪，妮尔达的儿子。胡安·卢卡斯抽身离开了，苏姗决定要关爱一下所有的人，她摸了摸小婴儿，塞尔索和丹尼尔则紧紧跟在男主人身后。

次日上午，苏珊娜·拉斯塔里亚打来电话。一听见电话里响起她的声音，苏姗立即被一种掺杂着遗憾和厌倦的奇怪感觉包围。她无可奈何地忍受了半个小时她的嫉妒之情，告诉了她想知道的一切关于旅行特别是婚礼的细节。最后，她以为通话已经结束了，苏珊娜却问起是否要庆祝胡里乌斯的生日。苏姗竭尽全力地回忆、理解并且清楚地用话语表达她表姐的思维方式。"不，"她回答说，"我认为在家中举办节日还为时尚早，即便是孩子的活动也不行。"

"当然，我觉得很对。你说的太有道理了。别人会怎么说呢……"

胡里乌斯的生日到了，欧洲购买的礼物却迟迟未到，只好匆忙去给他买了一个电动小火车。一个男人上门来组装小火车，而胡里乌斯整个下午都在不停地提问。最后，六点左右，火车开始在一个房间里运转起来，趁着男主人不在，所有的仆人都出现了。胡里乌斯定了一站是乔希卡，之后就忘记了小火车这回事，他开始向妈妈讲述乔希卡的事情，妈妈下午一直陪着他，七点钟时她必须换衣服去参加一个鸡尾酒会。他给她讲了集市画家彼得，讲了乞丐，当他准备开始讲关于帕罗米诺和打针的事情时，妮尔达说该做饭了，然后就离开了。她的担心是多余的，胡里乌斯非常精准地把握了尺度，只讲了能讲的，他做得非常好。此外，他讲得非常生动，苏姗开始感谢他们，她说，永远都不会忘记他们的好，先生会给他们奖赏。他们立刻回答说所做的这一切，并不是为了得到什么。作为回答，苏姗提议给大家拿冰淇淋和可口可乐过来。于是，妮尔达又回来了，带着她的小魔头儿子，身后跟着塞尔索和丹尼尔，两人手上都捧着托盘。

"我们用可口可乐干杯，祝贺胡里乌斯六岁生日快乐！"苏姗说道，她看着他们，等待着他们的反应。

这句话收获了完美的效果。所有的人都很激动。苏姗激动异常，禁不住估算了一下，辛缇娅要是还在，该有十一岁了。她的眼中充满了泪水，这对一会儿之后的鸡尾酒会而言可是要不得的，我的双眼会肿起来。仆人们都沉默了。"为什么？"她寻思着，"他们注意到了？"这时，妮尔达代表众人说，他们会和她一样永久怀念。苏姗沉思起来，任何时候他们都在场，尤其是当……他们太过于粗俗，不懂得什么是爱……

"火车可不能一直停留在乔希卡。"她说，似乎恍然大悟。

所有的人都笑了。"总算有一次生日没有拉斯塔里亚家的人在。"胡里乌斯想着，一边开心地俯身将火车重新开动。众人都笑着，一边吃着冰淇淋，喝着可口可乐。火车循环绕圈，一次又一次经过乔希卡。火车不做停留，胡里乌斯完全沉浸在苏姗的讲述中：她讲述欧洲的见闻，为了不造成混淆，她略去了所有的名字，法国、英国和意大利，仅此而已。她一直说着，火车一直转着圈，冰淇淋吃完了，她依然在讲述。甚至没有注意到他们回过头望向大厅的另一侧，他们露出笑容却掩藏不住紧张的情绪。在门口，胡安·卢卡斯、圣迪亚哥和鲍比三人刚打完高尔夫球回来。他们面带嘲讽地注视着那场面，让她觉得羞愧难当。

他已经做出决定。旅行归来之后的最初几天，他有很多会要开，一直没有时间处理那件事。现在，他又重新开始了高尔夫球运动，有更多的时间思考了。旅行归来的最初几天总是令人讨厌的。首先要处理经理或者负责人提交的几千份报告。有些人真是十足的笨蛋。真的。他必须针对不在时被搁置的事情做出很多决定，所幸的是，现在一切都回归正常了，只需要给出一些指示，写一些信，或者开一些会，一切就会重新步入正轨。之前在瓦乔庄园启动的装修工作一切进展顺利，很快就可以邀请客人去那儿度周末了。他确实很满意自己不在时事情取得的进展。通报的两三次罢工使他很烦恼，但不管怎么说，这就是利马。秘诀在于将任何问题，任何不愉快带到高尔夫球场：在那儿，一切都回归真实的、微不足道的维度。要看到视角是如何变化的。一个完美的击球，一个完美的挥杆，多少次展现了事情真实的发展态势！此外，还有你的事情和孩子们的事情，现在一切都放一起了。正在考虑那件事。有必要召开更多会议。也要和那些新的美国合伙人坐下来谈谈工厂的事，将要让给他们三个工厂。总而言之，很明显，他开了很多会；即便如此，仍有人不断往高尔夫球场给他打电话，打断他的兴致。旅行归来的最初几天总是这样的。他刚刚又重新开始了高尔夫球训练，有闲暇思考了。

"实际上，昨天离开俱乐部时我突然有了这个想法。为什么不呢，胡安·卢卡斯？我当时这样想着，我立刻意识到我已经有决定了。"

对于苏姗而言，离开宫殿令她难过，但看到他如此兴奋，而且言之有理，只有在一个新家才能开始全新的生活……他说得有道理。而且，要知道孩子们听到这个决定有多么开心。圣迪亚吉托开始大喊着对，胡安·卢卡斯说得太对了，大宅过于庄严，过于阴暗，死气沉沉，他差点没说极其符合爸爸的气质。他及时住嘴，却不能避免没有说的话在脑中膨胀：爸爸从不打高尔夫球，什么也不打，他只对生意感兴趣，只知道他的事务所，只知道赢官司，只想着家族的名誉，我可不要当律师……所有在场的人都觉得有什么正在慢慢失效，也许是以前的那个世界，他们第一次觉得它过于正经、阴暗、严肃和无趣，它值得景仰，古老却悲伤异常。只消看看胡安·卢卡斯，就可以知道他正在拯救他们，把他们带入一种全新的生活，怎么说呢？没有那么多前辈的照片，也没有玻璃橱窗，没有雕像和半身像，对，对，他们想要一个到处都是露天平台的家，一个可以随时上到平台的家，还有塞尔索和丹尼尔给他们倒冷饮。在那个家里面，古老只是一个附加的装饰，或者一个回忆，它不是我们的生活。苏姗看见宫殿在一秒钟之内老去了。她撩起一绺散落的金色发束，看见自己的家古旧不堪，她甚至闻见它散发出的陈旧的气味。那时她明白了，那一切从来就不是她想要的，而是他想要的，我当时才十九岁，我倒是乐意生活在那样的家里，但只是在电影里。她看见圣迪亚哥，她的丈夫，在塞萨拉特的一个晚会上第一次朝她走过来，在伦敦的北部，在令人难以想象的约翰和胡里乌斯家中……她曾仰慕他……

"负责的建筑师是哪一位？"她带着一种胜利的幸福神情问道，就好像是第一个穿过终点线的田径运动员，身后尾随着很多选手。

……这样想起他让她倍感欣慰，他微笑着走向她，他爱着她，然而，他曾经梦想的那所大房子已然老去……

一个极其炎热的下午，卡洛斯擅自闯入马车睡了一觉。他感觉不错，决定往后这里就是他睡午觉的地方。他来到马车前，摘下帽子，从窗口扔进去，随即爬上了马车，不曾想过，此时正是胡里乌斯来马车里玩耍的时间。卡洛斯完全改变了他的世界。一般来说，印第安人顶多到达马车头，而他从马车里将胳膊伸出窗外，仅用一发子弹就将他们解决。然而，一天下午，他来到马车前，却发现卡洛斯躺在这里，在古老的天鹅绒座椅上安安稳稳地睡大觉。"你怎么在这儿？"他一脸茫然地问道。而作为全部回答，卡洛斯朝他放了一个屁，同时说了一句"臭不要脸"，因为我"臭不要脸"，随即就开始打起呼噜，而他则飞也似的去找维尔玛。维尔玛他们正在储物间吃午饭，妮尔达大声嚷嚷着插嘴道，不要指责任何人，不过，他来告诉他们发生了什么，这个做法倒是正确的。当胡里乌斯问"臭不要脸"是什么意思时，维尔玛突然紧张起来。"跟我来。"她说。

"卡洛斯，请从马车上下来，胡里乌斯要玩儿。现在是他的时间。"

"也是我的时间。"

维尔玛和胡里乌斯哑口无言。美丽的乔洛姑娘无奈地又加了一句，叫他不要教孩子脏话。卡洛斯已经用帽子盖住了脸，似乎已经睡着了。

"他假装在打呼噜。"胡里乌斯说。

但是过了几天,他开始质疑。一个又一个下午,每次来到马车前,他都发现卡洛斯在打呼噜。不管停留多长时间,他都在打呼噜,关于这一点毋庸置疑。确实,塞尔索、丹尼尔和园丁安纳托里奥已经不愿意再大声叫嚷着倒地死亡,也不愿意再在马镫和车夫座位上跳来蹦去,以免吵醒堂卡洛斯[①]——他们是这样称呼他的。胡里乌斯试图改变游戏规则:现在他骑在车夫座位上,奋不顾身地拯救大马车上受伤的乘客,冒着一头栽倒在巨大岩石上的危险,甚至可能滚落山崖……一切都是徒劳。少了印第安人愤怒的哀嚎,只有低声的射击,游戏无法进行。

那个夏天,苏姗、胡安·卢卡斯和他的两个哥哥每天都去打高尔夫球。每天下午,卡洛斯都无所事事,或者说,无事可做。胡里乌斯只好等他在五点半左右醒来时,上去和他聊一会儿。

"'臭不要脸'是什么意思?"一天下午他问道。

"就是像我这样的。"卡洛斯一边说,一边趾高气扬地从马车上下来。"走吧,"他伸着懒腰又说道,"你等会儿该洗澡了,维尔玛该找你了。"

半个小时之后,是他在找她。她没有去马车找他,不在厨房里,也没在楼上房间里。她应该是在她自己的房间里。胡里乌斯走向仆人生活区的楼梯,准备上楼时,正碰见圣迪亚哥下来,紧张而慌乱。他可能早就从高尔夫球场回来了,因为他们彼此从来不说话,胡里乌斯便默默地为他让了道,继续向维尔玛的卧室走去。"可以进来吗?"他问道,他喜欢问"可以进来吗?"。

"不,胡里乌斯!等一会儿,就一小会儿,拜托。我这就给你开门,太可怕了!已经过了给你洗澡的时间了。"

宫殿里来了客人。塞尔索和丹尼尔十分优雅地捧着摆满点心和开胃酒的托盘穿梭于客人之间。苏姗美丽而动人,在人群中十分醒目。她特有的将散落在前额上的金黄色发束向后抛甩的姿态美妙绝伦。她微笑着,一缕

---

[①] 堂(Don)放在男士名字之前通常表示尊敬,这里是一种戏谑。

发丝轻轻地散落在脸上,她将头向后仰靠,几乎不用手,也不用指尖,所有女士都沉默不语;当她将发束放回原处,男士们纷纷举杯,谈话重又继续,直到被一阵新的笑声打断。在另一边,胡安·卢卡斯正与三个和他几乎一模一样的男人谈论着当天的高尔夫球况,时不时有笑声传来,他们都是翩翩君子,言谈得体。塞尔索走近他们,低声说了些什么,似乎很有趣,胡安·卢卡斯爆发出一阵大笑,在客人中寻找苏姗。

"你听见了吗?"

"没有,亲爱的,什么?"

"管家跟我说司机很绝望,圣迪亚哥偷了一辆小汽车。"每一个单词都掷地有声,具有男子气概。苏姗一动不动地看着他,不知道圣迪亚哥做的是好事还是坏事。她想,如果搁在她的丈夫圣迪亚哥的时代,一定是坏事,但现在是胡安·卢卡斯时代。

"亲爱的,该怎么办?"

"我们等等看,"胡安·卢卡斯答道,"如果他回来时车里没有女孩的香水味,那么以后绝不允许他再偷了。"

"他有个约会。"鲍比大声说道,他一直都在旁边。

所有人都笑了,大家举杯饮酒。苏姗重新捋了捋头发。与胡安·卢卡斯以及他的朋友们在一起,生活很愉快。所有的好友都在这儿,都是懂得不给生活找麻烦的人。为新家物色的设计师也在。"是个不错的小伙子,"苏姗自忖,"混在这个圈子里,不知道他是否不胜酒力。"

已经让胡里乌斯睡觉了,他房间的灯已经关了。他试图在客人们去花园之前睡一会儿。和往常一样,晚饭后客人们要去平台,一直畅饮到深更半夜。就算他睡着了,也会被音乐和大笑声吵醒,那时,就只能探身看向窗外。此刻,他能休息一会儿,客人们还在喝开胃酒。

胡安·卢卡斯的一个美国合伙人刚刚到达。和他一起谈话,真是一件赏心悦事。他礼数周到,是个出色的高尔夫球手。他没有美国人的可怕口音,而且高尔夫球打得很好,在利马也混得风生水起。他的妻子是一个普通的美国人,和她交谈可以发现,她是个聪明而且有阅历的女人。随着他们的加入，一个完美的聚会群体形成了：人人都是青铜肤色，个个都是热爱运动的有钱人。没有丑八怪，也没有讨厌鬼。唯一的遗憾是，拉斯塔里亚夫妇很快就到了。没办法，总得邀请他们一次呀。

胡安·拉斯塔里亚差点没得心肌梗死，他可怕的妻子已让他等候多时。这个傻女人在去任何地方之前，必须先哄两个儿子睡觉，而他在楼下抽了不知道多少根烟，等着她梳妆完毕，何必呢，真不理解，苏姗和胡安·卢卡斯至少一个小时之前，已经开始接待客人并和客人聊天了。终于，他们到了。他本来还想在镜子里再看一看他的胡子，看一看那一身西装有没有掩盖住他的啤酒肚，要知道，胡安·卢卡斯可是一个不折不扣的运动健将。丹尼尔开了门，拉斯塔里亚差点没一头扎进宫殿的前厅，他及时止住了脚步，让他可怕的妻子先进去。这时，苏姗过来了，一边优雅地将金黄色的发束甩到脑后，一边风情万种地亲吻她的表姐。与此同时，他尽自己最大努力吸入一口气，挺起胸膛，弯腰亲吻苏姗的手，苏姗忍受着。一进入宫殿的大厅，拉斯塔里亚就想到了诸位先辈和众多传统，然而，现实的召唤胜过了一切：胡安·卢卡斯就在那儿。拉斯塔里亚自惭形秽，却倍感幸运。当其他人向他表达问候时，这种幸福感尤为强烈。之后，当他的妻子消失在其他女人之中时，他体验到无与伦比的幸福感，哦，不，他已经在这儿了，别想了，胡安，享受当下吧。

就在那天晚上，在晚餐前，他当众宣布，已经决定要打高尔夫球，要加入高尔夫球俱乐部。同时，胡安·卢卡斯向一个哥们儿打手势，提醒他注意，拉斯塔里亚恐怕整个晚上都要黏着他们，这个可怜虫在跟他们套近乎。在上菜前不久（妮尔达深感屈辱，因为聚会的食物是从玻利瓦尔酒店订购的），他就开始到处跟随着苏姗，他的公爵夫人。这个可怜人在胡安·卢卡斯和他的小团体以及苏姗之间举棋不定。和他一起的还另有一人：新家的设计师也跟随着苏姗，也仰慕她。那是一个光彩照人的年轻人，衣着入时，但缺乏生活阅历。拉斯塔里亚极其瞧不起他，利马正在发展壮大，而这个设计师竟不知道谁是拉斯塔里亚。话说，他本可以很看好这个酷炫的年轻人的……

毫无疑问，和往常一样，宫殿里的食物非常可口，相貌丑陋的苏珊娜姨妈想要一份精美的菜单，却无论如何不愿意开口。她看过的食谱差不多够装满一个图书馆了，却从未在家里做出过如此美味的食物。不管怎么说，她的儿子可比苏姗的孩子照顾得好多了。相反，胡安，她的丈夫，已经得知这一切都是出自玻利瓦尔酒店，而且从今往后，他也将从酒店订购食物，让他的妻子和她的食谱见鬼去吧。"味道好极了，我的公爵夫人。"他试图在与设计师构成的两人小队中脱颖而出。胡安·卢卡斯同几个和他一模一样的人，正在谈论位于利马不远处的几块优良土地以及组建一个新的高尔夫俱乐部的可能性。美国人也对此事感兴趣，提出明天在玫瑰河酒店开会商讨。这个美国佬越来越像个地道的秘鲁人，不仅待人和蔼，而且对沿海地区的辛辣食物已经习以为常。上次回纽约时，他带了好几瓶皮斯科酒①，还带了几件古陶器。据说，他用皮斯科酒把好几个合伙人喝得东倒西歪，整个纽约都想知道这酒是如何配制的，人人都想在秘鲁投资。如果这个美国佬继续坚持他的计划，加上尤其细致的为人，他将会成为秘鲁国家高尔夫球俱乐部最早的美国合伙人之一。苏姗有机会和维尔吉妮娅练习她地道的英语，她是莱斯特·朗三世——他可是一个有分量的美国人——的妻子，由此得以暂时摆脱设计师和拉斯塔里亚的追踪。两人谁也不会说英语，不敢在那位外国女士面前出洋相。当苏姗和她说话时，两人在一旁等待。鉴于她迟迟没有结束谈话，拉斯塔里亚赶紧跑到胡安·卢卡斯和其他几个冠军选手的谈话小群体中。他笑容可掬地凑了过去，举起酒杯，挤入他们围成的圈子中，以引起注意，干杯，他向他们保证，他要成为俱乐部的会员。可怕的是，苏珊娜过来找他，告诉他，比如说，不要喝太多白葡萄酒，小心鱼刺。他很鄙视她，因为在如此级别的聚会中是没有带刺的鱼的，多可怕呀！上帝啊！要是不经过她就可以到达那里该多好啊，可惜没有其他的路。拉斯塔里亚的思绪飘忽不定，有一刻甚至想起那座位于市

---

① 皮斯科酒（pisco）是秘鲁和智利一种传统的由葡萄发酵蒸馏而成的烈酒。

中心的就要倒塌的老房子，以及为了给他支付学费而含辛茹苦的母亲。就在这时，苏姗空闲下来，他深呼一口气，挺起胸膛开路。他撞到了设计师。高尔夫球手们庆幸自己终于摆脱了一个蹩脚的球手。

苏姗暗自思忖，设计师应该有女朋友或者类似的什么人，以后最好能带她一起来。这个年轻人非常兴奋，他最好还是不要再喝了。她打算提醒塞尔索和丹尼尔，不要再给他倒葡萄酒。这一顾虑纯属徒劳。如果托盘不过来，设计师会去找托盘，随即又举着满杯跑回来，以免错过和苏姗在一起的哪怕一分钟，苏姗给予他生命的激情。有法国红葡萄酒、甜点和烈酒，这个光彩照人的年轻人没完没了地对苏姗表达着仰慕之情，不给拉斯塔里亚哪怕说一个字的机会。更有甚者，他还想跳舞，他要求将音乐声调大，说外面听不清楚。与此同时，众人陆续走向露天平台。胡安·卢卡斯不用看就能知道发生了什么，也许出于习惯，要么通过只言片语，或者不知道是如何，他有他自己的方式。这么多年飞来飞去的生活早就教会他，人生没有什么不能冒的险。苏姗过来告诉他说那个设计师……他却挽住她的胳膊，于是她对他满心钦佩，确信一旦时机到来，胡安·卢卡斯会再一次轻松愉快地搞定一切。他正在谈论建在智利的一个高尔夫球俱乐部，从山区带来的美味的牲畜，以及给一个鱼粉厂的几架小型飞机。这最后一点令莱斯特·朗三世十分感兴趣。鲍比负责将音箱的音量调高，设计师还在和苏姗跳舞，这简直让拉斯塔里亚绝望。苏珊娜，相貌丑陋，正和很多其他女人在一起，她们有的已经生儿育女，有的没有，但都保持了完美的身材。她努力克制住哈欠，她知道她们是谁，也知道她们的父母是谁，丈夫是谁，只是从"圣洁心灵"毕业后就没再和她们打过交道。身处她们之间，这个可怜的女人有点不知所措，她不想回忆学生时代，也不想谈及她那两个想必已经躺下而不是在偷开家中汽车的儿子。此外，她也不认识那位阿根廷的职业教练，他不久之前刚刚来替换之前的那一个，他工作起来似乎更加得心应手，之前的那一个起初也是兢兢业业，但最后与指定的合作伙伴结婚了，于是开始在高尔夫球场外的地方频频出现，阿根廷的职业教练真是不可思议。这些女人中的很多人穿比基尼，在俱乐部的游泳池里游泳,星期一的早上,常常有照片出现在报纸上。苏珊娜思量着她们的家谁管,孩子谁照顾,上帝知道她为什么要在那时抬头,远远看见胡里乌斯从卧室窗户里探出脑袋,必须马上告知她的表妹。

时尚设计师已经和苏姗一连跳了三支舞,向她描述他的梦中楼阁,说他终有一日要建成,他天真地以为这样就可以使她就范,萌生要和全家人一起住进他的梦幻之屋的愿望。"您能想象吗?"他问。这时,苏姗注意到表姐在叫她,于是趁机摆脱掉设计师。

"苏姗,胡里乌斯还醒着,已经晚上十一点多了。小孩子晚睡,坏处很多。"

"亲爱的,你在那上面干什么呢?"苏姗问道,一边看向胡里乌斯探出小脑袋的那个窗户。

"我睡不着,妈咪,太吵了。"

胡安·卢卡斯也注意到这件事。

"喂,年轻人,"胡安·卢卡斯调侃道,"您这个时间起来要做什么呢?"

"我就是看看,叔叔。"

"想让我们给您送去一杯威士忌吗?"

胡里乌斯没有回答,总之,听不见他说了什么。苏珊娜姨妈态度很明确,坚持认为他应该立刻睡觉。

"亲爱的……"

"让他享受吧,"胡安·卢卡斯说,"一个晚上有什么关系?"

苏珊娜姨妈相貌丑陋,认为这种情况是每天晚上都发生的,她想回家了。莱斯特·朗三世可笑的口音使她停下了脚步。

"共有多少个印加王?"他看着窗户问道,胡里乌斯的脸清晰可见。

"十四个。"

"太厉害了!太棒了!我都不知道美国有多少任总统,是时候复习一下我国的历史了。"美国佬一时想不起他们的总统都有谁。

能够听懂英语的人哄堂大笑。拉斯塔里亚也在其中,他开始喜欢这个美国人了,他站到他身旁,挺起胸膛。朗三世没有明白他的意思,转而看向胡安·卢卡斯,似乎在问这个长胡子的人是谁,胡安·卢卡斯告诉他,这是俱乐部的一个新会员,是他的亲戚。拉斯塔里亚激动得快要熔化了,但愿苏珊娜不要过来……幸好她没有走过来,他继续趾高气扬,觉得自己正在被接纳,不管怎么说,他也身家好几百万。当然,一切都是通过婚姻得到的。

时间已经接近凌晨一点钟,时尚设计师已经将梦想的房子迁移到了南部的海滩,建在山坡上,面朝大海。

"为你准备的,苏姗。"

"说什么呢?亲爱的……明天你会感觉糟透了。"

他仍然没完没了,还要跳舞,不停地从一边到另一边来回摇摆。他太爱那位女士,已经爱到热泪盈眶。苏姗的朋友们看着这场景忍俊不禁,都觉得这个年轻人开始令人生厌,试图编造随便什么理由叫出苏姗,将她解救,可是设计师紧随其后,也来到旁边,就在她们面前摇摆。怎样才能让他回家呢?

圣迪亚哥出现时,已经相当晚了。一看见他,众人都想起来他偷了一辆小汽车。

"瞧瞧,我的朋友!"胡安·卢卡斯叫住他。

"什么?"圣迪亚哥问道。他微笑着,有些紧张。

"请借一步说话,我的朋友。"圣迪亚哥穿过客人走过来,胡安·卢卡斯非常友好地挽起他的一只胳膊,倾身闻了闻。苏珊娜姨妈一直盯着,快要好奇死了。

"法官如何定夺?"一个打高尔夫的朋友问道,笑得喘不过气来。

"圣迪艾葛,跟我们说说。"朗三世也想知道。

"有威士忌的味道,镇定自若。还有女孩的香水味。这个小伙子可是明白着呢!"

苏姗对胡安·卢卡斯顿生敬意,朝他做了一个手势,指了指设计师。与此同时,所有人都祝贺圣迪亚哥,认为他该有一辆自己的车。莱斯特·朗三世邀请他抽烟，许诺说下次再来利马时要把儿子带来，说不定他的哪个女儿那时也能一起前来，除非圣迪艾葛……多可爱的美国佬啊！所有人都在为他的善意感叹，除了苏珊娜，她正在找她的丈夫回家，明天保姆休假，还有很多其他烦心事。只要她不在高尔夫俱乐部的那些人或者在莱斯特·朗三世面前丢人，拉斯塔里亚是愿意牺牲那个晚上余下的时间的。他正在为莱斯特·朗三世赞叹不已。

在楼上，胡里乌斯刚刚关上窗户，准备继续睡觉，虽然他知道聚会仍将持续下去，噪音将使他无法入眠。他很奇怪圣迪亚哥怎么迟迟没有上楼睡觉，在关窗之前，明明看见他已经离开平台。男人们的哈哈大笑声与一些女人的谈笑声从他的床上清晰可闻。他听出了妈妈的声音，很开心在音乐中有她的声音，然而，睡意逐渐上来，晚会何时结束，他已无从知晓。

"我们走吧，我们都走吧……"胡安·卢卡斯说道。

此时的设计师确实已经令人生厌了。他甚至发誓要将房子建在山上，面向大海，而且明天一大早就建成。他似乎随时都会摔倒，却还要跳舞。苏姗对这个年轻人深表遗憾，是时候对他采取一些措施了。胡安·卢卡斯一手拿着酒杯，微笑着走过来，友好地挽起他的一只胳膊。

"艺术家朋友……"

时尚设计师听着很顺耳，扭过头看着他，要给他建个房子……这个或者别的什么想法加上他梦中的房子，他又想跳舞了。

"对，对，我们跳舞，不过，要去一个别墅，去一个有气氛的地方……"

胡安·卢卡斯向苏姗打了个手势，示意她离开，一边继续应付着艺术家。"所有人都去，我们去那儿会合。"他一边说着，一边将他带向宫殿的大门。卡洛斯叫来的出租车已在外面等候。艺术家摇摇晃晃走到车门前，胡安·卢卡斯扶他上了车。

"我们所有人都去那儿会合。"他重复道，在艺术家问起苏姗之前抢先关上了车门。

出租车开动了，建筑师倍感愉悦地瘫倒在座位上，对去那儿与她会合这件事笃信不疑。

这是开学之前的最后一个星期。假期就要结束了，该解决校服的问题了。和往年同一时期一样，苏姗发现裁缝的地址找不到了。她拨通了苏珊娜表姐的电话。

"那天晚上，胡里乌斯几点睡觉的？"

苏姗催她快点儿，拜托，胡安·卢卡斯马上就到了，他们要和莱斯特还有几个别的朋友见面。苏珊娜记得裁缝的地址，立刻就给她了。

"趁我没有忘记，"她补充道，"胡安打算这几天邀请朗一家来做客，到时候你们也一起来。"

"好……胡安·卢卡斯会很高兴。"

苏姗挂了电话。她叫来圣迪亚哥和鲍比，叫他们在家里等着裁缝，卡洛斯午饭之后就去接她。两个人都很反对。

"是的，必须留在家里。"苏姗说，声音很低，很温柔，她每当发布一个换作她也绝不会遵守的命令时总是这个音调。

她下楼去和胡里乌斯告别，他和胡丽娅小姐上完了课，正准备吃午饭。这是他和汗毛小姐的最后一周课。她快把他逼疯了，她希望他去上学前，就已经学会了一切，为此不惜付出一切代价。这个小可怜烦透了。苏姗告诉他要有耐心，只有短短的几天了。她给了他一个吻，随后就离开了，胡安·卢卡斯已经来接她去高尔夫球场，他们将在那儿与朗以及他的夫人度过一天。胡里乌斯由仆人陪着吃午饭。在乔希卡的激战之后，妮尔达与维尔玛一直相处融洽，然而那天上午，他注意到两人之间有点不对劲。雨林女人一直看着她，而普基奥女人却似乎刻意不给她正脸。塞尔索将婴儿带来给妮尔达时，她暂时忘记了两人之间的事。婴儿离走路还差很远，管家-出纳架着他的两个胳膊将他带来时，他的两条柔弱的腿像是在空中迈着小碎步。这是小魔头在哭闹之外做的第一件正经事，大家都向他表示祝贺，午餐由此恢复了往日的正常气氛。塞尔索和丹尼尔开始讨论足球。一个人希望胡里乌斯成为市队的粉丝，而另一个则让他支持塔巴科竞技队。妮尔达大声插嘴叫他们不要影响他,说这对大脑发育不好,应该让他自己选择。

下午,维尔玛和胡里乌斯坐在马车的车夫座位上,开始阅读每天的《汤姆·索亚历险记》。今天不会有人叫他们安静,因为卡洛斯去接女裁缝了,马车无人占用。然而,他几乎没在听,他因为学校而忧心忡忡,他想象着它的样子,它会是怎样的呢?正想着,妮尔达打断了他的思绪,她大声嚷嚷着报告裁缝维多利亚女士到了。

维多利亚·圣帕希恩希娅——大宅里都这么称呼她——跟往常一样地向他们打招呼,断言孩子们比去年长高了一大截。同往常一样,她又继续说,电话打得太迟了,她来不及在不到一周的时间里给每个人做出两套校服,所以,她先将去年做的加大,好让圣迪亚吉托和鲍比先穿着。她颤颤巍巍地要求他们把上衣穿上,两个人气呼呼的,站在那儿被衣服扎得像蛇一般扭动,热得满头是汗,而她手里拿着粉笔,一边量尺寸,一边做标记。

"这么说,今年轮到你了。"见到胡里乌斯,她清晰地说道。

她嘴里的大头针一个也没掉下来。胡里乌斯看呆了,她一个劲地说话,满嘴都是大头针,但是一根也没掉下来!就好像根根都嵌在牙龈上一般。她要了一杯不太浓的、加了两小勺糖的咖啡,还是什么也没掉下来。几分钟之后,维尔玛将咖啡送过来,圣迪亚吉托叫了一声"维尔玛",听起来很奇怪,他说"维尔"时咬着下唇。雨林女人刚好路过,用嗓子弄出了点声音,随即就退下了,维尔玛端着咖啡泼出了一点。

六点左右,胡里乌斯沿着用人住处的楼梯上行,突然撞见圣迪亚哥,两人都吓了一跳,停下脚步彼此对视。

"臭鼻涕虫来这儿干什么?"

"……"

"你没有别的地方可去吗?"

"我去找维尔玛,她拿着我的《汤姆·索亚》。"

"维尔玛不在！滚开！快滚，不然打死你！"

"胡里乌斯！胡里乌斯！上来！上来，胡里乌斯！"

是维尔玛的声音，他正准备继续往上走，一个巴掌和紧随其后的一个撞击差点让他滚下楼梯。他哭着跑下楼梯，一直跑到厨房才停下来。

他正撞见妮尔达看报纸。一个小孩被拐了，她正在咒骂吉卜赛人。看见他在哭，她问道："怎么了？"胡里乌斯告诉她楼梯上发生的事情，妮尔达嚷道，再也不能继续这样下去，这次不是维尔玛的错，圣迪亚吉托太过分了，必须告诉夫人和先生。胡里乌斯不明白是怎么回事，只知道他的哥哥做了什么坏事。

晚上，事情爆发了。塞尔索和丹尼尔听见维尔玛的房间里有叫声传来，立刻赶过去看看发生了什么，就这样将他抓了个正着。已经不是第一次了，维尔玛坦言。每天他都溜到她房间里，她竭尽全力不让人知道。今天小圣迪亚哥做得太过分了。两个管家首先挡住了他的去路，之后，当他开始发起进攻时，他们还之以密集的耳光，然后蒙住他的眼睛让他看不见，堵住他的嘴巴让他无法咒骂，最后将他押回自己的房间。他的脸上有三道抓痕，是强奸时留下的，其中一道接近眼睛。维尔玛再也不能穿那件制服了。当苏姗和胡安·卢卡斯在和朗夫妇度过了漫长的一天，精疲力竭地回到家里时，等待着他们的就是这样一个局面。妮尔达冲上来大声叫嚷着讲述发生的事情，他们费了半天才弄明白，最后决定第二天再议。

"都去休息吧，现在，"胡安·卢卡斯说道，"明天再看吧。"

第二天看到的是解雇维尔玛，其他人没怎么反对。至少这是胡安·卢卡斯的提议，他坐在宛如神龛的床上，尚未吃完早饭。要不是正值上午十点钟，别人准会以为他正准备睡觉，因为他的睡衣上不见一点儿褶皱。美丽的苏姗在一旁本想找一个更好的解决办法，因为胡里乌斯一定会很难过。然而，他一边搅动咖啡里的糖，咖啡如同往日一般醇厚，一边说小鼻涕虫是时候忘记奶妈之类的了，说他整天和用人们混在一起，和园丁聊天，或者和随便什么人聊天，就是不和任何一个与他一样的人在一起。苏姗和他意见一致,是的,亲爱的,可是,他真的会很痛苦……胡安·卢卡斯力图显得果断:把维尔玛叫来,跟她谈谈,他会给她一笔钱,事情就算结束了。那天早上,苏姗坚持说自己很难过,甚至认为错在圣迪亚吉托。

"听着,苏姗,那孩子正和女孩交往,想找个地方发泄,这很正常……在利马,像他这个年纪,不容易,明白吗?……那个乔洛女人很漂亮,唾手可得……事情就是这样……"

"是的,亲爱的,但是她没有错。"

"你这都是哪儿来的想法,苏姗?"

"亲爱的,但是她……是……不愿意的……"

"她应该很后悔,是的,难道你以为她是个贞女?"

"亲爱的,我不知道,可是……"

"苏姗,按铃,叫他们来把托盘拿走。"

"亲爱的,圣迪亚哥本应该……"

"圣迪亚哥应该学点儿高尔夫,就今天上午……让他清醒清醒……高尔夫会让他平静下来。"

"那维尔玛呢,亲爱的?"

"我已经说了,亲爱的,你跟她谈谈,我会给她一笔不错的补偿。我的拖鞋……好了,亲爱的,起来吧……别赖在床上……起……来!"

他们各自去了浴室,每个人都有自己的浴室。在剃须之前,胡安·卢卡斯稍微梳理了一下头发,从镜子里看,他觉得自己看起来好极了。现在,他开始剃胡子。他一边感觉着自己健美的胳膊有力地时而向上时而向下推动着剃须刀,一边逐渐进入状态,准备开始新的一天。他一点点地将涂抹在青铜色脸上的起泡白色剃须膏清洗干净,开始感受精致香水带给他的身份认同感。亚德利男士香水,三四个小瓶,用处各不相同,优雅地躺在瓷质搁板上,紧挨着的是其他一些男士用品,香皂、香波以及其他散发着精致男人气味的物品,和《时尚先生》[①]一样,"男人专属"。他时不时

---

[①] *Esquire*,男性时尚杂志,1933年创刊于美国。

哼着某首歌，似乎在证明他的声音更应该回响在手中拿着威士忌和大笔生意的男人之间，回响在高尔夫俱乐部，他用这声音说得体合宜的话语，令无事不晓的酒吧服务生肃然起敬。此刻，他已经刮完胡子，睡衣变得令人难以忍受，一个舒爽的淋浴在等待着他，他将高歌一曲，之后裹上同样是男士专用的鲜艳毛巾，然后穿上意大利真丝衬衫，最后就是挑选领带，任何一个女人都做不了，这是男人的事……他有条不紊地迎接一个富有男人的新的一天。

在另一间浴室，苏姗正在快乐地沐浴。这是一间你永远不会有的浴室，它具有好莱坞式的外观、颜色和洁具规模，东方格调的香水瓶，刻着拉丁语铭文的法国古董瓷瓶。有时，胡里乌斯恰巧在附近，听见妈妈问他要毛巾。每当这时，他都会跑过去递给她，一边看着她哼着歌，从烟雾弥漫的浴帘后面伸出胳膊。此刻她也哼着歌，只是维尔玛的名字时不时在脑海中呈现，使她突然沉默下来。她在全身抹上世界上最细腻的香皂，发现自己美丽永驻真是一件赏心悦事，之后，当她在镜子前面将身体擦干时，她将发现自己依然完全可以在电影里面拍摄裸体镜头，维尔玛也一样，太遗憾了，简直是场噩梦，可怜的维尔玛上镜一定很美，墨西哥电影中半裸的乔洛美女，墨西哥的女演员都很丰满，和维尔玛一样，可怜的女人，胡安·卢卡斯就要将她解雇了，可怜的胡里乌斯。

几个朋友邀请他们吃午饭，他们将去一个高尔夫俱乐部，在利马的南部。他们给司机放一天假，自己开敞篷跑车去，把另一辆车的钥匙留给圣迪亚哥。这是胡安·卢卡斯在出发之前做出的决定，他只字未提维尔玛，仿佛就凭他不想见到她这一点，就足以让这个乔洛姑娘人间蒸发。

事实并非如此。此刻，胡安·卢卡斯开着车，怒气冲冲，倍感不适。和用人的纠纷让他很不舒服。他并非动辄开除人的老板，虽然解雇的事时有发生，曾经一下子就解雇了几十个人，不过是在一张纸上签个字，他每天都要签很多字，执行者另有其人。他发现自己生平第一次乱了阵脚，苏姗因为发生的事情而痛苦不堪，无力为他提供任何协助。她为胡里乌斯感到难过，这个傻女人，重新雇个女仆，一切会立刻恢复原样,和这些人谈什么感情!"苏姗,你太傻了。"这样想着时,他正行驶在南方的高速公路上,一边用眼角的余光欣赏着爱人的头发随风飘舞,他的爱人戴着黑色墨镜坐在身边,真不想和你谈这些,让人头疼,把他们都解雇吧,让他们都走吧,你太过于纵容他们了,你真的很喜欢那些人吗?她在想什么呢?她真的在为那个女人感到难过吗?胡安·卢卡斯近乎愤怒,下楼请人把车从车库开出来,却看见所有的仆人都在楼梯口站成一排等着你,这到底是怎样一种体验?一个人整装待发,下楼去和三五好友共度周日,却看见所有的仆人趾高气扬地站在大厅!不,苏姗,我是看在你的面子上才没对那些人大喊:"都见鬼去!"那个女人,那个满嘴坏牙的厨娘,抱怨着脸上的汗水,整天跟你念叨她的儿子,她把儿子带来给你看,差点儿没把他贴在你的脸上。她说着那些荒谬的字眼,在她口中听起来十分荒唐,权利、人权、公会、抗议以及类似的乱七八糟的东西,苏姗,而你却难过得要死,害怕得要死,你对他们说你爱他们,说要惩罚圣迪亚哥。至于那个乔洛女人,厨娘问你要怎样安置,而你,苏姗,你甚至不知道要怎样回答她!他们请你把圣迪亚哥送去寄宿学校,你忍让,向他们解释,你说来不及了,学校三四天之后就开学,你请他们原谅你。听见妮尔达大喊大叫你就怕了,那个有孩子的女人是叫这个名字吧?苏姗,你有圣母的心肠……他们给了你机会,他们说要一起走的。你求他们,你难过得要死。你求他们看在胡里乌斯的分上,哪怕是看在胡里乌斯的分上,你有个极其混蛋的儿子,苏姗,你应该看看他在那儿对维尔玛言听计从的样子,再瞧瞧他看我们的样子,好像我们是他的敌人,别太善良了,苏姗……胡安·卢卡斯很想跟她说这些,把他内心的剧场呈现出来。他决定不再想了,要赶在见到朋友们之前忘掉这一切。苏姗任凭微风嬉戏她的长发,而她则在太阳镜后边沉思,完全心不在焉,好像不知道他就在身边,她在想什么呢?

"苏姗,请给我点一支烟……在手套箱里……苏姗。"

"好的,胡安。"

"苏姗,你怎么看待这一切?"

"亲爱的,太可怕了!我快要难过死了。"

"亲爱的,别犯傻了。坦白说,我认为那个女人做了力所能及最正确的事……要不是她心甘情愿走,我们现在还在听你的厨娘长篇大论呢。"

"知道她已经走了,我现在感觉更难过了……她没有错,亲爱的……为什么所有的人都想和她一起走……"

"他们说说而已……你真以为有人会白白赔上工作吗?"

"亲爱的……你很清楚,他们会的,如果是我们赶走了维尔玛,所有人都会走的……问题是她要求我们让她一个人走,她说了不想继续留下来……这是她自己的意愿,你没看见她哭得有多伤心吗?"

"真正的赢家是胡里乌斯,苏姗。继续在女人当中混下去,早晚会给你长成一个娘娘腔……"

"亲爱的,拜托,这不是重点。你很聪明,在合适的时间说了合适的话。维尔玛主动提出要走时,其他的人都莫名其妙,而你马上说圣迪亚哥会亲自将赔偿金送去,并向她道歉……你做得很对,亲爱的……就像那天处理设计师的事情一样。只是这样一来,胡里乌斯要伤心死了……再说,圣迪亚哥绝对不会去向维尔玛道歉的。"

"她会看到我们把钱给她寄去的,苏姗。给我找一个打火机,可能也在手套箱里……我们快到啦……在泳池里舒舒服服地游上一会儿,再来几杯开胃酒,乌拉!这才是眼下要做的……糟心事就让它见鬼去吧!"

苏姗将打火机递给他。她本来还想再说些什么,这时,她远远地看见通向俱乐部的小径在沙地深处已经清晰可见。她本来还想说些什么,却突然没了力气。

"亲爱的,要是继续悲痛欲绝,你就是个傻瓜。"


大宅里人人都表现出些许造反精神,没有人反对卡洛斯用奔驰车将维尔玛送回家。那是位于深巷里的一个房间,在苏尔吉约,她的一个姑妈住在那儿。塞尔索和丹尼尔帮忙抬箱子,箱子是海盗式样,却是硬纸板质地,四周镶有铁条,难看至极。毫无疑问,它产自山区,类似的箱子在开往奥罗亚、塔尔玛、塞罗·德帕斯科①等地的省际小汽车的顶部常常能够见到。也可能是开往普基奥，或者任何一个可以南下去往利马的地方。维尔玛和塞尔索、丹尼尔、安纳托里奥一一握手，轻轻拍击他们的肩膀。她拥抱了妮尔达，抱了抱她的婴儿，他立刻开始咕咕地啼哭。这一切都是在厨房里进行的。普基奥女人将婴儿还给雨林女人。她又拥抱了阿尔敏达，她一动不动地站着，沉默不语，看起来糟糕透了。妮尔达一边捂住儿子的嘴，一边嘱咐她要提防男人，维尔玛，要看清你以后工作的人家，千万不要有年轻的男子。所有人都低下头，保持沉默，最后卡洛斯说还是走吧。他们穿过整个大宅，从厨房一直到正门。在门口，他们张开粗糙的手，再次诚挚地彼此拍拍肩膀，比以前任何时候都更多地使用敬语，胡里乌斯沉默地参与了整个仪式。维尔玛坐上塞尔索的小汽车时，妮尔达说了一句足以与洛佩·德维加②相媲美的诗句，但是她说得不好，在我们今天看来，似乎是在说穷人的尊严，在这个家中得到了极大的重视。与此同时，塞尔索和丹尼尔眼睛盯着地面。卡洛斯准备发动汽车了，就在这时，维尔玛从车窗探出头，跟胡里乌斯说，你的妈咪到房间来找过我，她许诺让卡洛斯带你来看我。她的声音很低，几乎是耳语。随后小汽车就开动了，维尔玛放声大哭起来，从一个十分难看的钱夹子中抽出一块皱巴巴的手绢，将它铺在脸上，似乎想把脸掩藏起来。汽车开出了大宅的外围墙，过了围栏，上了萨拉维利大街，开始下行。维尔玛嚎啕大哭，羞愧难当。从后视镜之中，卡洛斯看见她结实的双乳随之有力地抖动，充满了挑衅，它们坚实地下沉又再次傲然挺立，轮廓分明，甚至透露出欲望，似乎随时都会冲破黑色的衬衣，那是夫人送给她的。她不停地抽泣，看起来风情万种，可怜的维尔玛。乔洛姑娘秀色可餐。

三周之后，她给夫人打来电话。

---

① 塞罗·德帕斯科（Cerro de Pasco），秘鲁中部城市，海拔4330米，被认为是世界上海拔最高的城市之一。塞罗（cerro）在西班牙语中意为山丘。
② 洛佩·德维加（Lpoe de Vega，1562—1635），西班牙剧作家、诗人，代表作品有《羊泉村》《韵诗集》等。

"夫人，我要去普基奥了，我妈妈病了，叫我马上回去。"

苏姗感到深深的歉意，她忘了汇钱的事，这就让卡洛斯送去，只是胡里乌斯在学校，不能一同前往。六个月之后，他收到一封她的来信，用丑陋的绿色墨水写在一张从练习本上撕下的纸上。纸很大，说的东西却很少：要好好表现，做个好孩子，向所有的人问好，他在学校过得怎样？然后又是好好表现，纳斯卡的一户人家打算雇用她，还不知道地址，也许他可以给她往普基奥写信，虽然她这就要出发了。再次叫他问候家中所有的人，信写到这里就结束了。胡里乌斯给她回信，亲自将信投到邮筒里，却再也没有收到回信。话说回来，多年后的一天他想起来，一个孩子写的信，贴上用零花钱买来的小邮票，在一个清晨放在圣伊西德罗的一只邮筒里，没有太多可能到达普基奥，再从那儿转到纳斯卡的一个女佣手中。

# 第二章

## 学　校

I

　　学校叫做"圣洁心灵",有两个校区,小校区位于安加莫斯大道,大校区在阿雷基帕大道。每天早上八点半左右,孩子们陆续到达学校,梳洗整洁,无可挑剔。阿雷纳斯兄弟俩除外,他们到的时候身上已经脏兮兮。他们是脏孩子。

　　距离胡里乌斯开始上学,时间已经过去了好几个月。这一天,胡安·卢卡斯心血来潮,要派旅行车接送。下午坐着校车回家,一路上看着黑人古迈尔辛多·基纽内斯的大手是多么美好的一件事!古迈尔辛多为自己的黑人血统感到骄傲,每当跟人说起时都是一副乐开怀的模样。孩子们在街角下车时,古迈尔辛多总是将一只胳膊从方向盘那儿一直伸到车门口,并紧紧拉住门把手;请等车停稳了再下去,他说,他的手很苍老,漆黑的皮肤皱巴巴的,像是长了痂;他打开门,现在可以下车了,再见,小卡洛斯;他关上门,抽回胳膊。胡里乌斯坐在后边,努力成为那只手最好的朋友,它的主人就是这位身材异常高大,生着白发的黑人。然而,出了旅行车这一茬。

　　他们差不多算是买回了一支小型车队。胡安·卢卡斯给自己买了一辆捷豹跑车,和刚从伦敦买回的几身西装十分配套。给苏姗买了一辆新的奔驰汽车,苏姗看不出它与之前那辆有何差别,却觉得十分中意。给孩子们买的是一辆水星旅行车。这辆车的尾部有着巨大的危险提示灯,是几个红色的大灯,打开时显得不太雅致。看到这辆有着浑圆尾灯的旅行车时,胡安·卢卡斯的某个爱开玩笑的朋友说,它看起来活像一个长了痔疮的女人。确实,当尾灯全部亮起时,你甚至都觉得疼。他们也许诺给圣迪亚吉托买一辆新车,条件是他以优异的成绩毕业,并且进入大学(学农艺,为了家族产业起见)。

　　旅行车是专门用来接孩子们放学回家的,将鲍比和圣迪亚哥从马克汉姆①接回，将胡里乌斯从"圣洁心灵"接回。圣迪亚哥想自己驾驶，而鲍比坚持要坐在前排，紧挨着窗户，于是卡洛斯只能坐在他们两人中间。这个安排让兄弟俩十分满意，这两个中学生很排斥坐在后排，更何况现在后排坐的已经不是维尔玛，而是伊梅尔达。这个伊梅尔达不太受人欢迎，她和其他用人相处得不太融洽，没有向他们表现出兄妹或者姐妹般的友好情谊。她和他们没有什么感情，很明显，一旦完成裁剪和缝纫学业，她将会毫不犹豫地离开这个家。在她的旁边坐着胡里乌斯，和学校里其他几百个学生一样，穿着蓝色的校服，白色的硬领浆洗得十分齐整，早晨上学时衣服一尘不染，下午放学时肮脏不堪。

学校里的老师都是修女，都是美国人，人都很好。除了"胡萝卜"。"胡萝卜"经常发怒，生气时，脸就会变得更红。修女们梦想建造一座新学校，又大又现代，礼拜堂和礼堂是分开的，有很多教室，还有专门供莫拉雷斯训练足球健儿的花园。必须加强训练，这样，"圣洁心灵"的高年级生就能参加球赛，并且打败圣马利亚的低年级生。圣马利亚是一个由美国神父经营的学校，一般来说，孩子们从"圣洁心灵"毕业之后，就自然而然进入那里继续学习。

修女们在安加莫斯大道的尽头买了块地，面积很大，她们满怀喜悦，当然也因此背负了满身债务。胡里乌斯在每晚睡觉前祷告的十二个万福马利亚之后又加了一个，以祈求她们早日梦想成真。有了足球场，莫拉雷斯就能训练球队了。莫拉雷斯可是一个人物，他总说"yas"，说的时候嘴巴张得老大，修女们都很信任他。

孩子们的学习是从安加莫斯大道上的小房子开始的。孩子们从一侧进入，一直朝里面的花园走去，洗手池也在这里。所有教室的门都朝向花园，莫拉雷斯常常站在这里，手里拿着抹布等待着他们。他为留下来吃午饭的学生拭去嘴角残留的食物，也会在课间休息时为孩子们拭去汗水。课

---

① 马克汉姆（Markham）和下文出现的圣马利亚（Santa María）以及圣伊西德罗（San Isidro）是位于利马附近的几所贵族男校。马克汉姆中学位于利马米拉弗洛雷斯区，是一所英国中学，成立于1946年。

间休息之后，他们总是汗流浃背，因为他们总是围成一圈，连续半个小时都在围着塔宝阿达转圈，一边转一边高声唱着："塔宝阿达，我们要把你煮熟吃掉！我们要把你煮熟吃掉！"可怜的塔宝阿达哭着要妈妈，莫拉雷斯微笑着看他，一边在想孩子们都会成为秘鲁的栋梁之材。修女拿着铃铛出来时，总会批评他们在跳原始人的舞蹈，紧接着，她会看着这个乔洛人："马乌拉雷斯，快点儿！""Yas，嬷嬷！"他答道，嘴巴张得像轮胎一样大。他将孩子们一个一个抓住，用抹布将他们擦干净。他将抹布在洗手池里浸湿，然后非常粗鲁地将他们的脸整个儿擦一遍，甚至连带他们浆洗过的假领子也一并擦到。之后，对那些更加健壮的孩子，也就是那些足球踢得更好的孩子，他会给他们的屁股一脚，叫他们立刻进入教室。不免有人会想，"圣洁心灵"里有这么多孩子，他多少可以利用工作便利为自己讨点好处，比如："桑塔马里亚，为什么不跟你爸爸说说，给我在部里谋个职位？如果你跟他说了，我就把你编入足球队。"然而，事实并非如此：莫拉雷斯一直和修女们留在学校里面，用抹布给孩子们擦脸，看着他们从如同长了痔疮的女人的旅行车上下来。

这样的旅行车很多：金家两兄弟的天蓝色的旅行车（他们的爸爸是美国外交官）；奥塔伊萨两兄弟的是黄色的（他们没有奶妈，只有一个德国女教官）；潘提家的是蓝色的（潘提有一大堆姐妹，数都数不清，都在维亚·玛利亚①上学）；还有胡里乌斯深棕色的旅行车。

当孩子们大一些时，就会被送到阿雷基帕大道上的大砖房里学习。那时，帕斯托尔就可以晚点起床，他家就住在旁边。大砖房很漂亮，甚至有些神秘，但是孩子们无孔不入，最终只剩下修女们的房间保留着些许神秘感，引发成千上万的追问。胡里乌斯开始上学的时候，"瓜籽"的小团体已经成形。

---

① 维亚·玛利亚（Villa María）和下文出现的圣西尔维斯特雷（San Silvestre）、索菲亚纳姆（Sophianum）以及夏雷特（Chalet）是位于利马附近的几所贵族女校。

"瓜籽"是半个桑博人①。他的爸爸是个更加典型的桑博人，拥有好几处矿产，很有钱。"瓜籽"仗着家里车多房大，轻而易举地当上了小首领。事情的起因是"马和骑士"的游戏。"马"把在学校里穿的罩衫系在腰间，留下一根"尾巴"，由骑士牵着。系着罩衫的"马"在前面跑，而骑马的"骑士"则跟在后边大呼小叫：快点儿！向右！向左！直到被人追上。如果你还没有被允许加入"瓜籽"的小团体，就会被放倒在地上滚来滚去。在那些日子里，孩子们的膝盖上总是带着伤痕；也是在那些日子里，他们开始把谁当成偶像或者成为谁的偶像。然而，"瓜籽"不是胡里乌斯的偶像，他总是躲着"瓜籽"，而且也不打算把辛缇娅的钢笔献给他，把钢笔送给"瓜籽"是入伙的必要条件。当学校里百分之九十八的学生已经入伙，"瓜籽"的统治也到了该结束的时候，因为剩下的人已经寥寥无几，而且总是欺负同样几个人是非常无聊的。此外，"瓜籽"似乎也不再长高了。有一天，阿尔苏比亚加来了，轻松地举起了一块巨石。大家赶紧去找"瓜籽"，叫他也来举石头。他回答说司机在等他，说完就走了。这对他而言应该是很悲伤的，因为在那之后，他再也没有要过谁的钢笔，而是同其他孩子一样，玩起了"警察和小偷"的游戏。

阿尔苏比亚加的问题是他从不打人。有一次，他甚至将扭打成一团的两个家伙拉开了。所有人都对他大喊，叫他不要管，反正嬷嬷还没来，但是阿尔苏比亚加将其中一个腾空抱起，硬是将两人分开了。再有，你本打算请他痛揍那个长着很多黑头发、有些粗野的大个头乔洛男孩戈麦斯，他却只是笑笑，甩给你一句"改天吧"。这就是阿尔苏比亚加的问题，甚至让人想不起他曾将大石头举起来，轻轻松松顶在头上。

一天下午，希尔瓦也将大石头举起，并且也顶在了头上。希尔瓦有着一头金发，长着一张坏猫的脸。他的眼珠是绿色的，两条腿苍白却很结实。他举起了大石头，一个星期之后又打了合唱团的拉米雷斯、美国人金以及拉法埃里托·拉斯塔里亚。这最后一个当时正在读小学三年级，他从

---

① 桑博人（zambo），黑人和土著人的混血。

不和表弟胡里乌斯打招呼，甚至看都不看他一眼，于是胡里乌斯的晚间祷告词里又新添了一个万福马利亚。

阿尔苏比亚加是白人，但是皮肤发黑，他很强壮，和任何人都谈得来。他不索要别人的钢笔，如果你想和他玩，他也不会一脚将你踢开。问题就在这里：他不符合成为头领的要求。然而，他又三次举起了石头，还轻松放倒了体重是石头三倍的"胖子"马丁托①，当然只是为了玩。"胖子"马丁托是个非常善良的孩子，那时是胡里乌斯最好的朋友。

一天上午，在课间休息时，希尔瓦怒气冲冲地离开教室，后边尾随着一小伙人。他的小团伙还没有最终形成，因为阿尔苏比亚加可能会揍他。"胖子"马丁托去找阿尔苏比亚加，告诉他说希尔瓦想揍他，他已经发出了挑战，要在花园里同他摔跤。胡里乌斯刚好在附近，他找"胖子"已经好一会儿了，他做了两把木剑，要同他比试。马丁托之前看了一部电影，一个击剑手飞起一剑，割掉了对手的耳朵，从那之后，他做梦都想割胡里乌斯的耳朵，当然不是真的割，他们在木棍尖端装了用酒瓶塞做的剑套。"胖子"马丁托要把胡里乌斯的耳朵削掉，胡里乌斯整天忙于打击他的士气，两人乐此不疲。那天早上胡里乌斯一直在等他，此时他终于出现了，结果却是为希尔瓦的挑战而来。

阿尔苏比亚加说他哪儿也不去，他不受任何人差遣，阿尔苏比亚加果真不同凡响！"胖子"马丁托撒腿就去报信，结果在路上摔了一跤，校服上全是土，而且还再次蹭破了膝盖。他立刻爬起来，将嘴里的泥巴吐掉，然后继续跑，生怕打斗还没开始，休息时间就结束了。"他怕了。"希尔瓦说，那架势似乎马上就要开打。他那天早晨就是一个十足的美国佬，怒气冲冲，呼吸急促，眼睛瞪得像猫眼一样溜圆。他怒不可遏，横穿庭院去找他的对手，那场面就和电影里演的一模一样，后边还跟着一个随时会解散的小团伙，以及浑身脏兮兮的"胖子"马丁托。

到了阿尔苏比亚加面前，希尔瓦挺起胸膛，双手叉腰，比往常任何时

---

① 马丁托（Martinto）是马丁（Martín）的昵称。

候都更像只猫，而且更加阴险。"你害怕希尔瓦！"一个跟班喊道，当然，这种做法很不明智，阿尔苏比亚加的淡定与害怕可不是一回事。"你为什么想打架？"他问道，马丁托开始绝望，课间休息剩下的几分钟仿佛每一秒都在敲击他的心脏。"小娘炮！"希尔瓦答道，气焰更加嚣张。他看起来越发苍白，似乎随时都会因暴怒而死。阿尔苏比亚加听到有人骂他"小娘炮"，着实不快。他抬起胳膊示意去花园决斗，结果被希尔瓦当成发起的第一个攻击，于是立刻冲过去抱住阿尔苏比亚加的脖子。两人扭成一团滚到地上。马丁托激动得直发抖，他咬着手指头，不愿错过这场搏斗的任何一个细节，同时还在放哨，以免某个修女这时刚好经过，所有这一切他都同时在进行。希尔瓦的小团伙开始不知所措，他们的头领被仰面朝天按在地上已经好一会儿，却未能将压在身上的对手拉下。情况越来越糟，他已经不动了。很明显，打斗持续不了很久。阿尔苏比亚加一直骑在对手胸部，轻轻卡住他的脖子，逐渐地加大力度，想要得到最后的肯定回答："你认输吗？"他一边问一边等待着，对手没吭声。他又稍稍用了点力，算是很留情面了，你服不服？就这样，直到最后听到一声肯定的呻吟，打斗结束了。希尔瓦哭着走了，身后没有一个人跟着。他的跟班们此刻正在推推搡搡地为阿尔苏比亚加欢呼，争相把他举过肩头。

"擦擦你的校服！擦擦你的校服！"浑身脏兮兮的"胖子"马丁托一边对希尔瓦大声叫嚷着，一边拍拍自己的校服。

阿尔苏比亚加在读三年级，是个高年级生，他和每个人都说话，胡里乌斯除了把他当偶像，也把他当朋友。他总是试图使他的妈妈能够对上他的名字，同时也对上"胖子"的名字。他希望苏姗能够分辨出他所有的朋友。

"不，妈咪，胖的那个是马丁托，我想邀请他到家里。打赢希尔瓦的是阿尔苏比亚加，他是高年级生，明年就要去圣马利亚的神父的学校了……"

"好的，亲爱的，他们哪一位是你的朋友？"

"两个都是，妈咪……"

"把他们两个都邀请来吧……"

"不，妈咪，阿尔苏比亚加上三年级了，我只邀请'胖子'……"

对家人而言，马丁托不是一个问题孩子。他的家庭生活很幸福，爸爸有一个巨大无比的庄园，离利马很近，是一个可以任由这个小胖子满地打滚的理想的地方。他想邀请朋友们到庄园做客，但是他的妈妈反对阿尔苏比亚加也来，他太大了。"胖子"才不管呢！他只要自己高兴就好。要想高兴，他只要有一个好剑手就足够了，胡里乌斯就是这样的人选。他们俩一整天都在庄园里蹦蹦跳跳，直到浑身弄得脏兮兮。晚上，两个人回到"胖子"的父母在圣伊西德罗的豪宅，"胖子"仍然有力气继续打斗，他在扶手椅和桌子之间跳来跳去，一路追赶着胡里乌斯。他从一个房间跑到另一个房间，无法想象他在地板和地毯上留下怎样的污泥和尘埃。那些地毯应该是来自东方的，至少价钱相当。

就在那些天，胡里乌斯犯了一个严重错误。事情发生之后，他非常悲伤，甚至告诉给了他的妈妈。胡安·卢卡斯当时也在场，听说这个故事后放声大笑，还说这个孩子终于开化了。美丽动人的苏姗给了胡里乌斯一个吻，叫他留心不要伤到其他孩子的眼睛，不要再这样做了，亲爱的。看到他因此而焦虑，她又吻了他一下，随后扭头看了一眼胡安·卢卡斯，亲爱的，不要笑，马丁托是他的朋友……

"亲爱的，马丁托是你的朋友吧？"记住所有那些名字，对她而言着实不易……

"小鼻涕虫可一点儿都不傻！"听到这个故事时，胡安·卢卡斯这样想。简单一点儿说，马丁托将他的右耳刺飞已达十九次，而他只扎了马丁托的肚子十一次。至于往对手眼睛里面扬沙子，他之前看见康奈尔·威尔德[①]在电影里这样做过。"胖子"根本不遵守决斗规则，他对此已经受够了。当时两人正在沙坑里激战，马丁托不停地扑向他，毫无章法可言，像

---

[①] 康奈尔·威尔德（Cornell Wilde，1912—1989），匈牙利裔美国电影演员和导演。

他这样，谁都能赢。就在这时，胡里乌斯想起了电影，于是当胖子向后退准备再次像阿提拉①那样跳起时，他抓起一把沙子洒在他的脸上。"混蛋！"马丁托叫道，"我什么也看不见了！"他不停地揉着眼睛，胡里乌斯不知所措地站在一旁，等着马丁托笑起来，等着他继续开玩笑，然而，"胖子"的脸越来越红，眼睛里开始流眼泪，泪水和沙子混在一起。"胖子"扔掉剑，摸着瞎，气呼呼地去找水。胡里乌斯想靠近他，帮他将脸洗干净，马丁托挥舞着双臂，双拳紧握威胁他，"等着瞧！等着瞧！"他不停地叫喊着。他说的是真的，因为他刚能看见，就开始追赶着胡里乌斯，要痛揍他一顿：他追上了，两人开始搏斗，"胖子"一拳将胡里乌斯眼睛打得黑紫，随之而来的是发生在两人的妈妈之间的纠纷。

三天之后，"胖子"完全康复了。两人不乏试图再次亲近的举动，在列队时或者上课时彼此偷偷互相看对方，但是已经无法再和从前一样了。此外，学前班结束时，果然不出所料，"胖子"期末考试没有通过。他是因为穿戴不整洁，不遵守纪律而没通过的，虽然学校又重新接收了他，因为他爸爸刚给新校区提供了一笔丰厚的赞助。马丁托依然很可爱，依然浑身脏兮兮，但是在不同的班里学习使两个孩子疏远了很多。第二年，马丁托又交了一个大鼻子朋友，他整天拿着木剑，要将新朋友的鼻子一剑刺飞。

然而，就在扬沙事件发生的那一年，还有一件让胡里乌斯感到十分困惑的事情。在那段时间，拥有自己的足球，并将它带到学校，对孩子们而言可是一件大事。不便之处在于，学校事实上只是一个大房子，没有足够的空间同时进行这么多场足球赛。阿尔苏比亚加得以确定一定的游戏规则；他总是组织两支球队，十一人对十一人，虽然打着打着，其他人也参与进来，一般来说都是加入占优势的那一队，所以，到课间休息结束时，一队有二十个球员，另一队只有七个（两个跑了，两个像没事人一样地加入了赢的那边）。阿尔苏比亚加无法控制混乱局面的出现，他顶多能保持

---

① 阿提拉（Atila），康奈尔·威尔德扮演的电影角色。

住开场时的秩序。不过，他并不因此而烦恼。他忍耐力了得，从来不打人。有一点可以肯定，没有人敢找他的麻烦。另一个问题是美国佬金，直到他爸爸被任命为驻尼加拉瓜的大使，他因此离开学校，他从未真正理解过秘鲁足球：在比赛最为激烈的时候，他常常双手拿起球，像个疯子一样拔腿就跑，一边冲进球门，一边大喊："球进了！"他觉得踢足球和打橄榄球是一个道理。和他的弟弟一样，这个美国佬是个好人，只是对秘鲁的足球一窍不通。在课间休息结束时，他总是将球交到阿尔苏比亚加手里。

阿尔苏比亚加是那个球的主人。下午他将球放在一个白色的网兜里，然后等着车子来接他。但有一天下午，一支球队在大门旁等他，他们想再玩一会儿。在小花园玩是被禁止的，那里种着校长嬷嬷的玫瑰花，而且还有很多窗户。阿尔苏比亚加取出球，来了个边角开球，马丁托将球踢起来，一个头球将它顶给胡里乌斯，胡里乌斯传给德尔卡斯蒂略，德尔卡斯蒂略又传给桑切斯·孔查，桑切斯·孔查传给马丁托，"胖子"又再次传给阿尔苏比亚加，他们就这样你传给我，我传给你，直到"胡萝卜"摇着小铃铛赶到了。她用英语叫他们把球交出来。"圣洁心灵"的英语显然是教得成功的，所有人都听懂了她叫他们"小魔头"，听懂了她说要把球送给那些刻苦学习要理教义的穷孩子。她将球夹在胳膊下走了，一边没好气地摇着铃铛。每年都有传言说要将"胡萝卜"换掉，但是每年的四月一日她都照常来迎接他们，手里拿着小铃铛，脖子上缠绕着巨大的念珠，随时准备发怒。就和那天下午一个样。德尔卡斯蒂略建议阿尔苏比亚加告诉他的妈妈，凭什么把球拿走？他们连碰都没有碰过校长嬷嬷的玫瑰丛。说得没错，说得没错；但是已经晚了。嬷嬷不会再来了，她已经把球拿走了。委屈，害怕，嚎叫……各种情绪一起涌上心头，让人忍无可忍，阿尔苏比亚加哭起来……虽然他已经上三年级，是个大孩子，明年就要去圣马利亚了……"胖子"马丁托告诉他，如果他的妈妈跟校长说，"胡萝卜"一定会把球还给他。德尔卡斯蒂略问那些学习要理教义的穷孩子是从哪儿来的。没有人知道，但是说起来似乎都很害怕。马丁托解释说，也许就是纸上印的那些，在募捐时，只要你给钱，他们就会发给你一些小纸片，上面的那些男孩应该就是。桑切斯·孔查打断他:"别傻了,'胖子',那些人在非洲。"讨论开始回温,阿尔苏比亚加渐渐停止了哭泣。第二天,"胡萝卜"再次训斥了他,但把球还给了他。她同时宣布:本周课间禁止买巧克力;节省下来的钱在募捐时要统统交出来。因为阿尔苏比亚加哭泣那件事,胡里乌斯足足担忧了好几天:看来大孩子也会哭……

新学校的建造事宜一帆风顺。修女们已经将地围了起来。"你们可一定要看看,"她们叮咛孩子们,"坐车经过安加莫斯大道的尽头时,一定要看一看:新学校将在那儿建造。"一天早晨,举办了奠基仪式,为此做了弥撒,给孩子们穿上了白色的校服,还给他们放了一天假。真开心啊!但愿每天都是奠基仪式。此外,她们还要买新的校车,比现在的这一辆更大,正宗的美国汽车,两侧都用黄色的大字写着学校的名称:"圣洁心灵"。古迈尔辛多·基纽内斯满心欢喜,向校长嬷嬷频频行礼。还会有精美的小礼拜堂!专门的礼堂!还有大足球场!莫拉雷斯微笑着,所有人都恳切地看着他,仿佛在说:选我!莫拉雷斯,选我加入足球队!新学校将是一个天堂,窗明几净,有数不清的教室和走廊,有专门为学钢琴的学生准备的琴房,有种满了玫瑰的花园,等玫瑰花开了就采来装点精美的礼拜堂。新的"圣洁心灵"就是天堂。只是还缺钱。在说到缺 money 时,校长嬷嬷的情绪十分低落,也让所有的人都心情沉重。孩子们多痛苦啊!幸好,校长嬷嬷又振作了起来,以一校之长的威严告诉他们:学校需要帮助,人人有责。那天早晨,因为已经举办了奠基仪式,接下来首先要做弥撒,然后排队进大厅去看钢琴,要让他们看看钢琴多漂亮,那可是一架彩色的钢琴!随后他们将去餐厅,今天的早餐有热巧克力!最后……校长嬷嬷沉默了,他们都在发抖……最后,所有的人放假一天!奏校歌!大家一起唱!人人都在歌唱,带着一种难以言喻的热情……

未能一帆风顺的是新家的建造事宜,新家建在胡安·卢卡斯拥有的那一块紧挨着马球俱乐部的巨大地皮上。当然,最终一切都会尽如人意,只是眼下还未能就平面图达成一致意见。问题在于，设计师是个实用主义者，想建造的是一座实用的房子；他希望能让他放手去干，不管怎么说，他才是艺术家。胡安·卢卡斯希望在屋顶上铺细砖瓦，设计师反驳，在多雨的国家才用瓦片，他认为，这些对于利马而言荒诞至极的想象应该立刻停止。苏姗则将她那一缕迷人的发束甩到脑后，她想要一个墨西哥式的房子，有石砌的庭院，以便将修葺一新的马车放在那里。这个想法在设计师看来不算荒唐，他甚至在一个下午带来了一大卷图纸，设计的就是一个墨西哥式的别墅，有窗户和围栏，专门为听小夜曲而设计。苏姗笑逐颜开，想象着马车停在庭院里，高音喇叭在远处播放着小夜曲。她想象着自己身处大厅里，四面都是雪白而坚实的墙壁，装饰着库斯科画派①的画，也有基多画派的。她收藏的每一幅画都精美绝伦，她要亲自把它们送去修复。然而，胡安·卢卡斯想要一座现代的房子，有落地大窗，可以享受阳光普照的感觉，还能看见远处的马球场。设计师看着苏姗，觉得再也没有可能遇见如她一般美丽的女人了，他满怀热情地反复修订平面图，以此表达对她的崇拜。他迁就她的一切想法，甚至将实用主义抛在脑后。他一边看着苏姗，一边指着精心画在版纸上的墨西哥式别墅，详细解释每处细节。胡安·卢卡斯执着于房子的现代性，不时打断他，与此同时，苏姗想象着自己无忧无虑地走在别墅里，她看起来那么美，她希望他们都能随她的愿。这时，胡安·卢卡斯叫人再送几杯酒上来，他看了一眼图纸，发现上面也画有他要的瓦片，因此依然难逃荒谬。三个人都礼数周全，虽然心有不快，却不至于勃然大怒。胡安·卢卡斯说，有那样的窗户——那个听小夜曲的窗户——怎么也无法避免像维尔玛一样漂亮的乔洛女郎探身窗外和表哥聊天。苏姗对于小夜曲的热情因为脑中出现的画面而立刻崩塌了：一个好莱坞派头的墨西哥人从围栏里探过身来，对一个美国女人说："我为你而疯狂。"苏姗将金黄色的发束甩向脑后，她看向胡安·卢卡斯，再次感

---

① 库斯科画派和基多画派都是美洲殖民地时期的著名画派，因分别出现在库斯科和基多总督辖区而得名。

到自己深深地爱着他。这时,丹尼尔拿着几瓶苏打水和一个装着冰块的托盘来了;设计师低着头构思一个新的设计图,一个能让三个人都满意的设计图。接连好几个月过去了,奠基的事始终未谈及。

相反,学校的建造在按部就班地开展着。不仅打了地基,还做了弥撒,领了圣餐,以祈愿地基坚固,房屋永不倒塌。那么多个万福马利亚,可怜的胡里乌斯已经念不过来了。他是个善良的孩子,除了惯常的十二个,还有另外添加的:一个是为校长嬷嬷念的,她生病了,暂时回密苏里州休养了;一个是为了地基;还有一个,他怎么也想不起到底是为了什么念的;另一个是为了炼狱中的灵魂,一想到炼狱中的灵魂,他就心神不宁。

年底有颁奖典礼。这是一桩名副其实的好事,所有孩子的妈妈都将出席,还有一些爸爸和姐妹,有时甚至祖母也会来。胡安·卢卡斯从不参加这类活动。他通过支票和修女们沟通。修女们把学期的账单发给他,他在办公室里连着其他成百上千的支票一并阅过,填上指定的金额。确定会到场的是苏姗,虽然总是一副无比懒散的架势。拉斯塔里亚夫妇也来,他们的儿子还未结束在"圣洁心灵"的学业。由于嬷嬷们在场,胡安不敢亲吻苏姗的手,回家总是满心懊恼。相反,苏珊娜姨妈却异常享受。她记得所有学生的名字、姓氏和家庭出身,整个下午都在向人展示她的两个儿子,好像他们是无价之宝。她尽显殷勤,挨个向嬷嬷们打招呼,把她们介绍给她的丈夫,要让她们看到,她是一个合格的家庭主妇,可不像某些年年都会把裁缝的地址弄丢的女人,比如她的表妹苏姗。苏姗美丽动人,感到厌烦透顶,典礼还未开始,她就已经期盼它早点结束。胡里乌斯用目光找寻着她,他坐在小椅子上满怀崇拜地注视着她。他用目光紧随她的一举一动,希望她能集中注意力,能认出他的每一个朋友,希望在点名时她能专心地听,等新家建好,我要开个生日聚会,一个盛大的生日聚会,把全班同学都邀请来。以前每个学年,圣迪亚哥和鲍比都是勉强合格,相反,胡里乌斯是班里最好的学生。当校长嬷嬷叫到他名字的时候,大家才知晓。校长摸摸他的小脑袋,给他戴上一个奖章。学前班就要结束了,他是班里的第三名。苏珊娜姨妈嫉妒得要死,但还是过来向她的表妹表示祝贺。可怜的苏姗感觉自己要疯了,她想逃离。逃离无门:独奏表演还没开始呢!

教钢琴的嬷嬷很漂亮,她是个美人儿,脸上的雀斑都格外好看。她叫玛丽·埃格内斯。钢琴教室的一个角落里放着圣约瑟的雕像,房间的中央铺着一块库斯科地毯,在两架钢琴之间。胡里乌斯只用过左边那一架,另一架是修女们用的,琴盖总是合上着的。起初,他不知道那是修女们喷洒在身上的什么,或者是用来清洁琴键的某种液体,总之,钢琴房特有的气味是他有生以来首次觉得切实需要的香水味,主宰着他的乐感……玛丽·埃格内斯穿着一件宽大的、浆洗过的白色围裙,完美地遮掩住她的胸部曲线,使她看起来更加圣洁;在围裙的两侧露出缠绕在身上的极长的念珠,隐约勾勒出髋部的轮廓。钢琴嬷嬷很容易紧张,每当你出错时,她就会咬住双唇。她为人极其和蔼,从未对胡里乌斯发过脾气。每周有三天,他们常常一连几个小时坐在散发着清香的钢琴前;她时不时咬咬嘴唇,随即又露出笑颜,叫他重新开始。胡里乌斯深深地吸了一口气,将琴键上喷洒的液体香味吸入体内,他打心眼里喜欢钢琴嬷嬷。他看着她,寻找她的微笑,而她也微笑着向他指指琴键:"开始吧。"她总这样说……

> 我的邦妮漂洋过海,
> 我的邦妮漂洋过海,
> 我的邦妮漂洋过海,
> 哦,请将我的邦妮带来我身旁!……①

……他被那股香气裹住,满心都是对她的喜爱,钢琴也弹得越来越温柔,越来越有感情。

"雀斑"嬷嬷教得非常好,而他也学得格外努力,这让胡安·卢卡斯几近绝望,他总是抱怨小鼻涕虫的琴声让他不得安宁。有一天,苏姗给了

---

① "我的邦妮漂洋过海"(*My Bony lies over the ocean*),是一首苏格兰民谣。

他一个吻,满怀柔情地将他带到钢琴房,"你看。"她说。胡里乌斯正背对着他们,两只耳朵看起来更大了,却可爱得令人心疼:他的两个脚尖分得很开,两只脚时不时从踏板上滑落,他一边弹,一边唱,动作十分轻柔,似乎想要在那架钢琴上找到某种气味……

  哦,请将我的邦妮带来我身旁!……

  ……他深爱着辛缇娅、玛丽·埃格内斯嬷嬷以及那个不相识的邦妮。
  为了年末的钢琴独奏,胡里乌斯已经将《我的邦妮》排演得十分熟练,苏姗甚至没有想过他可能出错。她没有左顾右盼以炫耀演奏者是她的小胡里乌斯。当这个小可怜突然紧张得难以自制时,她在温柔地聆听,确实,他演奏的《我的邦妮》跑调相当严重。有什么关系呢!所有人都认为他的感情十分饱满。
  这就是独奏表演。由最好的学生演奏,"雀斑"嬷嬷负责挑出人选,并帮他们排练,一直到最后一刻。颁奖仪式结束之后,所有人重新回到舞台,出错了好几次。妈妈们紧张得要死,随时准备鼓掌;如果有谁演奏到一半突然卡住,妈妈仿佛也随之停止呼吸,她们使劲鼓掌来挽救尴尬的局面,就好像演奏已经顺利结束:没关系,不管怎么说,孩子们都在尽力表演。连拉法埃里托·拉斯塔里亚都曾经表演过独奏,当然,他使了一些小计策,他在家里有另外一个老师教他,他完整地演奏了《阿帕奇舞曲》,苏珊娜因此得到众人的祝贺。胡安·拉斯塔里亚也十分激动,因此为新校区提供了一笔特别的赞助。
  独奏表演接近尾声,颁奖典礼即将圆满结束,苏姗感到难以置信。难以置信的是远处再次响起钢琴声,这一次几近完美:是"雀斑"嬷嬷在为旧的学年画上完美的句号,她深情地演奏校歌,孩子们备受感动,随着琴声深情地歌唱。家长们也纷纷站起身,陆续来到了庭院。他们彼此问候,一边争相说着你的儿子也很棒,一边交流假期计划:我们去安孔,你们呢?诸如此类。当然,人人看起来都很优雅,自不在话下。

II

　　学前班和小学一年级之间的暑假，胡里乌斯是在高尔夫俱乐部度过的。他们总是一起乘坐旅行车前往，除了正在备考农艺学的圣迪亚哥。这可怜的孩子有一大堆年轻的老师，都是农艺学系高年级的学生，他们由旅行车接来大宅，常常邀请他抽"印加王"香烟。入学考试仿佛大宅停车场的大门：后面等待着他的是胡安·卢卡斯的老式奔驰敞篷车，一旦进入，他就可以将车一直开进农艺学系，可以实现，比如说，在林塞的一系列猎艳小计划。"可怜的圣迪亚哥，他学得多努力呀！"坐在俱乐部游泳池边时，苏姗常常这样说道。相反，鲍比正尽情享受着生活，为了吸引一个十三岁左右的外国女孩——加拿大大使的女儿，他上千次从跳板跳下。到底还是给胡里乌斯免去了保姆。有时，胡安·卢卡斯早早打完了上午的预定杆数，他回到大宅，喝上几杯金汤尼，再出发时会把胡里乌斯带上，让他和家人一起吃午餐。有时圣迪亚哥也会加入他们，卡洛斯将他送来与先生和夫人共进午餐，暂时将书本放置一旁。

　　那个夏天，胡安·拉斯塔里亚出现了。他的家人都在安孔，而他大多数时间却在利马忙着进口事务处、仓库，以及诸如此类的事由。他趁机成了俱乐部的会员，并且不用带着妻子一同前来。这个可怜的人疯狂地想要把早上的洞数尽快打完，好赶到游泳池去见他的公爵夫人。他吻着她的手，完全一副高尔夫球员的打扮，十分滑稽可笑。他坐下来，向她倾诉他满溢的幸福感，高尔夫球正在使他脱胎换骨，让他更加年轻。胡安·卢卡斯和他的那些朋友管他叫"白墙墩"：当他穿上泳裤，准备去泳池泡一泡时，看起来白白胖胖，而且总是昂首挺胸。他们嘲笑他试图通过游泳来永葆青春。苏姗为他深感遗憾，她说着英语恳请众人，不要再逗她发笑了，还叫胡里乌斯不要仿效那些针对他姨父的糟糕的评论。然而，胡安·卢卡斯还是坚持向他描述了苏珊娜姨妈穿着泳装的模样，所有的男士都发出了阳刚的哈哈大笑，他们要了金汤尼，年轻的侍者从里面，从俱乐部的吧台送过来，面无表情地穿梭在众多穿着泳装的女士、小女孩和外国女人之间。这群人当中没有人付账，账单是下午酒吧牌戏的赌注：他们要来色子，女士们在露天吧台畅享午后时光，他们则喝着酒打扑克，一边掷色子，一边谈论着当天的高尔夫球况，谈论着每个人的战绩和杆数。色子决定他们当中谁会说一声"见鬼！"，说时并不介意，却有一股阳刚之气，旋即签下账单，改天会送到办公室。拉斯塔里亚打扑克时永远做不到心无旁骛，他不时打量一下俱乐部经理。这个阿根廷人正在以每小时不菲的价格给他上课。他长相出众，算得上气质优雅，任何时候都光彩照人，梳着探戈舞者的发型，处事老练，而且还有令人羡慕的青铜肤色。拉斯塔里亚不禁恍惚：应该将他当作一个职员还是一位先生对待？

说来奇怪，胡里乌斯开始讨厌在午饭时招待他们的餐厅总管，就是那个给他们拿来菜单，在服务生犯错时，态度极其恶劣的人。说来奇怪的还有，这个总管似乎也开始鄙视他，就好像他是俱乐部里人所共知的某个破产会员的儿子。每当这个鼎鼎有名的总管靠近时，桌子上就会发生一些奇怪的事情，毫无疑问，他觉得自己比其他侍者高出一等，他的西装外套更加精致，只是，他投向胡里乌斯的俯视眼神是缘何而起？……也许是因为前两天他弯腰捡起了本应那个侍者拾起的面包；也许是因为他在球童和服务生面前表现得不够威严；总之很难解释：一个虚伪造作的餐厅总管和一个未满七岁的孩子之间始发的相互厌恶之情，是如何产生的？然而，当章鱼鸡尾酒、夹心鳄梨、法式石首鱼，或者君度酒口味的可丽饼送上来时，胡里乌斯感觉自己瞬间成了国王，完全忘记了什么餐厅总管。这些食物令桌子突放光彩，胡安·卢卡斯却全然不为所动。

高尔夫球员和他们的妻子陆续走进餐厅。他们的青铜肤色透露出优雅，显而易见，他们行动敏捷，经济阔绰。他们互相寒暄着，就算有时候在生意上彼此敌视，此时此地，就算有人刚离了婚，也不算什么罪过，如果凑巧带了情人来，众人也都低调接受，来者都是自己人。当然也不乏出生于老派传统家庭的女士，通常比其他人更显精致，或者更加保守，她们大多已经不再富有，但并不因此而抱怨，她们有时甚至会受到邀请：可怜的女人,就算没钱,那也是她们的地盘,虽然收入差距确实是个问题;总不能眼巴巴地盯着那些粗俗的,甚至不道德的女人啊!开胃酒使酒吧里的气氛又回归和谐,从落地窗户望向球场,酒吧好像浮在水面上,正在一片绿色的海上扬帆前行,那是一次愉快的跨洋航行,只可惜有边有界:俱乐部四周环绕着高高的围墙,以防鸽子飞进来将球叼走。

随着午餐时间临近,拉斯塔里亚开始倍感煎熬。虽然已经花了一大笔钱将自己装备成高尔夫球手,他还未能在俱乐部结识很多朋友。当然,所有人都知道他是胡安·拉斯塔里亚,这恰恰是问题之所在。人人都知道他,也知道其他人,但是那些人或者长得帅,或者喜爱饮酒,举止滑稽,再或者有亲和力,善于察言观色。拉斯塔里亚则相反,他近乎做作,而且毫无观察力可言。如果胡安·卢卡斯没将他带到自己那一桌,这个可怜人就要混进另外一桌,当然,最后他买单,亦即签账,这一点他确实学得很快。苏姗已经觉察到这个问题,常常将拉斯塔里亚邀请到他们那一桌。见他穿成高尔夫球员,却完全不像那么回事,她感到十分痛心,那可笑的羊毛衫究竟是谁卖给他的!

午饭结束之后,大家又在桌旁围坐很久,随后再次出发去打高尔夫球,去完成上午已开始的那一轮十八洞。苏姗也在其中,由好几个朋友陪同着,她们是外交官的夫人,或者其他一些像胡安·卢卡斯的人的夫人,不乏一两个英国人,几个美国人,有时也许还有一个德国人,她们说英语或者西班牙语,不管说哪一种语言,其中都掺杂着一些好听的外国词语。有时也会说法语,特别是法国大使夫人在场的时候,每当这时,总有一些本国女士整个下午都不曾开口。不消说,每个人都穿着最时髦的衣服,啊……哈!都是贵极了的衣服。男士们结队而行,时而听见有人说"他妈的!"或者"混蛋!",说得很得体,完全合乎时宜,听起来很有男人味,球童们不敢因为他们精致且与众不同,而把他们当成同性恋。如果那时你恰好从栅栏上探身,看到我跟你讲的这一切,你会认为生活简直不能再幸福美满;此外,你还能看见优秀的高尔夫球手,这些完全看不出年龄的男士,他们的臂膀强壮而灵活,还有球技拙劣但仪容姣好的女士们。如果再多看一会，你将能够认出胡安·拉斯塔里亚和那位阿根廷教练——后者经验老到，两人正追赶着一颗高尔夫球，以及它所象征的一切。

此时，孩子们则在安孔、埃拉杜拉，或者就在俱乐部的游泳池里。胡里乌斯游泳游到耳朵疼，因为当你潜泳时，会遇到水压的问题。鲍比完全不理睬胡里乌斯，一个人乐此不疲地从跳板上扎入水中，总是从那个加拿大女孩——就是大使的女儿——所在的那一侧出来。当然，他完全不走楼梯，而是像玩杂技一般从游泳池的边缘跃出。他时不时整理一下泳装，让肚脐眼露在外面。他一路小跑到通往跳板的阶梯下，爬上跳板，假装若无其事，一旦感觉到加拿大女孩的目光，便立刻跑起来，苏珊娜姨妈绝不会允许这样的行为。跑到跳板边时，他开始飞，首先变成海鸥，然后变成一架飞机，一头扎向海里，之后又仿佛一个轮胎；在最后一刻，他的身体灵巧地伸展开，进入水面而不溅起水花。这是致命的一跳。为了那个加拿大女孩，他甚至愿意付出生命。她实在太美了！……她也为他心动，静静地坐在长凳上，不时朝他微笑。一天，两人终于相识了，开始一起游泳，就好像泰山和珍妮——至少他是这样觉得的——从河的一侧潜游到另一侧，两人彼此挨着，仿佛途中会遇到鳄鱼似的。有一天出现了一只。胡里乌斯游到了他们的身边，问几点了，他告诉鲍比，妈咪很快就要来叫他们回家了。流着鼻涕的小鳄鱼脑袋上因此受到羞愧难当的泰山狠狠的弹指一击。

天黑时，高尔夫球手们回来了。一些人洗了淋浴，甚至还在游泳池里好好凉爽了一番。之后，他们进入更衣室聊天，裹着毛巾或者赤身裸体，这取决于阳刚程度和腹部的大小。胡安·卢卡斯和他的朋友们的声音回响在会员们标着号码的储衣柜间，他们一边穿着衣服一边谈论着当天的赛事。一天下午，拉斯塔里亚在众人面前赤身裸体，不乏有人就他的身体状况开玩笑，所有人都开怀大笑，他笑得比谁都开心，觉得自己是名副其实的俱乐部会员。这是他最期待的时刻：一旦准备就绪，就会去酒吧，这是男人之间的事情，要掷色子，在那儿，他们都接纳他为其中一员，甚至还会评价他和阿根廷教练一起取得的进步。拉斯塔里亚自我感觉渐入佳境，这时，如果有人轻轻拍击他的肩膀，他甚至会觉得像在家里一样自在。他确实觉得像在家里一样，虽然时常会发生一些不愉快的事情。比如，几天前的一个下午，他感谢上帝终于让他得以一个人，但同时又觉得孤单异常。可怜的人！"伯爵"就是那个安居他乡的小西班牙人，那个娘娘腔，附庸风雅，身材矮小，歪歪倒倒，却举止优雅，受人尊敬，进出于高雅之堂。身材矮小的"伯爵"狠狠地推了他一下，抢先进了门，没有向他打招呼，却差点吐到他身上，这个混蛋喝醉了，而他很不情愿地说了一句："伯爵，抱歉。"这句话让他寝食难安，不管怎样，我都是个有钱人，是个成功的男人，家大业大。这是多么不幸的一句话！午夜梦回时，他常常会想起，胡安·拉斯塔里亚是个有尊严的人！这样的事情也发生在他身上啊……唉！要不是这些意外事件，他会觉得自己是名副其实的会员……有一次有人把他介绍给日本参赞：胡安，这位是日本参赞，而他不喜欢那个日本人，一时间，外交人士、街角的中国人，以及开餐馆的中国人，同时在他脑中打转。胡安·拉斯塔里亚感到晕头转向，迟迟没有缓过神来，当对方伸出像丝绸般凉冰冰的手时，他不知如何是好，日本参赞极具东方特色，礼数周全。众人看着他，仿佛他是个十足的傻瓜，中国人也是温文尔雅的。类似的事情常常发生在可怜的胡安身上，使他徘徊在心肌梗死的边缘。如果真那样，人们一定会说是因为经济原因，是业务过于繁忙，担忧过度所致，是成功生意人特有的精神压力导致的心肌梗死……

男士们会在酒吧里一直待到天黑，与此同时，女士们在外面的露天吧台等待着，孩子们想要回家，渐渐失去耐心。酒吧里也有商机，虽然大家通常是优雅地谈论国家的政治形势，或者渔业状况，当然，最后也不会忘记开开玩笑，谈谈当天的高尔夫球况。随着一声"靠！今天轮到我买单"，高尔夫球手们开始陆续离开。胡安·卢卡斯到露天吧台去找苏姗，他亲吻她，两人彼此深情对视。他坐在她身边，两人就这样沉默地过了几分钟，看着球场上的树木在夜幕下渐渐变得模糊，看着夏季的广袤绿地和灿烂骄阳暂时退场。井井有条的生活仿佛出现了短暂的失衡，但是他们依然镇静自若：一边嘱咐孩子们坐旅行车回家，一边向几个仍然留在那里，懒散地躺在松软沙发上的会员告别，我们明天见，再见！那时，球童们也离开了,紧挨着旅行车旁经过。胡安·卢卡斯向来会不失时机地说出一些妙语,比方说,"把犯人也释放了",一边踩动油门。"晚安,先生。"这是餐厅总管;他坐进一台老态龙钟的奥兹莫比尔,十年或者十二年之前可能是属于某一个会员的。那是一辆宽大的奥兹莫比尔,周身的喷漆斑斑驳驳,随时都会发出嘎吱、嘎吱的声音,仿佛一位做作的女士。发动机预热需要费一点儿工夫。

新学校越来越有形,然而,胡里乌斯赶不上去那儿领第一次圣餐了。他重又回到阿雷基帕大道的那座巨大的老房子里,阳台高高在上,遥不可及,那是三年级学生,是大孩子们的教室。阿尔苏比亚加已经去圣马利亚学校了,马丁托已经不能更胖了,每门课程都不及格,继续留在学前班里学习。在小学一年级,必须做出个好样子,因为要第一次领圣餐,而且要行坚信礼,为此需要一个教父。首先,不能犯错误,不能打人,更不能抢别人的钢笔或者有不好的想法。

孩子们刚刚到达,在庭院里聊天。这时,"胡萝卜"出现了,发疯似的摇着铃铛,示意列队站立。大家都觉得她已经看见自己了,马上就要扑上前来施加惩罚。她下令站成两人一排的纵列,按个头排列。这相当困难,因为没有人愿意承认,这个去年还是小个子的家伙,今年已高出自己。她走过来,因为气恼和炎热而涨得满脸通红,一眼就将他们的个头量了一个遍。对于没有立刻服从的人,等待他们的是被揪耳朵,或者响彻耳鼓的铃铛声。她怒气冲冲,越来越激动,幸好校长嬷嬷出来迎接,她说,来年将要搬去新的校址。随后她介绍了一位刚刚从美国到来的年轻修女,请他们晚上为她祷告,但愿利马的气候不会让她感到太多不适。新来的修女名叫玛丽·特里尼提,长得很漂亮。和玛丽·埃格内斯一起学钢琴的学生可遇到了大问题,现在他们不知道更喜欢哪一位。玛丽·特里尼提是一个可人儿,微笑的时候总是激动地搓着双手,看到这么多孩子穿着一尘不染的校服,她似乎随时都会感动得哭起来。终于,听见她说话了:她告诉他们,她很开心能够来到秘鲁,她一直梦想着要来,现在,所有人都将成为好朋友。随后,她整个人有点不知所措,而他们站在队列里也骚动起来,仿佛想要迈出一步去安慰她。然而,"胡萝卜"似乎对甜美的玛丽·特里尼提心生嫉恨,拿着铃铛的手开始颤抖,眼看就要撸起袖子,这预示着她就要摇动铃铛发出巨大的声响。去年教过他们的修女都到场了,一个个笑容可掬,玛丽·埃格内斯从一旁出来,咬着嘴唇,美丽动人,平台上站满了微笑的修女。他们从庭院里看着她们,非常想冲出队列,爬上楼梯,挨个儿向她们打招呼。在第三级台阶上,比修女稍微低一点儿的地方,莫拉雷斯和古迈尔辛多·基纽内斯也在微笑着。当校长嬷嬷提到新校车时,古迈尔辛多行了一个大礼,似乎想说几句话。莫拉雷斯穿着那一身永远不变的卡其布猎装和一件红色无袖羊毛衫,沉默地挑着足球队的人选。他的肩膀上挂着一块抹布,在阳光下,他热得张开了嘴。新的学年就这样愉快地开始了,阳光更加灿烂。

新学期伊始,胡里乌斯度过了几周愉快非凡的时光。圣迪亚哥考进了农艺学系,胡安·卢卡斯忠于承诺,将老款奔驰送给了他。然而,这并不够:新大学生要求一辆新车。事情最终以高尔夫球手果断的拒绝而告终,不过,他提供了一大笔钱,将奔驰车的座椅覆上黑色皮革,并将车身漆成红色。这是全部,要不要由他。圣迪亚哥接受了。当他的新车在车行改装时,必须把水星旅行车给他用:学校在莫里那附近,不开车是无法到达的;在格拉乌广场乘校车显得太寒碜了,校车是为没有家产的人准备的。鲍比多有抱怨,这一年轮到他坐在驾驶座上,他仔细研究过正对着加拿大女孩家的弯道,总想做个漂移,留下黑黑的轮胎印,总而言之,就是拿胡里乌斯、卡洛斯和伊梅尔达的生命开玩笑。给他增加了零用钱之后,他这才罢手,考虑到他眼下对于香烟的需求,这无异于雪中送炭。胡里乌斯正相反,得知每天下午要乘坐校车回家时,他开心得不能自已。

他成了基纽内斯的亲密朋友。放学铃一响,乘坐校车的学生争相抢占靠窗的座位,当值班修女到的时候,总有人心甘情愿把自己的战利品让给她,这是阿谀谄媚者发挥作用的时刻。古迈尔辛多向修女点头致意,他一边关上车门,一边强调自己对于车门的特权。新校车体积很大,比老校车宽敞得多，但古迈尔辛多不需要离开座位就能够到门。胡里乌斯仔细观察他的大手，手背肤色黝黑，掌心却是象牙白，太奇怪了！还有他的白发，雪白的头发使这位黑人看起来俨然一位体面的先生。胡里乌斯在家里说起时，苏姗答道，确实，那位司机十分专注，她看见过他一次，黑人奴隶的后代都是这样，和他们的祖先一样，忠诚本分，品质高贵，他们延用老主人的名字，幸福地生活着。胡里乌斯非常开心地听她说着，他想知道更多关于古迈尔辛多·基纽内斯，关于黑人的事，越多越好……这时，胡安·卢卡斯到了，关于这个话题，他一定知道很多……别理他，亲爱的，胡安·卢卡斯叔叔总喜欢开玩笑：一位女士正在抚摸一个小黑人的头，美丽的小黑人，可爱的小黑人，她跟他说，你知道那个小黑人怎么回答的吗？小时候是美丽的小黑人，长大之后就叫我该死的黑鬼……别理他，亲爱的。

　　胡里乌斯是最后下车的学生之一，有更多时间同古迈尔辛多聊天。值班修女似乎听不太懂西班牙语，或许是因为平时不太说，她总是看着窗外打发时间。古迈尔辛多讲了自己和基纽内斯家黑奴的种种渊源，他也为那家人工作过，当然不是做奴隶，他给那家人做过家庭司机，时常去拜访他们。如今年纪大了，他更愿意和嬷嬷们一起工作。和她们一起工作更加轻松，只需每天开四趟车，到下午六点就自由了。相反，在基纽内斯家他早晚不得闲，每天要工作到晚上九点，有时更久。他开雪佛兰旅行车送嬷嬷们去看医生、去购物或者去拜访维亚·玛利亚的修女们。

　　"你的妈咪肯定是在那儿上的学。"

　　"不，我的妈咪是在伦敦上的学。"

　　"啊，那可是另外一码事。"

　　维亚·玛利亚的修女们也是美国人，和"圣洁心灵"的修女们一个教派。不同的是，维亚·玛利亚建校更早，现在已经运营得风生水起。在"圣洁心灵"上学的很多孩子的妈妈就是在维亚·玛利亚接受教育的。

　　"你的妈咪肯定是在那儿上的学。"

　　"不，古迈尔辛多，我妈咪是在伦敦上的学。"

"哦，对，对……"

司机有点语无伦次，他全神贯注于路况，为了避免走神，从不回头，载着满车孩子可不能发生交通事故。胡里乌斯则相反，他仔细聆听，不漏掉一个字。遗憾的是，他就要到达目的地了，该下车了。古迈尔辛多继续和剩下的两三个学生聊天。怎么样，小家伙？他提问题，其他人只管听。胡里乌斯下车时，总是目不转睛地盯着门把上的那只大手。他期待一次强劲有力的握手来封存那段友情。终于有一天他如愿以偿。

那是最后一天坐校车：圣迪亚哥的奔驰车已准备就绪，从明天起，将重新由旅行车接送胡里乌斯。校车驶向他的终点，离萨拉维利大街还差一个拐弯，他知道是时候了，现在不做就再也没机会了。所以，当古迈尔辛多停下校车时，他回头向修女告别，之后又看向他。"明天我不来了。"他说，一边捧起那只仍然支撑着门把的大手，古迈尔辛多回之以一个大大的微笑。"再见，孩子。"他回答道，一边回头看看修女，她有些茫然地看着这场景。胡里乌斯目送校车离开，像往常一样，伊梅尔达来接他，他什么也没说，反正她只想着她的裁剪课。

设计师最终找到了一个既优雅又能平衡各方想法的设计方案。一天晚上，他来吃饭，带来了图纸和建筑工程师。如胡安·卢卡斯所愿，新家时尚而现代，除去那些古怪的细节，算是一幢真正实用型的房屋。不算那些古怪的细节，新家没有什么流于肤浅。苏姗可以将她所有的库斯科画派和基多画派作品送去修复，足以装饰好几个房间，当然，并没有地方来陈列所有的画。眼下，有四幅画很快就要消失了，已经赠送给了里斯特·朗三世，他要带回美国。里斯特深深地爱上了我们的艺术，能做的也就是将艺术品送给他了。已经在清扫地皮，很快就要挖坑埋地基了。建筑工程师解释说新家是抗震的，当地表有轻微颤动时无需撤离，甚至都感觉不到。在胡安·卢卡斯看来，这简直酷毙了，他说，如果发生地震，他将从窗口探身向外，看人们发疯似的逃跑，就像是在观看一场游行。众人都哈哈大笑，并饮酒表示庆贺，随后都去了餐厅。

胡里乌斯也在,那些天刚刚接纳他在大人的餐桌就餐。仆人们怅然若失,以后再也看不见胡里乌斯在迪士尼乐园吃饭了。他生命里有什么就此结束了。有些事情也失效了,不是所有写在教科书上的东西都像妮尔达、维尔玛或者两个管家告诉给他的一样。更糟糕的是,将雨林女人的描述与书里的描述进行比较并不容易。妮尔达识字不多,完全不敢面对教科书,她只想看图片。此外,书上的大部分内容都是用英语写的,胡里乌斯大声朗读,随即翻译,他们都满腹狐疑地看着他,那表情既害怕,又羞愧,仿佛孩子一般,说到希腊人和罗马人,他们一点也听不懂。他与从前不同了。当他说到莫奇卡人[①]和奇穆人[②]时,妮尔达不停地咬着指甲。

而现在把他带去跟夫人和先生一起用餐,实际上是将小胡里乌斯从他们身边抢走了。伊梅尔达本来是个指望,照顾胡里乌斯的事情主要由她负责,可惜,她非常不受欢迎。她不曾见证宫殿里的任何一个孩子的出生,内心深处对周遭的一切没有任何认同感,甚至在食品间里也不和其他人交谈。她是半个白人,半个多余的人,她是利马人,下午经常请假去缝纫学校学习裁剪。那个女人一毕业就会搬走,人人都会看到,她将毫无感情地离开这个家。塞尔索和丹尼尔几乎不和她说话,除非有什么话非说不可,仅此而已。阿尔敏达在对女儿的思念之中慢慢衰老。有人告诉她,她的女儿和"多诺雪"的那个卖冰淇淋的小伙子住在塞罗·德帕斯科,然而,她从未收到过朵拉的只言片语。她弯着腰在水池边度过很多个小时,将宫殿里的衣服洗得一尘不染。胡安·卢卡斯得知是她清洗的衬衫,下令给她增加了工资,她甚至都没有注意到。她一边洗衣服,一边想象着她的女儿在挨打,那个男人不可能和她结婚,他终将抛弃她。几缕乌黑光亮的长发散落在两侧脸颊上,她一副灰头土脸的模样。傍晚时分,当她觉得双脚和双臂发冷时,女儿越发冗长的故事和年轻时她自己的故事在脑海里混杂在一

---

[①] 莫奇卡人(los Mochicas),古代秘鲁的土著居民。莫奇卡文明是秘鲁西北部莫切河附近发现的一处古代印第安文明,于公元700年左右消失。
[②] 奇穆人(los Chimú),古代秘鲁的原住居民。奇穆文化(约1100—1470)是南美洲前印加文化之一。

起。那时，她第一个儿子刚出生，也是她死去的第一个孩子，没错，她两次和两个不同的男人私奔，那时她才十五岁，所以她知道，她的女儿不是坏女人，她知道，生活就是这样，坚如顽石，所以，最好还是找一些安全感，在一户人家干活，在一个有孩子的家庭里，一个像胡里乌斯一样能够让她重展欢颜的孩子，她来到这个家时，已经心力交瘁，她只想拯救她这最后一个女儿。然而，我们年轻人往往热血沸腾，而如果没有钱，我们的故事总是雷同，就和妮尔达读的报纸上的那些一样……

妮尔达的热带雨林故事讲完了……塞尔索做瓦罗孔多朋友俱乐部的出纳也已经很长时间了……除了伊梅尔达，所有人已经在这个家共事很多年，也许彼此过于了解。是什么让他们现在感觉如此迷茫？没有新的东西可说，一切似乎都已成为回忆。甚至关于小辛缇娅，也只剩下一年一次的扫墓，以及来收陵墓管理费的男人。塞尔索和丹尼尔仍是单身，他们有女人，在某个犄角旮旯还有一块方寸之地。他们时常以各种借口离开，因为只有他们在，他们的女人才能外出购买食物。必须有人留在家里，留在那个由草席和茅草堆就的破房子里，一旦离开，哪怕是一刻，其他人就会捷足先登，据为己有。他们忧心忡忡地度日，唯有和胡里乌斯在小餐厅里相处时才得以放松些许，现在，小餐厅已经没有任何用处了。过去的一切都更好。胡里乌斯开始在夫人和先生的餐厅里用餐，这一变化让他们意识到这一点。他们立刻觉察到还是维尔玛在时比较好。胡里乌斯谈论某个莫拉雷斯和古迈尔辛多已经有一段时间了，但他们最近才注意到。他一连几个小时和学校里的其他孩子讲电话，在厨房和他们聊天的时间越来越少。迪士尼乐园小餐厅是往昔快乐时光的最后据点，现在却一下子被毁了，它已经没有任何用处，只能用来回忆。一天晚上，妮尔达将自己关在房间里，强烈希望维尔玛能够回来，想着想着就哭起来。后来，她一边哭泣一边感叹：维尔玛回来干什么呢？还不是一样？好吧，他们又怎样呢？没怎样，只是小胡里乌斯就要领圣餐，他必须好好学习功课，该跟先生和夫人一起在主餐桌上用餐了，和他的哥哥们一样……

布朗神父在和他们说话时，一半用英语，一半用蹩脚的西班牙语。离开的时候，他已让所有人都心怀善念，除了可怜的桑切斯·孔查，他正为地狱的说法而惊恐万状，他偷了德尔卡斯蒂略的一块橡皮。其他人正相反，他们希望上帝在任何时刻显灵，虽然更可能是在晚上，尤其是当他们在漆黑的房间里跪在床边祈祷时。他们期待这样的事情发生，甚至想着，比方说，如果对我显灵而不对阿雷纳斯兄弟显灵，那可就太棒了。这是第一次将他们单独留在教室里而没有人大声喧哗，个个都显得很虔诚，最后，"胡萝卜"出现了，看起来手足无措，因为没有人可以指责，个个都很安静，双手放在文件夹上。每年，布朗神父前来为第一次领圣餐礼做准备，都能达到这样的效果。"胡萝卜"将铃铛放在了桌上，朝他们走过去："现在各位必须认真学习教义要理，要记住上面说的一切，从此不能忘记；忘掉教义要理的人随时都有犯错的危险；那可是罪过！不要忘记！永远不要忘记！永远！"她开始发起怒来，自己一个人，没有人忤逆她。"看看，等到那天，那和平愉快的一天到来时，是不是每一个人都举止得体，不会像傻瓜一样犯错！我们就是为了这个每天训练，先是在这儿，在学校，等那天临近时，我们将去教堂，好让你们习惯，让每个人都知道自己应该待在哪儿。到时候要按个头高矮排列！不要忘了！而且，我不想看到有人咀嚼圣餐！圣餐不能咀嚼！要轻轻地吞咽！闭上双眼！不要看旁边的人！要是让我看见有谁在看旁边的人！诸位听懂了吗？听懂了没？"所有人都回答说是，想到可能会被圣餐噎住，所有人都怕得要死。他们将要在家中练习，吞下一小块饼干，或者别的什么。

布朗神父每周来培训他们三次。他总是下午来，每次待一个小时，如果有必要，也会多待一会儿。他说，他们的生活将发生深刻的改变。他使他们安心了很多，因为他说上帝总会原谅，只要有坚定的改过之心，努力不再犯错就足够。首先，要避免怀有恶意，要热爱上帝胜过一切，也要爱所有的人，因为所有的人都是兄弟姐妹，穷人们也是，生活在秘鲁和巴西热带雨林里的，或者生活在非洲和亚洲的孩子也是。所有人都是兄弟姐妹，上帝同样爱所有的人。他们背诵十条戒律，神父暂时不打算解释的那几条他们不是很理解。首先要牢牢记住，以后生活将慢慢教会他们，谁是别人的女人，什么是通奸。这些概念让他们中的一些人十分焦虑，倒不是一种早熟的焦虑，可能只是语义上的困惑。但不管怎么说，埃罗斯一脸茫然地看着拉斯特雷斯。几周之后，大人们开始把他们带去学校里最大的礼堂。里面放了一张长凳，他们一个接着一个走过去，跪在地上，布朗神父轻拍他们的脸，然后示意他们离开，开始下一步。之后，他们又再次回来，神父轻碰他们的嘴，到时候领圣餐时就是这样，但会更严肃，更庄重，因为那一天，他们将在领取的圣餐里迎接上帝。他们练习了好几次，感到很开心，因为顺带错过了几次"胡萝卜"的课。那段时间，一天的学习结束之后，他们一来到庭院里，就开始玩坚信礼，互相用劲打嘴巴。一天下午，"胡萝卜"突然出现，发现了他们正在做的事情（每年她都有同样的发现）。她像疯了一样对他们大喊大叫，甚至威胁说，如果继续这样犯错，就把他们抓来扇耳光。

　　终于有一天他们要忏悔了。轮到的时候，都怕得要死，浑身颤抖。每个人都随身带着已经背得烂熟的罪过清单，有些人甚至将它们一一罗列出来，以防遗漏某一个，之后又不知该如何弥补。他们制订了坚定而决绝的补过计划：绝不再把家中的管家叫做愚蠢的乔洛人；再也不动手打自己的妹妹或抢别人的钢笔；不再巴望班里最用功的学生圣马丁生病，或者在某节课上出错；也不再巴望"胡萝卜"回美国或者在楼梯上摔倒而露出内裤；绝不在餐盘里剩下食物，因为在山区里，很多孩子正在饥寒交迫中死去。布朗神父挨个儿宽恕他们。离开时，他们都胆战心惊，竭尽全力避免产生不良想法。他们小心翼翼地行走，仿佛小女人一般。

　　他们从未像现在这样温顺听话和勤奋努力，距离伟大的日子只剩下四天，已经带他们去过两次米拉弗洛雷斯中心公园的教堂，做最后的彩排。甚至连"胡萝卜"都改头换面，仿佛她也是第一次去领圣体，她对他们非常好，甚至没有再动怒。也几乎不留家庭作业。唯一不好的事是，二三年级的学生已经领过第一次圣体，时不时过来捉弄他们，有时甚至要使他们产生不良想法，陷入诱惑，或者暴跳如雷。然而，他们不愠不怒，从不作答，改悔的决心毫不动摇。他们将像天使一样迎来第一次圣餐仪式，温顺而守礼。他们就要第一次领圣体，往后就是虔诚的信徒，每个月的第一个星期五都要领圣餐，星期天也一样，为什么不呢？每个人都竭尽全力避免犯错，这并不容易，要足够精明才能做到。在那个庄严的日子到来的三天前，当胡里乌斯向她讲述某天下午发生的事情时，苏姗忍俊不禁。和往常一样，他上楼去问候她，并再次恳求她请胡安·卢卡斯参加典礼；而他，则已经接受胡安·拉斯塔里亚做他的洗礼教父（说出对拉斯塔里亚一家人的看法可是一个罪过）。苏姗看出他相当沮丧，恳切地问发生了什么，胡里乌斯先是有点抗拒，但随后便再也无法克制，一股脑儿倒出心事：阿里亚加，二年级的一个大孩子，欺负了他。胡里乌斯正要当着莫拉雷斯的面进一球时，阿里亚加推了他一下；更有甚者，之后他还说他是小娘娘腔。他气得哭出来，但是能怎么办呢？如果打他，那可是罪过。"可怜的胡里乌斯，"苏姗打断他，她以一种很担心的语调问道，"你是怎么做的？""什么也没做，我告诉他，我不能打他，因为我将要第一次领圣体。相反，我叫来了我的朋友博斯科，他在读三年级，他把阿里亚加痛揍了一顿。"

桑切斯·孔查梦见教堂的地面在脚底下沉，他怎么也到不了圣餐领受处，"胡萝卜"被火焰包围，身上的衣服已经破成碎布条，在他身后紧追不舍。他从梦中惊醒，认为梦的后一半是罪过，于是放声大哭。他的妈妈不得不打电话给马吉亚维罗神父，他是家里的老朋友，请他在电话里和他谈谈，告诉他是可以去领圣餐的。弗恩特斯将牙刷放进嘴巴里时差点晕厥，因为他觉得自己可能吞下了一头母猪。德尔卡斯蒂略的妈妈给他买了一块杏仁糖，以消除他对于圣餐的恐惧。他因此表现得与众不同，宣称已经领教过了，圣餐什么味道也没有，入口即化。总而言之，他的圣餐仪式前夜并不算太糟。现在，他们已经两人一排，在米拉弗洛雷斯中心公园的教堂一侧列队站好。白色的套装，天蓝色的小领带，外套上面的口袋用蓝色丝线绣着学校名字的首字母：IC，右边胳膊上缠绕着丝带，左手里拿着一根蜡烛，但愿风别把它吹灭了。就连班里的阿雷纳斯——他是阿雷纳斯家最脏的一个孩子——看起来也是早晨刚刚沐浴过。其实,他的爸爸看起来似乎更脏一些,就是那位从福特汽车上下来的留着胡子的先生。看见自己的爸爸到了,每个人都表现出一副胜利者的姿态,特别是,比方说,他刚好比弗恩特斯的爸爸个头高。妈妈们也到了,都打扮得优雅而别致,有一些戴着帽子,另外一些则围着披肩。胡安·拉斯塔里亚穿着一身完美的加勒斯薄呢浅色套装到了,他显得十分刺眼,其他的先生都穿着深色衣服。他起初觉得很不自在,但一想起自己是高尔夫球手,就又重新恢复了自信。他是和妻子一起来的。苏珊娜姨妈很开心有生之年能再参加一个首次领圣餐仪式,她的儿子们已经过了这个年纪,时光飞逝,人生短暂,现在她的孩子已经在圣马利亚上学了。然而,那些妈妈并没有忘记她,之后,她将过去和她们打招呼,而她的丈夫知道自己必须提供一笔赞助,新学校必须完工,修女们应该得到最好的条件,利马在发展,应该有一流的美国学校,孩子们在那儿学习英文,认识和他们一样的孩子,他们会知道谁是谁的儿子,身为特权阶层,要有配得上我们孩子的学校……苏珊娜姨妈围着披肩,看起来十分丑陋,却喜形于色,她很欣慰苏姗终于记起了他们,早就该轮到他们做孩子的洗礼教父教母,她总算记得一回……

……她一边想着,一边不停地打量在场的人;如果有人抬高音量,她就投去警示的目光:我们在教堂里,可不是一般的社交场合。当她的表妹进来时,苏珊娜的视线停留在她身上,她注意到胡安·卢卡斯一同前来,脸上立刻露出欣慰的认可神情。苏姗美丽动人,难掩倦意,正在找寻靠近门口的空座位,这个仪式可不要没完没了,害得我们连出去休息一会都不行。胡安·卢卡斯的样子无异于一块在雨天被遗忘在庭院里的冲浪板:老教堂的彩色玻璃窗,透过玻璃窗照射进来的少许阳光,以及教堂里充满宗教意味的昏暗,一切都使得他的西装和其他任何一套精美的深色西装之间看不出分毫差别,他的青铜肤色失去了光彩和健康的色调,他戴起来如此得体的太阳镜,因为没有阳光,颜色变得很黑,甚至让他看起来像个瞎子。他打着哈欠,却将口部的动作掩饰得不留痕迹,他目不斜视以免有人向他打招呼。"上午八点半,在米拉弗洛雷斯教堂,不要向别的商业男士打招呼。"他寻思着,一边感受到男人气魄的召唤,"那些高尔夫球手看见我这副模样可要笑死了,他们会说:这个可怜虫没救了,称职的一家之长,诸如此类,说说看,好爸爸,你是如何给你的儿子上栓剂的?"他晃了晃头,似乎想要打消这些恶毒的言语。苏姗见他一大早就站在那里,着实过意不去,她偷偷地朝他吐舌头,做鬼脸。"我要拿高尔夫球杆拍你的屁股,你欠我的,都是你把我弄到这儿来的。"他笑着说。两人彼此深情相对,天知道怎么就遇上了苏珊娜的目光。胡安·卢卡斯向她打招呼,随即扭过头,好像是一个小孩假装不知道该吃饭了;苏姗假装咳嗽,开始找寻她并未携带的弥撒文。两人再次回头时,苏珊娜已经没在观察他们,仪式刚刚开始。

孩子们像天使一般朝圣餐领受处走去,在两列长凳中间前行,用眼角的余光瞄着他们的父母,教父和教母跟在后面。苏姗看见胡里乌斯,惊叹于他梳理齐整的发型,她用胳膊肘捅了胡安·卢卡斯一下,生怕他错过这场面。胡安·卢卡斯远远地看见他,当他从身边经过并扭头看他时,他朝他挤了挤眼睛,随后一直目送他走向祭坛。"你的儿子将成为教皇。"他跟苏姗说。而她则"砰"的一声用手给了他一枪。管风琴声在上方响起,合唱团穿着红色的辅祭长衫,也许想起了自己的第一次领圣餐仪式,个个神情凝重,已经做好了唱诗的准备。苏姗双膝跪下,胡安·卢卡斯在她身旁,同其他男士们一样保持站立。

仪式结束之后,在教堂门口,家长们走到孩子们身边,亲吻他们。他们刚刚领了人生中的第一次圣餐,很多人激动得腹部一直抽动。拉斯塔里亚夫妇在苏姗和胡安·卢卡斯身边倍感兴奋,激动地回忆起比波和拉法埃里托的第一次领圣餐仪式,给可怜的胡里乌斯提了各种各样的建议。这时,"胡萝卜"走了过来,带领所有的孩子上校车。几个市政园丁看见他们穿过花园,虽然不明白他们在做什么,却都怀着崇敬之情。嬷嬷指挥着他们登上校车,古迈尔辛多·基纽内斯坐在方向盘前等待。当他们从他身旁经过时,他非常亲切地摸摸他们的头。胡里乌斯感觉到那只大手,激动得热泪盈眶,做圣徒的感觉大致如此吧。有一天他要将手放在所有的非洲小孩和秘鲁的印第安人头上;把手放在穷人的头上,使他们心存善念,是多么美好的事情。

另一个他要摸摸头的人是胡安·卢卡斯。得知仪式还要在学校里继续,他就大发雷霆。原来,还要向修女们致意,感谢她们为孩子们做的一切……然后要等他们吃完早饭……要给他们再拍一些照片……好像拍得还不够多似的……苏珊娜,丑陋而且令人生厌,为他解释其中缘由,一边请他多点耐心。苏姗表示对此已有准备,她看了修女们寄来的通知。她一副嘲讽的神情,看起来很享受:谁叫他昨天整晚都在和智利的女大使聊天……现在该我报复一下了。

"亲爱的,我要介绍你认识校长嬷嬷。告诉她,你有一个姑妈在圣心修道院……她一定会对你另眼相待,亲爱的……"

那里摆了一张长桌子,上面铺了一块白色的桌布,斜倚着喝橙汁的杯子放置着一些小画片,上面画着耶稣和好几个圣徒的生平场景。圣母也出现在好几张圣像画上,几乎总是在云朵之间,双手合十祷告,有几个手指特别长,上面挂着一串念珠。每个人都有自己的座位,上面贴着写有他的名字的卡片。真应该看看他们坐着等待早饭的场面!像天使一般,时不时摸摸颤抖的肚子,看看是否能察觉到什么变化,吞下去的圣餐现在该到哪儿了?摄影师不停地按着闪光灯,强光让人睁不开眼。修女们不停地从他们身后经过,满怀爱意地摸摸他们的头。这些可怜的孩子眼看就要手牵着手,一起升向天堂,莫拉雷斯带着一大罐滚烫的巧克力出现了,使他们重新回到地面。起到同样作用的还有,父母们陆续到达餐厅,带来尘世的声响。最糟糕的是,胡安·卢卡斯点燃了一根香烟,胡里乌斯立刻想到地狱,没有人抽烟,只有他,在那个小角落里吞云吐雾。胡安·卢卡斯叔叔,不要,拜托了,别这样。没用的,其他先生也开始点燃香烟,越来越多的人,所有人都在抽烟,越来越多,修女们是他们的共谋,是叛徒,给他们递上烟灰缸,餐厅里开始烟雾缭绕。干得好!玛丽·埃格内斯修女和玛丽·特里尼提修女都没给他们递送什么。孩子们不想看到烟雾,不希望看到任何和烟雾有关的东西,他们只想看见云彩,然而,这些大人先生们将一切都毁了,看见他们交头接耳就已经够了,一切逐渐变成了一场鸡尾酒会。终于,校长嬷嬷出来致辞了。

他们将热巧克力放在桌上,透过恶臭的烟雾看着她。校长嬷嬷言辞简练,她说他们生命中的一个全新时期已经开始。作为天主教徒,他们的生命就是一场誓死到达天堂的漫长斗争。胡里乌斯觉得自己在几分钟前本可完美地到达天堂,但自从莫拉雷斯带着沸腾的巧克力到来,一切都毁了。他的胡安·卢卡斯叔叔和其他的先生开始抽烟时,情况变得更糟。他已经感觉不到肚皮的颤动,巧克力太烫了,此刻他感觉到嘴唇的灼伤感,和每天早餐时一样。已经没什么可做的了,唯有等待,也许改天在教区教堂里……校长嬷嬷提到必须完成新学校的工程,趁着热烈的掌声,开始敲诈所有人,就此结束了致辞。现在该布朗神父发言了。

听到他恐怖的口音,苏姗差点晕过去。"一个穿着教士服的牛仔。"她评论道。胡里乌斯一直觉得布朗神父身上有什么地方不对劲,特别可笑,却说不清是什么,正当他仔细观察时,身后清楚地传来妈妈的声音。他回过头,她已经消失在人群中。他听到她说的只言片语:"这一位和教区教堂里的其他神父有着巨大的差别,太粗俗了。"他重新审视布朗神父,发现她说得有道理。他刚把他们称作基督的小战士,这会儿还没结束发言就开始对他们挤眉弄眼,而且用手做的枪对着他们砰砰砰,可能他正指着那些魔鬼,只有消灭了那些魔鬼,他们才能进入天堂。家长们都鼓掌,神父上前和所有人握手,那边有人给他递了一支烟,他开始抽起来。

密集的烟雾,大杯的热巧克力,无休无止的谈话,最终使孩子们一头栽回地面。一旦被允许离开餐桌,他们就开始交换纪念神像。当然不乏有人起头:我的神像画比你的更精致,我的更漂亮,甚至还说,我用一张换你两张。苏姗示意胡里乌斯送一张神像画给他的姨妈和姨父,恰在此时,布朗神父走过来,开始了一场英文谈话,这让胡安·拉斯塔里亚近乎绝望,他一个字也听不懂。相反,苏珊娜倒是想起在学校里学过的一些英文,开始掺和,当然,她说得糟糕透了。"翻译,翻译。"她的丈夫要求道,显得很紧张,一边不忘昂首挺胸。两人都想和布朗神父交谈。胡安·拉斯塔里亚嘴唇上方的胡须，以及苏珊娜嘴唇上的汗毛，看得苏姗心神不宁，她寻思大概是上午十一点了，或者更晚，她想到没有携带任何兴奋剂，只好想象着自己正在高尔夫球场，以免晕厥。神父是什么口音！英语和西班牙语都说得一样难听！只有胡安·卢卡斯的臂膀可以拯救她，胡安·卢卡斯刚发现这个牛仔神父是高尔夫球手，而且，按照他自己的话说，是一级球手。拉斯塔里亚听到了高尔夫这个词，"翻译，翻译。"他轻轻捏了他妻子一下。苏珊娜向他转述，正邀请神父去俱乐部，因为他高尔夫球打得很好。"告诉他我也要去，告诉他，告诉他……"胡里乌斯等得不耐烦，毫不客气地将手插到他的教父的上衣口袋里，想要取出从里边露出来的礼物：也许打开礼物，他们就会改换话题，也许就到此为止了。

"教子！抱歉！我都忘了！……"

"是一把手枪吗，姨父？"

"不，孩子，是一套派克金笔。你更想要一把手枪？"

"一把真枪吗？……用来杀魔鬼吗？……砰砰砰？"

胡里乌斯木讷地盯着他，答案了然于心，他却一个字也说不出来。

古迈尔辛多·基纽内斯行了一个大礼，打开了围栏。胡安·卢卡斯没有看见他，他从来看不见给他开门的人，这是他优雅举止的一部分。拉斯塔里亚夫妇朝他撇撇嘴，算是打招呼，倒不如什么也不做。胡里乌斯观察的是苏姗，他几乎要说，妈咪，别忘了。苏姗没有忘记，她美丽动人，向古迈尔辛多微笑；而他，一个上了年纪的黑人，满头白发，高大魁梧，穿着制服，再次优雅地行礼，这次腰弯得更低。胡里乌斯欢欣鼓舞。"再见，古迈尔辛多。"他说。他和古迈尔辛多握手，在父母、姨妈和姨父面前，为他的朋友倍感骄傲，但他最为开心的是苏姗记得古迈尔辛多，而且知道他有多爱他。拉斯塔里亚夫妇告辞了，沿着阿雷基帕大道渐渐走远，寻找他们的小汽车，它停在一条横马路上。他们则向着相反的方向，走向一辆捷豹跑车。他们将胡里乌斯安置在两个座椅之间的小空位上，当胡安·卢卡斯踩动油门时，他感觉到妈妈用胳膊搂住他的脖子。他抬头看着她：她总是那么美！现在，她举起了一只手，不让风将头发吹乱，此时的她看起来更美了。胡安·卢卡斯飞速驾驶,将公路上的其他车辆远远甩在身后,捷豹是一辆赛车,而且是敞篷的,风一阵一阵吹在脸上,他们感到很舒服,却不由得闭上了眼睛,闭上眼睛,却更感舒适,他们一会儿睁开眼睛,一会儿又闭上,来体验其中的差别,闭上眼睛很舒服,不停地重复这个游戏很有感觉。胡里乌斯睁开眼睛看着太阳,又闭上眼睛,他的妈妈搂着他的脖子,她的声音从风中传来,古迈尔辛多很可爱,亲爱的,他闭上了眼睛,期待风里也会传来一个吻,期待着亲密的接触,期待着近在身旁的爱抚,一切是如此完美。

胡安·卢卡斯哼着歌,宣告大宅就要到了。多么美好的一个晴天!好像夏天一样!赶紧脱掉这身衣服,真让人受不了!他已经看见一件挂在衣柜里的巴拿马衬衫正在等着他,他要穿着它去高尔夫球场。到大宅了,他看着自己被深色布料包裹的胳膊,感觉自己很不应季,不由得又加快了速度。苏姗任凭脑袋靠在座椅靠背上,完全沉浸在幸福之中。嬉闹的风将早晨十一点钟的一家之母余痕吹得一干二净,而她心怀感激,任由它吹乱秀发,就让它都带去吧。她将胳膊从胡里乌斯的脖子上挪开,放在了他的肩膀上,制服粗糙的羊毛接触到她的皮肤,她觉得热得难以忍受,至此,那平静祥和的感觉已经消失得无影无踪。

卡洛斯打开宫殿的铁栅门,及时闪躲到一旁,胡安·卢卡斯像个赛车手一样冲进来。

"我去换衣服,你把车洗洗。"他朝卡洛斯大声嚷道,一边熄了油门,他扭头看向苏姗,"快点儿,亲爱的,我们要去高尔夫俱乐部吃午餐……这个穿得像天使一样的小放屁虫也一起去。"

他正准备从捷豹上下来,所有人都出现了。他看见他们笑眯眯地从一个侧门走出来,顿生厌恶之情。妮尔达、阿尔敏达、塞尔索、丹尼尔,还有一个他不知道名字的园丁;卡洛斯也从后边走过来;他们都想看看那个为第一次领圣礼而盛装的孩子。苏姗看了胡安·卢卡斯一眼,恳请他有点儿耐心。塞尔索拿来一个老掉牙的相机,是那种黑色带盒子的,要和孩子照相。胡里乌斯当时正从汽车上下来,觉得那场面再正常不过,立刻兴致勃勃地准备照相,根本没发觉胡安·卢卡斯当时可能连离婚的想法都有了。是妮尔达起的头:她想要拍照片,想要多拍几张,大家一起,在大门口拍,还要跟先生和夫人一起拍。高尔夫球手点燃一根香烟,叫人给他拿一瓶矿泉水来,好继续忍受那场面。塞尔索跑去拿水,于是没了摄影师,苏姗笑得前仰后合,胡安·卢卡斯脱去外衣,似乎这样一来事情会变得更易忍受。这时,塞尔索拿着矿泉水回来了。雨林女人说,先生,拜托,请穿上外衣,要照相了。苏姗一边感同身受,一边不知如何才能忍住不要放声大笑。胡安·卢卡斯没有喝矿泉水。终于,所有的人在正门前集合,而胡里乌斯则一脸茫然,厨娘猪鬃一样的黑发离他太近。苏姗已经不想笑了,卡洛斯和丹尼尔两个男人离她过近,她感觉有什么堵在了胃里。碍于夫人和先生在场,没有人说"看小鸟"①,响起嘎哒一声,好了,但就在这时,妮尔达说还没好,再来一张,谁也不要动,就现在,再来一张胡里乌斯捧着点燃的蜡烛的。此外,公平起见,还要换一下摄影师,好让塞尔索也出现在照片上。胡安·卢卡斯点燃蜡烛,卡洛斯照相。"完工!"高尔夫球手欢呼道,然而,伊梅尔达在这时到了。虽然她相当不受欢迎,妮尔达坚持再来一张,这是最后一张。那张是胡安·卢卡斯拍的,省得苏姗事后说他待仆人不够好。他从镜头里看过去,对即将拍的照片百般挑剔:那里面只有苏姗能幸免;胡里乌斯拿着那根小蜡烛,看起来就像个小娘们,他就要进入变声期;那个园丁叫什么名字来着,妮尔达的罗圈腿,神神道道的洗衣妇,两个管家,没有什么比自以为体面的山里人更糟糕的了;他想象着那是一把左轮手枪,于是扣动了扳机。"好了!"他大声喊道。他转向苏姗,叫她快点,我们要赶快。可怜人未能如愿,雨林女人已经为胡里乌斯准备了一块蛋糕,并坚持大家一起享用。苏姗说就尝一小口,先生在赶时间。她走到他身边,用英语恳请他再有点儿耐心。他们给了他一小块蛋糕,他很不情愿地开始品尝,妮尔达散发着难闻的气味,就站在他身边,竟然开始和他攀谈,好吧,实际上,她和夫人聊得更多一些。胡安·卢卡

---

① 秘鲁俗语,在照相时使用,其功能类似于中文里的"茄子"。

斯感觉这一切荒诞至极，他惊叹于苏姗的虚伪。她很擅长和他们说话，甚至问有什么困难，她很擅长谈论深层次的问题，虽然此刻她唯一能感觉到的只是那外面有多热。"好了，亲爱的！"他大喊道，一边再次脱去外衣，一边搂住了她。她嘲讽地看着他，示意他旁边有什么在挪动，胡安·卢卡斯回过头去，确实：他看见了园丁，年轻人，你叫什么名字？年轻人正递给他一根劣质且发潮的香烟，烟丝几近散落，您要来一根吗？有一刻，胡安·卢卡斯觉得高尔夫球场并不存在，他从未打过高尔夫，以后也不会再打；他感到胃里仿佛有一架电梯突然启动，他等着那感觉赶快过去，他开口说道，不要更多的蛋糕了。他给那几个年轻人点上香烟，拍拍他们的肩膀，为他们所做的一切表示感谢。他跟阿尔敏达说，她是世界上最好的洗衣妇，堪称艺术家。他也想和卡洛斯说点什么，却欲言又止：卡洛斯可不傻，还是不要说话，以免中他的圈套，不管怎么说，司机可都是精明人。苏姗的目光一直跟随着胡安·卢卡斯，调侃与崇拜各一半。"走吧，亲爱的。"她说，又用英语在他耳边说了声谢谢。只剩下胡里乌斯还在匆匆忙忙地吃蛋糕，他一边一口接着一口地吃，一边在脑海中回放，生怕自己犯了什么罪过，自从进了教堂之后，一切都不同了……"快来，亲爱的，"苏姗一边往大宅里走，一边催促，"你可不能一直穿着礼服，太热了！"还有胡安·卢卡斯的声音："快点儿！……快来换衣服！……"听不清他说的话，似乎还提到了什么天使。

颁奖礼那天，胡里乌斯满怀深情地演奏了《印第安情歌》，胡安·卢卡斯没去听。他得了班里的第二名。鲍比在马克汉姆也通过了考试，分数勉强及格。学业不顺的是圣迪亚哥，整天开着奔驰跑车谈情说爱，忙于很多小计划，在美式酒吧度过了无数个夜晚，最终，考试没有通过。当然，一分之差，显然是不幸遇上了一个仇视社会的老师。问题是，他必须用功学习英语，因为他将在美国的一所大学继续农艺学的学习。要提前将他送去，以尽快适应气候和环境。可怜的孩子坚持要在利马多待几个星期，要享受埃拉杜拉或者安孔的夏季。胡安·卢卡斯劝他尽快去，趁早学点儿男人样,否则早晚要被美国佬生吞活剥。钱的事情不用担心,每个月都会给他寄去一个小金库,如果不习惯住在学校里,可以在旁边租一个公寓。祝愿他尽早钓到一个美国妞,但结婚生子要从长计议,眼下万万不可谈及婚姻,当务之急是刻苦学习四五年,为经营家族的产业做好准备。当然,胡安·卢卡斯也曾在美国读书,之后还去了伦敦和巴黎,当他滔滔不绝地说起当年的游学轶事时,圣迪亚哥笃信那就是他想要的生活。他许诺假期要打工,胡安·卢卡斯说,你高兴就好,随即笑得前仰后合。

两人相处甚欢,在机场告别的场面让人顿生悲伤。苏姗拥抱了她高大帅气的儿子,嘱咐他照顾好自己,要给她写信,虽然她很确定,他只会写信来要钱。随后,看见他就要出发,她开始琢磨那个随之而来的奇怪的快感。想到所谓的岁月无痕,想到那些孩子比圣迪亚哥还要大的女人,人们说她们是不老的传说,她不觉笑起来。她想起玛琳·黛德丽[①],不禁笑出声来,"关她什么事!"她从起飞坪上向他挥手告别,微笑着,双眼不觉已泪湿,但愿你能看见我,亲爱的。鲍比眼泪纵横,他的偶像要走了。相反,胡里乌斯似乎担忧多于悲伤,他眉心紧锁,双手紧贴大腿外侧,不停地颤抖:他亲爱的哥哥就要走了,因为他的过错他们赶走了维尔玛,辛缇娅离开的时候,她带我来的机场……

---

[①] 玛琳·黛德丽(Marlene Dietrich,1901—1992),德国演员兼歌手,拥有德国与美国双重国籍,被誉为世界影坛传奇,在74岁高龄仍颇具号召力。

III

那个地区还没有太多建筑。新学校矗立在荒弃的土地上，显得十分高大。在那一年的四月，新学校勉强落成。胡里乌斯八岁了，开始上小学二年级，那是他在"圣洁心灵"的倒数第二年。之后，他不会去圣马利亚上学，虽然那本是合乎逻辑的，他要去马克汉姆。这与他妈妈的英国祖父母不无关系，但更主要的原因是，苏姗无法接受在午餐时听到美式口音。苏姗的声明听起来别有用心，但说真的，她这样做的时候美丽动人，精致优雅，在场的所有人都认可，好像那是世界上再自然不过的事情：即便有上乘的白兰地，她也无法忍受在午饭之后听到美式口音。胡里乌斯自是痛苦得难以自容：打破从美国修女到美国神父这一合乎逻辑的流程，无异于一个背叛行为。

不过，那还是很久以后的事。眼下，深刻体验在新的"圣洁心灵"的生活才是当务之急。现在，确实可以在任何一个穿着校服的小孩面前耀武扬威：我的学校比你的学校更大。就这样，带着这样的想法，或者其他类似的想法，他们陆续从后门进来，校车就停在门前；或者也可以从边门进入，在那儿，皮拉塔摇晃一个装满小石头的铁罐，试图用糖果毒害他们。为此围了栅栏，种了柏树，以免他溜进学校。然而，他会将手从栏杆之间伸入，将有毒的巧克力和沾满了细菌的糖果递给他们，那些细菌会害他们得伤寒。"你们难道没有看见那个眼睛上贴着胶布的男人，双手肮脏，而且说脏话吗？孩子们是多么容易受到罪过和堕落的蛊惑啊！他们难道不知道学校里出售洁净的食品，收入都会捐给教会？"……类似的话"胡萝卜"自开学第一天的早晨就反复念叨，就在她向生意对手宣战之前。皮拉塔像箭一般地离开，课间休息时又会回来，情况总是一样，走的时候假装很害怕，回来的时候继续摇晃着他的铁皮罐。直到今天，说不定他还站在那里，紧挨着边门。

古迈尔辛多·基纽内斯的车库有足够的空间存放两辆校车。莫拉雷斯的足球场可以比以往任何时候都更好地训练校足球队。孩子们发现，他们两人快乐而自豪，仿佛他们的重要性终于得到承认。也有不好的事情：新学校并没有竣工，还剩下几个水泥框架，以及几个瓦砾堆，足够让在开学第一天到达学校时就已经浑身脏兮兮的阿雷纳斯兄弟，在一年的剩余时间都把自己弄得像在泥地里打滚的猪猡，那似乎是他们的使命。另一个从开学第一天的上午起就浑身肮脏不堪的是"胖子"马丁托。他通过了学前班考试，得到了一支水笔作为奖励，上帝知道它怎么会在他的外衣内袋里炸裂，将整个衬衫都弄上墨水，但他依然开开心心。他骑在一个小沙堆上，用木棍剑向任何一个从旁边经过的人发起挑战，即便他并不知道他们的名字。他无忧无虑，开始和结束一段友情都不假思索，就和将家中的地毯弄上斑驳的泥迹，然后回答说，三乘以四等于十一一样随心所欲。他正在沙堆上寻找好剑手，德尔卡斯蒂略无意中用一根小树枝戳到了他的后背。"叛徒！"马丁托大声喊道，整个人倒在地上不停翻滚，最后停在玛丽·查里提的脚边，这个有点儿斜视的修女刚从美国来。她并不生气，只是命令他赶快抖掉制服上的泥土，因为上课铃就要响了，校长嬷嬷就要出来致辞了。

几个很可爱的小小孩大声哭喊着来了，说什么也不愿意离开他们的妈妈，于是妈妈就把别的一些小小孩指给他们看：只见别的小小孩都若无其事地来到了学校，几秒钟就融入其中。好哭鬼看着合群者，生平第一次体会到了自卑，他们再一次抓住妈咪的裙角，挠着她们的大腿，打算就这样待在那里，一直紧紧地倚靠着她们。这时，玛丽·特里尼提和玛丽·查里提来了，她们刚刚沐浴过，散发出好闻的香气，她们抚摸着这几个小孩，洞察了一切。她们说学校很美，很新，在那儿会很快乐；此外，她们还保证说，妈咪等会儿就会来接他们。有一些小孩儿义无反顾，继续抓狂，和蔼耐心的修女便把巨大的念珠展示给他们看，还送他们神像画，他们饶有兴味地接过去，逐渐安静下来。最后，他们同意与妈咪分开几个小时，并且同意她们离开；她们一般是坐小汽车离开，有自己的司机，或者坐旅行车，也有自己的司机。

莫拉雷斯被动地回应那些想要加入足球队的学生，以及那些别无二心，只是单纯敬重他的人的问候；他是一个朴实的乔洛人。古迈尔辛多·基纽内斯也有很多穿着校服的孩子和他打招呼；他刚刚做完早晨的第一遍巡视，站在那儿，向来送孩子上学并亲自把他们交到修女手上的夫人们行礼。庭院里越来越拥挤；那是个巨大的庭院，地面是在水泥地基上由特制的石板纵横交错地铺设而成，便于孩子们列队。很快就要打上课铃了。

他们已经觉察到现在可以在更大的空间里跑来跑去，以及这一年能尽情踢足球，而不用担心打破玻璃；他们没能深刻体会到的是，新学校到底有多大，功能到底多健全，以及这是多么出色的一座学校：校长嬷嬷要说的便是这些。

她满怀激动地说，新学校有无数个教室；随即就说起了小教堂，有专门为合唱团准备的阳台，只差购买长凳，随着时间以及父母们慷慨的赞助，这些自会解决。她还提到餐厅，专为留在学校吃午饭的学生，以及为每周五神圣的领圣餐仪式之后的早餐而准备。她还说，可以在花园里踢足球，但必须听从莫拉雷斯的指挥，而且保证不会像从前那样将身上弄得满是泥土。"注意爱护卫生间，"她命令道，"不许在墙壁上写字，做完小事情之后不要忘记拉绳子。"听到她说"小事情"，他们都开心地笑了，古迈尔辛多行了一个礼以示喜悦，莫拉雷斯一半身子隐在灌木丛中，笑得东倒西歪。校长嬷嬷介绍新来的修女，因为今年她们人数多，所以没有一一发言。欢迎新来的嬷嬷们！欢迎所有的同学！好好学习！好好学习！成为未来的人，成为秘鲁需要的有智慧、笃信上帝的年轻人。放校歌！大家一起歌唱！旁边站着新同学的孩子唱得格外起劲，新来的人不知道歌词，倍感困扰。最后，教西班牙语的修女——她忸怩而造作，有人曾看见她和男朋友一起在威尔逊大街散步——抬起胳膊打节拍，带领所有人一起唱秘鲁国歌。

几个星期之后，马丁托在一面墙上写下了"马丁托万岁"，立刻受到严厉的惩罚：一周不许吃巧克力。更糟糕的是，桑切斯·孔查用弹弓打碎了三年级教室的一块玻璃。修女们慌作一团，将他们聚集在了庭院里。"胡萝卜"揪扯所有的人，叫他们排成整齐的队列以聆听训斥。校长嬷嬷大声地批评他们行为恶劣，她说，修女们因为新学校而负债累累，现在还未竣工，他们却已开始弄脏和破坏一切。从今往后将会严惩坏孩子，严惩那些执意破坏新学校的人。校长嬷嬷几近哭诉，他们感到莫大的懊悔，悔过之意深入灵魂，脑海里充斥着改过计划：再也不在墙上乱画，每次吃巧克力都立刻将锡纸扔进垃圾桶里。他们许下誓言，真心悔过。然而，当他们唱起校歌以激奋群情，并在灵魂深处感受"圣洁心灵"时，"胖子"马丁托将一张黏糊糊的糖纸贴在阿雷纳斯家的一个孩子后背上。阿雷纳斯够不着，于是那一天剩下的时间里，他的上衣后背上都贴着那张糖果纸。第二天上午他再来学校时，身上有一块发白的糊状物，随着一周时间的推进慢慢变成深褐色。阿雷纳斯兄弟身上的气味着实难闻。

　　在课间，孩子之中形成了利马联盟①和U联盟②的庞大粉丝团。也有很多人支持市足球队，但人数最多的要数利马联盟和U联盟的支持者。两路人马各站一排，分别占据庭院的一侧，一边向庭院中心前进，一边辱骂对方。U联盟的都是娘娘腔，做作的胆小鬼，诸如此类；而利马联盟的是吃奶的小黑人——巴拿马小黑人，问候你妈妈，当然，也是做作的胆小鬼。双方在庭院中央相遇，号叫着扭打成一团。当然，可以支持利马联盟，不管怎么说，他们不是黑人，说这些话都是出于对足球的狂热。支持U联盟是很自然的事，里面甚至有白人队员。甚至支持市足球队也被认可，它是利马的一支知名球队。然而，一天上午，卡诺走过来，兴高采烈地宣称自己是竞技男孩队的支持者，那是卡亚奥的一支球队。他试图组织自己的队伍，可是没有人支持他。人群里有人说，竞技男孩队的球员都是港口附近拿着大刀砍人的人。所有的人都回头看向卡诺，注意到他戴着很旧的领带，确实有些古怪，或者有哪儿不对劲。他似乎不知道要自我

---

① 利马联盟俱乐部，是秘鲁的一个职业足球俱乐部，位于首都利马。
② U联盟俱乐部，全称瓦努科大学联盟俱乐部，是秘鲁的一个职业足球俱乐部，位于中部城市瓦努科。

辩护，只是摆出一副很悲伤的面容，可怜的孩子感到无地自容。有人补充道，在卡亚奥有很多的扒手，那儿很危险，在卡亚奥人们见人就杀。卡诺试图辩解，至少要为他的球队辩解，可惜并不奏效。这时，支持利马联盟、U联盟以及市足球队的孩子，开始注意到卡诺不仅戴着又旧又皱、褪了色的领带，而且身上的校服已磨得发光，短裤特别长，一直拖到膝盖下面；他半驼背，眼圈很大，骨瘦如柴，面色苍白，总是挠头，好像长了虱子一样；还有人说他总是走路上学，并且看见过他穿过一个大院子，总之，那天早晨，他们发现卡诺是个另类。有一天，卡诺向一个同学借半个索尔①，所有人都面面相觑：他悲伤地伸出手，好像乞讨一样，衬衫的袖口也已经磨破了。卡诺与以前不同了，他再也没有说过自己是竞技男孩队的球迷，话也明显少了很多。另一天的课间，有人叫他卡尼奥，所有人都哄堂大笑，胡里乌斯也在其中，确实，这个又瘦又驼背的卡尼奥令他发笑。然而，当看见他那张因悲伤而拉长了的脸，苍白得全无血色，胡里乌斯立刻将双手贴在身体两侧，忧心忡忡地向庭院的另一侧走去，又从那儿去了卫生间，之后经过走廊到小教堂，随后又去了卫生间。他试图远离那个支离破碎的欢乐场面，他需要找一个地方摆脱悲伤。此刻，悲伤愈发强烈，正渐渐转变成深深的愧疚，如影相随。

新学校的长廊和连拱廊前后相连，在庭院里圈出一个美丽的花园，很快会在花园的中心放置一尊圣母像。右边的一个角落里是小教堂，不远处，一段楼梯通往长廊的高处，钢琴室就在上面，胡里乌斯一周三次去那里上钢琴课。他爬上楼梯去找嬷嬷，因为内心充满的爱而发抖。经过焦急等待的黄昏，他终于闻到钢琴摄人心魄的香味，感到内心已经无法承载更多的爱意。玛丽·埃格内斯嬷嬷将她所有的香水都带到新学校，洒在琴键上，芳香四溢的气味差点要了他的命。他曾经梦见过嬷嬷在上课之前用香水擦洗琴键，之后，还在每一颗雀斑上面涂上一小滴，他差点撞个正着，

---

① 索尔（sol），秘鲁的货币单位。

当他推开门时，她刚刚完成这一切。此外，因为他是做梦的那个人，而且满怀爱意，所以他当真看见了：他无意间撞见她喷洒香水，每天晚上他都这样告诉她。夜复一夜，他将她从学校着火的厨房中或者狮子的利爪下救出，这后一种情境是因为那一天她决定要去恶非洲传教。提到恶非洲，他的思绪又飞到古迈尔辛多·基纽内斯，随即又飞到利马联盟的黑人球员，以及怯懦地看着众人把自己叫成卡尼奥的卡诺：总而言之，胡里乌斯的夜生活十分复杂。他一边沿着长廊的阶梯上行，一边回忆着他的梦，幻想着回忆里的梦境能够美梦成真，他在思绪里回味着，但是他不能信马由缰，因为他是来学习弹奏肖邦前奏曲的。修女坐在钢琴前等他，脸上的雀斑清晰可见。看见他进来，她向他微笑。浓浓的爱意、因爱而生的紧张情绪，以及肖邦严肃而凝重的序曲，已牢牢地将他俘虏。胡里乌斯享受了一小会儿被她欣赏的感觉，等着她说开始：他打开乐谱，将两只脚并拢放在钢琴的脚踏板上，他觉得脚踏板可以增加柔情和激情。这时，镶金十字架的巨大念珠发出动听的声音，她在动，这近乎序曲的前奏。她动作的幅度更大了，她伸长胳膊，将他的双手放在正确的位置上。她的手指散发出圣洁的味道，像是刚刚在圣水中浸泡过。她的手指触摸到他的手，他在芬芳的香气中演奏，乐谱上所有的音符都消失了。可怜的孩子弹错了，他总是一开始就弹错，而她满心善念，想到自己作为教师的午后又新添了一个错误，她紧张不已。她的秀目在屋顶上徘徊，寻觅一个小角落来掩藏一声微弱的叹息，她不打算叹息了，转身微笑着看向她的学生，问他怎么回事，为什么弹错了，没关系，每次都会弹得更好，重新再来。然而，胡里乌斯的注意力已经飞走了：钢琴嬷嬷不知道都是她的皮肤惹的祸，她脸上那点点的雀斑啊……

　　钢琴课结束了，嬷嬷为他打开门，目送他在黑漆漆的走廊里渐渐走远。他沿着楼梯下行，走向庭院，那里总是还剩下一些人，通常是阿雷纳斯兄弟，他们浑身脏兮兮的，在彼此交谈，或者毫不拘束地和某个园丁聊天。他们住在乔里约斯，很晚才有人来接他们回家，也许是因为这个原因他们才没有时间洗澡，也没有时间让人给他们清洗制服。另一个经常还在那儿的是马丁托,他一定是故意错过校车,以便继续斗剑,直到最后一个对手也已退场。胡里乌斯从他身边经过很多次,这个胖子向来佯装不知,也许是因为自从他们不再一起玩以来,他又新结交了三百万个朋友。相反,他发疯一般不停地向阿雷纳斯兄弟发出挑战,而他们根本不理他。阿雷纳斯兄弟几乎是半孤立的,有人说乔里约斯的房子破旧而又丑陋,有人看见来接他们的车停在一个大砖房前边,从里边出来一个没有穿制服的女佣。可以住在圣伊西德罗、圣克鲁斯,或者米拉弗洛雷斯的好几个区(紧挨着铁路线可不行,除非是宫殿或者大别墅;如果你有庄园,则是另外一码事)。而阿雷纳斯兄弟住在乔里约斯。没有人邀请他们参加自己的生日聚会,幸好他们是两个人,而且总待在一起,所以不至于像卡诺那天那样被当头打垮。那一天,卡诺向"胡萝卜"赊了一块巧克力,全班同学哄堂大笑。卡诺不懂算计,不分场合地暴露自己的贫穷,这可是重大错误。他本可以做得不留痕迹,不管怎么说,他并没有多穷,他不穷,只是在这里算个穷人,只是有些事情,比如,放学时,在旅行车之间穿行过马路,然后独自一人,弯腰弓背进入一个大院子……再从那里徒步抄近道回家。

胡里乌斯演奏着序曲,苏姗把玩着古董。她对陈旧而昂贵的东西上了瘾,那是一个好时机:那几个星期,胡安·卢卡斯同时扎进一千笔生意,疯狂地投资于几个将承办一切的美国人,诸般原因交织在一起,他于是有了更多的时间打高尔夫。他日复一日地邀请无聊的生意人在外面吃晚餐,苏姗宁愿留在大宅里,和某个同样美丽,或者既聪明又尖锐,而且深谙库斯科画派或者阿亚库巧工艺的朋友在一起。从下午起,她就和某一个精致优雅的英国女士待在家里,当胡里乌斯从学校回来时,她们便用英语说着各种各样的恭维话,将他团团包裹。她们一边欣赏着他,一边一杯接着一杯喝着茶,吃着抹了黄油的烤面包。苏姗买来了无数的茶具,这还用说吗!她对那些古老的事物欲罢不能……那些精致而古老的东西……她记得所有古董的名称,从她口中说出来悦耳动听。有一天,她一个人开着奔驰车回来，带回一扇从正被拆除的修道院里买下的旧门。她钻进汽车，开向偏远的犄角旮旯，怕得要死。一个警察认为她疯了，像她这样的一位夫人……终于，她到了木门所在的地方。那些工人满口脏话，朝她吹口哨，甚至还叫她小嬷嬷。然而，苏姗摆出一副满不在乎的姿态，她美丽动人，穿着黄色的裙子和白色的衬衫，一直走到工头面前。在交谈了几分钟之后，她买下了那扇白送的门。按照工匠的说法，它一文不值，但对她而言，它却是一个难得的宝贝，她要将它修复，为新家所用。工头叫人过来将门架在奔驰车的顶部，并牢牢绑好，立刻高高兴兴地来了一些脏兮兮的人，差不多十来个，自告奋勇帮小嬷嬷扛门。当然，他们称呼她夫人。当她给每个人钞票时，所有人都缩手缩脚，腼腆地推让。

沿着萨拉维利大街往回行驶时，她一直想着那位奇迹般地修复一切古董的聪明的山里人，那个小个子男人是个健谈的可人儿。胡安·卢卡斯将会很喜欢这扇门，他总是对她买的一切赞不绝口，她似乎已经看见他举着酒杯跟朋友们谈论它，跟他们说，诸位，请看我妻子最近的战利品！之前的那件他相当满意：那是一把有独立运动的先驱签名的小提琴。刚打开包装时，他这样感叹道："毫无用处，却是个精品！"苏姗心满意足地回到大宅，让塞尔索和丹尼尔把捆绑在车顶上带回来的门卸下来。她在一旁指挥，一定要轻拿轻放；那扇污秽不堪的门已经腐蚀了一半，她感到恶心难耐，却执意要求出点力，让我拿这儿……正说着，胳膊上被狠狠地扎了一下，她看见那只蝎子，随即便不省人世。

鲍比和卡洛斯发了疯似的开着旅行车去找医生。胡里乌斯坐在苏姗脚边，看见她很快苏醒过来，但胳膊疼得厉害，两个管家把她送回卧室。妮尔达大惊小怪地赶来，对蝎子咬伤给出种种解释，夫人，您记得那只蝎子的样子吗？苏姗差点再次晕厥，不，不记得。妮尔达说必须迅速采取行动，提出要帮忙吸一下被蜇的部位，还要去花园里找一根她常用来缓解牙痛的药草。这时，塞尔索已经给先生打过电话，胡安·卢卡斯叫他转告，他正飞速赶回来。

因为夫人不让吸伤口，而且继续抱怨说疼，妮尔达决定将她的儿子带来，以减轻夫人的疼痛；说不定看见他，夫人一高兴就忘记疼了。她真的带着那个丑陋的小家伙来了，她说，小猪，小猪，快向夫人打招呼。可怜的苏姗，被仆人们团团围住，又来了个随时会呱呱啼哭的小魔头，感觉自己完全被抛弃，她的胳膊瞬间肿胀起来，看起来十分严重。更糟糕的是，她想到明天还有一个鸡尾酒会，这时，她真真切切地看见自己的胳膊越发黑紫。她请所有人离开，就差说让她一个人自生自灭。就在这时，鲍比进来了，胡乱抢着胳膊，就像是在人群中开路时做的那样，英勇而粗暴，他推搡着众人，不乏故意之嫌，差点儿没踩到妮尔达的孩子：他带着医生来拯救他的妈妈了。医生颇得要领地检查了一下伤口，说需要一支体温计。妮尔达盯着医生，心想这些人都是扒手，如果让我吸伤口，夫人根本不会有事。胡里乌斯拿着体温计来了，鲍比一把抢过来交给医生，医生诊断要打针。"会有点儿肿，苏姗，"他说，"不要担心，注射之后会很快消肿。"这个医生是家里的一个朋友，这一点从他佩戴的领带和停在外面的小汽车即可看出分晓。他是那一类永远不会被提及的医生，也不能跟他们讨论出诊费用，必须绝口不提"医生，应该付给您多少钱？"以及诸如此类有失体面的问题。他们会突然给你发来一张高额账单，而当你的穷姑妈——可怜的女人——危在旦夕时，绝对不要指望找到他们。

第一针注射之后过了几分钟，胡安·卢卡斯到了，差不多可以说，他的穿着应时应景，特别是表情十分到位。他向医生老朋友打过招呼，便赶向卧室，虽然内心深处坚信就凭一只蝎子，绝不能打断他的大宗生意和高尔夫，那是他生活的重点，他确定绝对不是很严重的蜇伤。况且，有谁见过像苏姗这样的人悲惨地死去？太天真了，伙计！那样的事只会发生在别人身上。我们的生活很幸福，他像是在告诉她，一边将她搂在胸前，任凭她在怀里撒娇，仿佛胳膊肿胀是无法治愈的。"差不多需要两天时间。"医生煞有介事地解释道。胡安·卢卡斯嘲讽地补了一句："苏姗和她的门。"于是，她开始恳求他说出真相，请他承认情况很糟糕，她的胳膊肿得很厉害，还说要和这个魔鬼离婚……"乖乖！我身中剧毒的美人儿！快，塞尔索，拿两杯酒来……"仆人们不动声色地退下，一个接着一个退下，仿佛是星期天晚上休息，大伙儿都回营房了。

胡里乌斯吓得不轻。他壮胆向床边挪动，试图破除之前让他远远躲开的某种羁绊。他几乎是站在门边目睹了刚刚发生在卧室里的一幕。他想安慰苏姗，就像妮尔达将儿子带来一样，他开始滔滔不绝地讲起他的钢琴课。他试图让她体会到玛丽·埃格内斯嬷嬷的不同凡响，就是那个脸上有雀斑的嬷嬷，她的念珠时常发出声响，因为她总是特别紧张。他的故事越讲越复杂，和他之前的梦境以及这个晚上想做的梦搅在一起，总之很难说清楚。最好还是言简意赅：他是钢琴嬷嬷最好的学生，眼下正在学弹肖邦的前奏曲……"不是奶妈，就是嬷嬷！"胡安·卢卡斯打断他，他极不耐烦，酒迟迟没有拿来。胡里乌斯看到，医生在听到那一句果断的评论之后露出一个意味深长的微笑，气氛很不好，这两人比他们佩戴的领带更相似。批量生产的领带充斥着他的生活，像是有什么梗在他的喉咙里，幸好苏姗将他拉到身边，温柔地安慰他。她把他搂在怀里，以免他再次被取笑："胡安·卢卡斯叔叔永远都和你意见不一致，亲爱的……啊！胳膊实在太疼了！胡安……"

第二天，尼加拉瓜的女大使来看望她。她从美容店来，到的时候已然花容失色。太可怕了！她说。她一边吻着苏姗，一边告诉她说，高尔夫球场的所有女士听说她被毒蝎蜇伤时都很受震动。苏姗忍受着不适，微笑着接待她。真该看看她披着奥维多的修女们编织的披肩的模样！无可指摘的肌肤，不施丝毫脂粉，却似乎吹弹可破；金黄色的秀发，特意梳理得有些零乱，以衬托她此时玉体欠安的状态。她浑身散发出香水的味道，从落地窗户照射进来的早晨的阳光因为她的芬芳而更显明媚。尼加拉瓜的女大使坐在床脚，夸赞卧室仿佛天堂一般。她详细地向苏姗讲述她以前如何被蝎子蜇过，蝎——子，蝎——子，她说时像是在唱歌，可能是想起了中美洲或者附近地区的某一首歌。她一连几个小时将高尔夫球场的故事，和在开罗以及瓜纳哈托发生的有关昆虫和蝎子的故事混杂在一起。这位女士游历了相当多的地方。苏姗一边听她说话，一边搜索着记忆。她说啊，说啊，时不时夹杂个别法语单词，而那些词，似乎并没有用得恰到好处。苏姗不知道她什么时候走,她需要查查字典。有三个单词听起来非常古怪。

下午,贝比·理查德森来了。在伦敦时,她的兄弟曾经十分热情地款待过他们。贝比是在喝下午茶的时候到的,苏姗摇摇铃,叫塞尔索将托盘和病人用的小桌送上来。管家-出纳立刻带着需要的东西出现了,他将一切都打点得令人称心如意。这个可怜人每次进夫人的卧室都十分拘谨,他踮着脚尖行走,看起来就像个傻子。贝比·理查德森却认为他是一个很称职的管家,问他是不是纯种印第安人,还说烤面包片味道好极了。一看见盛放橙肉果酱的小盘子,她立刻发出一声惊喜的欢呼,露出十足的白痴样。苏姗给她讲了小盘子的故事,以及是如何买到的,等等;由此开始了一场有关古董的漫谈。下午茶之后,贝比聊起昆虫咬伤的话题,半开玩笑半严肃地宣称,某些虫子的蜇伤在不同血型的人身上会产生不同后果,她说得头头是道。按照她的说法,越是血统纯良,蜇伤越严重。苏姗觉得很可笑,"这个说法缺乏科学依据。"她说,却一边隔着真丝被单偷偷验证胳膊上的肿块。她伸出肿得有些变形的胳膊,递给贝比一支香烟。这时,胡里乌斯从学校回来了。贝比·理查德森坦言,看见他的可爱模样,她的心都融化了。随后又说,他在一天天长大……胡里乌斯对那场面很抵触,两只手紧紧地贴在身体两侧,脚尖分得很开,他很讨厌贝比·理查德森。她坚持说想和他的耳朵结婚,以及类似的话,在英语中,这些话听起来没那么糟糕。苏姗打断她,问起胡里乌斯一些他并没有的朋友,结果却是在友人面前显得格外难堪。那又怎样?反正他也不纠正,他知道妈妈是怎样的,他喜欢她这样,美丽动人,心不在焉。终于,贝比·理查德森决定走了,起身时差点摔倒,却巧妙地化解了尴尬,说苏姗具有令人忘我的魔力,她竟然没有意识到一条腿已经失去知觉。离开前,她又说起那个小瓷盘……

"蝎子蜇得真不是时候。"坐在高尔夫球俱乐部的餐厅里,胡安·卢卡斯暗自思忖。此刻他心烦意乱,苏姗请他快一点,她不想去教堂的时候迟到。他恰好也要一早到达办公室,否则,他一定会就妻子的虔诚而借题发挥,顺带怪罪到胡里乌斯头上。

最近,苏姗非常热衷于教堂布施以及类似的事情,特别是给跑马场的那些家庭布施,仿佛蝎毒给她注入了某种虔诚的基因。苏姗已经完全放弃了那些肤浅的古董,确实,她也没什么要买的了。现在,她全身心投入紧张的生活中。她牺牲了午睡,喝了一杯冰镇可口可乐外加几片绿色的兴奋剂就出发了。她总是担心自己会在途中睡着,幸好每次都顺利到达,接着很投入地帮忙讲解教义要理,将衣服、食物和药品分发给跑马场的家庭。

事情的起因差不多可以追溯到胡里乌斯的第一次领圣餐礼。胡安·卢卡斯因此怪罪小鼻涕虫,认为是他将苏姗卷入繁冗事务之中。他错了。苏姗去教堂完全是出于自己的意愿。她满怀着善念,严肃而笃定地做出决定。说起来令人难以置信,她甚至学会了肌内注射,见到穷人和乞丐也不再觉得恶心。确实,起初她是应胡里乌斯的请求去的教堂,因为上学前没有人带他去做弥撒。其他的缘由是后来出现的。一天上午,一位严谨而诚恳的神父说服她做忏悔。她意识到,有人在小帘子后面带着德语口音与她低声交谈,是很令人向往的。忏悔结束后,神父为她祈祷了一个相当宽容的补赎,她注意到教堂里的雕像精彩绝伦,简约大方,具有普鲁士风格。当她从教堂出来,朝奔驰车走去时,胡里乌斯已经等得有些不耐烦了,上学就要迟到了。就在那时,她发现一早站在马路上,感觉心中充满善念是一件赏心悦事。天亮、黎明、早祷、打早祷钟、晨钟、拂晓……这些词让她身心舒畅。当然也不是那么早,但不管怎么说,她已经做完早晨七点钟的弥撒。街道上没有人,她感觉到自内向外的清爽,曾几何时,浴盐溶解于其中的盆浴也在她身上产生过同样的效果……"但并不总是,"三小时之后她一边享受着清爽的感觉,一边想道,"并不总是,而且效果从未超过一个小时,利马是一个非常潮湿的城市……今天却不同……"

三天后,她接触了几位比她更虔诚的女士。这几位带着她们的清凉感觉,将它大肆挥洒在边缘城区,一待就是一个下午。回来时满头大汗,带回耸人听闻的故事。其中的一位声称治愈了一个在打斗中受伤的醉汉,那个男人原本盘算侵犯她,但她跟没事人一样冷静而勇敢地为他的伤口消炎，为他治疗，与此同时，她的两个助手将他牢牢按住，以防他扑上来。苏姗的妆容稍显凌乱，绿色的兴奋剂正在发挥作用，她看着教区牧师，一边下定决心：她也要到边缘城区去。"高尔夫球场旁边难道没有吗？"她问，旋即解释说那样她可以节省很多时间，而且可以离她丈夫近一些。"深入边缘城区"小分队里最胖的那位女士告诉她，边缘城区哪儿都有，又穷又破，您可不要被吓到，夫人。苏姗决定下周就去。

晚上，她跟胡安·卢卡斯说了这个决定，胡里乌斯不知从哪儿冒出来，说每个星期六的下午陪她一起去。高尔夫球手打断了他，叫他去洗澡睡觉，讨厌的小鼻涕虫。随即他告诉苏姗，事情要从长计议，回头再谈，先出去走走，怎样？他请她打扮得漂亮优雅，他带她出去跳舞，到凌晨四点才回来。他们一边翩翩起舞一边彼此爱慕，互诉衷肠。

他想必彻底说服了她。第二天，苏姗已经不再想去什么边缘城区了。她美丽动人，精致优雅，沉浸在爱的柔情蜜意之中。她解释说下午不想离开她丈夫的身边，小分队的女士们见状都纷纷表示赞同。牧师加入她们的谈话，他说，如果哪个下午她的丈夫忙于其他事务，她可以偶尔过来帮忙发放食物。他还说，她可以负责跑马场的几个家庭，可以和社区助理一同前往，绝不会让她一个人去。苏姗很喜欢这个提议，她一边抚弄胡安·卢卡斯的头发，用温情将他淹没，一边辩解说离家很近，而且，相比边缘城区的乌合之众，跑马场的人根本谈不上危险，而他只有咬牙接受。"好吧，好吧。"胡安·卢卡斯应道，一边态度恶劣地向塞尔索要了一杯白兰地。

就这样，苏姗的紧张生活开始了。她每天起很早送胡里乌斯去做弥撒，她也去领圣餐。之后，她回来和胡安·卢卡斯共进早餐，大声地给他读报，实际上是读给自己听，都是一些她感兴趣的消息：某个新上任的部长恰好是她的朋友，艾森豪威尔是否继续打高尔夫，或者西班牙的斗牛报道；真正的要闻通常是他的助手、顾问或朋友在办公室向他汇报的。苏姗对爆炸性新闻置之不理，比如说，利马的某个要人去世了；他不能容忍喝橙汁时听到什么不好的消息，当然他不会说出来，因为他非常绅士，但苏姗非常清楚，和一位如此优雅的绅士谈论人生的苦痛以及生老病死是不合适的。然而有一天，她正打算告诉他跑马场的一个可怜人的故事，胡安·卢卡斯立刻抬起手示意她"闭嘴"，她感觉他修长的手指仿佛正嵌入她的喉咙。片刻之后，一滴眼泪出乎意料地沿着苏姗的面颊滑落：这是亲吻她双眼的绝佳时刻，然而，胡安·卢卡斯同样不能容忍在早晨九点表达爱意，对着酥脆的烤面包片，上面的黄油入口即化，令人垂涎欲滴，更何况，他也没有看见那滴眼泪；于是，眼泪滴答一声，孤零零地落在报纸上。

胡里乌斯没有目睹这一幕。他跑进餐厅时，示意"闭嘴"的那只手已经回到原位，重新拿起一块烤面包片。早饭时他只喝了一丁点东西，就匆匆忙忙跑去上学，那时，那滴眼泪已经在苏姗突发的、预料之外的悲伤里上路了。在像箭一般冲出家门之前，他跑过去给了她一个吻，那时他注意到：他的唇间突然留下一丝咸味，妈咪哭了吗？鲍比一路漂移到学校，完全没有顾及胡里乌斯、卡洛斯，以及伊梅尔达的安危，而胡里乌斯对此全然不觉。同往常一样，司机一路跟他哥哥说这是最后一次让你开车，他一句也没听见。他不停地摩擦嘴唇，寻找那滴眼泪业已消失的味道。最终，他确定，妈咪哭了。古迈尔辛多·基纽内斯紧挨着学校大门站立，面带微笑，嘴巴张得很开，露出洁白的牙齿。看见他的笑容，胡里乌斯坚信，那天早晨，悲伤已经留在别处。

下午他有钢琴课，他沉浸在对修女嬷嬷的崇拜之中，一直到六点钟光景。卡洛斯很晚才来接他，原来是鲍比突发奇想，要去拜访佩吉——就是那个加拿大女孩，背着她的父母开着旅行车带她出去兜风了。胡里乌斯因为他妈妈的事情而焦虑不安：午饭时，他在家里没有找到她，他迫不及待地想见到她。到大宅时，他看见苏姗和胡安·卢卡斯的幸福生活一如既往：两人刚打完高尔夫球回来，此时正和设计师以及工程师喝雪利酒，他们来讨论与新家相关的事宜。工程进展得很快，不久就要开始搭建二楼的顶棚。苏姗挽着胡安·卢卡斯的胳膊，假装很认真的样子，仿佛听得饶有兴味。设计师滔滔不绝地说着，只要能看见每当他解释某个细节时，她将发束甩向脑后的样子，他甚至愿意此后余生都站在那里一直解释下去。相反，工程师却什么也没有觉察到；他尽职尽责，但对夫人的魅力视而不见；因此，当胡安·卢卡斯为他们添加雪利酒时，设计师趁机鄙视了他。

晚上，苏姗和胡安·卢卡斯去玻利瓦尔酒店见几位巴拿马朋友。鲍比则要求将晚饭送到他的卧室，他已经和佩吉在电话里聊了好几个小时。他们每天都花样百出：今天，两人约定在电话里面共进晚餐。总而言之，就只剩下胡里乌斯一个人。仆人们趁机到大餐厅来陪伴他，唯一缺席的是伊梅尔达，她就要从裁剪和缝纫学校毕业，越来越不受欢迎。当胡里乌斯告诉妮尔达，她没有受洗礼的儿子随时都会死去并去往净界，她便开始焦灼不安。塞尔索和丹尼尔点头表示同意，阿尔敏达直勾勾地盯着她说道："别再相信福音书了，给他取个天主教教徒的名字吧。"胡里乌斯时而忘记他们在身旁，他看向妈妈空荡荡的座位，努力回想早晨的画面：肯定是胡安·卢卡斯……已经无所谓了，他们此刻正在某个高雅的餐馆共进晚餐……他突然有种很奇怪的感觉，他的妈妈似乎又回到了从前的样子。

第二天，他证实了自己的猜测：当他去卧室找她一起去做弥撒时，她还在睡觉。因为她的原因，他没能去领圣餐。午饭时她不在家，她在和巴拿马人打高尔夫。傍晚时，他得到了她的接见。她因为放了他鸽子而反复请他原谅，不停地亲吻他，并保证第二天一定守约。

她说话算数，早晨七点差一刻时，两人已经坐在奔驰车里驶向教堂。苏姗一边说话，一边不停地打着哈欠；他坐在皮座椅上应答，冷得要死。时间太早，不是她展现温柔的时候；相反，胡里乌斯非常清醒，对说出来的每一句话都字斟句酌。即便一句"是的，妈妈，车门关好了"，他也竭力选择最贴切的字眼，把它说成世界上最亲热的话语。任何人在那时见到苏姗都会有同感，从来没有人像她那样热衷于去教堂。她发明了一种早晨去做弥撒的独特风格，一种十分简单，甚至可以说是朴素，但骨子里却透着精致的风格。她打着哈欠，微微抬起三根手指抚摸着呼出的气息，几分钟之后她伸进圣水池的也将是同样几根手指。奔驰车偏向一侧，她赶紧撒下哈欠掌控方向盘，然而这并没有阻止汽车继续颠簸，因为她完全忘记将速度挂到三挡。她也不打算这样做，她犹豫不决：竭尽全力将脸贴向车前挡风玻璃,仿佛十分关注路面的状况。她随即回过头,看见胡里乌斯坐在她身边。在外面的人行道上,在老地方,她看见一位身穿黑衣服的小老太太,她常常见到她,可是,在什么时候呢?她惊恐地松开脚踏板,没有注意到奔驰车颠簸得更加厉害。她深深地打了个哈欠,恍惚中看见那个小老太太在远处,有人从不同的角度抓住了时间的网,于是不同的时间小块撒落下来,她竭尽所有的努力与耐心,准确地完成了一个拼图:显而易见,一位小老太太每天在同样的时间,走在同一条街上,去做早晨七点钟的弥撒。苏姗逐渐恢复了时间意识,甚至再次注意到胡里乌斯,然而此时,奔驰车垂死的颠簸已经向她宣战。车的颠簸使她来回晃动,她凭直觉踩了下去,还在犹豫,车已经加速,就在这时,她拐进了一个街角。这并不合适:可能会来别的车,她必须刹车,然后重新开始。她几乎已经放弃,但就在这时,她再次意识到胡里乌斯坐在那儿。教堂的钟声已经响起,是早祷钟,教堂简约朴素的钟楼吸引着她的注意力。

她是无法忍受一个色彩灰暗、门口坐着很多乞丐的殖民地时期的教堂的,从一进门就看见风格复杂的巴洛克式祭坛。在早上那个时间看见一块写着"禁止在教堂随地吐痰"的字牌,一定会要了她的命。她的教区里没有乞丐,教堂定期布施。确实有的是——但那很正常,也很有必要——一个小男孩,是跑马场一个穷人家的孩子,每天早晨都等待着她的到来,要帮她看车。他叫马纽科,他一边称呼她小姐,一边帮她打开车门,等着她将白色的围巾戴在头上,然后想起他的名字,并朝他微笑。在汽车的另外一侧,胡里乌斯关好车门,催她快点,弥撒这就开始了。

嘭——嘭——嘭——空荡荡的教堂里发出轰响。有人在走向自己的座位时绊了一下,嘭——一个后到的教堂司事顺手关上了门,嘭——这些声音总是远远地传来,教堂因此显得更加空旷。每当教堂深处传来一声嘭——胡里乌斯回头,都会看见那个穿着黑色衣服的老太太到了。唯一听起来不同的是奥雷里奥·拉维特先生急匆匆的脚步声,他充满激情地径直走向第一排长椅,胡安·卢卡斯说他假虔诚。他清清嗓子,打开他那本巨大的弥撒书,里面满是圣徒像以及用来标识教历的各色彩带。苏姗将自己的弥撒书递给胡里乌斯，让他翻到当前页，但是她转眼便忘记了，只顾体会自己的一腔善念，以及与圣马太交换智慧的眼神。环绕在她身边的十二个风格简朴的冰冷石雕门徒像中，圣马太是她最喜欢的一个。他们时不时听见神父纯正的拉丁语祷告，以及教堂司事的小铃铛声。胡里乌斯示意她认真听弥撒，而他则将双手放在封面覆有珍珠釉层的弥撒书上祷告，他戴着金别针，那是第一次领圣餐礼时苏珊娜姨妈送给他的，同时收到的礼物还有胡安·拉斯塔里亚送的钢笔。一天上午，他刚从教堂回来，胡安·卢卡斯撞见他手里拿着弥撒书，于是断言，在他和这个男孩之间，已然没什么可说的了。他这样告诉苏姗，气恼得浑身发抖，她却只回答说，亲爱的，在美好的清晨不要自寻烦恼。那天早饭时，他要了一杯西柚汁，没有喝橙汁。胡里乌斯没有注意到这个细节，每天继续使用弥撒书。在七点钟弥撒的寂静中，紧挨妈妈站在那儿是如此美妙！除了间断传来的嘭嘭声，以及那位富有而虔诚的先生的脚步声，只听见某个教士从身边经过，他刚刚祷告回来，他从黎明时就在院子里，就在玫瑰丛旁，一连祈祷了好几个小时，此刻，他穿过教堂，走向圣器室，他的鞋子没有发出一丁点儿声音，他几乎飘浮在地面之上，只听见教士服摩擦地面的声音，天使飞向天堂时翅膀发出的响声大致如此吧。妈咪在我身旁，戴着白色的围巾，一绺头发散落在前额上，多好看啊！她忘记将头发撩起，她在听弥撒，穿着没有任何装饰的白色衬衫，没有化妆，眼睛一动不动地盯着祭坛，跑马场的那些穷人，她在走神吗？你在想什么呢？妈咪，你在听弥撒啊，知道刚刚从身边经过的那个神父叫什么名字吗？听见他教士服的窸窸窣窣声了吗？你感觉到了吗？快看我，妈妈，像昨天一样，但愿她能再次感受到，你感觉到了吗？只有在这里，妈咪，在家里不行，胡安·卢卡斯，胡安·卢卡斯叔叔，胡安·卢卡斯，妈咪，今天不要忘记回头，就像昨天一样，你感觉到了吗？从我们下楼梯，我给你打开车库的门开始，奔驰车的座椅每天早晨都冰凉刺骨，你将钥匙插进锁眼，而我在你身边，汽车不开，我静静等待，我不跟你说手动刹车，也不说转弯时挂三挡，你总是假装，你觉得圣水恶心，当我发现时，你笑了，你今天会回过头来吗？你感觉到了吗？

我跟你说过,每天早晨他们都会换上新的,如果我们第一个到,你可以摸摸它……"亲爱的,不必。"你看着我的脸,你摸了圣水,你感觉到了吗?……"胡里乌斯,亲爱的,现在到哪一页了?""这儿,妈咪,在读这里……"两人相视而笑。

在教堂外面,马纽科叫她小姐,感谢她给的硬币,他说得很快,奥雷里奥就要出来了,他总是心情不佳,有洁癖,而且是个吝啬鬼,做作的娘娘腔,他嫌硬币脏,所以从钱包里将硬币倒在我手里,谢谢,先生。堂奥雷里奥无可指摘地走了。苏姗坐在奔驰车的方向盘前面,隐约觉得家在某个地方,却不知道何时能到达,她差不多整个人扑在方向盘上。胡里乌斯深深地爱着她,帮她从钱包里取出发动机的钥匙,递给她。"啊!"她惊叹道,她摘下头上的白围巾,抖抖满头金色的秀发,想起胡安·卢卡斯坐在大宅里,面前放着一杯橙汁。"如果他今天不邀请我去打高尔夫,我就去跑马场。"她想道。

"她很高效,我妻子在这些事情上堪称行家。"胡安·卢卡斯跟记者说,一边递给他一杯调好的金汤尼,"我对此一无所知,你可以问她……你会看到她做得多好!"

"可是,我不知道从哪儿讲起……"

"不要担心,夫人,想到什么就说什么。之后,我会进行必要的整理,等到在专栏刊出时,您一定会大吃一惊!有位神父专门负责日报的新增版面,他要审核。您只管说,夫人。"

"好吧……我和我所在教区的可怜人取得联系。一天,我带我的儿子胡里乌斯去做弥撒,神父叫住我,说我的帮助是必要的,任何帮助都是好的。我的任务是去跑马场,但不是一个人去,他们请了一个社区助理,她为了得到这个资格专门学习过。我没有资格证,但我学过注射。我第一个帮助的人是索伊拉,我们女人都叫她大索伊……亲爱的,请不要笑,这很可怕……大索伊是个厨娘,但是没有工作,因为孩子太多了。亲爱的,你认识他们:你从来没见过那个有时来找我的漂亮男孩吗?他是个好孩子。

我给他取了个名字,贝波奈,你不知道他有多可爱,索伊丽塔和其他孩子也在。他们是个典型案例:单身妈妈带着很多孩子。他们需要床垫,他们很穷,住在一个马厩里,我感到很震惊,他们是我的第一个帮助对象,我赶紧就去买了床垫。他们所有人共用一个床垫,另外,他们急需栖身之所⋯⋯"

"干杯!再加点儿冰?⋯⋯苏姗甚至学会了社区助理的专业用语:大索伊急需一个栖身之所。"

"别听他的⋯⋯胡安·卢卡斯也帮忙,他出钱。"

"请继续,夫人,继续⋯⋯"

"索伊拉搬去一个大院子和一个男人住,我跟着她去了;离开贝波奈我心里很不是滋味,那孩子非常可爱⋯⋯一双黑色的大眼睛,看起来很悲伤⋯⋯我永远也不会忘记那个大院子:一大堆人住在一起,从附近的一个建筑物里打水喝。大院子里全是破房子,最好的是砖砌的,其他的房子是用茅草、木块、金属片、纸板等材料搭的。当被赶出大院子时,他们就去占领马厩或者马棚,以前都是马住过的地方,现在住着浑身爬满苍蝇的穷人。"

"苏姗,怎么不说说你的那位大索伊把你送的床垫卖了?跟他说说,她宁愿留着那个旧的⋯⋯"

"亲爱的,让我自己说,拜托⋯⋯是我在讲述,不是吗?"

"洗耳恭听,亲爱的。稍等,我把这些酒杯倒满⋯⋯好嘞⋯⋯"

"我也去拜访过那些从树上往下打果子的人⋯⋯我喜欢这个词⋯⋯打果子的人。他们住在大房间里,还不如马厩。"

"苏姗,抱歉,我觉得你夸张了⋯⋯"

"胡安·卢卡斯,亲爱的,你不知道那一切意味着什么;对你而言,世界上唯一的穷人就是你的高尔夫球童;那些人也是活生生的人,亲爱的;他们过着完全没有尊严的生活,不只是贫穷;相信我,亲爱的,你不知道自己在说什么,真的⋯⋯"

"鲍比!胡里乌斯!快上这儿来!听听你们的妈妈在做新闻发言!有

人再要点儿冰块吗？继续记录，年轻人……您是基督教民主党吗？"

"继续，夫人，请继续……"

"教区按月发放：一公斤糖、一公斤大米、一公斤面条……"

"为大索伊干杯……"

"胡安，不要再喝了，你今天下午糟透了！你今天去了哪儿？我能继续说吗？……抱歉……就像个孩子一样……还给他们油，一套穿的衣服……"

"一套穿的衣服：完美的社区助理……继续，苏姗。"

"先生们，我很抱歉……"

"继续，苏姗！"

"有时也给他们钱，不过只在极端的情况下，而且要事先征求教区神父的意见。不给钱很麻烦，因为他们总是要，而当他们要钱的时候，说的话特别有说服力。但是，长期看来，牧师说得有道理，他不希望有乞丐。所以他的教堂才令人愉快，门口从没有乞丐，可以安心进去做弥撒，不像在市中心，在……算了，我想还是不要说了。"

"说吧，苏姗！揭发他们！拿出勇气来，亲爱的！"

"胡安！亲爱的！够了！……帮他们找工作，解决婚姻问题，诉讼……"

"诉讼！完美！看看胡里乌斯，他的眼珠都要掉出来了。诉讼！"

"他根本就没听见，亲爱的……"

"别这样看着我，苏姗……"

"我们可以改天继续……"

"不！年轻人，就现在！"

"是，就现在，先生……"

"有个医务室，每周工作两次，有两个医生和一个护士，还有好几个帮忙发放药品、打针和处理伤口的女士。一切都井井有条，有诊断书、病历等等。有些家庭有七八个孩子……总是生很多孩子；有时，有一个孩子不正常，很难在医院或者孤儿院找到合适的地方给他。多亏了胡安·卢卡斯，我得以将一个安置在拉尔高·艾雷拉……"

"假话！我从未将谁安置在哪儿！"

"亲爱的！看在上帝的分上！别再喝了！……"

"别叫我别喝了！让我喝，也许哪天我想喝都不能喝了，因为我不高兴……"

"你不高兴了，亲爱的？我在跑马场做这份工作，碍你什么事？"

"苏姗！你真行！昨天是那些破门！还有和这个小破孩儿做弥撒！现在又发现跑马场有穷人，你可真——棒！干杯！继续，继续……"

"干杯，先生，请继续说，夫人……"

"你不要看着我，苏姗……继续……别看着我……"

"还有，在混居的状态下，经常发生强奸、打斗、醉酒……"

"不要看着我，宝贝……"

"……有几次，我在晚上十一点之后被叫去打针，在高低起伏的地面上颠簸前进，什么也看不见，到处漆黑一片……我永远不会忘记一个漂亮的小男孩……"

"贝波奈，夫人？"

"不，这个姓桑托斯，现在我见他活蹦乱跳，记得那天晚上，他发着高烧说胡话，我给他打了一针，他好了很多。也许我救了他的命。"

"圣苏珊娜！跟你的表姐一样！"

"随你的便吧！亲爱的，随你的便。但请接受我的生活方式和你不一样，请接受这一点，胡安·卢卡斯……必须接受，亲爱的。你的生活方式不是我的，亲爱的，你只要开着你的大捷豹，从这里到高尔夫球场，就已经心满意足。但是我不行，亲爱的，你要接受……"

"你开着大奔驰到高尔夫球场时，看起来也很快乐，亲……爱的……"

"好吧，我现在就告诉你：你可以把奔驰送给鲍比，给我买一辆 Mini-Minor……"

"Mini 啥玩意儿我才看不上！好吧……赶紧结束演说吧……"

"你先停止喝酒，亲爱的……抱歉，先生，我这就说完：这些人，与大众的看法不一样，我不同意大众的观点，这些人，不论你为他们做的是多么小的一点事，都会一直心存感激……亲爱的，胡里乌斯，别再咬指甲了……他们没有嫉妒心，也很尊重我。只要懂得善待他们，不要让他们感觉到施舍……你给他们的施舍。必须懂得善待他们，好好待他们。对我，他们感激得都要疯了，每次我出现在那儿……"

"我没跟您说她是圣苏珊娜吗？……她甚至能显灵……给，再给她多加点儿冰……"

"他们爱我，亲爱的！抱歉，先生，他们真的很爱我。社区助理曾经跟我开玩笑，说要给我修一座纪念碑……你知道我从来不给他们钱。他们来家里取药或者来打针，总是受到接待，得到各种帮助……"

"还用他们的脏手弄脏围栏……"

"你真是太可笑了！……他们很亲切……有时候我给他们打针，他们还会问我，小姐，该给您多少钱？"

"她不收钱，所以要在马棚之间给她修一座纪念碑，被苍蝇团团包围。"

"亲爱的！我们是在吵架吗？"

"是的，苏姗！鲍比，快！把捷豹从车库开出来……"

"潘多干型雪利酒，威廉姆斯和韩伯特有限公司负责航运和装瓶，赫雷斯和伦敦，原产地西班牙。"胡安·卢卡斯一边抚摸着酒瓶，一边指给鲍比看，叫他要学会辨别。这时，卡洛斯拿着几盒古巴雪茄烟来了。"放在那儿吧，紧挨着那几瓶雪利酒。"胡安·卢卡斯说。所有这些物品放在一起，给他一种十月份的斗牛盛会仿佛是在马德里举行的错觉。雪利酒和古巴雪茄烟搭建起一座向斗牛比赛献礼的小圣坛。盒装的雪茄烟与瓶装的雪利酒堆放在一起，加上红似公牛鲜血的红葡萄酒助兴，时近日落，交响曲声声悠扬，到了晚上，克里奥约吉他曲将闪亮登场，在宴会大厅回响，现在是一八〇〇年，先生们，正如歌里唱的那样，再来三杯威士忌，十月万岁！见证奇迹的时刻到了！斗牛士们已经到利马了，他们很迷信，却对乘坐承办商的凯迪拉克毫不忌讳，那个混蛋对于邀请布里赛纽依然举棋不定，今年西班牙观众都在为这个斗牛士疯狂，是时候让利马人见识了。"吉卜赛人"拿着他的小木头在利马国际机场任人拍摄，他旅行时都会带着那个木头护身符，因为在"超级星座"客机上根本没有木头，而他总是要摸木头。胡安·卢卡斯不知道苏姗什么时候才能下来，他一边等待，一边欣赏着为未来几周的访客准备的雪利酒，身体里依然能感觉到冷水浴可持续几小时的快感：清凉的水流顺着他青铜色的、强劲有力的肩膀滑落，安抚着他的肌肤，他稍后将穿上刚刚从伦敦送到的法兰绒衬衫，还要戴上丝巾，以彰显他完美的脖颈曲线——恰好是在一次宴会上，有人在凌晨三点钟发现了他的颈部十分性感。他听见楼梯上面有脚步声，是苏姗下来了，她美丽动人，在十月份的斗牛会上，魅力四射的她将一直陪伴在他左右。苏姗就和雪利酒一样让他欲罢不能，她有着金黄色的长发，热爱斗牛，总是亲昵地称呼斗牛士们为"小斗牛士"，仿佛深爱着他们一样。在斗牛表演之后的宴会上，她任由他们围在身边，此时他们已经克服了恐惧，享受着她温婉的嗓音与话语，争先恐后被她唤作"亲爱的"，她遂他们的愿，于是斗牛士们更显安达卢西亚人的特点，像吉卜赛人那样在她身边洒脱地转着圈，为她念诵加西亚·洛尔加①始终未能在民间收集到的绝望的酒鬼歌谣。为了摆脱他们，她只好在十月中旬到十一月底期间，为他们找来自家庄园有斗牛的金发女孩，个个堪比年轻的艾娃·加德纳②。苏姗一边拥抱胡安·卢卡斯，一边召唤胡里乌斯，因为所有人要一起去参加十一点的弥撒，然后再匆忙吃一顿便餐，随后就要赶去斗牛场。要预留出寒暄的时间，这样，当入场仪式开始时，所有的人便都已经彼此问候过了。塞尔索将当天的外套递给胡安·卢卡斯，他一边穿上外套，一边嘱咐众人今天不

---

① 全名菲德里科·加西亚·洛尔加（Federico García Lorca, 1898—1936），西班牙诗人、戏剧家，"27年一代"代表性人物。他的诗歌植根于西班牙传统文化，代表作有《吉卜赛谣曲》等。
② 全名艾娃·拉薇妮亚·加德纳（Ava Lavinia Gardner, 1922—1990），美国女演员。

要带弥撒书，会把气氛搞坏。苏姗理了理他的丝巾，却没有碰他的头发，他年过四十，早生的华发梳理得别致而得体，使他从侧面看起来同样优雅而迷人；下午，当"吉卜赛人"斗牛时，在阴凉看台上一定不乏某位女士，因为感动于这个斗牛爱好者或者行家的侧颜，而按下快门。苏姗没有碰他的头发，他的头发只会随着阳光与和风而自然凌乱，却总是乱得恰到好处，这个坏蛋即便头发凌乱，也能依然不失优雅，依然男人味十足。在苏姗眼中，胡安·卢卡斯还是比斗牛士们更胜一筹的，毕竟斗牛士们通常出身贫寒，而且生性粗鲁。现在，胡安·卢卡斯更合苏姗的心意了，他随时都会给她的贝波奈小费，不论在哪儿碰见他，而且总让他进花园，让他清洗捷豹，当然，她现在已经很少去跑马场，因为忙于斗牛盛会的缘故，十月份没有时间，"我会再去的。"苏姗想。胡安·卢卡斯总是振振有词，他具有言必有理的男人特有的金属质感的嗓音，而她向来无法摆脱他的处事方式施于她的影响，他是无法击败的，他在宴会上从不会喝得醉醺醺，黑人们为他演唱他们还是奴隶时的歌曲，似乎都认识他，对他顶礼膜拜。无论是在繁华的伦敦，还是在穷乡僻壤，胡安·卢卡斯都是一位体面的老爷。"走吧，胡里乌斯。快点儿，鲍比。"苏姗说，又问起总共有多少瓶雪利酒。她看见一个瓶子上写着"赫雷斯和伦敦"，顿生亲切之感，觉得这一并列便是对她血统的精辟概述了。

到了教堂，胡安·卢卡斯看起来就像是一只被关在大猩猩笼子里的狮子。他让孩子们和苏姗先行通过，随后自己也在长凳上落座。不知道他在想什么，他已经慢慢缓过神来，逐渐摆出了那一副每个星期天在弥撒上的例行姿态。这样的姿态可不是故意摆出来的，也许是与生俱来的，抑或是历经岁月积淀而成的，总之不是为应景而临时生造的。他现在也来教堂了，每个星期天都会陪着苏姗来做弥撒，虽然总是最晚的一场，牧师对此赞许有加：夫人的虔诚之心见效了。胡安·卢卡斯听见喃喃的低语声，他回过头，原来是苏姗在祷告。弥撒开始了，一位神父在两列长凳之间缓步前进，分发唱诗本，他一边递给胡安·卢卡斯一本，一边盯着他，好像刚刚给他的是救赎之道，而胡安·卢卡斯并没有为此表示感谢，在教堂里没有人说谢谢,再说,现在拿着那本装裱得跟胡里乌斯的练习本一样的书该如何是好呢?他递给胡里乌斯,但是胡里乌斯已经有一本了;又递给鲍比,鲍比说他也有一本;"给你,苏姗。"苏姗向他晃了晃自己的那本。于是,他就将唱诗本放在长凳上,假装不知道那是给他的,他看了看法兰绒衬衫的袖口,突然想来一杯金汤尼。"先生。"有人在他旁边低声说道,刚才那儿还没有人,原来是洗衣女仆阿尔敏达,她为自己紧挨先生旁边,身处家人之间而异常自豪。胡安·卢卡斯把唱诗本递给她,但是她也已经有一本了。"我们一起吟唱吧,"分发唱诗本的神父说,"第二十七页。"神父开始吟唱,声音不高不低;时而向前,时而向后,一边走一边唱;他经过每一排座位,鼓励众人歌唱:声音请再大一点儿,放声歌唱吧。胡安·卢卡斯听见身旁传来叽叽喳喳的声音,那是阿尔敏达在放声歌唱,对自己的可怕歌喉在上演怎样的闹剧完全不以为意;同时他也听到另一侧传来了美妙的声音:那是苏姗的声音,她唱得很慢,却很动听,仿佛当真觉得上帝正在倾听。"真是个迷人的小巫婆,"他心想,"说要做信徒,还真像那么回事儿。"这时有谁碰了碰他的胳膊,是阿尔敏达,"第二十七页,先生,请唱。"他拿起书,佯装寻找当前页,却在快唱完的时候终于找到的样子,然而,领唱神父正巧走到了他的座位旁边,可别没事找事,神父,神父露出了普度众生的微笑,据胡里乌斯说,他在中国受过酷刑,神父说,我们一起歌唱吧!他像乐队指挥一样,双臂高举,左右摇动,逐渐控制住局面,让所有人都歌唱。除了胡安·卢卡斯,他只想大声高呼:"干得漂亮!"

然而,领唱神父字正腔圆地吟唱,嘴形就同他的教士发型一般精准到位,他非常和蔼地歌唱着,并没有放弃在那位先生身上激发出虔诚信仰的希望。他再一次靠近,这次是从胡里乌斯那一侧,他向胡安·卢卡斯示意,觉得他本质上并不坏。"请跟我来,先生,"他说,"请帮我们收礼拜日的善款。"胡安·卢卡斯本想回避,仿佛是在谢绝酒席上的一杯敬酒,可是苏姗、鲍比和胡里乌斯既吃惊又开心,也许还带着些许嘲讽,他们将身体贴向座位,挪出空间以便他通行。神父继续吟唱,口形如同他教士发型上的圆圈，他向胡安·卢卡斯报以感谢的微笑，示意他跟随，并一直将他带到小桌旁，上面放着收善款用的竹篮。他解释说，要从第一排座位开始收取，一排接着一排，直到最后一排，然后，再从同一纵列的另一边返回；重新到达第一排之后，要面对祭坛跪下，随后继续收取左边一列的善款，方法一样：从一边绕行到另一边，因为一排的座位很长，伸开胳膊也只能到达中间。"好的，博士。"胡安·卢卡斯回答，上帝知道他怎么突然想起曾听见过一个克里奥约黑人和一个神父的对话，克里奥约人满口都是脏话，就跟没事人一样，末了说了一句"对不起，博士"，那可怜的神父听得脸都绿了。然而，领唱神父却丝毫不受影响，也许他很乐意别人知道他是神学博士，此外，这位先生举止优雅却不失阳刚，虽然他没有像其他人一样称呼他为神父，但是"博士"二字从他口中说出倒也显得十分得体。那时胡安·卢卡斯就在想，下次再看见一位神父，而胡里乌斯又刚好在场，他也要称呼神父为博士，只是为了要捉弄一下那个小鼻涕虫，他一定不知道为什么神父是博士，他此刻一定在想我是一个虔诚的伪君子。"开始吧。"领唱神父说。胡安·卢卡斯径直走到右边第一排，他咳嗽了一声，以告知众人他已经就位，可以将钱投在篮子里了。在最前面的几排有很多熟人，他们是商人，脖子上系着丝巾，身穿得体的便装西服，他们取出一些崭新的钞票放在篮子里，仿佛急于处理掉它们一般。另一些人是虔诚的一家之长，他们不仅给钞票，而且还确保妻子与儿女也有所贡献，并且在胡安·卢卡斯到达之前就早早做好了准备。胡安·卢卡斯朝坐在前排的先生们走过来，这些尊贵的先生对于来做弥撒持之以恒，虽然那个神父有些讨厌，而且喜欢缠人，他每年都能得偿所愿，上帝知道他会不会在某个礼拜日大放厥词，说我们要想进入天堂比让骆驼穿过针眼更难。可得记好日期，来年轮到他主持弥撒的礼拜日，我们就不来教堂，只是岁月匆匆，我们早晚会忘记这事事。胡安·卢卡斯走近了，尊贵的先生们露出讥讽的微笑，好像在说，看啊，高尔夫球手，你也有落网的时候啊！要么就是，我倒是更希望在董事会看见你，再或者，胡安，你知道普拉托里尼家族是否有投资的打算吗？他们向他打招呼，他们的妻子崇拜他，心里却在暗暗嫉恨苏姗,或者恰巧也是她的朋友。胡安·卢卡斯继续走着;后排偶尔有几个人看起来有些眼熟,有个人似乎是他的职员,一边把自己所有的一张最大面值的钞票交给他,一边向妻子解释……与此同时,他的一个女儿发现眼前这个男人很像在《巴黎竞赛画报》①上见过的一个人,似乎是哪位公主的丈夫,想着便有一种痛彻肺腑的感觉,可惜她的爸爸既没钱也谈不上帅。到了最后一排,卡洛斯交给他一些硬币;一大堆乔洛女人——就数她们唱得最卖力,而且最难听——轮流交给他沾满污渍的硬币,幸好,她们直接将硬币放在竹篮里,丝毫没有碰到他的衬衫。有个女人将婴儿放在座位上,从口袋里拿出一个脏兮兮的小卷,是一个手帕,她在搞什么鬼?快看看,她从哪儿取钱出来呢!"谢谢,谢谢。"胡安·卢卡斯忙不迭地说,他急于离开,婴儿已经开始哇哇大哭要求重回妈妈的怀抱,而他的妈妈还没把那块恶心的手帕卷好。现在,胡安·卢卡斯要从另一侧重新回到第一排;后排的情况都一样:另有三个人也带着一个小卷。领唱的神父说,我们唱第三十三页,紧接着便听到传来叽叽喳喳的声音,"我们歌颂众爱之源",他们就是这么唱的,每次跑去厨房取饮酒用的冰块时,都能听见里面传出难听的歌声,准是哪家的厨娘,虽然妮尔达不是这样,听胡里乌斯说,她是福音教徒……"总算看到头了。"快到前排时,胡安·卢卡斯心想;竹篮子沉甸甸的,因为在后面几排收到的全是脏兮兮的硬币。再次看见熟悉的面孔,他到达祭坛的前面,弯腰行礼,远远没有触到地面——那未免也太脏了。他又开始在左边一列重复同样的步骤,这里也有好几个"穿不过针眼的骆驼"②。他的家人也在这边:美丽的苏姗正绝望地向胡里乌斯借钱,然而胡里乌斯只准备了自己的一份,于是她又问鲍比要,鲍比看起来是想借给她的,只是太少了,鲍比,拜托,胡安·卢卡斯就要到了,还好,阿尔敏达递给了她一张脏兮兮的钞票,终于皆大欢喜:胡

---

① 《巴黎竞赛画报》(*Paris Match*)是法国著名的时政类新闻周刊,1949年创刊,是法国发行量最大的杂志。
② 此处是对《圣经》中"骆驼穿过针眼"这一比喻的借用,用以指代假装虔诚的有钱人。

安·卢卡斯就要到了,每个人都可以给他一些什么。而他则相反,拿着竹篮站在那里,看起来很恼火,这一切到底算什么?苏姗,别惹我,只此一次!苏姗若无其事地朝他吐吐舌头;鲍比神情恭敬,心里却想着换我可绝对不干;胡里乌斯则惊喜参半。

神父走过来,一边歌唱,一边示意所有坐在长凳上的人都一起歌唱。胡安·卢卡斯当着神父的面,将一张最大面值的纸币放进篮子里,他怕是更想直接塞进神父的嘴里;神父此时正感激地看着他,他在歌声里爱着所有的信徒,无论他们富有还是贫穷。三个女孩朝胡安·卢卡斯微笑,作为回答,他也看着她们,那眼神仿佛能穿透她们,使得她们满心期待下周日同一时间的弥撒,这个男人真帅,好家伙!高尔夫俱乐部的一个会员问他下午的斗牛盛会的座位在哪儿,他回答说老位置,两人于是约定见面。他继续往前走,一个美丽的金发少女,也许正面临情感困扰,或者和父母之间正处于激战期,她盯着他的脸,高唱着"让我们歌颂众爱之最",她向他竖起三根手指,他永远不知道那个手势表示"三",代表着她对他魂牵梦绕已有三个星期。他继续向前走,进入只有脏兮兮的硬币的区域,他尽可能快速地穿过这一部分,以重回领地,从另外一侧,好了,任务完成,他重新回到了祭坛前面。他拿着篮子站在那儿,仿佛在问,老兄,我把这个放在哪儿,这时,那个每当唱诗或者微笑时,嘴巴就张得仿佛教士头上的发际线的神父走了过来,叫他把篮子交给他,并向他表示感谢,告诉他可以回自己的座位了。"准备歌唱,"他补充道,"还有第五十五页没有唱,别忘了,先生,歌唱两遍就等于祷告。""好的,博士,当然。"胡安·卢卡斯回答道。在不同年龄女人崇拜的目光下,他向座位走去;苏姗满怀爱意地注视着他,期待他重新回到她的身边。

做完弥撒之后,卡洛斯把他们送到西班牙人路易斯·马丁·罗梅罗那里,他在利马的一家日报上发表过关于斗牛的文章,署名是贝贝·波德亚斯。罗梅罗一年到头报道斗牛,利马人狂热地阅读他的文章,但只限于博览会之前的几个星期以及博览会期间。利马人试图通晓斗牛的方方面面,以便在整个十月以及十一月的部分日子里激烈地讨论,之后,斗牛什么的就见鬼去吧！如此直到来年。然而来参加午宴的人不属于这一类情况。在这里，所有的人都深谙斗牛艺术，甚至有相当完善的斗牛图书馆，所有的书籍都有精致的皮革装裱的封面，还有烫金的字母。卡洛斯将小汽车停靠在批评家寓所的楼房前，胡安·卢卡斯命令他马上送孩子们回家吃午饭。

"您也请快点儿，"扶苏姗下车时，他补充道，"午饭之后，就来接我们一起去斗牛场。"

电梯门在四楼打开。远远听见精美的唱片机里传出弗拉门戈吉他曲，一进胖胖的路易斯·马丁的房间，正好演奏到高潮部分。一个管家在门口迎接他们，此时可以清晰听到阳刚的嗓音操着西班牙的口音此起彼伏地说着"真他妈棒"，或者"操他妈"。这些行走天下的人，在西班牙的斗牛场听到类似的表达，而此刻在利马，他们坦然说出，毫不介意扑面而来的违和感。事实上，这些词句就如同注入体内的一股新的血液，要彻底融于书本之中仍需一段漫长年月。客人们渐渐到了，大家彼此拥抱，有力地互相拍击彼此的背部。一看见胡安·卢卡斯，路易斯·马丁·罗梅罗大声感叹道，老兄，别来无恙！他走过去，两人拥抱问候，兄弟之情与阳刚之气溢于言表。之后，他亲吻了苏姗，他说，虽然又胖又丑，他却从未放弃有朝一日会被她爱上的希望。苏姗，美丽动人，回之以一个吻。她挽起他的胳膊，说只要他戒了整天挂在唇边的气味难闻的雪茄，他在哪儿，她就跟到哪儿。"雪茄？那可不行！"胖子大声嚷道，众人哄堂大笑。有人调高了唱片机的音量，整个房间在弗拉门戈吉他曲的节奏中颤动。这时，胖子嘴里叼着雪茄，回到吧台，准备新的一轮开胃皮斯科酒。他有神奇的独家配方，这个秘诀他要带进坟墓，除非苏姗求他……众人再次哄堂大笑，苏姗和胡安·卢卡斯向更多的人打招呼，房间里逐渐挤满了人。黑女人康塞普希翁·德洛斯雷伊斯的克里奥约辣菜很快就要出炉了，她在马兰比多的一个小餐馆里一晃就是七十年，直到一个西班牙人，我，路易斯·马丁·罗梅罗发现了她，并且说服她扩大自己的生意，开一家体面的餐馆，让旅行者为我们的美食而疯狂，双重国籍万岁！诸位马上就能品尝到！……她亲自来了，坐出租车来的，她其貌不扬，但是，只要看见食材在厨房的桌子上摆开,这个资深黑女人立刻就进入状态,开始……仿佛一个真正的艺术家,亲爱的朋友们,各就各位……烈性皮斯科呢?何时送来?"已经在我的手里了!"罗梅罗回答道,"我以在秘鲁度过的二十个年头向诸位担保,这是绝无仅有的!"他汗流浃背,发疯似的不停地搅拌着,他手里拿着搅拌器,因为他仇视电器。他像个在演奏沙槌①的酒保,他喜欢那感觉,碎冰碴在银质搅拌器里发出响声。这个深谙美食和享乐之道的胖子觉得自己仿佛穿越了时空,转眼到了巴哈马。

然而只是短暂的一瞬间。弗拉门戈吉他曲、立体声喇叭忠实再现的歌声,以及装饰吧台、起居室、卧室和书房的招贴画,其中甚至有你错过的斗牛比赛的招贴画,召唤着胖胖的罗梅罗回到眼下这美妙的现实里。就在那时,他打开银搅拌器,用雪白的毛巾将它包住,捧在红扑扑的双手之间,仿佛抱着一个襁褓里的婴儿。他骄傲地将白花花的、冒着泡沫的液体倒在鸡尾酒杯里,满怀喜悦地宣布新一轮开胃皮斯科酒来了。他在弗拉门戈吉他曲的旋律中高呼:"苏姗!胡安·卢卡斯!快来尝尝众神的佳酿!"他将摆好的托盘端起来,亲自将一杯杯摸起来冰凉、喝起来清凉的皮斯科酒递给客人们。众人尝了尝,分别以自己的方式赞叹不已:苏姗撩起恰好在胖子到来时滑落的一绺头发,看向窗外,表情介于心不在焉与若有所思之间,她眺望着展现在眼前的利马的那一城区,转过脸,微笑着接过酒杯;她尝了一口,一绺秀发散落在脸上,最后,她说:"很好喝,亲爱的,很好喝。"她亲吻了他两侧脸颊,胖子受到奖励,心满意足,手里拿着胡安·卢卡斯的那一杯酒,转身继续找寻他。他穿过起居室,受到热烈的祝贺与崇拜,到处都是他的朋友;胖子开心地在人群里穿梭,面色红润,肥臀丰乳。正值十月,他已经穿上巴拿马的雪白薄布短衫,正是他惯常的样子,朋友们喜欢的样子。他没有因为胖而怯懦,或者变成娘娘腔或同性恋。友人相聚时,他总是大声表达自己的意志,他爱发号施令,是个性情中人,自负却讲义气。声音阳刚洪亮的男士们尊重他,邀请他参加聚

---

① 美洲原住民的一种简单乐器,在葫芦里面加进玉米粒或小石子制成。

会，而他总是为他们制作开胃皮斯科酒，什么也无法打乱他那有节奏的脚步声，克里奥约式的缓急有序的砰——砰，砰——砰。很明显，胖子已经在年复一年的寂寞晨练里面，掌握了阳刚之气与爆粗口的节奏。一旦掌握了节奏，实现了平衡，他红润的圆胖身躯就不会失控，或者说，不至于看起来像个肥胖的婆娘；一旦找到了克里奥约式的砰——砰的节奏，他就出门去报社对面的咖啡馆，开启一天的朋友会面。随后，他会上楼在编辑部待一会儿；之后，在午饭时分，他会去城市中心地带的意大利餐馆，去找朋友——类似于胡安·卢卡斯那样的有身份的人，和他们一起尽享可口的开胃酒，就着肉馅煎饺，或者，鱼汤配辣椒。这后一种搭配，在他看来，可谓绝配。

在与人相约或者在他钟爱的餐馆吃过午饭之后，胖子回到寓所睡一个长长的午觉。他时常醒来，读一刻钟书又再次睡着，之后又醒来，这样反复多次，直到逐渐觉得呼吸通畅，中午的食物差不多已消化，这时他会再次出门去市中心，有更多朋友、更多杯酒在等待他，有时晚上他还会转战不同酒馆，继续畅饮，那儿有你从未吃过的优质腊肠。酒馆大多位于维多利亚区，或者是巴霍·埃尔普恩特区，但这并不碍事，也不危险，胖子很有名气，在那一片随便敲门都有人给他开门；此外，人人都很熟悉我们这位毒舌记者那有节奏的、克里奥约式的姿态与步履，以及他那肥胖的身躯，因此，当他从体面人士鲜少踏足的街道或者小巷通过时，从未有人朝他吹口哨，叫他"娘炮"，或者大声恐吓他："去死吧！"

"太棒了！"胡安·卢卡斯尝了一口皮斯科酒，惊叹道，"我亲爱的教授，您已经掌握了正确的制作方法。"

"我这就再拿一杯来！……我这就再拿一杯来！……"

胖子一边说一边在其他客人之间分发银质小托盘上的酒。已经听见有人在讨论斗牛了。苏姗站在旧相识和新朋友中间，描述着新家的大致模样，每当发现胡安·卢卡斯不在身边时，都会感到些许遗憾和无趣。这时，胖子罗梅罗来了，几分钟之前他去了厨房，此时，他将康塞普希翁·德洛斯雷伊斯带过来，他半搂着她，她黑色的皮肤与他洁白无瑕的薄布短衫形成鲜明对比,他将她带来,让众人看见她,崇拜她,为她鼓掌。"快来,卡洛斯,放几支克里奥约华尔兹舞曲,"他向一位客人喊道,"该来点儿气氛。为我们制造美味的艺术家就在这里!"康塞普希翁·德洛斯雷伊斯看到了什么?她苍老的脸上露出微笑,似乎并没有理解一个全是主人的世界突然为她表现出的热情。对此,他们能感受到吗?或者,她只是觉得自己被一些在她看来难以置信,或者是非常不一样的人触碰,得到他们的微笑和掌声。路易斯·马丁一直赞扬她,此时已经觉得累了,甚至已经开始像在斗牛场那样高喊"好!"。他将他的宝贝重新送回厨房,她还要着手准备美味的酱汁土豆。时间快要到了,他要尽快进入状态,把握得天独厚的斗牛记者身份;这个斗牛专题记者即将对斗牛士的每一个动作和每一个态度进行评判。

辣椒无处不在,半小时之后,苏姗已经被辣得够呛;胡安·卢卡斯叫她"我勇敢的洋妞",给她递上面包,说比水和红酒更有效。客人们陆续用餐完毕,在离开之前,都在要咖啡和白兰地。立体音箱里再次传出弗拉门戈的旋律,几位行家解释着为什么某个弗拉门戈歌者眼下正当红。苏姗在午饭之前已经喝了三杯开胃皮斯科,之后又喝了很多红酒,此时突然高声宣布说那个小伙子是个可人儿……"你怎么知道?……你又不认识他。"胡安·卢卡斯打断她,语气兼有嘲讽与疼爱,他已经喝下去七杯烈性皮斯科。她为自己的行为感到羞愧,却依然美丽动人,她将脸藏在他的法兰绒衬衫里,亲吻着他散发着亚德利剃须膏香味的下巴,以及因为饮酒和爱意而涨得通红,却阳刚之气丝毫不减的肌肤。这时,有人到了。

"堪称'秘鲁之星'的'丑鬼'洛佩斯到了!"胖子罗梅罗朝一个刚进来的小个头男人喊道。此人穿着旧西装,衬衫的领口很脏,身材走形,相貌丑陋。罗梅罗总是实话实说,从不顾及谁的颜面,算是一种风格。"丑鬼"神情紧张地问候众人,说已经和一个干亲吃过午饭了。身为记者,他的头脑异常灵活,因此虽然长相丑陋——葡萄酒、白兰地、热闹的氛围以及一些女宾的美貌,使他显得尤为丑陋——"丑鬼"却被很多在场的男士追捧,他们拥抱他,对他大呼小叫,说今年十月他比以往任何时候都更加丑陋。他背对着很多陌生的女人，试图加入某个熟人的聊天群体，直到某个嫌弃的目光将他最终推向被排挤的边缘。不断有酒给"丑鬼"递过来，目的是要让他开口畅谈：虽然相貌丑陋，衣冠不整，他却总有大胆新奇的想法、匪夷所思的赌咒，以及精巧尖锐的玩笑。凭借这些禀赋，多年以来，他一直在这座城市的酒吧交谈中脱颖而出，收获了不少朋友缘。"为什么？"苏姗深感迷惑，就连胡安·卢卡斯都已加入这个丑陋男人的围观人群，只见他手举白兰地，口叼雪茄烟，饶有兴味地听"丑鬼"大放厥词。"丑鬼"挪揄罗梅罗，以臃肿的身材为由编派他，说只见过他的身体一次：那一天，罗梅罗正在写一篇斗牛报道，又渴又热，忍无可忍，于是赤裸全身坐在了寓所平台的藤椅上。苏姗再也按捺不住，凑过去看热闹，胡安·卢卡斯向她介绍说，这位是"丑鬼"，她伸出手，感觉仿佛摸到了一个湿漉漉的刷帚，"丑鬼"甚至没敢看她的眼睛。她留在原地，挤在人群中，听着这个诙谐有趣的丑八怪讲笑话，也开始放声大笑，和众人一起消遣，努力爱上胡安·卢卡斯的爱好，她甚至朝"丑鬼"叫了一句亲爱的，看看会不会对他有所感觉，并因此为他正名，她几乎连说了三遍亲爱的，但是一无所获：这个叫"丑鬼"的人仍然面目可憎，甚至连他自己——他是个极其敏感的人——也已觉察到，觉得自己令人嫌弃，遭人厌恶，于是眼神低垂，一下午也没有抬起头，而他一旦沉默，便只剩下肮脏、变形的身躯。

"只有舌头上没有味蕾的人，才品尝不出我的黑厨娘的酱汁土豆有多么美味！"当众人坐着小汽车匆忙离去时，罗梅罗仍然在高声吆喝。卡洛斯、鲍比和胡里乌斯在奔驰车里已经等了一会儿。胡安·卢卡斯让鲍比坐后排的座位，他自己坐在副驾上，指挥卡洛斯走路程最短、车辆最少的道路。苏姗坐在后排，她打开皮夹，拿出镜子，惊呼自己看起来难看极了，拜托他们送她回家稍事整理，胡安·卢卡斯礼数周全地请她去见鬼，因为已经没有时间，而当她正要抱怨，他差点没把手表贴在她的鼻子上。苏姗很后悔喝了很多酒，渴望到达看台时就有一杯冰镇的可口可乐在等着她。胡安·卢卡斯已经强迫卡洛斯闯过了三个红灯，正准备闯第四个时，一连串汽车横在面前，不得不紧急刹车，"该死！"他骂道，没有注意到车窗外也有人正对他骂娘。几分钟之后奔驰车飞奔在阿班卡伊大道上。这是胡里乌斯第一次深入大利马城的古老城区，他圆睁双眼打量周围的一切。在他身边，苏姗戴上太阳镜，外面的景物在黑暗中隐退，在一顿有美酒的丰盛午餐之后，她懒得考虑贫穷，何况此时正赶去看斗牛。"今天撞上了好天气！"胡安·卢卡斯评论道，一边指挥卡洛斯走着一条曲里拐弯的路线，仅仅为了要超出旁边车辆一厘米。"停车将是个大麻烦，"他接着说，"尽量靠近斗牛场，我将指给您看座位在哪儿，请在出口等我们，注意不要停得太近，否则将很难开出来。"可怜的卡洛斯眼睛一眨不眨地盯着前方的车辆，先生的疯狂指挥早晚会教他撞得人仰车翻。就这样，奔驰车逐渐到达巴霍·埃尔普恩特，可怜的卡洛斯左躲右闪，避开那些像斗牛一样朝他冲过来的过马路的人，以及那些故意要烦扰他的行人，另外一些没能通过的人对他破口大骂，叫骂声隔着玻璃传入奔驰车；一起传进来的还有沿街小贩大木车上冒出的烟味。到处是不同年龄、不同肤色的人的气味，人们仿佛逃命一般向斗牛场奔赴而去。胡里乌斯惊慌失措地将他的大耳朵脑袋从车窗探出去，又赶紧缩回来，因为一个小黑人，大约十五岁，正往车窗里张望，厚厚的嘴唇差点没够着苏姗，他的口香糖吹出的泡泡在奔驰车里炸裂；或许也因为一个独臂人，他将残肢伸进车内，末端是几张彩票，宣称截止到明天上午，奖金共有好几百万。苏姗对前方两辆发生追尾的车表示同情："唉！要是追尾了，肯定过不去了。""如果继续这样争吵，那肯定过不去，"胡安·卢卡斯观察着追尾的司机，断言道，"正他妈的杠上呢！"鲍比从来不在佩吉——就是那个加拿大女孩——面前说脏话，听到胡安·卢卡斯这个下午当着他妈妈的面说了无数个难听的字眼，他感到很茫然；同样茫然的还有胡里乌斯，他认为这是罪过。然而，那个阳光灿烂的星期天，更加吸引他的是阿乔广场①周围疯狂的景象。可怜的孩子被吓到了，苏姗从太阳镜的后面注意到这一点，以及他同样感到的对可口可乐

---

① 美洲最古老的斗牛场，位于秘鲁首都利马，被列为秘鲁国家历史古迹。

的渴望，她拥抱他，在他的耳边轻轻说："前方阿乔斗牛场，紫色饮料在等待！"两人瞬间成为同谋，一起投入地注视着斗牛场外面的景观：醉醺醺的美国或者法国水手求购入场券，要去看那个科尔多瓦人马诺雷特；一群乌合之众紧跟其后，叫喊着先生，向他们乞讨、兜售或者企图偷他们的钱包；几个大学生模样的年轻人用身体护着家住圣伊西德罗或者米拉弗洛雷斯的女友，谨防某个该死的乔洛人一边抽着气味令人眩晕的雪茄，一边对她们动手动脚，他们手里拿着门票，一边找座位，一边和同系的另一位同学打招呼，他是和另一个漂亮女孩一起来的，是个前卫的女孩，甚至敢迎着太阳坐，没有躲在阴凉处，等我毕业了就可以了，我要挣钱，要买阴凉处的座位，甚至是正对着斗牛场的背阴看台，我将成为一个成功人士。我们都将是成功人士！她可不是一个躲在阴凉处的胆小女人，她是我的妻子，我想带她去哪儿就去哪儿！瞧好了，我可是个人物！和胡安·卢卡斯一样的人陆续到了，他们也跟司机说尽可能停靠在离斗牛场近的地方，然后再去找地方停车。司机们满头大汗，跟卡洛斯一样快速前进，直到警察对他们大喊："停下！那儿就行！靠右！"

有人开始疯狂地吹口哨，将人群驱散开，因为共和国的总统先生到了。他和随行人员坐在超长的黑色小轿车里，阳光将车身照得闪闪发亮，有些围观者索性将脸贴在车窗玻璃上，想要近距离打量总统，都被强光晃得睁不开眼。今天晚上人们将在小酒馆里一醉方休，说不定还会痛哭流涕。秘鲁万岁！该死！一九三六年的奥运会没让我们踢进足球决赛，就因为我们是黑人！洛洛·费尔南德斯①万岁！真他妈棒！还有曼戈拉·维亚努埃瓦②！秘鲁万岁！真他妈棒！总统向他们挥手致意，向呼吸之间将窗户玻璃弄模糊的脸庞，向用汗湿的脏手将加长凯迪拉克黑色车身弄脏

---

① 全名特奥多罗·费尔南德斯·梅伊桑（Teodoro Fernández Meyzán，1913—1996），秘鲁球员，1935—1947年期间任秘鲁国家足球队队长。"洛洛"是球迷对他的昵称。
② 全名卡洛斯·阿莱杭德罗·维亚努埃瓦（Carlos Alejandro Villanueva，1908—1944），秘鲁足球前锋，绰号"曼戈拉"。

的人们微笑；这些人不进斗牛场，只有其中一些偷偷溜进去，他们有时倒卖入场券，寻找一些别人落下的东西，直到在斗牛比赛结束之前总统再次出现，如果没有人将他们推开，他们会向他打招呼，随后争相跑到像胡安·卢卡斯那样的人身边——他们惯常以车取人，先生，我帮您擦的车！先生，是我帮您擦的车！直到最后，直到天色渐黑，斗牛场周围只剩下废纸和烟头，便是喝掉所有犒赏的时候了。

　　一个戴着应景的红帽子的桑博人引领苏姗、胡安·卢卡斯、鲍比和胡里乌斯找到座位，将靠枕放在正对着斗牛场的背阴看台上。当苏姗走下阶梯朝座位走去时，一大堆人向她打招呼。阳光过于强烈，她看不清都是谁，心里想着冰镇的可口可乐。她看起来美丽动人，急于想知道来表演的斗牛士有谁，胡安·卢卡斯抱着极大的耐心向她解释说，承办商是个混蛋，没有将布里塞纽请来，他才是时下最好的斗牛士。随后，他挨个儿向她列举来了哪些斗牛士，提醒她谁是"吉卜赛人"，还说他们在马德里见过他。为了迎合他，苏姗回答说记得，因为他看起来帅极了，事实上，她完全不记得谁是"吉卜赛人"。胡安·卢卡斯指给她看正在等着表演下午的入场仪式的三个斗牛士。他还没有坐下，打量着上方和两侧的座位，向一大堆衣着得体的人打招呼。四处都是美女，鲍比显得十分拘谨，哪天他也要带佩吉一起来，虽然她总说斗牛是犯罪。此时到场的是世界小姐，这位瑞士美女今年看起来格外白皙，所有的花花公子都点燃了雪茄，一个个都自我感觉不能更好。

　　在露天座位上，入场时相机没被抢走的水手们做好整场斗牛都通过镜头观看的准备，他们也要了啤酒，商贩立刻收了他们的钱，说着我这就回来，先生，却绝不可能再将找零送回。小伙子们成群结队地一边讨论着公牛和前几季的赛事以及预测这一季的结果，一边抱怨刚点燃的雪茄没一会儿工夫就熄灭了。人们在看台上互相打着招呼，热闹非凡，很多人像在潘普洛纳一样系着红色的领巾①，感觉自己就是个行家。没有带情人来的男

---

① 在西班牙的潘普洛纳，每年的奔牛节，人们习惯佩戴红色的领巾。

人，成打地喝着啤酒，他们欢乐开怀、畅饮、高呼、歌唱，无拘无束，一边饱含对于斗牛的激情大声咒骂，一边将小靠枕抛出去，特别是在旁边那个女孩注视我的时候。这会儿她也在看着我，就让她看着我举着酒囊畅饮吧，就像在潘普洛纳，海明威……是条汉子！够男人！真他妈有种！

然而，说到对于斗牛的激情，谁也比不上大名鼎鼎的马萨莫拉·金塔纳。这个工程系的学生此时正在友人、熟人以及陌生人的掌声中，沿着阶梯下行走向座位。每当在女士面前行走时，他就像公牛一样充满激情，将双手插入裤子口袋并向两侧拉伸，他的生殖器于是就同斗牛士的一样轮廓分明。此外，他在一个表姐的庄园斗过小母牛，在晚会上，当交响曲响起时，人们都为他腾出场地，召唤他上场；于是，他穿过大厅，不是走向最美的女孩，而是走向最远处的那一个，这样就可以保持双手插在裤子口袋并向两侧拉伸这一姿态走过更长的距离，清晰可辨的生殖器使人确定无疑：他就是闻名秘鲁的马萨莫拉，能够胜任各种场合，开着红黄相间的小汽车，受尽欢迎与嫉妒。他在看台上与所有的人拥抱，高举着胳膊向坐在别处的朋友遥寄问候。他点了杯酒。坐在前排的人都在喝着什么，喝啤酒或者酒囊里的葡萄酒，他们交换着喝，互相敬酒，渐渐有了醉意，当时机到来时，就会充满激情地欢呼喝彩。在台阶高处的人们也喝酒，在这个区域，不同肤色、不同年龄的人一边看着下面的年轻人打闹嬉戏，一边等待着斗牛开始，所有的人都安静下来，停止胡闹。

斗牛开始了，因为共和国的总统入场了，有些人恐怕会说他收到了热烈的掌声，另外一部分人却并不这么认为。共和国卫队的乐队开始了演奏，气氛立刻升温，斗牛士从看台第十一排座位下方的大门出场，首先朝背阴看台方向前进，之后稍稍转向裁判台。人们为在前一赛季中表现出色的名人鼓掌，有人告诉世界小姐斗牛比赛结束时要说的台词，瑞典美女可不要把事情搞砸了；与此同时，斗牛士们杂乱无章地涌向背阴看台，"吉卜赛人"开始在苏姗面前摸木头，下午他将第一个出场；鲍比确定比起斗牛，自己更喜欢女人，他断定对于上床而言，世界小姐过于形销骨瘦，但却是一个外出进餐的绝佳人选；好莱坞的一个资深女演员到达了，是一个精通保养之道的美国女人；一个秘鲁农场主看见自己喂养的公牛时吓得魂不守舍；可怜的苏姗终于喝上了可口可乐，而胡安·卢卡斯点燃了一支雪茄；胡里乌斯对一头刚出场的悲伤黑公牛表现出比对斗牛士更大的兴趣；腰缠万贯、矫揉造作的佩皮塔·罗曼和她的男朋友——一个有名的英国裸模——为了得到万人瞩目而姗姗来迟；一位尊贵的秘鲁斗牛士与他感兴趣于此次赛事的美国女友一同到来；很多人在驱赶挡住通道的卖汽水小贩；一个社会版面的摄影记者想拍一张苏姗的正面照；胡安·卢卡斯问胡里乌斯感觉如何，斗牛可是男人的节目；苏姗满怀疼爱地观察着胡里乌斯，显然他对胡安·卢卡斯很是恼火；一个小工被公牛追赶着，箭一般地冲上场来；"吉卜赛人"已经准备就绪，出来迎战公牛；胡安·卢卡斯在下午的斗牛赛场展示他那被太阳晒得通红，接近后颈处有白发点缀的侧颜，既胸有成竹又若有所思地欣赏着他挚爱的艺术；阿兰莎苏·马蒂科莱娜——胡安·卢卡斯曾经的情人——坐在现任丈夫身旁打量着他，对他依然恋恋不忘；与此同时，胖子路易斯·马丁·罗梅罗叼着雪茄烟，坐在斗牛记者的专属席位上记录下午首位上场的斗牛士的表现，他观察着"吉卜赛人"的一举一动，如此写着明天将会见诸首都一份日报斗牛专栏的报道。

  赛事结束之后，斗牛似乎以一种超脱肤浅的方式在沙场之外继续。至少，对于现在、过去和将来很多时刻的胡安·卢卡斯而言，它的氛围转移到了豪华酒店的咖啡厅，入住酒店的斗牛士经常下驾于此。比如，这个下午，桑蒂亚纳就驾到了，这个安达卢西亚人满脸不快，不停地捶打着胡安·卢卡斯邀请他落座的那张桌子，使里斯特·朗三世的妻子无比紧张，她专门赶来参加十月的博览会。和胡安·卢卡斯一样，朗三世懂得如何将娱乐与生意合而为一，任凭既悲情又有趣的桑蒂亚纳肆意调戏他的妻子美国式的好奇心，同时，又不失时机地邀请他阐释斗牛艺术。这个已经成为克里奥约人的美国佬从美国带来了他在餐饮业和投资领域挣得的美元，几周之后，他将去纽约参加股东会议，在其后的酒会上，他将喝着威士忌，原封不同地说出这番解读。稍后，天色黑将下来，精彩的生活在小酒馆里继续，足以使各色报纸争相泼文撒墨。在利马这座曾经由副王总督掌控，遍布中世纪小村落的城市里，这些小酒馆仿佛镶嵌在现代化大楼里的残存的殖民时期记忆。摄影记者来这儿抓拍前来用餐的斗牛士：斗牛士混在众人之间，散坐在不同的桌旁，听着音乐，有穿着巴黎最时尚服装的女伴作陪。苏姗和胡安·卢卡斯到了，没有带孩子们来，同来的还有里斯特·朗三世和其他朋友；花花公子们也陆续到了，侍者将他们带到餐桌旁，气氛逐渐热烈，大家跳着马里内拉舞①，继而又跳起哈拉纳舞②，热恋中的情侣按捺住内心的欲望看着吉塔诺、桑蒂亚纳和拉萨利略在照片上写下优雅的签名，照片上他们的生殖器看起来比马萨莫拉·金塔纳的更加醒目，此人眼看就要到了。

　　二层的屋顶在星期六终于尘埃落定。时尚设计师信守某晚在喝过几杯雪利酒之后对胡里乌斯许下的承诺，一大早就来接他。近来，时尚设计师一场不落地参加了胡安·卢卡斯举办的所有与十月博览会相关的聚会。他可不傻：大宅里满是大人先生们，说不定哪天就想建造一个新家，和他们聊天是一件赏心悦事，四周弥漫着男人身上特有的雪茄味；同时助兴的还有胡安·卢卡斯为保证他的酒窖具有与其声望相配的水准而囤积的雪利酒或者其他烈酒。食物总是从名牌酒店、克里奥约人的餐馆、中餐馆，或者国际饭店订购；妮尔达觉得自己在厨房里被完全忽略，雨林女人气急败坏，苏姗觉得最好还是回避她几天。相反，她确实可以毫无顾虑地与设计师见面，他已经学会喝酒却不酒后吐真言，现在总是和女朋友一同前来，并且宣布即将举办婚礼。当然，他还是疯狂地爱着苏姗，只是已经接受生活本来的样子，此外，他正赚着一笔不小的数目。更确切地说，现在他最想要的就是他的女朋友——一个缩小版的苏姗——学苏姗的样子，学会她的一切，甚至包括年过三十五岁却依然精致妩媚。"不要说话，仔细看。"在进入大宅前，他似乎在这样对她说着。这个可怜的女人默默不语地出席

---

① 马里内拉舞（marineras），秘鲁的传统舞蹈。
② 哈拉纳舞（jarana），流传于拉丁美洲的民间舞蹈，起源于墨西哥的尤卡坦半岛。

每一次聚会，总是面带微笑，对一切都表示赞许，设计师的未婚妻真的太卑微了。相反，他却和挂在新办公地址前面、写着他名字的广告牌一样成长了很多；他现在确实很时尚，被胡安·卢卡斯的客人团团围住，滔滔不绝地说着建筑学，先生们逐渐失去兴趣，重新聊起斗牛；在说出那句"很美的房子"来夸赞他的设计图后，他们几乎就开始沉默，然而这一句夸奖让他极受鼓舞，他再次高呼"请看图纸！请看图纸！"同时高举双臂、展开平面图欣赏了起来。"这家伙怎么了？"生意人之间交换着眼色；他们逐渐走开，留设计师一人在原地，而他收起平面图和设计图纸，回到未婚妻的身边，将她带去苏姗身边学点功课。

"他们从一大早就一刻不停地干活，"设计师曾跟他说过，"开始搭建屋顶就不能停下，要持续工作；喝啤酒预热身体，同时给自己打气，一旦有了劲头，就不停地爬上爬下，有些人已经有点醉了。"因此，胡里乌斯开开心心地来了，指望看到一些新鲜、有趣和快乐的事。现在，当从设计师的小汽车上下来时，他不禁感到十分茫然：暂不说所有人都会被打入地狱，因为人人都在不停地大声喊着脏话，此外，所有人都赤裸上身，身上和脸上沾满了油漆。他们仿佛曾经互相扭打，彼此撕扯衣服的小丑，如今做了泥瓦匠，在随时都可能摔下来的无护栏的脚手架上爬上爬下，延续着马戏团里的搞笑表演。设计师将胡里乌斯忘在一边，走到一旁同工程师和监工说话，胡里乌斯试图靠近一台钢筋混凝土搅拌机，立刻至少有三个声音同时喊道："当心，小孩！"吓得他远远离开。没有人理睬他，他只好重新站在道旁，远远地观看那罕见的仪式：只见他们肩膀上扛着装满混凝土的铁桶，在两个脚手架之间努力保持平衡；他们先向右行走，直到底层的顶棚，在那儿有一个小平台，带有围栏，以防上行的惯性导致踏空而摔得头破血流；在平台的左边是另一个脚手架，他们一路上行，将桶里的混凝土倒在上面。胡里乌斯一个人呆站了二十来分钟，没有和任何人说话；最后，设计师说要和工程师去看另外一座在建的房子，"你想留在这里吗？"他问道，"我稍后回来接你。"胡里乌斯回答说是，于是建筑师请监工代为照看他。

"啊，这是先生的孩子？……把他交给我吧……现在我们让他劳动，劳动……你叫什么名字？"一看见工程师和设计师走远，他问道。

"胡里乌斯……"

监工笑眯眯地看着他，似乎不太明白那是个什么名字，开始详细解说工人们是如何搭建屋顶的。他指着一箱一箱的啤酒，解释说，他们一边干活一边喝，他们不能停下，但每隔一段时间会轮换吃饭。与此同时，工人们继续奋力爬上脚手架，中途稍作停留，调整一下肩膀上的铁桶，随即开始第二段上行路线。在脚手架中间相遇时，带着空桶下行的人会让路；他们都爱开玩笑，经常互相用胳膊肘捅捅对方，或者互相戳一下屁股，弄得上行的那个人摇摇晃晃。所有这一切都会引发"混蛋！"或者"妈的！"以及其他一些脏话，胡里乌斯逐渐学会，却不认为他们是坏人。他们赤裸上身拼命干活，彼此大声喊着令人难以置信的名字，那是一些他在学校里闻所未闻的外号：称呼一个瘦骨嶙峋的黑人为"爬树鸟"①；称呼一个红头发的人为"蟑螂"；"小白脸"应该可以用来称呼胡里乌斯，可是用来称呼一个工人则是难以理解的；"山里人"；"菜鸟"；"有脊梁的面包"，是一个很胖的人；"圣水"，是一个极其瘦弱的人，上下脚手架时不停地咳嗽。所有的人都上上下下，趁操控搅拌机的人将铁桶重新装满的工夫，跑去喝几大口啤酒，有时也会把他们脏兮兮的头——通常戴着报纸做的尖顶帽——伸进一个装满了脏水的大木桶里。然后，他们回来重新拿起水泥桶，继续攀爬，常常因为过分靠近边缘而失去平衡，胡里乌斯看到他们刚来得及说完一句脏话，便已经重重地摔在地面。突然，"蟑螂"用手指着他，说那个应该是主人的儿子。"看看能不能请他说说好话，给咱们加钱，"他补充道，"光有啤酒可不够。"胡里乌斯站在路旁，听到类似这样的一些话。他们时不时看向他，随即相视而笑，好像那不过是一个玩笑，归根结底，就凭这个倒霉的小鼻涕虫，怎么可能给他们多付点儿钱？"他们要求增加工钱。"监工说，胡里乌斯看着他，要求他继续解释。

---

① 美洲地区的一种攀禽。

"今天他们一刻不能停,因此想要加钱……你的爸爸派人送来啤酒,但是忘了钱的事。"

胡里乌斯哑口无言。他记得胡安·卢卡斯一直抱怨新家的建造花销巨大。"设计师和工程师正在靠我发财,"他有一次这样说,"不知道请他们喝了多少威士忌了!装出一副孬种的样子,收钱的时候可是一副好把式。"胡安·卢卡斯精通克里奥约人的俚语,时不时会蹦出一个。

"您好,夫人。"工头说,胡里乌斯回头看见一个女人正走来。她来给"有脊梁的面包"送午饭,一会儿之后,另一些女人也来了,都带着类似的包裹。泥瓦匠们开始轮流吃午饭。他们下了脚手架,来到各自的妻子身旁,于是出现了一些半满的破旧搪瓷器皿,装着油腻的食物,有面条和肉,但主要是土豆。从更小的包裹里取出勺子和面包。泥瓦匠们默默地接过食物,随即围成一个圈,将勺子插进食物里,舀出油腻腻的一大口,迅速放入口中。他们将脸凑到盘子上面,而不是像胡里乌斯从小学的那样,将勺子举起放入口中。他们用发黄的牙齿撕扯面包,咬下一大块,一边咀嚼,一边有说有笑,同时向那些还未停工,继续扛着铁桶奋力向屋顶上行的人大喊大叫。就在这时,他们一边咀嚼食物,一边开始和他说话,而胡里乌斯既拘谨,又十分渴望成为所有人的好朋友——那种可以跟他们说不能这样咀嚼食物的朋友,他开始回答他们的问题。

"小外国佬,你有姐姐吗?……她一定是个漂亮的小妞吧?""蟑螂"问道。

"我以前有一个姐姐,她死了。"

"蟑螂"将空勺塞到嘴里,连着一半勺柄也一起塞进去,随后又取出,低着头来回舔。胡里乌斯向围坐成一圈的泥瓦匠走过去,所有的人都很安静。他们浑身都是油漆和污渍,吃饭的双手满是水泥,连指甲里都是。女人们取来更多的啤酒;当他们将饭碗底部的食物刮擦干净之后,她们便拿到旁边的一个水龙头下清洗。

"没有兄弟吗?""菜鸟"问道。

"有两个哥哥,一个在美国。"

"'菜鸟'是个变态，就爱打听男人的事。"

"你喜欢喝啤酒吗？"

"他当然喜欢！给他！"

"要学着点，老兄！靠！"

"给这个小白人拿点啤酒，老兄！"

"你会喝啤酒吗？"

"我……"

"他怎么不会！拿给他！"

"蟑螂"用脏兮兮的手心擦了擦啤酒瓶口，把它递给胡里乌斯，监工叫他不要理会，"他们喝高了。"他补充道。

"鸡巴监工！让他学学！"

"你只能喝一点儿。"监工嘱咐他，随即又补了一句，"各位可以回去了，其他人该吃饭了。"

胡里乌斯双手捧着酒瓶，将瓶嘴对着嘴边，感到十分恶心，苦涩的液体顺着他的脖子往下流，他勉强吞下两三口。他朝他们微笑，相信现在已经成为那里所有人的朋友。"蟑螂"骂着"鸡巴"，问他是否喜欢；胡里乌斯回答说喜欢，紧接着又喝了一口，啤酒再次沿着脖子流下来，众人大笑不止。他擦了一下瓶口，将它递给刚刚走过来的"小白脸"。人群哄堂大笑，小鼻涕虫的表现无可指摘，甚至可以说，够男人！但这还有待证实，"爬树鸟"拿来那个巨大的水泥阴茎，甚至带有两个球状突起。他递给胡里乌斯，它重极了，他们问他要如何处置一个硕大如此的无骨物。

"够了！"监工说，一把从胡里乌斯手中拿走那个巨型阴茎。

"说说您要把它放哪儿？""爬树鸟"大喊道。

传来了一阵哄堂大笑，混杂着一大堆胡里乌斯似懂非懂的新鲜词语。他也笑了，而且笑得很使劲，想让他们认为他听懂了整个对话，而且因为他已经是所有人的朋友，即便教区神父看见他们……教区神父会怎样做呢？另一些女人带着新的包裹来了，可能装着更糟糕的食物，之前来的那些女人陆续走了，没有和她们的男人告别。已经吃过午饭的人开始懒怠，监工说搅拌机已经满了，是时候再次开工了，但是没有人理会他。

"狗屎的屋顶！"一个没有固定绰号的人说。

"给胡里奥一只桶，让他也运一点儿。""圣水"说着就开始咳嗽。

"狗屎的瘦子！不要咳到我的饭里！"

"把他抓起来！真该把他关进笼子里！"

"圣水"对此已经习以为常，他紧挨着坐着吃饭的一圈人站着，就像没事人一样继续咳。当那一阵咳过去时，他吐出一口浓痰，正粘在房子正面的墙上。他拿起桶，递给胡里乌斯。

"行了！行了！玩笑开够了！"监工命令道，他有一定的权威，常常和工程师们甚至设计师们谈条件。

"操你妈的工头！"

"让他学着点儿！"

"小白脸"脸色极其苍白，特别不像工人，更别说 U 联盟的铁杆球迷。此时，他也加入进来，将午饭放在了一块石头上，拿起"圣水"的桶，并叫他跟着来。"小白脸"把胡里乌斯带到搅拌机旁，机器发出轰响，所有人大声叫嚷，大声骂着娘，大声证实自己喝醉了。"小白脸"说，他只装一丁点，拎起来不会太重："你看看提不提得动。"他将桶里的水泥倒出一点，将它放在一边，又拿起另一只桶，装得满满当当，这是给他自己的。他将自己的这只桶放在地上，提起给胡里乌斯的那一只，帮他在肩膀上放好，问他能不能扛住。可以，胡里乌斯回答道。桶几乎是空的，他怕得要死，却很开心，"小白脸"将那一只满得快要溢出来的桶架到自己的肩膀上，带着他向脚手架走去。他让胡里乌斯先过，叫他不要害怕，他就在身后，以防他万一失去平衡。正在吃饭的人都站起来。"圣水"开始咳嗽，有人呵斥道："闭嘴，狗屎！"脚手架上的人也停下来。"地上的水罐我拿不动，妈妈。"①有人开始歌唱，但是众人叫他闭嘴，让他去见鬼。起初，胡里乌斯想哭，想说我不去，但是没说出来，或者不想说了；现在，面对

---

① 秘鲁歌曲《水罐》(*La múcura*) 中的一句。

随时要摔下脚手架的恐惧,他只听见"小白脸"阳刚的声音在给他打气,说他就在后边,叫他不要害怕。"加油,胡里奥!加油,胡里奥!"他不停地大声说。胡里乌斯感到铁桶的提手将他的肩膀勒得越来越疼,必须让它掉下去,他要一下扑在小平台的扶栏上。"这是第一段,""小白脸"呼了一口气,"你想休息一会儿吗?我帮你把桶取下来?"他确实想休息,很想放弃,却不知道为什么说了声不,下边传来哈哈大笑,和着表示赞许的真他妈的酷,甚至还有掌声混在搅拌机的嘈杂声里,几乎听不见。"带他下来!"监工喊道,"工程师就要来了!"但是,"小白脸"已经说了:"继续往上走吧,胡里奥!"胡里乌斯听不见任何从下面传来的声音,他的整个世界都浓缩到那一小段陡峭而且打滑的脚手架上,他努力行走在上面,渴望着护栏,他突然朝下看去,差点没摔到地上。然而,他没有摔落,他听见"小白脸"的呼吸声,立刻有了继续上行的力量,他就快到达第二段的中间,他的身体或者他整个人已经确定,有"小白脸"在后边,摔下去是不可能的。他继续奋力前进,就像泥瓦匠们一连几个小时做的那样,他认为既然自己也喝了啤酒,就也能站在那上面,成为所有人的知己。他将桶倾倒一空,遗憾的是,并没有太大用处,因为只填了不过几厘米。他回过头去想说自己胜利了,他看见"蟑螂""圣水""菜鸟"以及其他人都在下边握着两腿之间的部位,胡乱扭动着身躯:所有人都笑岔气了。"下来喝瓶啤酒!"他们朝他大声喊道。胡里乌斯看了看他上来的路,又看了看要下去的路,再次感觉到恐惧。他觉得下去更危险,深渊正吸引着他,他本想迈一小步,结果却走了一大步,眼看就到边缘。"胡里奥是冠军!""小白脸"喊道,举起两只空桶抛向空中,以示胜利。"把他扛下去吧!"他又说了一句,没有问胡里乌斯,一下将他腾空举起架在肩膀上,喊着"抱住我的头!"就开始往下走。胡里乌斯连脚手架也看不见,他感觉在飞,差点儿没说"请慢一点儿!",那又何必呢,他哈哈大笑,况且,他绝不会摔落。

下边的人都聚在一起。胡里乌斯骑在"小白脸"的肩膀上回到了人群里,他已经喝过啤酒,此时已无顾忌;他主动要来酒瓶,立刻喝了一口,泥瓦匠们看了十分开心。几箱啤酒快空了。到你了!别找打!见鬼!赶紧！监工命令他们重新开工，只有两三个人听指挥，加入那些还没吃午饭的人之列，其他人想继续和胡里乌斯交谈，或者听他讲话打发时间。为了奖励他将水泥桶扛上脚手架，他们教他说了一大堆脏话。现在，他们已经不把他当小娘们看待，甚至当着他的面说起了自己的事情。

"就凭今天的工作，你的爸爸就该付给我们一笔奖金。""小白脸"说。
"工程师看见我们累得吃屎，说是个鸡巴事儿……"
"这个你爸爸说了算……他有钱。"
"啤酒总是有，但是不给钞票……"
"可是，我爸爸说房子很贵……他说花了天价……"
"装逼……"
"真的……他跟我妈妈这样说的。"
"你爸爸有很多钱……他是个富翁。"
"只是多给几张钞票而已，他应该不会介意吧。"
"他来看房子，从不搭理我们。"
"不如跟他说说，给我们加点儿钱？"
"……"
"难道他没有钱吗？"
"他说造一个房子要花很多钱吗？"
"那干吗要造新房子？在萨拉维利大街不是有一座豪宅吗？"
"……"


"工程师来了！"
看见工程师和设计师下了小轿车，他们都飞奔着去找各自的桶。搅拌机里已经装满了混凝土，像是在等待着他们，泥瓦匠们的危险队列重新开始。因为胡里乌斯，原本短暂的休息延长了一点，他们似乎失去了节奏，个个都摇摇晃晃，特别是在上行的前半部分。"走吧，胡里乌斯。"设计师说。只见他走上前，同工程师和监工握手，还大声说着再见，同工人们告别。

小汽车已经开动了，胡里乌斯透过车窗最后一次看见浑身沾满污渍的泥瓦匠们，在通向新家屋顶的危险的脚手架上爬上爬下。确实，他们看起来仍然很像廉价马戏表演里疯狂的小丑，说着污言秽语，仅仅是为了逗乐观众。他们撕扯彼此的衣服，扭打在一起，还坐在楼房前面喝酒；也许是因为喝醉了，或者因为他们是疯子，所以他们从来找不到进入楼房的大门，却从不放弃；因此，现在他们继续像蚂蚁一样上上下下，扛着水泥桶填补一个巨大的窟窿，以免冬天下雨时屋顶会漏，而最终，当一切都准备就绪时，却由别人来找到那一扇该死的门。胡里乌斯问的几个问题，时尚设计师觉得从苏姗的儿子口中听到着实荒谬。"当然，只有小孩才会这样。"他心想。他的回答也未能说服胡里乌斯。提问是因为想知道答案；他不知道答案是什么，但不管怎样，设计师给出的不是他在找寻的答案：他的回答与胡安·卢卡斯的过于相似……"不如跟他说说，给我们加点儿钱？"

就这样，他焦急地等待父母从高尔夫俱乐部回来。他希望这个晚上在家里举行聚会，而不是在其他地方，这样，他们就能留在家里，他就可以对他们如实相告。那一天，他根本无心完成学校里嬷嬷布置的家庭作业。当听见苏姗到家的声音，听见她说要在家里吃饭，而且要早点儿时，他欣喜若狂，他听见她说他们很累，明天还要去看斗牛。就这样，他微笑着亲吻了她，然后跑去告诉妮尔达，叫她赶紧做饭。就这样，他再次向苏姗讲述——那已经是那天下午的第三次——泥瓦匠和水泥桶的冒险，以及他和"小白脸"的冒险，她批评他淘气，但是她觉得他还是以前那个胡里乌斯。就这样，雨林女人帮他整理思路，告诉他应该先说什么，后说什么，以及何时提出为工人增加工钱的事。就这样，他焦急地等待卡洛斯——他也是半个共犯——赶快将巨大的银汤盆端来，里面盛着胡安·卢卡斯在十月份博览会的几个星期里爱喝的蔬菜汤。就这样，他终于开始讲述妮尔达正躲在厨房的门后急切地想要聆听的故事。

苏姗，美丽动人，睁大眼睛向他微笑，满心疼爱地看着唯一还在她身边的孩子。胡安·卢卡斯不时打断他，抱怨雨林女人永远掌握不了安达卢西亚蔬菜汤的精髓，眼前的这一盘更像一道粗制滥造的番茄汤！苏姗，美丽动人,知道大多数时候胡里乌斯的故事只会让胡安很恼火,试图让他不要继续刚刚开始的故事,她叫他快点喝汤,就要凉了,亲爱的。胡安·卢卡斯放声大笑,只有他才会这样打趣苏姗的插科打诨。"老婆,"他说,"汤在乘凉,当然是凉的。"他比以往任何时候都更加爱她,她将双肘优雅地撑在桌子上,下巴埋在掌心里,美丽的眼睛漫不经心地看向别处,流转之间又努力回到现实,将蔬菜汤定义为胡安·卢卡斯在十月份爱喝的一种冷汤;一缕秀发滑落下来,遮住了她的脸。看着她将发束夹在指间重新放回脑后,胡里乌斯松了一口气,一下子便将故事的另一半一股脑儿倒出来。他看着苏姗,却在说给胡安·卢卡斯听:知道今天泥瓦匠们像骡马一样劳作吗?他们要求加工钱,听见了吗?他们都是好人,让我度过了难忘的一天,这些你都知道吗?你为什么不看着我?为什么不放下你的汤勺,看着我,哪怕就一会儿?你为什么吃得越来越快,一副懒得听我说的样子?为什么不像妈咪那样注视我一会儿?当然,妈咪虽然看着我,却心不在焉。你知道"小白脸"教我扛水泥桶吗?他帮助了我,有他在,我才没有摔倒,你知道吗?你什么时候会生我的气?……会给我起个我不喜欢的名字吗?……总有某个新名字……只要你愿意……总能想出个新词语。为什么你擦了擦嘴巴,却依然不看我?为什么叫丹尼尔快上第二道菜,快把红酒拿来?听着,他们要求加钱,加银子。如果我可以……让我说完……你从不让我把话说完……

"也就是说,这个小年轻人认为他可以从脚手架爬上屋顶?你听见了吗,苏姗?"

"亲爱的,你会摔死的……"

"而且,这个小年轻人是'小白脸'的朋友,代他给我传话……"

"叔叔,可是……"

"听好!我不知道谁是你的'小白脸'兄弟,也不想知道!"

"是工地上的一个人,"苏姗说,一副知情的样子,"你差点摔死,都是这个男人的错,亲爱的!"

"我可以的……爬上去很容易……"

"摔死也很容易！……不要再提你的那些小工了！……也不许再去工地！……告诉设计师这是最后一次！对这个小青年一刻也不能掉以轻心，他为所欲为！……你是不是想再要一个奶妈！"

"叔叔，他们只是想要……"

"你最好马上闭嘴！"鲍比突然插话。

"听好了，年轻人：我付钱给设计师、工程师，以及一群游手好闲的人来管这个事！有他们就已经够受了！不需要你来教我怎么做！现在，马上吃完饭去睡觉！……还是，你想让我立刻让'小白脸'和他的同伙滚蛋！"

"亲爱的，我觉得'小白脸'可能是个危险人物……"

时尚设计师许诺秋天之前一切就绪。苏姗忙于查阅家居和园艺杂志，尤其是有关室内装修的。宫殿里的每张桌子上都放着《西班牙家具》《房子和花园》《十八世纪法国家具》《园艺》以及很多其他杂志，每天，她在等胡安·卢卡斯一起喝开胃酒时都会翻阅。每天，他们都有新的想法；事实上，想法太多了，他们已经不去征求设计师的意见，不是因为这些想法不实用——胡安·卢卡斯的想法已经发生了一些改变，更加成熟，而是因为不可能在同一个房子里同时放入七个浴室，或者二十七个吧台，而且风格迥异。他们什么也没跟设计师说，两人相互拥抱着，喝着金汤尼，一起建造了几十个房子，在每个房子里，放入两三个由他设计的吧台，四五个她想象中的露天小平台。那些日子很美好；十月的斗牛博览会已经结束了，阳光依然灿烂。

一天下午，胡安·卢卡斯回来时很开心，他将大宅卖了个理想的价钱，包括里面所有的家具在内。他情绪高昂；没有什么比彻底解决一样东西，然后从零开始另一样，更能让他高兴了。这令他感觉仿佛得到重生，他对于换衣服、品尝新型的开胃酒以及去一家刚刚落成的饭店就餐感到一种不可遏制的渴望，这种渴望在夏季更加强烈。相反，苏姗讨厌别人强迫她丢掉已有的家具，她本想留下几件带去新家。比如说，这件家具，还有那件,都是不可替换的。"不可替换?"胡安·卢卡斯一边惊呼,一边拿起一本崭新的杂志,里面全是家具,"拿一些冰过来!我这就给你看看,那些旧破烂是不是不可替换的!"见他如此暴躁,苏姗亲自跑去拿来冰块,她知道那一切不过就是玩笑,玩笑而已,看谁对谁的嘲讽更多一些;不过是充满爱与讽刺的辩论赛,一句犀利的话,或者一个精确的比喻,就可以毁掉对方选择的家具;既没有胜者也没有输者的较量,很快,他们就又拿起酒杯再次坐下,彼此说着亲热的话语干杯,再次互相拥抱着打开杂志。

那些天,一切都让人感到心旷神怡,你渴望着奔向海边,却秘而不宣,大海就在前方召唤。利马的春天依旧晴空万里,每天早晨太阳似乎都含笑出现。有一天,苏姗情绪振奋地走出房间,到达楼梯跟前时,一个幻觉使她止住了脚步,她仿佛看到自己正要出门去伦敦的一个公共花园晒太阳,那是十九年前,她还是单身,那些日子,天气突然转好;十九年之后,她已为人妻,此刻正要去自己的私家花园晒太阳……"我美丽的太太腿麻了吗?"胡安·卢卡斯撞见她,将她拦腰搂住,扶着她走下台阶。在那些天,一切都让人感到心旷神怡。

"我要赶去办公室……如果继续这么热,给我打电话,我们去海边,要是你想的话。"

在宫殿的树木与爬蔓植物之间散步时,苏姗的穿戴与时尚杂志相差很远。她的衣服与花园里盛开的花儿不太相配,当然,也并不失和谐,她是花朵的最佳陪伴。如果你假扮教书先生或者老姨娘,问那些花朵:告诉我,你与谁为伴,我将说出你是谁,那时你会发现,所有的花儿一定都看向苏姗。相反,就连凋谢的康乃馨也不会在意塞尔索,他紧跟在她身后,等着她将托雷多①小剪刀递给他,那一朵玫瑰插在钢琴上面的花瓶里再合适不过了。苏姗并不仅仅是在树木与爬蔓植物之间惬意地漫步,她还要考虑钢琴上面的花瓶。一旦看上一朵花,就指给塞尔索看,却并不触碰,以防有蜜蜂,她将剪刀交给他将花剪下。他剪下花,将剪刀重新还给她,两

---

① 西班牙城市,位于马德里近旁,所产金属制品和工艺品享有盛名。

人一前一后，走向另一株植物。她选中一朵完美的康乃馨，再次将小剪刀递给他，就这样，钢琴上的花瓶在她的脑海中渐渐插满了鲜花，两人一起走向庭院的水池。苏姗监督塞尔索清洗花朵，告诉这位管家-出纳哪些叶子多余，比如，她常说："这一片可以去掉。"同时将剪刀递给他，她总是留意将剪刀收回，下次剪花时还要再用。

"太美了！"苏姗一边感叹，一边欣赏着插满了茉莉、玫瑰或者康乃馨的花瓶；"好了！"她紧接着说道，同时寻找塞尔索赞许的目光，而他倒是更想用灯笼果花装点钢琴房。上午十一点钟，苏姗在一张有靠背的东方沙发上坐下，等待丹尼尔送来一杯冒着热气的咖啡，她抿上两三小口，以消除十一点钟的乏力感，共和国的一个政客这样说过，她某个早上在巴黎偶然读到的。她坐在沙发上翻阅有关别墅和家具的杂志，打发胡安·卢卡斯在办公室、高尔夫球场或者和路易斯·马丁·罗梅罗约好见面的某个咖啡厅度过的时光。每当他到来时，她总有一些新的想法已成形；她总是等到他手里拿着开胃酒，在她身边坐下之后才会告诉他。那时，她会向他和盘托出。一种神秘主义的建筑学讨论由此开始，两人观察着想象中的露天吧台，或者可能存在于某处的花园，花园里鲜花常年盛开，如同他放在她大腿上的双手里拿着的杂志上画的那样；吧台上和花园里是微笑着的幸福的人们，像苏姗一样有一头金色的秀发，或者像胡安·卢卡斯一样穿着真丝衬衫，刚打完高尔夫归来。他们一连几个小时从朝向花园的落地长窗向外观望，欣赏着仿佛来自安达卢西亚的一个农庄里的露天平台和餐厅，仿佛米高梅公司专门为一部电影，一个有关爱情、奢华、蚂蚁和格蕾丝·凯利①的，发生在巴西热带雨林的剧情片建造的卧室，或者所有的侍者都佩戴着绶带的酒吧，就像是在希区柯克似来拍摄比前一部更加惊悚的影片的跨洋渡轮上。一走进这样的一间酒吧，就看见路易斯·马丁·罗梅罗在配制鸡尾酒，讲着一些令人瞠目结舌的奇闻异事，胡安·卢卡斯向苏姗转

---

① 格蕾丝·凯利（Grace Kelly，1929—1982），美国影视演员，1955 年，凭借在《乡下姑娘》中的表演获得第 27 届奥斯卡最佳女主角奖。1956 年，格蕾丝·凯利与雷尼尔三世结婚，成为摩纳哥王妃。

述，她笑得要死，与此同时，他往酒杯里加冰块，一边回忆胖子刚刚给他讲的那个"酷毙"了的笑话，我回来时顺路送他到寓所。这个可怜人满头大汗，他在库奈奥酒吧生生吞下了太多辣椒。说到出汗，他们又想到外观一点也不像浴缸的浴缸，表面的细砖使水看起来有天空的颜色，你会觉得像是进了游泳池，亲爱的。突然，在一本杂志的第一百二十三页，他们看见一辆完美无缺的马车，于是，胡安·卢卡斯决定修复马车。他在一个庄园里有个熟人，就在通往奇斯卡的路上，可以请他负责修复，明天就打电话，不是现在；现在，他要去高尔夫俱乐部吃午饭，还要在那儿的游泳池里好好泡一泡。

妮尔达嚷道，这里也有游泳池！她气得直抱怨，她已经准备好午餐，而这种情况最近发生太多次了，不能这样！她向苏姗亮出了她所有的坏牙。雨林女人大喊道：付钱给她可不是让她做无用功的！在秘鲁有多少人正在饿死，而在这个家里，人们整天把食物倒进垃圾堆！苏姗惊恐万状，建议将所有剩余的食物送到跑马场，她回头看向丹尼尔，乔洛人已经转身去食品间了。他这样的举动完全是出于对妮尔达的体谅，先生和夫人外出就餐对他而言是合适的：在餐桌上少伺候两个人。事实是，苏姗飞快地跑去告诉胡安·卢卡斯，厨娘情绪异常激动："她以前从不这样，亲爱的，可能孩子病了，晚上不让她睡觉，她似乎因为缺少睡眠而精神失常……"胡安·卢卡斯打了个让她闭嘴的手势，义正词严地说，解决那个女人的时候到了，他来负责此事，雨林女人们经常服用毒品，大脑不正常。一番话说得苏姗十分焦虑，尤其是为胡里乌斯，他已经给她讲了好几个令人毛骨悚然的故事，都是妮尔达从那些乱七八糟的报纸里找来读给他的；她没跟胡安·卢卡斯说，但出发去高尔夫俱乐部时，她确实忧心忡忡。

这个学年的最后几周，胡里乌斯特别勤奋地复习功课，为颁奖典礼反复准备肖邦前奏曲。可怜的孩子终日心神不宁，他可能会是班里的第一名，而那是耍手段者、阿谀奉承者以及小娘娘腔的作为。此外，朗赫——那个有心机的半个德国人——会恨他一辈子，如果他抢走了第一的位置。

也许是因为这个原因，最近几天，他花更多的时间在钢琴上。动辄紧张、将香水味洒满琴键的"雀斑"嬷嬷对他十分满意，看到他想多练习几遍，她便常常心照不宣地延迟下课。不好的消息是，这一年，胡安·卢卡斯依旧不能来参加颁奖仪式，苏姗请求他一同去，他咳了三下，理了理领带结，断然地说那种场合他可不去。此外，刚好有几个国家的高尔夫球手来参加一个国际锦标赛，他要接待，还要训练，因为他也要参赛。请不要来烦他，再不要有什么第一次领圣餐礼！

苏姗确实来参加颁奖典礼了，只是不知道该说些什么；当得知胡里乌斯是班里的第一名，她甚至不知道应该摆出怎样的表情。人们时不时叫到他的名字并给他再挂一枚奖章，他的白色校服上已经挂满了奖章。他每领取一枚，修女们就摸摸他的头。苏姗想，那个一直怨恨地看着她的女人可能是朗赫的妈妈，此刻，她倒是希望苏珊娜在身边陪她度过如此艰难的时刻；然而，就她一个人，所有人都知道她是胡里乌斯的妈妈，都微笑地打量她，期待看见一个自豪的母亲。当然也不乏有人认为，甚至小声评论，她不配做胡里乌斯的妈妈，说她肤浅，结了两次婚，第二次是和一个甚至可能在欺骗她的堂胡安。然而，事实上，那里的很多女人都希望自己是胡安·卢卡斯的妻子；苏姗环顾四周，看见小小的颁奖典礼上到处都是盛装打扮的妈妈们和无奈地忍受着十二月的炎热天气的爸爸们；胡安·卢卡斯没在她的身边，这让她感到释然：她绝不会爱一个知道颁奖典礼的确切日期并且在午休或者在高尔夫球场喝催眠白兰地的时间，来听一个小孩演奏肖邦前奏曲的男人；一个知道谁是"胡萝卜"嬷嬷并因为她的汗毛扎疼了他的儿子而担心的男人，不是一个男人。苏姗就这样胡思乱想着，她，美丽动人，会说英语，谁也比不上她；她正想着类似的事情，胡里乌斯趁着没给他发奖章的空当，指给她看一个小男孩，他没有妈妈，和奶奶住在一个很脏的房子里，她想那个应该是他多次说起的卡诺。"你算是得救了，胡安·卢卡斯。"她想着，每当胡里乌斯指给她看某个朋友或者敌人，她都点点头表示知道了。她不知道什么时候才能重新回到大宅喝冰镇的可口可乐，这是她摆脱仿佛噩梦一般的没有午休，或者没有在高尔夫俱乐部的游泳池边慵懒谈话的午后的唯一途径。终于，教钢琴的修女站在台上，招呼学生们上去。她亲自把他们带到钢琴前，带着真挚的感情观看他们精彩的演奏，苏姗认为这糟透了。"圣洁心灵"的天才儿童们列着队，挨个上台，挨个犯错；当演奏到一半卡住，看着咬着念珠、紧张得要死的玛丽·埃格内斯嬷嬷时，又挨个收到救场的掌声。胡里乌斯走上前去演奏，钢琴嬷嬷伸出一只胳膊将他拦住，使他转身面向观众一小会儿，她要让所有的人看到，他不仅获了奖，而且是钢琴家。之后，她送他到钢琴前，示意他开始。然而胡里乌斯一动不动：他定定地看着她，仿佛在说少了什么，无法演奏。修女似乎在催促："快，快！"他开始演奏，一经证实不是他熟悉的钢琴，立刻停下手指。他惊恐地看向修女：少了香味，他不知所措，身后的人们开始窃窃私语；没有香味，不是那架钢琴，她也没坐在身边，这样，他无法演奏。他记得书上的乐曲，可是，其他的一切都抹去了：他开始弹奏，开始出错，很遗憾……没关系。苏姗并不难过。那是一种情感浪费。

两周之后，他们开始搬离大宅，在新家准备就绪之前，他们暂住乡村俱乐部[①]。胡安·卢卡斯告诉苏姗酒店的优势：什么都不用操心，有几十个侍者听任吩咐，家务劳动也可以暂时告一段落。这样，她就可以全力以赴，去选择和购买尚缺的家具（主要产自欧洲），以及在秋天搬进新家时所必不可少的物什。他们四个人将搬到酒店暂住。仆人当中只有卡洛斯一起去，因为需要司机。其他人放几个月的假，至于那个雨林女人，可以从此消失了。当胡安·卢卡斯说起关于妮尔达去留的决定时，苏姗差点晕倒，认为那是不可能实现的。很长时间以来，她已经成为厨房的一部分，手里总是拿着切肉的刀，似乎对它爱不释手。苏姗甚至开始伤心起来。她想起大索伊也是厨娘，没有工作，正在跑马场忍饥挨饿，然而胡安·卢卡斯没打算听她说。她还想起，在一个无聊至极的会议上，教区神父曾经说

---

[①] 乡村俱乐部（Country Club），豪华租赁式寓所，设在城市近郊，配有大面积的户外活动场地，用于高尔夫球、网球等运动。

过一番关于仆人的话，他们也是人，应该像人一样对待他们。这一切她都惦记着，可是胡安·卢卡斯正忙于高尔夫球赛，身边全是与 Miss 某某结婚的阿根廷人，以及曾经在加尔各答和伦敦打过比赛的美国人……此外，他许诺会亲自处理这件事。

一天下午，妮尔达痛哭流涕，她拥抱家里的乔洛人，对他们以您相称，谈起穷人在世界上的所作所为，她很有尊严地声称在新家不用烹饪，每天都有食物从玻利瓦尔酒店送来，因此，夫人您懂的，她必须得走了，夫人您会知道她要去哪儿的，她不会缺钱，会带着一个三岁的孩子找工作，夫人会给她一些地址，孩子会习惯陌生人，这完全不是问题，她的孩子会不受人待见，夫人，关键是要讨人欢喜，而且，不能让人知道孩子身体不好，我跟您说过，她不会缺钱，也不会缺羞辱，因为她会回来看他们，任何时候都行，好女人，在这个家她有朋友，这还用说吗？毕竟这么多年……朋友们也假装相信在新家从此不用烹饪，他们跟她一样难过，拥抱她，给她出谋划策，提出要帮她叫出租车，把行李搬到街上。有人去叫胡里乌斯，让他也来和妮尔达告别。

在路旁，他们站在太阳底下，正对着大宅，妮尔达已经不哭了，却开始不停地打嗝。胡里乌斯也加入他们的谈话中。仆人们彼此以您相称，谈论着奇怪的事情，康丁弗拉斯①与洛佩·德维加被莫名其妙地联系在一起，他们粗俗地模仿着先生与夫人的举止，正儿八经的样子看起来十分可笑，说出来的哲学论调也很荒谬，假装的客套礼仪漏洞百出；他们打心眼里希望自己不只是桌旁的侍者或者大宅里打杂的人，这样的心情却是极其真诚的。妮尔达就要走了，仅此而已，顶着酷暑，打着嗝，阳光把她的金牙照得闪闪发光。胡里乌斯知道她有龋齿；她的儿子长相丑陋，总是呱呱啼哭；知道她满腹牢骚，因为这里已经看不上她做的食物；她爱读报纸上耸人听闻的消息，身旁放着切肉的刀，她的裸体琼乔人的故事已经全部讲

---

① 墨西哥喜剧电影演员马里奥·莫雷洛（Mario Moreno, 1911—1993），以康丁弗拉斯（Cantinflas）为人所知。被认为是墨西哥的查理·卓别林。

完了,她时常将犯罪版面的故事搬到在坦波帕塔度过的童年,说那都是她自己的经历;她知道穷人的权利;她有一个可以任由她打骂的男人;在大宅里,厨房中,她并不像此刻站在路旁时一样端庄,也没有如此明显的罗圈腿,看起来如此丑陋和卑微。她在等"的十",想着最后打开车门时要说的话,坐着"的十"离开让她觉得很体面,她将这件事与穷人的权利相关联。只有她会这样,但她同样要离开。她强装镇定,不像一段时间之前的维尔玛——那时的维尔玛痛哭流涕,却依旧美丽,然而,她的妆容和维尔玛带着的丑陋且花花绿绿的铁皮箱倒是有着异曲同工之妙:出发之前,她将口红厚厚地涂在嘴唇上,剩下的一点儿画了腮红,她打着嗝,露出上排的金牙。她吻了吻胡里乌斯,他闻到浓妆艳抹的乔洛女人的气味,听到她痛苦的打嗝声。仆人们是爱你的,她是其中之一。

# 第三章

乡村俱乐部

# 第三章

I

"那是我生命中最漫长的夏季。"如果被人问及在乡村俱乐部度过的那几个月,胡里乌斯一定会这样说。也是最悲伤的夏季。妮尔达不在了,永远都不会回来了。塞尔索和丹尼尔也不在,关于他们在某个偏僻地段的新家,说起来十分复杂:如果你不建设,就会有人来侵占你的地盘,跟胡安·卢卡斯不一样,他就算不造房子,仍然有利润可赚。阿尔敏达不在,她一周来一次,看起来既苍老又丑陋,介于圣女和巫婆之间,她带着为先生洗熨好的衬衫,从巴士站一路走到乡村俱乐部,经过一排排四周有宽敞的花园环绕的白房子,她看不见那些房子,从房子里也看不见她,上帝知道她走哪条路来;她就是那个出没于圣伊西德罗的黑衣女人,总是一身黑色,因为那更像她的生活,或者因为她的女儿再没回来过;她一副哭丧妇的面容,乌黑的长发总是湿漉漉的,汗水沿着脸庞两侧往下流淌,好几个街区之外都清晰可辨,卡洛斯一看见,就心里想着堂娜①到了,他总这样称呼她。阿尔敏达就这样和一个家庭一起变老了,她从不多问,多年来一直保持沉默;她爱这个家里所有的人,熨烫衣服,或者坐在厨房的长凳上默默地凝望,是她表达爱的方式;有时能见到先生,从不对夫人评头品足,孩子就是孩子,胡里乌斯是最好的一个;有一天她会死去,上帝慈爱无边,会保佑她。卡洛斯看见她到了,从远处就已认出;他总在酒店的门口,穿着一尘不染的夏季制服,甚至戴着帽子,坐在奔驰车的驾驶座上,旁边就是捷豹,他早晨已经清洗过,他如饥似渴地看报,一边等待优雅的、在他眼中堪称完美的夫人,说出一条并不存在的或者同时存在于巴里奥斯·阿尔多斯、马格达莱纳和圣伊西德罗②的街道。卡洛斯重新熄灭刚刚启动的发动机,请夫人展示写着地址的纸条,当然,上面没有说是在哪个街区,他嘲讽地看了一眼,将纸条还给她,他的眼睛在说他在微笑,而他的小胡子——两小撇几乎没有动的胡子——在说他觉得很可笑。苏姗,美丽而动人,将窗户打开了三厘米,她觉得热得憋闷,又担心头发会被风吹乱。她重新拿起纸条,羞愧难当,却芬芳四溢。此时,有那么一刻,她的嗓音、她的眼神,以及她的如同每天必有的节目一样即将散落的发束,都在告诉卡洛斯,既然家财万贯、在他眼中堪称完美的夫人说要去,那他就必须找到那条陌生的街道,而且越快越好。所有的信息卡洛斯都已捕捉到,他是家中的司机,不是仆人,工资高于其他人;夫人是个完美的女人,善于表达请求(他跟其他司机是这样说的),而他,可谓地道的本地人——只有一个不常走动的山里人姻亲;他摆出一副"这个问题就包在我小胡子身上"的面孔,问道:"夫人,这是谁的家?"如果是去取一件古董,那应该在巴里奥斯·阿尔多斯,夫人;如果是一个制作精美窗帘的女人,那应该在马格达莱纳,夫人;如果是去见一个朋友或者去大使馆,那应该是在圣伊西德罗,夫人。于是她赞许地看看司机,发现他的皮肤和头发一样黑,而他转过身去,重新插入钥匙,启动了发动机,脸上赫然写着"我是您的司机,夫人,是您忠实的桑博人"。出发时,他面带讥讽地向其他几位司机挤挤眼睛,他们也留着胡子,戴着帽子,也在早晨擦洗车辆,他们挣得多,干得少;他们一边在等待女主人、老爷或者某位顾客——这种情况当然就是出租车司机了——一边在乡村俱乐部前如饥似渴地看报,和您的卡洛斯一样。

鲍比已经得到允许,可以独自一人驾驶旅行车外出。他每天都去找佩吉。此外,还常常载着马克汉姆、圣马利亚和圣伊西德罗的朋友;他们总是几十个人一起,还有维亚·玛利亚、圣西尔维斯特雷、索菲亚纳姆以及夏雷特的女孩,兴高采烈地向安孔进发,很多人在那里有房子或者公寓,晚上在赌场或者佩卢西塔·马蒂科莱娜——她的妈妈是阿兰莎苏·马蒂科莱娜,胡安·卢卡斯曾经的情人,即斗牛场的那一个——的家里有舞会,又或者是在胖子拉马德里的家里,他是格丽玛内西塔·托雷斯·哈姆博尔

---

① 堂娜(Doña),放在女士名字之前表示尊称。
② 巴里奥斯·阿尔多斯(Barrios Altos)、马格达莱纳(Magdalena)和圣伊西德罗(San Isidro)都是利马的城区。

特的儿子，体重超过他的妈妈可谓指日可待。这就是混乱的安孔，那个夏天，鲍比就是在那里度过每一天。起初，他总是半夜三更赶回利马。自从佩吉被邀请去一个朋友家小住，他只在"资金困难"时才到乡村俱乐部来看望住在这儿的家人。

另一个欢度夏季的人是胡安·卢卡斯。也许，当他开着捷豹驶向高尔夫球场时，他戴着的那一顶近乎招摇的方格球帽看起来滑稽可笑，然而，每当他戴着帽子坐在方向盘前，看着她慢慢走近时，苏姗总想再和他结一次婚，"快点儿，老婆，正等着我们呢。"他透过太阳镜看向她，雀斑的颜色在青铜色的脸上无可挑剔，隐藏住开怀大笑时出现的鱼尾纹，典型的温莎公爵式皱纹……这个男人年近五十，却保养得像一棵新鲜的芦笋，他的容颜似乎给出了抵御死亡的秘诀，唯有这秘诀让梗塞毫无发生之可能。在这个秘诀里，螃蟹这一大海里的珍馐是在一个账单足以花掉你一个月工资的餐馆里的亲身体验，而不是出现在癌症宣传画里的冰冷插图。

没有人像胡安·卢卡斯那样快乐。是的，他总是心情舒畅，随时整装待发去打高尔夫或者去他的某一个庄园，不论是巴苏马还是马球马，他都亲自驯养，可以说是他的一个爱好。或者去参加一个鸡尾酒会。他刚刚在白色小球与绿色田园运动的国际赛事中，获得第一名、第二名或者第三名，这天下午刚刚参加了几个阿根廷人和智利人的送别鸡尾酒会，他们的妻子要么是某个总统的后人，要么既富有又美丽，要么因为刚刚在棕榈滩、迈阿密或者长堤的裸体秀中显山露水而即将声名鹊起。确实，也许是因为生活从四十岁才刚刚开始，富足优越的生活使他早已超越了幸福，在他快乐的生活里甚至快感缺失。或者只是单纯因为他的混蛋本质，胡安·卢卡斯发明了一种新游戏，抑或找回了一个几乎被遗忘的游戏：他有太长时间没有旅行了，现在，住在酒店里，他想营造一种持续旅行的感觉。他喜欢到达、出发，以及在听他发号施令、为他搬运行李的酒店服务生手里留下小费。他喜欢行李，很享受在酒店的床上放置一个半开半合的行李箱。他将行李箱一连几小时放在那里，倒空，派人清洗。他从来不愿意停止搬迁，他着迷于在穿着制服的酒店服务生的簇拥下离开酒店，他们暂时将他的猪皮行李箱——与劳斯莱斯的座椅同一质地——放在路旁，等待着他发出将行李箱挨个放入后备厢的指令：把这个放在这个的旁边，不要磕碰到，年轻人，放到奔驰或者捷豹的后备厢里。起初，他说要将孔多雷斯公寓的东西带来，为此，要回去取行李。当然，也可能是将东西留在那里，因为已经没有什么要再带到酒店了。突然，他决定要在孔多雷斯度周末，只和苏姗，不带孩子们，于是，他重新装满行李箱，在房间里查询联系方式，邀请他想见的朋友（比如路易斯·马丁·罗梅罗，某一天也可能邀请拉斯塔里亚，他们要一起投资，有些工作需要这个昂首挺胸的人去做）。在给满心崇拜他的行李员付过小费之后，他快乐地出发了。另外一些日子，他要去某一处庄园。他情绪激昂，在床上打开行李箱，用适合不同场合的真丝衬衫以及驯马人的斗篷——就是他在奇可拉约或瓦乔庄园的照片里穿过的同一件——将它装满。他从来不会忘记带上"捕猎野牛专用"的羚羊皮上衣，当然，他可不会戴一顶水牛比尔[①]的皮帽，只有拉斯塔里亚才会那样做。他骑着黑玉——那是苏姗最喜欢的马——在某一处庄园的棉花地里行进，手里拿着银马刺，身上穿着羚羊皮上衣；苏姗看着他时而靠近庄园的房子，时而远离，上帝知道她怎么突然就想到——也许是因为早餐的咖啡过于浓烈——如果有一天病倒或者衰老，她要坐上一艘船离开，也许消失在东方，这样，你的生命，亲爱的，就不会留下任何缺憾，就如同现在，你骑着马，不是因为你有自己的庄园，其他人才那样，你骑马只是因为你喜欢，亲爱的，你的外套、酒店、黑玉、猪皮行李箱、高尔夫球以及一切我们拥有的，无一例外都是幸福的，亲爱的，你是名副其实的百万富翁，而我不是，亲爱的，我不是，我想着妮尔达们，回来，胡安，回来，亲爱的，农民们过来了：小姐，小姐，小姐，小姐，农民侵占塞罗·德帕斯科的土地，一支警察的先遣队，快回来，你快来，你连续

---

[①] 全名威廉·弗雷德里克·"水牛比尔"·科迪（William Frederick "Buffalo Bill" Cody，1846—1917），美国西部开拓时期的一位传奇人物。做过陆军侦察队队长、美洲野牛猎手、农场经营人等。

说了两分钟,是的,亲爱的,是的,亲爱的,一切都会再次风平浪静,虽然前两天,阿根廷小姐,布宜诺斯艾利斯的冠军坡罗·里瓦德奈伊拉的老婆,在高尔夫球场为你痴狂,坡罗打球时,她目不转睛地盯着的是你,都说你是个一心一意的男人,你是我的,亲爱的,我们是如此幸福,我陪你去打比赛,在高尔夫球场跟你影形不离……说到高尔夫球,胡安·卢卡斯也有专门的猪皮手提箱,当然,精美的高尔夫球棍也放在一个精致的猪皮套子里。他要更换一千次衣服:他将一天细分成不同的时段,在不同的时段着装不同,取决于身处这庞大酒店的哪个空间,或者出席何种场合。当他和胡里乌斯去塔贝尔纳餐馆吃饭时,常常穿着运动服,因为下午刚打过高尔夫球,到的时候头发稍显凌乱。与苏姗独处时,他一副王子打扮,那个小男孩可以在自己的房间用餐,走进"水族馆"时,他向那些在半明半暗的灯光下仿佛红色的人打招呼,他们的面前放着几根芦笋,或者别的什么可笑的食物。他们了无生气,仿佛死人一般,到死都想成为某个副王总督,或者一大堆伟人的后裔。有时,他穿着一尘不染的白色毛衣,走向正对着落地窗的小桌,苏姗和一个长着大鼻子的相貌丑陋的朋友,面对行将落下的夕阳,正在喝茶,或者更确切地说,正在进行下午五点钟的喝茶游戏。那个女人有着世界上最稀有的达尔马提亚犬,圈养在她位于巴兰科的足以装下一所学校的豪宅里,是那一带少数几个保存完好的,悬挂于海边峭石之上的房子之一。有时,她们处于一种奇妙的象棋比赛中,以此来对抗生命的流逝,以及一切不相关的事物,而"王"就是胡安·卢卡斯。他在这时出现了,亲吻苏姗秀发掩映下的额头,她仿佛正在喝茶的王后;他向我太太最丑的女朋友打招呼,为了说点什么,他问,什么时候带我们看看你的名犬?如果乡村俱乐部里有一只苍蝇,那也一定是停在她身边。可怜的女人,偶尔欢喜片刻,想到所有那些名犬,所有那些她曾有过的宠物狗加起来不及一个胡安·卢卡斯,不禁暗自神伤。她在巴兰科的家中也玩棋盘象棋游戏,规则简单易行,王、车、相、马、卒等都按照需要与喜好混杂在了一起,一切都如同此刻的胡安·卢卡斯一样一气呵成:他一身白色,刚跟苏姗道别,穿过酒店的大堂,坐上奔驰驶向城市,驶向利马的中心地带，直指公司的大楼，直指总裁办公室，"将死"①。

　　大个子鲍比有时会在这个时间出现，永远都是"妈妈，我需要钱"。苏珊经常吓得不轻，这个孩子的花销越来越多，虽然从另一方面来说，苏姗向来对钱缺乏清晰的概念。确实，她周围的一切都运行正常。胡安·卢卡斯在酒店的经理办公室，好吧，亲爱的，你去经理办公室吧，在那儿，应该能给你一些钱，开车不要太快……我看那个混蛋喝醉了，妈妈，跌跌撞撞，再见，妈咪……鲍比已经不在她身边，他冲向了经理办公室，冲向了安孔，他晒得黝黑，越发帅气……"苏姗，我的达尔马提亚犬……苏姗""抱歉，亲爱的，我在想胡里乌斯，很久没和他一起吃午饭了，他说什么也不愿意来高尔夫俱乐部……整天就待在酒店的游泳池里。"

　　胡里乌斯在未成年人的游泳池里。乡村俱乐部里有一些小游泳池，专门供有奶妈陪同的孩子使用。乔洛女人沿着边缘来回走动，孩子们则高举着小胳膊，由她带领着，在水里开心地前进。与此同时，年轻的妈妈一边躺着晒太阳，一边等待一点钟下班的丈夫一同去会员游泳池。这个也不是胡里乌斯的游泳池。他的游泳池是另一个，大小介于这两者之间。这天下午，一个美国男孩已经完成了三十次致命跳跃。此时，他从边缘爬上来，一边用手指将耳朵里的水弄出来，差点没把耳膜也掏出来。他动作野蛮，脚底从不打滑，他再次爬上跳板，飞身而起，在马尔科尼街区男孩的众目睽睽之下，完成了下午的第三十一个致命跳跃。马尔科尼街区的男孩们满腹牢骚，一个个恶狠狠地瞪着他。今天下午，要让女孩们先回家，而他们将在门口堵住这个外国佬，前几天他对佩德罗的女朋友埃莱娜挤眉弄眼，所以恩里克决定痛扁他一顿，其他人都来，我们是一个街区的，万一……来根烟，伙计们，抽一根，让他等着瞧吧，你飞，任你飞，操你妈，一会儿教你在外面飞，那可是要命的。抽一根，伙计们，拿上这几根黑的，布斯托那个胖子来了，他抽金黄的，如果他待着不走，你们就去亲自己的马子，胖子觉得难为情自然就滚了。我们才不游泳，那是小鼻涕虫们做的

────────────────────
①　象棋用语。

事。等到二十一岁就可以在会员游泳池里游泳了。女孩们是要游泳的,真该看看她们穿着泳衣的样子:你的妞真美,伙计!闪开,恩里克,闪开。女人就是要不停地亲,马诺罗,别让她们不高兴。闪开,胡安,一边去,哪儿来的小娘炮……胖子,叫乔洛人把美国佬从泳池里拖出来,告诉他,胖子,叫他美国佬给姑娘们腾地方,否则,我们可就不客气了……"别去惹人家,我们去那边游。"这个臭丫头让贝贝——另一个傻胖子——醋意大发,还有我,快去告诉乔洛人……美国佬从游泳池里出来透气了,并没有人去跟他说什么,女孩们趁机下到水里,她们丰满而结实,虽然并没有穿比基尼……嘿,老兄,快看,那个"空中小姐"几乎赤身裸体,听说她跟谁都睡,你从哪儿听来的?是谁说的?等小妞们都走了,别忘了好好教训一下那美国佬!抽烟,伙计们,抽一根,来,胖子,再来一轮,老兄,快看那个娘们!哪一个?哪一个,老兄?那个,带着小屁孩儿的……

  那是苏姗,美丽而动人。在巴兰科圈养达尔马提亚犬的朋友已经走了,她来找胡里乌斯,看看他在游泳池里的生活。她花了点工夫,终于在几十个从早到晚持续泡在水里的孩子中找到了他。已经是下午五点半,太阳不再灼热。胡里乌斯站在她身边不停发抖,每当有一滴水从肩膀流到腰间,或者从鼻子流到肚脐,他就冷得要死。苏姗大概是联想到了患肺炎的小孩、爱斯基摩小孩,或者类似的什么,突然发觉自己深爱着他,尤其是此时,没有胡安·卢卡斯、鲍比,或者任何其他人来分散她的注意力。她决定分享儿子的半水下生活,虽然只是短短的几分钟:游泳池六点钟关门,眼看着该去更衣室穿衣服了。但总归还有一点时间,去酒吧吃一个夹馅面包吧,紧挨着会员游泳池,就是弧形的那一个。胡里乌斯毫不犹豫地答应了,这个小可怜总是饿得要死。一般来说,只有胡安·卢卡斯决定去楼下的塔贝尔纳餐馆,或者苏姗记起来他该吃饭了,于是拉铃叫人将食物送到 suite[①],他才能吃上饭。对于胡里乌斯而言,"suite" 这个法语单词有额外的悲伤内涵,不单指代他的卧室,还是从来没有访客的会客室,除了

---

[①] suite,法语,房间。

阿尔敏达偶尔来送衬衫。走进酒吧时,苏姗看见了佩里科特·西莱斯,这真是个噩梦!佩里科特曾经向她表白,当时她正要嫁给圣迪亚哥;后来她成了寡妇,他再度表露衷肠;再后来,在她同胡安·卢卡斯结婚前的几个月,又第三次向她求婚;直到现在,每当在晚会上看见她,佩里科特都要和她跳舞。他对整个利马都这样,只是谁也没当真,毕竟他是律师,为人正直,工作努力,而且挣到了钱,就和此时在酒吧里的其他人一样。多亏了这些人,他才得以享受午后的休闲时光;此刻,他在这儿喝着橙汁,橙汁富含维他命,对于四十八岁却依旧保持年轻的他而言,橙汁功不可没。他摆出一副想跳舞的表情,看起来格外滑稽。

佩里科特属于胡安·卢卡斯认识却懒于相认的那一类人。佩里科特穿着白色的薄布短衫,灰色的短裤,黑白相间的皮鞋,像极了一只田鼠①。他是一个乐天派,积极而乐观,有强大的遗忘能力,或者是上层社会的遗忘症,他不记得自从三十年前第一次参加晚会起,利马已经有上千位女士都曾让他去见鬼。他邀请所有的人抽烟,甚至向陌生人打招呼,现在依旧如此。一看见苏姗带着胡里乌斯进了酒吧,他几乎一跃而起,幸好抓住了吧台,才免于脸朝下,直挺挺地趴在地上,那姿势就像那个美国人,俯视着一大排马尔科尼街区的男孩,准备第四十二次跳入水中。说来也巧,他们正一边抽着烟,一边朝酒吧走来,要来看看那位想必曾经是个性感尤物,如今依旧风情万种的女士,见鬼!她在和那个老鼠模样的人聊什么!

"这是胡里乌斯,我最小的儿子。"

"真是个光彩照人的小绅士……"

光彩照人的小绅士十分恼火,他发现佩里科特的手正要落在他那湿漉漉的头上,于是抢先将一根手指头塞进耳朵,一边单脚跳,一边摇着头,想要把潜泳时钻进脑袋里的水通通倒出来,水溅在了佩里科特的短衫上。佩里科特什么也没摸到,悻悻然将手缩回。夹馅面包刚端上来,胡里乌斯就一把扑上去。苏姗向站在一旁待命的三个侍者微笑示意,跟其中最

---

① 佩里科特(Pericote)在西班牙语中意为田鼠。

帅的那个说，请再来两个夹馅面包，分别放在两个小盘子里；苏姗没有给佩里科特机会展示其点餐时的完美腔调，那是他自从法律系一年级时起就在反复练习的技能，总想找人跳舞的愿望也是始于那时。马尔科尼街区的全体成员——当然，女孩们没来，否则，就只能斜着眼睛偷看了——找到了一个好位置，可以一览整个咖啡厅；他们专心地注视着那位女士的一举一动：无论近看，还是远观，她都一样妩媚动人。佩里科特为自己又点了一杯橙汁，为他的客人们点了两杯可口可乐，或者他们想喝的什么。胡里乌斯接受了可口可乐；苏姗注意到天就要黑了，于是要了一杯雪利酒：此时很像她生命当中的另外一个时刻（比如说，某天，在伦敦，她正准备出发去剧院）；佩里科特几乎喊道，他也要雪利酒，可是橙汁已经端了上来，他只能甘心于远不如苏姗文雅精致。看见侍者给苏姗端来雪利酒，一个街区男孩说："他在灌她酒。"另一个正准备说也许和"空中小姐"一样……就在这时，女孩们到了，他们假装若无其事地抽烟，再加上想起了之前外国男孩的事，他应该去换衣服了，抽烟吧，伙计们，来一根。佩里科特着急喝完橙汁，以开创第一次在这个时间喝雪利酒的人生记录。就在这时，苏姗几个指头一推，酒杯已在三厘米之外，她要了一杯矿泉水。佩里科特不知道该怎么办了，苏姗甚至都没有碰雪利酒，这个可怜虫天生愚钝，无法注意到天黑只维持了一瞬间，一片云挡住了太阳几分钟而已，现在天又亮了，此时已经不再像苏姗生命里的另一个时刻，比如说，在伦敦的一次首演之前。胡里乌斯准备吃第二个夹馅面包，苏姗想起苏珊娜姨妈也许会跟她的孩子们说：捣蛋鬼，一口也不能多吃，吃饭时间过后，不能进食。她看向胡里乌斯，看见了丑陋的苏珊娜姨妈，还有灰突突的佩里科特，差点没冲胡里乌斯喊出吃夹馅面包直到死吧。可怜的女人已经忍无可忍，佩里科特还是和从前一样，还是当初那个利马好小伙，当然，也是最讨厌的那个。现在，二十年之后，他还是跟当年一样愚蠢，但在酒吧侍者面前却表现出一定的优越感，那是他从花花公子和堂胡安们身上学到的唯一真传；就拿签支票来说，佩里科特已然形成了自己独特的签名风格：僵硬、笔直的字母胡乱来几下，便画出一个"西莱斯"。

"你的丈夫呢，苏姗？……他还是高尔夫球冠军吗？我是在某张报纸上看到的，说他又……"

"得了第三名。胡里乌斯，亲爱的，我的夹馅面包给你，如果你想吃。"

"你将来也要当冠军吗？"

胡里乌斯气恼地看着他，嘴里刚咬下一大口面包，一片莴笋叶子在吃进嘴里和掉到地上之间犹疑。

"苏姗，记得上次在安孔吗？……狂欢节晚会，安娜·玛丽亚也在……"

"不记得……很久以前的事了，我想……"

"怎么能不记得喝酒那件事……"

"你的记性真好……"

"你肯定记得……那会儿，阿丽西塔·杜蒙特是宾高·莱翁的女友，后来他们分手了，她就认识了……"

"胡里乌斯，亲爱的，去换衣服，你冷得直发抖……我们一会儿在 suite 见。"

胡里乌斯最后咬了一口苏姗的面包，重新将它放在小盘子里，然后朝更衣室走去。佩里科特知道苏姗也要走了，他感到一种巨大的悲伤油然而生，并将从此刻一直延续到下一次相遇。苏姗打开包，当然，她发现里面一分钱也没有，佩里科特腰板笔直地挺立着，说不要提付钱的事，他还要再待一会儿，他来买单。苏姗没有理会，她要来了赊账单，叫人记在账上。绝对不行！佩里科特再次大声喊道，就在这时，马尔科尼街区的女孩们从右侧经过走向更衣室，穿着比基尼的"空中小姐"则从左侧去更衣，他不知道应该往哪儿看：他疯狂地想要认识"空中小姐"，又想拿出钱包来付钱，还想向那些小女孩挤眉弄眼。结果，他什么也没做成，只是摆出了一副傻瓜的表情。当他取出鼓鼓囊囊的钱包时，苏姗已经在欠单上写下了名字，甚至想起了房间号。苏姗走了，美丽而动人，她什么也没有注意到。她在想那边那些小房间就是更衣间；在想胡里乌斯没有说起这几天在游泳池的任何事情；在想一旦胡安·卢卡斯回来，一切都将有所不同，说不定她要飞快地换衣服，飞快地赶往某个地方，某个胡安·卢卡斯喜欢而她终将发现自己也同样中意的地方。

马尔科尼街区的小伙子们已经要了啤酒，都很不友好地看着他。佩里科特仍然手足无措：他没能看清楚那些穿泳装的女孩；为了要看清楚她们，他没看见"空中小姐"；更糟糕的是，为了看她，他没能为苏姗付账，她会怎么想！可怜的佩里科特呆若木鸡，全身灰突突的，继续舔舐着失败，这是他生命中的又一天。晚上他还要去俱乐部讲述他的传奇故事，好吧，传奇性已不复当年，那时他还是法律系的学生，与恃强凌弱者针锋相对，与美女同床共枕；现在听起来不过是些有关计划、理想或者真心渴望的梦想的故事。他总是面带微笑，从来不缺听众，他是一位正直的律师，一个胆小鬼，一个忠心的朋友，人人都向他打招呼，听他讲述他将要做的，而不再是他已经做过的事，这些他只能在黑暗的卧室里面独自回味。他将头安放在枕头上，于是做过的事也逐渐变成尚未做过的事，再次出现雪利酒和橙汁，苏姗一边喝一边嘲笑他的第三次真情告白，再次出现阿莉西娅、罗莎·玛丽亚以及玛丽·埃内们和着 *All day, all night Mary Anne* ① 的曲调在说"我不想跳舞"，他哼着歌，向她们走去，格丽马内莎、埃莱娜、苏姗说"我不想跳舞"，再次出现马尔科尼街区的小伙子们在付啤酒钱……佩里科特打着哈欠，穿着花花公子的睡衣渐渐睡去，想着一切他没做过的事，一切未能存在的现实，比如，这个下午，苏姗急不可耐地要离开，他来不及为她付账单，没能凑近看看"空中小姐"，甚至没有看清那些女孩的模样，而他们依然傲慢地盯着他。然而，第二天起床时，他再次面带微笑，已经不记得头一天的彷徨。他匆匆吃完早饭，到达律师事务所时，已然一副乐观向上与身负重任的姿态。他向秘书们打招呼，吩咐要打的电话令她们大跌眼镜，他一边抽着烟，一边报着电话号

---

① 特立尼达歌手和创作人"吼狮"（Roaring Lion，1908—1999）的歌曲 *Mary Ann* 里的一句歌词。

码。那时,他再次相信关于知名律师,关于堂胡安,关于花花公子的说法,再次确定他将结识"空中小姐",这将成为他在俱乐部里讲述的精彩经历。这就是佩里科特。

有了游泳池,对于胡里乌斯而言,这个夏季还算过得去。已经过去好几个星期,情况渐渐好转,他已经有了朋友,和他们一起四处蹦蹦跳跳。在花园里玩耍时,他常常会撞见马尔科尼街区的一个男孩和女朋友接吻。每当这时,他们总是不乏狼狈地回到游泳池,潜入比这个杯子里的水更加清澈明亮的水中,找寻泰山的匕首。快点,"鳄鱼"过来了!"鳄鱼"是所有孩子当中最胖的那一个,有时发起怒来,瞬间变成一个狂躁的泰山,如法炮制的吼叫声也一样狂躁。那时,游泳池里的小女孩便都是简,照看她们的奶妈坐在一张绿色的长椅上,忙不迭地织着毛衣。这些小女孩九岁、十岁或者十一岁,男孩们和她们没有交集,她们看起来就是一个又一个的辛缇娅,胡里乌斯时常用眼角的余光观察她们。因此,他常常被"鳄鱼"捉住。胡里乌斯和其他小男孩都不和小女孩们说话,只有马尔科尼街区的有时会注视她们,上帝知道是不是在想两三个或者四个夏天之后,她们也许可以成为他们的,或者他们的某个年仅十一岁,此刻正像傻瓜一样潜在水里的弟弟的女朋友。等会儿,在门口,为了让他们的弟弟更像个爷们,他们会怂恿他和在游泳池门口看车的一个家伙打架,那个家伙可能就是偷了佩德罗哥哥自行车的贼。马尔科尼街区的男孩们一边抽烟一边盘算,他们一支接着一支地抽烟,为美国佬自杀式的跳水记着数。但愿他有一次落在游泳池外,当场摔死在地上,这个下午他们要在外面痛揍他一顿。抽根烟,伙计们,抽烟,看好你们的马子,尽情地拥吻她们,这才是第一要事。

一天下午,也许是因为太阳消失了,不是偶然被一片云挡住,而是真的消失了,再见了,也许是因为那是一个星期四,是阿尔敏达常常过来送干净衬衫的日子,总之,胡里乌斯决定早一点回房间。四点半左右,他去更衣室换衣服。明天是他的生日,三天以来他一直在四处寻找他的妈妈，在镜子里，甚至是在窗户玻璃里寻找她的目光，看看你是否记得我的生日就要到了，妈咪。然而，苏姗——依旧美丽动人——还没有买到一张玻利瓦尔曾经用过的小桌，她还没想起来明天要跟胡里乌斯说"happy birthday"，还要送给他一本……羚羊皮封面的大英百科全书。她勉强记得在美国有一个和他一样的金发少年，不停地来信要美金，开口母爱，闭口生意，以及对胡安·卢卡斯的爱。胡安·卢卡斯，因为生活里时常有的稀奇古怪的事，居然想起了胡里乌斯的生日（昨天，在酒店的理发店，他的脸突然抽动了一下，理发师连忙道歉，以为弄疼了他）。他决定保持沉默，丝毫不提"后天是谁的生日？"，他可懒得理会！他倒要看看那个小孩儿能不能有点男人样，他该早点儿变声，再说了，过生日是多么愚蠢的一件事！胡里乌斯不知道的是，那个下午，阿尔敏达不会来，而苏姗正和胡安·卢卡斯一起在高尔夫俱乐部里。他更没想到的是，在通向房间的走廊上，就在他的门口，他将撞见一场如火如荼的爱恋。

　　他们没看见他，虽然他们一边接吻一边四处张望，大有可能因此染上斜视或者风寒。胡里乌斯不知如何是好，感到既害怕，又有一点难为情，他往后退了一步，躲到通向走廊的门的后面。他们就在距离他十米远的地方接吻。确实，谁能想到……也许马诺罗和塞西莉娅觉得那里是最安全的地方，尤其是在一个园丁撞见他们在游泳池周围的柏树后面接吻之后；而且那儿几乎是约会之家，最适合接吻，因为他们知道半个马尔科尼街区的年轻人都在柏树林中接吻；恩里克在那边两棵之间，有烟从那儿冒出，他甚至连亲嘴时都在抽烟，他说烟从他的口中吐到女孩的口中，太放荡了，咳！……他们跑了，虽然方向跟所有人一样是朝着柏树那边，但是他们跑了，躲避着侍者、酒店招待，还要躲着一个看起来像是经理的先生。他们沿一段台阶爬上一条长长的走廊，很暗，很安静，上帝知道他们为什么会觉得那儿连鬼都不会有，也许已经忘记了最初那几天的巨大却异常美好的恐惧：一想到会碰到经理或者一个住在酒店里的，无法与他们感同身受的，富有而虔诚的老妇人，他们颤抖的双唇就会因惊恐和慌乱而仓促分开，甚至觉得会因此挨耳光。十五岁已经是男人了，可以想抽多少烟就抽多少，只是，如果经理真的来了，而他正在偷偷亲吻塞西莉娅，想到这里还是不免退缩。马尔科尼街区的男孩说的豪言壮语不能全部当真，有时只是说说而已。总之，他们偷偷地品尝着初恋的滋味，遮遮掩掩。即便不被驱赶，从来没有阻碍，也要尽量躲藏起来更好地相爱，因为只有恐惧才能让人承诺，彼此说一些没有必要说的，听起来却如此美好的话语。马尔科尼街区就在下边，在柏树之间，我们在这上面，就我们俩，不用去揍美国佬，下午五点钟，在这条如此漫长、幽静的走廊里，在这奇妙的恐惧里……马诺罗亲吻紧紧地贴着他的塞西莉娅，以秒计算着炙热一吻的长度。他偶尔将嘴松开，在塞西莉娅缓缓睁开的、有些湿润的双目之前气喘吁吁。她的双眼深邃，沾着几滴泪珠，仿佛两眼黑色的清泉。马诺罗想看得更清楚些，他就要看得更清楚些了，他准备再一次亲吻她，"咔哒"，他们的牙齿撞到一起，甚至有点疼，可怜的人儿：他们将脸分开，眼睛依然闭着，期待着再一次寒战，短暂却迷人……他们的爱超越了一切不愉快的插曲，一旦睁开眼睛，立刻感觉到热恋着对方。他们从牙齿对于爱情造成的羁绊而产生的伤感中缓过神来，再次贪婪地四目相望，他们不再满足于一个随时会失败的亲吻，而是置身于一个令人窒息的拥抱中，所有的神经，所有的血肉，都消失于那稍纵即逝的一刻，他们要在十五岁的年纪品尝爱的一切可能。结束时他们已经筋疲力尽，不知道持续了多久，他看向走廊通向柏树的那一头，她看向走廊有门的一头，突然往后一跳，将他推开。胡里乌斯匆忙躲起来，他们已经看见他，只听她说："一个小男孩在偷看我们，马诺罗。"胡里乌斯站在唯一的那扇门旁，他们不知道从哪儿逃跑。马诺罗想，应该像个男人一样去打架，只是对手并不是美国佬。而当塞西莉娅再次说有个男孩在偷看他们时，他突然觉得他们才是小孩，而小男孩却是一个大人。这时，他们听见口哨声，同时看见一个大耳朵的小鼻涕虫，手里拿着泳装，摆出一副"我什么也没看见"的表情，若无其事地朝他们走来。然而，还差五米时，一切仿佛着了魔一般，胡里乌斯将手插到放钥匙的口袋里，却没摸着钥匙。马诺罗确定没有人可以揍，小男孩就是小男孩，不是经理。他再一次扑向塞西莉娅，再一次亲吻她，向她证实他从来没有怕过。塞西莉娅吓了一跳,这是她第二周穿高跟鞋,表现得很不稳定,受到惊吓便立刻失去了平衡。马诺罗正好摔在胡里乌斯没能打开的门上,因为钥匙还没找到,钥匙从来就不在泳衣口袋里。三个人都吓坏了。幸好,塞西莉娅非常灵活,她从一条裙子的口袋里取出要送给马诺罗的一小盒切斯特,假装没事一样跟他说,亲爱的,抽一根,又给胡里乌斯一个大大的微笑:"小孩儿,你住在这里吗?"胡里乌斯回答说是。她笑得喘不过气来,马诺罗真想杀了她,她已经不再害怕,而他则相反,他没能打开烟盒,手一个劲地发抖,真他妈的见鬼!胡里乌斯已开始新的一轮找钥匙,终于在惯常的地方找到了。塞西莉娅靠在房门旁边的墙壁上,一只手捂着嘴,在马诺罗和胡里乌斯的注视下继续笑着。她站在那儿,可爱极了,差不多是辛缇娅的年龄。她笑得东倒西歪,仿佛一个刚刚做完坏事,或者刚刚赢了排球比赛的女中学生。她很美,鼻子很翘。胡里乌斯打开了门,斜着眼睛瞄着她,听见马诺罗气恼地威胁说,再不停止笑,就跟她掰。他关上门,有点不安,已经听不见女孩的笑声,也许真像他说的,掰了……还好,过了几天,他又在游泳池遇见他们,她仍然朝他笑,而他则极其淡定地点燃一支香烟,至少看起来是那样。

II

那一天，夫人宣布他们的带薪假期开始了，并将一直持续到新的宫殿竣工为止。伊梅尔达刚刚完成裁剪与缝纫学业，和没事人一样离开，不带任何情感，与妮尔达如此不同。听到夫人说带薪假期，塞尔索和丹尼尔欣喜若狂，现在，他们可以建造了。"建造"，他们就是这么说的，要什么工程师或者设计师？我的臂膀就已足够！字典对于建造的解释无异于长篇大论，有词源学的意义，甚至还有拉丁文的说法，但有什么用？他们已经开始建造，微笑着朝你露出牙齿，你已经开始了一大串联想：建造大楼、公寓、酒店、房间，而他们依然朝你微笑，巨大的牙齿间粘着面包屑，放长假了，他们要去建造了。他们坐在储物间的长桌旁，在加奶的咖啡里蘸湿面包，加奶的咖啡一下把你拍在土房子上，"建造"失去了建造的意义，你看着他们浸泡面包，见鬼！什么让你想到字典没有用？想到对词语漫画式的解读？想到语言太微不足道？……想想吧，在塞尔索和丹尼尔离开旧宅去建……偏僻街区的一小块领地之前，你看见他们面对着咖啡杯，微笑着露出牙缝里塞着的面包屑……

那一天，夫人宣布他们的带薪假期开始了，她放下手中熨烫的活计，来到储物间听她说话，却没有做任何评论。夫人没有问她这段时间如何打算，她是女主人，没有这个义务。塞尔索和丹尼尔也没有问，他们在餐桌旁已经开始建造，所以，关于她去哪儿，他们将永远不得而知。一想到可能会露宿街头，她感到极大的恐惧，但是她继续一言不发，面无表情，突然，她眼前一亮，想到住在拉弗罗里达的干亲也许可以收留她一阵子。夫人走了，没有人问她。她默默地回到熨烫室，继续她的日常工作，乌黑的长发再次遮住了她的半张脸，她又做回胡安·卢卡斯口中那个将我的衬衫熨烫得如此完美的女巫。胡安·卢卡斯亲自开除了妮尔达，厨房里再也没有人召集他们考虑当下的处境，再也没有人为他们说话，甚至没有人问她打算去哪儿。年迈的阿尔敏达继续对先生的丝绸衬衫施展奇迹，她再次被简化成一句描述：那个将面孔藏在黑色长发里熨烫的女人，仅此而已。如果妮尔达还在大宅，一定会问她去哪儿，而她一定满头大汗地提到拉弗罗里达、干亲，以及其他一些听起来似是而非的词语，妮尔达都能明白。现在，妮尔达已经不在这里了，而她依然日复一日熨烫先生的衬衫，在熨衣板炙热的温度里渐渐衰老，终有一天死去。在一个房间如此众多的大宅院，没有人知道熨烫室里发生的事，也没有人知道她年逾六十，左胸常常疼痛难忍。这一切再正常不过。不，上帝！不，上帝！拜托！她需要休息一下，明天还要去拉弗罗里达。

上帝啊！人在生病时都会胡思乱想什么啊！我多么害怕，我总是害怕，虽然现在已经不疼了，好几天没有很疼了，那一天我是多么恐惧啊！先生的衬衫怎么也熨不完，妮尔达也不在身边，她已经不在大宅了，而我就要死在熨衣板上，再也没见过她，她再也没回来，那个该死的卖冰淇淋的。不，不，疼痛出现时，她甚至已经没有怨恨，可惜，妮尔达不在，她一发怒，没准儿可以将他们带回我即将在那上面死去的床前，将他们从山里带回来。这一切都不可能了，妮尔达已经走了。如果在新家不做饭，我们将吃什么？也去那个酒店吗？我的左胸疼得如此剧烈，如果在出发之前发生，却没有人知道我的干亲住在拉弗罗里达，也没有妮尔达前来调查，他们没有问我，我在拉弗罗里达的干亲住在哪里，妮尔达会叫来塞尔索、丹尼尔、卡洛斯、安纳托里奥以及所有人，妮尔达会叫人上咖啡，所有人都会哭泣，可是妮尔达已经不在了，他们没有问我；如果在新家发生，甚至都无法想象我会如何从侧门离开，全身黑色，缓慢沉寂，就像当时贝尔莎一样。胡安·卢卡斯先生会用一张支票解决问题，就像打发妮尔达一样，而我将同贝尔莎一样从侧门消失。小辛缇娅死了，可怜的孩子，谁还会来掩埋放着梳子、发刷和电熨斗的盒子？不，上帝！不，上帝！拜托！感谢上帝，那一天，她没再感到疼痛，她得以处理完那些衬衫，一直睡到第二天出发来拉弗罗里达，上帝啊！人在生病时都会胡思乱想什么啊！……也许，这几天的某个下午，或者某个晚上，夫人不用出门，不需要卡洛斯，也许小胡里乌斯觉得无聊，夫人忽然想到他可以出来转一转，也许她注意到我很疲乏，也许她意识到装衬衫的包裹非常大，也许她会建议小胡里乌斯坐卡洛斯的车送我回拉弗罗里达，这样，他们就会知道我住在这里。

"今天是小胡里乌斯的生日。"阿尔敏达跟她的干亲说，她的干亲瓜达卢佩一整天都在一边做饭一边看她熨烫。两个老妇人有时能够彼此交流，比如说，瓜达卢佩已经明白阿尔敏达只住几个月，之后要回一户即将搬入新居的人家继续工作。瓜达卢佩半聋，每天很早去做弥撒，买菜给儿子们做饭，这些儿子都很不孝顺，回来就是吃饭，他们的女人住在别处。阿尔敏达也半聋，她的身体似乎略有好转，在对待先生的衬衫时总是精神振奋。当她将那一周的最后一件衬衫处理完毕时，差不多是下午五点，她开始准备白色的包裹，带去她为之工作的家庭。本应昨天去，瓜达卢佩意识到了，她想着，今天是星期五，昨天是星期四。"今天是小胡里乌斯的生日。"阿尔敏达一边说，一边看着她的干亲做饭。"您是星期四去。"十分钟之后，瓜达卢佩说，心想今天是星期五，九日斋就要结束了。"今天是小胡里乌斯的生日。"阿尔敏达本想对她说，但最终选择全神贯注于先生的衬衫，瓜达卢佩开始在锅里搅动起来，包裹已经准备完毕，一只母鸡跑了过去。

几分钟之后，阿尔敏达上了一辆破旧不堪的大巴，努力保护装着衬衫的包裹不被挤扁。从来没有空座位。她黑色的长发无法激起对于白发的尊重与同情，虽然她年纪很大，左胸一直有疼痛感，很难让人站起来给她让座，因为她没有白头发。今天还要一路留心钱包，里边装着一个给小胡里乌斯买的东西：我的干亲以为我昨天忘记去送衬衫，因为我很快就回到家里，她一直看着我，我只是出去给小胡里乌斯买一个小礼物。在拐弯处，阿尔敏达紧紧抓住旁边的一个座位，以免仰面摔在地上，她要尽一切努力护住包裹；而在直行路上，她的双手、双臂和全身都在全心全意地保护先生的衬衫。她没让衬衫留在酒店清洗，因为只有她知道怎么洗，她并不因此感到骄傲，但这确实是她活着仅存的意义，她再次想到了死亡，只是几口气，妮尔达说过……大巴一直将她带到财政部，在那儿换乘德斯卡尔索斯—圣伊西德罗线,在哈维尔·普拉多街和珀星街的交叉路口下车;之后就很容易了,一直走,就到乡村俱乐部了。眼下仍然很艰难,可怜的阿尔敏达费尽气力保持衬衫处于先生喜欢的状态。护住包裹越来越困难了,人们都看着她,仿佛在说,既然携带了这么大的包裹,就该去叫一辆出租车。她今天比平时出来得晚,因为想见胡里乌斯,所以迟了一些,这样,到的时候,他应该已经从游泳池回来了。终于,一位男士给她让了座,但是她也要下车了,她做出一个微笑的表情以示感谢,她打心眼里希望能坐几分钟的。她尽量将包裹举过站立着的乘客的头顶,终于,她到达了门口,在汽车重新开动之前下了车。对面就是财政部。阿尔敏达像往常一样看看高层的窗户,在妮尔达一天到晚读的报纸上,自杀的人就是从那里跳下来的,她突然感到了剧烈的眩晕。她想坐下来,但最好还是先过马路,到达德斯卡尔索斯线的候车站,巴士总是要等很久才来,不过也许今天运气好,看啊,快跑,快过马路,那边来了一辆。几个小伙子正在咒骂满载而过的巴士、司机、乘客,甚至全人类,她发现今天依然运气不佳。她站在那里,穿着一身黑色的衣服,有着乌黑的头发。她开始打量这座城市,感到城市充满恶意,连一张长椅也没有,而她需要坐一会儿。城市都什么样子啊!到处都是楼房,有可以从上面跳下来自杀的高楼大厦,还有黄色的、脏兮兮的、更高的、更矮的、更加现代的高楼大厦,以及老旧的房子,要么就是宽敞的阿班卡伊大街的纯水泥车道,纯水泥的道路,到处都是水泥,没有长椅,而她迫切需要坐一会儿,一座如此巨大的政府大楼,不见一张长椅,她的双脚疼得多厉害呀,我干亲的家是土质地面,潮气让我的腰背生疼,到处是水泥,还是一张长椅也没有,城市怎么是这样啊?人该怎么办?不停地走,却得不到休息,没有长椅,而她要一屁股坐在地上了,也许她可以将包裹放在某一辆停在路旁的小汽车的发动机上,她可以在挡泥板上靠一会儿。那边来了另一辆德斯卡尔索斯的巴士,她跑了几步,看看会否停下来,没有。也许她可以坐在地上,将包裹放在伸直的双腿上,可是那边一个乞丐就躺在地上,人们来来往往,她多想坐一会儿啊,还是一张长椅也没有,德斯卡尔索斯的巴士都像疯了一样,有时一连来两辆,一辆满员不停车,另一辆却空空如也。

阿尔敏达看见一个生着花白卷发的小脑袋,是一个桑博女人。旁边的座位是空的,她一屁股坐在那儿,闭上眼睛,等待着血压似乎已经降至零的那个时刻过去。睁开眼睛时,检票员拿着票正站在旁边,她从皮包底部掏出裹在手帕里的硬币交给他。她再次闭上双眼,感到包裹好好地放在大腿上,她的运气不错,给小胡里乌斯准备的礼物也依然在皮包里,完好无损。她感觉略有好转,感到自己还能继续熨烫衣服,就在这时,她听见旁边有一个声音,一个类似于哨音的尖利的声音。她重新睁开眼睛,是旁边那个皮肤黑黑的小老太太。她在唱歌!但这并不是最奇怪的事,她长着一张婴儿的脸,唱歌时露出害羞的微笑,肚子鼓鼓的,仿佛怀孕一般。一看见阿尔敏达在看她,她就仿佛某人一觉醒来恰巧碰见小红帽在床脚一样兴奋,她说自己是一只小鸟,同时露出朋友般灿烂的笑容,随即笑得前仰后合。"小鸟"很开心,她在歌唱,巴士上的人都在关注着她,她感到幸福得无以复加,时不时停下来,夸赞车上的乘客都是好孩子。感谢上帝,她偶尔想起朝窗外看看,她看见一棵树,或者一丛灌木;感谢上帝,这时她便会忘了阿尔敏达,好像要冲上云霄,甚至有几分钟忘记歌唱。然而,当树木或者它的影像从脑海中消失,她立刻又回过神来,唱起一些可能是即兴而作的儿童歌曲,她摸摸肚子,突然又会抱起阿尔敏达视若生命的那一包衬衫,上帝知道这只鸟儿在想些什么。不管怎样,如果只是摸一摸,就随她去吧;如果跟她唱反调,她说不定会变成一只老鹰,谁知道呢……可怜的阿尔敏达这样想,她甚至时不时地做出一个微笑的表情,似乎在说,生活并不总是想象中的玫瑰色,更多的时候,是蚂蚁的颜色,而不是树木、天使或者好孩子的颜色,总而言之,生活不是这个桑博女人一边越发执着地抚摸着先生的衬衫,一边反复念叨的那些词语。巴士在一个红绿灯之前停下,"小鸟"回头向窗外看去,看见了另一个喜欢的事物:一个警察,一个大块头的乔洛人,算是半个帅哥。她站起身去够窗户:个头矮小的"小鸟"想让警察清清楚楚地听见她的声音。车上的人都注视着这场面,"小鸟"的行为几近亵渎权威,警察很是疑惑,表情在发火与发笑之间游移不定。乘客们都在嘲笑他，无论如何不能离开原地，否则会被认为是擅离职守，仅仅因为一个疯子在胡闹。然而，面对自己的权威、继续亮着的红灯以及开口大笑的人群，这个可怜人再也按捺不住，他挪开了目光，看见一辆似乎在黄灯亮起的时候穿过马路的小汽车，总之，现在确实是黄灯，他愤怒地取出口哨、手枪与警棍，躲避着来往的车辆，大步流星地赶去给谁开一个罚单，以此来重新确立他的权威；运气不佳，绿灯亮了，车重新开动了，他几乎做出了超人的努力才避免一脸撞到巴士侧面的铁皮挡板上。"小鸟"抓住时机朝心上人劈头盖脸地唱道："再见，小孩，再见，小孩……"汽车经过他身边时，她一直在唱，然而，一阵疯狂的哨音盖住了她向童年唱出的情歌。

　　这一成功对于"小鸟"来说具有几颗糖的效果，她好一会儿都面带甜美的微笑，反复回味朝她吹口哨的警察的英姿，暂时忘记了另一个小孩，阿尔敏达装在白色肚子里的那一个。糟糕的是，随着圣伊西德罗越来越近，窗外的景色越来越美，树越来越多，房子越来越漂亮，最后全是宫殿一般的住宅和城堡。到了哈维尔·普拉多附近，到处都是鲜花和爬蔓植物，道路两旁种满了树木，"小鸟"仿佛在枝头醒来，如同一只报春鸟，振翅高歌。她极力探身窗外，阿尔敏达担心她会从窗户飞出去，觉得自己有义务照顾她，留心她的每一个动作。桑博女人不停地歌唱，每当汽车到站停下时，她就用一种类似于亚西西的圣方济各①的友善迎接新上车的乘客，这让他们受宠若惊，要知道，现在是二十世纪中叶，我们正在为自由而战。突然，检票员来了，大声制止她探身向外，命令她在原地坐好，并气势汹汹地关上窗户。"小鸟"开始又哭又笑，这时，她想起了另一个小孩，重新把手伸向衬衫包裹，甚至想亲亲它。阿尔敏达生怕她把衬衫弄脏了，伸手准备制止。就在这时，汽车停下来，上来一个金发男子，看起来有匈牙利血统，身材很强壮，头发的颜色很纯粹，他可能有个秘鲁妈妈；

---

① 亚西西的圣方济各（Saint Francis of Assisi），天主教的一位圣人，在艺术作品中常以双手前伸或者双臂上举的姿势出现。

他像个三等足球运动员，也可能是个护工，应该就住在附近小镇上；那一头金发……介于欧洲的乔洛人、山里的白人，以及体面的乔洛人之间。总而言之，对于"小鸟"来说，他不是圣婴就是共和国的总统，她一把将阿尔敏达推开，径直向他走去，对着他唱歌并做出各种亲热的表示。可怜的金发男子站在车厢中间，试图让所有人相信自己什么也没看到，他转身背朝"小鸟"，假装不知道有一只手在抚摸他的头。这些纯属假装，他很紧张，这一点显而易见。人们又开始哄笑，就如同对待刚才那个警察一样，金发男子已经不知道该摆出什么表情。现在，"小鸟"将小脑袋挤在他的腹部与他靠着的座位之间，从下面向她的小朋友微笑，他是她最帅气、最体面的一个示好对象。就连司机从后视镜里看过来时，也没能幸免，他听着"小鸟"的摇篮曲差点一路开过去。这时，阿尔敏达突然挤上前，一双悲伤的眼睛直直地盯着他，一路上那双眼睛都没有开心过。她不仅让他知道了她要下车，而且让他意识到，他好比船长，有义务维持乘客的秩序，"小鸟"是一个人间悲剧，您可要记好了！

  天渐渐黑下来，卡洛斯开着奔驰车到了从哈维尔·普拉多通往乡村俱乐部的路上。他看见阿尔敏达了。"堂娜到了。"他心里想。他将车停下让她上车，省得她继续步行走完最后一段路程。阿尔敏达默默无语地走到奔驰车前，他打开了车门，没有像对待夫人那样跑下车去开门，但是说了一些换作夫人他也会说的打趣的话。阿尔敏达试了两次也没能将车门关好，他只好相助，并且没好气地看了她一眼，她甚至没有理会他的眼神。他问她身体怎样，她嘟囔着说好点了。什么好点了？卡洛斯不曾想到最近几天堂娜一直在考虑死亡、守灵、葬礼，以及所有那些散发着大理石气味的词语。阿尔敏达整个人陷在奔驰车松软的座椅上，利用路上的几分钟闭目养神，也许，只有眼前一片漆黑，她才能忘记身边座位上的包裹是先生的衬衫，而不是"小鸟"的漂亮小孩。归根结底，"小鸟"是唯一快乐的人。

  至少，就拿眼下而言，酒店服务生也不快乐：卡洛斯——留着他标志性的小胡子，带着一贯的不屑表情——在酒店正门前将车停下，三个穿绿衣服的人，心里想着夫人和月底的小费，礼数周全地拥向奔驰车的车门。

在与酒店员工每日唇枪舌剑之余，卡洛斯此时又打起了哑谜，正等着看三个人的笑话。他坐在驾驶座上，看见他们接过衬衫包裹，满脸茫然地看着他们为之服务的那个穷酸女人从车上下来，他强忍住没有纵声大笑。

　　头一天晚上，他们半夜三更才回来，跟往常这种情况下一样，胡里乌斯独自在房间里吃了晚饭，又多等了一会儿，直到睡意已浓，妈咪还不知道明天是我的生日。起初，他害怕得要死，后来，又开心得要死，因为到床上来吵醒我的是妈咪。妈咪穿着罩衫，紧紧地抱着他，不停地亲吻他，差点让他喘不过气来，还说今天下午就去买礼物。她让他列出一个清单，十万火急地向他要，想送给他很多礼物，不只是亲吻或者爱，她想立刻让他幸福，她希望你知道，我多么爱你。她那时希望能永远被他这样记住：灵巧、快乐、头发散乱的妈咪，用满满的母爱包裹着他，浇灌着他，浸润着他，她希望这种感觉能够持续很长时间，就像是每次往美国给圣迪亚哥汇钱时，告诉他说应该能够维持一阵一样。苏姗脸朝下横趴在床上，她的头垂在另一侧的床沿，金色的头发散落在地毯上，右手稍稍做了一点努力："亲爱的，妈咪正在渐渐老去。"她按下床头柜旁边的铃，叫服务生送来早饭，我们三人要在小桌旁共享天伦。胡安·卢卡斯低声吟唱男人的歌谣，在卫生间剃着胡子，她又一天再次感到存在着另一种伟大的爱，她的深色眼睛透过宽大的太阳镜，在广阔的高尔夫球场，甚至在整个世界都追随着的爱。血液涌向她的脑部，她满脸通红，胡里乌斯帮她稍稍起身，仰面躺在他身旁。苏姗将两只手放在颈下，扭动着身躯伸懒腰，打了早上最后一个哈欠，假装在胡里乌斯身旁睡着了；然而，胡安·卢卡斯在浴室的低声吟唱已变为晨浴水柱下的放声高歌，她静静地聆听。

　　四十五分钟之后，三个满怀爱意围坐在小桌旁的人的早餐，只剩下盘子里吃了一半的柚子，带耳杯里残留着的一点加奶咖啡，多余的几块涂了黄油而此刻越发油腻的烤面包片，以及等着苍蝇光顾的果酱，虽然在乡村俱乐部的房间里，很可能从来不会有苍蝇来。胡安·卢卡斯穿着洁白无瑕的线衣，宣布将要同渔业公司总裁以及财政部长有一个重要会议，说中午前后回来接他们，去高尔夫俱乐部吃午餐；浴室里传来苏姗的声音，问他在说什么，她在里面听不清。胡里乌斯觉得礼物清单瞬间变成了泡影，整个下午怕是都要在高尔夫球场度过了。他整个人陷在沙发里，穿着一件精细无比，却也无比宽大的罩衫，两只眼睛一直盯着胡安·卢卡斯，看着他从桌式柜上拿起金钥匙扣、金香烟盒、金打火机、镶着金质姓名首字母的钱包，以及支票本——如果他愿意，也可以是金的，总而言之，他拿起了一个扒手的黄金梦，不巧的是，他从来不去扒手所在的地方，或者也可以反过来说，也合乎逻辑。"您有一套像样的套装吗，年轻人？"胡里乌斯正准备回答，但是同往常一样，又被他抢了先："今天晚上我们要带您去'水族馆'吃饭，小伙子，不想庆祝一下生日吗？"胡里乌斯想起了学校里的几个同学，以及游泳池里的几个朋友，也想到了拉斯塔里亚家的混蛋表兄，想到苏姗此时可能会有的突发奇想——如果她刚刚喝下比如说一杯可口可乐的话；最好还是什么都不要想，况且，胡安·卢卡斯已经说了"再见各位！"。这个百万富翁离开了乡村俱乐部的豪华套房，只剩下同样是百万富翁的苏姗和胡里乌斯，以及一个完整的夏日上午：从此刻一直到他中午回来带他们去高尔夫俱乐部。

在那里，一切同往常一样：胡安·卢卡斯几乎整个下午都在打球，苏姗只打一会儿，之后就和几个朋友一起看着他打；胡里乌斯在游泳池游泳，他没能和其他小孩说话，他有一阵没来，谁也不认识了。六点左右，胡安·卢卡斯回来换衣服，沐浴，还在酒吧喝了两杯，时间难免有点仓促：晚上，先要参加一个鸡尾酒会，然后，我们要带这个孩子出去吃晚饭。苏姗兴高采烈地派一个侍者转告胡里乌斯，叫他准备妥当，到酒吧和他们会合，有一个惊喜。"亲爱的，快上车，"胡里乌斯一出现，她就这么说，"我们要去参加一个鸡尾酒会，不过之后会带你去'水族馆'吃饭！"她满心欢喜，以为将给他一个莫大的惊喜，早晨胡安·卢卡斯在出门之前说的话，她在浴室里没有听见。

然而，这一次，她确实听见了房门上三下羞怯的敲击。胡安·卢卡斯刚刚从高尔夫俱乐部回来没几分钟，他们正在喝雪利酒，随后便要更衣去鸡尾酒会。"会是谁呢?"苏姗暗自思忖,懒洋洋地站起身。胡里乌斯下楼已经有一会儿了,但他总是自己开门,无需敲门。再一次响起几下敲击声。胡安·卢卡斯放下手中的雪利酒,他打开门,想看个究竟。

"您好啊,女士!"他说,语气得体,"您是来给我送衬衫的吗?请进,请进……看看,苏姗,来客人了。"

阿尔敏达怯生生地向前迈了三步,进了套房,看起来和周围的环境十分不谐调。苏姗发现天色渐渐黑将下来,心里怅然若失,她赶紧拉上所有的窗帘,似乎这样一来,夜晚以及鸡尾酒会就能随之早早到来。她打开墙角的一盏落地灯,以及沙发右侧的一盏台灯,以此营造品尝鸡尾酒的绝佳情境:酒杯被灯光照亮,在银托盘上发出棕色的光芒。阿尔敏达还站在那儿,只往房里迈了三步,突然显得脏兮兮的,嘴里还咕哝了些什么。可是,胡安·卢卡斯已经不在那儿。对于苏姗而言,阿尔敏达尚未进来,对于苏姗而言,一切都在潜意识里进行,在那后面的某处发展,她抿了一口雪利酒,将酒杯放回桌上,她马上就要看见阿尔敏达,马上就会招呼她,什么地方应该有钱,要拿来给她,付给她钱,然后把衬衫包裹留下。阿尔敏达来了,现在确实来了:亲爱的,亲爱的,能给我一些钱吗?胡安·卢卡斯此时已坐下,正开始《时代周刊》的深度阅读,他取出钱包递给苏姗,却没有抬头,他正读到文章的有趣之处。苏姗接过钱包,随便拿了一张纸币,朝阿尔敏达走去,她仍然站在原地,双手抱着一个巨大的包裹,看起来精疲力竭。"够吗?"她问道,不免有些慌乱,却美丽动人。阿尔敏达做了一个微笑的表情,她告诉夫人,她找不开那张纸币,正准备说可以下周再付钱给她,然而,苏姗仍然惦记着跑马场的穷人,而且时常给他们寄送东西,她充满了善心,真应该看看从阿尔敏达手中接过包裹时,她是多么美丽,气质是多么高雅。她将包裹放在椅子上,将纸币交给她,并告诉她不用找零;阿尔敏达羞愧难当,感到自己的腋下已经汗湿,正发出臭味。从这时起,那场面便像极了女王亲临殖民地视察。双方都感到没有什么可说的了,雪利酒依然在灯光下闪着光芒,他们该换衣服去鸡尾酒会了。可是,阿尔敏达问起小胡里乌斯,说想看看他。"他应该在游泳池。"

苏姗告诉她，心想胡里乌斯不可能在游泳池，一个多小时之前就已经关门了。她立刻回到雪利酒跟前，又抿了一小口，等待着接下来发生的事情。那个女人仍然在房间里，该拿她怎么办呢？胡里乌斯也许要几小时之后才会来。跟她说话，还是不说话呢？可怜的苏姗似乎在思考；看起来，阿尔敏达似乎打算一直待在那里，她既不往前走，也不后退，更不离开，什么也不做；雪利酒就快喝完了，而她既不坐下也不去换衣服，胡安·卢卡斯居然向她要什么莫名其妙的眼镜，他饶有兴味地读着《时代周刊》，现在只差将杂志翻转过来，好让花了很多钱建造与装饰的房间付之一炬，就像美国的超级大片里演的那样。有人来拯救他们了，有人在敲门，所以一定是谁来救他们了，苏姗想着便跑去开门。走到阿尔敏达跟前时，她看见她目光迷离；苏姗展露微笑，但是头发散落下来盖住了她的嘴，阿尔敏达没有看见，只注意到夫人匆匆忙忙去开门：是负责做行李箱护理的服务生。他将做完护理的行李箱送回来，满脸堆笑，期待能拿到不菲的小费。苏姗请他进来，几乎是在恳求，身穿绿色制服的服务生开心地进来，想着也许夫人会直入正题，然而，他碰到另外一个女人，好像是恰巧路过那里，再看向后边，先生在读报。他只好停止痴心妄想，甚至不敢再看，好像在说，这个女人是谁？谁请她来的？此外，这个女人挡了他的道，他只好就地卸下行李离开，将可怜的阿尔敏达瞬间变成一座孤岛，四周被行李环绕。行李服务生走了，苏姗回到桌前继续喝酒杯里的雪利酒，继续等待事态的发展，她看见胡安·卢卡斯的头快要埋在杂志里了，似乎并没有在读，立刻觉得神经愈发紧张。最后一点雪利酒为她指了出路：她美丽动人，将酒杯放回桌上，神情紧张地坐在沙发上，向阿尔敏达露出一个无比灿烂的笑容；阿尔敏达向后退了一步，也回报她一个微笑的表情；就这样，一切又回到起点。不过，这一次稍微有些变化，胡安·卢卡斯听到一个声音提到了胡里乌斯，还有什么小礼物，他抬起头来，眼角的余光正好扫到阿尔敏达，仿佛她是一个刚刚到来的旅行者；他定睛一看，只见她一下子变成了中了彩票的乞丐，还没来得及买一身新衣服，就已经入住豪华酒店，还带着几只罕见的猪皮旅行箱。苏姗仍然看着阿尔敏达，一边寻找着解决措施,她最终找到了:点燃一支香烟。她拿起面前桌上的一包烟,从里面取出一支点燃,她吸了一口,吐出烟,又看着阿尔敏达,事情眼看又要再次回到原点。这一次,她抢了先,迅速按响了铃。

"我差人把胡里乌斯找来,"她说,"我们该换衣服出门了。"

没有必要。就在这时,胡里乌斯打开门出现了。他一进来就发现在半明半暗的灯光下,一切看起来都奇奇怪怪的,介于极度悲伤与荒唐之间。"你好,阿尔敏达。"话音未落,他就撞在了一个行李箱上。胡安·卢卡斯趁机将杂志放在一旁,站起身,说道:"不时会有一些好文章。"苏姗向他投去一个赞同的眼神,也站起身来。两个人正准备离开,突然,阿尔敏达像完全变了一个人似的,在行李之间向前开路,她跟胡里乌斯说,他已经九岁了,今年就是"圣洁心灵"的高年级学生了。"我给孩子带了一个小礼物。"这一宣告使准备溜之大吉的先生与夫人停住了脚步。她打开黑皮夹,取出给胡里乌斯的礼物。胡安·卢卡斯点燃一支香烟,以便在沉默之余再做点儿什么,这个浑身不自在的百万富翁决定亲眼看看赠送礼物的仪式。他吸了一口烟,确定阿尔敏达实在无足轻重,又吸了第二口,确定胡里乌斯就是个天生的白痴。倒是苏姗显得兴致盎然,她的思绪再次回到了跑马场,她目不转睛地盯着正在打开的礼物,带着一令人愉快的,却不乏虚情假意的热情。不能确定的是,她是否能保持这份热情,因为,真的,小包裹逐渐失去"我给你带了小礼物"的包装,正在被打回原形:一个穷苦女人送给一个富豪小男孩的礼物,终将变为悲伤……

……这份悲伤你将永远铭记,胡里乌斯。当事情变成这样,在你的生日、新年、圣诞节,或任何其他一个应该爱和被爱的日子,一个像今天一样的日子,甚至从高尔夫球场回来,以及去游泳池——当时已经空无一人,光线昏暗——都令你如此悲伤;当事情变成这样,当任何期待的喜悦转眼变成无尽的悲伤,甚至更糟,变成持续的、未知的、无尽的悲伤,变成随时会降临的悲伤;当你在空无一人的游泳池,没有那些让你想起辛缇娅的女孩,没有给她梳头发的贝尔莎,没有整个夏天都不曾来看望你的塞尔索和丹尼尔——他们在独自建造那些你无法想象的房子,也没有那个被你撞见正在亲吻女朋友的少年；当终于有一个下午或者是夜晚即将来临之际，马尔科尼的男孩们没有向任何人寻仇，因为他们没来；当你在水底感觉到阵阵寒意，你看见那些石头，泰山的匕首，就在那里，悲伤地躺在那里，在清澈的水面下一动不动，化成一道蓝色的悲伤；当游泳池没有了你今年夏天的朋友，很奇怪，孤独与寒冷为何总激起你去游泳池的愿望？你感受到自己的身体，你感受到自己，你经历那些古怪的时刻，你想还是回房间吧，也许会舒服一些，但是你没有走，你留下来，你看见，在远处，在吧台，在酒吧里，另一个时刻的夹馅面包，比如今天早上，她的到来给了你快乐的几分钟，之后会随时变成痛苦，随时，胡里乌斯，可能是现在，就是现在，因为是你的生日，维尔玛出现了，她坐在一张长椅上，你看着她，但其实没有人，什么也没有，只有那伺机而动的痛苦，现在已成为你的悲伤，你不知道为什么很快就会更糟，即使什么也没发生，哪怕现在妮尔达在泳池边缘大喊大叫，所有人都看着她，她外貌丑陋得丢人，甚至让你觉得无地自容；当你感受到阵阵寒意，越发迫切地想去游泳池，你在那里自得其乐，甚至想起昨天阿尔敏达没有来，她可能今天来，因为今天是你的生日。你看见自己从马车里出来，辛缇娅从学校回来了，你继续留在那里，你知道生命充斥着这样的时刻，充斥着痛苦的威胁和挥之不去的悲伤。当游泳池四周的长椅变成吞没人的墨绿色的空洞，当行李服务生围绕在胡安·卢卡斯的身边——他今天晚上将带你去"水族馆"——当那个时刻最终变成了无法忘怀的痛苦，胡里乌斯，就在那时，你将那一切痛苦的威胁留在已经空无一人的游泳池，没有你爱的人，也没有你记得的人。你回到房间，进门却撞到一个奇怪而悲伤的场面：灯亮着，发出半明不暗的光芒，上帝知道怎么会将胡安·卢卡斯的行李箱放在那儿将阿尔敏达团团围住，当你打开门看见阿尔敏达的背影，房间看起来多么悲伤啊！一切看起来多么古怪啊！当你和阿尔敏达走向桌旁，她和他站在那儿，很不耐烦地期待着一个本不应悲伤的场面，可是，事情就那样发生了：你听见那些妮尔达式的话语，我的心意，我的心意，孩子，她在你眼前打开了礼物包装，有那么一刻，我们都默不作声，仿佛感觉到一阵黑色的眩晕，那一刻，他们说完感谢想要离开，我的心意，胡里乌斯，那些就是你说的话，其他人永远都不会知道在乡村俱乐部的一个套房里，你说这些话是想要表达什么；在你生日的那一天，在半明半暗的灯光之下，藏匿着一团隐秘的忧伤，在房间的各个角落集聚、蔓延，并涌向你们，忧伤越来越强烈；当你听见在浴室里苏姗的丝质衣服从她的肌肤上滑落，当阿尔敏达将礼物递给你，你不知道该说什么，那是一双黄色的格纹长袜，无比丑陋，你永远都不会穿；当你从她的手中接过装着蓝色液体的小圆瓶，鉴于它的颜色和包装，阿尔敏达一定认为那是香水，胡安·卢卡斯令人作呕的声音从浴室传来，说出那个利剑一般的词语，他说，她抢先了，还有那些你希望对你而言没有任何意义的字母。直到那时你一直在顽抗，那些字母连接成词，对你而言有意义，我的心意，孩子，我的心意孩子我的心意孩子我的心意孩子，那些词是：我的心意孩子我的心意孩子我的心意孩子我的心意孩子，贴在小圆瓶上的标签写着"须后水"，我的心意孩子我的心意孩子我的心意孩子我的心意孩子我的心意孩子……"她已经抢先了好几年，"胡安·卢卡斯说，"可怜的人儿，也许卡洛斯可以……"苏姗正准备说，但是最好还是出去告诉他们本人：

"亲爱的，我们不用奔驰车……阿尔敏达应该累了，你不如和卡洛斯一起送她回家吧？"

卡洛斯不太喜欢这个主意，却还是遵命，今天是孩子的生日……相反，胡里乌斯已经兴高采烈地坐在了奔驰车里面。和阿尔敏达多待一会儿的想法让他很兴奋，也许，同她还有卡洛斯说话可以让他暂时忘记礼物那一幕；不管怎么说，这一趟可以帮他打发本要独自一人在套房里待着的时间，等着苏姗和胡安·卢卡斯从鸡尾酒会回来带他去"水族馆"吃饭。他坐在前排，挨着卡洛斯，聚精会神地看着从圣伊西德罗通往拉弗罗里达的路。阿尔敏达坐在后排，已经沉默了好几分钟，因为想起了"小鸟"而有失镇定。自从他们上了哈维尔·普拉多大道，她就开始想起那个吵闹的桑博女人，位于大道两个方向之间的花圃宛如一条绿色的丝带一直延伸向前，道旁的树木和花圃两侧的灌木让她感到无尽的绝望。她凝视着胡里乌斯半晌，心想也许可以把这个故事讲给他听，只是车内已经好几分钟没有人开口，她也有好几年不曾讲过故事。最好还是继续保持沉默，好好享受这一趟坐着小汽车而不是人满为患的巴士的轻松旅行；最好还是闭上双眼休息，不要再看见"小鸟"。她将头倚在座椅靠背上，打算睡一会儿。卡洛斯没有询问就打开了收音机，不管怎样，坐在后排座位上的虽说是一位女士，却不是夫人，至于那个孩子，卡洛斯完全无视他的音乐品位。胡里乌斯甚至没有意识到他打开了收音机，他已经发呆了一阵子，全神贯注地观察着在从圣伊西德罗到拉弗罗里达的路上，利马在发生着多么巨大的变化。在夜色中，反差变得模糊，但并不影响他看到奔驰车穿过的所有的利马，今天的、昨天的、已经离去的、本应离去的、即将离去的，总而言之，利马。暂不论是白天还是晚上，总之，房子不再是宫殿或者城堡，突然间没了巨大的花园，一切似乎都在渐渐缩小。树越来越少，房子越来越丑，或者说，没那么漂亮了，他们刚刚离开"我们拥有的世界上最漂亮的住宅区"——不信就问问任何一个在利马待过的外国人吧——开始看到那些正方形的楼房，正墙上的油漆通常已经脱落，就是那些挂着经典"公寓出租/出售"字牌的楼房；"我们从乔里约斯破旧的土房子搬到林塞"的楼房；稍小一点的，底层是商店、酒吧或小餐馆的楼房，上上下下住着很多轻浮女子，至少给人这样的印象；破旧的房子：有专门为新签约的，如今已发福，但曾经拥有健美身材的阿根廷球星改造的住所，也有同为阿根廷人的广播剧小生的住所，他大概是来看热闹的，也可能是出于对布宜诺斯艾利斯的乡愁，虽然利马人有时也会拿出自己的规矩，谈论本土艺术家，以及诸如此类的话，我的房子，你的房子，他的房子，随你怎么说，归根结底是我们的房子；建于一九二五年的维亚·卡尔麦拉类型的房子；"家道中落"的乡间别墅；罗斯皮格里奥斯城堡①，丑陋外观中尽显"秘鲁

---

① 1929 年由意大利后裔卡洛斯·罗斯皮格里奥斯·维吉尔（Carlos Rospigliosi Vigil）建于秘鲁的一个小型城堡，现为秘鲁航空博物馆。

万岁"的爱国主义热情；女裁缝和女教师的小房子；"白手起家"风格的房子，或者说，兼有总统府和比弗利山庄特点的建筑；船形房子，外观没有任何装饰，乔洛女人够不着猫眼，出于害怕从不轻易开门；加入本地元素的多铎式建筑；状如开心果蛋糕的房子，品味奇谲却志得意满的主人此刻正走向门口的那辆五年新的粉色凯迪拉克；为定居于此的阿根廷帅小伙量身定制的楼房，里面有"她布置的小型公寓"；状况优良、售价高昂的房子，出售时下流行的水平产权的公寓；摩天大楼，民族的骄傲，考虑到利马时有震动，我绝不会住在那里！有很多办公室出租，顶层阁楼是为胡安·卢卡斯的单身朋友准备的。之后就到了中心地带，口角频发区，现代的鱼排面包排挤一切传统，就连利马的古朴阳台也已无立足之地。他们也逐渐离开那里，奔驰车穿过一片一百年以来迅速衰落的地区，沿着下坡路开往一个陌生的地方，似乎到了月球：那些巨大的楼房，突然被夹在荒地和有鸡笼的破房子之间，仿佛苍白的高山一般，还有一片来历不明的光亮，他们仿佛在一片干涸的湖上，沿着"被时光抹去的小路"①前进，奔驰车开始怀念宽敞的高速公路。坐在后排的阿尔敏达似乎醒了，胡里乌斯开始有些不知所措，他想象不出，也不知道那些是什么，当然！是破房子！当然！一切都变成我胳膊的大小，虽然时不时又出现一个简易别墅，也许住着一个窘迫的女裁缝，突然，唰——！茅草屋，为了让你见识一下，胡里乌斯，快看，看起来像是着火了，其实是里面有人在做饭；不远处有座楼房，里面可能住着一个中学体育老师；现在到处都是布满灰尘的楼房，时不时出现一片营地或者一块空地，卡洛斯觉得似乎走错了路，虽然他是本地人，能很快找到方向，谁会说自己害怕，女士，您说说往哪儿走，阿尔敏达有些茫然，因为她是坐小汽车而不是坐巴士回来，不知道该如何回答。奔驰车漫无目的地行驶在道路上，似乎要让胡里乌斯看清楚这一片深不可测的地方，对于乡村俱乐部而言，它就像月亮一样遥远。

---

① 阿根廷歌手卡洛斯·葛戴尔（Carlos Gardel, 1890—1935）的歌曲《小路》里的一句歌词。

奔驰车布满了灰尘,怕是很快就会有人来拆卸它的零件了。瓜达卢佩一边看着阿尔敏达,一边在一个盆状的锅里搅动什么,她对两个同行者,尤其是对那个孩子充满了好奇。胡里乌斯站在门口,一阵冷风穿过门缝吹进室内,他感到背上凉飕飕的,不禁打了个寒战,却不敢挪动脚步往里走。这是他第一次站在一个房子的餐厅里时,看不见客厅,还有一只母鸡惊恐万状地斜视着他,潮湿的屋顶上悬挂着一只灯泡,投射下昏暗的光芒,一切看起来都随时会短路或着火,住在这里的人无异于露宿街头。他不知道该看向何处,他看这里,是为了不看那里,他觉得自己在冒犯瓜达卢佩和阿尔敏达,或许也在冒犯卡洛斯,因为这个房子特别冷,是砖头砌的;在一个小玻璃柜里——不同于宫殿里的大玻璃橱——放着三个发绿的小盐罐,显而易见不是银质的,还有一个破损的咖啡杯、一个橙子以及三根苍蝇围着打转的香蕉;桌旁的四把椅子各不相同,砖砌的灶台就在餐厅里,看向那边也是一种冒犯,那里也是,这里也是。母鸡,母鸡,小鸡仔,胡里乌斯迈开一步,他本想弯下腰抚摸它们,可是母鸡和小鸡仔飞快地跑开了,又是一种冒犯,他本想抚摸它们,还想对瓜达卢佩微笑,结果,他吓到了那些小动物,它们咯咯咯地叫着逃离,而他再次冒犯了瓜达卢佩。他不知道是她耳聋听不见,所以坚信是自己令她讨厌。看着卡洛斯应该不会被当成冒犯,只是卡洛斯似乎已经忘记他在场了。他十分懒散地揉搓着双手,笑嘻嘻地张望着,好像在问,女士,有茶吗?阿尔敏达请他们坐下,她走过来,将一壶滚烫的茶放在了桌上,转身去取杯子时,她问瓜达卢佩是否也要一杯,胡里乌斯此时已经完全确定瓜达卢佩厌恶他,因为她根本不作答。阿尔敏达没有再问,我的干亲晚上不喝茶,瓜达卢佩的耳聋越来越严重了。

"看看这杯茶能否使回程好受些。"卡洛斯说,一边吐出一团烟,阿尔敏达拿来三只杯子,三只有豁口的杯子。胡里乌斯再次觉得自己开始冒犯,然而,虽然他感到十分紧张,还是灵巧地应对,愉快地微笑。当她给他倒茶时,他双手举起杯子,要是再不来点咖啡或是茶,他怕是一秒钟也坚持不住了。他的双手在发抖,但是,在她倒茶时,他控制住颤抖,他放低双手，尝了一口，很烫，他忍住疼痛，茶的味道很好。无比懒散的卡洛斯只顾着说话，胡里乌斯看着他，他甚至理都不理，他大声吸着茶，显得很没有礼貌。看见阿尔敏达拿着三块面包和黄油过来，他欢快地微笑，立刻拿起一块面包，太没有礼数了！然而，胡里乌斯希望能够这样喝着茶，这会儿阿尔敏达终于坐下来，一声不响地喝着茶，仿佛死了一般。卡洛斯吸着茶，发出噪音，茶水从他刚刚浸泡过的面包上重新滴落在茶杯里并发出声响。他时而大口啃着面包，连胡须上都沾上茶水，时而咀嚼着面包，这些声音是房间里唯一的声响，在灯泡微弱的光照下听起来尤为刺耳。卡洛斯欢快地安抚着他的饥饿感，这声音便不断重复，并且逐渐积攒起一种节奏，最终将止于谁开口说出的一句话，我们即将微笑，在这里我会做胡里乌斯，我们都会笑起来，瓜达卢佩也会笑。然而，瓜达卢佩默默地看着他们，什么也听不见，她也许觉得自己仍然在那口大锅里搅拌着什么。也许是因为这个原因，那些声音在节奏形成前一秒钟，在灯泡的光芒下平息下来。潮气啃噬着房间里的每个人，这是拉弗罗里达的晚上，卡洛斯的胡须已经被茶水浸湿，胡里乌斯正想拽一拽他，他热切的手还未够着，一个黑色的东西落在他的右侧：是阿尔敏达的黑色长发，在她低头去喝放在桌上的茶时，散落在脸颊两侧；阿尔敏达的长发盖在她忘了递给你的面包上，"吃吧，孩子。"她说，同时做了一个微笑的表情；她坚持说那是给你的，拿起来递给你，这时，卡洛斯已经吃喝完毕，站起来准备走了；她的手拿起放有面包和黄油的小盘子，伸到你的面前，你一眼看见黑紫的大指甲上那个白色的斑点，吃吧，孩子，你假装看见的是塞尔索和丹尼尔在宫殿般的大宅里上菜时戴着的白手套，然而这并不奏效：你呕吐了。胡里乌斯，你呕吐了，就在卡洛斯打算离开的时候，胡里乌斯，他只好再抽一支烟，阿尔敏达以为你喝了茶感觉不舒服，她用一块湿抹布擦拭你的脖颈，你什么也没做，只是看着瓜达卢佩，她向前迈了三步，正聚精会神地看着你，但总是远远的，她是个聋子。

在下面的土路上，有人立了一块写着"私人住宅"的牌子，这让你感觉很不舒服，因为如果开着车，载着你的女人冲进去，就是一个野蛮而粗鲁的行为，然而，你必须沿着公路径直通过。在旁边，时尚设计师叫人竖了另外一个牌子，上面是他的名字，用巨大的黑色字母写就，事情便由此而生。这一切发生在蒙特里科，那是一个比圣伊西德罗更像圣伊西德罗的地方。后来，听说那户人家将孩子们送进寄宿学校之后就去了欧洲，打算一切就绪之后再回来，如此一来，便不用操心任何事情。他们给时尚设计师留下了一个白色信封和一堆钱；嘱咐他——这倒是事实——要很多窗户，于是，设计师再次修正了他的实用主义理念，核实了留给他的支票，做出了一个愉快的抉择：在蒙特里科的一座山顶上建一座玻璃宫殿，什么？你还没有见过？它的照片可是出现在了所有的杂志上！

蒙特里科山顶的玻璃房子的主人十分高雅，当收到它的落成典礼的鸡尾酒会邀请函时，胡安·拉斯塔里亚高呼，我加盟！确实，他想到了胡安·卢卡斯，他们成为合伙人已有一段时间。人们对他更加热情，似乎他在伦敦定做的十二套西服套装穿起来十分得体。然而，拉斯塔里亚总想得到更多，比如午夜梦回时，他想象着有一个破产的意大利伯爵，住在锡耶纳，他偷偷地买来他的爵位。难办的是日后如何在利马公之于众。胡安·卢卡斯一定会在他的面前狂笑不已，而且当着那个女秘书的面，我的名下如果再有一栋楼，就让她做我的情人。然而，这些仅限于半梦半醒时分，介于梦境与现实之间，不是现在，此刻他正全神贯注地开着凯迪拉克，仿佛开着一架飞机，沿着那条土路驶向玻璃宫殿。"运气臭得像狗屎。"可怜的拉斯塔里亚想道，他已经到了停车场，面前就是那座灯火通明的房子：一辆小汽车也没有，他是第一个到达的。"胡安·拉斯塔里亚是个做作的胖子，在利马的任何一个鸡尾酒会上，都是第一个到，最后一个走。"有人这样说过，他知道。他调转车头，差点撞到一个侍者，这些该死的忸怩作态的家伙，他们受雇于各种盛大场合，彼此串通一气。拉斯塔里亚有时甚至觉得他们是认识他的，对他打招呼时，似乎在说"晚上好，先生！"，又似乎在说"您可别耍我！"，完全无视他那辆宛如飞机的凯迪拉克。

遗憾的是，只是看起来像飞机。此刻，他想把车开下山坡，在蒙特里科兜一小圈，让别人先到。结果事与愿违，他看见有辆车发疯一样往上开，随时都会翻车。他很想飞起来，从它上面越过，但是无法做到。凯迪拉克现在就在这里，早早熄了火，正对着另一辆车，显然是一辆跑车，虽然由于扬起的尘土与打开的车灯，什么也看不见。他们仿佛正身处中心大道，有人在说，请过！过过！请您先过！还有无数个手势甚至咒骂。拉斯塔里亚下定决心，无论如何也不能下车，因为他的汽车更大，也一定更昂贵。他把这场面看作百万豪车的聚会，他在想，是否这边有六十辆，那边有一百辆。这时，一句带着奇怪口音的咒骂使他赶紧下了车，而且弄脏了鞋子，上帝知道他为什么那样做。他绝对不会揍那个从名爵跑车上一跃而下的大块头金发女人。她穿着长裤，身材高大，操着古怪的口音大声喊道："老兄，请把你的车停到山上！"拉斯塔里亚觉得时光又回到了仅靠一件西装就让他的妻子一见钟情的年代，她那时还常常借口玉体欠安逃避社交应酬。他回到凯迪拉克旁，手刚碰到车门把手，就假装自己是胡安·卢卡斯，他张口说，小姐……"你到底要不要把车停到山上！"穿着长裤的、身材高大的金发女人朝他尖叫。他想，她可能精通柔道，他立刻想到美国的间谍电影，这很难说，他连滚带爬，一屁股坐在了凯迪拉克的红色座椅上。他打开油门，感觉像在开飞机，他想恫吓那个无所畏惧的俄罗斯女间谍，但是，一个叶片或者一个机翼，上帝知道凯迪拉克的哪一片外壳擦到了地面，拉斯塔里亚本能地按下了一个按钮，关上窗户，不想听到正在制造的可笑噪音。他继续剐蹭着路面前进，金发女人开着敞篷名爵汽车，真真切切地听到了巨大的摩擦声。她重新向山顶出发，想到所有来参加鸡尾酒会的不过是这样的货色，而她自己将穿着那条脏兮兮的漂亮长裤出席，就忍俊不禁。

所有的房间都朝向一个中央是袖珍湖的巨大天井，不知从哪里来的光线将天井照耀得光彩夺目。玻璃宫殿呈"U"形，从三面环绕着天井，天井有一面是开放的，稍远处是一个花园，隐约可见一个游泳池，被同样不知是哪儿来的光照耀得通体明亮，后边是一片树林，沿着山的一侧延伸，听说树林里有一个湖，湖里有野鸭。一百多位客人陆续通过巨大的敞开的玻璃正门，与埃内斯托·佩德罗·德阿尔塔米拉握手，他患有严重的神经衰弱症，看起来面色苍白，温文尔雅，有点儿像吸血鬼德古拉。他读过很多德文书籍，此刻站在玻璃宫殿的时尚前厅里，丝毫没有违和感，书房也是玻璃的。他的妻子菲妮塔被很多人称作伯爵夫人，她看起来的确有那样的派头，而且有很多男人弯下腰来亲吻她的手，尤其是那些外交官。相反，女士们直呼其名，嘴唇甚至都没碰到她的脸颊；那天晚上，在自己的新家里，可怜的菲妮塔被所有访客身上的香气熏得晕头转向；他们倒不至于将她的房子点着，因为房子全是玻璃的，但她还是担惊受怕，她一向待人温和，然而世界上总有人心怀嫉妒。菲妮塔热情地迎接所有上前问候的人，胳膊已经酸疼难忍，"埃内斯托·佩德罗，埃内斯托·佩德罗，还要来多少客人？"她在心里呐喊，脸上却依旧带着笑容。又一位客人亲吻了她的手，就算她喊出声来，埃内斯托·佩德罗也不会搭理她。他是个亲德主义者——单指其负面意义，他和她结婚是为了生出精致漂亮的小孩，而不是为了爱她。胡安·拉斯塔里亚到了，他一直将凯迪拉克开回城堡，再将妻子的奔驰开来。他开着一辆不同的汽车到来，生怕除了那个侍者，刚才还有其他人看见他。看来并没有。他进去吻了伯爵夫人菲妮塔的手，他为此排练过，效果不错，可以打个及格分。一看见他，埃内斯托·佩德罗·德阿尔塔米拉就感到右边脸上的一根神经绷紧了，那副模样确实很像德古拉。他的目光一直跟随着拉斯塔里亚，直到他加入列队前行的人群，在几个侍者游移不定的目光下进入宫殿内部。侍者面带微笑，却隐藏不住紧张，似乎数不清来宾的数量，只有那个长着一副叛徒面孔的家伙除外。一百位客人依次通过，时尚设计师在他的妻子——缩小版的苏姗——的陪同下，心满意足地听着有人在问谁是设计这个玻璃房子的艺术家。他暗暗记着数，要建造这么多玻璃房子，再多的玻璃怕是都不够用！建筑系是什么？算个屁！谈什么志向与原则！他有一位举止优雅的妻子，因此，不论何人何时向他提出何种问题，他都将应答自如，这样想着，设计师加入了美丽动人的苏姗与无懈可击的胡安·卢卡斯的队列，满面春风地同他们寒暄，和他们一起穿过巨大的客厅，经由敞开的巨大玻璃门来到二十世纪的魔法庭院。袖珍湖就在这里。

室外的一切都尽善尽美。先生们和女士们从几个随想随到的银托盘里取用威士忌酒和小点心，众人都在饶有兴味地交谈。一个年轻的大个子瑞典女人坐在袖珍湖边，她穿着长裤，看起来衣冠不整。人们满腹狐疑地看着她，而她似乎也不知道周围究竟是什么状况。苏珊娜·拉斯塔里亚可能会以为她是家庭女教师，当然，就她那副模样……可是，苏珊娜·拉斯塔里亚没有来。客人们以为埃内斯托·佩德罗·德阿尔塔米拉之所以崇尚欧洲，热爱文化，或许是因为他的大儿子在欧洲学习，所以那也许是跟他回来一起度假的女伴，当然，这不符合道德，德阿尔塔米拉家的人，你知道的，可都是有教养的。尽管如此，瑞典女人甚至没有意识到人们在看着她，似乎在问"你是从哪儿来的？"，她心安理得地抽着烟，身旁围满了德阿尔塔米拉家的年轻人。他们中的一个也在抽烟，咳嗽，笑着将烟圈吐到她的脸上，瑞典女人试图躲避，金黄色的头发随之散落在脸上。就这样过了好一会儿，谁也没有注意到她用一根手指在长发之间开辟出一条空隙，从那儿看着胡安·卢卡斯，而他并未注意到她。相反，拉斯塔里亚看见了，背转向她，生怕跟随着的那一小群人靠近湖边。所有人都很开心，他们的声音消失在夜空，在从立体声音箱所在的房间传出的音乐里支离破碎。这个音箱已经断送了两个管家的职业生涯：他们要么一脚踢在，要么一笤帚扫在不知道什么重要装置上了。从音箱里传出的旋律如此真切，在那狭小的闭塞空间里仿佛生活着世界上最有名的音乐家。总之，您被解雇了，其他的话就留待优雅的菲妮塔来说吧。埃内斯托·佩德罗再次将安装立体声的人带来，叫他修理，同时再装上七个新的喇叭，其中一个就放在瑞典女人的卧室里吧。这个瑞典女人曾经拿过游泳比赛的冠军，似乎也参加过十项全能比赛，此刻，正在和德阿尔塔米拉家的年轻人侃侃而谈，为何她的乳房如此坚挺，胳膊如此完美？她解释说某项运动造就了她的某块肌肉，甚至说游泳能使你的胸部结实。德阿尔塔米拉家的一个十三岁男孩，问另一个十四岁的要了一根烟。他跟瑞典女人说想摸摸她的肌肉，这个粗俗的或者说健康的女人——而我们只看见一个妓女——解开她穿在身上的德阿尔塔米拉大公子的衬衣。正是这位大公子将她从伦敦带来的，他此刻没在，因为他的一个在维亚·玛利亚读书的表姐家里有聚会，他压根没想过将瑞典女人带去那里：在欧洲可以，在利马免谈。在欧洲，瑞典女人和黑人的传闻本来就搞得沸沸扬扬。前几天，他们带她去了庄园，她果然表现很差。当然，菲妮塔和希特勒①都不知道。这个粗俗的女人可能是觉得无聊，就和何塞·玛利亚跑了，就是那个管拖拉机的黑人。从那时起，德阿尔塔米拉家所有的人都跟在瑞典女人的后边，而她在田径运动、自由恋爱与露水情缘之间犹豫不决，在瑞典，这些都是社会主义者的营生。很明显，她从不吝于展示她绝妙的乳房，甚至没有用过胸罩。来宾中有人认识她，说这个北欧女人是个厉害角色，于是，那些穿着优雅、志趣相投的男士，从善解人意的侍者手中接过威士忌酒，开始盯着她看。他们满心欢喜、跃跃欲试、厚颜无耻，甚至令瑞典女人感到恶心。她不再说游泳和田径运动，在袖珍湖的边缘转过身背向他们。从背后看，她同样令人垂涎欲滴。她开始和鱼儿嬉戏，不再理会那一群蠢货，以及那些打扮得像服丧的鹦鹉的女人。瑞典女人十分粗俗：她看不出女士们衣着优雅，妆容华贵。事实上，这里唯一的怪物是她：怎么可能！太无耻了！就这样出现在一场鸡尾酒会上！这个女孩就住在这里，姐们，她还是个女孩。就算她住在北极，也有义务脱掉那条恶心的长裤和那件看着就很臭的衬衣！……

"美丽的义务！"胡安·卢卡斯感叹道。苏姗似乎叫了声亲爱的，有人欲言又止，然而，胡安·卢卡斯突然放声大笑，这一举动感染了其他人，也跟着大笑起来。拉斯塔里亚像是打算弄湿一颗星星，他将酒杯高高地抛向空中，随即爆发出一阵狂笑。所有人都笑起来，争相转述高尔夫球手的精彩评论，"你太可怕了，胡安·卢卡斯。"人群中一位女士说道，拉斯塔里亚不时打着趔趄，仿佛肩膀上扛了个重物。时尚建筑师一边笑，一边不忘寻思：美丽动人的苏姗不知去了哪里。瑞典女人回过头来，可怜的无知女

---

① 指的是埃内斯托·佩德罗·德阿尔塔米拉，隐射他对纳粹德国的崇拜。

人，她看向胡安·卢卡斯，这是他们第一次对视，他用眼角的余光看向她。他正喝着一大口威士忌，随后将酒杯放在旋即出现的托盘上，然后便开始盯着她看，用他特有的不知不觉的方式。只有苏姗在远远地观察着他，她站在人群里观察着他，却并不看向他。人们又开始聊天，几秒钟之后都整齐地看向客厅入口。只见埃内斯托·佩德罗·德阿尔塔米拉神情紧张，用三根手指的指肚扶着总理高贵的胳膊，"小心台阶。"他说。他们到了庭院，瑞典女人还不知道来者是谁。

然而，瑞典女人是个例外；德阿尔塔米拉家的男孩子们同样也是，他们还停留在报纸只打开在电影版面的阶段。其他人不同，应该看看他们是如何慢慢靠近的：一些人慢慢走过来，就像是面对不喜欢的东西；另外一些人，像拉斯塔里亚一样，仿佛看见了喜欢的东西；还有一些人丝毫不靠近，仿佛总理很享受他们的冷漠。而他想必知道这一切，因为他自始至终在微微发抖，仿佛紧张得要死；二十世纪的魔法庭院没有角落，而他似乎是在寻找它们，甚至可以说他正在制造角落，好像随时都可以自成一个角落；另外，他似乎十分在意他的手，摸起来软绵绵的，仿佛一把丝瓜瓤，你还未能感受到骨头，手中已经什么也没有。埃内斯托·佩德罗·德阿尔塔米拉小心照料着他眼下的第一要客，帮助他回避没完没了的问答式交谈，绕开热情的拦截，甚至不让他看见赫然写着"您新出台的法律是要和谁过不去！"的面容。优雅精致的菲妮塔拿着一杯西柚汁过来，递到总理手中，他感到一丝热情，他看见了人群中美丽动人的苏姗，他说拜托，他想问候她：他非常爱她，他是她第一任丈夫的大学同学，多年未见，他依然爱她，一直，一直非常爱她，他要过去和她寒暄。"苏姗美人儿，美丽的苏姗，苏姗美人儿。"总理口中念念有词，一边拿着西柚汁向前走，客人们对他的出现逐渐习惯，最新的法令实际上对他们没有任何影响；客人们看见他穿过了庭院。拉斯塔里亚感到无限的荣耀，时尚建筑师甚至愿意免费为他建造一座房子。

"我给你把总理先生带来了，"埃内斯托·佩德罗·德阿尔塔米拉说，又生硬地补充道，"我不知道他是你的仰慕者。""很长时间了，很长时间了……"总理念叨着。德阿尔塔米拉说着客套话走开了,他感到肩膀上的一块肌肉紧绷,不觉闭上左眼。苏姗看见一个穿着过时西装却十分优雅的少年,张口就是政治,他想和我跳舞;她也看见圣迪亚哥,她的男朋友,他正在和我跳舞……"很长时间了,很长时间了。"总理仍然在念叨着。苏姗看见一个黄色的杯子放在了白色的桌子上,随后便看见了出现于各种报纸上的成堆照片里的总理,这一次,衣着时尚。她似乎还看见了他在漫画里的丑陋和扭曲的形象,以及高谈阔论聊着政治的模样。这时,两只冰凉的、软绵绵的手抓住了她的胳膊,"苏姗,苏姗……""亲爱的……"她说,依然心不在焉。她将头发甩向脑后想要借此彻底回到庭院,甚至胡安·卢卡斯也出现了,仍然在和瑞典女人说话。苏姗站起身,妩媚动人。"亲爱的,"她强打精神说道,"现在我该如何称呼你?"她温柔地亲吻他的双颊,而他重复道,多多,叫我多多,和以前一样……"你是一个如此显要的人物,亲爱的……""多多,多多,和以前一样。"总理拿起西柚汁,想离四周喧闹的人群再远一点。他挽起苏姗的手臂,将她带到花园的某个角落,远远地看见利马就在繁星点点处。他从来没有忘记利马,没过多久,他又在谈论政治。这一次,她假装很认真地在听,她很爱他,绝不能哭出来。

胡安·卢卡斯一条腿踏在湖的边缘,又拿起一杯威士忌,继续给瑞典女人讲秘鲁热带雨林的故事。"啊!这个可不能错过!"他说,而她将一只手塞进紧绷绷的裤子后袋——上帝知道她是如何做到的——另一只手拿起第五杯威士忌。她爆发出一阵狂笑,杯中的酒洒了一半,胡安·卢卡斯不知以何种方式使她的头变小了。他自己也笑得上气不接下气,他伸出胳膊,手上拿着那个挂在头发上的变小的头,他看看那个头,之后,在德阿尔塔米拉家的小伙子众目睽睽之下,将头重新装回去。然而,这些可怜虫一点也不觉得好笑:他们明白,在这个他们的大哥不在的夜晚,他们与瑞典女人之间不会有任何波澜。他们对此心知肚明,倒不如背着父母多喝几杯威士忌。他们这样想着,一边向食品台走去。

瑞典女人在鸡尾酒会上堂而皇之地卖弄风情,这让一些客人颇为不满；只不过众人喝了很多酒，渐渐对此失去了兴趣。只有拉斯塔里亚对胡安·卢卡斯和瑞典女人之间的嬉闹依然耿耿于怀。他想走过去，将胡安·卢卡斯拉过来聊天，但是又听到了一句奇怪的咒骂，他吓得要死，这可是在鸡尾酒会上，他感到无地自容。这个可怜人不知道该怎么办，苏姗完全不见踪影；相反，时尚建筑师倒是无处不在，他就像个大男孩，他的妻子年轻优雅，即便是在和其他女士说傻话时也毫不失态。拉斯塔里亚看着他，既想请他建造一座房子，又懒得搭理他。"瞧他那笑容可掬的样子，既精于算计，又和蔼可亲，看啊，他甚至没有小腹，我也没有，"想到这里，拉斯塔里亚挺了挺胸膛，"他身材魁梧，想必常去冲浪……"拉斯塔里亚换了一个姿势，也换了一杯威士忌，那边，在远处，他看见菲妮塔，还没和她说过话呢。现在，他朝那边走去，他急着想要过去，却沿途不停地客套致意，差点没趴到地上。最近他和胡安·卢卡斯走得很近，已经不像以前那样笨手笨脚，而是安然无恙地到达了。他先将那杯威士忌酒举到人群中央，期待着菲妮塔的微笑，"苏珊娜呢，胡安？"菲妮塔格外亲切地问道，他立刻开始了长篇大论，在场的一小群人无比耐心地听他讲。突然，他感觉有人在上方呼出了一口热气，这才转换了话题："菲妮塔，你好吗？我想，这座玻璃宫殿一定让所有人叹为观止……"又是一阵热气，菲妮塔想，也许应该介绍他们认识，"胡安，"她说，"这位是拉罗·贝略，我们的头牌历史学家，是全秘鲁最懂历史的人。"拉斯塔里亚将威士忌换到另一只手里，一边热情地伸出胳膊，一边想着与厄瓜多尔的交战，他关于历史的知识就到此为止。他微笑着，仿佛在说"交个朋友吗？"。然而，他的笑容转瞬即逝，他摸到的那只手，仿佛刚从滚烫的开水里取出的抹布一般，它属于一个身材肥大的胖子；他热情致意，胖子不理不睬，回头瞥了一眼就将那只恶心的手收回去了。拉斯塔里亚以为他要说话，他看起来憋足了气，然而他只感觉到扑面而来的一口热气，自上而下袭遍他的全身。如此蔑视一切的气魄无疑可追溯至副王总督时期。

这个胖子住在利马中心的一座甚至有门厅的老房子里，他的姑妈是一个有钱人，每周给他发薪金，再额外给些钱供他买书。拉罗·贝略没有车，他坐出租车去参加一切聚会，比如德阿尔塔米拉的聚会。人们邀请他吃饭，而他则不失时机地告诉房子的主人，比如说，今天的蒙特里科在一八二七年曾经是谁的庄园。他肥硕的胯部常常疼痛不已，他患有哮喘，脚上生满老茧，而且受平足与拇趾外翻的困扰，他的脸上书写着罗马帝国灭亡时的惨状，而在现代，东方衰落的痛楚也清晰记载在这副面容上。然而，拉斯塔里亚并没有放弃这个肮脏的胖子，他取出金烟盒，请他抽支埃及香烟：拉罗·贝略忍住没有歇斯底里，他将一只手的中指塞进衬衫领口，将它整个翻过来，似乎连一秒钟也无法忍受炎热、领带或者别的什么，最后，他对拉斯塔里亚说："不……"同时对着他大口吐着热气。可怜的拉斯塔里亚已经拿着金烟盒等了好几个小时，却无人可以邀请。利桑德罗·阿尔巴尼来斯和可可特罗·特亚高里已经加入别的聊天人群，至于菲妮塔，医生已经对她完全禁烟，此外，埃内斯托·佩德罗在叫她：总理已经喝完了西柚汁，准备离开。拉斯塔里亚决定自己抽一支，他将香烟放在嘴里，这时，他看见历史学家拿出一包质量极差的国产烟，发黄的纸质包装被挤压得已经变形，只见他取出一支香烟放在嘴里，立即紧张得要死，因为烟丝一根根粘在他的嘴唇上。拉罗·贝略不知所措，一口接着一口地吐出烟草，眼看就要溅到他的西服翻领上，胡安·拉斯塔里亚想到了一个绝佳的自卫措施：用与胡安·卢卡斯同款的金打火机为他点烟。他为自己的想法欢喜雀跃，他伸出胳膊，露出真丝衬衫完美的袖口以及刻着假徽章的金袖扣。打火机发黄的火苗照亮了拉罗·贝略油腻的、满是胡子茬的下巴，他的一边肩膀垂塌，从后面看就是平板一块。然而，拉斯塔里亚愿意原谅这个上层人的一切，他全身心地为他效劳，仿佛举着奥运火把赶向体育场，他感到极致的快乐，因为历史学家抓住了他的手，助他一臂之力……他鼎力而为，没有松手。拉罗显然很喜欢用嘴唇转动香烟，最终将烟的整个顶端都点着了。顶端的烟丝松松垮垮的，随时都会掉落，不让人好好抽烟；他握着可怜的拉斯塔里亚的手，用他宛如温湿毛巾的双手将它包住，而拉斯塔里亚则半踮着脚，近乎悬挂在空中，他微笑着，似乎在说，喂，快松手，因为在不远处，总理正亲吻苏姗向她告别，眼看就要经过他们身边。总理就要过来了，这样顺路向他道别原本再自然不过，而且他正和一个合适的人选在一起，拉罗·贝略的衬衫袖口确实肮脏了一些，但他却不失为一个要人。然而，拉罗·贝略刚刚松开手，太迟了，现在，总理已经无法看见他了，看见肥硕的贝略倒是可能的，他们肯定会互相打招呼，而他可以重新登场。总理在埃内斯托·佩德罗·德阿尔塔米拉三根雅利安①手指的引领下，继续朝前走，心里对苏姗依旧念念不忘，他远远地看见那副肥硕的胯部和奢拉的肩膀，思绪立刻回到了办公室里，秘书在那里给他读一份日报上的《老资料》专栏中拉罗·贝略关于某些私人财产与政治仇恨的文章……总理走到历史学家的身边，魔鬼一般的左眼差点贴在他的耳朵上，侧目而视变成正面仇视，拉斯塔里亚感到恐惧。终于，拉罗·贝略吐出一口热气腾腾的烟雾，将他刚才吸入的第一大口烟释放出来。他愤怒地躲藏在烟雾后面，他的姑母曾经因为那篇豆腐干文章怒斥过他，可怜的拉斯塔里亚也迷失在这股令人窒息的气流里。拉罗·贝略开始狂咳不已。

当拉斯塔里亚再次听见音乐响起，宾客们重新回到庭院时，肥胖的历史学家已经走出好几米。他在寻找椅子、威士忌以及将威士忌呈送到他面前的侍者。拉斯塔里亚明白，这是他逃脱的机会，也许苏姗正独自一人待在某处，或者胡安·卢卡斯已经离开了瑞典女人……然而，某个东西引起了他的注意，他开始找寻庭院里不存在的立柱：拉罗·贝略已经坐下了，在用一块肮脏不堪的手帕擦脸，他向一个侍者示意，又叫另一个，再又叫一个，没有一个搭理他；他们看见他，却假装没有看见，相反，他们不停地出现在四处的人群里，有人正在想，我想再来一杯威士忌。在他们看来，肥胖的拉罗·贝略仿佛不存在，他们甚至偷偷地向他投以鄙夷的目光：有个侍者看透了他的西服布料，他自己至少有两套更好的。拉斯塔里亚没有注意到的是，胖子根本没有意识到这一切，他想都不曾想过侍者居

---

① 在20世纪，纳粹分子用"雅利安人"指代"优秀的种族"，此处隐射上文中提到的埃内斯托·佩德罗·德阿尔塔米拉对纳粹德国的崇拜。

然会瞧不起他；他继续要求，他用手帕擦擦脸，再次干巴巴地说了一声威士忌，他感到口渴难忍，开始想念姑母，希望她能将酒杯送到他嘴边。他又说了一声威士忌，这次声音稍大一些。拉斯塔里亚藏到不存在的立柱后边，和蔼可亲又精于计算的时尚建筑师，穿着在拿骚度蜜月时购买的西服，对恰巧路过近旁的侍者领班说："劳驾，请给那位先生一杯威士忌。"他稍稍提高了音量，足以让那边也能听见。侍者领班经验老到，很清楚贝略先生是谁，并对其怀着应有的尊重，他赶紧叫来距离最近的侍者。就这样，拉罗·贝略终于喝到了一杯威士忌，并得以忘记他的姑母。几秒钟之后，历史学家感到体力已恢复，抬起头看向正回过头的建筑师，打算重新加入他的聊天人群。然而，时尚建筑师任凭他看着自己的脸。拉罗·贝略观察着他微笑的侧脸，他还看见稍稍往右的地方，拉斯塔里亚正从他的藏身之所出来，准备邀约年轻艺术家为他盖房子。历史学家将头倏地向后一仰，似乎已经不想再看见他们。那两个人继续飘飘然，仿佛浮在空中，而他则心满意足地呼出一大口滚烫的，如副王总督时期一般久远的气息，开始思考普鲁塔克①以及《比较列传》。他想，和往常一样，会有人载他一程，今天晚上他要在"水族馆"门口下车，他想吃龙虾，还要喝一瓶好酒，一边继续构思接下来要写什么。

　　二十世纪的魔法庭院里歌舞升平。宾客们几杯酒下肚，在各自业已成形的派对集合中谈兴正浓。二十世纪的魔法庭院分享着他们的优雅与欢乐，他们在金碧辉煌、灯火通明的宫殿里尽情享乐；在层层玻璃墙的护卫之外，利马在夜色中消失，成为远处被遗忘的背景。在音乐声中，只听有人说了一声"妙啊！"，可能是那个瑞典女人。时尚建筑师回过头，恰巧看见她的一根手指仿佛犄角一般插在胸前。胡安·卢卡斯在哈哈大笑，他的身体稍稍向后倾，一条腿始终支撑在袖珍湖的边缘，一杯威士忌悬挂在他纤长的手指之间，轻轻落在弯曲的膝盖上。菲妮塔和埃内斯托·佩德

---

① 普鲁塔克（约46—125），生活于罗马时代的希腊作家，以《比较列传》（常称为《希腊罗马名人传》或《希腊罗马英豪列传》）留名后世。

罗·德阿尔塔米拉已经将总理送到了门口，等待着他的小汽车发动，沿着下山的道路驶向蒙特里科笼罩在夜色中的车道，继而再驶向通往利马的公路。两人重新回到庭院。"这一切要到什么时候结束？"看见客人们继续愉快地交谈，菲妮塔暗自寻思，"只有总理善解人意，知道要早点离开，这些人甚至不看表，将点燃的香烟扔在我的家里，我的大理石地板啊，老天！他们踩踏香烟头，上帝啊，要过好几个月，我的家才能像以前一样干净，那些管家……"菲妮塔听见一群聊天的人中有人叫她，立刻感觉浑身不自在，除了走过去也别无选择。"是贝巴·马丽娜斯。"她心里嘀咕了一句，强忍住内心的纠结，微笑着向一只巨大的宝石手镯走去，手镯笑呵呵地说："菲妮塔，你还没告诉我们，那个和胡安·卢卡斯说话的小摇滚女歌手是谁？""孩子们的朋友，贝巴，是孩子们的朋友。"她说，一边留心不让风吹到她裸露的骨感的脊背，实际上，她也不清楚她究竟是从哪儿来的，"孩子们，孩子们现在都不听话。"她感到很不自在，贝巴口无遮拦。她的笑容在颤抖，她极尽温柔地对待她的客人，人们从四面八方召唤她，而她在自己的鸡尾酒会上鞠躬尽瘁，哪怕下一秒就晕厥。与此同时，埃内斯托·佩德罗暂时保持两眼同时睁开，一边前进，一边避开所经之处向他发出邀请的人群，他朝他们微笑，根据喜好的程度给予不同的笑容：给财团总裁四分之三个微笑；对渔业大亨似笑非笑；向财团富有的合伙人做一个礼节性的微笑；见到建筑师时，轻触他的胳膊；一看见拉斯塔里亚就自然闭上一只眼睛；看见坐在椅子里上气不接下气的拉罗·贝略，立刻表现出神经衰弱的样子；而最终，他会满脸堆笑，双目圆睁，因为就要到达苏姗身边。她心不在焉，带着俏皮的神情，没有人知道是不是极度悲伤所致。她在庭院的小径边缘玩着平衡游戏，再过去就是花园。"一，二，三……"苏姗在心里默念，脚下打滑，一下踩在草坪上，游戏告终；她朝前走了几米，到了灯火通明的游泳池边。她就此停下，背向庭院，等待着埃内斯托·佩德罗·德阿尔塔米拉到来。"不要动，"她听见他说，一边抓住了她的双肘，"就这样站着，就一会儿，苏姗……越过你白皙的肩头，眺望利马是个无上的享受……不要动……就让我再看一下它缩小的样子，就着几乎无可辨认的灯光……当然可以在这里放置一尊雕像,哦,你的头发,亲爱的?"苏姗感到埃内斯托·佩德罗的双手松开了她的胳膊,她微笑着回过头,将金黄色的发束撩至脑后,大大方方地将裸露在闪闪发光的蓝色礼服外面的美丽的胸部展示在他的眼前。完美而温柔的英语字句已在她的唇齿之间……"亲爱的。"这是她说出的全部话语,她的声音开始颤抖。从德阿尔塔米拉肩膀的上方,她看见胡安·卢卡斯依然热情洋溢地同快乐的瑞典女孩聊天,应该是在讲述他横穿巴西的吉普车之旅。她太了解他,这是他纵情嬉闹之前惯有的表情,苏姗见过多次,但都是为她而流露的。"胡安·卢卡斯真是糟糕透了,埃内斯托,不知道他要和那个女孩一起待到什么时候。"德阿尔塔米拉除了神经衰弱,还有一千种毛病。他似乎瞬间老了很多岁,左侧脸颊布满了皱纹,他开始憎恨胡安·卢卡斯和所有宾客,晚上十点整他必须将假牙摘下。"他就来,苏姗,胡安·卢卡斯就来。"他说,一边竭力控制着自己。他挽住苏姗的胳膊,将她带到一个瞭望台,从那里可以清晰地远眺利马。"你在发抖,埃内斯托。"她说。她还想说些什么,他让她稍等,"我去拿一杯水,苏姗。"他有些语无伦次,随即飞快地去找水服下晚上九点半的电光蓝色药片。在山的那一侧,黑夜仿佛巨大的黑洞,在他的眼前打开一片虚空,一个难以抗拒的力量推动着他,他要将假牙抛向利马上空,扔在蒙特里科上空,他感到忍无可忍,他苍白的布满蓝色血管的双手,如同十一点的药片,不让他有片刻安宁,他看不到令他平静的东西。"只有苏姗。"他一边跑去找水,一边自言自语。他满心痛苦,一只眼睛完全看不见,幸好途中没有遇见拉斯塔里亚,否则一定会捅他一刀;幸好菲妮塔想起了她丈夫的药片,派侍者拿着一杯水去找他。两人在途中相遇。此时,埃内斯托·佩德罗回去找苏姗,他想,在她身边服下电光蓝色药片他就会立刻心绪安宁,即便十点整要取下假牙,即便客人们……"我近来身体很差,"回到她身边后,他说,"特别是星期天的下午,简直糟透了。"他正想告诉她,他考虑回欧洲,去咨询一位在德国的神经科大夫,突然,他觉得晚上九点半的电光蓝色药片正在发挥作用,而他对于上帝的信仰,也并非像他担心的那样,在星期天的午后就消失得无影无踪。他甚至感到在苏姗的陪伴下，他有力量等待宾客们陆续离去，等待胡安·卢卡斯停止与那个小野人纠缠。他在心里盘算着，至少有一天，他能接受将假牙一直戴到十点半。苏姗一直在瞭望台等他，微笑着迎接他。她从他的双手之间接过杯子，等待他说话。

"瑞典女孩不守规矩，"他说，重新打起了精神，"非常不守规矩，不过，倒是可以活跃气氛。"

"她怎么会在这儿，亲爱的？"

"埃内斯托，我的大儿子，在伦敦认识了她，邀请她来。现在的年轻人都这样。他似乎对她已经没什么兴趣……倒是小孩子们被弄得神魂颠倒……"

苏姗回头向远处的胡安·卢卡斯看去，他拿起一杯威士忌，和瑞典女人聊得没完没了。苏姗没有开口，埃内斯托·佩德罗却明白，胡安·卢卡斯也被弄得神魂颠倒，而他早就不是小孩子了。上帝知道德阿尔塔米拉为何决定说出一长串完美的德文，可惜，他未能说完，肩膀上的一块肌肉突然收紧，迫使他紧紧地闭上左眼，苏姗不明就里地看着他。他看见她的脸上掠过一丝不悦，她以为埃内斯托·佩德罗在引用某一部文学作品，借以概述女人一旦同胡安·卢卡斯那样的男人结婚，将要面临怎样的命运。苏姗感到深深的刺痛；她看着仍然半闭着眼睛的德阿尔塔米拉，突然想起了妮尔达，只差对他喊道："但愿你中风，永远就这样闭着一只眼！"然而，她懒得惹他。

"亲爱的，也许你不相信，胡安和我非常……"

埃内斯托·佩德罗觉得"快乐"这个词是橙色的，橙色与小药片的电光蓝色混在一起，在他眼前拼命打转。他开始诅咒这个世界，包括蒙特里科在内。他突然意识到，他必须脱掉假牙和客人们道别，所有人便都会看见他面容干瘪，布满皱纹，而后天就是星期天的午后。他差点戴着假牙滚下山坡，但是他控制住了，因为男人比女人更加强大，他以白种人的名义，回头看了一眼他的豪宅，那灯火通明的庭院。也许这一眼可以帮他摆脱极端的情绪低迷：一些身着完美白色西装的男士，围绕着另一些身着深色套装，在白色或者象牙色的真丝衬衫上系着银色领带的先生们，仿佛永不停息的苍蝇一样来回打转；先生们看不见苍蝇，那是一些沉默不语、受人待见的苍蝇，是天然形成的井然有序的一部分，和此时亮如白昼的美丽庭院一样，闪烁着电光蓝色的光芒；胡安·卢卡斯先生和金发女郎在庭院里嬉戏玩耍，就在高高俯视着利马的蒙特里科；我可能随时去欧洲，或者治愈神经衰弱，并在庄园宅邸里大宴宾客，在一个既没有原住民仆役和橙色小工出现，也没有橙色但又泛着蓝色的官员来漂亮的办公室找我的日子，在那间办公室我待着十分自在，当然，当然，当然，现在我要去找苏姗，她就在我身边……看向庭院对埃内斯托·佩德罗而言很有益处，他的感觉开始好转。看见一群客人上前来告别，他更觉舒坦："我送送各位，女士们，先生们，我送送你们。"德阿尔塔米拉说，一边将他的雅利安手指放在客人们蓝色的手肘上，轻轻地推着他们穿过魔法庭院、无与伦比的客厅、金碧辉煌的前厅……他一路走着，另外一些客人也过来告别，他微笑着送别他们，心想："走的人越来越多，如此看来，我能在十点半之前摘下假牙，还有十一点的助眠蓝色药片，我的孩子们我的财产我的一切，德国……"

"苏珊娜①，我的女人！"胡安·卢卡斯叫道，听起来西班牙味十足。

差点没把她吓死。美丽动人的苏姗回过头，一眼看见瑞典女人，于是任凭发束洒落在脸颊上。

"你好，拉蒙·德尔瓦耶-因克兰②。"她说。然而，胡安·卢卡斯一时来了劲，把苏姗话里的嘲讽当作恭维，更加劲地扮起西班牙人来。

"有个叫做胡里乌斯的年轻人正在把我们等待。"只差尼纽·德特里安纳③弹着吉他，唱着弗拉门戈，大驾光临。

"有个叫做胡里乌斯的年轻人正在把我们等待。"苏姗模仿道。她本打

---

① 西语人名"苏珊娜"（Susana）对应英语人名"苏姗"（Susan）。
② 拉蒙·德尔瓦耶-因克兰（Ramón del Valle-Inclán，1886—1936），西班牙戏剧家，小说家，98世代的代表作家。
③ 尼纽·德特里安纳（Niño de Triana，1921—1987），西班牙弗拉门戈演唱家。

算冷嘲热讽一番,然而,那个瑞典女人,上帝知道她如何将双手插进裤子的后袋,两个乳房在白色衬衫下傲然挺立。苏姗不禁闭上了眼睛,仿佛有人将车灯打到她的脸上。她想飞到神秘的东方,可惜误了飞机,更糟糕的是,她嘟囔了什么,却什么也没有说出口,眼看着脸就要红了。

"我叫迪塔。"瑞典女人说着便从口袋里掏出一只似乎已经挤扁的手,伸到苏姗面前。

胡安·卢卡斯准备跺脚,却突然觉得自己像个混蛋,于是仅用鞋跟在地面上弄出了一点响声。就在这时,苏姗感觉仿佛喝了一杯冰可乐,她伸出胳膊,将发束向后撩去。她将瑞典女人晾在那里,半晌才向她伸出手,她不过是一个穿着脏裤子的少女。

"你想和我们一起吃饭吗?"她问道,那神情宛如英国女王,又仿佛葛丽泰·嘉宝①,"我们要去'水族馆'吃饭。"

"我不知道,可能不行。"瑞典女人回答,神情介于灰姑娘和女打字员之间。

苏姗用一个微笑表示同意,胡安·卢卡斯一只手拿着酒杯,一只手摸着后脑勺,完全一副混蛋样。他提议,最好还是让女孩跟德阿尔塔米拉家的小伙子们走吧,而他们也要赶紧离开,胡里乌斯想必已经饿得快要晕倒了。三个人一起离开了瞭望台,在仍然留在庭院里的少数几组客人之间前进。当看见苏姗和瑞典女人说着英语从身旁经过时,时尚建筑师再次爱上了她。在她面前,瑞典女人相形见绌,就连美貌也输了二十年。他觉得那可怜的女孩不会游泳,心里一定希望苏姗教她,更希望胳膊肘上没有那一大块痂。"我走了。"她向他们道别,随即跑回了卧室:也许胳膊上的伤口已经愈合,可以将痂揭去,干干净净地出现在胡安·卢卡斯面前。只是,除了小埃内斯托·佩德罗·德阿尔塔米拉的衬衫,她又能弄到什么衣服呢……"我恨你!"女游泳健将喊道。

---

① 葛丽泰·嘉宝(Greta Garbo, 1905—1990),本名葛丽泰·洛维萨·古斯塔夫松(Greta Lovisa Gustafsson),瑞典国宝级电影演员。

与此同时，美丽动人的苏姗，与介于花花公子和回头浪子之间的胡安·卢卡斯满怀感激地亲吻菲妮塔一尘不染的左侧脸颊，向她问起埃内斯托·佩德罗，说也要向他道别。"他这就过来。"菲妮塔说，似乎随时都会晕厥。胡安·卢卡斯看见埃内斯托·佩德罗缓缓走来，一只眼紧闭，正在看手表，还差三分钟十点。他看起来苍老了很多。苏姗拥抱他，恳请他不必费心送到门口。

几分钟之后，捷豹行驶在下山的路上，飞快地驶离埃内斯托·佩德罗·德阿尔塔米拉的宅邸。瑞典女人赤身裸体地站在房间里，将一幅巨大的窗帘轻轻拉开一角，目送它穿过玻璃墙，渐渐离开灯火通明的豪宅，消失在夜色之中。在庭院里，大约有三十五个蓝色的人继续饶有兴致地聊着天，依然没有弄明白究竟是哪里来的灯光让这座现代感十足的庭院具有一种神秘气氛。他们欣欣然沉浸于这一神秘气氛中，甚至相信，此刻将杯子抛向空中，空气就会立刻变成做工考究的银质托盘。他们在玻璃宫殿透明的围墙内快乐地聊着天；谈话声消失在音乐里，消失在头顶布满星辰的美丽夜空里。他们抽着烟，烟雾盘旋上升，在隐形探照灯发出的神秘光束里幻化为奇妙而绚丽的图案；他们喝着威士忌，感觉自己仿佛飘浮在世界上空的一座岛上，上帝知道要飘向哪里；他们非常快乐，散发出快乐的橙色光芒。

最后一个弯道拐过之后，他确定这个晚上已经不会再发生什么事情让苏姗心绪不宁。一段时间以来，他就希望像现在这样，开着捷豹发疯一样地行驶，却没想到这个晚上再合适不过。而她就在身边吹着风，任凭秀发随风自由飘舞。捷豹奔驰在路上，弯道总是在他将速度加到极限前的最后一刻出现。胡安·卢卡斯已经将车开入蒙特里科尚未建设的、陌生的地段。苏姗闭着双眼，一言不发、一动不动，任凭头发通通被风吹向后面。

"我们迷路了。"胡安·卢卡斯突然说。

"多迷一会儿，亲爱的。"

苏姗扭头看着胡安·卢卡斯；他也想看她，看看她的表情。这时，风将头发吹到她的脸上,看不见她的面容。

"多迷一会儿,亲爱的。"苏姗又说了一遍。

他很想看看她的脸,想抱怨她和埃内斯托·佩德罗聊了太长的时间。

"亲爱的德阿尔塔米拉。"他以一种介于担忧和嘲讽之间的语气,试探着问道。然而,穿着紧绷的脏兮兮的裤子的瑞典女人既时尚又充满野性的形象突然出现,打断了他的思绪,刚刚说出的几个字立刻失去了力量。他还没来得及将它们说清楚,就已经淹没在发动机的轰鸣声里。

"亲爱的德阿尔塔米拉。"他无耻地坚持道,伪装出并不存在的嫉妒。他的声音再一次被捷豹的轰鸣吞没,消失在夜色里。

"亲爱的尼安德特人。"苏姗回敬道,对瑞典少女的指涉清晰明了;她随即恢复了镇静,重新看向前方,勇敢地享受着速度产生的眩晕感。她任凭晚风再次将她的头发吹起,尽情地飞扬在耳后,随之飞扬的还有她的思绪。胡安·卢卡斯将捷豹的油门一踩到底,然而,对于苏姗而言,蒙特里科的一切都已经不复存在……辛缇娅告诉我的:你是学校里最美的女孩,苏姗,我不想离开伦敦,辛缇娅,我必须回布宜诺斯艾利斯,我什么时候能再见到你,苏姗?我的第一个女儿将与你同名,我保证,辛缇娅,我的也会叫你的名字,苏姗,我们住在学校已经七年,辛缇娅,你究竟叫什么名字,苏珊娜还是苏姗?我也不知道:爸比叫我苏姗,妈咪叫我苏珊娜,我署名苏珊娜,不过,在伦敦没有人这样叫我,只有妈咪写信时会用这个名字,现在连我自己听起来都会觉得奇怪,辛缇娅,离开你太可怕了,苏姗,不要哭,辛缇娅,我总是哭,我是个傻瓜,我还从没见你哭过,苏姗,这很奇怪,真的,辛缇娅,你是毕业典礼上唯一没有流眼泪的人,苏姗,再见,再见,是的,我要留在机场,他的飞机半小时之内到达,他应该要来参加毕业典礼的,推迟了,我有三年没见到他了,不要哭,再见,辛缇娅,这次没有见到他,太遗憾了!爸比!爸比!爸比!你真帅,爸比!我的小女儿!你已经是个小女人了,苏姗!寄宿学校的日子结束了,爸比,单身的小秘鲁女人,我可怜的苏姗,我从未吃苦,从未觉得苦,我的英语棒极了,比我的西班牙语说得好,妈咪总是抱怨,她还好吗？请原谅我的正字法错误，妈咪，你信里面的错误越来越多，你忘记了自己的语言，回国之后打算做什么，苏姗？我不想回去，爸比，苏姗，再等几个月，爸比，飞机在纽约转机，今天晚上八点，苏姗，别这样，只是几个月而已，爸比，斯通小姐会为我打点一切，苏姗，很荣幸，斯通小姐，我在我家旁边为你准备了一间公寓，在斯坦霍普花园，小姐，我的！我的！我的！我很快乐，没有人为难我，辛缇娅，要一直给我写信，告诉我一切，苏姗，完全独立自主，没有约束我的女教师，我把头发剪得很短，一切近乎完美，除了斯通小姐就在近旁，不要晚归，小姐，不要担心，斯通小姐，别抽这么多烟，小姐，您不要管，斯通小姐，您以为自己是谁，小姐！去见鬼吧，斯通小姐！我将给他写信，告诉他一切，他会知道一切，小姐，不要相信她，爸比，你怎么能对斯通小姐如此粗鲁，苏姗？她是个管家婆，爸比，她只是每月把钱给你，不要让她进入你的公寓，我有时间就去看你，苏姗，谢谢，非常感谢，你的信写得真好，亲爱的，生意很忙，何时去看你依然未可知，我把头发剪短了，寄五张照片给你，我爱你，爸比，你妈妈叫你给她写信，苏姗，我没什么可写的，我什么也没做，我没有时间做任何事，我很快乐，戴维，让我拥抱你，真希望没有人与我为难，我希望自己能一直自由自在，戴维，所有的秘鲁女人都和你一样吗，美人？你觉得呢，戴维？最美妙的十六岁，美人，十九岁，戴维，骗人，美丽的、爱说谎的秘鲁女人，苏姗，放开我的护照，傻瓜，你会来参加晚会吗，美女？我的护照，白痴，晚会见，晚会上给你，苏姗，放开我，白痴！出了什么事？喂，放开她，白痴！无耻的女人！疯婆子！松手，保尔！我们赶紧离开这里，出去喘口气，抱紧我的腰，苏，好的，保尔，你以前骑过摩托车吗，苏？开快点儿，开快点儿，保尔，酒吧都关门了，苏，斯坦霍普花园，再开快点儿，保尔，要再来一杯威士忌吗，苏？真希望没有人与我为难，我希望自己能一直自由自在，保尔，再见，宝贝，保尔！保尔！回来，保尔！可怜的小疯子，我的苏，我再去拿一些冰来，我没哭，那天晚上我也没哭，是的，就是那天晚上，伊丽莎白，你和他在一起多久了，苏姗？差不多一年了，伊丽莎白，你要怎么跟你的爸比交代,苏姗?斯通小姐,那个白痴,您的女儿从伦敦消失了,走的时候没有告诉我,先生,她从法国写信给我,说她过得很幸福,斯通小姐,我有责任告知您,您的女儿和一个陌生男子骑着摩托车走了,先生,她从瑞典给我来信,说是和一个女朋友在一起,一个叫做伊丽莎白的,你很幸运,在这里遇见我,苏姗,我厌倦了保尔,如果你继续和那个该死的瑞典人眉来眼去,我会杀了你,苏姗,两人差点自相残杀,伊丽莎白,我有足够的钱,够我们两个生活,苏姗,到了伦敦我还你,爸比的汇票应该已经到了,在那个女巫那里,斯通小姐,他就来,就要来将你带走,您的父亲这样告诉我的,小姐,我非常好,随信寄去七张照片,我的头发长长了,我想学习,请给我这个机会,求你了,给你我所有的爱,苏姗,我说服他了!拿好你的钱,丽思,而你还穿着长裤,他们就要到了,而你依然蓬头垢面,苏姗,我不能这样出去吗?我懒得换衣服,他们是谁,丽思?JJ①组合,约翰和胡里乌斯,两个牛津大学的学生,我们在萨勒特的家里有一个聚会,你不认识他吗?在伦敦的北部,没有时间等你换衣服了,长裤比舞裙更合身,走吧,苏姗,叫他再开快一点儿!再快点儿!叫他快点开,约翰!他喝太多了,不要开这么快,胡里乌斯,你是秘鲁人,叫苏姗-娜?是的,我不给你看我的护照,酒鬼,我是秘鲁人,和圣迪亚哥一样,约翰,大学同学,你的挚友,不是胡里乌斯?他来自利马,拥有半个秘鲁,等他做了总统,就开飞机来接我们,我们会在像宫殿一样的房子里纵情狂欢!约翰,进门时慢一点!胡里乌斯,上一次我差点没把门踢飞,哈哈哈!你多大,苏姗-娜?你已经喝了几杯威士忌,胡里乌斯?我很想吻你,不过在此之前我要再喝一口,我们进去吧,来看看再喝一口,我是不是就敢说我喜欢你,苏姗-娜,我喜欢他,丽思,他会约你出去,他会喝醉,会忘记你在旁边,你必须坐出租车回家,这样的事经常发生,苏姗,我们所有的人都快醉了,卡罗尔,每次在胡里乌斯的聚会上都是这样,你的混蛋同胞什么时候到,苏姗-娜?她没有再想起他,丽思,幸好

---

① 约翰(John)与胡里乌斯(Julius)的名字都是以 J 开头。

他没有撞见你喝醉，苏姗，我已经坐在袖珍湖边，好久没有听人说西班牙语，瑞典女人背对众人坐在湖边，在袖珍湖里玩耍，胡安·卢卡斯靠近了，好久没有听人说西班牙语，他应该就是圣迪亚哥：胡里乌斯叫我来认识你，苏姗，圣迪亚哥？稍等，不要走开，就待在原处，苏姗，我的头发又长长了，亲爱的，和现在一样长吗，妈咪？是的，辛缇娅，是爸比告诉你的吗？说你总让头发散落下来吗？说你总是这样，用手把它撩上去吗？爸比就是因为这些爱上你的吗，妈咪？我几乎没想过，不管怎么说，我想象中的你是另一个样子，圣迪亚哥，你失望了吗？胡里乌斯说你拥有半个秘鲁，圣迪亚哥，他也是这样说你的，苏姗，我以为你是深色头发，个子很高，圣迪亚哥，你失望吗，苏姗娜？很多年没有人这样叫我了，他身材不高，金色头发，他反复问我是否失望，他很幽默，胡子很密，我无法抵挡他的目光，他的个头比我矮，跳舞时我注意到了，我被他所吸引，他让我坐在袖珍湖边，他再去拿一杯威士忌，瑞典女人拨开长发看着他，我突然叫他亲爱的，他嘲讽地看着我，我感觉自己像个野人，穿着脏兮兮的长裤，从阿尔塔米拉的岩洞里，或者从亲爱的尼兰德特人的洞穴里爬出来，我无法忍受他的目光，我内心爱意激荡，不能自已，爸比，他出身显赫，和他父亲同名，他是我的挚友，苏姗，一九三七年九月二十七日，我爱你，圣迪亚哥，我们要庆祝一下，我的小汽车已经等得不耐烦了，你住在哪里，苏姗？斯坦霍普花园，圣迪亚哥，我晚上想住在萨勒特，我的东西在后备厢里，苏姗，他有一件鲜红色的真丝晨衣！真是个摩登的绅士！一双上乘的蓝色平底拖鞋，上面用丝线绣着他的名字！他在看你，应该低垂双眼，丽思，机会来了，不再是自由的秘鲁女人，苏姗，我爱你，圣迪亚哥，你即将年满十九岁了，我们回利马去结婚吧，苏姗，再在伦敦待一段时间吧，求你了，圣迪亚哥，不可能，我要工作，我们必须尽快回利马，苏珊娜，亲爱的胡里乌斯：圣迪亚哥非常忙，不能给你写信，我就要有第二个孩子了，如果是男孩，就叫罗贝托，小名鲍比，和他的一个叔叔也是他未来的教父同名，如果是女孩，就叫辛缇娅，和我的阿根廷朋友一样（我再也没有见过她），照现在看来，我会有很多孩子，说话算数，下一个男孩叫你的名字,奉上我全部的真心,苏姗,我们就在这里结婚吧,我们再待一阵吧,圣迪亚哥,不可能,苏姗,再见,斯通小姐,希望您已经做出了正确的选择,圣迪亚哥先生,你怎么看,苏姗?见鬼去吧,斯通小姐!很高兴您能将她带走,圣迪亚哥先生,在利马你不能再这样为人处事,苏珊娜,作为瑞典女人,我希望你叫我苏姗,圣迪亚哥,亲爱的胡里乌斯:我们的第四个孩子出生了,是时候兑现我们之间的承诺了,我将给他取你的名字,胡里乌斯,我希望能很快辞职,我觉得很不舒服,我想去欧洲咨询医生,我们到时候见,胡里乌斯,我亲爱的苏姗:生活真可怕,我是多想见到你啊!我从来没有想过以后再也见不到他,请给我写信,苏姗,亲爱的:再多写几行,向你描述一下胡里乌斯:大大的耳朵,特别有趣,胡里乌斯在酒店里面想必快要饿死了,我们最晚十点回来,胡里乌斯,那位先生是谁,妈咪?作为瑞典女人,我不会哭,烦着他,亲爱的尼安德特人,他会带你坐着跑车兜风,这位是胡里乌斯,胡安·卢卡斯……

"苏姗,苏姗!"

"你差点没吓死我,胡安·卢卡斯。"

"我已经停下五分钟了。刚才拐弯时我们差点撞死,而你全然不知,你喝了多少杯?"

"比约翰和胡里乌斯少。"苏姗脱口而出,着魔般地盯着他,神情恍惚,看起来悲伤不已。

胡安·特诺里奥①将车发动,又熄火,取出钥匙,又重新塞入,就在他准备再次将钥匙拔出时,他停住了,高尔夫球手眼看就要歇斯底里。苏姗看着他,忍住大笑,也没有哭。胡安·卢卡斯点燃一支香烟,吸了一口,吐出三个完美的白色烟圈,算是对和平的致意。他咳了两声,阳刚十足。他再次将车发动。等了半晌,他再次试探性地说出那一句亲爱的德阿尔塔米拉,这次说得非常清晰,一边开车上路……

---

① 即前文出现的堂胡安。西班牙诗人及戏剧作家何塞·索里亚(José Zorrilla, 1817—1893)的作品《堂胡安·特诺里奥》(*Don Juan Tenorio*, 1844)中的主人公,是一个类似于唐璜的花花公子。

"亲爱的尼安德特人。"苏姗回敬道,确信他十分清楚指的是谁。为了保险起见,她让头发散落在脸上,用一根手指打开一丝缝隙看着眼前的白痴。胡安·卢卡斯再次熄火,双臂交叉抱在胸前,打算听个究竟。

"一九三七年九月二十七日,你在哪儿?"苏姗问道,看起来十分异常。她没有放声大笑,相反,似乎快要哭出来。

"苏姗,很抱歉,我一点儿也不明白。"

"一九三七年九月二十七日,谁靠近了谁?谁坐在湖边?"

"没有的事!苏姗,告诉我,亲爱的尼安德特人是瑞典女孩吗?"

"我应该说,亲爱的尼安德特人坐在萨勒特的一个袖珍湖边,在一九三七年九月二十七日。"苏姗继续玩着游戏。

"所以,你是亲爱的尼安德特人?"

"那谁又是亲爱的德阿尔塔米拉?"苏姗几乎是一口气吐出了这句话。

"冷静,苏姗,我们去找胡里乌斯……"

"那天晚上,胡里乌斯完全醉了……胡安·卢卡斯,你在哪儿?"

"苏姗,我和你说了上千次:那段时间我也在伦敦……"

"瑞典女人呢,亲爱的?"

"够了,苏姗!走吧。马上就是晚上十一点了,胡里乌斯恐怕已经饿昏了。"

"或者,喝醉了……"

"不,苏姗!是你的儿子胡里乌斯,今天晚上我们都不想见的那个假虔诚的小教徒!"

"另一个,胡安·卢卡斯,总是喝醉的那一个……"

"我不认识!"

"那时你也在伦敦,你自己说的;而且,你参加了我们的婚礼……"

"我们走吧!"

捷豹沿着蒙特里科漆黑的车道缓慢前进。

"你找到路了吗,胡安·卢卡斯?"一会儿之后,苏姗问道。

"是的,走这里没错。"

"可是，我看不太清……有一条路，从亲爱的尼安德特人通往亲爱的德阿尔塔米拉，但是首先要找到萨勒特的一个袖珍湖，在伦敦的北部……还有一个秘鲁人，亲爱的。但是，如果湖在瑞典怎么办？……没事；没事，这都怪利马，这条路的大部分路段经过利马……"

"你在说什么，苏姗？"

"在说从亲爱的尼安德特人到亲爱的德阿尔塔米拉的路：它从利马经过，胡安。今晚你离开时，记得提醒我，要请你捎个口信。"

"给谁，苏姗？"

"给我，胡安。"

她哀求他快点儿，她感到害怕，很多年以来她第一次真的害怕哭出来。我懒得换衣服，他们是谁，丽思？JJ组合，约翰和胡里乌斯，我们在萨勒特的家里有一个聚会，在伦敦的北部，你穿长裤比舞裙更好看，瑞典女人，烦着他……

"先生、夫人，想喝点什么？"年轻的服务生看起来十分不自然，在燕尾服侍者的监督下，将酒水单递给他们；燕尾服侍者仿佛滑行在冰面上，此时已经到了他们的桌旁。

"香槟。"苏姗说，在灵魂深处，她是对另一个胡里乌斯——在伦敦的那一个——说的。"要庆祝一下孩子的生日。"她略带嘲讽地解释道，不免显得有些装腔作势。

"好的，香槟。"胡安·卢卡斯表示同意，准备继续之前的游戏。他无需掩饰，服务生没发现他的任何不悦，也许更加细致的燕尾服侍者对此有所察觉；然而他也没有察觉：他以法式优雅与高薪服务，撤下桌上的红酒杯后随即离开，在餐桌之间滑行穿梭；在稍远处，他遇到另一个燕尾服，两人共同勾画了一个精致的几何图案，微笑着单腿滑行。他们身体前倾，左腿伸向后方，就这样到了总理的桌旁。他刚刚吃完果冻，打算离开。胡安·卢卡斯此时缺一个高尔夫球，好用它堵住胡里乌斯的嘴，他正用一个巨大无比的哈欠庆祝他在奢华生活中的首次亮相。之前，当他们到达套房时,他已经在沙发上睡着了。看见他的领带挂在一只耳朵上,苏姗不禁悲从心来。那是几年前维尔玛和他常开的玩笑:每当给他扣衬衫领口时,维尔玛总将领带套在他的耳朵上。"快点儿,年轻人。"胡安·卢卡斯说着话,试图叫醒他。胡里乌斯洗了洗脸,半响也没有缓过神,不知道现在是昨天,还是已经到了今天。随后,他穿上外套,梦游一般跟着他们到了这个大名鼎鼎的餐馆。他一点也不想去那里,倒是更乐意在卧室里吃几块饼干,然后钻进被窝。现在,他已经坐在那里,恍惚听见他们在说香槟。在"水族馆"半明半暗的灯光下,燕尾服侍者让他想起好几年前他有过的一个不倒翁。不管多么努力将它立直,却总是歪歪倒倒。他又痛快地打了一个哈欠,胡安·卢卡斯看着他,仿佛在说,生日快乐!该死的小蠢货,要不是看在你生日的分上。他清醒了一点,开始东张西望。他向右边看去,突然整个人都清醒过来。在右边,几乎正对着他们的桌子,坐着一个人,正在津津有味地吮吸着粗粗的手指头,甚至没有注意到食物已经滴落在西服的翻领上;紧接着,他开始欢乐地进攻一只龙虾,不巧,食物的纤维塞到了牙缝里,他只好放下龙虾,手忙脚乱地剔牙齿。胖子筋疲力尽,上气不接下气,他深深地叹了几口气,随后整个人鼓起来。当他呼气时,一块脏兮兮、可能还潮乎乎的餐巾,开始在洁白的桌布上向前移动。

那个人是拉罗·贝略。他无所顾忌,来时已准备好花光一个月的薪金。万一不够,管他呢,还可以签单。贝略先生在"水族馆"这里几乎无人不晓。"奇怪的是,他是一个人来的,"在厨房里,侍者们彼此交头接耳,"那个胖子总是跟着别人吃白食。"但是,今晚例外。拉罗·贝略在胡里乌斯吃惊的目光下继续狼吞虎咽。苏姗想笑,就让胡安·卢卡斯以为是在嘲笑拉罗吧,谁让他们是亲戚,虽然鲜见两人彼此打招呼。拉罗属于家族里落魄的那一支,也是更古老的一支。胡安·卢卡斯感到很伤脑筋,无论去哪儿都能撞见拉罗穿着领子脏兮兮的衬衫,甚至有一天下午他还去了高尔夫球场。他穿着一件白色的T恤,出现在了高尔夫俱乐部,从后面看无异于一张大木板,因为当时他没有穿西装。幸好,他很快就离开了。"到处都是美国佬,到处都是美国佬。"他不停地说,表现出十足的教养缺失,邀请他去的人只好赶紧将他送走。胡安·卢卡斯向他招了招手,仿佛是在提醒他"千万别靠近我",胖子回之以更大的不屑与无视,以及完全不缺钱的阔绰。拉罗礼节性地向苏姗打了个招呼,随后有些茫然地看着胡里乌斯,一边将一只龙虾螯塞进嘴里。"亲爱的,不要总盯着他。"苏姗说。胡里乌斯对拉罗充满了好奇,此时更感迷惑,只见一个和蔼的侍者将一份菜单递给他:"先生,喝点什么?"侍者告诉他酒的名称,甚至葡萄的采收年份,拉罗完全不予理睬,一个肮脏的大指甲戳在菜单上,"不,"他说,"我要这个,这个,这个。"然后他回过头来,充满厌恶地看着胡里乌斯。胡里乌斯只好看向别处,苏姗怕得要死,希望侍者赶快将香槟送来,这个孩子毫无顾忌地四处张望,说不定会让谁不高兴。

　　总理意外地出现了。"很荣幸再次见到你们,很荣幸再次见到你们,很荣幸……"胡安·卢卡斯、苏姗和胡里乌斯慢慢回过头,看见总理朝他们走来。他想再次问候他们,他这就要走了。"不,不,不要停下来,不要客气。"走到桌边时,他说。胡安·卢卡斯趁机做出要站起来的样子……"不,不要客气。"总理微笑着重复道。"亲爱的。"苏姗说,一边将手递给他,他双手捧起,她感觉到他在颤抖。他们就这样待了一会儿,直到胡安·卢卡斯说:"总理先生要走了。"一边还竭力装出了尊敬的样子。"一个总理的生活,一个总理的生活,一个总理的……"他重复道,苏姗觉得胳膊上一阵瘙痒,忍不住想笑,上帝知道这种感觉要持续多久。像往常一样,胡安·卢卡斯找到了解决措施:他让"水族馆"里所有的人都觉得他就要站起身……"不必多礼,小伙子,不必多礼。"总理拦住胡安·卢卡斯,称呼他为小伙子,事实上,他并没有年长很多。总理看了一眼胡里乌斯,似乎刚刚发现他,一边在心里暗自计算,不知道是眼前的这段婚姻还是前一次的,他不想冒昧地发问。"这是最小的孩子吗?"他问。他没有算出来,他忘了圣迪亚哥去世的具体年份,也估摸不出孩子的年龄。苏姗回答说胡里乌斯是最小的孩子,总理又试图计算了一下,一无所获。所有的数字混在一起,在脑中乱成一团。最后,胡安·卢卡斯突然站起身,一下打断了他的心算。"最小的孩子,最小的孩子……"总理若有所思，他随即告别，这才发现自己一直捧着苏姗的手。等出了门坐到车里再计算吧，那两个陪同他一起用餐的人会帮他算。在他问候朋友的时候，那两个人一直在暗处等待。就这样，在两个身份不明的人的陪同之下，总理离开了。

"胡里乌斯，拜托！"看见他再次回头看向拉罗·贝略，苏姗说道。

"不要咬指甲，不要像个傻瓜一样盯着别人看。"胡安·卢卡斯插了一句。

"不要理他，亲爱的。"苏姗表示不同意，补充道，"今天是他的生日，他应该过得开心。"

"这并不是说……"

"先生、夫人，我能将菜单拿走吗？"一个侍者插嘴道。他十分粗鲁，谁也不能这样硬生生地打断先生与夫人的谈话。

胡安·卢卡斯皱皱眉，轻轻一摆手，优雅地比划了一句"滚"，侍者表示完感谢就离开了。

"水族馆是什么？"

"一个有很多鱼的地方，亲爱的。"苏姗解释道，她很有兴致教育孩子，同时不失时机地烦扰胡安·卢卡斯。

"我没看见鱼，妈咪，我能看看它们吗？"

"这是一个没有鱼的水族馆。"胡安·卢卡斯总结道，他看见燕尾服拿着香槟酒滑行而来，同时来的还有一个拿着几只香槟酒杯的侍者。

香槟酒很华丽地打开了，燕尾服在胡里乌斯惊羡的目光之下，熟练地控制住了酒瓶，喷涌而出的泡沫没有弄脏桌布，一滴滴全部落在了装满冰块的银质小桶里。他随即将酒瓶放在桶里，以保持美酒理想的温度。燕尾服的眼中流露出些许自得：他令先生与夫人的孩子大开眼界。然而，胡安·卢卡斯的眼神却给他泼了一盆冷水：他开过一千瓶酒，看过四万瓶酒被打开，所以不要故弄玄虚，干点正经事！一个眼神道尽了千言万语。燕尾服滑行着离开，头也没回，倒入酒杯里的香槟还在冒着气泡。胡安·卢卡斯看了一眼手表。

"来，胡里乌斯，干杯！"看到时间已经不早了，他说道。

"不急，亲爱的，"苏姗补充道，"还有时间。"

"干杯！"胡安·卢卡斯又说了一遍，先是盯着苏姗的眼睛，随后又看着胡里乌斯。

胡里乌斯将酒杯举到嘴边，喝了很小的一口，兴味索然，他更乐意观察胖子贝略已经换了座位坐到哪儿。历史学家侧身坐着享用佳肴，不想看到坐在另一张桌子上的四个小伙子，他们总取笑他，这让他十分恼火。相反，四个小伙子很尽兴，都有点醉了。他们是学生，是几个十分优雅的年轻人：两个未来的胡安·卢卡斯，一个未来的部长，还有一个看不太出前途何在，似乎闷闷不乐。

"咱们中学毕业之后，有很多年没有聚过了。"一个胡安·卢卡斯说。

"你他妈的怎么想到要进圣马尔科斯？"另一个胡安·卢卡斯问。

"更容易呗。没找到关系进天主教大学。"

"转学吧，还来得及。"未来的部长建议道。

"大佬，"一个胡安·卢卡斯说，"转学过来吧，我们还是校园四人组。"

"在法律系读到四年级，最好五年级，我们想个辙，转去圣马尔科斯。"另一个胡安·卢卡斯说。

"从那儿毕业可他妈不容易。"一个胡安·卢卡斯说。

"为声名所累。"未来的部长插嘴道。

"还有他妈的罢工！动不动就罢工，说不定就耽误一年。"一个胡安·卢卡斯说。

"还是回天主教大学吧，"另一个说，"干杯！"大家都哈哈大笑，只有第四个人除外。

"声音小一点，"未来的部长说，"少说脏话。"

"服务生，再来一杯威士忌。"

"四杯。"

"我钱不够。"第四个人说。

"没事，今天我们请客。"一个胡安·卢卡斯说。

"靠，卡洛斯……"另一个胡安·卢卡斯说。

"嘘！老兄，别那么粗鲁！"未来的部长说。

"操他妈的烂事！"

"操他妈，今晚要签在我老爹账上！"

"你们打算赊账？"第四个人问。

"不然，你认为我们从哪儿弄到钱来奢侈？老家伙既然想让我卖命，就要出点钱。"

"实习差点没要了我的命，却连个子儿也不给。"

"你在实习，卡洛斯？"

"还没，就快了，法律专业都要过这一关。"

"搞什么鬼！……重点是拿到文凭。"

"看！那是我叔叔胡安·卢卡斯……"

"看起来很有范儿！"

"嗨，叔叔！……喂，你们要正经点儿。别让他看到我们喝很多……我叔叔的女人越来越美。"

"是的，哇！你知道前两天我在高尔夫俱乐部里看到什么了吗？太不可思议了，喂！差点没发现，我看见一个女孩穿着比基尼，我想走过去看仔细，喂，太夸张了！……原来是你的婶婶苏姗……穿着比基尼，像个少女。"

"别盯着看，他们会发现。"

一个侍者拿着托盘走过来，上面放着四杯威士忌。

"您的叔叔请的，先生。"

"谢谢。"

"谢谢，叔叔！"

"谢谢！"

胡安·卢卡斯自在地吃着饭，朝他们挤了挤眼睛。他们发现一张小纸条，上面写着："侄子，别不相信，对面的胖子是你的堂兄。将这张纸揉成一团,扔给他。"他们哈哈大笑。侄子看向他,胡安·卢卡斯再次朝他挤挤眼睛。

"我扔给他,如果你想。"第四个人说。

"不!别犯傻!"未来的部长说,"他是贝略,是个历史学家。"

太迟了:一个燕尾服侍者一直盯着那几个年轻人,喝那么多酒,可不要胡作非为;他看见小纸团仿佛蝴蝶一样飞舞,立刻将手中的托盘变成一张捕虫网,带着猥琐的笑容,一下子跳起来,他没捕到,回头绝望地看向贝略,纸团落在他的额头上,他没有察觉,燕尾服开心地扭过头:先生们,请继续,先生们,这简直太有趣了。胡安·卢卡斯又叫人送来一轮酒。

"谢谢,叔叔!"

"你叔叔人真是太好了!"

"他可不是白请我喝的。不管怎么说,我还是想和他一样……斗牛士来的时候,他给安排住宿,请他们吃饭,不管来什么名人,他都陪着,甚至有人为他写传记。他经常出现在报纸上,手里拿着威士忌,招呼所有人尽情享乐。记得上次那个好莱坞的女演员吗?那个美国妞叫什么来着?……想不起来了……是我叔叔到处陪着她,一点儿不回避,他一定把她睡了。"

"说慢点。"未来的部长说。

"一个十足的混蛋,我的叔叔,我不是喝了几杯威士忌才这么说的。又何必呢?我打心眼里想成为他……这是我唯一真正想做的事。"

"首先要有文凭。"另一个说。

"你觉得我叔叔有文凭吗?他做的事不需要学位。卡洛斯,你怎么看?……你不希望和他一样吗?"

"我不知道……不管怎么说,祝贺你!我认为你是我们之中唯一真诚的人。"

两个胡安·卢卡斯和未来的部长睁大眼睛,既迷惑又怀疑地看着卡洛斯,都不太喜欢他关于真诚的论断。某样东西横架在他们之间,"是圣马尔科斯。"卡洛斯想,有些东西学校无法让他们团结一致,他们四个再次相聚,仿佛又回到高中的最后一年,等着维亚·玛利亚学校放学,扬言要娶顶级富家女。卡洛斯觉得心情极其低落,他们之间的隔阂已然成形。然而,他喝下去的几杯酒足以使他在接下来的几个小时里继续对此视而不见,更何况,将来的事情谁知道呢?今晚,他要和他们在一起,这样的奢侈有助于他继续保持此刻脸上的微笑。

"你的婶婶很迷人。"他说,一边肆无忌惮地回头看向苏姗。

"他们应该都认识圣迪亚哥,"关于四个年轻人,胡安·卢卡斯评论道,"没想到我的侄子已经到了胡闹的年龄。"

胡里乌斯在他的石首鱼里找不到一根刺。相反,胡安·卢卡斯的银镜鱼甚至还带着鱼骨,他不得不使用短叉,即专门吃鱼的叉子,世界上没有第二个人像胡安·卢卡斯一样使得如此娴熟与惬意。

"叔叔,"胡里乌斯说,"有一天你跟妮尔达发火,因为吃到一根鱼刺……现在你一定非常生气。"

苏姗不觉得好笑,但还是笑了,这是个好机会。

"银镜鱼是一码事,石首鱼是另一码事。你的盘子里难道有刺吗?……你的盘子干干净净。"

"哈哈,也许我吃进去一根……"

苏姗用手捂住脸。

"服务生!"胡安·卢卡斯叫道,年轻的服务生与燕尾服闻声赶到,"请马上给这个孩子上份牛排。"

"您想要七分熟?全熟?请问小绅士要几成熟?"

"带刺的。"苏姗脱口而出。

服务生顿时云里雾里;相反,燕尾服流露出惊喜的神色:先生,我没明白您的意思,夫人,这个玩笑太棒了,先生,请原谅。他试图重拾法式优雅,却并没奏效。

"这个……哈哈……"

"喂!通常的做法,给这个孩子的。"胡安·卢卡斯皱起眉头,露出眼角的鱼尾纹。燕尾服与年轻的服务生转身离开,在冰面一样的地板上滑行而去。

"干杯!"苏姗说,一边举起香槟。

"好样的,亲爱的!干杯!"

"谢谢你,亲爱的。胡里乌斯,他们将尽一切可能给你做一块带刺的夏多布里昂牛排。"

"你看,年轻人,你的妈妈今天晚上非常快乐。"

"给我要一份甜点,胡安。我不饿。"

"好的,看来我们可以早点回去,不过,要等这个孩子吃完牛排。"

"我留下来等他,如果你想……"

"苏姗……"

"为什么不给他唱生日快乐歌,胡安?"

胡里乌斯将杯子里的香槟泼出了一些,惊恐地看着胡安·卢卡斯。

"服务生,请擦一下桌子。"胡安·卢卡斯向空中喊道。

一个服务生从天而降。

"马上,先生。"他显然有备而来。

桌子刚擦干净,胡里乌斯的夏多布里昂牛排就到了。

"我不想吃,妈咪……"

"可以上甜点吗?"苏姗问道。

"不再吃点什么了吗?……"

"不用了,给我来份甜点就好。孩子快要睡着了。"

"而且先生也累坏了……"

胡里乌斯抬起头看看胡安·卢卡斯:累坏了?

两个服务生费了半天工夫让拉罗·贝略留下的杯盘狼藉的桌子恢复洁净。刚刚收拾停当,就进来了另一个引起胡里乌斯注意的男人。他没有妻子陪同,身边带着两个和他几乎一模一样的年轻人,毫无疑问,应该是他的孩子。跟他们一起来的还有两个十分不合时宜的女孩,应该是孩子们的情人。五个人相继落座,各自点燃一支香烟,面带微笑,心满意足地吐出烟，团团烟雾将他们围住。他们换了个姿势，再次吐出烟，此时，烟雾终于不再撞到脸上。他们相视而笑。那位先生看见胡里乌斯看着他，朝他挤挤眼睛。胡里乌斯看看苏姗，苏姗看看胡安·卢卡斯，胡安·卢卡斯这才注意到来者是个熟人。那个带着儿子及儿子情人的阔佬礼仪周全地向他打招呼，随后就靠在椅背上，面带微笑地看着自己的儿子，以及两个女孩，他在等待：一、二、三！爸爸，你看起来真年轻！越来越年轻，青春永驻，太不可思议了！女孩子们随即接上：谁说不是啊！话多的那个说：爸爸年轻极了，另一个用眼神表达了同样的赞许。儿子们再次说：你越来越年轻了，爸爸，而爸爸则得意洋洋地靠在椅背上，肚子挺到了胸前，是吗？他问道，是真的吗？是的，爸爸，你年轻依旧，像金袖扣一样结实，像林肯车一样闪闪发光，你很年轻，爸爸，人们会认为我们是你的兄弟，而不是儿子，他们会认为……鲁莽的儿子闭嘴了，身边的女孩害羞地低下头，可别让人以为她是他的女朋友，或者情人，利马人总是喜欢飞短流长，有一天，有人告诉她，看见她的公公——她还不是他的儿媳妇——开着车跟在维亚·玛利亚的校车后面，老色鬼，他的车奢华酷炫，金光闪耀，车内还装有无数个按钮，轻轻一按，座椅就变成了床，你的公公真厉害啊！燕尾服侍者与服务生到了，加入这一桌笑容可掬的人之中。其中一个儿子——已经在爸爸的办公室工作的那一个——问燕尾服，他们是父亲与两个儿子，还是三兄弟——其中一个没有带女伴。燕尾服带着法式优雅，踩了服务生一脚，一口咬定是兄弟，难道还有其他可能性吗？他随即看着服务生，可怜人刚刚弄明白，一语中的：三位先生是兄弟，当然，怎么会有其他的可能性呢？众人都笑了，笑声不断；爸爸很开心，穿着棕色条纹的西服套装，露出真丝衬衫的奶油色硬领，上衣口袋里的手帕与领带很相配，我的情人年轻貌美，为我平添荣光。然而，他突然悲伤起来，因为不远处，胡安·卢卡斯无疑保养得更好，我的年龄与西服的斑马条纹同数，儿子们注意到他的不安，看着燕尾服侍者，所有人都异口同声：您越发年轻了，爸爸，他们甚至提高了音量，小儿子忍无可忍，他很快也要去爸爸的办公室工作：我不会让你单独跟玛尔蒂塔待在一起，你是个禽兽，爸爸。玛尔蒂塔低垂双眼,爸爸看了一眼他的西装:棕色,不带斑马纹,酒瓶绿色的林肯车,我的妻子出身大户人家,精于相夫教子,我的情人既年轻又貌美,我在她身上大笔地花钱——这是男人常有的事,我有漂亮的女秘书,要买个庄园,我是赛马迷,赚得越来越多,不给孩子很多钱,哎呀!可别急着让我做爷爷,荣誉万岁,权力万岁,生命万岁,我的孩子们:爸爸,您越发年轻,青春依旧,我都要吃醋了,爸爸……而爸爸梳理着自己的思绪,露出重建秩序之后的微笑,您觉得呢?

您是燕尾服侍者,您不置可否,因为您已经魂不守舍。更确切地说,您在哀求他们,暂时忘记了法式优雅,您看着他们,眼神都在哀求,请点餐吧,您将提供高薪点餐服务,但是,请小点声,请注意,拜托,他在看,他通常不看,他挪动了位置,他一般不挪动位置,他刚刚上身前倾,这很少见,此刻,他正愤怒地注视着他们。他们对燕尾服的异常反应有所察觉,虽然他仍旧保持着微笑,他们还是察觉到了一些什么,于是转身去看:冷漠、害怕和恐惧,是他们在面对何塞·安东尼奥·布拉瓦诺充血的醉眼时感受到的全部。父亲的真实面貌于不经意间显露出来,儿子们顿时觉得他老态龙钟,而且满心恐惧。何塞·安东尼奥·布拉瓦诺身体微微前倾,脸被灯光照亮,时而蓝色,时而绿色,时而红色。在他旁边,他的第三任妻子一动不动。他的眼睛发出病态的光芒,他厌恶他们,这些人坐在左边的桌子上,说的都是一些无聊的废话,让他心生厌倦。所有在场的人都有不好的预感。父亲打出第一发,也是最后一发子弹,这样做有损他的威严,他心知肚明;他身体前倾,闭上双眼,嘴巴触到桌面。再抬起头时,眼睛已经睁开,却没有看布拉瓦诺。他面色苍白,尽显老态,仿佛在等待一发子弹打穿他的脑袋,然而什么也没有发生:只有没完没了的沉默与恐惧。他定了定神,目光转向两个儿子:他们也在看他。玛尔蒂塔天真地说,她想要鞑靼酱配石首鱼,更加冒失的儿子说,看见他的妻子已经将什么塞到他嘴里了,燕尾服重新开始为他们点菜,有人说了一句"他的第三任妻子对他可真好"。胡安·卢卡斯坐在桌旁解释给苏姗听:"特洛伊战火即将点燃。"胡里乌斯看着那位奇怪的先生,再次觉得他像个死人。

胡安·卢卡斯对餐后甜点没有感觉，他唯一看得上的，是下午六点在巴黎吃的法国点心。高尔夫球手开始不耐烦，纤长的手指敲打在空空的香槟酒杯上，以此表达无聊与焦躁。苏姗的香草冰淇淋送上来了，孤零零的一个小圆球，盛在精致的银杯里，仿佛花蕊一般。也许她会尝一点儿，不管怎么说，她喜欢将小银勺插进白色的小山顶，然后就这样看着，久久地看着冰淇淋渐渐融化。在雪白厚实的桌布上，这一切看起来真美啊！如此一来，如同剑一般插进香草冰淇淋球里的小勺，随着时间的推移逐渐接近杯底，又获得了多么愚蠢的意义！对于小勺接近杯底的那一时刻，她甚至感到一种半开玩笑半认真的害怕，同时又觉得这个游戏很奇怪或者说很幼稚，然而，她还是想知道最后会发生什么。当金属小勺触碰到杯底时，胡安·卢卡斯会要来账单，因为他们该走了，生活还要继续，此刻，她感到困意和倦怠，不打算自寻烦恼。胡里乌斯的"篝火"加速了事态的进展，如此甚好。

胡里乌斯的"篝火"是燕尾服推荐的，是用橘子瓣和几片薄脆的黄油卷饼做成的一道甜点，小绅士会很喜欢的。苏姗同意了，她想，如此一来，就可以晚点离开，我可真奇怪，她又想，火将加速冰淇淋融化，也就会使剑尖更快触碰到杯底。"对，对，你会喜欢黄油卷饼的，亲爱的。"她说。胡里乌斯甚至已经对着胡安·卢卡斯的脸打哈欠，此时只好强打精神，看着服务生与燕尾服兴高采烈地将装置放在桌子上，主要是一个闪闪发光的银质小火炉和一个小平底锅。然后，两人一脸谄媚地看着他，等着他问些什么，比如说，啊，这个怎么做？啊，现在还要做什么？然后他们便可以拿出精致的火柴一下子点燃篝火，让这位小绅士——先生与女士的儿子——看得目瞪口呆，让他的妈咪笑逐颜开，因为堂胡安·卢卡斯今晚看起来心情不太好，我们最好是点燃篝火，等一切就绪就溜之大吉。只见两人动起手来，将黄油卷饼浸在柑曼怡酒里面，甜甜的橙子和柠檬的香味阵阵袭来。随后，他们将双手放在炉火上方，心想孩子会因此兴奋不已，然而，孩子没有任何反应。孩子又打了一个很大的哈欠，"水族馆"看起来越来越昏暗，乡村俱乐部、学校、高尔夫俱乐部以及秘鲁的地图都只剩下模糊的影像，然而，黑暗随即明朗起来，空中布满了星星点点的小火花，眼前出现一个形状扭曲的"水族馆"。在一个热气腾腾的餐馆里，他的桌子上燃烧着一团篝火，炙热的火焰仿佛要将一切都点燃。此时，火焰转移到何塞·安东尼奥·布拉瓦诺的桌子上，他是红色的，他的妻子也是，他们没有觉得灼热，也没有流汗，火苗变小了，被放在桌子周围，以便他们继续坐在原处，他们一直在那里，一如既往：别人将"水族馆"搬来放在他们旁边，乡村俱乐部搬来放在他们旁边，将世界上所有的燕尾服侍者和服务生都召集来；他们从未进入"水族馆"，也从未离开，他们一直坐在那里，他们不怕火，火，不怕魔鬼，魔鬼，小绅士，小绅士会喜欢……胡里乌斯控制住一个即将打出的哈欠，他用手掌心捂住嘴，说再等一会儿，还很烫；他们兴高采烈，小绅士的黄油卷饼已经做好了，篝火就要熄灭。他做了个表情，晃晃脑袋，像是在驱赶一只苍蝇。他感到睡意再次上涌，一股热浪扑面而来，可他还没吃卷饼……

  燕尾服侍者与服务生恭恭敬敬地站立在桌旁，听候吩咐。他们开始行动，做出要起身的姿态；两个侍者上身微微前倾，为他们挪动椅子。现在，三个人已经站起了身。胡里乌斯又最后看了一眼：何塞·安东尼奥·布拉瓦诺，仿佛死人一样，此刻正点燃一支烟；他的妻子同往常一样，要么死了，要么睡着了，又或者正被香烟的烟雾所烦扰。他必须从他们的桌前经过，才能到达餐馆通向酒店内部的门。他正要往前走，这时传来胡安·卢卡斯的声音，叫他走通往外花园和街道的门。"为什么？这边明明更近。"他想。然而，侍者已经礼数周全地赶去开另一扇门，他只好调转方向跟上前去。苏姗在桌旁又站了一会儿，香草冰淇淋球已经变形，开始融化，她的手掌压向仍然插在上面的小勺；剑尖没入奶油里，因为缺乏支撑而滑落，倒在杯沿上。她匆忙走到门口，餐馆深处一个认识她的人，目送她心满意足地离开。

  三个人默不作声。胡里乌斯筋疲力尽，懒得问为什么走到街上来，为什么不抄近道，有条小路横穿花园，直接通到酒店大门口。胡安·卢卡斯走在前面，身后跟着苏姗，在她身后两米处，胡里乌斯一边走一边看着他妈妈伸开手臂，她的手掌张开，仿佛在说，快来，牵我的手，我们一起走。然而，没有人说话。胡里乌斯感到十足的睡意，怎么回事？好像发生了什么，胡安叔叔突然停下脚步，斜倚着捷豹，等待他们走过去。

"好了，年轻人，您的夜晚到此结束。"他说，语气里不乏挑衅。他身上的亚德利香水味还能持续几个小时。

"我们回去睡觉了，胡里乌斯。"

"还以为胡安叔叔要带我们去兜风……"

"亲爱的，胡安叔叔才懒得带我们去兜风呢。"

"我要去喝一杯，苏姗，你也来吧……我觉得，你还不想睡觉。"

"你错了，亲爱的，我快困死了。"

"好吧，随你，我走了。"

"再见，亲爱的。"

胡安·卢卡斯上了车，然后打开引擎。苏姗和胡里乌斯走向酒店的外花园入口。苏姗止住脚步，看向身后，只见捷豹正在后退，胡安·卢卡斯正在操控方向盘，见状便停了下来。

"怎么了？"他大声喊道。

苏姗用胳膊搂住胡里乌斯的肩膀，继续往前走，没怎么。捷豹依旧停在马路中间。

"要捎的是什么口信，苏姗？"

他们进了花园，沿着一条小路走向酒店的正门，那是一道旋转门。要捎的是什么口信？苏姗已经不再留意听捷豹发动的声音，它仍然停在那里，一辆小汽车正从弯道的另一边飞驰而来，即将撞个正着，一下要了胡安·卢卡斯的命，要捎的是什么口信？……他们沿着花园里的阶梯小径拾级而上，到了酒店门口。

"你先进去，亲爱的。"

巨大的旋转门由玻璃和木头制成，有四个隔间，可以同时容下四个人。胡里乌斯走进玻璃门，使它转起来，苏姗跟在后面，走进了另外一个隔间。他用力一推，这是他经常同她开的玩笑，她没能使门停下来，几乎是原地打了个转，最终没能控制住门，又再次回到阶梯小径上，下面就是花园；捷豹开动了，发动机发出轰鸣，她看不见胡安·卢卡斯。他此时正在调转车头，以便进入高尔夫球场大道，驶向弗莱迪单身俱乐部，在那里，我们曾无数次……告诉她，叫她去死，叫她留在利马，她会看到，你会看到，转眼已经在这里生活了二十年，你并非不幸福，只是距离幸福、年轻、自由、单身和摩托，已经过去二十年，从摩托女郎到嫁为人妻，从自由到放荡，从未婚少女到家庭主妇，从梦想有一天将成为谁，到有一天蓦然回首发现自己是谁，从萨勒特，伦敦，到潮湿的老宅，留下吧，利马让你做回童真少女，让你穿上婚纱，步入教堂，被人爱慕，只要你愿意，利马将归还你一切……苏姗扑进了门里，踢了一脚，想让门旋转。胡里乌斯从里面拽着门，在等她进来，显然，她不喜欢这次的玩笑。他一言不发地在前面走着，一直到电梯门口。苏姗点燃一支香烟，扭头看向已经关门的酒吧。电梯门开了，胡里乌斯走进去，等着她回过神来。突然，苏姗感觉有什么正在将她一口吞没，电梯门在身后关闭，这一切都结束了。

名爵汽车停靠在弗莱迪单身俱乐部的门口，瑞典女人坐在车里等待。胡安·卢卡斯迟迟未到，可怜的女人已经渐渐失去耐心。起初，她伸开长腿坐着吸烟。过来三个花花公子，两个已经喝醉了，另一个没有醉，是智利人；三个人里有一个乘务长，一个自诩工商业巨头，还有一个自称佩里科特·西莱斯的，踩到一坨狗屎，羞臊地走了。这三个，瑞典女人都让他们"去他妈的"，这是她新学会的一句咒骂，格外喜欢。之后，她继续坐在车里，充满勇气与自信，直到又过来一个人，说要帮她洗车。那个家伙差点没把她吓死，瑞典女人差点大喊"救命!"，可是连这个也没敢喊出。那家伙继续站在那里，戴着脏兮兮的水手帽，浑身上下都是污垢。他从黑漆漆的夜里凭空出现，在弗莱迪单身酒吧忽明忽暗的字牌映衬之下，仿佛是绿色的。他慢慢靠近，可能是小偷，秘鲁杀人犯，疯子，或者藏匿于下等城区里的什么人。他重复着说洗车，小姐，而她全然不懂，心存恐惧。他心想，这个金发女人一定是个美国妞。为了让她明白，他只好用随身携带着的肮脏的绒布，在前面的挡风玻璃上来回擦拭。玻璃失去了透明度，瑞典女人此时已经确信无疑，在这个野蛮人的国度，一桩恐怖案件已经拉开帷幕。瑞典女人从车里跳出来，摔倒在车子另一侧的地上，滚开！滚开！她哀求着，而那个家伙执意要为她洗车，甚至说要拿一只小桶过来冲洗轮胎。瑞典女人将跑车的车顶升起，将它四面固定好，随后钻进车里。水手模样的人怔怔地看着她的古怪举止，将一个别在衣领上的可口可乐瓶盖指给她看。他想告诉她，这意味着他有权管理所有来酒吧的车辆，而且，七年以来一直如此。可口可乐瓶盖使瑞典女人平静了点，此外，他迟迟没有开始实施犯罪也让她认为，或许他只是一个无害的疯子。为了以防万一，她将窗户关好，将两侧车门锁上，在胡安·卢卡斯那个该死的磨蹭鬼到达之前，她绝不会出去。然而，胡安·卢卡斯还是没有出现。瑞典女人看到所有前来的男士，无论是独自一人，还是有肤色各异的女人作陪，都对那个家伙既不害怕也不反感，谁也没有打算去叫警察将他送进疯人院。相反，男人们将车交给他，"洗干净，别弄脏了。"他们跟他开玩笑，有些人甚至还拍拍他的肩膀。他的肩膀上肯定坑坑洼洼，就像癞皮狗一样。那个家伙可不简单，他能准确判断谁不是秘鲁人。他是通过客人们金色的头发或者他们说的语言进行辨别的，不说秘鲁语的人都说另一种语言，他也能支吾着说一点儿："I mister, I mister①。"他们扔几个硬币给他，然后把车交给他。"我要问问胡安·卢卡斯。"瑞典女人想，依然惊魂未定。

　　她忘记了要问的问题。她忘记了要问的问题，忘记了那个戴着肮脏水手帽的家伙，也忘记了害怕。当看见在右边，捷豹流线型的车头出现在一辆凯迪拉克刚刚腾出的空位上时，瑞典女人什么都不记得了。胡安·卢卡斯正在停车，他微微低头拔出车钥匙，瑞典女人借着酒吧字牌闪烁不定的光芒，欣赏着他被些许白发修饰得恰到好处的完美后颈。她觉得眼前的这个男人魅力四射，阳刚十足。她熄灭最后一支香烟，从名爵上下来，准备

---

① 英语，意思是"我……先生……，我……先生……"。

和他一起进去。她想要一杯威士忌,在昏暗中任凭眼神在酒杯上流连,在音乐声里喷云吐雾,希望他能言简意赅,而她会不时回头欣赏他在白银和真丝掩衬下若隐若现的青铜色后颈。胡安·卢卡斯为她推开弗莱迪单身俱乐部的门。

苏姗看见他坐在床上,似乎就要睡着了。他的一只耳朵上挂着领带,十分吃力地解开衬衫的纽扣。她很想将蓝色连衣裙从套房阳台上扔下去,然而,那样的事情是不能做的,她又不是瑞典女人,让这一切都见鬼去吧!她怎么到胡里乌斯的房间来了?不,她可不是来告诉他,今天晚上妈咪一个人,如果他想去她的大床上睡,我的床可以睡下二十个人,你觉得怎么样,亲爱的?她被自己的想法吓了一跳,胡里乌斯看着她,什么?和胡安叔叔吵架了?绝不是那样,他们亲密无间,只是……她在这儿搞什么鬼?还是不要告诉他,今天晚上我自己……她穿着晨衣,感到窒息,想洗个澡,不,还是吃几片安眠药吧……苏姗飞快地去取威士忌,还没到目的地就已经觉得没什么大不了,只是胡里乌斯怕是已经察觉她的异常……今天晚上怎么了?妈咪关上了房门,咳了几声……她在哭泣吗?

## III

  马尔科尼街区的女孩们戴上泳帽，纷纷从水浅的一侧下到游泳池里。这是一个好时机。美国佬看起来精疲力竭，今天下午已经做了十四个跳板跳水，每次都足以要了他的命。他已经走了，消失在花圃之间。这个讨厌的大块头，每次打算痛扁他一顿时，他都不在，之前的一个下午也让他溜了。无所谓，把他揍个屁滚尿流的时候就要到了，他们当中的任何一个人都能胜任此项任务。问题是，每个人都想揍他：从本质上说，这可以让我的小妞更爱我，我现在就要亲吻她，如果再打赢了美国佬，想想吧！前几天，卡明恰质问贝贝，你为什么不能像小美国佬那样跳入水中，胆小鬼？当然，卡明恰是半个小荡妇，她的妈妈离过婚，可怜的贝贝早晚会被她戴绿帽，马尔科尼街区的人可不能被戴绿帽子，为荣誉而战，伙计们！应该建议贝贝去追诺玛，瞧瞧吧，分分钟搞定，没有别的可能性，马尔科尼街区的人可不能被戴绿帽子。

  午饭后，马尔科尼街区的小伙子们整理好发型就来到游泳池，他们一边抽着烟，一边监视所有跳入水中的陌生人。他们在惯常的那张长椅上，几个坐着，几个站在两侧，其他几个则是斜倚着椅背站在后面，不时将烟灰吹到坐着的一个人身上。"靠！"玩笑的受害者叫道，一边站起身来报复，吐出一小口浓痰，让其精准地落到肇事者的衬衣上。"该死的痨病鬼！"肇事者大声嚷道，一边用手帕擦拭干净。另一个人从卡其色或者蓝色长裤的后袋里，取出一把小木梳，这是重新堆起头顶上使你增高一两厘米乃至三厘米的打了发蜡的小山的绝佳武器。眼看烟头上的火星就要烧到手指，他们这才将它扔到游泳池边，看看谁光着脚，不巧被烫到脚底板。管理员发现了这个恶作剧，提出警告。他们誓死抵赖，什么事都怪我们，别自讨没趣，老兄！他们继续以此为乐，等待着有人烫到脚底板，绝望地跳入水中。他们在美国佬必经的路上铺满点燃的香烟头，然而，美国佬像个落汤鸡一样从游泳池里出来，一路小跑，所经之处全部湿漉漉。他从来没有被烫过，烟头都沾在他的脚掌上。那家伙就像没事人一样，继续跑着，重新爬上跳板，腾空而起，上帝知道这是第几次致命一跳。他再次从游泳池的边缘爬上来，第无数次跑向跳板，脚上沾满香烟头，却丝毫没有被烫伤。"可怜的美国佬！"有一天，卡明恰说。她的心思，所有人都心知肚明，孤立卡明恰，而你，贝贝，拿出点儿男人样，马尔科尼街区可是有自己的规矩的。

然而，马尔科尼街区的女孩们说不行，和卡明恰绝交？没门！他们以为自己是谁！男孩们变本加厉地抽烟，每个人都与自己的女孩怒目而视，都要去另一个街区找妞，甚至扬言要处处留情。到了晚上，鲁盖将姐夫的车偷偷开出来，整个街区仿佛罐头里的沙丁鱼一般全都挤进车子里，他们出发去喝酒，最后醉醺醺地到了科伦尼阿尔大街的一家妓院。三个人冒险而为，其他人不要说冒险，连冒险的钱都没有，只能再喝几杯啤酒。两个人在喝完三瓶啤酒之后，想起了真爱，仓皇而逃，甚至有一个想要自杀。第二天，到达乡村俱乐部的游泳池时，所有人都感觉糟透了。女孩们早上没有来，他们疯狂地抽烟，一连几个小时趴在酒吧的吧台上，试图用冰水浇灭内心的焦灼。时不时就瞄一眼游泳池的入口，却连个影子也没有看到。他们不知道女孩们在试穿校服。夏天就要结束了。

下午，她们都来了，然而，他们心怀怨恨，没有打招呼。可怜的女孩们感到十分抱歉。卡明恰想和他们说话，想解释说她为人不坏，她请求原谅，但愿他们早日原谅她，因为是她们说服了她，你要道歉，看在我们的分上，而此刻她已经兴味索然。她是因为塞西莉娅才同意的，她是唯一理解她的人，可怜的姑娘，美国佬比贝贝更让她心动，看见她哭，塞西莉娅立刻就明白了。是的，为了塞西莉娅，她同意道歉。为了塞西莉娅，她总是等美国佬完成所有的致命跳跃才开始游泳，和她们一样，这是她们表达爱意的方式，更多的表示也不应该有。她们戴上泳帽，钻入水中，一边慢慢地游着，一边看着他们，噗——她们潜入水中，在水下，她们爱得疯狂。

他们变本加厉地抽烟。美国佬已经消失了一会儿，在他从游泳池到跳板的路上已经布满了冒着烟的香烟头。可是，他却突然从旁边的一个花圃里跑过来，发疯一样地爬上跳板，腾空而起，模仿着从空中垂直下降的飞机发出的哨音，一头扎进水里。有哨音，是吗？……这个美国佬居然还是个娘娘腔。男孩子们继续抽着烟，一根接着一根；女孩们一起从游泳池里上来了，大声叫着卡明恰，求她也出来。卡明恰完全无视她们，对他们更是连看都不看一眼。

"荡妇！"鲁盖咒骂了一句，站起身，用手掌整理两侧的头发，发型完好如初。"荡妇！"卡洛斯也说，他站起身，当着整个乡村俱乐部的面拉拉裆部，使睾丸处于舒服的位置。当美国佬从他们面前经过，跑向跳板时，马尔科尼街区全体起立，在场的美国人不明白此举的含义，而这个美国佬甚至都没有看见他们。"荡妇！"恩里克跟着说，一边揉搓着手腕。"没错，荡妇！"贝贝嘟囔了一声，脸色阴郁，马诺罗在他的旁边，颤抖着递给他一根燃着的火柴，将他手里拿着的一支香烟点燃。塞西莉娅拉着马诺罗的胳膊，吹灭了他手中的火柴，她的笑容妩媚动人，真是个惹人怜爱的小女人；一滴水珠从湿漉漉的泳帽上滴下来，落在她的鼻子上，随后沿着翘起的曲线滑落在她的上嘴唇，这时她已经不再微笑，摆出发生重大事件时才有的严肃面容，"不要再惹卡明恰。"她突然说。她无法控制紧张的情绪，一下扑到贝贝身上，在他的脸颊上随便吻了一下就飞快地跑开了。马诺罗跟在她身后，手上还拿着火柴。贝贝也想离开，其他人试图将他按住。"让我一个人待一会儿！"他突然大吼一声，胳膊从鲁盖和恩里克的手中挣脱出来。他扬长而去，剩下的人犹豫不决，不知道应该先安抚队友还是先进攻对手。这时，女孩们都学着塞西莉娅的样子，一拥而上抱住他们，亲吻他们的脸颊，有几个甚至将手伸到衬衫下面抚摸男子汉的胸膛。美国佬又完成了一个致命的跳跃，卡洛斯正打算对他叫嚷什么。这时，他的小妞又湿又热的手正触摸到他胸部汗毛最密集的地方，一阵无法抑制的对于烟草的渴望油然而生。他倒在长椅上，打开一包新的切斯特……马尔科尼街区渐渐冷静下来。

然而，没有情人的好事之徒奇诺认为此事不能就这样算了。他气急败坏，刚刚有一位女士从旁边经过，跟孩子们说今天是最后一次游泳，明天就要去量校服尺寸了，他嚷道：该死的老女人，闭嘴！当然，无论如何都要揍美国佬，只是卡明恰……"应该给那个小荡妇一点颜色！"奇诺非常粗鲁，当着女孩子的面什么都敢说。他们都回过头来抗议，老兄，不要像条狗一样乱咬人，放尊重点儿。她们挥舞着拳头，气呼呼地说，你们要是护着这个家伙，我们也要保护卡明恰。眼看局面又要再次陷入混乱，奇诺反驳道，不能闹内讧，我们吵得不可开交，而那个荡……抱歉，而卡明恰却在心安理得地游泳，为什么不给她一点颜……跟她开一个玩笑？看，我这里有一小罐沥青，是狂欢节留下的纪念，怎么样？你们觉得怎样，伙计们？……只要美国佬起跳，他就交给我吧。这个主意听起来不错，确实，卡明恰依然开开心心，甚至都不看他们一眼，她还在水里，倚靠在游泳池的一侧欣赏美国佬，只差每次入水时为他鼓掌了。见鬼去吧！为了街区而战，小伙子们！给我一支切斯特，兄弟，给你沥青，伙计，我们怎样把他引过来？

就在这时，粗鲁的马诺罗突发奇想，要派胡里乌斯去找街区的男孩们要一根香烟。几天以来，塞西莉娅在游泳池碰到胡里乌斯都会和他说话。刚开始，马诺罗对此有些反感；后来，他开始逐渐习惯；现在，甚至因此而感到庆幸。和那个小孩说话时，塞西莉娅的样子十分可爱，她看起来十分开心，甚至有点儿惺惺作态。有时，远离聚在一起的马尔科尼街区的男孩和女孩，他们三个人坐在一起聊天，听他说起曾经有过的一个叫辛缇娅的姐姐，以及很多其他的事情，有些甚至闻所未闻，小男孩是百万富翁，所以，一切皆有可能，他说的很可能是真的。听塞西莉娅说，小男孩非常容易紧张，总是冷得发抖，他整天穿着泳衣，瘦得皮包骨。不过，他发抖也是因为他很紧张，他非常可爱。怕他着凉，她取下肩膀上的毛巾给他披上。有时，三个人一起聊着天，就像想象中的将来婚后的样子，我的第一个孩子会是个男孩，一个小马诺罗。当然，胡里乌斯在的时候，他们会聊些别的，聊一些不那么私密的事，虽然浮现在眼前的却是未来的某天，当你成为了工程师，聊的话题也是天黑后彼此依偎在一起时才会说的……

"去找那些人,叫他们给我一支烟。"粗鲁的马诺罗说,完全没有考虑名声扫地的马尔科尼街区的少男少女们,会对可怜的胡里乌斯做出什么来。胡里乌斯生平第一次对一个既不与辛缇娅也不与他妈妈同龄的女人如此死心塌地,他终于明白了他的意思,等待她发话。塞西莉娅也十分粗俗,与马诺罗意见一致:"快去快回,小孩儿。"事实上,她本想亲吻马诺罗,想得要死,顺便想让他明白,卡明恰一点也不坏,只是对美国佬馋得流口水,是时候让美国佬不再继续玩命地跳来跳去了,要让他知道这个世界上还有女人。可是,胡里乌斯就在旁边,最好还是叫他离开一小会,要香烟是个很好的托辞,而且事实也是那样。

一看见胡里乌斯,大名鼎鼎的奇诺心想,就是他了。他当然会把马诺罗要的香烟给他,不过,需要他先做一件事。女孩们表示反对,是一个玩笑,没错,却是一个讨厌的玩笑。她们不愿意去叫卡明恰,现在也不同意小男孩替她们去叫。"那么,为什么不和她一起到水里去?你们是她的同伙?"鲁盖质问道。不是,不是,因为这是个讨厌的玩笑,卡明恰会认为是她们让他去的,而她们与这个主意毫不相干,"既然这样……"鲁盖说。不行,不行,不行,她们已经和解了,不想再吵架。"只是一个玩笑而已。"奇诺说,其他人帮腔:"不然还能是什么?"最后,女孩们都沉默了。她们让步了。奇诺告诉胡里乌斯,只是想让她从水里出来一小会,然后再一起把她扔进水里。如果她不来,只会更糟,他们会用各种东西砸她,去吧,孩子,叫她过来,告诉她,我们想和她握手,就像朋友一样。当她把手伸给我们时,我们会握住她的手,将她拉出水面晃悠两下,然后再抛到水里,就是这样……胡里乌斯朝那边走去,他到达游泳池边,正准备钻到水里,这时,忽然听到一声凄惨的哀嚎,响彻整个乡村俱乐部,就连在圣伊西德罗那边的人都能听到。所有的眼睛都看向跳板,美国佬大声叫嚷着,两只胳膊像风向标一样飞速转动。美国佬疯了,跑得比以前任何时候都更快,比任何时候飞得更高,好一个美国佬!然后,他一头扎进游泳池。几秒钟之后,塞西莉娅和马诺罗向街区专属长椅跑去,一片死寂:美国佬还是没有从水里出来,在泳池里水位最深的地方消失了。

"他淹死了。"很多人想,马尔科尼街区的男孩们甚至开始感到内疚,从本质上说,那个美国佬说不定是个好人。美国佬迟迟没有出现,在场的人都屏住呼吸,大家紧张得要死,谁也不敢靠近游泳池边。只有胡里乌斯继续站在那里。他看见美国佬并没有一头栽倒在游泳池底的石板上,也没有摔烂头骨或者身上的某处。起初,他似乎有些害怕,停留在水位最深处,坐在那里若有所思;后来,好像做出了什么决定,他潜泳到水位较浅的一边,卡明恰似乎在那里等他;一切看起来就像是事先计划好的一样。然而,这一切都发生在水面之下。在岸上,鲁盖正脱去衬衫,准备去水里搜寻那个可怜的美国佬,不管怎么说,撇开他的怯懦举止不谈,美国佬看起来还是个好人。不远处,一个年轻的女孩对着空中大喊:"看在上帝的分上,请做点儿什么!"鲁盖已经完全忘记街区的什么规矩。这时,突然听见卡明恰一声歇斯底里又不乏忸怩的尖叫,只见她仿佛升高了一米:美国佬钻到她两腿之间,将她扛在肩上,自杀式跳水健将幸福地重生了!卡明恰骑在他肩膀上,看起来羞怯而乖巧,这就是她的下一段爱情。玩命地跳啊,跳啊,对这个人,不用像对贝贝那样叫他不要抽烟,这个人,只求他别死在跳板上就好。所有人都惊魂未定,怒气未消,美国佬却故伎重施,再次发出一声绝望的吼叫。他将卡明恰放在游泳池边,他自己向前跳了一步,踩在点燃的烟头上——他从未被灼伤过。他抱起卡明恰,可怜的女孩虽然已吓得花容失色,心里却依然爱着美国佬。他将她带走了,野蛮的美国佬!他用各种姿势抱着她,马尔科尼街区的小伙子们看见他托着她两腿之间的部位,将她带去他的领地。到了上面,健壮而正经的美国佬将她放在跳板上,并没有对她动手动脚,只想让她和他一起来一次跳板入水。可怜的卡明恰,新生活开始了,"她总是喜欢犯规。"鲁盖想,同时觉得这个论断并不属实。野蛮的美国佬再次发出野人一样的嚎叫,可怜的卡明恰被一把推下跳板,她腹部向下,平趴着落入水中,美国佬在她旁边,一个侧身入水,漂亮!卡明恰勇敢地浮出水面,已经开始哭泣;美国佬再次嚎叫;塞西莉娅向他们挥挥手;奇诺依然牢记街区的规矩,将一个女佣扔到水里,伸手去抓另一个,又将沥青泼在第三个身上,看门的乔洛人赶来维持秩序，也被泼了一身沥青，鲁盖将奇诺推进水里，马诺罗的眼睛里进了沥青，塞西莉娅见他俨然一个发怒的独眼龙，笑得停不下来。这是美国佬第一次看见马尔科尼街区疯疯癫癫的男孩们。管理员出来了，明天，所有人都去上学！游泳池要关门了，美国佬发出了最后一声快乐的嚎叫，可怜的卡明恰再次平趴着落入水中。她学不会了，胸部和腹部都在疼，她想告诉他，但是，他还想继续跳水，而她必须好好学习英文，美国佬甚至听不懂用西班牙语说出来的疼痛是什么意思。

# 第四章

归 来

I

　　阿雷纳斯兄弟到的时候，身上已经脏兮兮的了。可能是前一天叫他们试穿校服，却不曾提醒他们不要弄脏，于是便一直穿着，半小时之后，校服就已经很脏了。甚至有人说，他们穿着校服睡觉。确实，当他们到达学校的时候，校服皱巴巴的。阿雷纳斯兄弟开开心心地到了，他们是兄弟两人，这使他们免于成为被欺负的对象，因为要打也是打一个人，不能两个人同时打。仿佛断肠人一般到来的是卡诺。以前，他只是偶尔感伤；现在，悲伤成了他一贯的状态。此外，他还多了很多头皮屑。胖子马丁托也到了，他再次留级，依稀记得胡里乌斯曾经是他的朋友。孩子们陆续到达，在通向庭院的大门外面，重复着永恒的画面：初来乍到者说什么也不愿意留下来。"我要妈妈！我要妈妈！"孩子们大声叫嚷着，可怜的模样着实让人心疼。他们穿着一尘不染的蓝色校服，衬衫浆洗过的白色硬领令他们十分不适：越是抓狂，越是扭动纤细的脖颈，心头的火气就越大。轮到玛丽·埃格内斯修女负责迎接，她早早地就在等待孩子们的到来，看起来十分温和，面带微笑，富有魅力。要把自己的孩子，比如小里卡多，交给一个如此美丽、芳香四溢的修女，妈妈们似乎比孩子更加不舍。"圣洁心灵"的修女们是美国人，身上带着清新的香气，早餐想必是吃盒装的玉米脆片，由上乘的玉米和加利福尼亚的灿烂阳光精制而成。玛丽·埃格内斯修女看起来胸有成竹；每当觉得快要失去耐心时，她总是迅速摸一下她的念珠，于是一个微笑又会从心底涌出，浮现在面容上。桑切斯·孔查到了，长成了一个大块头，夏天似乎将他放大了好几圈。桑切斯·孔查可不是傻瓜，在开始逞凶之前，他打算在第一天仔细研究新环境，万一其他的三年级生长得更高大，他说不定会挨打。德尔卡斯蒂略的头发看起来更加金黄，但个头并没有长很多。胡里乌斯倒是长高了，瘦得皮包骨头，每当有人挑衅，他除了像陀螺一样不停地晃动，便再无其他的办法。他坐着一辆崭新的水星汽车到了。胡安·卢卡斯说，他已经给水星车上了各种保险,只是对鲍比防不胜防,在到达马克汉姆之前,他要在维亚·玛利亚的一个女孩的车前,漂移式拐进十几个弯道。他是在安孔认识她的,那天,加拿大女孩佩吉感冒了。鲍比将胡里乌斯放在"圣洁心灵"门口,下车,讨厌鬼,快点儿,随后就去追赶这个新认识的女孩的车,他已事先研究过从她家到维亚·玛利亚的行车路线。在他旁边,卡洛斯正安静地吃着早饭。他已经战胜了对死亡的恐惧,小鲍比对于开车的热情使他自得其乐,他甚至可以不慌不忙地吃着面包和炸肉皮,他喜欢在这个时间吃早饭,甚至带了暖水瓶,里边装着热乎乎的茶。

进校门之后,胡里乌斯觉得双脚在向下陷落。起初,他以为自己马上就要晕过去,后来经过细细体会,才发现原来是个子长高了。他已经小学三年级了,是学校里的大孩子,所以地面看起来更远,学校显得更小,我是个高年级生了。这里原本一直是个很大的地方;现在,一切看起来似乎更易触及。这一年,一切都更加容易,虽然窗户还是那么大,也许是他有生以来见过的最大的窗户,但再也不会像以前那样大了。这是一种陌生的感觉,他看着所有的小孩,所有人他都认识;而那些新来的小小孩,他甚至不会去记他们的名字;再也没有人能使他感到害怕,这是一种奇妙的感觉。他不知道,怎么也想不明白,为什么会觉得只要大喊一声,所有人都会沉默。他还觉得,这一年,想学坏也很容易,当然,德尔卡斯蒂略、阿雷纳斯兄弟、桑切斯·孔查以及其他的三年级生今年也可能学坏,如果是这样,该怎么办?……你可以在非三年级生中使坏,你也可以在坏孩子中使坏,再看一眼地面,看看大地能否给你答案,谁来回答你呢,胡里乌斯?……教钢琴的修女神情紧张地走过来,为什么,胡里乌斯?你的妈妈怎么会做出这样的决定?胡里乌斯看着她,不明白她为什么如此紧张,正当他准备学坏的时候,她来到他身边,带来那架钢琴键盘的气味,妈咪决定了什么?妈咪决定了,妈咪写信告诉修女,这个芳香四溢的修女告诉胡里乌斯:你妈妈说应该严肃对待钢琴的事,你每周将跟一位德国小姐学很多小时,她是一位了不起的钢琴老师。她的表姐苏珊娜·拉斯塔里亚——几个曾经在这里学习过的拉斯塔里亚家小孩的妈妈——说服了她,胡里乌斯很有天赋，你很有天赋，胡里乌斯，今年你将跟另外一个老师学习，一个了不起的德国老师……面对上帝派来的伟大的德国老师，钢琴嬷嬷似乎无可奈何。她像是接受了神的旨意，狠狠地咬了一下嘴唇，"我本想教你弹奏美国国歌……"她说，一下子紧张起来。她借口要出去敲铃，随即飞快地离开了，我还要和好几个打算继续和我一起学钢琴的孩子谈一谈。钢琴嬷嬷颤巍巍地走了，胡里乌斯站着一动不动，他在寻思，为什么妈咪没跟我说呢？他打算以后找个更合适的时机再学坏，如果所有的重要决定还是从上面发出，根本不来征求他的意见，那么，成为大人又有什么意义？他看见那架钢琴，它的琴键散发着沁人心脾的芬芳，他跑到了德尔卡斯蒂略和桑切斯·孔查的旁边，也许和他们一起，他又会重新长大，快看，马丁托在那儿呢，注意看阿雷纳斯兄弟，快看查维斯，注意看卡诺。

可怜的卡诺。他从奶奶那里偷来的钱还剩下几个子儿，正从皮拉塔那儿买甜食，皮拉塔的手已经伸过铁丝网。买卖还没结束，"胡萝卜"嬷嬷看见了。她高举着铃铛跑了过来，跑得满脸通红，喂！我要跟您说多少遍，绝对禁止将这些有毒的东西卖给孩子们！她说的全是英语，皮拉塔挣扎着将卡在铁丝网上的手抽出来，挣扎着将食物递进来，再将硬币接过去。卡诺的胳膊虽然伸得老长，人却已经僵在原地，动弹不得。"我这就走，嬷嬷，我这就走，"皮拉塔说，他左眼的黑膏药下一定有蠕虫，"我这就走。"他不停地说。他确实要走，但只是因为到了上课的时间，孩子们马上就要离开庭院。课间时，他会再来，就同往常一样。几年以来，他一直在与修女们旨在方便布道和加强宗教热情而在学校里开展的洁净无菌、符合美国标准的零食销售进行竞争。皮拉塔不愧是个称职的生意人，他够着了硬币，却没来得及将食物递进来，卡诺悲伤地被"胡萝卜"带走了，"我等下给你。"皮拉塔说。只有上帝知道卡诺是否听见了，他的奶奶有一天说过，黑吃黑，不算罪，而这刚刚就发生在他身上。

"胡萝卜"气喘吁吁地站在高处，就在其他修女的旁边。她刚刚将全校的学生排成完美的队列，两人一排，从高到低。现在，他们要唱秘鲁国歌和学校的校歌。钢琴嬷嬷抬起一只胳膊，还没有放下以示开始，胖子马丁托已经大声喊出一句走调的"我们是自由的人!""胡萝卜"气呼呼地跑过去想对他一通乱拧。幸运的是，她没来得及动手，因为校长嬷嬷说这是开学第一天，不要太认真，慢慢训练，不出几天我们就能唱好这个国家的国歌，还有学校的校歌，以及我美丽而伟大的祖国的国歌，有一天，你们可以去我的祖国，我们在这里教大家说最动听的英语，你们可以坐上一架飞机，飞——！然后，轰隆，轰隆，就落在美国！当你们想念自己美丽的祖国，可以再坐另一架飞机，轰隆，轰隆，飞回利马，意下如何？所有人笑着说："好！""胡萝卜"已经回到其他修女的旁边，一些幼儿班的孩子听到那么多"轰隆"都吓坏了，玛丽·特里尼提赶紧下来哄哄那些吓得哭起来的小小孩，钢琴嬷嬷抬起的胳膊迅速落下，以免马丁托再次出错，所有人都开始唱秘鲁国歌和"圣洁心灵"的校歌。随后，校长嬷嬷又开始说话，这一次更加严肃，"胡萝卜"频频点头。校长挨个地介绍新来的修女，听到自己的名字被点到，修女们依次行礼，她们面带微笑，身上散发出清香。当校长嬷嬷说，她们做出了巨大的牺牲离开自己的国家，前来教育秘鲁的精英儿童，修女们个个面色凝重，所有人都拿起念珠。她们的身上总是缠绕着巨大的念珠，终端是一个漂亮的镶着金边的黑色十字架，上面还有一个耶稣像，也是金色的。

所有人都进了教室，新学年开始了。第一天，三年级学生整个上午都在互相打量，互相观察，计算着自己可能比其他人高出几厘米。他们渐渐平静下来。桑切斯·孔查一连几天都在提醒众人，课桌几乎已经容不下他了，这个必须予以重视；此外，他身手敏捷，足球踢得很好，这是莫拉雷斯本人说的，今年肯定要让他做学校足球队的队长，这让德尔卡斯蒂略很是不爽。

两个星期之后，桑切斯·孔查已经是足球队队长，而德尔卡斯蒂略则因使用下三滥的招数，一只眼睛被队长打得黑紫。胡里乌斯也进了足球队，踢边锋，没能如愿当上守门员。"你是边锋。"莫拉雷斯一边说，一边用刷帚拍了一下他的屁股。"你太瘦，只能做边锋，边锋球员都是瘦高体型，跑得快，别提什么守门员了，也别太娘……"他本想说娘娘腔，却看见玛丽·琼嬷嬷正走过来,她虽然今年才来学校,却很懂足球,之前在墨西哥待过。所有的训练她都在场。莫拉雷斯身兼裁判、教练和技术指导;每天下午,每当他吹响口哨,玛丽·琼嬷嬷就会笑盈盈地出现,虔诚地守护着比赛,她不许莫拉雷斯说脏话。这个热爱运动的修女轻挽衣袖,她为足球着迷。

三个星期之后,桑切斯·孔查又揍了德尔卡斯蒂略一顿。揍他踢的人也有所增加,萨帕特罗、埃斯皮诺萨、德罗斯埃罗斯和胡里乌斯都名列其中。那天上午胡里乌斯刚挨他一顿好揍。胡里乌斯正在讲德国钢琴老师的故事,她竟然是贝多芬的孙女,这时,桑切斯·孔查来了,大喊道,骗子,鬼才信呢!就连你吃进去的东西都不信!最后还补充说,他姐姐将要开一场聚会,不会邀请胡里乌斯的哥哥鲍比,因为他有个后爸。胡里乌斯一点也不介意把胡安·卢卡斯叫做后爸,但不能容忍贝多芬孙女的故事被搅和得乱七八糟。冲突由此而生,两人相约放学时解决。结果,那天下午,他去上钢琴课时,脸上带着一道巨大的抓痕。

"亲爱的,其实这是苏珊娜姨妈的意思。"苏姗辩解道。第一天放学回家之后,胡里乌斯说她严重地背叛了他,让他在修女嬷嬷面前无地自容,钢琴嬷嬷十分紧张地走了,妈咪,她是一个非常好的老师,我想继续和她一起学,是的,妈咪,求你了,妈咪。可是,妈妈有点累,那天似乎是夏季的最后一个晴天,秋天就要来了,面前的乡村俱乐部花园很快就会满地落叶残花。而且,妈咪刚刚从美发店回来,头上包裹着一块白色的丝巾:将美丽的发束甩到脑后也无济于事,因为这会儿没有散落的发束。胡里乌斯站着不走,如果她继续绞尽脑汁地解释,服务生用精致的茶具刚刚送来的茶可就要凉了。她拿起一块烤面包片,抹上英国甜橙酱,递给胡里乌斯,亲爱的,你太瘦了。

"妈咪,我不想去德国老师那里,我更喜欢嬷嬷。"

"你怎么知道你更喜欢嬷嬷?"

胡里乌斯选择了一个很不恰当的时机开始这场抗议式的对话,回答他的正是胡安·卢卡斯,风流倜傥的他此刻刚好出现。在穿过酒店大堂时,一个背井离乡的玻利维亚女人一直用欣喜的目光迎接他,她就坐在苏姗旁边的桌旁品茶。

"来,给我证明一下那个修女教得更好。先生,请问,你是想做钢琴家,还是教堂的风琴手?风琴手可是要净身的,是吗?哦,不是!那是对那些唱歌的人……"

"亲爱的,"苏姗插话道,"苏珊娜姨妈说得对,她说越早换老师越好。不管怎样,明年你都要换,要去别的学校……我的茶凉了,我们要开始考虑明年在别的学校给你找个名额……"

一个侍者穿过宽敞的酒店大堂,苏姗叫住他,请他尽快将孩子的茶送来。

"天黑了,亲爱的,喝点茶,明天是你的第一堂课,你会喜欢新老师的。"

"你知道,年轻人,德国是一个音乐家的国度,"胡安·卢卡斯说,摆出一副蹩脚的教育者的姿态,"知道谁是贝多芬吗?确实知道吗?你的胡安·卢卡斯叔叔请来给你上课的可是贝多芬的孙女。"

苏姗很喜欢贝多芬孙女这一说法。胡里乌斯想起在拉斯塔里亚家的城堡里见过他的半身像,放在钢琴上,面容十分痛苦,要是辛缇娅知道我要跟贝多芬的孙女学琴……但这不可能是真的。

"妈咪,胡安叔叔在说谎。"

胡安叔叔心情极佳。他此刻不用赶去任何地方,有的是时间陪伴家人,教育孩子,以及诸如此类的事。

"说谎?……兹事体大,怎能说谎?……事关父子关系,怎能说谎?"

"父子关系"这个词重重地压在胡里乌斯心头,听起来了不得,听起来像真的一样。父子关系容不得虚假,什么是"父子关系"?胡安·卢卡斯看出他颇受打动,也看出他很容易被打动。

"法律严惩那些亵渎父子关系的人。"

看到胡安·卢卡斯愉快地和胡里乌斯浪费时间,苏姗觉得茶格外好喝,亲爱的胡安!

"过来，年轻人，坐在这里，你妈妈和我中间。看，你的茶送来了……放在这里，好的，谢谢……请给我一杯矿泉水……中午和胖子罗梅罗一起吃的鸭肉米饭有点咸……好吧，贝多芬，你知道，是吗？好的，你知道他死的时候是个聋子吗？知道他是怎么聋的吗？不知道？……啊，亲爱的朋友，你该了解一下天才们的父子关系！"

苏姗觉得茶清香怡人，仿佛刚刚从英国的殖民地印度送达。

"天才是什么样的？"她饶有兴致地用英语问道，想知道关于天才的一切。

"天才，"胡安·卢卡斯说，"天才……"他重复着，在他的中学教育以及大学教育里没有找到一个恰当的名字；他继续在《时代周刊》里搜寻，找到了爱因斯坦。"天才！当然！贝多芬！当然……"

胡里乌斯再次想起钢琴嬷嬷，他正要开口……

"这是一个有关父子关系的问题，你看，年轻人：天才是一些难以相处、极其古怪的人，总是戴着巨大的假发，一辈子怒气冲冲。这样说吧，胡里乌斯，你看：贝多芬有三个儿子，弹起钢琴来仿佛三头笨驴。他们弹得很差，贝多芬把他们踢出了家门，不想再与他们相认。啊，你看，这里就有一个关于父子关系的问题……苏姗，记得提醒我给律师打电话。服务生怎么还没把矿泉水给我送来，磨磨唧唧……来了，来了。"

"律师负责处理父子关系。"苏姗插话道。但愿胡安·卢卡斯会说他的律师只负责生意上的事，否则，说不定他跟瑞典女人之间，发生了跟父子关系有关的问题……但愿他没蠢到惹事上身……

"那要看他们擅长什么，"胡安·卢卡斯解释道，"我的律师只负责生意上的事。"

苏姗感到十分欣慰，瑞典女人的事不值一提，不过是亲爱的胡安的一次小冒险，仅此而已；她庆幸自己不用某一天愁眉苦脸地跑去胡安的办公室，一本正经地说一切都已经来不及……现在不是好好的吗……

胡安·卢卡斯小口喝着矿泉水，苏姗继续品着来自殖民地印度的茶，胡里乌斯吃着点心，不远处，被放逐的玻利维亚女人正在同气质极其优雅的智利女大使说话。胡里乌斯想到了钢琴嬷嬷，再次悲从心生，一同涌上心头的还有琴键的香气，妈咪……

"天才的父子关系！"胡安·卢卡斯惊呼道，继续编起了故事，兴致越来越高，"三个儿子被爸爸贝多芬赶出家门，永远地赶出了家门。你想想，如果儿子中出不了一个像样的钢琴家，他成什么了！"

"贝多芬！"苏姗脱口而出，仿佛徜徉在印度的茶园里，四周回响着吉卜赛人演奏的小提琴曲；音乐是从酒店的立体声音箱里传出的，没有吉卜赛人，微风阵阵，夕阳西下。胡安·卢卡斯仿佛看见自己戴着假发，开始觉得恶心，苏姗的玩笑救了他，她的头发已经干了，头上的丝巾已经取下，美丽的发束一如既往地滑落，散发出清新的香气，隐约带着美发店的气息。胡安·卢卡斯想，如果抓紧时间，说不定还能赶上看海上日落，我们去卡亚奥的游艇俱乐部喝一杯如何？你呢，不要担心，现在就告诉你整个故事，你将会知道有关天才，特别是你的钢琴老师的祖父的事情，明天开始你就要跟她一起学习，对吧？……现在，我们带你一起去游艇俱乐部。

"你根本不知道天才的父子关系！"胡里乌斯对桑切斯·孔查叫道。他已经跟德国老师上了九次课，坚信她就是贝多芬的孙女。桑切斯·孔查对天才的父子关系一无所知，羞愧地走了。其他人则都留在那里：德尔卡斯蒂略、德罗斯埃罗斯、"破镜子"（本姓"埃斯佩霍"①，额头上有一道伤疤）、浑身发臭的阿雷纳斯兄弟、萨帕特罗、埃斯皮诺萨、愁容满面的卡诺，以及来自尼加拉瓜的温斯顿·丘吉尔。围在胡里乌斯旁边的还有一些二年级的学生，甚至还有一年级的。天才的父子关系变得越来越有趣。

"但是，三个儿子中的一个结了婚，生了一个女儿，他教她弹钢琴。这个女儿天生是一个钢琴家，"胡里乌斯回忆着胡安·卢卡斯在游艇俱乐部给他讲的故事，这是他的原话，"这个小女孩刚满五岁，钢琴就弹得近

---

① "埃斯佩霍"（Espejo），在西班牙语中的意思是"镜子"。

乎完美，她爸爸每天都训练她，因为有一天要带她去见贝多芬，要告诉他，听听你孙女弹钢琴，你拒绝承认我们的父子关系，但是对她不能这么做，因为她也是一个天才，爸爸，她跟你一样，贝多芬听到这里时一定会泪流满面，并且原谅所有人。"

马丁托出现了，带着一把巨大的木剑，足以对所有人造成威慑。然而，甚至没有人回头看他。对于这些胆小鬼的藐视，胖子丝毫没有放在心上，继续气呼呼地跑路，在院子深处与一棵柏树展开殊死搏斗。

"一天下午，他带着她去找贝多芬，他不想见，但是他的儿子执意要见，他只好让他们进门。"

"那个小女孩一定吓得尿裤子。"德尔卡斯蒂略说。

"你才会！小女孩开始弹钢琴，比贝多芬弹得好多了。贝多芬十分嫉妒，气得脸都黑了，因为他是天才。他竭尽全力不听她弹，嫉妒得要死，但就是不听她弹，从此耳朵就聋了。"

"然后呢？"

"然后，她长大了，德国的纳粹特别坏，指控她，说她祖父的耳朵是被她打聋的，开始追捕她。她逃到美洲来，从此改名换姓，谁也不知道她是贝多芬的孙女，这个不能让别人知道。她改名换姓，不想和什么天才扯上血缘关系。我已经跟她学了三个礼拜钢琴了，她现在的名字是普罗塞尔皮娜女士。"

"你问过她吗？"

"那样太无礼了！"

"骗子！鬼才信呢！就连你吃进去的东西都不信！"没有人注意到桑切斯·孔查已经回到教室，他再次发起进攻，"我姐姐要邀请维亚·玛利亚的同学来家里聚会，不会邀请你的哥哥鲍比，因为他没有爸爸，只有后爸。有种放学跟我决斗！"

只能是放学了，"胡萝卜"手中的铃铛已经在空中快乐地飞舞，宣告着课间休息到此结束。

每当经过那个刚认识的维亚·玛利亚的女孩家门前时,鲍比都会做几个让人惊心动魄的漂移。每天下午,他都将车开走,苏姗只好让卡洛斯一周三天开奔驰车送胡里乌斯去利马市中心,跟普罗塞尔皮娜女士上课。在那段时间的高尔夫球场,天色渐渐黑将下来,胡安·卢卡斯打了一下午的球,彼时正在沐浴。苏姗等着他,一边和这个冬天新认识的朋友聊天,包括侯爵夫人、女大使们,以及其他的胡安·卢卡斯的——或者简单说,其他的高尔夫球手的——妻子。夜色逐渐降临在利马,卡洛斯穿过科尔梅那区,驶入塔克纳大街,随后继续开往阿雷基帕三角地带,贝多芬孙女的钢琴学校就在这里。看着胡里乌斯被抓破的脸,以及他藏匿不住的怒气,卡洛斯忍不住想笑。幸好,那股怒气正在慢慢消散。离钢琴学校越来越近,胡里乌斯逐渐被另外一种强烈的情感所左右,也许是害怕,但不是因为没有做好功课而害怕,而是因为他要再次走进那一座看起来随时会倒塌的老房子。"有人打了这个孩子,打他的人叫桑切斯·孔查,桑切斯·孔查也有自己的汽车和司机……"卡洛斯的脑子里突然闪过一个念头,打算明天用脑袋磕桑切斯·孔查的司机几下。"这关我什么屁事?"他一边开着奔驰车,一边想,"这关我什么屁事?他们打了小胡里乌斯,好吧,也许他活该被打,不管怎么说,这都不关我的事,该死的笨蛋,打什么远光灯!看把我的胡里乌斯打成什么样了!快换灯,笨蛋!""喂,胡里乌斯,"他突然问道,"你是对那个打你的家伙说了什么吗?你骂他了吗?你会骂人吗?……听好了,我现在教你怎么骂人,下次再有人打你,你就骂他,听好了……你也要学会用脑袋打人;问题是你们这些白人小孩打架时不用头,我要教你如何用脑袋磕人;你们这些白人小孩踢足球时都不会用头顶球,你以为脑袋只是用来思考的吗?你思考了一辈子,结果随便来一个人就揍你一顿,好吧,我们已经到了,快下来,我找个地方待着,我在门口等你……就因为你不会用脑袋,所以差点被人打死,算了,下来吧……"明天他将要去磕桑切斯·孔查的司机,要是敢哼唧一声,就打爆他的头,胡里乌斯这个没用的小兔崽子……

他要穿过的那个丑陋的天井叫做门厅。胡里乌斯已经停下了,打量着被蠹虫蛀蚀的大木门，这扇门肯定已经很久没有关过，铰链已经完全锈蚀，大门只能永远开着。那边有个东西看起来像是电闸，妮尔达报纸上的那些触电的孩子，肯定是将手塞进了这样的电闸里，那个婴儿，可怜的小东西，他开始撒尿，撒尿就是尿尿，胡里乌斯，那个孩子开始撒尿，旁边有个漏电的插座，电流通过尿传到了他的小鸡鸡上，他妈妈就变成孤儿了：不，妮尔达，如果妈咪触电了，她的孩子才叫孤儿。还是就这样在黑暗中穿过门厅吧，要小心，不要扭到脚踝，有些地方没有地砖，几乎所有的地砖都没了，不仅没有地砖，有些地方还有土坑。他一边穿过门厅一边透过肮脏的窗户看里面的人，在高悬的灯泡的光芒下，所有的人都显得稀奇古怪，从来没有见过这样的人。进来一个女学生，学校里的女孩不会住在这里，这个女学生打开了门，他十分好奇，她的朋友在等她，他赶紧闪躲到一旁，可别让她们发现我在看她们。一个女学生让另一个女学生进了门，两个人拿着书，在高高挂着的灯泡下学习，怎么能在黑暗中学习！一个女学生抬起头，胡里乌斯继续向前走去；他在门厅的中央慢慢地走着，有这么多扇门，这么多大窗户，这里肯定不是有人居住的家。可就在这时，他看见一张床和一个皮肤很白的女人，大块洁白的皮肤裸露在外，她气势汹汹地拉上窗帘，你看什么，小孩？她一定是打算把身上的衣服都脱光。胡里乌斯快速向前走，他踩到一个台阶，打了个趔趄，这里一片漆黑。现在他进入了另外一个庭院，有更多的窗户，又看见一个女学生，很漂亮，胡里乌斯开始觉得冷。他已经走到楼梯前，他向后看去，她很漂亮，她在微笑，有一大堆窗户，里边都有高高挂着的灯泡，那一间是一个办公室，窗户后边的人在干什么？成千上万的报纸，怕是有几百万份吧，我已经来了三个星期，他还在读，他要把所有的报纸都读完，我要问问妈咪，国家抄写员是什么？我觉得写的就是这个，左看右看都是"国家抄写……"。一个皮肤白皙的女学生朝我微笑，和维亚·玛利亚的那些皮肤白净的女学生不一样，辛缇娅，她在非常友好地朝我微笑，她很漂亮，很漂亮。胡里乌斯跑着上完了通向二层的楼梯，这里的窗户更多，和第一层一样，在门厅的四边都有很多窗户，也有很多灯泡。他继续往前走，看见了另一张床，不对，在那个房间里有四张床。他一路走着，朝我微笑的男人就在那边，那个小老头的光头闪闪发亮，光头男人总是在读报纸，他的光头闪闪发亮，他一定很有学问，戴着眼镜，两个镜片圆溜溜的，厚得跟玻璃瓶底一样，他一定很有学问，这个小老头今天也向我打招呼了。上课的时间应该已经到了，最好快点，功课还没有做好，从学校回来之后，他没能复习功课。卡洛斯教我如何骂桑切斯·孔查，要学会动脑筋，用脑子，脑袋瓜子，我要教你骂娘，不能骂娘，胡里乌斯，妮尔达总这样说，快点儿，普罗塞尔皮娜女士一定已经在等着了，普罗塞尔皮娜女士多古怪啊，可怜的小老太太！胡安叔叔说不要跟她提起贝多芬，对她而言，回忆太痛苦了，而且她肯定也不记得了，因为她实在太老了，从这儿向左。胡里乌斯沿着一条长长的走廊向前走，如果他想开灯——那里肯定是没有灯的——同样也有可能触电。他一直走着，又看见了很多窗户，但是从来没有看见过白皮肤的人，到处都挂着衣服，散发着潮湿的肥皂味，可怜的普罗塞尔皮娜女士，她说德语，却住在这里，她也十分严厉，希望我出错的时候，她不要总打我的手。胡里乌斯紧挨着窗户继续往前走，这些房间比庭院里的更小，更寒酸，这些是家吗？住着人吗？一间一间的是房间吗？这是楼房吗？这里的一切多奇怪啊……他到了最后一扇门前，那扇门仿佛狼的嘴巴，这就是钢琴学校了。三个星期以来，他就这样长途跋涉，最后走到那所巨大的音乐学校，四张长椅总是靠着紧里面的墙摆放，一切都在黑暗之中。另一侧的会客厅里也是漆黑一片，只有两架钢琴被照得格外明亮。在左边的那一架旁，一周三天里，普罗塞尔皮娜女士都在等着他，一把坐垫已经塌陷的椅子上放着她所有的披肩。下午好，普罗塞尔皮娜女士。

"迟到三分钟，就少学三分钟。"这是贝多芬的孙女在见到他时说的话，她一定继承了天才的性格，最好还是不要这样想，否则可能会在她面前露出蛛丝马迹。"请坐吧，年轻人。"胡里乌斯坐下了，试图向她解释，他和桑切斯·孔查发生了争执，因此，没能在来之前最后复习一下功课。然而，普罗塞尔皮娜女士对他被抓破的脸没有表现出一丁点兴趣，更别说让他解释了，胡里乌斯只好保持沉默。这是第十堂课，贝多芬的孙女依然没有丝毫客气的表示。第一天她就问起他之前的老师，而他，荣幸至极，甚至打算连她钢琴的气味都告诉她，但是她打断了："我只对她的教学方法感兴趣，你和那位小姐实施的是什么练习方法？"她不是一位小姐，胡里乌斯想解释，他双唇上扬，满脸笑意；他说，她是修女，特别容易紧张……"你们实施的是什么练习方法？"胡里乌斯讨厌自己总是被她打断，但他依然相信这只是天才血缘关系使然。"年轻人，请向你的老师解释，你和之前的老师实施的是什么练习方法。"句子很长，她执意地说着"实施"这个词，口形十分夸张，看起来下巴随时会掉下来，要是这样，他该怎么办？他们在家的最里面，话说这是一个家吗？还是一座楼？那些房间是做什么用的？胡里乌斯决定要问妈咪钢琴学校所在的到底是个什么地方。可怜的胡里乌斯必须赶紧回答，因为普罗塞尔皮娜女士很快就会再次失去耐心，怎么跟她说呢？和钢琴嬷嬷一起时，他从未学过乐谱，嬷嬷给他画出所有的谱号，个个都有小尾巴，G谱号是一个小竖琴，或者一个小姑娘，她画出所有的音符，看起来仿佛一群秘鲁或者美国的士兵；然后，从那里就直接到了"我的邦妮漂洋过海"，因为胡里乌斯学得很快……第一天来上课时他就想告诉她这些，他甚至向她微笑，希望自己能成为这个小老太太的挚友，而她也会哭着跟他说起她的祖父……"我明白了。"普罗塞尔皮娜女士再次打断他，继续这样下去，她很快就要变成一个又老又丑的女人。但是，天才的父子之情……"我看出来了，之前的那位小姐没有对你实施过任何正规训练，所以一切必须从零开始。"她讲完了，下巴差点没掉下来。胡里乌斯毫不怀疑，她就是贝多芬的孙女。现在他要思考的是，她似乎没那么好；他一直以为，遭受不幸和疾病的人，甚至是患有头疼或者头被打破的人，往往都是好人。他想到胡安·卢卡斯，他从不会……妈咪可不希望他会……"上课时不要走神，这是好学生的必备素质。"普罗塞尔皮娜女士说着便站起身，嘟囔着什么秋天和冬天，一边走向放着披肩的椅子，她拿起一条披在身上，这是她披上的第一条披肩。

今天，三个星期之后，普罗塞尔皮娜女士披了好几条披肩，抱怨说这个冬天将会十分难熬。胡里乌斯看向坐垫已经塌陷的椅子,注意到椅背上挂着的披肩和第一堂课时见到的一样多。"我们开始吧。"贝多芬的孙女说。他将双手放在琴键上,开始弹奏那一段讨厌的练习曲,都怪它,他已经开始对弹钢琴心生厌倦,而且,普罗塞尔皮娜女士的钢琴闻起来只有一股潮湿的气味。她没有一丁点亲热表示,从不微笑,当他犯错时,她从不克制自己的气愤。继续这样下去,可怜的胡里乌斯的天分很快就会消耗殆尽,而最大的受益者就是胡安·卢卡斯,他讨厌一切为唱片或者磁带之外存在的音乐家。"这个家里绝对不能有艺术家,"有一天他曾这样说道,"他们不挣一分钱,一辈子让人养着。胡里乌斯无疑是个聪明的孩子,比圣迪亚哥和鲍比强很多,将来有一天必然能承担家族的生意。"苏姗没有否认,她完全同意他的说法。不过,如果这个最小的儿子能成为钢琴家或者是画家,那将是多么美好的事情!将他打扮得精致优雅,能为家里增添无限乐趣,看啊,胡安,胡里乌斯坐在钢琴前面,这是多么美好的画面啊!当然,他会慢慢长大,可是眼下,他可爱得让人心动,这个你总不能否认吧,亲爱的?亲爱的也同意她的看法。正因此,他将胡里乌斯送到了一个真正的钢琴老师手里,他甚至认为她是一个天才的孙女,等着看吧,她会对他大呼小叫,当他向她微笑时,她却让他去见鬼。很快,他就会发现傻瓜才弹钢琴,过不了这个冬天,亲爱的……之后,爱上高尔夫,爱上运动,与快乐阳光男孩一起玩耍,成为男人,只有一步之遥。苏姗表示同意,不过,慢慢来,不要那么粗暴,亲爱的,于是,他重新解释了一遍,轻声细语,不紧不慢。这时她突然想起,她的表姐苏珊娜曾经说过,普罗塞尔皮娜女士唯一的缺点是,她喜欢狠狠地敲击学生的头。

苏珊娜姨妈弄错了敲击的位置。普罗塞尔皮娜女士不敲头,她是用尺子使劲敲打孩子们的手腕。每当此时,她会突然像只鹅一般来回踱步,上帝知道那是怎样的一种酷刑,她甚至记起了在秘鲁生活的这么多年里几乎已经完全忘记的德国口音。"抬起手腕!"每当此时,她总是高喊,这只是其中一次,"抬起手腕!"啪——!尺子重重地落在胡里乌斯瘦骨嶙峋的腕部。"去你妈的桑切斯·孔查!"胡里乌斯愤怒地想,几乎脱口而出,然而,刚才那记让他半条胳膊麻木的痛彻肌骨的敲打却不是来自桑切斯·孔查，而是来自普罗塞尔皮娜女士。可怜的胡里乌斯有什么错？钢琴嬷嬷——她弹奏的钢琴散发出芳香的气味——从来没有跟他说过要抬起手腕弹琴这样的蠢话。弹钢琴讲究的是情感，与手腕位置的高低有什么关系……啪——！尺子再次重重落下，又是一声"抬起手腕！"。这样下去，他永远也无法弹出感情，这样下去，他所有的情感都会消耗殆尽。眼下，他只想跟她说，让我静一静，小姐。然而，他心里的某处还是原谅了她，或许是因为他需要知道在这个家——或者这座楼房，或者这些房间——里发生了什么，或许是因为那个漂亮的女学生，她住在这里吗？太奇怪了！或许是因为那个小老头，他一定很有学问，还有那个抄写员，以及那个在高悬的灯泡下修理已经报废的打字机的人，那些打字机堆积在一起，层层叠叠，看起来仿佛一座雄伟的教堂，高处是钟楼……啪——！又是一记敲打，"抬起手腕！"这一下差点没让他灵魂出窍，他疼痛难忍，甚至觉得普罗塞尔皮娜女士的钢琴散发出一股骚臭味，如猫尿一般；那四张演奏会上用的长椅，也仿佛从木头的纹理中向外散溢出污垢。她说过，只有最好的学生才能开演奏会，会来很多人。"我必须继续弹。有一天，我会开演奏会，所有住在这里的人都会来，这里是一个家？一座楼房？很多房间？……"啪——！"抬起手腕！"他高高地抬起两个手腕，当普罗塞尔皮娜女士去拿另一条披肩时，他一直保持这样的姿势。"这个冬天会冷得可怕。"她说。她悲伤的语气给了胡里乌斯新的希望，手腕也随之开始讨好地下落。"会下很多雪。"当听到普罗塞尔皮娜女士这样说到雪时，胡里乌斯立刻将两个手腕重新抬起，努力弹好他的练习曲，"利马从来不下雪，小姐。"他出错了，就因为他想告诉她，在利马从来不下雪；他想重新弹一遍，于是两个手腕同时低垂，啪——！又是一记击打。"下课后我要告诉卡洛斯，他会笑死的，今天你的收获可真够大的，他一定会说。我还要继续来，将来有一天我要开演奏会，所有住在这里的人都会来，有学问的秃顶小老头、赤身裸体的坏脾气女人、抄写员，还有那些女学生，一个一个都很漂亮。"

"对于三个星期而言，我们实施得太少了，"下课时，普罗塞尔皮娜女士对他说,"你是作为有特殊天分的学生被推荐来的。你的天分藏在哪儿了?""去你妈的桑切斯·孔查!"胡里乌斯想,再次觉得好像打错了靶子。普罗塞尔皮娜女士站起身,走向坐垫塌陷的椅子去拿另一条披肩。"照此看来,这个冬天将会非常难熬,还有雪……"作为全部回答,胡里乌斯保证下周三来之前将会准备好功课。"请准时。"普罗塞尔皮娜女士说。那时,他已经开始沿着楼梯往下走了,会客厅里的钢琴在灯光下显得格外明亮。"一个学生出去,另一个学生进来。你离开,另一个到来。请遵守时间,否则课程时间表就被打乱了。制定了时间表就要遵守。"胡里乌斯勉强来得及许诺下次上课准时到达,他已经到了这个巨大的音乐学院的门口,心思已经飞到其他事情上,它们有趣得多,同贝多芬的孙女一样难以捉摸。同往常一样,普罗塞尔皮娜女士坐下来等待下一个学生,胡里乌斯一走,他就应该到达,制定了时间表就要遵守。走廊已经走了一半,胡里乌斯意识到乐谱忘记拿了,于是转身回学校去取。他悄悄地进了大门,只看见里面一片漆黑,"怎么办?"他想道,"下一个学生马上就到了,普罗塞尔皮娜女士却已经走了,这太奇怪了。"正这样想着,脚下的一块木板突然发出咯吱的声音,钢琴倏地亮起来,在古老的音乐学校的一个角落里,贝多芬的孙女正在织披肩。"我忘记拿乐谱了。"胡里乌斯解释道。普罗塞尔皮娜女士仿佛受到了惊吓,她快速站起身,扔掉了手中的羊毛线团,颤抖地拿起了乐谱。她伸出胳膊,却没有挪动脚步,叫他上前去拿。"东西不要忘记带走,特别是乐谱。赶紧走吧,下一个学生将准时到达。"胡里乌斯拿起乐谱,箭一般地离开了音乐学校。他放慢脚步,一直走到走廊的中间,一切都十分古怪,准时到达的学生还没有来。这个走廊是必经之路,却不见一个人影……不知是什么使他再次回到学校门口,暗中窥伺;一看见贝多芬的孙女已经再次将灯熄灭,便立刻开路。她一定是在织披肩,他使尽全力避免脚下的木板再次发出声响。

他沿着第二个庭院四面的走廊慢慢地向楼梯走去。路过光头发亮的小老头的窗口时,胡里乌斯向里张望,想再看一看有学问的人都是什么模样。他戴着眼镜坐在那里,镜片仿佛两个玻璃瓶底。胡里乌斯经过时,尽可能不发出声音，小老头抬起头，从眼镜的上方看着他。他每次都看他，并向他微笑，但这一次他试图站起来，这让胡里乌斯有些害怕，妮尔达说不要相信任何人。他加快脚步，有学问的小老头向他挥手，仿佛在跟他说再见，他高举手臂，颤颤巍巍，看起来十分虚弱。胡里乌斯不敢回头看他是否真的起身走到了窗口。他一直跑到楼梯前，他要放慢脚步，楼梯上没有灯光，而且台阶已经破烂不堪。下完楼梯之后，他在两个庭院之间的黑暗空地上停下脚步，开始沉思，仿佛要制定一个绝妙的计策，以便勇敢无畏地穿过门厅，并调查出在每扇窗户后边，在高高挂着的灯泡下面正在发生着什么。他想必是数了"一、二、三！"来助跑，他加足了速度，一口气跑到门厅的中间，觉得似乎所有的人都看见了他在跑，而且每扇窗户后边都有人在厌恶地看着他。在右边的一扇窗户里，两个女学生在黑暗里学习，她们很快就要戴上眼镜，可怜的女孩，视力就要变差了。她们学得多认真啊！他已经站在那里看了她们好一会儿，她们丝毫没有察觉。他趁机靠近一点，仔细打量房间里的墙壁，好像是硬纸板做的，他又走近了一些，那边好像挂着一张巨大的毛毯，在毛毯的后边是另一个房间。哪个是那个漂亮的女学生的窗户？……胡里乌斯觉得没那么害怕了，他继续寻找着，那个不是，这个也不是，那边那个窗户是什么抄写员的，他又向写着"国家抄写员"的字牌走近了一些，里边的那个家伙被报纸团团围住……漂亮女孩的窗户是哪一个呢？……他甚至开始高兴起来，他猜得准没错：那个女孩不住在这里，而是住在一个大房子里，他开始想象她家的样子。突然，在门厅的一个角落里，出现了一扇窗户，他之前没有看到，那个漂亮的女孩是个女学生，就住在那里。她一边微笑着看他，一边摸黑涂指甲油，胡里乌斯将目光挪开，假装没看见。回头时，他又看见了那个皮肤很白的女人，照旧衣不蔽体，再次气势汹汹地将窗帘拉上，你想干什么，小屁孩？胡里乌斯只好飞快地跑向那一扇永远关不上的大门，卡洛斯正在悠闲地抽着烟。

"阿雷基帕三角地带的美妞真不少，"他说道，随即又补了一句，"我们去找奔驰车，我停在那边的拐角处了。"

桑切斯·孔查的统治不过昙花一现，可怜的孩子还没来得及习惯做所有人的老大。一天早晨，他们正在上英语课，教室的门突然打开了，校长嬷嬷带着一个陌生男孩进来，他气呼呼地看着所有人。校长嬷嬷说他是新同学，秘鲁人，一直生活在阿根廷；他爸爸在那里做大使，现在回到秘鲁，把他的小儿子送到我们这里，你们要和他做好朋友，要帮助他，因为他来得晚；但是，因为他很聪明，一定能很快补上功课，你们要把自己的练习本借给他，好让他尽快赶上进度；费尔南迪托，你也会和大家好好相处，对吗？费尔南迪托一声不吭，只是气呼呼地看着他们，他们也在看他，更确切地说，是在衡量他，他确实不构成威胁，他的个子很矮。校长嬷嬷继续说着话，告诉他们应该如何和晚到的，并且处于劣势的新同学相处，当然，现在他们已经认识他了。她试图亲热地摸摸他的头，但是，费尔南迪托及时躲开了，似乎十分在意自己的发型。最后，校长嬷嬷说出了他的全名，他叫费尔南迪托·兰查尔-拉德隆·德格瓦拉。听到他的姓氏如此之长，德尔卡斯蒂略笑了起来，这时，他意识到自己不能再犯傻了，因为费尔南迪托·兰查尔-L·德G——他在练习本上是这样署名的——用目光刺穿了他。德尔卡斯蒂略低垂双眼，甚至开始用指甲刮擦光滑的桌面，就好像上面粘了什么似的。

费尔南迪托的课桌是第一排的最后一个，那是霸道坏小子的专属座位。校长嬷嬷在离开之前将座位指给了他。玛丽·琼修女，即足球嬷嬷，告诉他可以坐下了，他于是慢吞吞地朝座位走去，怒气冲冲地扫视着班里的三十五个同学。德罗斯埃罗斯看到他走路时不看地面，趁机伸出一条腿，准备让他摔个大跟头。费尔南迪托走近了，他一直看着他们的脸，不可能看见正在等待他的那条腿，鬼知道他是怎么知道的，也许直到今天德罗斯埃罗斯也没弄明白。事实是，他发出一声痛苦的哀嚎，唉哟！他感到小腿仿佛被火灼伤了一般刺痛，只好忍着痛将腿缩了回去。不仅如此，当玛丽·琼修女转过身来，问发生了什么事时，他只能假装没事。什么事都没有，费尔南迪托·兰查尔-拉德隆·德格瓦拉镇静自若、怒气冲冲地走向他的课桌。

桑切斯·孔查可不是个傻瓜，他再次采取了观望的态度。好几个人都仿照他的样子，胡里乌斯就是其中之一。迫使他们采取这种态度的不是费尔南迪托的身高，真正使他们不知所措的是他气呼呼的表情，以及他那股即使沉默也掩盖不住的怒气。在费尔南迪托到来之后的几个星期，定时炸弹终于在一天上午的课间休息时间爆炸了。令人遗憾的是，这一事件并没有像三年级学生希望的那样造成重大的影响，完全算不上什么了不得的事件。费尔南迪托刚买了一块巧克力，在剥锡纸时，粗鲁的胖子马丁托出现了。胖子对费尔南迪托一无所知，甚至没有意识到他是三年级的学生，而且整天气急败坏。他只注意到那是个新来的，所以，正当他准备把巧克力塞进嘴里时，马丁托决定发起进攻。这是费尔南迪托没有预想到的，他突然就发现自己的胸口插着一把木剑。他露出一个愤怒的微笑，胖子回之以一声快乐的大笑。"来了一个新的挑战对象。"他可能在想，然而，费尔南迪托具有穿透力的眼神一直盯着他，他开始恍惚，忘了自己是个快乐的孩子，竟然思考起恶霸横行世界的问题。费尔南迪托似笑非笑，似怒非怒，胖子开始意识到生活里有什么出了问题，突然发现所有的三年级学生都在远远地看着他们俩，脸上的表情唯有嫌弃。胖子的好心情消失得无影无踪，他一头雾水，行动也更显笨拙。费尔南迪托说，把棍子给我，他老老实实地照着做，如同一只狗将球叼给主人，好让他再次扔出去。马丁托的情况类似，以为游戏会继续进行，于是笑呵呵地说，你拿着剑，我再去拿一把来跟你比试。费尔南迪托再次似笑非笑，似怒非怒，态度扑朔迷离，胖子以为那就是他的风格，"新来的海盗可真酷。"他可能在想，一边转身准备再去找一把剑来，这时，木剑重重地落在他的屁股上，差点没把他打得皮开肉绽。"活该！"费尔南迪托说，一边镇静地将棍子还给他，胖子站在原地，吓得目瞪口呆。他痛苦地揉着屁股，却看不出有多气愤，他接过那根显然已经没有什么用处的棍子。在六月的一个早上，他平生第一次体会到悲伤。胖子马丁托从此改头换面。那天之后，他总是衣着十分整洁地来到学校，甚至开始减肥。有一天下午，还有人看见他一个人煞有介事地走进剧场。就在那一年,他以优异的成绩通过了所有的考试,后来还多次进入班里的前十名。

桑切斯·孔查打起了算盘。马丁托几年前是班里的同学,两度留级的经历并没有阻碍他成长,按照年龄,马丁托应该上三年级。所以,他是个大孩子,同时又不是……类似的想法,其他三年级的学生想必也有。此外,费尔南迪托从没挨过揍,没有人看见过他打架。如果不动手打架,又怎么能对你拳脚相加呢?问题就出在这里。费尔南迪托到来之后,情况变得复杂起来,以前生活很单纯:我们出去解决,有种你动手,这是你自找的,基佬;然后,双方扭打在一起,一通乱打,直到最后你说我投降,难过几天,或者留下一辈子的阴影;或者,如果运气好,你听见被你仰面打倒在地的家伙说快松手,我认输,于是你获胜而归,一连好几天趾高气扬。这时,"破镜子"来告诉你邻近小镇上有个人口水吐得比你更远,于是这个过程又重新来过,风险与胜算都同前。然而,费尔南迪托的情况复杂得多。

又过了几个星期,费尔南迪托仍然镇静自若,怒气冲冲。他越来越成熟,或者说,越来越少年老成,又或者说,脾气越来越坏。就连莫拉雷斯也尊重他。做作的西班牙语老师——有人曾经在威尔逊大街看见她和男朋友一起——说费尔南迪托是个格外傲慢的家伙,这让桑切斯·孔查浑身长满了鸡皮疙瘩,觉得自己不过是一个很不入流的坏小子。"绝对不行,"桑切斯·孔查下定决心,"明天开始我就闭上嘴巴,不和任何人说话,我要装得很严肃,谁敢惹我,就扇他一个大耳光,然后一直盯着他看,直到他摆出一张傻瓜的脸,然后像马丁托一样悲伤地滚蛋。"那天下午,他在家里对着镜子反复演练,在试验了二十七种表情后,找到了用来迎接他的新命运的最合适的面容。他排练了一百二十七次,然后,第二天早上,在从家到"圣洁心灵"的路上,他始终保持着这个表情。一进校门,德尔卡斯蒂略就问他为何不给费尔南迪托一点厉害看看,他皱起眉头,虎着脸,当头给了他一拳,然后锁紧双眉,以营造费尔南迪托式的心理效应。但是,德尔卡斯蒂略也不示弱。虽然已经挨了三拳,但他已经做好散打的准备,这让桑切斯·孔查大为光火。他继续皱着眉头，幸好他反应很快，有一刻，德尔卡斯蒂略几乎要将他后脑勺按在地上。架打完之后，桑切斯·孔查向他解释说，他之前看起来很被动，是因为使用了错误的战略，而不是因为突然丧失了力量，"你别以为，因为，实际上……"他说，但是他一下想起费尔南迪托，立刻变得严肃起来，不必向任何人解释，真的不用向任何人解释吗？……好吧，要向他自己解释，因为刚刚没能做到一拳定输赢，而且，"我的双眼如此有力地盯着你"，德尔卡斯蒂略应该吓得不敢看他才对，可是恰恰相反，他迎面冲过来，而且差点没把他……

还有另外一个德尔卡斯蒂略，是个桑博人，三十五岁，是学校的摄影师，那天早上来给学生拍年度照。他早早地在街角的小饭馆里吃过早饭，街区的朋友也在那里，喝杯皮斯科酒来迎接新的一天怎么样？然而，德尔卡斯蒂略是半个艺术家，经常熬夜，戴着波希米亚风格的领巾，生就一副打动人心的姿态，他中气十足地回答说，绝对不行，那天早上要去教会学校拍照，在教会学校的回廊里拍照是件很严肃的事，必须保持口气清新。他要去给好几千个在圣伊西德罗附近上学的白人小孩拍照，那是美国修女办的一所非常棒的学校，皮斯科酒还是改天再喝吧，在回廊拍照的日子是绝对不行的。德尔卡斯蒂略告别了他的哥儿们，走出小饭店，清了清一夜没睡的喉咙，在清晨的泥渣里吐了口痰，就出发去回廊做正经事了。同往年一样，校长嬷嬷向孩子们介绍，这是德尔卡斯蒂略先生，所有人都说，早上好，德尔卡斯蒂略先生！然后校长嬷嬷继续说话，这次说的是英语，他来给你们拍照留念，有一天，你们可以拿给自己的孙子看，你看，孩子，很多年前，爷爷也是个小孩。她做出爷爷的样子，至少她自己是这样认为的，校长嬷嬷笑着，脸上全是皱纹，她双手颤抖地比画着德尔卡斯蒂略先生将要拍的照片，德尔卡斯蒂略忙不迭地说，好的，嬷嬷，好的，嬷嬷，一边期待着胖胖的校长嬷嬷赶紧结束长篇大论，让我安静地挣那几个比索。然而，校长嬷嬷继续说爷爷和孙子的故事，她喜欢看到孩子们听着她的笑话哈哈大笑，就连桑切斯·孔查也大笑了一会，就在这时，他看见费尔南迪托面对这场面依然怒气冲冲，于是立刻摆出了第二十七号表情。问题是，到了第二周，摄影师德尔卡斯蒂略将洗好的照片带来，桑切斯·孔查发现照片上的费尔南迪托笑得非常开心，谁也没见过他那样开口笑过，而他，站在中间一排，比所有人都高，却摆出一张臭脸，好像随时要放屁，或者正在忍受剧烈的胃疼，生活真是太复杂了。桑切斯·孔查迅速将照片藏进上衣口袋，开始观察班里其他同学的反应。什么也没发生。更确切地说，有些事在进行：所有人都在买照片带回家给妈妈看，要让她知道，问她要钱是有原因的，所有人都买了照片，除了费尔南迪托，他甚至都懒得看。摄影师德尔卡斯蒂略朝他走过去，费尔南迪托干巴巴地说了一声不，听起来比我国沿海的沙地还要干。几年之后，费尔南迪托将会完全堕落，成为一大早喝皮斯科酒的那类人，在远离圣伊西德罗的某个地方，摄影师德尔卡斯蒂略怔怔地发了一会儿呆，仿佛看见了这样的图景。

"一切准备就绪，近日即可搬迁。"建筑师发来的电报上这样写着。在马德里丽兹酒店的套房里，胡安·卢卡斯读给苏姗听。他们以闪电般的速度旅行，首先在伦敦待了一个星期，在一个印度餐馆里享受盛宴，大厨是胡安·卢卡斯的朋友，然后，他们飞到马德里并趁机欣赏了布里塞纽的三场精彩的斗牛表演。"一切准备就绪，近日即可搬迁。"胡安·卢卡斯重复道，随即决定结束这愉快的旅行。高尔夫球手拿起电话，要求接通旅行社。他订了最近一班到利马的飞机，现在只差整理猪皮行李箱，并取消同马德里朋友的两三场不能如期而至的见面。在新家里安顿下来要经历的烦冗过程无异于一场噩梦，然而，胡安·卢卡斯为新的宫殿神魂颠倒，恨不得马上举行一个盛大的鸡尾酒会以庆祝它的落成。苏姗很开心能提前回去，因为孩子们被单独留在乡村俱乐部的套房里，特别是鲍比，他什么事都做得出来。"说不定他已经将胡里乌斯赶出去，自己和加拿大女孩住在我们的卧室里。"她说。胡安·卢卡斯听了之后差点笑死，他再次拿起电话，订了几瓶马天尼，晚上八点就该有佳酿相伴。

鲍比没有将任何人带到父母的卧室，相反，他在那个新认识的维亚·玛利亚女孩家门口将旅行车报废了，而且在与加拿大女孩佩吉的频繁争吵中，拆卸了奔驰车所有的刹车装置。最近两人相处很差，她已经不愿意溜出家门和他兜风。一天下午，他们吵了很长时间。鲍比觉得自己理屈词穷，一脚踩下了油门，飞车将惊恐万状的佩吉带去新认识的维亚·玛利亚女孩家里。他不停地漂移，佩吉吓哭了，说自己很爱他，就在这时，奔驰车的刹车失灵了。总而言之，卡洛斯不得不开捷豹去机场接先生与夫人，胡安·卢卡斯觉得捷豹里坐三个人着实不舒服，于是叫了辆出租车回酒店。

苏姗吻了一下胡里乌斯，说十分想念他。美丽动人的苏姗说谎了：在说十分想念他之后，她注意到自己竟然不曾想到过他，而且，在说这话时，她甚至没有任何感觉。她再次走到他身边，满怀爱意地亲吻他，再次跟他说我非常想你，亲爱的，这次她确实满怀深情，感到内心平静很多。胡安·卢卡斯开玩笑地问，对哥哥鲍比的行为有何怨言？胡里乌斯说没有，高尔夫球手对此称赞有加，因为只有娘娘腔、傻瓜和蠢货，才会抱怨自己的兄弟或朋友。"告状是蠢人的作为。"他补充道，同时为自己的词汇里增加了西班牙味十足的表达而洋洋自得。这时，卡洛斯到了，将他放在出租车里带回的几件行李送来了，胡安·卢卡斯质问他，怎么能就这样把奔驰车的钥匙给了鲍比，难道他撞坏一辆水星汽车还不够吗？卡洛斯极力辩解：那个孩子一旦想要什么，谁能拦得住？他说，只给了鲍比水星车的钥匙，至于奔驰车的钥匙，那个孩子一定是自己在房间里找到的，如此等等。胡里乌斯全神贯注地观察着那场面，叫他不要再说了，因为胡安叔叔说告状的人都是娘娘腔和傻瓜。胡安·卢卡斯赌咒说认识胡里乌斯真是运气坏到了家，而卡洛斯是个地道的本地人，对于罢工权之类的有所了解，此时十分矛盾：一边想说先生，我辞职不干了，一边想张口骂娘，大喊我们出去解决，一边又想说这里您说了算，但是请放尊重点。场面十分尴尬，幸好，卡洛斯看了一眼胡里乌斯，决定对孩子的继父表示出些许尊重，他暗自吞下苦水，但从现在开始，他只是夫人的司机，仅此而已，我可不愿忍受其他人的臭脾气，请放尊重点。他将行李放在胡安·卢卡斯指定的地方，就赶紧逃离那散发着火药味的氛围，去别处抽烟了。不巧的是，胡安·卢卡斯对他心生不满已经有一阵了，虽然不是对胡里乌斯：也许你有幸不是基佬，但你是人们常说的八婆，整天絮絮叨叨……

"好吧，就这样吧，去叫服务生把这些行李拿上去……快点儿，赶紧。"

三天之后，胡里乌斯将搬家的趣事讲给他三年级的同学听。那一阵，他一点学习的心思都没有。那是他们在宫殿一般的新家度过的第一个晚上，那场面不啻一场热闹的聚会。苏姗忙碌地走来走去，虽然仔细看来她什么也没做，顶多不过是叮嘱搬家工人不要把某个新买的家具碰坏，或者不要把她心爱的油画蹭坏。她的顾虑是多余的，搬家工人都是合格的专业人士，她根本没有必要如此担心。稍晚时，装饰师来了，只是来做一些最后的润色，因为很久以前，胡安·卢卡斯已经签了足额的支票，以保证他们入住那天宫殿里一切准备就绪。装饰师是个十足的娘娘腔，但这并不妨碍他对苏姗垂涎欲滴，而苏姗则荣幸之至，因为娘娘腔都十分健谈，而且可以一聊几个小时，而不用担心他们另有所图。倒是胡里乌斯从学校回来时，她嘱咐他不要离开她的视线，因为装饰师注意到他了。装饰师家世良好，和胡安·卢卡斯一样精致优雅，只是衣着的颜色更显艳丽，不觉增加了几分阴柔，但又不同于电影院里跟随在巧克力小贩后面的那些人，怎么会呢！他是那类出入于蒙特里科或圣伊西德罗的宫殿，和孩子们一起玩耍，在玩笑间随时来一段空手道或类似表演的人……有幸的是，负责宫殿品味的是一个具有专业觉悟的艺术家，工作时会忘记与艺术不相关的一切，换句话说，他不过是友善地看了胡里乌斯一眼，这个小可怜不太明白那只到处发号施令的孔雀在搞什么鬼。后来他慢慢明白了，随着时间一周一周地过去，宫殿越来越漂亮；这个有高尚品位的人在看到他的作品完工之时，怕是要激动得在众人面前晕厥。装饰师感动于自己的杰作，工作时，他总是神经兮兮地大声叫嚷，灵感频频出现，头发也失去了造型，他喜欢这样的工作状态。"利马遍地是银子，"他在苏姗和胡安·卢卡斯面前夸夸其谈，"利马遍地是银子。不过，难伺候的太太也很多，说起来，两位一定不信，一座城市里居然有这么多难缠的女人！她们请你装饰房子，结果却叫你听她们指挥，既然那样，我干吗要在罗马学习呢？为什么？请给我说说看！请告诉我为什么！……就为了让一个一辈子没走出过街角的女人叫你给她装饰奶油蛋糕？……太可怕了！太可怕了！利马是个工作和挣钱的地方，仅此而已，其他的都要去欧洲，真的，只有欧洲……不过，暂且不要跟我说你们的欧洲之旅……我可不能因为嫉妒而死，餐厅还差很多呢！那些窗帘已经挂上了吗？等一下，我这就来，这就来，应该先挂上窗帘再决定画的位置。在我看来，一切都必须尽善尽美。"胡安·卢卡斯也要求一切尽善尽美，男人必须有男人样，至少不能像这个高尚品味的典范一样忸怩作态。他提议喝一杯威士忌，以便堵住他的嘴，他的父亲和他是故交又怎样？胡安·卢卡斯可不会为谁的基佬做派买单。

那几天，塞尔索和丹尼尔重新出现了。阿尔敏达第一天就到了，竭尽一切可能帮忙，但是，胡安·卢卡斯不喜欢她在新房子里到处走动，觉得她从头到脚都是黑色，乌黑的长发盖在脸上，看起来十分丑陋。苏姗派卡洛斯去城区将两个管家带回来，他们待到最后一刻，利用带薪假期在自己的领地里亲手打造纯手工风格的家。在新宫殿的仆人生活区，众人彼此拥抱，庆祝这盛大的团圆。甚至连苏姗也来向他们打招呼，更不用提胡里乌斯，他从塞尔索和丹尼尔到达时起就一直待在那里，直到很晚才去睡觉。仆人区很现代，功能齐全。到处都是按钮，墙上嵌着一千个高音喇叭，时刻能听到胡安·卢卡斯的声音从其中一个传出。最享受这个系统的人是卡洛斯。对着先生的声音回答"您去吃屎吧"，却不用担心任何后果，那感觉简直太棒了。比如，忽然传来胡安·卢卡斯要冰块的声音时，卡洛斯得意地答道："你自己来取吧。"当然，那边听不到。不管怎样，他都感觉很痛快。阿尔敏达不喜欢这些，特别是卡洛斯当着胡里乌斯的面说的那些事情。她低下头，脸埋在头发里，上帝知道她想表达什么。另一件让她备受困扰的事是，一切都更加现代化。确实，在新宫殿里，一切都洁白无瑕，一切都是崭新的，干净得发亮，只是，桌子从来都是四条腿的，然而现在，可怜的女人看见桌子只剩下一条腿，支在中央。"我们吃饭时，它会突然倒下来。"她常常想。她不敢在上面切肉，也不敢将胳膊肘撑在上面，以免用力过大。此外，椅子为屁股预留的空间越来越小，稍不留神随时会从一边滑落，那可摔得不轻，"我这个年纪，摔倒或者磕碰都是很危险的。"每当卡洛斯跟她打趣时，可敬的堂娜总是这样解释。

胡里乌斯十分严肃地拷问塞尔索和丹尼尔假期几个月里的行踪。塞尔索的叔叔仍然是瓦罗孔多的市长，在库斯科那边，而他继续做瓦罗孔多朋友俱乐部的出纳。钱仍然保存在同一个盒子里，他想将它存放在卧室里，因为放在这个家里更安全。然而，更令他们感到兴奋的是他们位于城区小领地里的家，哪天要带他去看看……

眼下有更紧急的问题要面对。老宅里的仆人只有四个留下来，暂时由阿尔敏达为孩子们和他们做饭（胡安·卢卡斯和苏姗总是在外面就餐），需要一个专职的厨娘。阿尔敏达的血压很高，丹尼尔说她的工作应该仅限于用洗衣机洗衣服和熨烫衣物，更多的工作无法胜任，这一点必须和夫人沟通。塞尔索说，在必要的时候夫人自然会处理，但丹尼尔坚持认为，他们完全有权和夫人讨论此事。丹尼尔肯定是在城区听到过一些危险的言论。必须和夫人谈谈，不只是关于阿尔敏达的事，他本人也有权要求涨工资，因为根据他的计算（他甚至丈量了面积），在新家，他需要清扫的面积比以前大。胡里乌斯听着所有这一切，吓得要死。他似乎已经看见丹尼尔站在妈咪面前，一股脑儿跟她说着所有那些事情，妈咪一定会十分紧张，她会告诉胡安·卢卡斯，而胡安·卢卡斯叔叔会将他们所有的人都赶出去。还有其他问题要面对：缺一个园丁，因为安纳托里奥不想抛弃老宅里的花卉；还缺一个女孩负责孩子们的衣服，伊梅尔达已经从裁剪缝纫专业毕业，她走了，没有向任何人道别，也没有表现出一丝不舍。

万幸的是，并没有出现混乱的局面。苏姗很快注意到缺少人手，此外，她同意给所有人都涨工资，认为那是理所当然的事。只是寻找厨娘和负责孩子们衣服的女孩费了挺多时日。很多天过去了，苏姗才找到一个待定人选。一听说她的需求，她的表姐苏珊娜·拉斯塔里亚就给她找来很多应聘者。她在这类事情上总是有求必应。当然，苏姗是打电话告知她的；苏姗只通过电话与她的表姐联系，除此之外的任何其他方式与她联系都令苏姗无比厌倦。自从开始同胡安·卢卡斯一起投资，她丈夫的闲暇生活比例逐渐发生相应的提升，因而撇下她独自去参加社交活动也是顺理成章的事。从那时起，苏珊娜·拉斯塔里亚的生活里便只剩下那些事。比方说，他们继续一起去做弥撒，但是他很少带她去看电影，也从来不带她去俱乐部或者鸡尾酒会，这些场合他觉得单独出现效果更好。可怜的苏珊娜从不愿去高尔夫俱乐部，而性事于她也是阔别已久，中间隔了几次地颤，甚至几次地震。也罢，她对这个事一直有些犯怵。对于只生两个儿子而言，确实不必那么麻烦。如果她早知道上帝让她怀上比波和小拉法埃尔那两个混蛋的准确时日，她一定会避免那一段每当想起就会嫌弃到无地自容的过往，然而，那段记忆总是萦绕在她的梦里，在情绪低落时更是挥之不去：胡安在她的双腿之间匍匐，表情诡异，他不愿快快了事，他在慢悠悠地喷洒污秽，他们曾经的爱情是什么样的？如果一切重来，比波还会出生吗？之后，小拉法埃尔会出生吗？噩梦接连不断。相貌丑陋的苏珊娜姨妈不想再纠缠于类似的想法，于是不停地在家庭琐事中自寻烦恼。家中的保姆总是笨手笨脚，维克多总是忘记将家具上的灰尘拭去，他是城堡里唯一留下来的男仆，必须要盯着他，他越来越膨胀。比波和拉法埃尔的社交生活是困扰苏珊娜姨妈的另一个问题。她总是操心他们在和哪个女孩交往，操心他们什么时候回家，她总是操心生怕没有可操心的事情出现。现在，苏姗给了她一个操心的理由。她说每次接到苏姗的电话，都紧张得发疯，然而，当维克多拿起听筒，应答之后来报告：您的表妹苏姗打来的，相貌丑陋的苏珊娜·拉斯塔里亚都会兴冲冲地向电话飞扑而去。

苏姗挨个接待了表姐介绍来的所有女孩，没有一个打动她。有一天，她意识到，在内心深处，她一直在期待维尔玛和妮尔达出现。她有些吃惊，虽然仔细想起来，她发现，关于挑选仆人，她没有任何标准。所以，她一直在寻找一个熟悉的厨娘和一个熟悉的保姆。无意之中，她一直在等待维尔玛和妮尔达出现在她的表姐推荐的女佣之中。她一直在浪费时间。坐在面试的小平台上，苏姗决定，那天上午来的第一个应聘者将被录用。

甚至可以说，那天上午来的第一个应聘者录用了苏姗。来了一个轻佻的乔洛女人,一进门就高声说话。在一座宫殿里以这样的音调说话与她的身份显然是不相称的。实际上,她说话声音一直很大,而且习惯于盛气凌人。她是个好人,但是她喜欢做出一副很有道理的姿态,而有理就要声高。因此,那天上午她高声叫嚷着进了新宫殿,叫嚷着穿过花园,她如此高调,甚至对塞尔索产生了威慑,使他相信她什么都有理,有理由找工作,有理由是一个出色的保姆,有理由随心所欲地大声叫嚷。突然,不知道为什么她的声音仿佛塞满了棉花,至少这个可怜的女人是这样觉得的,当她穿过大厅时,真的听不见她的声音了。这个乔洛女人不知道胡安·卢卡斯派人装了消音屋顶,还以为是自己失去了一贯的道理,于是更加大声叫喊以彻底说服塞尔索。不过,胡安·卢卡斯的消音系统在平台上不起作用,于是人们只听见她在咆哮,而且振振有词。

苏姗觉得法国人民来找玛丽·安托瓦内特①了,但是就在那时,她重新想起秘鲁的现实——或者按照胡安·卢卡斯的话说,我们的历史——以及幽默感。"好一个乔洛女人啊!"苏姗想。她有圆润的小腿肚,比小腿肚更加圆润的丰满的臀部,两座乳峰浑然一体,圆润而壮观,充满激情。年轻、圆润的脸上洋溢着对生活的期待和对自我的欣赏。苏姗放下学院派的幽默,拾起家庭主妇的职责,开始询问她的名字。

"弗洛拉,愿意为您效劳,夫人。"

美丽动人的苏姗一脸茫然,她试图找一个答复,但只找到了"请慢用",完全不合时宜。她微微点点头,准备下一个问题。

"您以前做过厨娘吗?"

"夫人错了。"弗洛拉回答道,整个人鼓胀起来,兴高采烈地反驳苏姗,果断地挺起胸前的庞然大物,"夫人错了,我的职业是面向孩子的,负责他们的衣物和卧室。我的职业不是厨娘。"

"当然,当然。我同时在找一个厨娘,"苏姗说,看到弗洛拉对她的回

---

① 玛丽·安托瓦内特(María Antonieta,1755—1793),法国国王路易十六的王后,法国大革命爆发后,被交付革命法庭审判。

答很满意,人也仿佛缩小了,她稍微平静了一些,"我们刚刚搬完家,需要给孩子们找一个保姆,还需要一个厨娘。我们刚搬进新家,缺少人手。"

"这个叫塞尔索的年轻人已经跟我说了。您的别墅非常漂亮,夫人,请允许我祝贺您。等我有幸见到先生,也会祝贺他的。您的别墅很漂亮,夫人。您叫什么名字,请问?"

"苏姗。"她说,依然美丽动人,却不免受到些许惊吓;她差点没接着说愿意为您效劳,但是,她一下想到胡安·卢卡斯得知之后一定会哈哈大笑,她回头看看塞尔索,他正目瞪口呆地看着事态发展。

"请给我一杯咖啡,塞尔索。"她本来并不打算喝咖啡,但是一杯沸腾的热咖啡将有助于她在一大早继续应对弗洛拉。

"您以前工作过吗?有经验吗?"

"夫人是否注意到,我刚刚说的是职业?如果夫人不信,可以仔细阅读我所有的推荐信。给您。"

弗洛拉开始膨胀,满怀自豪地打开散发着香气的钱夹,取出几张卡片,上面有利马很有名望的人家的签名。他们评价她为恪尽职守的专业人士。

"我从未被解雇过。我都是自己要离开的。给您,夫人,请过目。"

苏姗发现那是一些无聊至极的卡片,妮尔达离开时,她也写过一张,"足够了。"她一边想,一边将卡片递还给弗洛拉……

"请过目,苏姗夫人……请慢慢看。您有权了解。"

苏姗不知如何是好。不论她作何评价,弗洛拉显然都是有备而来的。在她庞然大胸的监督下,苏姗只好勉强又看了三张卡片。

"很好……祝贺您。看这几张已经足够了。稍后塞尔索会带您去房间,希望您今天就住下来。司机将载您回去取东西。您可以今天安顿下来,明天……"

苏姗渐渐找到了她表姐苏珊娜的用词习惯与想法,她想事情已经结束了,这时,她注意到弗洛拉表情坚决,又开始膨胀,正在传递出危险的信号,她双手支在胯部,看起来像一个巨型水瓮,香喷喷的钱夹挂在胳膊上,仿佛是水瓮右边的把手上打的一个圆圆的绳结。

"还没有讲条件,夫人。"

"还没有讲条件。"苏姗重复道,说一不二的弗洛拉的乳房正咄咄逼人地俯视着她。她心想,条件应该就是工资,而她给的工资十分优厚,当然,真傻,她竟然忘了最重要的事。但不管怎么说,说到工资就意味着谈话的终结,她这就告诉她工资很高,热咖啡就要到了,而这个咄咄逼人的管家婆会留下来,她那吓人的愉快叫嚷声从此会在新家回响,只要她能好好工作就行,她一个人在楼上清扫时,没人能听见,而在厨房以及仆人生活区,就随她去吧,这个乔洛女人十分可爱,管家婆……在仆人生活区里,谁也不会意识到她的存在……苏姗正准备告知她优厚的工资……

"我有以下三个条件:符合预期的工资,舒适的居住条件,与主人相同的饮食。"

没问题,三个条件都将得到满足,苏姗想起她的年轻时代,以及在高尔夫俱乐部度过的下午时光,她想站起身说好了,弗洛拉,可以了,却无法做到。乔洛女人又圆又大的胸部充满挑衅地杵在上方,她觉得一切都是可笑而荒谬的,觉得自己要在白色靠椅的绿色坐垫上一直坐下去了。在那个潮湿的上午,她一个人坐在新宫殿的露天平台上,望眼欲穿的热咖啡已经被管家婆一饮而尽。

那天上午又来了三个女孩儿,都是来应聘孩子保姆一职的,而塞尔索告诉她们,已经不需要了,已经敲定人选了。相反,一个厨娘也没来,苏姗可以休息一下,缓解与管家婆会面的疲劳。她以特有的幽默感回想了刚才的场景,觉得十分有趣;此外,她很喜欢给她取的绰号,如果她告诉胡安·卢卡斯又来了一个管家婆,他一定会笑死,而管家婆会在胡安眼前膨胀,巨大的乳房和高调的嗓音赋予她面对生活的绝对自信,而她将以这种自信问候他,也许还要和他握手,等她离开时他们会笑死的,亲爱的一定会觉得这个管家婆很有趣……无法想象他会如何编排她……苏姗似乎已经看到他举着酒杯,在高尔夫俱乐部谈论这个快乐的轻浮女人,取笑她圆润的身材、高八度的嗓门和嚣张的气焰。

中午时分,胡安·卢卡斯出现了,带来了厨师的消息。厨师很快就来,那天早晨在高尔夫俱乐部有人向他推荐的,几年前就在一个朋友的家中品尝过他的手艺。一个出色的厨师,你会看到,亲爱的,从今以后,在家里吃饭就像在最好的餐馆里用餐一样愉悦。听到这个消息,苏姗欢喜雀跃。胡安·卢卡斯一向对食物很有讲究,看来终于找到了每天都能使他大快朵颐的人。新家的后勤服务问题算是解决了。现在还缺一个园丁,不过,安纳托里奥已经推荐了自己的表弟。苏姗从吧台呼叫塞尔索,说想喝几杯,请他带些冰块过来。几分钟之后,塞尔索出现了,带来了冰块,还带来了亚伯拉罕。苏姗看了看胡安·卢卡斯,胡安·卢卡斯看了看塞尔索,和往常不同,塞尔索极力克制自己的笑容。三个人都看着亚伯拉罕,他刚刚进了宫殿,这时正向吧台走过来,左臂上挽着一只有宽大把手的手提箱,穿着一件白色堆堆领毛衣,就像是打了一上午的网球。"哦,上帝啊!"苏姗嘀咕了一句,只见这个桑博人满头都是电烫的巨大发卷,一些还保留着前一次漂染的蟑螂色。这个叫亚伯拉罕的家伙使用双氧水淡化发卷的颜色;此刻,他就站在众人面前,苏姗和胡安·卢卡斯闻到了这个新来的仆人身上散发出的混合着发蜡、香水和腋臭的气味。

胡安·卢卡斯倒了两杯金汤尼,加了冰,用两根长长的银质小勺一边轻轻地搅拌,一边在杯壁上挤压柠檬片。亚伯拉罕忸怩作态地清清喉咙,苏姗等着胡安·卢卡斯先开口。

"好吧,亲爱的,这是新来的厨师。"

苏姗耐住性子,决定拿出家庭主妇的派头。

"您有什么条件吗?"她问,同时想起了管家婆。她几乎将酒杯贴到了鼻子上,而不是嘴上,但愿柠檬与杜松子的醇香可以驱散亚伯拉罕身上的怪味。

然而,亚伯拉罕一个字也没听懂。"条件?什么条件?"他提问的时候眼睛仿佛笑眯眯的,那眼神令她作呕。他提出的唯一条件就是快乐,能为堂胡安效劳是他生活的乐趣所在。

"夫人,我觉得……"

"一切都安排妥当，亲爱的。"胡安·卢卡斯打断了他，没给他机会开启温情脉脉的谈话；况且，他口中的气味也着实难闻。

"一点没错。"亚伯拉罕表示同意。与堂胡安·卢卡斯意见一致，他倍感振奋。

"太好啦，那么，就这样吧。您去忙吧。久仰大名，明天的午餐，期待您能带给我们惊喜。"

亚伯拉罕的全身做了一个波浪式的扭动，仿佛一道电流从头到脚将他袭了个遍。堂胡安的恭维令他满心欢喜，于是他等待着，"就这样不远不近，吃着冰淇淋"①，看看漂亮的先生会不会再给句夸赞。胡安·卢卡斯差点说出一句"精力充沛的基佬"，或者"酷毙的发型"，但这样一来，不免落入亚伯拉罕那唉声叹气的所多玛，甚至是饥寒交迫的蛾摩拉②，落入丑陋的桑博人、厨师、娘娘腔，以及惯于叫卖的冒牌货的重重包围之中。

"那么，就这样吧。"他说，带着不容辩驳的力量，已经真切地体察到面前这个家伙的真实面目。"就这样吧！"他命令道。他很不高兴，有种惹祸上身的感觉，而这一切就发生在午餐前，就在金汤尼酒正喝到兴头上时。"就这样吧！"

亚伯拉罕再次做了一个波浪式的扭动，但立刻直起身。他站得笔直，完全理解了先生的指令。他目光低垂，活像个在学校里挨训受罚的学生。就那样待了大约三秒钟之后，身体开始准备新一轮波浪式扭动，而他似乎无力阻止。胳膊的动作暴露了这一点：他的右臂似乎在时断时续地收紧……苏姗决定说点什么，她很爱胡安·卢卡斯，请新厨师每天都呈上他爱吃的菜肴。

"明天中午，不如给先生做一道葡萄酒炖鸡吧？我们邀请了建筑师和他的夫人来吃午餐。请您准备十个人的量，以免……先生特别喜欢葡萄酒炖鸡。"

---

① 20世纪40年代流行于秘鲁的一首歌里的歌词。
② 所多玛和蛾摩拉是《圣经》中的两个城市。因为城里的居民不遵守上帝的戒律，充斥着罪恶，最终被上帝毁灭。后来成为罪恶之城的代名词。

不过可别忘了，亚伯拉罕是所多玛和蛾摩拉的公民，很清楚自己有多大的破坏力，这个基佬有毒，胡安·卢卡斯态度严厉地对待了他，而且我刚到，这个女人就对我发号施令。亚伯拉罕向苏姗吐出了毒舌。

"哎哟，夫人！您是要告诉我先生的口味吗？我知道他的所有要求，一个不落。明天，如果可以，我将准备他最爱吃的烤羊排……有一次，先生在阿兰萨苏小姐家说过……每当我在阿兰萨苏·马蒂科莱娜小姐家为他做羊排，先生总是说没有人比得上我……在那位小姐家的时候，我哪天晚上没给他做烤羊排！"

胡安·卢卡斯又倒了杯金汤尼，苏姗扭头看着吧台的酒瓶暗自发笑，以防亚伯拉罕看见她又来了劲头，抖落出更多胡安·卢卡斯和昔日情人之间的过往。

"好吧，管家这就带您去厨房，熟悉熟悉环境。"

"还有别的事吗，堂胡安？"

"没了，去吧。塞尔索，带他去。"

亚伯拉罕紧张地转过身，就在这时，胡里乌斯和鲍比从学校回来吃午饭。两人刚好看见这个古怪的男士，臀部极其恶心地裹在一条类似于胡安·卢卡斯常穿的长裤里。亚伯拉罕消失了。他看起来就像一个在护栏里独自训练的失败而穷酸的网球手，很不熟练地挥舞着球拍，拍拍皆落空。

"那个疯子是从哪儿找来的？"鲍比问。

"胡安·卢卡斯知道。"苏姗不无嘲讽地说。刚才的恶心感觉已经消失。

"明天是星期六，没错吧？年轻人，留在家里和我们一起吃午饭，这样，你就会知道那个疯子是从哪儿来的了。我们请来了全利马最好的厨师。"

"厨娘。"胡里乌斯脱口而出，也许是看出了家里来了个同性恋，也许只是因为想到了妮尔达。

"亲爱的！"苏姗大惊失色，无助地看着胡安·卢卡斯。

"这个家伙不住这里，亲爱的。他只是来做饭……Anyhow, do you

think he would dare？①"

　　胡里乌斯听得目瞪口呆，他的英语成绩可是全班第一。

　　第二天午饭时间，卡洛斯开心地吃着饭，想到有个疯子够他欺负一阵，不免得意，如果他叽叽歪歪，我就扇他耳光；而亚伯拉罕也在开心地烹饪，这个皮肤黝黑、留着小胡子的司机，无异于近在咫尺的诱惑。阿尔敏达没有注意到那些细节。家里的服务人员渐渐齐备，然而，她并没有注意到有什么差别，以及正在上演的精彩故事。胡里乌斯在白天会出现几次，她的女儿在夜间会出现几次，她能感知到的不过这些。当然，有时两个人会同时靠近她。每当在楼上的熨烫室一连待上好几个小时，常常会出现这种情况。当她热得满头大汗，随时要晕厥，他们两个就会出现，虽然她知道只有她一个人。有时会发生一些更奇怪的事，让她极为不安，但是不安转瞬就被遗忘了。事情十分蹊跷，然而，她并没有追问为何她还未许愿，就已经如愿以偿。胡里乌斯经过厨房或者储物间，快穿上毛衣，毛衣便已穿上，当然，也许他只是刚刚脱了大衣。只是，她的女儿一直没有和冰淇淋小伙一起回来，但那是因为她从不和任何人袒露心声，因为她从未在储物间说过她的心愿，回来吧，我的女儿。她只是独自一人在房间里默默祈祷。所以，她总是晚上出现。相反，胡里乌斯时刻从她旁边经过，穿上毛衣，孩子，于是毛衣便已穿上，或者是因为他刚刚脱了大衣。然而，她乌黑的长发时常滑落，严严实实地盖住她的脸庞，也盖住她的不安，让她来不及追问为什么……

　　那个星期六，管家婆也下来吃午饭，一下子撞见了亚伯拉罕。她很坚定地和他打招呼，不过只是因为那个男人——他是个男人吗？——也是雇员，享受跟她一样的权利，履行跟她一样的义务。卡洛斯与管家婆相处融洽，她对他以堂卡洛斯相称，而且时刻监督他们吃的要和主人们一样。这个长着小胡子的男人笑眯眯地看着她，别有用意，一边玩着午饭时必不可少的牙签。那根牙签，稍后他会夹在耳朵后边，晚餐时继续使用。丹尼尔

---

　　① 英语，意思是："再说，你认为他敢吗？"

在准备水果盘和洗手盆，塞尔索将亚伯拉罕做好的美味陆续给主人们端过去。两个少见多怪的乡巴佬欢乐地取笑见过世面的基佬，见过世面的基佬依然穿着网球手的毛衣，顶着染色的卷发，根本不把乡巴佬放在眼里。

在餐厅，时尚建筑师和他的妻子——缩小版的苏姗——津津有味地品尝着胡安·卢卡斯认为不可超越的烤羊排。"确实，"他说，"这个基佬烤的羊排真是绝了。"

"先生，"塞尔索打断道，"厨师派我问问您，今天的羊排是否和在马丁内斯小姐家的一样美味？"

"马蒂科莱娜。"苏姗纠正道，一边扭头向时尚建筑师微笑，看看他是否还像以前那样为她神魂颠倒。然而，时尚设计师刚刚从胡安·卢卡斯那里收到一笔丰厚的酬劳，而他的妻子，虽说是缩小版，却在慢慢放大。前两天，他和瑞典女人上了床，瑞典女人仍然在利马体验着性自由，甚至结识了好几位部长。苏姗又看了一眼塞尔索，告诉他说胡安·卢卡斯先生觉得羊排味道好极了。

"告诉他，还是那个味道。好极了！"胡安·卢卡斯欢呼道，塞尔索已经朝厨房走去。"无与伦比。"他补充道，一边看着建筑师，要让他明白，他年轻的生命还有待达到优雅的另一个境界：召之即来的美酒珍馐。

"确实，胡安，我从未吃过这么美味的烤羊排。"

"味道好极了，苏姗。"正在慢慢放大的缩小版苏姗说。

"太好吃了，妈咪，真想再吃点……我出去一趟。没人用水星汽车吧？"鲍比扔下餐巾，匆匆忙忙地离开。

"不要再把它撞坏，否则你就没车开了。"

"妮尔达做的洋葱烤羊排更好吃。"胡里乌斯大声说。他怎么也数不清餐厅里究竟有多少扇窗户。

胡安·卢卡斯想发火，不过，和那个小孩发火不值得，这一口羊排再美味不过，再来点美酒，我举起酒杯，微微露出棉毛混纺的高档衬衫的袖口，迷人的苏姗就在身边，去他妈的建筑师和他的妻子，以后他们就来得少了，我只接待好朋友。啊！路易斯·马丁·罗梅罗那个胖子，要是吃到基佬做的美食,不知道会有多享受……塞尔索上来通报,安纳托里奥介绍的新园丁已经到了,他需要一个灌溉水管。

"安纳托里奥是谁?"胡安·卢卡斯问。

"旧家的园丁。"胡里乌斯回答。

"塞尔索,"苏姗插话道,"告诉卡洛斯,吃完午饭就带园丁去买水管和一切需要的东西。"

"我们怎么知道他会留下来?你雇的他吗,亲爱的?"

"不是,亲爱的。安纳托里奥说过叫他的表弟来,说他是非常好的园丁,需要这份工作。具体的以后再说,暂时先叫他留下来。"

"他叫乌尼韦尔索①。"胡里乌斯说,一副很清楚的样子。

"他叫什么?"胡安·卢卡斯惊呼道,"乌尼韦尔索?"

"对。"

"啊!太新鲜了!各位觉得这个名字怎么样?"

时尚建筑师和他的妻子都和胡安·卢卡斯表现出一样的惊喜与好奇。两人相视而笑。

"好吧,塞尔索,请把乌尼韦尔索叫来。"

"亲爱的……"

塞尔索回厨房去找园丁,胡安·卢卡斯已经再次将酒杯举到嘴边。餐厅在花园之上,透过最大的落地窗向外看去,马球场就在前方,展现出辽阔的绿色。宫殿的花园与马球场连成一片,在树木的掩映之下绵延几百米。他的视线重新回到优雅的餐厅,几幅深紫色调的库斯科画派的画作与餐厅十分相配。他沉浸在餐厅的奢华之中,居然有种局促的感觉。他将酒杯放在大理石台面上,穿着粗呢外套的胳膊平放在桌面上,与银质餐具平行。他将掌心也贴在桌面上,以感受这美丽秋日的凉爽。他不觉得冷,也不觉得潮湿,露出来的棉毛混纺的高档衬衫的袖口开始发挥作用。一秒钟之前,塞尔索刚刚将一大盘五颜六色的水果放在桌上。胡安·卢卡斯的目

---

① 乌尼韦尔索(Universo)在西班牙语中的意思是宇宙。

光在橙子、芒果和无花果上游移，随即弹开，似乎是在寻找这些水果的果树，继而又飞向花园，从更高处向马球场飞去，几个肌肉发达的男士正骑着美丽的马匹，在草坪上漫步……苏姗美妙的金色发束滑落下来，挡住了他眼前的绿地，只留些许金黄，然而，有个丑陋的东西从眼角悄悄闯入了视野。

"乌尼韦尔索来了。"塞尔索通报道。

胡安·卢卡斯回过头来，看见一个矮小的山里人，十九岁光景，不过，山里人的年龄很难说得准。进来时，他谦卑地摘掉草帽，此刻，正拘谨地用它将腿上的某处盖住：胡安·卢卡斯看见一块蓝色的膏药，贴在乔洛人常穿的卡其色军裤上。乌尼韦尔索向主人致意，胡安·卢卡斯已经不记得是自己派人去把一个叫做乌尼韦尔索的家伙带来，目的就是要看看谁能叫这个名字。他向马球场看去，远处的马匹再次吸引了他的注意力；然而，在地上，在餐厅的角落里，也有什么在召唤他。胡里乌斯为乌尼韦尔索感到担心，不过，至少这一次，事情没有想象的那么严重：胡安·卢卡斯只是狠狠地盯着可怜的乌尼韦尔索的双脚，草帽没能挡住他脚上的那双破旧的足球鞋。"好了，好了，"他说，"让他去吃午饭吧。"塞尔索立即将他带走了，没有人开玩笑。当胡安·卢卡斯想起园丁名叫乌尼韦尔索以及这很可笑时，乌尼韦尔索已经离开了刚才的角落，而他正又一次将酒杯举到嘴边，"那些应该就是下午的比赛用马了，"他暗自寻思，"但愿不要在绿地深处走失。"

一天下午，利马的雨下得不同寻常的大，莫拉雷斯提到了微震。每当下这么大雨时，都会有地震发生，校长嬷嬷说最好还是取消课间休息，所有的人都安安静静地坐在教室里，教室以及整个学校都是防震的。从三年级教室的大窗户望出去，庭院显得悲伤而阴郁。"胡萝卜"留下来照看他们。现在是课间，可以说说笑笑，然而，他们既没有离开座位，也没有站起身，毕竟不是在花园里。"胡萝卜"正准备说，莫拉雷斯这就把巧克力与零食拿来，收益都将捐赠给教会，他们可以购买，就同往常的课间休息时一样；这时，有些闷闷不乐的卡诺心不在焉地从上衣的口袋里取出了皮拉塔卖给他的三块迷你甜饼，甜饼已经碎了一半。"胡萝卜"立刻暴跳如雷，已经说过多少遍了！她快气疯了，有些人就是从来不听劝告！她怒不可遏，迅速地横穿半个教室，修女袍的下摆都飘起来，她要跑到卡诺跟前狠狠地敲他的头。不是恶意敲击，是修女教训坏孩子时惯常使用的方法，手掌要张开，也许卡诺情愿当头挨一棍，而不是"胡萝卜"的手轻描淡写地落在他的头上，然后顺着他的头发温柔地滑落。看见手上沾满了油渍，"胡萝卜"不觉皱起了鼻子，那是卡诺的头油，他的头发总是油腻腻的。两人甚至还看到一大堆头皮屑落在了课桌上。卡诺想用双手盖住桌面，结果却看见自己脏兮兮的袖口已经磨损，露出张牙舞爪的线头。幸好，"胡萝卜"已经走了。在她身后是全班同学的目光，大家都在看热闹。卡诺觉得仿佛有人将他一下子按进了海里，他想看远处海滩上的小房子，想看教室的窗户和院子，他需要把头探出水面呼吸。卡诺做到了，他做到了，那是他第一次露出那个古怪的悲伤表情。他斜着眼睛，低下头来，下巴贴在胸前，紧挨着一侧的肩膀，在衬衣上横扫过去，将领带顶向另一侧。

　　捐赠的那一天，卡诺也一定露出了那个表情，怪异而悲伤，且与他的年龄十分相称。他一定多次流露过那个表情，不过胡里乌斯只是在被他邀请去家里做客时才又一次见到，那时离捐赠刚过去几天。对于卡诺而言，捐赠是一件让人头痛的事情，同时也表明他是个傻瓜，胡里乌斯想着，他为什么不装病呢？既然没有钱，那就应该假装生病，而不是一连好几天不买迷你糖饼。卡诺确实一连好几天没有买糖饼，留着钱准备捐赠。傻瓜，在"圣洁心灵"学了这么久，却没有发现那些钱是捐给教会的，是考验信仰是否虔诚的，因此需要纸币，而不是硬币，卡诺，你怎么连这个也没有想到？他那天最好还是生病，最好不要来。然而，他来了。不仅来了，而且居然认为可以收买费尔南迪托·兰查尔。他向费尔南迪托炫耀，我把一周的银子都带来了，我们小组捐的钱最多，我们会赢，我们将放假一天。捐赠最多的一组可以放假一天，校长嬷嬷许诺过的。当然，费尔南迪托也想赢，也想放假，他并不是有多么坏，只是，无论卡诺，还是其他任何人，都别指望就这样收买他：仅凭一句我攒了一周的银子，都捐出去，我们能赢，费尔南迪托，我们肯定赢。

他们个个都很精明，可是，就连这个卡诺也没注意到。之所以说他们个个都很精明，是因为所有人都把钱留到最后一刻。不能一开始就捐，万一旁边一组在第一轮赢了我们，万一有两组打了平手，只有留到最后，才能扭转局面。第一轮其实作用不大。玛丽·琼嬷嬷为每组计数，才这么点儿，如果校长嬷嬷来了，她会怎么说啊！玛丽·琼嬷嬷真傻，没有注意到我们的钱包还是满满的，傻傻的嬷嬷。犯傻的还有卡诺，一听说自己的小组赢了，他就开始激动。只是暂时领先而已，因为其他组还没有认输，我们这里还有！嬷嬷，玛丽·琼嬷嬷微笑着看着他们。卡诺是个傻瓜，刚刚开始计数，他就以为赢了，这个傻瓜开心地跳起来，他拥抱费尔南迪托，费尔南迪托吓了一跳，气呼呼地对他喊道：把你的头皮屑洗干净！再换一身校服！多准备点银子，其他人还要捐更多，这都是你的错！这时的卡诺一定流露出了那个奇怪的表情，胡里乌斯是在几天之后，卡诺邀请他去家里时，才再次看到。他一定流露出了那个怪异的表情，看起来十分悲伤，且与他的年龄十分相称，但是，无论胡里乌斯还是其他人那时都没在意，而费尔南迪托仅凭一个眼神就已将他击退，这时已经转过身去。看见落后的小组露出笑吟吟的面孔，一只只小手高高举着刚拿出的纸币，玛丽·琼嬷嬷开始了新一轮计数。"啊哈！你们都留着一手呢！"这是玛丽·琼嬷嬷第一次和他们说西班牙语，哈哈哈……所有人都开怀大笑，只有费尔南迪托除外，他依然怒气冲冲。大家都笑了，因为玛丽·琼嬷嬷在说西班牙语，她应该跟他们说英语的，可爱的玛丽·琼嬷嬷……嘘！不要叫喊，她在数钞票，如果我们输了，就再给她一些，玛丽·琼嬷嬷太可爱了！第三组赢了，第一组高喊不！不！不！第二组高喊不！不！第四组和第五组以及其他所有的组一起都高喊不！不！不！而这时玛丽·琼嬷嬷说，安静，安静，按顺序来，请按顺序来。所有的人都想赢，此刻只想着赢，所有的人都一拥而上，每个人都紧张而又激动，已经不再思考，也不再计算，一个个都打开了钱包。嬷嬷笑眯眯地看着他们，一个个都很精明，都将最大面额的纸币留到了最后……嘘！玛丽·琼嬷嬷在按小组计数……嘘！……不，不，不！第四小组不可能赢，是的！不！是的！不！玛丽·琼嬷嬷说，还有时间，在校长嬷嬷到达之前都还来得及。她一边说着，一边抓起一把硬币塞进一个罐子里，咣当咣当，咣当咣当，只见孩子们再次举着钱冲上前去，已经没有人再放咣当咣当响的硬币，现在全是纸币，十块的，五十块的，太棒了！有一张一百的，玛丽·琼嬷嬷的口音让他们倍感兴奋，太棒了！第三小组再次胜出，不，不，不！是，是，是！不，不，不！是，是，是！其他各组还有希望，还有希望，因为他们知道自己手里还有一些钱，他们的爸比知道捐赠很重要，为了孩子们在修女跟前有面子，在捐赠时有面子，爸比们掏空了腰包，而他们的腰包还没有掏空，他们精于算计，都在为决战蓄势。然而，费尔南迪托坐在第一排的最后一个座位上，坐在坏小子的角落里，第一组必须得赢，至少他是如此向卡诺表态的，闷闷不乐的卡诺就坐在他前面的一张课桌旁。卡诺开始难受，因为费尔南迪托叫他拿出钱包，什么？什么钱包？得了，笨蛋，把你的头皮屑洗干净，把钱拿出来，你只给了一些硬币。卡诺试图向他解释，想再次让他明白，他拿出了一个星期的糖饼，那是奶奶给他的一个星期的钱。就在这时，校长嬷嬷进来了，上帝知道，怎么一看见她的脸，卡诺就突然想起到目前为止费尔南迪托还一分钱未出。那是他生命里的一个重大发现，他回过头看着他，一半是在怨恨，一般是在承认自己的贫穷，但是生命当中总有一些始料未及的事情发生：他看见费尔南迪托正气呼呼地拿出一个精美的钱包，上面刻着几个镶金的字母：F.R.L.G.，是他名字的缩写，他打开钱包，开始点数存放在里面的一百面额的钞票。那时，卡诺一定露出了那个奇怪的表情。几天之后，当卡诺邀请他去家里做客时，胡里乌斯将会看到同样的表情。卡诺一定还没来得及做完这个奇怪的表情，就听见费尔南迪托高声叫嚷以引起第一组其他成员的注意："卡诺什么也没有给！"第一组的人于是群起响应：卡诺！卡诺！卡诺！卡诺！就在这时，校长嬷嬷看着他，并给了他一个赢得比赛的机会。来，卡诺，做个好样子！所有人都哄堂大笑，哈哈哈……校长嬷嬷说的西班牙语也十分好笑，要是西班牙语老师听到了……现在一切都取决于卡诺，他回过头来，悲伤地看向费尔南迪托，却被他的一个眼神重新推回到校长嬷嬷身边。她张开双臂迎接他，卡诺看看全班同学，又看看修女们，不知如何是好，开始在所有的口袋里翻找，校长嬷嬷已经有些不太高兴了。他将一条腿弯曲，脚尖着地，开始搜寻暗兜，就是裤子上位于皮带下边的小口袋。在那儿，他找到了最后一枚硬币，值三个迷你糖饼。他将它取出来上交，他哪儿也不再看了，寻找着黑板，以避开修女们的目光，她们都哭笑不得，回你的座位吧，快回座位吧，第三小组赢了。那是胡里乌斯的小组，他和其他人一起大声欢呼：耶！明天不上课！耶！当然，他忙着和同学们一起欢呼胜利，没有看见卡诺对着黑板再次露出那个表情。然后，他回到座位，再次遇到费尔南迪托愤怒的眼神。他在椅子上坐下，将满是头皮屑的脑袋深深地埋在落了星星点点头皮屑的胳膊里，默默地哭了好一会儿。

  第一小组还在因为失败而怪罪卡诺，然而，他已经将真相埋在双臂之间，将实情掩埋在了由双臂、面庞、肩膀和小桌板构成的黑暗空间里。谁也没有再看向他，所有人都在玛丽·琼嬷嬷微笑和赞许的目光下，认真地听校长嬷嬷讲话。玛丽·琼嬷嬷的双眼会笑，也会说话，她注视着校长嬷嬷时，那眼神仿佛在说，当然，当然，是这样，是这样，对的，对的，该奖励他们，当然，当然，当然，当然。校长嬷嬷引领他们走上快乐大道，他们已经看见了结果，只是出于尊敬而没有大声喊出"耶！"，他们知道奖励马上就要到来，表现出色的不仅是第三组，很快就要公布奖励，所有小组都有鼎力合作，大家仰望着头顶上方红笔写就的学校名称缩写，每个人都感到心脏在剧烈跳动。教区的孩子将会收到你们的捐助，只有一支小组能成为冠军，这就是生活，不过，所有的小组都尽了最大的努力，他们的心脏快要跳出来，奖品马上就要来了，校长嬷嬷讲话的最后就是给所有人的奖励，他们已经看见了。基于所有这些原因，特别是因为与以往的捐赠相比，此次大家更为合作，更加虔诚，不仅是第三小组……耶！而且所有……——连呼了三声校长嬷嬷万岁——所有其他小组，都将……耶！放……耶！假……耶！一……耶！天……耶！玛丽·琼嬷嬷也高举双臂,高呼着"耶!"。令人难忘的足球嬷嬷啊,她总是那么和蔼可亲,令人愉快。

随后,校长嬷嬷拿起集钱罐和存放着钞票的盒子,呜!太重了,她差点没摔倒。看见她假装罐子太重,害她差点摔倒,他们都十分开心,玛丽·琼嬷嬷主动相助,两个人一起离开了教室。"小点声,"关门之前,足球嬷嬷说,"可以热闹热闹,但要小点声。"他们继续愉快地聊天,明天不用上学,请你去我家玩,诸如此类。

就在这时,胡里乌斯回头看向教室后排,从右边传来费尔南迪托的声音,他在向德罗斯埃罗斯要棒球手套。德罗斯埃罗斯不知道他有何用意,见他板着一张脸,另有好几个人在回头看,于是,他没有多问便将手套送到后排的课桌上。此时,所有人都在回头看,除了卡诺,虽然肩膀已经不再颤动,他的头却依然埋在双臂之间。费尔南迪托戴上手套,叫了一声:"卡诺。"卡诺还未直起身来,一只戴着手套的大手挥出一拳,使他再度陷入哭泣之中。"不许从后面打人!"可怜的胡里乌斯脱口而出。"那就从前面来!"费尔南迪托站起身,大家都沉默了。"不能从后面打人。"胡里乌斯又说了一遍,也站起身,朝费尔南迪托走去,那模样比最新一期《漫画故事》里的超级老鼠①更显高尚和正义。他正想着那是在杂志的第十三页,突然,棒球手套对准他的脸就是一拳,思绪立即中断。费尔南迪托摘下手套,扔在他的脸上,看清时为时已晚,虽然他努力做好了防御,鼻子上还是又挨了重重一拳,随之而来的是费尔南迪托愤怒的面孔和具有穿透力的眼神,要从心理上将他彻底击溃。他想到第十三页的超级老鼠,迎着那目光而上,啪!又一拳,在那双眼睛后边,胡里乌斯看见卡诺哭泣时抖动的双肩,啪!又一拳,我的手上有血,啪!又一拳,我的鼻子感到刺痛,啪!又一拳。费尔南迪托已经打累了,胡里乌斯总是一而再、再而三地站起来,啪!又一拳,胡里乌斯,算你有种,啪!又一拳,他晃晃悠悠地起身,啪!又一拳……嬷嬷来了!嬷嬷来了!发生了什么?你们在干什么?

---

① 指的是动画片《米老鼠与唐老鸭》里的米老鼠。

就在他被人架走之前,啪!又一拳,以此铭记。

三天之后,费尔南迪托交了一大页纸,他在上面写了一百五十遍"我不该打同学"。遵照玛丽·琼嬷嬷指令,并且在她的监督下,他气呼呼地微笑着和胡里乌斯握手言和。胡里乌斯的鼻子已经不疼了;相反,让他难过的是,胡安·卢卡斯说,鼻子被打歪是因为他多管闲事,而卡诺就是个彻头彻尾的混蛋白痴。一想到那个场景,他就忍不住难过,有一刻甚至感到伤心绝望。他躲在洗手间里,一遍又一遍地翻看最新一期《漫画故事》,想看看超级老鼠是否也遇到过类似的处境,是否也曾经一次又一次地被墙撞得四脚朝天。当然,随着撞墙的次数越来越多,疼痛感也会渐渐减弱,但是,墙永远是墙,安然无恙地矗立在原地,而他被送到洗手间时,却满脸鲜血淋漓,发出愤怒的哀嚎。他试图把自己想象成超级老鼠,确实,这个家伙似乎整天都面临无数堵墙,但是从来没有撞上去;这个正义的小动物清楚地记得所有的墙的位置,可是,我如此伤心地把自己关在浴室里是要干什么?……胡里乌斯感到有些难为情,他在这个豪华的大浴室里感到孤单与无助,这让他有些害怕,他随即离开了,那些写着拉丁名称的瓷瓶仍然留在苏姗那仿佛游泳池的浴缸旁。到了晚上他久久无法入眠,等到好不容易睡着了,他便会看见一堵墙,旁边是费尔南迪托。到了第二天,他就开始想入非非,用他自己的话说,就是想入非非,不过,有一天早晨,他听到了更准确的表述。这一表述出自那位西班牙语女教师之口,她是个忸怩作态的女人,有人曾经在威尔逊大街看见她和男朋友在一起,她说,胡里乌斯是个内向的孩子,属于内省型性格,能够……后面的话他没听见,因为他正在想入非非。

卡诺也在想入非非,至少给胡里乌斯的印象是这样。当他在院子里漫步,在花园里漫步,在学校的走廊里甚至在洁白、冰冷的大卫生间里漫步时,除了想入非非,他还能干什么呢?他的手里总是拿着一根小树枝。他总是拿着一根又细又长的小树枝四处走动,每天都拿着同一根,或者,每天早晨在到达学校之前,他都能找到一根同样的。他触碰所经之处遇见的一切事物,并给它们取上不同的名字,好像一个被人遗忘的神在向上帝挑战，或者只是给他捣捣乱。胡里乌斯无法抑制内心的好奇，一直暗中观察他。一天上午课间休息时，他决定躲在一棵树的后边，因为他发现，卡诺不仅触碰各种东西，还给它们安上并不匹配的名称，好像在重新创造世界。卡诺不是神，也没有疯，甚至算不上成年人——但看起来他确实距离所有这些都不远了——行事却如此古怪。胡里乌斯目睹了这一切。他听见卡诺一边用小树枝敲击：咚！一边还念叨着什么，他完全被好奇心战胜了。胡里乌斯感到十分好奇，也许他不应该多管闲事，但他想起那是胡安·卢卡斯的原话，于是立刻开始管闲事。他躲在一棵树后面，没让卡诺看见。卡诺过来了，敲了一下距离长凳三米远的小花盆，把它叫做小狗；他继续朝树的方向走过来，先看见了一根仿佛植物一般从地里冒出来的水管，用小树枝敲敲它，叫它小猫；又向前走了走，来到了校长嬷嬷种植的一株玫瑰跟前，他停下来观赏。那株玫瑰开满了花，卡诺抚摸每一朵花，一边叫着妈妈，妈妈。胡里乌斯在旁边看着，想起卡诺是一个孤儿。右侧稍高处有一朵已经开始凋谢的玫瑰，卡诺叫它外婆；他又摸了摸其他的花，口中念念有词：妈妈，妈妈。然后，他离开玫瑰花，走到胡里乌斯藏身的那棵树前，胡里乌斯不能再继续躲在那里，因为卡诺一定会走过来敲敲那棵树。但是，长椅挡住了他前进的路，卡诺看了看那张长椅，咚！他把它叫做家。长椅上有一只蜘蛛，他用小木棍碰了一下，随即抬起脚，在它逃走之前一脚将它踩扁，一边踩还一边叫它费尔南迪托·兰查尔-拉德隆·德格瓦拉。现在就只差那棵树了。胡里乌斯想象着自己站在卡诺的位置上，从那儿看向自己：显而易见，他就站在树后。他决定赶紧出来，但是途中遇见小树枝，同时听见卡诺在说铅笔。卡诺差点没将小树枝插进他的眼睛里，他下意识地吹了一声口哨，赶紧躲开。就在那时，他第二次看见了那个怪异的悲伤表情：卡诺用小树枝敲了他一下，并叫他胡里乌斯，不过他还是坚持吹着口哨躲开。"胡里乌斯，奶奶已经同意我星期六请你来家里喝茶。"话音刚落，他就将眼睛斜向一侧，低下头，下巴贴在胸前，紧挨着一侧的肩膀，然后将下巴在衬衫上横扫过来，将领带挤向另一侧肩膀。胡里乌斯勉强说了一声"好"，两个人一言不发地去排队，铃声刚刚响起，课间休息结束了。

同一天午饭时，胡里乌斯把受到邀请的事情告诉给苏姗。苏姗刚从她的浴缸-游泳池出来，看起来清爽而妩媚。"多难听的名字①，亲爱的。"她只说了这一句，胡安·卢卡斯却忍不住发表评论。我们的基佬按照胖子路易斯·马丁·罗梅罗的菜谱制作了一道佳肴，他正在开心地品尝着。

"他应该是俱乐部前任理发师的儿子，"他说，"做你儿子的朋友，也算够格，亲爱的。"

胡里乌斯和卡诺无论去哪儿，都在想入非非，两个人各想各的，各有各的风格。胡里乌斯觉得很奇怪，自从邀请他星期六去家里做客之后，卡诺再也没有接近过他，甚至没和他说过话。相反，他却表现出要和那个如此与众不同的男孩建立长久友谊的决心。可是，每次胡里乌斯看向他时，不管是在上课时还是在课间，卡诺都避开他的双眼，并且开始重复那个奇怪的动作。最后，胡里乌斯突然觉得，是脑袋里面的什么迫使他那样做的，于是决定不再看他，以免他将那个丑陋且与他的年龄如此相配的表情传染给自己。总而言之，后天就是星期六了，他不知道如何是好。如果继续这样保持沉默的话，到了卡诺家，他们两个要聊些什么呢，实际上，他们一点也不熟。到了晚上，事情变得更糟，胡里乌斯梦见自己穿过一个又一个大院子，一直走到天黑，到了门口时才发现原来是卡诺的家，而他自己就是放学回家来的卡诺。醒过来时，他就开始思考，不放过梦中的任何一个重要细节。那时他发现，每天下午走路回家是一件无聊透顶的事；如果拿着一根小树枝，一边走一边敲击，给所见之物安上新的名字，那么，在穿过那些大院子时，就不会感到害怕。他甚至发现，独自一人经过那些接其他孩子回家的豪华小汽车，是十分丢人的……他甚至发现，有一天，胡里乌斯的小汽车差一点轧到他的屁股，害得他飞一般地穿过马路……他本来还可以发现更多的事情，管家婆却在那时吵吵嚷嚷地进来，如果他不赶紧起床洗漱，上学就要迟到了。胡里乌斯试图让她闭嘴，朝她轻轻地挥

---

① 卡诺（Cano）在西班牙语中是"白发苍苍"的意思。

挥手,似乎在说请别打断我,拜托了。然而,管家婆得理不饶人,叫嚷得更为起劲,胡里乌斯只好暂时放下那些令他大为不安的发现。

明天就是星期六,卡诺继续一言不发,在院子里从一边走到另一边,用小树枝敲击着一切,仿佛打算在那一天完成建立世界新秩序的繁重任务。胡里乌斯有两次试图接近他,两次他都用那个悲伤的丑陋表情拒绝了他。一个奇怪的想法开始折磨他:卡诺一定后悔了。我去还是不去?也许他已经不想让我去,却不敢告诉我。星期五一整天,胡里乌斯都在备受煎熬,时不时看向卡诺,期待能得到些许暗示。一无所获。卡诺继续沉浸在自己的世界里。最后,放学时,胡里乌斯鼓足勇气,决定不再胡思乱想。卡诺已经邀请了他,他要去,不管怎样,他都要如约而至……正想着,卡诺从他身旁经过,而他事先毫无察觉。

"别忘了,明天下午四点我等你来。"卡诺一边说,一边飞快地跑过。

几十辆小轿车和旅行车停在学校外面的路上,喇叭声此起彼伏,宣告着妈咪或者司机已经等得不耐烦了。卡洛斯就在那儿。当胡里乌斯终于想到一个得体的回答时,卡诺已经过了马路,眼看就要穿过第一个院子。

那天晚上,胡里乌斯开始了前往卡诺家的漫长之旅。他穿过学校门口的马路,必须加快脚步,因为一辆豪华水星车气势汹汹地冲过来,前面的挡泥板差点没轧到他的屁股,在场的人都要笑死了。他跑得很快,几步跨过马路,又重新起跑,前面还有一个水沟,总而言之,他差不多做了一个三连跳。终于,他站在大院子里了,两只脚上已经覆盖了一层厚厚的灰尘。胡里乌斯觉得自己的眼睛正在斜向一侧,下巴紧紧压迫着胸部,同时将小领带扫向另一侧肩膀。他感到悲伤和寒冷,但是习惯迫使他继续往前走。沿街道回家既不危险,也不孤单,都是一些尚未修建的土路。相比之下,那些有很多乞丐与人贩子往来其中的大院子,其实更为凶险。可惜,穿过大院子是必经步骤。奶奶已经习惯他在某个时间到家。运气实在太差,起初,他总是沿着那些街道回家,就在他穿过那些大院子抄近道那天,奶奶开始给他计时。现在,如果他到家晚了,她就会大惊小怪,而等他到家时,他会发现她已经吓死了。他只好每天都穿过大院子和那些荒凉之地回家，那是避免奶奶死去，把他一人孤单留在世上的唯一办法。相反，如果你听话，每天都按时到家，奶奶就能平安地活着，直到看见你长大成人，做了航空机长，成为海军少尉，你结婚了，接我过去和你住在一起，你的妻子是一个好女人，在安息之前，我甚至能见到我的第一个曾孙出生。可怜的卡诺，奶奶的话让他十分感动，为了按时到家，并且看见她依然活着，他像个小疯子一样跑着。他害怕迷路，不过，他怎么会迷路呢？他是卡诺……他跑得太快，小树枝都掉在地上，幸好这条路他已经走了上千次，这一小片世界被他打理得井然有序，每样事物都有新的名字，除了粪便，到处都是粪便，不论他如何寻觅，都找不到比粪便更好的名字。那时，胡安·卢卡斯和苏姗应该已经回来了，胡里乌斯听见远处传来脚步声，走廊里响起妈咪的声音。一个模糊而又安详的景象闯入他回家的路，梦消散了，他突然发现甚至不记得要去的家在哪里，那是卡诺的家，他已经不再是卡诺了。还好，我的床头柜上有一张小卡片，上面写着地址，今天下午卡洛斯会送我去。妈咪已经躺下了，他不想尿尿，一个哈欠使他闭上了眼睛，之后他感觉仿佛在电影院里，灯已经灭掉，但电影还未开始，也没有音乐。终于，德尔卡斯蒂略上场了，他在上小学一年级，他告诉众人说，卡诺邀请他去家里了。他告诉其他人，那个叫做胡里乌斯的男孩也在听着，我邀请了他，奶奶，太难为情了，他跟奶奶住在一起，他是个孤儿，她的奶奶是个老太太，一个非常老的老太太，头发花白。她告诉我，他是个孤儿，她是他在这个世上的唯一亲人。不要再说了，奶奶。我们很穷。不要告诉他，奶奶。他爸爸本来可以成为利马最好的律师，只是年纪轻轻就死了。这是上帝的意志：万能的上帝，请保佑我们。不要再说了，奶奶，明天到了学校他会告诉别人，他是我唯一的朋友。没有人是竞技男孩队的球迷，他们把我当作暴徒：把你的刀秀出来，他们说。奶奶，请不要再说了。我觉得害臊，明天他一定会出卖我的：喝茶时，他的奶奶拿出了一瓶最小号的可口可乐，德尔卡斯蒂略，请喝，她用两只一丁点儿大的杯子给我们各倒了一点，瓶底还剩下一点儿，她居然盖上瓶盖又收起来了。全班同学都嘲笑他，他也试图笑一笑，却无法做到同其他人一样，我也不知道，有时我很想恨我的奶奶，有时又特别爱她。德尔卡斯蒂略变成了二年级的"破镜子"，他说卡诺和奶奶每个礼拜天都要步行去米拉弗洛雷斯的中央公园做弥撒，然后再走回来，要走很长的路，才能回到用土块和木头堆起来的很旧很旧的家里……

胡里乌斯在醒来的前一刻，看见了米拉弗洛雷斯的破旧房子，每个都有高高的黄色围墙、深棕色的木头栅栏，以及铺着红色石板的小路。小路总是闪着光芒，可能还会打滑，刚刚有人从屋子里向外泼了一桶水。小路上的两三块石板已经脱落，再往前有两三级台阶，上边是一个小平台，绿色的木头花盆里种着天竺葵，已经凋零，摆放在门两侧。门分为对开的两扇，上边有带护栏的小窗户，要将手从窗户里伸进去，从里面将门打开。他觉得就要看见卡诺的奶奶了，然而管家婆发出了那个星期六早晨的第二声吼叫，他立刻从床上坐了起来。坐了还没一会，管家婆就已经拉开窗帘，威风凛凛地回到床前，已然站成了一只大水罐，巨大的胸部涨得鼓鼓的，这足以使胡里乌斯飞快地跑进小餐厅吃早餐。小餐厅在宫殿走廊的紧里头，需要走过无数个彼此相邻的卧室和卫生间。之后，他又去了浴室，直到看见他已经在淋浴下面站好，管家婆才离开。"水越凉越好。"她大声喊道，制服也被撑得满满的。她随时准备大声叫嚷，但并不在发怒。每当这时，管家婆表达的是义正词严的权利，而非愤怒。

胡安·卢卡斯建议那天早上全家人一起去打高尔夫。到了出发时间，胡里乌斯不见了。他们也没坚持找，就这样走了。如此甚好。冷水澡在他的脑子里注入了很多宏伟计划。多亏了刚才的梦，他知道了很多关于卡诺的事。很遗憾，不是全部，被管家婆打断了。她过来将他叫醒，就在他踏进家门那一刻，当然，也是在即将出现巨大混乱的当口，因为胡里乌斯是做梦的那个人，而在梦里他又是卡诺。不过那又有什么关系呢？他已经为混乱的局面做好了准备。时间还早，吃片安眠药吧，妈咪肯定有，这样就可以将思绪理清，还有很多事情有待澄清。要弄清楚卡诺的家究竟是什么样的，她的奶奶是什么模样，这样，到时候就不会害怕，就知道该说什么，所有人都会喜欢我。胡里乌斯一边这样想着，一边在苏姗的瓶瓶罐罐之间寻找，仔细阅读每个药瓶上的说明。终于，他找到一瓶，上面写着"长时间的深度安睡"。正合他意。他跑下楼去找管家婆，告诉她整个上午都要在房间里学习，若非十万火急，不要打搅他。妈咪就是这样说的，而且总是见效，从来没有人打扰她长长的午睡。阿尔敏达正想说，今天是星期六，不要学习很久，还是去花园里玩耍吧。于是，一个胡里乌斯消失在楼上的房间里，而另一个到花园游泳去了。阿尔敏达轻轻地摇了摇头，立刻就什么也不记得了。胡里乌斯也忘了，他忘记脱衬衫，更确切地说，没来得及脱衬衫。当他还在枕头下面找睡衣时，睡意第一次召唤了他；脱裤子时，睡意第二次召唤了他；最后一次召唤时，他刚开始解衬衫的纽扣。他失去了知觉。

他就这样无知无觉，直到管家婆硕大的胸部出现在门口，她大声嚷着，说等他吃午饭已经好几个小时了，今天他的父母不在，他一个人要早点儿吃饭。半小时后，管家婆的胸部再次出现在门口，但是这一次，她警觉地向室内张望，立刻发现胡里乌斯没有坐在桌子前学习。孩子到哪儿去了？也许先生和夫人没有通知就将他带走了。这也太大意了，必须提醒他们一下。不过，她明明看见他们走的时候没有带胡里乌斯，明明看见胡里乌斯到厨房来说早上在房间学习，所以他不可能跟先生和夫人走了。不管怎样，如果他们没有打招呼就将孩子带走，那可真是疏于考虑。胡里乌斯在哪儿呢？管家婆扯开嗓门大喊大叫，因为她觉得在最近一次与主人的争执中，自己并不是完全在理……哪个主人？……什么争执？胡里乌……斯在哪儿！

那声嚎叫让他一下子醒过来，他还没找到任何关于卡诺或者其他人的新的信息。相反，一阵头痛，以及随之而来的对于再次入睡的强烈渴望，使他开始质疑行动的有效性。"多么愚蠢的行为。"可怜的胡里乌斯想。正昏昏欲睡时，管家婆发出的又一声嚎叫迫使他从床上下来去找她。

您去哪儿了！几个小时之前就该吃过午饭了！怎么能这样！对您的父母太不尊重！……不对！……您是太不尊重我们这些服务人员了！……是的！就是这样！吃饭时，胡里乌斯试图将嘴张得尽可能小，因为只要张嘴，就会打出一个巨大的哈欠，他随时会睡着，那样得到晚上才能醒来，这样他会放卡诺鸽子，那可就太过分了。管家婆一直留在那儿，严格执行着自己的使命。她要求胡里乌斯一定吃完最后一口饭，要求他尊重她的权利，其中包括午饭后稍事休息的权利。为此，他必须做出超人的努力吃完水果，然后，要了一杯咖啡而不是甜点。绝对不能喝咖啡！你这个年龄谁说可以喝咖啡！胡里乌斯看了一眼管家婆，说觉得不太舒服，需要睡个午觉，"请告诉卡洛斯，四点钟送我去朋友家，"他补充道，"请在三点钟叫醒我。"管家婆很爽快地答应了。

三点整时他被人叫醒。一个小时之后，胡里乌斯出发去卡诺家，打扮得精致优雅，却困得要死。在路上，他开始打瞌睡，觉得自己的脑袋贴在了小汽车的窗户玻璃上，想抬起头，却觉得越来越吃力。卡洛斯不厌其烦地说，不要靠在车门上，车门会打开，你会摔断脖子的，然而，胡里乌斯的脑袋还是不可避免地倚在了车门上。直到听见卡洛斯说，小主人，我们已经到了，他才醒过来……他惊慌失措地看着卡洛斯，情急之下将一路上触碰过好几千个东西的小树枝扔掉，然而，就在这时，他意识到自己是坐汽车来的，并没有穿过大院子，也没有给任何事物取名字，手里更没有拿着小树枝。"长时间的深度安睡。"他想。从水星汽车上下来时，他又开始打哈欠。挂在冰冷而发黄的墙面上的业已锈蚀的铃铛，把他吓了一跳。也好。他仔细观察了一下铃铛并使它发出声响，他想，卡诺在家里一定听见铃声了，访问就此开始了。他不能靠在门上睡着，否则奶奶来开门时，会以为我死了，然后她也会被吓死，那我可给卡诺造成大麻烦了，那时，可就只剩下他一个人孤零零地生活在这个世界上了。

"进来，孩子。"奶奶对他说。她的头发洁白如雪，脸庞温柔慈祥，他很喜欢她，她正在将一个最小号的可口可乐瓶盖上盖子，里面还剩下一丁点可乐。他晃晃脑袋，再次想到深度安睡，现在我该怎么办？是，夫人；不，夫人；不，夫人；不，夫人；是，夫人；什么时候的事，夫人？他摔疼了吗？她的回答让胡里乌斯一下子清醒了。

卡诺一天都在等他。一整天，他和奶奶都在为胡里乌斯的到来做准备。可惜花园不够大。花园太小了，卡诺说，不能踢足球，还是打篮球比较好。她问他怎么打，很容易，他解释说，把放脏衣服的旧篮子的底去掉，爬到树上，将它挂在最高的树枝上，比谁投中的次数多，能一直玩到天黑。可怜的孩子，她亲自监督他爬上树，一直小心守着，这是上帝的意思……是，夫人；是，夫人；是，夫人。

卡诺摔得很惨。他从最高的枝头摔到地上，必须将他送到救助中心。在那里，医生用夹板给他固定了摔断的胳膊。胡里乌斯跟着奶奶走过几条阴森恐怖的走廊，石板铺就的地面，散发出潮湿的寒气。他撞到一张丑陋的小桌子，差点没将一个插满塑料花的花瓶打翻，妈咪说那是世界上最俗气、最难看的东西。塑料花确实既俗气又难看，真的，这个房子里的一切都很难看，包括在高高的旧铁床上的卡诺，那张床可以追溯到默突舍拉①时代，卡诺坐在那儿，穿着一件类似于塞尔索和丹尼尔的睡衣，微笑着说，我摔得很惨。他的胳膊上夹了木板，上面打了绷带，两周之后才能拆掉。

胡里乌斯在扶手椅上坐了好几个小时，椅子上到处都是冒出来的弹簧，坐着很不舒服。卡诺的奶奶招呼他坐下之后，就去准备下午茶了。一切就绪，她过来叫他们，穿上罩衫，孩子，你们两个来餐厅吧。之后，卡诺又回到床上，医生说，只有好好休息，星期一才能去上学。胡里乌斯装出若无其事的样子，在各个角落里搜寻小树枝。哪儿也没看见小树枝。奶奶给每人拿来一本唐老鸭。卡诺伸出打了夹板的胳膊，"哎哟！"他抱怨了一声。当心，孩子，医生说了不要动。我们所有的人都要受苦。"他"教我们受苦。"他"比谁受的苦都多。"他"为我们所有的人受苦……"他"是挂在床上方的一个冰冷十字架。房间里的一切都发出逼人的凉气：衣柜、扶手椅，特别是那张巨大的，仿佛是冷水管做成的铁床。衣柜看起来比床更大，当初一定是拆卸了才得以塞进房间里来的。这个巨型家具给人

---

① 根据《圣经》的记载，默突舍拉是亚当第 7 代子孙，是最长寿的人，他的名字常常被用来指代古老的事物。

一种懒洋洋的感觉，在它的庇护下，就着一个高高挂着的灯泡的光亮，卡诺弯腰弓背看着书，那画面是多么宁静！胡里乌斯没能读进去唐老鸭的故事，长时间的深度安睡……

餐厅里挂着一幅用银色笔触在黑色背景上画就的《最后的晚餐》。一只灯泡从高处垂下来，几乎就落在巨大的黑色桌子上方。胡里乌斯感到两腿之间有一股寒意，一直上行到头部，幸好我还是个孩子，否则一定会突发脑溢血。他控制住自己的身体。他感觉很好，他当然感觉很好，奶奶拿来了一大瓶家庭装的可口可乐，德尔卡斯蒂略说的都是假话。他向他投出一个胜利的微笑，向卡诺投出一个友善的微笑，而卡诺则看了看自己上了夹板的胳膊。就在这时，奶奶给了他们一人一个杯子，好吧，一个小杯子，胡里乌斯想，他们一定会比德尔卡斯蒂略任何一天喝的可口可乐都多。然而，奶奶给他们倒了两杯——好吧，两小杯——之后就盖上瓶盖，孩子，留到你下次来时再喝，接着就将可乐拿到厨房去了。她又拿来几片面包，一定是存放在某个冰冷的柜子里的，面包里夹着牛油果，胡里乌斯吃了一定会肚子疼。

当卡诺说要把自己的秘密与计划对他和盘托出时，胡里乌斯的睡意刹那间就消散了，他必须许诺不告诉任何人。胡里乌斯以上帝的名义发了誓，为了让卡诺完全放心，他差点保证，也不会告诉任何人你的家又脏又臭，但他立即反应过来，把许诺暗暗藏在心里。卡诺叫他不要弄出声响。两人静静地听着，奶奶在厨房里，马上就是她祷告的时间。他们可以把房门关上，独自待一会儿。卡诺走到那个有着重大意义的衣柜前，然后打开柜子门，"过来。"他说。胡里乌斯走到他身边，看见里边有三块大石头。

"我现在不能举，"他说，"但是十五天之后，我会继续练。"

"为什么？"

"街区的一个男孩，和我们不在一个学校，他说的。如果我每天都举大石头，两个月之后，就会比费尔南迪托更强壮。"

"你怎么知道？"

"我认识街区的一个男孩，他不在我们学校，他告诉我的。"

卡诺挠挠头，然后看着胡里乌斯，朝他露出自信的微笑。胡里乌斯想，在家里没人见过街区的男孩，他们是怎样的呢？卡诺仍然笑眯眯地看着他。

"不过，你怎么知道？"

"因为如果你每天都举，力气就会越来越大。"

胡里乌斯想到费尔南迪托，又问道，你怎么知道？卡诺没有揣摩出问话的意思，而他也不知道该如何继续问了。而且，卡诺请他相信，耐心等待，不出两个月他就能亲眼见证，并恳请他不要告诉任何人。胡里乌斯再次以上帝的名义发誓。为了让卡诺安心，他说，现在说出去未免太愚蠢，那样，费尔南迪托就会知道，离两个月还差好多天，他一定会现在就来痛揍你一顿。

奶奶打开房间的门，卡诺立刻将衣柜门关上。老太太觉察到有古怪，但没有斥责他们，因为胡里乌斯看起来是个体面人家的孩子。她建议两个人交换唐老鸭，这样，每人都可以读到两本唐老鸭。她又说，很遗憾不能去花园玩，卡诺需要卧床休息，这样的话，星期一才能去上学。去床上躺着，不要动。这是奶奶的命令。从小就应该学会妥协。"他"给了我们妥协的最好范例：谁能比"他"更隐忍……是，夫人；是，夫人；是，夫人；是，夫人；这个……不，夫人。

"德国键盘手的庄园到了。"卡洛斯对他说。胡里乌斯看了他一眼，仿佛在说，她是贝多芬的孙女，请尊重一些。然而，他没做任何评论，反正卡洛斯一定会和往常一样讥讽地看着他。此外，这也不是一个庄园，而是位于利马古老城区的一座老房子。苏姗告诉他的。她说，那个房子里肯定住过一个大户人家，子孙如今都住在圣伊西德罗、米拉弗洛雷斯，或者蒙特里科，除非家道中落，如果这样，现在下落如何就不得而知了。这些何必解释给卡洛斯听呢？他会嘲笑我，如果我跟他说，是妈咪告诉我的，他只会笑得更厉害。胡里乌斯拿起乐谱，赶紧下了水星车。

他一下子进入黑暗之中，但是，他很镇静地穿过门厅，他对这个地方已经有所了解。当然，妈咪说得对：这是一些有很多房间的大房子，人们租来做办公室，因为所有的人都在市中心工作，办公室设在这里很方便。也有一些人居住在这里，他们是中产阶级，胡里乌斯，中下阶级，有些非常靠下。而那个总是衣不蔽体的白人妇女，是一个公务员的遗孀，每个月领取一次抚恤金……抚恤金，亲爱的，是付给生前为国家工作的人的遗孀的。那些女人也住在这些老房子里，因为租金很便宜，胡安·卢卡斯叔叔会告诉你：那些人可是个大麻烦。如果从那些破产的人手中买来一个大房子，打算建一座楼，你必须派出一支军队来驱赶里面的房客，因为他们无论如何也不愿意放弃便宜的房租。胡里乌斯在楼上安静地走着，他向门厅看去，他想，那些女学生应该是在公立学校上学。"啊！"胡安叔叔说，"那些忸怩作态的女人最适合做秘书。至于那个涂指甲油的漂亮女孩，怎么跟你说呢，孩子，我觉得她不是什么正经姑娘。"胡里乌斯选择了一个战略制高点以便站在那里看漂亮女孩涂指甲。她总是这样坐在窗户下面涂指甲，他下意识地提前到达学校，就是为了能在上课之前多看她几分钟。他躲在那上面，看着她不正经。她看起来很开心，笑盈盈的，很认真地涂着指甲油，一边哼着博莱罗①。他将所有的细节都告诉给了胡安·卢卡斯，只得到一句评论，他说，那个女孩喜欢挑战禁忌。不可能，骗人，卡洛斯、妮尔达和维尔玛都唱博莱罗。可是，她为什么不同那两个将要成为好秘书的女孩在一起呢？为什么？她们在同一所学校，这个可以从校服上看出来，又住在同一个大房子里，但是两个秘书总是在学习，而她则相反，她在不正经的道路上越走越远。她总是一边笑盈盈地涂着指甲油一边哼唱博莱罗。她欣赏着自己的指甲，向它们吹气，然后又看向门厅，这时，胡里乌斯总会立即躲到一旁。离上课还差一分钟，他却还想再看她一会儿。突然，漂亮女孩低头用小刷子蘸了蘸指甲油，然后站起身来朝他挥了挥手，仿佛是在向他道别，她刚才还在对着那只手吹气。胡里乌斯僵在那里，因为她从来没有看见过他在那上面。不可能的，她应该是在向别人道

---

① 起源于古巴的一种节奏相对舒缓，多以抒情为主题的音乐。

别。那个女孩确实在冲他微笑,并且开始对他歌唱,或者朝向空中歌唱:认识我让你痛苦,爱人,爱人,你真坏……她应该是在对他歌唱,胡里乌斯吓呆了,不由自主地朝后跳了一下,同时又闪向一旁。刚刚站稳,就听见一阵笑声。

呵呵呵……他正在犹豫:是打探笑声从哪儿传来,还是全速逃离,什么也不看,什么也不听?然而,就在这时,笑声停止了,他听到有人说话。他辨别出声音是从光头老学究的窗户里传出来的。"那个女孩,那个女孩……"老学究说道,胡里乌斯鼓起勇气回头看他。"那个女孩,那个女孩,"他重复着,戴着眼镜的双眼里充满了快乐与喜悦,"有好几天,那个女孩,呵呵呵……"面对老学究的好心情,胡里乌斯不知该做何反应。而当这个好心情引发了剧烈的咳嗽,害他在窗户后边险些咽气时,胡里乌斯更加觉得无所适从。老学究眼看就要快乐地死去了,他痉挛似的又咳又笑,不停地说着女孩,女孩,他很快就会说着这几个词死去。胡里乌斯解释说,下午的钢琴课又要迟到了,说完就离开了。"普罗塞尔皮娜女士会生气的。"离开之前,他补充道。小老头突然严肃起来,甚至将头探出窗外说了什么,胡里乌斯没听清,似乎是说普罗塞尔皮娜女士不配什么。

就在那天下午,胡里乌斯确信他的情感已经完全消耗殆尽,只剩下好奇心支撑着他忍受尺子不断打在他的手腕上。普罗塞尔皮娜女士越来越严厉,甚至可以说是气焰嚣张,没有教养。她反复说,他是她教过的最差的学生,如果没有明显进步,就要写信告诉他的妈妈:由于学生缺乏天分,钢琴课已经无法继续。尺子仍然不断地打在他的手腕上。披肩也依然是钢琴课不可或缺的组成部分。说起来令人难以置信:她身上披了很多条,压得她几乎不能行动;而那把坐垫坍塌的椅子的椅背上满是新织好的披肩。还有一件十分古怪的事,与其他学生有关。"除了你,所有人都很准时。"普罗塞尔皮娜女士总这样说,但胡里乌斯已经满腹狐疑。确实,他常常会迟到一丁点儿,因为直到今天发现那个女孩看见他之前,他总是停留片刻观察她,这样一来就会耽误好几分钟。在他前面上课的那个准点的学生,很可能在那时离开,可为什么他从来没有见过他从身边经过?那个学生应该经过同一条走廊。当然,也许他一门心思全在那个不正经的女孩身上,所以没有注意到另一个学生离开。可是,在他后面来的学生又是怎么回事呢?那个学生他也从来没有见过。这些想法在他的脑海里萦绕,让胡里乌斯无心顾及手腕的姿势,伴随着"抬起手腕"的训斥,尺子又猝不及防地接连打下来。终于,这一责罚触及了胡里乌斯的底线。思绪正随着音阶飞舞的他,下定决心要深度了解那个老学究,要给涂指甲油的女孩指出正道,要问那个衣不蔽体的白人妇女有多少抚恤金,要给胡安·卢卡斯未来的女秘书换电灯泡,要问那个修理破打字机的人如何营生,还要去看看抄写员在写什么。最后,该死的老太婆,你不要打我,他要揭露笼罩贝多芬孙女的钢琴学校的惊天秘密。"练习曲还没弹完,你就累了?"确实,胡里乌斯叹了一口气,但不是普罗塞尔皮娜女士以为的那样。他在一秒钟之内做出了太多的决定,此时已经头晕眼花。他差点没请老女人再打他一下,看看是否能激发出足够的勇气实现那些冒险。"情况越来越糟,"相反,普罗塞尔皮娜女士说,"不弹好这些练习曲,就无法开展新的内容。"胡里乌斯正想回答说,他会弹,请让他再试一次,上帝知道她怎么又补了一句:"生意就要破产了。"她以一种探寻的眼神看着胡里乌斯。胡里乌斯也迷惑不解地看着她,等着她解释。普罗塞尔皮娜女士仿佛刚刚苏醒过来,重新用尖利的语气说,后天没有课。"后天是演奏会。您留在家里练习。只有最好的学生能参加演奏会。"胡里乌斯曾经是"圣洁心灵"最好的钢琴家之一,听到这句话,仿佛肝脏被人狠狠踢了一脚。他感觉受到了深重的侮辱,普罗塞尔皮娜女士的尺子在他灵魂最深处留下痛击。然而,他什么也没说。他将手腕高高地抬起,开始以最好的状态演奏练习曲。他满怀深情,似乎就要成为世界上最好的学生,这时,普罗塞尔皮娜女士将手表放在了琴键上,他在激情演奏中差点将它挥到地上。普罗塞尔皮娜女士宣布下课,下一个学生几秒钟之内就会到。胡里乌斯再次感到尺子打在灵魂上,他愤怒地站起来,收拾好乐谱,甚至没有告别就走了。在跨过门槛时,他念叨着:说谎的老疯子,利马从来不下雪。当他感到压抑的心情已经平复时,便停住了脚步;他弓着腰,背靠墙壁,在走廊上等了几分钟。

准点到达的学生连个影子也没见着,灵魂还在隐隐作痛。他转了一圈又回到门口,并向里面张望,太奇怪了:普罗塞尔皮娜女士已经将照亮两架钢琴的灯熄灭了。胡里乌斯询问自己的灵魂。受到的惩罚仍让他感到疼痛。他咳嗽了一声,只是清清嗓子,却足以使贝多芬的孙女扔下毛线团,一跳而起打开灯。他已经跑得无影无踪。

迎面传来老学究的笑声。"不会吧,"看见小老头仍然大笑不止,胡里乌斯想道,"他会笑死的。"他不知道小老头已经听见他走近他的窗户,并且再次探出身来。而且,他此时是因为别的事情在笑。"坏女人,坏女人。"他说,随后又笑起来,呵呵呵……他很快又要咳得上气不接下气,他每次的好心情都是同一个结果。"普罗塞尔皮娜女士非常坏。"他说道。胡里乌斯告诉他说,她是贝多芬的孙女。老学究的两只眼睛高兴得眯起来,他再次笑得快要死去。他不停地笑,话也说不清楚,完全被大笑左右,胡里乌斯不明白他的意思……呵呵呵,是是是,呵呵呵,孩子,呵呵呵,贝多芬,呵呵呵,贝多芬的孙女,呵呵呵……最后,胡里乌斯终于听清了一句话:"谁告诉你的?"

"我的叔叔胡安·卢卡斯……他跟我妈妈结婚了。"

"啊!你的爸爸,是的,是的……"

胡里乌斯想这是个继续对话的好机会。老学究已经停止了笑,很严肃地看着他。

"那个女孩……"

他犯了个错误。他刚提到那个女孩,小老头再次笑得喘不过气来。胡里乌斯很有耐心地等着他笑完。

"还有,那扇窗户……那个修机器的男人是谁?"

"我们所有人都要工作。必须工作。你也工作吗?"

"我在上学。"

胡里乌斯想到那个修机器的男人,还有胡安·卢卡斯。小老头似乎不像看起来那样有学问。他的回答没有解决任何疑问。

"可是,那些机器还有谁要?它们已经旧得不能再旧了。"

"它们的主人想要。他们买不起新的。"

"那个人靠什么挣钱?"

"他很努力地工作,却挣得很少。"

"您呢,先生?"

"集邮。"

胡里乌斯很费解地看着小老头,心想:费城①在美国。

"我收集邮票。就是集邮。我是集邮爱好者。你看,桌上这些都是我的集邮册。"

"下面那个窗户里边的女人呢?"

不知道是不是他说错了什么,小老头摆着手,说不,不,不,不,仿佛是在拒绝什么令人恶心的东西。胡里乌斯感到十分茫然。这时,谈话又开始了……

"我从来不下楼。我很老了。那没什么意思,没什么意思……"

"她是遗孀,领抚恤金……"

"这都是谁告诉你的?"

"胡安·卢卡斯叔叔……不对。是我妈妈。"

"请帮我一个忙,孩子。一个大忙。我已经不能下楼,下楼很费力。帮我买一份报纸。改天再聊那个女人。"

小老头转过身,走向写字台,在几个烟灰缸之间寻找,最后找到了一枚硬币。他重新回到窗前,把硬币交给胡里乌斯,胡里乌斯说他这就回来,然后转身就跑,直到碰见卡洛斯才停下来。他一边跑,一边四处张望,每个人都在窗户后边,那个漂亮女孩在涂指甲油,笑盈盈地看着他,但他没有朝她微笑,径直跑到大门口。"慌慌张张的,你这是要去哪儿?"卡洛斯拦住他。胡里乌斯尽可能详细地告诉他小老头的事,卡洛斯说,那个老头的船漏水。"什么?""那个老头是个同性恋。"卡洛斯解释道。可是,他不能留着小老头的钱,他很穷,而且,为什么这么说,卡洛斯?他不是

---

① 在西班牙语中,集邮是 filatelia,费城是 Filadelfia,此处胡里乌斯混淆了两者。

同性恋,让我去,让我去。卡洛斯同意了,条件是必须快去快回,而且,他要在暗中监视。胡里乌斯过了马路,买了一份晚间版《商报》①,然后就向门厅跑去。"认识我让你痛苦,爱人,爱人,你真坏……"他不想理会如此堕落的字句,继续往楼上跑去。相反,卡洛斯止住了脚步,扭头看向那朵含苞待放的花朵,暗暗估算她的年龄,他想,不出几年,她一定会盛开得让人垂涎欲滴。花朵发现有人看着自己,立刻沉默下来,双手掩面,扭头转向房间里面。卡洛斯咒骂了一句,又重新抬起头。从下面,他可以看见胡里乌斯。

"万分感谢,万分感谢。孩子,我这个年纪很多事情已经无法做了……贝多芬的孙女,是吗?"

"我不喜欢她。"胡里乌斯脱口而出,之前的事情立刻回到脑中,仿佛敲打着他的灵魂。

"我们也不喜欢她。孩子,这个给你。"

接过那个东西时,胡里乌斯的手一直在颤抖。他决定先不看,继续看着小老头,可是后来,他的眼中充满泪水,他低下头,看见了那枚亮亮的小硬币:圆圆的、闪着光芒的、轻飘飘的,占据了他的手心,他感到很不舒服。他手里拿着五分钱,谢谢,他不想要,谢谢,他不想要……小老头张开双臂,仿佛正在为信徒祈福的教皇。他一边说话一边挥舞着报纸:"它是新的,新的,"他重复道,"像金子一样闪闪发光,拿去买糖吧。"胡里乌斯断定,这个小老头很有学问,他觉得卡洛斯是个坏蛋,因为他拿所有人开玩笑。不,卡洛斯不是坏人,他只是弄错了。他在哪儿?要让他看看,这个小老头不是什么漏水的同性恋,他是一个有学问的人。

"我要走了。卡洛斯在等我。"

"谁是卡洛斯?"

胡里乌斯扭头看向门厅,卡洛斯正在那里看着他。"卡洛斯在等我。"

---

①《商报》(*El Comercio*),创办于1839年,分为日间版和晚间版,是秘鲁最有影响力的报纸之一。

他又说了一遍。他正准备离开，却又想再问一个问题，于是不觉停下了脚步。他不敢开口，担心小老头听了又会笑得几近窒息。

"那个正在步入歧途的女孩是谁？"

"也是你爸爸告诉你的吗？"小老头看起来很悲伤，"你爸爸是谁？"

"是我的叔叔胡安·卢卡斯。他和妈咪结婚了。"

"你爸爸是谁？"光头老学究再次问道。他似乎并不是在提问，更像是在思考。他看向楼下，那个女孩坐在窗户旁边，笑盈盈地涂着指甲油。她已经重新哼起了歌。

"她是谁？她为什么……？"

"这里的一切都已步入歧途。"小老头没有等他说完。

"喂，快点儿！"几乎就在同时，卡洛斯从楼下喊道，"不要再聊了。"

看见胡里乌斯下楼了，卡洛斯便朝大门走去。"认识我让你痛苦，爱人，爱人，你真坏。笃信天堂的花朵，卑微地凋零。"

胡里乌斯试图做些解释，他开始从集邮讲起，但是卡洛斯打断了他。

"集邮爱好者，还是妄想症达人？"他问，一边启动引擎。

胡里乌斯沉默了。谁也无法说服卡洛斯。胡里乌斯看看卡洛斯的胡子，发现修剪过的胡须自带一股玩世不恭的气质。他摸了摸自己的嘴唇上方，他还没长胡子，很多年之后才会长。他从水星汽车的窗户看出去，在漆黑的夜晚，在利马的那个黑暗而丑陋的角落里，那个小老头再一次告诉他，这里的一切都已步入歧途。

"是的，这里的一切……"小老头也在想，"这个小孩很可爱，大大的耳朵，世人就是这样画我们犹太人的……"他站在窗口，听女学生哼着歌，没有意识到自己喜欢听她唱歌。他仿佛站在集中营的牢房里，双手紧抓着栅栏，直到觉得寒冷才将手缩回。他回到桌边，将那天晚上还剩下的三枚邮票贴好，然后开始读报，很多年以来，报纸对他已无新闻可言。只有这个孩子，贝多芬的孙女，童年……"他和妈咪结婚了……"一阵歌声清晰地传来，他盯着录音机出了一会儿神，那台录音机与另一扇窗户后面的打字机看起来很像，然而，歌声是从下面传来的……"那个正在步入歧途的女孩是谁？"……他往前走了几步，把窗户关上。窗户关上了，歌声也听不见了，想想吧，过了多少年，过了多少年。他打开窗户，在这个国家，音乐第一次……他手上的皮肤苍白，可以看到星星点点的绿色和蓝色墨迹。那天晚上他还有三枚邮票没贴，他颤颤巍巍地拿起其中一枚。女孩的歌声越来越清晰，他停了下来，将邮票放在一旁。看呀，你甚至想要坐一会儿，任由思绪徜徉，却丝毫不带岁月的痕迹，是的，是的，一个女孩在唱歌，一个男孩走过来……

他来了。他听见他慢慢走上楼梯，这么多年来，他第一次因为没有邮票留到晚上再贴而高兴。晚上他会很累，在向那个孩子证实普罗塞尔皮娜女士是个恶毒的老疯子之后，他的心情将会很激动。在告诉他全部真相之后，他一定会感到紧张不安。是的，是那个孩子在走廊里的脚步声，现在听不见了，孩子一定已经停下来，在看那个女学生。小老头探身窗外，胡里乌斯就在那儿。他还没选好战略制高点，敌人就已经发现了他。就和前几天一样，他不得不立即离开。他向后一跳，闪向一旁。现在，他距离窗户只有几步远，只差回过头来跟他打招呼。

"我今天没有课。"

"什么？那么，你为什么来？"

胡里乌斯做了一长串解释，脑子里全是迫在眉睫的计划，完全没想到这个光头老学究揣着与他类似的想法。胡里乌斯没有忘记演奏会。只有最好的学生才能参加，而他应该留在家里，无数遍地弹奏练习曲。然而，尺子在他灵魂深处的击打依然痛彻心扉，所以，他来了，假装自己也要去参加演奏会。

"我不应该来的，"他解释道，"今天是好学生的演奏会。"

小老头开始明白了。"啊！"他一边说着，一边离开窗户，向房间紧里面的墙走去，墙上挂着一本日历。

"当然，当然……我想起来了。今天是本月第一个星期五。每个月的第一个星期五都有演奏会。啊哈……所以，今天有演奏会，对吧？而你没有获得允许来参加演奏会,哈哈哈,当然没有……普罗塞尔皮娜女士的伟大的钢琴学校、贝多芬孙女的伟大的钢琴学校!是谁告诉你的爸爸说普罗塞尔皮娜女士是贝多芬的孙女?"

"我不知道;胡安·卢卡斯叔叔本来就知道。"

"胡安·卢卡斯叔叔?"

"他和我的妈咪结婚了。"

"嗯,你跟她说过她是贝多芬的孙女吗?你跟普罗塞尔皮娜女士说过吗?"

"没有!胡安·卢卡斯叔叔不让我说。"

"他和妈咪结婚了……"不,也许这个坏女人不至于那么虚伪,但无论如何,她都是个恶毒的女人。老学究对普罗塞尔皮娜女士可是有深刻的洞察的。

"住在这里的人肯定会去听演唱会。"

"我不知道,孩子,我不知道……但是我和你,我们俩要去参加这个了不起的演奏会。"

老学究让胡里乌斯稍等。胡里乌斯看见他戴上围巾,出了房门。他想,他还有时间走到栏杆旁,再看一眼门厅,然而,他很吃惊地听到老学究的声音从走廊的另一头传来。

"过来。"他说。

胡里乌斯看到,唱博莱罗的女孩没在窗户旁,她一定在梳妆打扮,准备来参加演奏会。他连忙赶上已经站在走廊拐角处的小老头。两人一起向右拐弯,沿着另一条走廊一直走到尽头,钢琴学校就在那里。看见学校的门,胡里乌斯开始发抖。

演奏会已经开始了。毫无疑问,最好的一个学生正在演奏:钢琴里传出音乐,同胡安·卢卡斯叔叔唱片里的一样动听。胡里乌斯生平第一次认识到,他所弹奏的"我的邦妮漂洋过海"与在贝多芬孙女的指导下实施过无数训练的学生演奏出的曲子存在差别。到了门口时,他开始打退堂鼓,而小老头看起来则是心意已决。他牵起胡里乌斯的手鼓励他,叫他不要逃跑。"你看。"他说，一边轻轻推开门。胡里乌斯看见，房间深处的四张长椅一如既往地贴墙放置，房间里一片漆黑，只有两架钢琴照得灯火通明。那个比他在黄金时期弹得还要好很多的，不是别人，正是普罗塞尔皮娜女士本人。

"你是她唯一的学生！"

小老头的声音说服了他，虽然他现在只想离开，却无法做到。小老头把他的手握得越来越紧，他气喘吁吁，浑身哆嗦，好像就要大发雷霆。

"她没有学生，因为她是个恶毒的老女人。恶毒的老女人！恶毒的老女人！"

他失去平衡，靠在关着的那半扇门上。"幸好，"胡里乌斯松了一口气，"如果靠在另外那扇门上，他就会低头摔到门里了。"小老头喘得越来越厉害，甚至没打算尽可能小点声。他已恢复平衡，再次推开虚掩的那扇门，似乎希望胡里乌斯能够确信自己的亲眼所见。胡里乌斯再次探头，他吓了一跳：就在这时，普罗塞尔皮娜女士弹错了，琴声戛然而止。

"这是幕间休息，"小老头说，"现在她要宣布有一段短暂的休息时间，在音乐会下半场开始之前，观众可以去吧台喝杯饮料。"

普罗塞尔皮娜女士靠近会客厅，怒气冲冲地看着观众。胡里乌斯立刻将脑袋缩回，却听见小老头说，你看，他只好继续看：普罗塞尔皮娜女士拿起一团毛线，坐下来，打算利用幕间休息做针织。

他已经看够了，小老头却依然无法控制愤怒情绪，坚持认为胡里乌斯应该看完整场演出，因为普罗塞尔皮娜女士马上就要回到舞台，宣布下半场开始。

"她这样做已经很多年了。"

胡里乌斯恳求小老头放他走，然而，小老头沉浸在悲愤之中无法自拔。

"好的！好的！不过，走之前，我要让你知道事情的原委。那个女人什么也教不了你！她是坏女人！是个恶毒的疯子！你是她唯一的学生，所以她就拿你出气。谁把你送到这儿来的？我猜是那个和你妈咪结婚的人。一切都结束了！这里的一切都已步入歧途！普罗塞尔皮娜女士已经什么也不是！你没有必要成为受害者！像我一样的受害者！她把那个破烂房间转租给我，因为我不能付给她更多的钱，现在她想把我踢出去……利用你和我，她想维持……她想维持……因为你是个有钱的孩子……所以她这样对待你……她假装有更多学生，但实际上，你是她在这个世界上拥有的唯一的学生……而我，我也要靠租金养活……养活……我要养活……"

他的叫喊声越来越小，而胡里乌斯察觉到他已经没再紧抓他的手。他在发抖，胡里乌斯注意到他的怒气逐渐消退，开始啜泣，甚至准备离开。太晚了：普罗塞尔皮娜女士已经站在门口了。

"信口雌黄的犹太佬！"普罗塞尔皮娜女士尖叫道，一边打开他们藏身于其后的那扇门。

这时，小老头已经开始哭了，她没弄明白是怎么回事，直到发现关着的那半扇门的后边，藏着一个个头更小的人。普罗塞尔皮娜女士探出身子，看见了胡里乌斯。

"信口雌黄的犹太佬！"

"不！不！不！"小老头哭着抗议，怒火已经完全平息，他高举着手臂，似乎想要阻止事态发展，又好像事情发展到这个地步并非他的本意。

"你必须付钱，信口雌黄的犹太佬！你这个魔鬼！"

"不！不！我不是有意的……"

"你的房租必须交来！一分钱也不能少！"

"好说！好说！我不是有意的……这个孩子正准备走……"

"今天晚上就让你睡在大街上，信口雌黄的犹太佬！"

小老头已经没在听她说话；他抽抽搭搭地看着胡里乌斯离开，这对于他们俩而言是最后一次。胡里乌斯没有意识到，所有的热情、快乐和怒火都已经荡然无存，看在眼里的不过是一片惨状……小老头想告诉他，我也有同感……但是胡里乌斯已经向右拐弯了，已经不在这条走廊上，无论是他还是她都不会再见到他……普罗塞尔皮娜女士向前走了几步，站到小老头的身边，一脸茫然地向外张望，漆黑的走廊里一个人影也没有。

"你以后不用再来钢琴学校了！"她叫道，她要让胡里乌斯明白，由于他缺乏天分,她不得不叫他离开。

一个女人点亮了房间里的灯,从窗户里向走廊探出头来,就在钢琴学校同侧。她准备晾床单,突然发现他们两个站在那里。就着窗户里的灯光,她将两人看得清清楚楚:普罗塞尔皮娜女士真老!她看起来总是硬邦邦,仿佛一个德国士兵;她和那个瑟瑟发抖的犹太小老头在干什么呢?他们居然没在争吵!他们总算有一次没在争吵。刚才一定是他们两人在大喊大叫……看见小老头走过来,女人就躲起来了。他一边走一边摇头。今天晚上没有邮票可贴了……

"冬天不能将人赶到大街上,"普罗塞尔皮娜女士跟他说,"等雪过去之后再说吧。"

她转过身,重新回到音乐学校,随手将门关上,以免室内的温度降低。她坚决果断地走向挂满披肩的椅子,听见掌声骤然响起。

天色渐渐黑将下来,卡洛斯在宫殿的外大门前按喇叭,他想,花了那么多钱建造如此辉煌的庄园,却不愿意再多投资一点儿安装一个自动门。他想跟胡里乌斯发发牢骚,但看见他垂头丧气的样子,决定还是让他一个人自怜自哀。他继续按喇叭,依然无人应答。"因为这不是先生的车,"卡洛斯想,"如果是先生的车,那些杂种倒是积极得很。当然,堂胡安无需花钱装自动门,有两个用人自动为他开门。捷豹车主心里清楚,没有什么是他想不到的!"终于,塞尔索来开门了。奔驰车刚开进门,胡里乌斯立刻被一辆令人难以置信的小汽车吸引住了。卡洛斯停下车,开始欣赏这个仿佛从博物馆里运来的展品。那是一辆黑色的拉萨尔[①],很有年头,却像新的一样。三个人看着它,仿佛看一个仅存在于电影里的东西。胡里乌斯跑过去看看车里,确实就和电影里黑帮开的车一样,中间有一块玻璃,将司机和坐在后排的人分开,这样就无法知道先生们在计划什么,或者也无法知道谁是这辆豪华轿车的主人。塞尔索正要说,车是先生的一个朋友

---

[①] La Salle,1927 年凯迪拉克推出的新车型。

的,他刚刚到,卡洛斯打断了他。

"已经杀了全家人吗?"他问。

"是的,看起来像是一个团伙的车。"园丁乌尼韦尔索也出现了。

"什么团伙?你是哪个团伙的?老兄,那叫黑帮!学着点儿!"

拉萨尔的门打开了,出来一个黑大个,穿戴比卡洛斯正规得多。卡洛斯正打算回车里找他的帽子,黑大个先脱下了帽子,胡里乌斯和其他人离开之后,两人便攀谈起来。他们聊得很投机,虔诚地信仰同一个上帝,黑皮肤万岁!两个司机露出开心的微笑。

丹尼尔十分有风度地打开宫殿的门,胡里乌斯迎头就问谁来了。丹尼尔答不上来,说是一个很古怪的先生,不知道姓甚名谁。堂胡安·卢卡斯只说下午要来一个朋友。胡里乌斯问管家婆在哪儿,几乎在同时传来了她的叫嚷声。听见他回来了,她像往常一样迎上来,叫嚷着说他的校服很脏,以及他该做功课了。她从宫殿里迎着胡里乌斯走来,但是,突然,她变得稳重起来,走得越来越慢,这不仅仅是隔音屋顶的效果,还有其他原因,甚至听不见她的声音了,她总是笑盈盈,拥有令人心碎的魔力……可怜的管家婆有气无力地说了一句"下午好",随后就安静地站在原地,将目光埋在地下。胡里乌斯朝她走过去。

"下午好,或者更确切地说,晚上好,因为灯都点上了。"

可怜的胡里乌斯还在寻找那个并没有走上歧途的女孩,想跟她说再见,我不会再来了。听到那个声音,他差点吓得摔在地上。

"晚上好。"阴森恐怖的声音再次传来。胡里乌斯看见一个穿着黑衣服、戴着黑帽子的男人坐在冬日吧台①的一张凳子上。

"抱歉,先生,我刚才走神了。"胡里乌斯微笑着走向胡安·卢卡斯叔叔的黑帮朋友,打算和他握手。"晚上好,先生。"他微笑着重复道。

可是,男孩整天笑眯眯会被误认为是小娘们,而这个小孩说起话来一副娘娘腔,胡安·卢卡斯都认的什么儿子!阿尔·卡波内只是捏了一下他

---

① 与后文中出现的"夏日吧台"一样,是新宅的不同吧台的名称。

的手，胡里乌斯的笑脸遇到了刚刚让管家婆锐气顿消的那双眼睛，他不知如何是好。阿尔·卡波内继续坐在凳子上，对他手里拿的书没有表现出任何兴趣。换了别人可能会问他，你在哪个学校上学？你拿着的是什么书？这样，他就会解释说，他刚刚上完最后一节钢琴课回来。而且，如果问话的人看起来是个好人，他甚至会说出事情的原委，还会告诉他，那个女孩并没有误入歧途，那些只是胡安·卢卡斯叔叔乱说的，说不定，他们还能成为好朋友。然而，跟卡波内完全不可能。他甚至没有把帽子摘下，始终昂首挺胸，似乎时刻都在准备接受嘉奖。他从帽檐下发射出来的目光十分可怖，如今在利马已经没有人再戴宽檐礼帽，穿方方正正的套装，或者在马甲上别那么多条金链子。

"你的父母这就回来。"他说，再次恶狠狠地看着他，表情十分古怪，胡里乌斯觉得似曾相识。

他正想问他是否想去客厅里等，却发现阿尔·卡波内死死地盯着他，类似的眼神他以前见过。

"在等着您呢，年轻人。"

他又挺了挺胸膛，改换了俯视的对象，重新轮到管家婆。管家婆已经恢复了一点士气，然而，面对如此强大的气场，她再次相形见绌。

"快点儿，胡里乌斯。我要给你洗校服，而且，你也该做家庭作业了。"

管家婆甚至发出了破音，不过她一说完，就尽最大努力转过身去，此时卡波内的目光已经离开了她，她一边离开那里，一边迅速重拾往日神采。到达储物间时，她又成了以前那个了不得的管家婆，拥有各种权利，同时也承担随之而来的各种义务。一看见她坚挺的硕大胸部，阿尔敏达和卡洛斯就知道她来了。阿尔敏达坐在椅子上；卡洛斯正在为他自己以及另一个司机热茶。"这个大胸女人真不错！好家伙！"拉萨尔的司机小声感叹道，他戴上帽子又取下，然而，管家婆已经转过身。于是，他为自己的不当言辞向正对面的阿尔敏达道歉，请原谅，女士，他恭恭敬敬地说。听到有人说原谅，阿尔敏达立即抬起了头，还以为是她的女儿回来了。

然而回来的是胡安·卢卡斯，以及坐在他身边的苏姗，不过不是像粗笨的乌尼韦尔索说的那样，坐着四轮马车或者公共马车。确实，是他开的大门，只是对于这一家人的过去，他一无所知。他们是坐着曾曾祖父的马车匆匆忙忙赶回来的：费尔南多想必已经等候多时了，交接马车费了一些时间。胡里乌斯正在脱校服，突然听见宫殿外面的庭院里传来马蹄声。在搞什么鬼？他跑向窗口，看见焕然一新的马车，他从未见过它由马驾着的样子，于是像箭一般跑去看。苏姗和胡安·卢卡斯刚从马车里下来。"不要关大门。"胡安·卢卡斯对乌尼韦尔索大声说道。乌尼韦尔索看得目瞪口呆，仿佛刚刚到达的是国王与王后似的。"不要关大门，等下有人来取马，顺便把我的车送回来。"塞尔索出来迎接，并告知他们来了一位先生，正在等待。门一打开，胡里乌斯就冲出来，一直跑到马车跟前。他坐进马车里，向所有的印第安人扫射，就像四岁时常常做的那样。要是辛缇娅能看见，还有妮尔达、维尔玛和安纳托里奥……他停止了扫射，激动过后，他又回到了当前的年纪，玩家都不在了，游戏无法开始，徒增伤感。"妈咪。"他轻声叫道。苏姗正走进宫殿，从窗户里看见小王子悲伤的面孔，似乎明白了些什么。她看起来美丽动人，走过来说，下来吧，亲爱的，印第安人的时代已经过去了。一件装饰品而已，Daddy一时心血来潮，不过是场闹剧，亲爱的。车夫甚至都不知道怎么驾马车。你是知道 Daddy 的：非要自己驾回来，结果路上又火冒三丈，有人朝他吹口哨，骂他是基佬……还有更惊险的，亲爱的：Daddy 原以为是车轴在响，实际上，经过林塞时，分明是有人在拿石头砸我们。快来，亲爱的。Daddy 有个朋友正在家里等着呢。我的上帝！希望不像他的车一样奇怪。为什么不在院子里和这些疯狂的车一起拍张照片呢？来吧，亲爱的。

一看见身材矮小、仿佛服丧一样的卡波内正被穿着色泽鲜艳的格子粗呢外套的胡安·卢卡斯搂在双臂之间，胡里乌斯想："太棒了！"两人紧紧拥抱，他们已经很多年没有见过彼此了。

"你如今也是有家室的人了！"卡波内欢呼道，他举起一支极其强壮的粗短胳膊，将它像斗牛士答谢观众时一样旋转着，他对宫殿的赞誉之情溢于言表,"奢华万岁!有钱人万岁!"

"早听说你已经从布宜诺斯艾利斯回来了,但我一直以为你在特鲁希略。"

"我今天早晨刚从那儿来!在庄园小住了一阵,将一切纳入正轨,然后就回利马来了。专程来看望老朋友!"

"老兄,那是当然!特鲁希略那边怎样?"

"嗯,可想而知……我在外面当了六年大使。六年没踏上我的故土……值得庆幸的是,在特鲁希略有很可靠的人。回头跟你说……几个星期就搞定了。"

"好,好,看看,想喝点什么?"

看见坐在凳子上的巨人一站到地上立刻就缩小了,胡里乌斯再次想:"真是太好了!"卡波内的两条腿看起来特别短,可是,那个眼神……苏姗一边欣赏老友久别重逢的感人场面,一边在心里暗自嘲笑卡波内。然而,两人转过身时,看见的却是她温柔的微笑。

"亲爱的,我们来了……"

"恭喜!"卡波内说,他的躯干又宽又大,两条腿却又细又短。

苏姗稍作回忆:当然要恭喜,我和胡安结婚时,费尔南多已经是大使了。

"谢谢!"她说,一边慢慢走近。

"好吧,现在你已经认识她了。"

"夫人,幸会。乐意为您效劳。"

"请叫我苏姗吧。"

"幸会,苏姗!请允许我亲自向您表示祝贺,之前只是写信祝贺过。"

卡波内终于将帽子摘掉了。这个家伙对于帽子的癖好,自是有他特别的道理:光溜溜的脑袋可无法与流氓派头和仿古装束搭配!苏姗没有盯着他看,但她确实觉得光头有损他的整体造型。可以看出,她对此是有所察觉的,卡波内比谁都清楚。上帝知道为什么,也许是因为在这种情况下开玩笑的总是孩子,也许是因为小孩从来不会秃顶,不然他干吗那样可怕地盯着胡里乌斯呢？他是在发出警告，不许笑，或者类似的要求。他这样做不无道理：胡里乌斯一直站在那里，等待时机上场，心里仍然念叨着"这真是太妙了！"

"好吧，那么……我们来干一杯。"胡安·卢卡斯说。

"干杯！庆祝六年之后再相聚！"

"从中学开始，费尔南多就是我的同窗和知己。"

"我倒是希望可以更早一些！"卡波内感叹道，马甲上的一根小链子在叮当作响。

"每个假期，我都是在特鲁希略，在他家的庄园里度过的。"

"上帝保佑特鲁希略！"

"来，来，我们到吧台去。"

"苏姗，我想告诉你，分别时，他还是单身，而且发誓要单身到老。"

胡里乌斯依然没有上场，他本可以离开的，但是，卡波内不时向他投来的目光令他焦虑不安，他见过那样的目光。卡波内已经同苏姗和胡安·卢卡斯一起走向吧台，趁苏姗不注意，轻轻一跳，硕大的身躯便稳稳当当地坐在了一张凳子上。卡波内又重现光芒，他重获自信，开始厚颜无耻地向苏姗说着一些过时的恭维话，而当苏姗正要对他有些好感，他就开始直勾勾地盯着她。苏姗觉得有一些尴尬，卡波内的话语和眼神都别有用心，没错，都是一些恭维话，但也透露了他的风流史：很多女人折服于我的眼神之下，我曾捕获芳心无数，我可以让任何一个女人红杏出墙，无论是朋友的，还是胡安·卢卡斯的。不过，我从没有对朋友或者胡安·卢卡斯的女人动过念头，我是一个正人君子，随心而动，从不做违心的事……苏姗任凭发束滑落下来，挡住她的笑容，想到有卡波内在场一定有好戏看，她不禁暗自发笑。说真的，胡安·卢卡斯的每个朋友都多少与亲爱的胡安有些相似，而这位，这位可以算是高贵与滑稽的结合体。

"喂，费尔南多，我记得你祖上有几位副王总督，他们似乎也是苏姗母亲那边的前辈。快捋捋看……依我看，你们说不定有一个共同的姓。"

"妈咪。"胡里乌斯插嘴道。

"亲爱的……你向这位先生打过招呼了吗？"

"是的，妈咪。"胡里乌斯一边回答，一边确保看不见卡波内的脸，以避开他的眼神。

"他是我认识的第一个家庭成员。"

卡波内一定还是那样看着他，但是，胡里乌斯理都不理。他开始向苏姗讲述在普罗塞尔皮娜女士的钢琴学校里发生的事情。他知道胡安·卢卡斯一定会插嘴，所以决定长话短说。

"妈咪，我不想再继续弹钢琴了。"

"太好了！"胡安·卢卡斯表示赞许。"再见了，钢琴！这个孩子之前对艺术如痴如醉。"他看着卡波内补充道。

"崇高而美好的艺术啊！"板凳巨人欢呼着，话说了一半似乎又后悔了，艺术可不是男人应该做的事，他又向苏姗投去一个和刚才一样的谄媚眼神。苏姗的头发又一次散落下来。"还是老样子。"胡安·卢卡斯看着他的朋友时这样想。

"我知道很美好，但不是在这个家里。所有的小孩都弹钢琴，但这个孩子已经不小了，马上就十二岁了。"

"十一岁。"苏姗纠正道。

"十岁。"胡里乌斯说。他知道卡波内正在怒视着他：不能跟大人顶嘴，这是"父道尊严"。然而，他不打算顺他的意，故意不看他，"干得好！"他对自己说。

"亲爱的，这件事我们改天再谈。如果真不想学了，那就这样吧。"

胡里乌斯知道钢琴的事就此结束了。再也没有钢琴课，没有步入歧途的女孩，也没有普罗塞尔皮娜女士了。他看见胡安·卢卡斯将威士忌倒进了大水晶杯中。谁是胡安·卢卡斯？他看向苏姗，胡安·卢卡斯是谁？你是谁，胡安·卢卡斯叔叔？

"叔叔，您说那个女孩步入歧途，是骗人的。今天我看见她在和另外两个女孩一起做功课。"

"是吗？"胡安·卢卡斯问，一边按下和厨房联系用的麦克风按钮。

"胡里乌斯从不说谎。"苏姗说。她轻轻一跳,坐在卡波内旁边的高脚凳上。

"叔叔,普罗塞尔皮娜女士不是贝多芬的孙女,对吗?"

"有人吗?请送些冰块到吧台来。"胡安·卢卡斯稍稍倾身,对着麦克风说道,随即又直起身看着胡里乌斯,"对了,你去一下厨房,叫他们快将冰块送来。"

"贝多芬的孙女是怎么一回事?"卡波内问。胡里乌斯一边走向厨房,一边听着。

"胡安·卢卡斯编造的故事。可怜的胡里乌斯……"

厨房里的人正兴致勃勃地听着酒吧里的谈话。胡安·卢卡斯忘记关掉麦克风,只听见三人哄笑得一发不可收拾。

"难以置信,"苏姗说,"太不可思议了!"

"这个家伙吗?"胡安·卢卡斯坚持道,一根长长的手指指着卡波内,"这个家伙什么都干得出来。要不是亲眼所见,确实难以置信。我在他的庄园里度过了多少个夏季啊!"

"可是,您真的会开枪吗?"苏姗问,她看见卡波内突然严肃起来。

"必须瞄准一个靶子。"他面色凝重地说道。

"他当然不会朝那些人开枪,亲爱的,别那么天真。他只是让他们跳起舞来。他叫来庄园里的小工……"

"是印第安人吗?"

"乔洛人……或者山里人,谁知道呢!看他们跳舞真令人不可思议。'我就要打穿你的脚尖了!'他说,然后,砰!开了一枪,砰!又是一枪,砰!又是一枪。那些家伙跳来跳去,'不!不!不!费尔南多老爷。'小工们就这样朝他大声嚷嚷。"

"哦!不……!"

"好了,好了……他没朝他们开枪,只是……"

"我没开枪,根本没那个必要。"

"把冰给他们送去吧。"卡洛斯对塞尔索说。

"我来送。"阿尔敏达说。塞尔索依然站在原地。

"不要动!"丹尼尔有些激动,大喊道,"我来送。"

"给我吧,"胡里乌斯说,"我带去就行。"

就在那一瞬间,他认出了那个如此吸引他的眼神。

"有其父必有其子!"卡波内欢呼道,"费尔南多·兰查尔-拉德隆·德格瓦拉!"

"可怜的卡诺。"胡里乌斯喃喃地说。

西班牙语老师是个忸怩作态的女人,有人在威尔逊大街见过她和男朋友在一起。她布置他们写一篇作文,讲述最近几个月中印象深刻的事件或者人物。例如,可以说说主教来访学校的事,或者为校长嬷嬷庆祝生日的事。那个罪过不许写;不行,这个也不行;绝对不允许写电影明星的私生活!这些乱七八糟的东西都是谁告诉你们的?唉——哟——!安静!你们可以写圣罗莎·德利马,或者写某个黑人圣徒,天堂里人人平等。不管怎样,最好选一个更贴近现实的题目。也可以写在这一学年里交到的最好的朋友。

"或者,最坏的敌人。"胡里乌斯想。第二天,他第一个交了作文。这位曾经有人在威尔逊大街见过她和男朋友在一起的年轻老师,叫他稍等片刻,"破镜子"埃斯佩霍正在制造混乱,她要首先处理纪律问题。事情是这样的:埃斯佩霍看了一眼老师的天蓝色塔夫绸裙子的领口,然后告诉了德尔卡斯蒂略,德尔卡斯蒂略又回头看着德罗斯埃罗斯,一边摸摸自己的胸部,一边指指老师。一秒钟之后,所有人都在摸自己的胸部,然后指指老师。胡里乌斯站在她身边,他不是傻瓜,明白他们的意思,趁着老师已经坐下了,他偷偷看了一眼。他其实只是在装模作样,然而,他突然发现她有着红棕色的头发。他看见过她在威尔逊大街与男朋友相拥。当他的目光沿着越往下越高耸、颜色也由黝黑变为白皙的那个部位下滑时,他体内的什么东西似乎松开了,直到一阵寒战将他裹挟,从两腿之间开始上涌,幸好我只是个孩子,否则就要突发脑溢血了。

"坐下，胡里乌斯。"老师说，一边将粉色毛衣扣上。她注意到费尔南迪托·兰查尔的眼神，意识到自己毛衣上的一粒纽扣松开了。在教室最后一排，费尔南迪托仍然在盯着她看，俨然一副坏小子的模样，仿佛能比其他人看到更多似的。无礼的小孩儿，要是让我男朋友抓到你，晚上六点钟与洛洛有个约会，洛洛，小洛洛……

在那之前，她得先跟胡里乌斯约会。从昨天开始，他就在期待这一刻的到来。昨天晚上，厨房里所有的人都加入作文的写作中。胡里乌斯劲头很足，他坐在管家婆旁边，管家婆在喝茶，他向她打听那天来的先生，就是那个坐着大车来的黑衣人，坐着大黑车的人，管家婆……管家婆想起来了，就这样开始了一场漫长的谈话，每个人都在合适的时间加入进来，就这个古怪的人物各抒己见。遗憾的是，随着卡洛斯和亚伯拉罕也来添枝加叶，这个怪人渐渐失去神秘感，显得越发滑稽可笑。塞尔索也参与进来，他说，在去餐厅之前，兰查尔先生从板凳上下来，不留神绊了一跤，靠在了夫人的肩膀上。夫人笑了，但她忍住没有笑出声来，兰查尔先生似乎有些生气，他是个很严肃的人，发怒似的瞪起眼。兰查尔先生看人的样子很难看，苏姗夫人只好忍住笑，一定是为了挡住笑容，她的头发散落在脸上。那天是丹尼尔负责上菜，他也有一些内容可以补充：在入座之前，兰查尔先生盯着椅子腿看，似乎是希望有人能够将吧台的高脚凳给他拿一个到餐厅去。这时，阿尔敏达插话了，结果只是让众人更加为她的健康感到担忧。管家婆认为是时候让她退休了，阿尔敏达夫人不能再这样下去，她什么也分不清。当他们以为她在因为卡洛斯刚刚说的话而发笑时，她突然叫他们声音小一点，说别让黑衣先生听见。胡里乌斯立刻决定，这个就是作文的题目：黑衣先生。

一到学校，他就赶紧去找卡诺，试图说服他不要和费尔南迪托硬碰硬。"我要揍他，我要揍他。"卡诺的回答十分乐观。胡里乌斯告诉他，无论他举多少下大石头，费尔南迪托一样会把他揍得很惨。可惜，他的话完全不起作用。"我要揍他，我要揍他。"卡诺反复说。胡里乌斯无法让卡诺明白，真正要去给费尔南迪托痛击的人是他，用一篇题为"黑衣先生"的作文将他杀得片甲不留。卡诺真是个笨蛋，完全不明白心理惩罚是什么，胡里乌斯不停地解释，甚至想要先给他念一小段，但他的朋友就是不明白。终于，伴随着"胡萝卜"的小铃铛声，上课铃响了，胡里乌斯迅速跑去列队，他希望一切都快点进行，可以早点将《黑衣先生》大声读出来。

爸爸穿着黑衣服，儿子也穿着黑衣服。虽然费尔南迪托费了一些时间才听懂文章开头几句的暗示，越来越多的东西让他觉得十分熟悉。念到第二页时，他就开始独自感到煎熬，不明白为何胡里乌斯作文里的主人公像极了他的爸爸。当然，就连胡里乌斯也不知道，胡里乌斯怎么会认识他的爸爸呢？现在，全班同学都在嘲笑他的爸爸。真是太不可思议了：黑衣先生和他的爸爸，就连着装都一模一样。现在，所有人再次大笑，因为刚刚说到，试了三次之后，黑衣先生终于骑上了高脚凳。然而，有个小孩讽刺地看着他，黑衣先生为了给他一个阿尔·卡波内式的毒眼，再次失去平衡，滑到地上。于是，又要重新爬上凳子。再后来，马甲上的一条镀金小链子——费尔南迪托松了一口气，他爸爸身上的链子可都是最昂贵的真金的，然而，他立刻又开始难过，毕竟，归根到底都是小链子——挂到了餐厅的门把手上，他想进去吃饭，却无论如何也进不去。

"读慢点，不要抬高音量。"老师打断道。她又补充说，有一些很严重的句法错误，似乎还有正字法问题，而正音法的问题尤其明显。

"因为他够不着桌子，男管家只好去给他拿来一堆椅垫。厨师知道他喜欢那样看人，就给他做了一条银汉鱼送上来，银汉鱼的眼睛被固定住了。黑衣先生看见银汉鱼直勾勾地瞪着他，所以他也瞪着它。就这样，整顿饭黑衣先生都直直地坐着，一直瞪着银汉鱼。大家都吃完了，黑衣先生还在瞪着银汉鱼，银汉鱼也一直瞪着黑衣先生。当一个叫做阿尔敏达的洗衣妇叫他们不要嘲笑黑衣先生，因为他就在厨房里时，谁也不愿意相信。但她说的是实话，因为男管家晚上要擦桌子，而黑衣先生还在看着银汉鱼，银汉鱼已经开始发臭。男管家必须把它扔到厨房的垃圾里，黑衣先生想让银汉鱼低下眼睛，所以，这个固执的人就跟着它来到了厨房。男管家将鱼倒进了垃圾，黑衣先生一直跟着他到了垃圾里头，因为他特别小，男管家没有看见他，就盖上了垃圾盖子。第二天，垃圾车将他一起带走了。"

"胡里乌斯，不是'垃圾'，应该是'垃圾桶'。你读得很不好，读得太快，很多主语可以用代词替换，代词的作用就是……德罗斯埃罗斯，代词的作用是什么？"

"用来替换名词，避免重复。"

"我在叫德罗斯埃罗斯，不是帕拉希奥斯。就是这个意思，胡里乌斯。谁帮你写的作文？"

"我妈妈做了一些修改，我们大家一起写的。"

"作业应该一个人完成，胡里乌斯。"

不过，对他而言，一个人完成，还是集体完成，又有什么关系呢？重要的是费尔南迪托·兰查尔在教室的最后一排已经变成了一坨狗屎。费尔南迪托已然变成了一坨狗——屎：胡里乌斯并没有偏离事实太远，他真切地感到恐惧，害怕会像他的爸爸一样身材矮小，进酒吧就找高脚凳。可惜的是，卡诺天生愚笨，对此丝毫没有觉察。他和其他人一样哄笑，嘲笑黑衣先生的古怪和荒唐，却完全没有参透胡里乌斯所玩味的那种微妙的语义双关。胡里乌斯走向座位时，卡诺正高高地抬起胳膊，双臂弯曲，展示着肱二头肌。看见他那副模样，胡里乌斯的好心情顿时消失得无影无踪。

卡诺简直愚笨得无可救药！胡里乌斯用尽各种办法试图说服他，已经报过仇了，他却始终坚持："我要揍他，我要揍他。"他坚持不懈地反复举石头，逐渐建立起强大的自信。然而，他的自信经不起推敲，盲目的自信往往适得其反，胡里乌斯已经无力阻止他了。离预先设定的获得更大力气的期限，已经过去一个月了，卡诺的耐心也渐渐接近极限。胡里乌斯已经设法拖延了一阵，本来希望作文的事情会令他满意，然而，事非所愿，卡诺依旧念念不忘："我要揍他，我要揍他。"就快了。就快了，眼看就到年底了，该兑现诺言了。

事情就发生在花园深处，紧挨着校长嬷嬷的玫瑰丛。卡诺远远看见费尔南迪托气呼呼地在角落里走来走去，附近恰巧没有人。他赶紧去找胡里乌斯。"快来。"他说。于是，两个人一起去找敌人。卡诺一路上表现出的势在必得的决心以及关于圣母马利亚在法蒂玛显现的传闻①，一时激发出胡里乌斯的乐观主义精神。他先是想："为什么不呢？"之后，在证实了卡诺比费尔南迪托个头高出很多时，他甚至想："当然，兄弟！"然而，到了玫瑰丛旁，胡里乌斯所有的乐观主义都化为乌有。更糟糕的是，就在决战拉开帷幕之前，卡诺再次露出那个极其怪异的悲伤表情："我要揍你，你这个……我要揍你。"与之形成对比的是，费尔南迪托面带微笑，伸出手，仿佛在向卡诺打招呼："你好，朋友！"还没等卡诺反应过来，对手就已经使他转起圈来。卡诺等着费尔南迪托住手，他没有摔倒，而是在以费尔南迪托为轴心旋转。费尔南迪托决定在放手之前再让他旋转一会，于是卡诺跑呀跑，一边旋转一边跑，他努力避免摔倒，可是费尔南迪托一旦松手，他就会飞出去。终于，费尔南迪托张开手掌，松开手，只见卡诺消失在校长嬷嬷的玫瑰丛里，最后撞到了后边的铁丝网上。"想再来一次吗？"卡诺没有回答，刚刚那一下撞击让他想起那天下午，在街区里，他的朋友对他说，你拿几块石头训练，就像是在举哑铃……

　　随后到来的是期末考试，以及为颁奖典礼而做的排练。胡里乌斯这一年花了很多时间学钢琴，以及阅读马克·吐温和查尔斯·狄更斯的作品。也许是因为这个原因，他不会再像前两年那样获得很多奖章。总而言之，他已经不太关心颁奖典礼。苏姗因此很开心，这样一来，她就不用出席什么典礼了。对胡里乌斯而言，这又有什么关系呢？他已经与以前不同，与演奏"我的邦妮漂洋过海"时不同，那时，还有玛丽·埃格内斯修女。此外，知道来年他要去马克汉姆学校，嬷嬷们似乎已经不再那么喜欢他了，不过也许这只是他自己的想法。基于上述种种原因，他很不情愿地参加了颁奖典礼。倒不如不去，因为典礼上出现了三个悲伤时刻，让他难过得追

---

① 指的是1917年，三名牧童在葡萄牙的法蒂玛（Fátima）看见圣母马利亚显现的传闻。

悔莫及：一个是在一个小耳朵小男孩演奏"我的邦妮漂洋过海"时；一个是在校长嬷嬷为即将去圣马利亚的高年级学生致欢送辞时；还有一个，是在宣布费尔南迪托·兰查尔获得最佳足球员奖章时，当他气呼呼地走上前去领奖时，卡诺又做了一个悲伤的怪异表情。

II

　　胡里乌斯的十周岁生日刚过去没几天，鲍比就主演了一场十足的闹剧，其动静之大，就连胡安·卢卡斯所有的消音屋顶都不足以平息。一切始于一天晚上的七点左右。那天晚上，鲍比没有喝酒，却表现出令人望而生畏的果断与狂躁。鲍比语无伦次，胡里乌斯起初并不明白究竟发生了什么。之后，当他明白时，甚至有些幸灾乐祸，因为他哥哥的胡闹完全打乱了胡安·卢卡斯接下来几周的夏日计划。胡里乌斯原本每天开开心心地跟着妈咪去埃拉杜拉浴场游泳，结果，胡安·卢卡斯突然心血来潮要搬去安孔，要在他和胡安·拉斯塔里亚合作建造的楼房里住上四五个星期。胡里乌斯百般央求，请他改变主意，他理都不理。胡里乌斯按照他的要求，每天早上在袖珍高尔夫球场打球，可他还是不满意。袖珍球场是胡安·卢卡斯在宫殿里新建的，他热爱这项运动，即便是以微小的规模进行也无所谓。傍晚时，他喜欢在夏日吧台喝一杯，一边欣赏着夜色慢慢降临。随着马球场与花园渐渐被纳入夜幕之中，有着白色小房子、隧道、小桥和小山的迷你高尔夫球场的缤纷色彩也逐渐黯淡下来。在他眼中，绿色、白色和红色结成同盟，在与黑色抗争。那天晚上，胡安·卢卡斯的乐趣不知不觉增加了一个新的维度。他将威士忌酒杯举到鼻子前（在色彩的激战中，嗅觉已经是一个附加的维度），然而这一次，他继续将手往上举，直到水晶玻璃杯挡住了视线，在他眼前折射出无数投影。他的手开始转动，想要抓住一个即将消失的幻影，于是，玻璃杯也随之旋转，俨然一个影像的转盘。只要将杯子再稍稍举起一点，并一直保持旋转，威士忌流动的金色便会也加入其中，啊……就这样，在新宫殿的夏日吧台，袖珍高尔夫球场、花园、夜晚、水晶杯和威士忌群策群力，为他组合出一幅只有万花筒里才有的绚丽图案。他正陶醉于其中，突然，从宫殿里的某处传来了鲍比第一声怒吼，眼前的幻影全然破碎了。

　　胡安·卢卡斯觉得有一点尴尬，他此时是有些多愁善感的：他正在进行色彩的组合，构思绚丽的图案，由此定下要从伦敦预订的几款布料的花色。他完全沉浸在另一个世界里，此时却必须马上回到他生活于其中的现实世界中来。鲍比扯着嗓子的咒骂着实把他吓了一跳，他立刻回过头来，结果发现，虽然是看向宫殿的内部，摄入眼帘的却依然是窗外的美景。他正想将杯子对准美景，鲍比不知从哪儿闯入了画面，喊出上千种不同的咒骂，有一些就连胡安·卢卡斯也不曾听说过。

那天晚上，鲍比开始主演一场声势浩大的闹剧，让胡安·卢卡斯所有的消音屋顶都显得力不从心。某人——八成是在美国——以为彻底解决了房子的噪音问题，然而，用利马人的话说，有什么用呢？鲍比给出了证明，他此时正接连穿过一个又一个大厅，口中一直骂骂咧咧。胡里乌斯正在旁边，不得不箭步逃离，他的哥哥见人就打，而他一副无辜的傻帽样，无疑是个欺负的理想对象。鲍比不停地从一个房间跑到另一个房间：苏姗看见了他，呼唤着："亲爱的！亲爱的！"他没有听见；胡安·卢卡斯也看见了他，问他道："怎么了，孩子？"他也没有听见；在仆人区的楼梯上，丹尼尔见他从身边经过，赶紧跑去通知塞尔索。几秒钟之后，在楼上的一条走廊里，管家婆撞见小鲍比迎面走来，像个疯子一样大喊大叫，她也想叫喊，但是立即发现这些叫嚷并不是针对她的，没有必要行使什么权利。然而，她随即意识到自己应承担的某些义务，于是赶紧跑去告诉夫人。夫人此时正在赶去叫胡安·卢卡斯，大声呼唤着："亲爱的！亲爱的！"紧接着突然想起自己正穿着浴袍，头上裹着毛巾，于是立刻又跑回浴室。再没什么比让胡安看见自己衣冠不整更让苏姗抗拒的了。

那天晚上，鲍比傲慢极了，无论如何也不愿意说出究竟发生了什么，虽然胡安·卢卡斯已经猜测到一些事情。胡里乌斯还是完全摸不着头脑：一定是出了什么事，因为胡安·卢卡斯喝了三杯酒，而不是两杯。然而，除此之外，并没看出别的什么。相反，之前还在痴迷于万花筒的先生此时已经有了主意，认为最好给那个少年几杯威士忌，让他借酒消愁，三杯威士忌下肚，他首先会愤怒，接着会抓狂，但同时也会吐露实情，一定是和某个女孩之间的烦心事。

高尔夫球手的计划化作了泡影,准备放入威士忌的冰块也化成了水。鲍比在家里疯狂地跑来跑去,最终跑进了自己的房间,把自己关在里面已经将近一个小时。在打碎了房间里一切能打碎的东西之后,他开始撞墙壁,心碎的程度可想而知。"我的马克·吐温!"胡里乌斯想道。他受胡安·卢卡斯派遣,上楼来找苏姗。但是苏姗还不能下楼,照她自己的话说,鲍比的事令她感到恐惧,虽然胡里乌斯在她脸上并没有发现任何和他前两天看的恐怖电影相关的东西。两人站在鲍比的房间门口,苏姗哀求他开门,请他不要折磨她,之后又用英语说,她要难过得发疯了。这最后一句听起来十分痛苦,胡里乌斯立刻回过头来。他很爱她,最主要的原因是每次她从那个仿佛小游泳池的浴缸里沐浴出来时,都显得无比美丽动人,也许正因如此,她一天要洗三次澡。此时此刻,她痛苦的样子显得更加美丽动人,她甚至弯下腰来,做出对着钥匙孔恳求鲍比开门的姿态,只是,在这种超级现代的门上,根本没有钥匙孔的容身之地。她继续哀求鲍比,同时意识到自己的错误,她十分投入,裹在头上的毛巾滑下来,秀发散落在脸上。她用双手将头发撩到脑后,继续哀求:开门,亲爱的,please!拜托,请开门,亲爱的。与此同时,她叫胡里乌斯将她的晨衣拿来:就在我的床上。在跑去和胡安·卢卡斯喝一杯之前,她想再多求鲍比一会儿。

"沙滩美女,请让一让。"胡安·卢卡斯调侃道,同时饶有兴致地看向苏姗浴袍的领口,被她那清新且不受束缚的身体所吸引。他刚刚上楼来,身后跟着塞尔索。塞尔索拿着一个银质托盘,上边放着一瓶威士忌、两个万花筒式的玻璃杯以及一份新鲜冰块。看见他在身边,苏姗做了一个迷人的无能为力的表情,不是因为鲍比,而是因为她穿着浴袍:我是不是难看极了?她知道如何使自己看起来更加动人,她将头稍稍后仰,双手插入秀发里,十指在秀发间穿过,滑到脖颈上……这个女人在挑逗我,胡安·卢卡斯顶多这样想,因为苏姗只逗弄了她的头发一小会儿。他看见她浴袍下显露出的乳房的轮廓,虽然早已不是二十岁,却依然能激发出令他不安的冲动,片刻之间,变得跟初见时一样强烈。"亲爱的,替我一会儿吧。"苏姗微笑着说。当她离开时,胡安·卢卡斯突然想透过玻璃杯看看她,欲望也在诱惑他一饱眼福,然而,胡里乌斯拿着苏姗的晨衣出现在走廊尽头。归根结底,他是来处理门后那个孩子的问题的。

"好了,小伙子。"趁着门后面安静了一会儿,他说道。鲍比根本不买他的账,大喊着说让他一个人待着,然后又说绝不会善罢甘休,要报仇,直到……胡安·卢卡斯没有听清,鲍比又开始时而砸东西,时而撞墙,说的话常常被椅子砸到门上或者玻璃上而发出的巨大响声掩盖。"你说什么?"胡安·卢卡斯问,也许鲍比回答了,但他这一次还是没能听见,因为胡里乌斯带着妈咪的重要委托到了。房间里有一把阿方索十三世①的椅子,妈咪说不要弄坏了,好不容易才买到手的。胡里乌斯试图传达这个信息,却总是被打断:先是刚开口就听见鲍比撕书的声音——我可怜的马克·吐温——紧接着,胡安·卢卡斯说:"赶紧消失,这件事只有我能解决。"

"听着,小伙子……"

"都给我滚开!"

"退下吧。"胡安·卢卡斯对塞尔索说,他一直恭恭敬敬地拿着银托盘站在旁边。

"没有别人,只有我在……"

"都给我滚开!"

"够了,年轻人!"

"请你滚开!"

"只是男人之间的谈话……"

"你不是我爸爸!"

"好了,鲍比,听着……"

"老流氓!滚开,混蛋!"

这句话至少有三十年没人对胡安·卢卡斯说过了,高尔夫球手十分迷茫,竟然不知如何是好。好吧,是的,他知道该怎么做,那是在过了好一

---

① 阿方索十三世(Alfonso XIII,1886—1941),波旁王朝的西班牙国王(1886—1931)。

会之后：今晚已经没什么可做的了，除非鲍比主动要求，否则他不再干预此事。总而言之，静观其变，让这个孩子自己冷静冷静。当然，他总是能起到一些作用的，"胡里乌斯！"他喊道。看见胡里乌斯从房间里出来，胡安·卢卡斯走过去低声说，他和苏姗今晚都不在家吃饭；以防万一，请转告塞尔索，在楼上放几瓶威士忌，注意放在一些战略位置上，明白吗？……好吧，随便告诉哪个男管家，在显眼处放几瓶威士忌，让你哥哥经过时可以看见。什么？所有的什么？……请您不要像个白痴，年轻人！就是让他一眼就能看见，让他上当！什么？诱惑？……随便你怎么说，重要的是让他看见，然后，用不了半瓶就足够了。我们回来时，他就已经没事了，等着瞧吧！

二十四小时之后，饥饿感迫使鲍比打开门，那时几乎已经没人关心他了。这个可怜人悲伤地走在宽敞的走廊上，在破坏了房间里一切可以破坏的东西后，他的怒气也已经烟消云散。那天早上，他在无意识状态下对苏姗的温柔提问——"亲爱的，亲爱的，你把阿方索十三世的椅子摔坏了吗？"——做出肯定回答时，也注意到了这一点。当时他是看着表答的，时间将近上午十一点，他开始饿了。已经没有力气抓狂了。他后悔回答了妈妈的问题，立刻从心里涌上一句软绵绵的"真他妈混蛋！"，随后似乎又觉得舒坦了些。那是一种奇怪的感觉，仿佛脑子里起了雾一般。他怎么不觉得痛苦？发生了什么？这一切都真实发生过吗？

响午时分，塞尔索给他送吃的来，鲍比很想说：进来，塞尔索，我们聊一会儿，然而，昨天晚上的场景以及其他往事再次浮现，同眼泪一起喷涌而出，他回答道："见鬼去！"下午两点时，他揣测大家应该都在下边吃午饭；他想，胡安·卢卡斯肯定已经心生怨恨，再也不会像昨天晚上那样上来叫他，那样的机会已经于昨天晚上彻底错过了。他有了强烈的饥饿感。在如此饥饿的状态下，不要说发怒了，根本不可能再制造什么事端，成为众人关注的焦点。可别忘了我啊，你们这些混蛋！又是一阵雾，还有随之而来的强烈饥饿感。这一切都真实发生过吗？……下午六点时，他看了一眼手表，几乎是在庆幸自己忍饥挨饿，又勇敢地挺过了四个小时，就像发誓要做到的那样。他再次感到怒火中烧，于是又开始发疯，但是外面听不见，不过是一次很微弱的发泄，谈不上任何规模。大喊了三声之后，他将鼻子和嘴埋在枕头里开始抽泣，顺带低声骂了几句脏话。怒气消退了，他看了一眼手表：才过去五分钟而已。无人知晓……突然又是一阵雾，以及越来越强烈的饥饿感，他甚至开始感到凉意。等到七点，我就从房间出去。

七点时，满地被砸坏的东西将鲍比赶出了房间。它们连续几个小时东倒西歪地指责他，仿佛在拷问他：你不觉得羞耻吗？此刻，他站在走廊里，面容看起来十分憔悴。看见胡里乌斯的卧室平和而安详，他有点恼火，但他已经不再理会那些转眼就来的怒气，因为即便发飙，也没有人会听见。然而，苏姗的浴室还是让他火冒三丈，而且这股怒气恐怕不易消退，个中缘由或许应该琢磨一下……怒气持续不退。他看见一瓶威士忌，就是胡安·卢卡斯要求在宫殿里分散摆放的其中一瓶，自昨天晚上起就在等着他。他打开瓶盖，闻了闻，尝了一口，威士忌火辣的味道立刻让他瘫软下来，一种灼热感散布周身，他的双腿开始发软。他又喝了一大口，灼热感渐渐缓和，他突然觉得有一股力量从双脚往上涌起，此时已经到了胃部，他感到浑身都是力量！怒气持续不退……鲍比拿着那瓶威士忌回到了房间。

胡安·卢卡斯的所有消音屋顶都不足以平息鲍比的喧嚷。那天晚上，他在宫殿里的暴怒奔走进入了第二章。胡里乌斯第一个听到他的哀嚎。他正在看电视上的问答节目，一个叫声——却不是主持人说的"正确！答对了！"——使他从椅子上一跳而起。"我的马克·吐温！"他一边想着，一边向楼梯跑去。还没来得及走到一半，只见愤怒的鲍比正摇摇晃晃地走下楼来。两人迎面相遇。"让开！混蛋！狗屎！信不信我杀了你！"胡里乌斯撒腿就跑，一边跑一边喊："管家婆！管家婆！"但愿路上能碰到谁，好告诉他鲍比疯了。很快，所有的人都知道了。首先得知的是苏姗和胡安·卢卡斯。他们正在怡然自得地观赏着夜晚对于马球场和袖珍高尔夫球场的胜利，一声哀嚎穿透了夏日吧台呼唤着他们。"他开门了。"胡安·卢卡斯说，认为这是一个去找鲍比的好时机,但是,他立刻注意到,鲍比的叫声越来越近,正朝这边来,最好还是在原地等待。"坐下吧。"他一边说一边引领苏姗走向平台上的一张沙发躺椅,在两人之间留下一个空位,似乎已经准确预判出即将发生的事情:鲍比破门而入,叫嚷立刻变得语无伦次,最后只是放声痛哭;他向躺椅的方向扑过来,一头扎进给他预留的空间里;他试图停止哭泣或者至少让哭声听起来小一点。他就要年满十七岁,已经体验过性的滋味。

丹尼尔、塞尔索、管家婆、胡里乌斯,以及正在外面浇花的乌尼韦尔索一起出现时,胡安·卢卡斯正准备去酒柜边准备三杯酒,他轻轻一摆手,所有人就自动消失了。他们都躲到旁边,屏息聆听事态的进展。最初只听到哭声,以及苏姗在说:"亲爱的!哦,不!亲爱的,没关系!"随后,胡安·卢卡斯重新坐下来等着小伙子开口说话……不!不是维亚·玛利亚的那个新认识的女孩,她就是一坨屎!对!对!对!佩吉!佩吉!……苏姗看看胡安·卢卡斯,当鲍比再次放声大哭时,他露出了一个十分不以为然的表情。她感到迷惑不解,继续看着他,似乎在询问:伤心欲绝是一种什么样的体验?或者,不去理会十六岁少年的争风吃醋是不是更好?高尔夫球手内心正在独白,要给鲍比买一辆利马任何一个小伙子都没有的酷车。不过,这件事要从长计议,取决于事态如何发展,眼下最好还是什么都不要说。当务之急是让这个小伙子说出他的问题,让他发酒疯,然后回去好好睡一觉,最好服用点什么镇静剂;时间,以及新的女孩,是解决问题的唯一办法。鲍比不是傻子,他很快就会想通的……然而,故事渐渐变得复杂起来。原来,鲍比从来没有喜欢过维亚·玛利亚的那个新认识的女孩,从未爱过她,是她找他调情,而他只喜欢佩吉……胡安·卢卡斯差点跟他说,既然这样,你为什么还要拈花惹草,可是鲍比说得特别投入,一个人哭着讲出了事情的原委。不,他从未欺骗过她,而她骗了他,她没有!她有,她没有!她调……她调情……她跟他调情,不!她没和谁调情,是的,呜呜呜,他,呜呜呜,他在圣马利亚,呜呜呜……

"这可不是一时半会能解决的。"胡安·卢卡斯想道,"我看出来了:事关荣誉与尊严。马克汉姆的一个学生被圣马利亚的一个学生戴了绿帽子，此事终将演变为校际矛盾。"他捧起了鲍比的脑袋，强迫他看着自己，"运气不好，仅此而已。"他同时注意到鲍比手上有血：手给我看看，没什么大不了，可能是摔倒的时候打破了酒瓶，只是一个小伤口，不严重。发现自己流血的手成了众人关注的焦点，鲍比再次感到怒火中烧："我要杀了他！我要杀了他！卡洛斯！开车！"他正要站起身，这时苏姗终于看向他的眼睛，一下抱住他，不停地亲吻他。为什么他的眼睛告诉我那些？Oh my God①！只有母亲才会明白，我是他的母亲，多么幸运……"不要说了，胡安·卢卡斯，不要说了，该轮到我了！比波·拉斯塔里亚抢走了他的佩吉，亲爱的！……"

胡里乌斯已经在脑海中与拉法埃里托·拉斯塔里亚打了好几架。可是，又有什么意义呢？另一个拉斯塔里亚说不定正在安孔的赌场翩翩起舞，甚至买通了几个摄影师，当他与女伯爵的女儿跳舞时，他们负责拍照。胡里乌斯不再与拉法埃里托为敌，但是情况变得更糟，因为当他不再同情鲍比，脑海中便出现另外一个想法，甚至听到一声轻轻的欢呼：太棒啦！幸好只是暗藏在心中，否则就成了罪过。胡安·卢卡斯与胡安·拉斯塔里亚合作建造的楼房刚刚落成，他本想趁此机会，把全家人带去安孔小住一阵。胡安·拉斯塔里亚也会去，太棒啦！胡里乌斯再次感到一阵欢喜，但他没有说出口，所以不能算罪过：胡安·卢卡斯叔叔一定不会带我们去安孔了，因为佩吉和比波肯定在那里，胡安·卢卡斯叔叔不会带我们去安孔了，太棒啦！

第二天午饭时，胡里乌斯还在想，努力克制欢呼的冲动也类似于悔过，因此他并没有罪；就在这时，胡安·卢卡斯正式宣布去安孔的计划取消了，说去那里没意思，正逢人满为患的时节，诸如此类。胡里乌斯暂时放下关于悔过的思考并在心里再次大喊一声："太棒啦！"他发誓这是最后一次。看见鲍比垂头丧气地走进来，头疼和心痛无一能免，他发誓再不暗

---

① 英语，意思是："哦，我的上帝！"

自欢呼了。"不要担心,鲍比,"他看着鲍比,心里默念,鲍比没有注意到他在看自己,"我和你开水星车去安孔,只去一个下午,去找拉斯塔里亚兄弟,将他俩痛揍一顿。他们到底对你做了什么坏事?我最好调整一下,不再去想这件事情,因为我的眼泪都要流出来了,胡安·卢卡斯叔叔看见了肯定会说:您这是怎么了?鲍比,你怎么什么也看不出来呢?和辛缇娅一起的时候,什么都逃不过我们的眼睛。"

那天晚上,苏姗本来不打算外出。不是因为她的眼睛有些肿;或是突然注意到胡里乌斯长高了很多,耳朵不再像以前那么大了;也不是因为她有好几年没有收到圣迪亚吉托的哪怕一行字,我要让胡安·卢卡斯把他接回家度假;而是因为她刚刚知道,鲍比每次问妈咪要钱的时候,也很想给妈咪一个吻;她还知道从十四岁以来,鲍比已经和二十七个妓女睡过觉;更有甚者,在伊卡①,娜娜·坡多贝略,一个曾经在盛极一时的"埃及宫"的游泳池里游过泳的舞女,收了他一个月的零花钱,结果使他染上一种淋病,胡安·卢卡斯花了很多钱才将他治愈。苏姗开始听说一些闻所未闻的事情,她十八岁时就已知晓一切,可是鲍比说的这些事情,实在令人难以置信。她已经不亲吻他,也不抚摸他;现在她只是笑笑,当听到他说,得一种性病的是下士,得两种的是士官,得三种的我忘记是什么了,一直可以到……"到共和国的总统。"苏姗打断他,鲍比笑得很坦诚,不,妈咪,最多只到元帅,他试图继续显得开心,他很久没有亲吻佩吉,就是因为这个病,而她,我应该跟您说过了,她开始调……调情……苏姗亲了他一下,他为什么不亲吻佩吉呢?不,像这样,单纯的亲吻不会传染,但是出于某种原因,尊重……好了,亲爱的,不要担心,我会请 Daddy 把圣迪亚吉托接回来,和我们一起过圣诞节。鲍比凝视着她,忽而感到害臊,忽而觉得安心。苏姗跟他讲起了他父亲的往事,她一直爱着他,不,他和胡安·卢卡斯不一样,你要一直记着他,当然,那时候你还小,但是他的眼睛,那种会笑的、略带调侃的眼神是令人难忘的……什么?不,不,……

---

① 伊卡(Ica),秘鲁南部城市,为伊卡大区首府。

不会有胡安·卢卡斯,如果他……不,亲爱的……

"好的,亲爱的!我就来!"听见胡安·卢卡斯的声音,苏姗立刻回答。她其实更愿意留在家里,胡里乌斯也希望她不要出门。胡安·卢卡斯应该为此事负责,不是指妈咪出门这件事,这是另一码事。有生以来,他第一次如此确定,胡安·卢卡斯负有全部责任。胡安·卢卡斯总觉得自己有理,而且他总是有理,因为身材高大,所以言之有理。难道在长成那样的身高之前,无论说什么,都是没有道理的吗?而且,最好永远不要有他那样的嗓音,因为那样的嗓音只有在说话时才有道理,闭上嘴便全无道理可言。这一次,胡里乌斯是对的。他记得十分清楚:当胡安·卢卡斯下令将酒瓶放在"战略位置"时,他问过,而且质疑过是不是"所有的"。面对质疑,他说了类似"白痴"的词,现在谁是白痴?谁去了普拉托伊尼家的鸡尾酒会?谁把妈咪也带走了?妈咪是唯一能安慰鲍比的人。更重要的是,谁忘了下令将那些战略酒瓶收起来?到底是谁,啊?是你,胡安·卢卡斯。是你,胡安·卢卡斯。

苏姗来到食品间,告知大家自己和胡安·卢卡斯先生要外出,而且会晚些回来,不回来吃饭。亚伯拉罕抽了一口烟,神情傲慢,随他们去吧,可惜他们都不知道自己错过了什么,随她去吧,说不定她今天晚上会失去堂胡安,瞧瞧,他看起来可真年轻啊。苏姗没有发现他的傲慢表情,又下了几条命令:帮鲍比把食物送去房间,如果他想出去就随他去,总而言之,不必过于担心那个孩子。阿尔敏达抬起头时,苏姗已经离开了食品间。她一直没有开口评论小鲍比的事,似乎对此一无所知,虽然大家开口闭口谈的皆是这件事。苏姗一走,众人又开始畅所欲言。卡洛斯带着一如既往的嘲讽口吻评论整件事;塞尔索和丹尼尔稍显恭敬,也在各说各的;亚伯拉罕说着一些老生常谈,都看见了吧,都看见了吧,都看见了吧,女人从不知足;管家婆说来说去都是同一句话:这种事只会出现在上层社会的人家里。管家婆又说了一遍,胡里乌斯看着她,突然想起那些酒瓶一直没有人收起来,鲍比可能会再次喝醉。他正准备说,阿尔敏达突然站起身:"圣迪亚吉托想强奸维尔玛。"她一边说,一边向一摞还未熨烫的衬衫走去。

"堂娜……"卡洛斯说，看见阿尔敏达离开，他用指节在脑袋上轻轻地敲了三下。堂娜已经无可救药，她混淆了一切时间，说的话总让人摸不着头脑。亚伯拉罕熄灭了香烟，回到厨房，塞尔索和丹尼尔正准备为胡里乌斯摆桌子吃饭。相反，对于卡洛斯而言，这一天已经结束了，他只需要将汽车停放好，就可以离开了。大家各自散了，管家婆上楼去收拾房间，胡里乌斯跟在她身后，打算在吃饭之前看一会电视。"那张桌子上的酒不见了。"走在卧室和浴室所在的那条走廊上时，胡里乌斯这样想。他立刻看向鲍比紧闭的房门，听见里面有音乐传来。

"佩吉小姐不在利马……是的，她在安孔。"他早就知道了，打电话只是为了拨通她的号码，不过，他并非一无所获，电话员说十分钟之内就能查到她在安孔的号码。鲍比继续听歌，是她送的唱片，他有三个不同的版本，最喜欢的是这个版本，听起来最为悲伤。他直接对着酒瓶又喝了一口，电话铃一响，他就扑上去。她也没在安孔的家里，去赌场参加一个聚会了。鲍比扔下听筒，一脚将唱片机踢飞，转身跑去开车。胡里乌斯听着他的一举一动。胡安·卢卡斯失算了。塞尔索打开宫殿的大门，随即闪躲到一旁，生怕被水星汽车的轮子碾到。

一小时后，胡里乌斯默默地吃着饭，心想鲍比可能会撞死在高速公路上，胡安·卢卡斯失算了。塞尔索在厨房里描述他所看到的鲍比出发时的样子：一只手开车，另一只手里拿着酒瓶，一边开车一边喝酒。管家婆决定给先生和夫人打电话，花了很长时间在电话本上寻找普拉托伊尼家的号码。终于打通时，夫人和先生已经离开，没有人知道他们去哪里了。唯一的办法就是等待，卡洛斯不在，没有人能开着奔驰沿着去安孔的高速公路寻找鲍比少爷。管家婆再次叫嚷：这样的事只会发生在上层社会的人家，她命令胡里乌斯立刻上床睡觉。

然而，一个小时之后，他仍然没有睡着。所有的事情都涌入脑中，让他无法入眠。他本来以为夏天会就这样平平安安地过去，每天都可以和苏姗去埃拉杜拉浴场，虽然时间有些早，完成早上的袖珍高尔夫训练就去，因为之后苏姗要和胡安·卢卡斯一起在高尔夫俱乐部吃午餐。不,他不用去安孔了,然而,这一次他已经感觉不到就要脱口而出的"太棒啦!",相反,安孔的名字以及它的海滩、楼房和防波堤,都将他引领上另外一条道路,他正平静地走在通往赌场的路上,要痛揍拉法埃里托·拉斯塔里亚一顿。当然还有年龄的问题,拉法埃里托快满十四岁了,他很难打赢一个十四岁的孩子,但是不管怎样我们有理,因为是他们抢走了鲍比的佩吉,虽然说起来很奇怪,鲍比为一个住得那么远的女孩如此伤心,而家对面就住着一个很漂亮的女孩,毫无疑问,事情越想越复杂,或者并没有,因为那个离开的女孩,那个并没有误入歧途的女孩,住得也很远,鲍比哭得那么伤心,和这一切多多少少有些关系……不管怎样,如果事情不顺利,如果在我最后一次见到他之后,拉法埃里托·拉斯塔里亚又长高了很多,那么鲍比可以先去打比波,然后再来帮我……不,那样也不行,因为鲍比年长于拉法埃里托,事情很难办……胡里乌斯在床上翻了个身,将头放在枕头另一端,这一端还是凉的,一定会想到新的办法,所有的人都在赌场跳舞,鲍比和我进去,大家都逃跑,我们要将他们痛揍一顿,卡洛斯怎么说的来着?脑子?脑瓜?……胡里乌斯又翻了一个身,越发紧张不安:为了想起卡洛斯的那几个词,他和鲍比痛揍拉斯塔里亚兄弟的那个场面结束了,枕头的这一端现在也已经热乎乎的了。他闭上双眼,却仍然看见床头柜以及上面放着的照片,照片上的是微笑开朗的辛缇娅。他用床罩蒙住头,将自己笼罩在一片漆黑之中,床罩的绒毛扎到他的鼻子,他将被单和床罩都掀掉,几乎正一拳打在拉法埃里托的脸上,他再次翻身,枕头还是热,他刚刚枕过这里,枕头中间又热起来,于是他扑向床头柜并打开台灯,灯光洒在辛缇娅微笑开朗的面容上。他用双手将照片举到眼前,开始提问,辛缇娅该有十五岁了,她喜欢在安孔的赌场跳舞吗?你会喜欢什么呢?……银质相框使他的手心渐渐变凉。实在没什么可做的:鲍比正在别处打架,而他在这里想象着自己正走进赌场,可现在就连这个也不可能,灯光将房间里的每个角落都照得清清楚楚,而安孔却在一条长长的高速公路的另一头……他关了灯,不再想入非非,想象又有什么用?他刚刚试图前往安孔，床单上的一条褶皱就已将他拦住。

半夜时，管家婆的大声哀嚎将他吵醒了。他想到地颤、地震，以及《神的奇迹》①，但是宫殿里并没有什么在晃动。从床上跳下来时，他确定事情并不关乎生死。应该是发生了什么异常的事情，但他直到早上才得以调查。当他从房间出来向仆人区走去时，他在走廊里碰见了正在抓狂的鲍比。他一边叫嚷一边跑，看起来不是疯了就是喝醉了。管家婆跟在他的身后，不停地朝他扔东西，而且每当抓住他时，还会拳脚相加。塞尔索和丹尼尔终于制止了她，强行将她带回他们的地方，与此同时，鲍比威胁胡里乌斯，如果继续盯着他，或者早上向妈妈报告什么，就将他撕成碎片。

他又能报告些什么呢？众人已经讨论了好几个小时，尚且未能理出头绪。在厨房，卡洛斯也感到困惑，不过，相比胡里乌斯，他的困惑似乎并没有持续太长时间。那天早上，他到的时候，正碰见堂娜在吃早饭，他正准备说"早上好，夫人"，她又说起了圣迪亚哥少爷强奸维尔玛的事。恰巧这时，管家婆顶着满脸抓痕现身并大声叫嚷着：鲍比少爷咎由自取。卡洛斯感到一阵寒意袭遍全身，更糟糕的是，它被一条难以言状的冰冷绳索与他曾经在旧宫殿的厨房里感受到的另一种寒意组合在一起，他顺着同一条绳索哆嗦着回到了新的厨房，甚至有一刻，他觉得真正的寒意在旧宫殿里，而他现在感觉到的寒意，只是发生在时尚新厨房里的某种预演。穿着制服、戴着帽子的卡洛斯似乎看到时间发生了扭曲，他仿佛获得了穿越时空的能力，还是不要等着天上掉馅饼了，早起的鸟儿才有食：他立刻要了杯热茶，需要提提神，还要把奔驰车从车库取出来，闹心的事都见鬼去吧……卡洛斯依然不能完全释怀，值得庆幸的是，当他坐进奔驰车里，从后视镜里看见自己的胡子十分完美时，他对这撇有故事的胡子说，有点耐心，奥尔滕西亚，要坚持住，拉蒙，万事皆有时：以前是圣迪亚吉托和维

---

① 《神的奇迹》（*El Señor de los Milagros*）是一幅作于 17 世纪的壁画，出自一个从安哥拉贩卖到秘鲁的奴隶之手，展现的是耶稣被钉在十字架上的场景。据说，17 世纪在利马发生过一次大地震，无数建筑倒塌，壁画所在的墙完好无损，画的名称由此而来。

尔玛,现在是鲍比和"大胸女"管家婆,堂娜看起来很不好。

鲍比仿佛经历了一场奥德赛式的漫长冒险,他花了几个小时试图解释清楚事情的来龙去脉。他记得事情的起因,却不愿细说花了多长时间寻找她,以及最终找到她时,她正在和比波·拉斯塔里亚脸贴着脸跳舞。他上前去咒骂比波,同时哀求佩吉跟他走,但是很快就意识到佩吉在叫他去见鬼,他只好和他的表兄动起手来。他记得他们俩互相拳打脚踢,分不出胜负,两人都流血了,记得自己被赶出了赌场,一些人同情他,另一些人辱骂他。然后就是漆黑的夜晚,行驶在没完没了的高速公路上,脑子里有几千个想法,拐了一个又一个弯,经常轧到房前的台阶,差点送了命。当他到达妓院时,一只眼睛正在隐隐作痛……比波·拉斯塔里亚当时打得他睁不开眼……进入妓院时,他觉得一只眼睛疼,多希望有人搭理他,他开始找钱,但是没有找到,他大声说出自己姓甚名谁,却没有人理睬,钱还是没有找到,他突然想起了管家婆:妈妈不在家,所有人都知道,妈妈、胡安·卢卡斯、卡洛斯……我被人戴了绿帽子,不!不!不!后来的一切都如他所愿,他像个疯子一样地开着车,他想不如撞死算了,却怎么也撞不上,到家之后,他开始大吵大闹,他不想被听见,果然没有人听到。是的,当时他的一只眼睛已经肿了,但他绝不会说出是被谁打肿的,虽然他刚刚控告管家婆打伤了他的双眼,此时已经反悔了。

听了鲍比的详细讲述,胡安·卢卡斯开始心存疑虑。他准备相信他们说的一切:既相信管家婆,也相信鲍比,虽然两人说的彼此矛盾。管家婆大声说,当鲍比少爷"攻击"她时,有一只眼睛是肿的,衬衫也已经破了。鲍比断然否认,可是,被一个女人暴打的说法又让他突然害臊起来。于是,他又改口说也许他搞错了,说他想起来在妓院跟人打过架,他将一个黑人的鼻梁打断了,黑人还了他两拳,两只眼睛各一拳,当然是因为他喝醉了,他把在楼上找到的两瓶酒全都喝光了。"说谎!"管家婆大声要求对他的一个黑眼圈负责,"不是开玩笑,先生,对一个穷苦的女人来说,这十分令人不快,但我是有尊严的。不是开玩笑,我的尊严要求我必须自卫。"胡安·卢卡斯叹了一口气,要求拿些冰块调配金汤尼。"冷静,冷静，"他说，"这件事情很容易解决，亲爱的，你怎么看？"苏姗几乎要举起手来回答，她吓了一跳，他们打了她一个措手不及，她正在想，孩子们的品位真差，等到胡里乌斯的时候，怕是要带个女侏儒回来……她怎么看？她认为管家婆是个工作高效的好女人，幸好没出什么事……

"没出什么大事。"管家婆纠正道。

……是的，没出大事。应该赔偿管家婆被撕坏的睡衣，更重要的是——苏姗认为——鲍比应该立刻向管家婆道歉，并当着所有人的面保证，下次再也不喝那么多威士忌。这就是她的观点。她一说完，就立刻回过头来。她美丽动人，面带微笑，同时忐忑不安，不知道管家婆是否同意她的意见。

完全同意。管家婆认为这件事从此不必再提，鲍比少爷是因为失恋才如此行事，失恋会让人变得不可理喻，再加上酒精的作用，人会愈加狂怒，事情本身很恶劣，但不能因此就说鲍比少爷本性恶劣，只能说借酒消愁算是轻度犯罪。她的权利在这个家里一直受到尊重，过去的失礼可以用未来的尊重来弥补，此外，伤心难过是人之常情，而眼下……

"鲍比，向这位小姐道歉。"胡安·卢卡斯命令道。

鲍比跟管家婆说，他当时喝醉了，请她原谅。管家婆正准备就失恋的问题再来一次长篇大论，胡安·卢卡斯再次打断她。他说，一切都已经结束，彼此不要记恨。正当她又想说什么时，他请她去食品间取些碎冰，他要给鲍比少爷准备一剂良药，看看能不能让他不再摆出那副可怜相，这个样子，可没人会准我带他进高尔夫球场。鲍比笑了，苏姗也笑了，胡里乌斯盼着管家婆快点离开，好找她问问"失恋"那个词是什么意思？"我去拿冰来。"她终于说道，之前在谈论失恋时，她的胸部就一直在颤动，苏姗和胡安·卢卡斯差点没大声笑出来。然而，她总是最后做总结的人，"请不要担心，先生和夫人，这样的事在上层社会的家庭里很常见。"离开之前，她这样说。

管家婆到了厨房，欣喜若狂，满载而归。她让他们大饱耳福，完全不介意重复讲述。"黑人？"当讲到在妓院里的打斗时，卡洛斯插嘴道，"拉斯塔里亚家的少爷们何时变成黑人的?那个扇他耳光的人是他的表兄,上次让他脸上挂彩的也是他……黑人?哈——哈——哈,要是真碰到黑人,吐一口痰就能把鲍比少爷呛死了!"

在夏日吧台,胡安·卢卡斯妙语连珠,不出三句就让鲍比抬起头来,破涕为笑。酒已经倒好,就等管家婆将冰块拿来了。鲍比说不着急,他要去服一剂泡腾片①,这就回来。趁着他离开,胡安·卢卡斯立刻通知厨房:请将威士忌酒都撤下收起来,谢谢!他心情愉悦,当他重新抬起头时,胡里乌斯正瞪着他,眼睛里充满了谴责。

一大滴汗珠顺着阿尔敏达乌黑的长发滑落在衬衫的纽扣旁,在象牙白的真丝缎面上留下印记。阿尔敏达看见了汗滴,她在旁边,在熨衣架的一侧,放了一小罐水,用以洒湿布料,这是完美熨烫的保证。她将四个指头的一半浸在水中,还需再洒点水,光有那一滴不行……现在足够了。她的手指湿了,干脆在脸上擦一擦,她觉得很热。放下手时,手指还是湿的,她习惯性地在黑裙子上把手指上的水擦干,没有意识到裙子和正在熨烫的衬衫一样又湿又热。水,滚烫的熨斗,她再次将熨斗放下,继续……

同往常一样,那段时间,她总是一个人在熨烫室。胡安·卢卡斯曾经从外面的走廊经过一次。那一天,时尚建筑师坚持要让他看看仆人服务区,之后,他们就到了这个区,三个房间在一条走廊上一字排开,走廊的尽头是一扇门,光看门的华丽外观就知道它通向宫殿主人生活区。走廊和三个房间都是白色的,一个房间是熨烫室,旁边一间是缝纫室,另一间是供护士或者救济会修女休息所用,比如说,某个孩子哪天要做扁桃体手术。不过,孩子们都是在医院里做手术,家里也没有病人。缝纫室也无人使用,管家婆总是在自己的房间做缝纫。

那天轮到丹尼尔休息,他离开时,阿尔敏达正在食品间里面。塞尔索也不在旁边,她看见他去了里边的小院子,石板地上放着银器,他稍后要

---

① Alka-Seltzer,一种泡腾片式的消食药品,用于治疗消化不良。

花好几个小时清洗,直到晚上才能结束。今天乌尼韦尔索也不来,管家婆坐着奔驰车和卡洛斯一起走了,要带胡里乌斯去看牙医。先生、夫人和鲍比少爷去高尔夫俱乐部吃午餐了,晚上七点之前不会回来。"再见,夫人,晚上见!"亚伯拉罕说。不知为什么,看见食品间里没有别人,她突然放下心来。楼上的房间里也没有人。她总是在这个时间上楼来熨烫,不过,像今天这样因为独自一人而感到安心,甚至干劲十足地上来工作,却还是第一次。是何缘由,她说不清。

她在楼梯中间的平台处稍事休息,四下里一片寂静,听不见一丁点声响:她想起他们都已离去,记得看见塞尔索在外面反复擦洗一只银茶壶。到了楼上,她绕了几步,想听听管家婆房间里的声音,但她突然想起她不在,于是继续放心地向前走。所有的房间都是空的,服务区浴室的门开着,里面很安静。接下来就是通往白色走廊的那三级台阶,走廊尽头的门关着,主人们都去高尔夫球场了,胡里乌斯去看牙医了。想到夏天就要结束了,她突然吓了一跳,但立刻又平静了下来:"女裁缝,'耐心圣女'维克多丽娅,还没来给孩子们做校服。"她向后退了一步,那间白色的房间里也没有人,他们经常把这一间没有家具的房间叫作医疗站。

白色的桌子上放着一大包先生的衬衫,让她觉得亲切而安慰。她走上前去将包裹打开,同往常一样,太阳照得她睁不开眼。她曾经想过请人在窗户上挂上窗帘,后来,每当熨烫时,她都自己凑合着贴一些报纸。现在,她并不是懒得贴报纸,只是实在觉得疲乏无力,还是背朝着窗户好了。水就在那里,在熨衣架的一端,她眨了一下眼睛,试图回想昨天是否已经在罐子里加满水,却怎么也想不起来,她又眨了一下眼睛,那一小段过去怕是永远也想不起来了,她并不介意。有水。她去插电熨斗的插头。她扭过头,因为插头在窗户旁边,太阳再次照到她的眼睛,什么也看不见了。她弯下腰来,继续插插头,蹲下身时,她似乎失去了知觉,只感到一阵巨大的眩晕,随后又渐渐恢复了知觉,开始感到恶心。插入插头时,蹦出一个火花,她一直祈祷着,她放开插头,因为已经不再有火花。她闭着眼睛站起身,在黑暗中,她看见眼前全是火花,她看见她来了,是的,是的，在树丛后边，在房子后边，在所有的火花后边，她看见她来了，她为什么不早点睁开眼睛？就在她睁开眼睛那一瞬间，她出现了，就在那儿，在房子后边，在树丛后边。她竭尽所能地看着太阳，然后闭上眼睛……她竭尽所能地看着太阳，然后闭上眼睛……近来，阿尔敏达虔诚地相信奇迹，这大概是一个预兆。

有很多衣服要熨烫，她回到熨衣架旁，摊开第一件衬衫。在熨烫绣在衬衫上的先生名字的缩写时，她总是格外小心，一双手洗得很干净。她开始熨烫，开始感觉到电熨斗发出的热气，很舒服。炙热的阳光透过窗户不断照射进来，时而勾勒出火花般的图案，在玻璃上闪闪发光。现在她正对着窗户站着，不时地欣赏窗户上的奇观，不时地眨一眨眼睛……

汗珠不停地顺着阿尔敏达乌黑的长发落在衬衫上，在象牙白的真丝缎面上留下印记。她看见了，足够潮湿了；她将手在黑衣服上擦干，再次放下熨斗。她开始觉得累了，太阳渐渐下山，她越来越使劲地盯着它，却什么也看不见；她将衬衫的袖子打湿，任凭双眼被太阳晃得什么也看不见，她看见她出现又消失，她来了，但是装水的罐子将她罩住了，就在片刻之前，在她的一小段过去里，罐子摔在了地上。她正要去查看落在衬衫上的水滴，然而，正是那些水滴促使她弯腰去捡罐子，看见她来时，她笑了，她后悔了，感到羞愧了，她藏在了罐子后边。现在，她，你的妈妈，要赶紧把她找回来，命令她从那辆大车上下来，朵拉！我乖巧温顺的女儿！她从大车上下来，而"多诺雪"的冰淇淋小伙从她的笑容中消失了。在远处，维尔玛、胡里乌斯、妮尔达、圣迪亚哥先生、苏姗夫人、辛缇娅小姐和塞尔索都在祝贺她，塞尔索渐渐看不清了，她试图抓住他，丹尼尔也变得模糊了，她试图抓住他，他们都开始变得模糊，都在离她而去，所有的人都看不见了，所有的人又回来了，再次出现了，胡里乌斯不见了，所有的人都不见了，所有的人，除了她的女儿，只有她留下来了，安安静静，面带微笑，她想，他们一定是故意将她们俩单独留下，让她们好好聊一聊。

听见奔驰车的喇叭声，塞尔索跑去打开大门。"我带了个病号回来。"

卡洛斯说，调侃地看着胡里乌斯。胡里乌斯此时既痛苦又恼火，牙医拿着那台小机器无数次扎到他的神经……卡洛斯将奔驰车停在庭院的一侧，在马车的后边。马车的一个轮子已经破了，鲍比喝得酩酊大醉那一天，开着车狠狠地撞了它一下。管家婆首先下了车，主动提出要给大家准备茶，除了胡里乌斯，"为你，我将准备一个冰袋。"她说。四个人从侧门进入宫殿，朝食品间走去，经过走廊时闻到一股焦味。"阿尔敏达！"管家婆大喊道。四个人一起向楼上冲去。

她倒在地上，在水罐旁边，熨衣架压住了她的一条腿。电熨斗在她旁边，也在地上，半裹在一件满是窟窿的烧焦的衬衫里。起初，他们以为她只是晕倒，但很快就意识到，她已经死了。卡洛斯摘下帽子，塞尔索害怕得哭起来，管家婆试图寻找合适的字眼，但不是时候。三个人突然一起想到了电话，开始讨论在这种情况下应该给谁打电话。胡里乌斯一边为打断他们的争论而感到抱歉，一边建议在妈咪放在床头电话旁的紧急电话簿里找找看。卡洛斯叫他们快去，我和塞尔索留下，你们俩快去，我们将她抬到床上去。胡里乌斯和管家婆冲到走廊上，慌慌张张地向苏姗的卧室跑去。首先给高尔夫俱乐部打电话；不，首先给家庭医生打电话；所有的电话号码都在这里，先打给谁呢？随便谁吧！他们给家庭医生打电话，结果他在高尔夫球场；给高尔夫球场打电话，医生、胡安·卢卡斯和苏姗都不在；也可以给苏珊娜姨妈打电话，可是她在安孔，不，她每天都回利马。胡里乌斯拨通了苏珊娜姨妈的电话，她确实在利马，但她总是在这个时间去忏悔，看门人说，不，家里没有别人了。胡里乌斯挂了电话，管家婆责怪他没有留言。他拿起电话准备再打一次，突然听见捷豹车的喇叭声在外面响起来。还有水星汽车的声音：鲍比一下接一下地按喇叭，恨不得门立刻为他打开。"这个小孩简直无法无天！"管家婆骂了一句就跑下楼去。

两辆汽车依次开进宫殿的大门。管家婆大声叫嚷着跑来了，打断了塞尔索骇人听闻的讲述，众人更加迷惑不解，最后终于明白了：阿尔敏达被发现死在了熨烫室里。"医生应该正在回家的路上。"从捷豹车里下来时，胡安·卢卡斯说。苏姗仍然一动不动地坐在座位上，双肘支在膝盖上，脸埋在双手的掌心里。她突然想起阿尔敏达为圣迪亚哥熨烫衬衫的画面，那时，他们刚结婚不久，她伤心不已……

必须处理一些事务，胡安·卢卡斯将一切打点得近乎完美，当然他也感到有些疲惫。宫殿里一片寂静，人人都踮着脚尖走路，大家很少说话，只是压低声音进行必不可少的交流。胡安·卢卡斯建议将阿尔敏达送回房间。管家婆说，她总是在熨烫室工作，应该就让她在那里安息。苏姗点头表示同意。管家婆内心的恐惧此时已经外化为大声的哭泣，她的哭声极具感染力，塞尔索也哭起来，卡洛斯不停地揪着胡子，以防眼泪夺眶而出。"必须通知乌尼韦尔索和丹尼尔。"苏姗说。卡洛斯走到她身边，我这就去，夫人。他戴上帽子又摘下，当他向汽车跑去时，一直忍着的泪水滚落下来。将医生送到门口之后，胡安·卢卡斯回来了。走在那条走廊上时，他想起来自从建筑师向他展示过之后，这还是他第一次故地重游。"鲍比，胡里乌斯，"他喊道，"你们还是回房间待一会儿吧。"但是，鲍比和胡里乌斯一个也没有从阿尔敏达安息的房间离开。他没有再坚持，此刻，当他再次打量这几个房间，他想，不如将缝纫室搬到第一个房间来，中间的熨烫室暂且空着，这里真是一个安装电梯的理想所在……他走进熨烫室以表示哀悼，但一看见亚伯拉罕进来就厌恶地离开了。亚伯拉罕哭哭啼啼的，一进门就正对着桌子跪倒在地，她是多好的人啊！她是多好的人啊！见谅，堂胡安。然而，胡安·卢卡斯已经不在那里了。

"Poor thing。"①苏姗想。她随即开始抱怨自己懂英语，刚刚说出的话让她感到深切的痛苦。所有人默默地吃着饭，胡安·卢卡斯不止一次神情紧张地将餐巾举到嘴边。鲍比在心里咒骂着阿尔敏达，因为她的原因，他不能出去喝酒，但他立刻改变想法，感到很痛苦。接着，痛苦消散之后，他又感到愤怒，他想哭，因为佩吉，他悲痛欲绝。胡里乌斯开始抽泣，胡安·卢卡斯很不自在地将餐巾拿到嘴边，这时，胡里乌斯对着他放声大哭起来，而他又将餐巾放回腿上。可以确定的是，有一刻，所有的人都感到

---

① 英语，意思是："可怜的人儿。"

难过，想起阿尔敏达，感觉到她的存在，她就躺在楼上，已经死了。

那天晚上，鲍比没有出去。第二天也没有。他表现很好，谨遵诺言，在阿尔敏达的灵堂里待了至少五个小时。虽然再次进祷告室的间隔越来越长，但还是待满了五个小时。他有时感到痛苦难耐，但却是因为佩吉，而不是阿尔敏达。欲望撕扯着他，他急欲外出醉酒，幻想重修旧好；待到酒后恶心时，立刻冲进一家妓院发泄，直到哭出声来；首先要去的还是那天的妓院，他认定自己曾在那里看见一张熟悉的面孔。或许今晚可以去，不过，可不能在葬礼上考虑这些事。

起初，胡安·卢卡斯亲自指挥一切，之后，卡洛斯、塞尔索和丹尼尔将他详细的指令适时地传达给具体经手葬礼的黑衣绅士们。"这真是一流的葬礼，"管家婆想，她感到由衷的满意，"先生和夫人是体面的上层人。先生尽责了。一流的洗衣女仆就该享有一流的葬礼。"可这种客套话让她觉得有点虚伪，于是她决定不再想了，还是尽量帮忙做点什么吧。卡洛斯负责传达胡安·卢卡斯的指令，一切几近完美。她最好还是带胡里乌斯离开，他看起来局促不安，虽然他服用了镇静剂，夫人不该给他那么大剂量的。胡里乌斯聚精会神地看着黑衣绅士们搬运棺材，时不时哭一会儿。现在，在悲伤之外，他另有想法。鲍比已经注意到，他一直在问棺材将从哪儿抬出去，爱提问的鼻涕虫，昨天晚上未免太安静了……

昨天，胡里乌斯还没有什么要问的。他跪在阿尔敏达的灵堂里，很长时间都在回忆爸爸的葬礼，他想起辛缇娅问妈咪为什么贝尔莎是从侧门里被带走的，侧门又被称作隐蔽门。辛缇娅是如何想到用盒子、梳子和发刷为贝尔莎办葬礼的？……辛缇娅也已经死了……想到这里，他哭了，他们来将他带走。然而，即便换了地方，不论是在浴室苏姗给他药片时，还是独自躺在房间里，他时刻都在想念辛缇娅：关于阿尔敏达的葬礼，她一定也有办法……

那天早上，他很多次问起棺材要从哪儿抬出去，直到塞尔索转述了胡安·卢卡斯的指示，他才安静下来。他突然很安静，众人一时忘了他，管家婆注意到他神情紧张，于是站到他身旁。负责葬礼的黑衣绅士们抬起棺材，向通往侧门的扶梯走去。胡里乌斯趁着所有人低头行走的工夫，抢先下了楼，将走廊上通往隐蔽门的出口关闭。他从这个出口到了花园，随即迅速从夏日吧台的露天平台重新进入宫殿。胡安·卢卡斯看见胡里乌斯经过，心想是已经开始搬运棺材了，便站起身来，不紧不慢地走向宫殿的内部，苏姗还没有下楼，他打算等她一起。与此同时，胡里乌斯已经回到了走廊，站在门口等待。棺材已经抬到了楼下，马上就到门口了。他试图打开门，门纹丝不动，他指了指走廊，请走另一边。"走这边也通。"他说。负责葬礼的黑衣绅士们照做了，因为这很正常，所有的人都觉得这很正常，可能有谁不留神将门关上了。他们继续前进，胡里乌斯将门一扇接着一扇打开，眼看就到了大厅，胡安·卢卡斯正等着苏姗从楼梯上下来。胡里乌斯指了一下大门，只要一直往前走，经过所有的厅堂，走到头就是。胡安·卢卡斯闪到一旁，已经来不及制止或者质问是谁篡改了他的安排：所有的人正从他和苏姗面前经过，苏姗已经加入队列之中。胡里乌斯落在了后面，他看到两辆车，其中一辆是很大的黑色汽车；他站在后边，远远地看着阿尔敏达的送葬队伍从宫殿的正门离开了。

"耐心圣女"维克多丽娅试图清晰地表达：她费了很大工夫才找到这里，这一片新城区既漂亮又现代，她不常来。她还想说，新家很漂亮，极具品位，但是只要她张口，鲍比就打断她，很不耐烦地催促她快点。相反，胡里乌斯希望她多说一会儿话，看见她的嘴开合了几千次，夹在双唇之间的大头针却一个也掉不下来，他觉得没有比这个更有趣的了。她一边做标记，一边把拆下来的大头针都塞在上下唇之间。她把粉笔也夹在一只耳朵上，不论如何弯腰向地，粉笔都不会掉落，维克多丽娅真是一个艺术家。此外，"耐心圣女"的绰号在她身上也独具光彩，虽然鲍比的态度很差，她却丝毫不受影响，始终面带微笑，嘴里塞满了大头针。那些大头针怎么也掉不下来，就算她现在弯腰弓背，双眼直视地面。她问胡里乌斯要换学校是否高兴，你喜欢我做的新校服吗？"快点儿！混蛋！"鲍比喊道，大头针掉了一地。维克多丽娅直起身来，在布料上画出外套的翻领，她的双眼噙着泪水，脸色近乎苍白。鲍比想向她道歉，但这都是佩吉的错，让他又说了一遍："快点儿！混蛋！"他立刻试图挽救：有人在等他，他已经迟到很久了，是一个很重要的约会。维克多丽娅说，这就给你量好了，鲍比，只剩下标出扣眼的位置。然而，由于过于紧张，她怎么也快不起来，此外，她忘记了粉笔夹在哪只耳朵上，而当她伸手去嘴里取大头针时，大头针全都不见了。"好了，鲍比。"她说。这有悖于她的原则，她做事向来讲究精确，然而这一次，扣眼的位置只能回头再说了。

鲍比夺门而出。他直到很晚才回来，怒气之下透露出心满意足后的自得。他的自尊心得到了满足，然而，内心深处依旧痛苦。那天晚上他当着父母的面做的事情，在接下来的一周，在学校又重复了好几次：他不小心将钱包掉在地上，里边露出一个女孩的照片。"新的女朋友？"胡安·卢卡斯问。他的同班同学也问了同样的问题：新的妞？在食品间，卡洛斯笑嘻嘻地说："一个钉子拔出另一个钉子。"不过，所有人都注意到，这是完全不同的两个钉子。在玛鲁哈身上完全找不到佩吉的小翘鼻子，以及她在"支持贫困街区委员会"的女士们举办的时装秀上展现的毫无召唤力的曲线。走秀台设在克里约恩酒店的宽敞大厅里，人们一边喝茶，玩宾果游戏，一边欣赏时装秀。佩吉展示了罗浮宫精品时装店（店主是尊贵的米莱勒·莫那科女士和帕珀缇塔·卡斯特罗-卡斯特罗）的三件作品。皮埃尔·保罗·卡哈瓦林加为她梳了发式，后来又为她解开，因为走秀之后，她要求将头发解开并稍作梳理，然后就这样披散着，她喜欢长发披肩，明天她要去打网球，也可能去骑马，她还没有决定。玛鲁哈也走过秀，不过已是一年之前，她代表瓦拉尔①的女孩们参加"秘鲁海滩"比赛，勉强得了个第二名，另一个女孩摘得了桂冠。气恼之余，她说，之所以输了比赛，是因为冠军使用了金色的比基尼。气恼过后，在为报纸拍照并且做获奖感言时，她又改口说，冠军之所以是冠军，自然是有其过人之处。之后，有人带她去埃拉杜拉海边浴场拍写真。面朝大海坐在一块岩石上时，

---

① 瓦拉尔（Huaral）是秘鲁西部沿海城市，瓦拉尔省的省会。

她说，最仰慕的音乐家是贝多芬，还说想成为一名电视模特。是的，她也有兴趣拍电影，不过，在戏剧艺术学习方面她还有很多欠缺。她撒谎说还没有谈过恋爱，但自以为是一个浪漫的人，或者，更确切地说，她充满了激情。比赛结束之后，玛鲁哈渐渐平静下来，搬去和教母住在一起，距离一家电视台不远。时间一晃又是几个月，玛鲁哈觉得希望越来越渺茫，电视台里像她一样漂亮的女孩多得是。有一天，教母批评她懒散，无所事事，天天往那种地方跑，却居然连一个男孩都没勾搭上。其实，所谓的那种地方，实际上只有一个帅小伙，阿根廷人，也打算做模特。幸好，玛鲁哈没有哭。一切都是万幸。如果鲍比看见了她哭肿的双眼，也许就不会在她面前刹住车，也不会在那个街区转上七圈，并且七次在同一个拐弯处漂移。然而，他哪儿都看了，就是没看双眼。他想象着她在南部的某片人迹罕至的海滩上，只要想到她赤裸的样子，他就会踩紧油门，再一次冲向拐角处，再一次环绕街区一圈，再一次从她身边漂移而过。他看着她，又不敢看她，最后，玛鲁哈向他挥挥手，微微笑，就在这时，他终于刹住了车。

　　他买了一件金色的比基尼和一块金表送给她，躺在南部的一处人迹罕至的沙滩上，听她在身边轻声诉说。他试图爱她，她年龄稍长，有着性感的躯体。有了她，他就可以不再去爱佩吉，受伤的自尊心也许便能就此痊愈。他竭尽所能地去爱她，全神贯注地听她细说过往：她曾就读于瓦乌拉①排名第二十七位的女子学校。有一天，他甚至想象着自己去了她的教母家，三个人一起喝茶，他越想越激动，这也许就是爱，她虽然很穷，却很正直。可是接下来，他又想象着胡安·卢卡斯在向玛鲁哈求爱，突然，他发觉自己在揣摩她轻声低语时所使用的每一个字眼，圣迪亚哥恐怕已经睡过她，不要脸的娘们！如果你不能爱她，至少要和她上床，可是，佩吉怎么办？胆小鬼！你不知道自己正在错过怎样一副性感之躯吗？……他猛地扑过去扯下她身上的金色比基尼，而她正在说：我热爱浪漫，而且充满

------

① 瓦乌拉（Distrito de Huara），秘鲁西部沿海城市，被称作"独立的摇篮"。

激情；他扑到她身上，用嘴掩住了她的嘴。他稍稍松开一点，以找到一个更加舒适的姿势，顺便喘口气，一句咒骂涌到嘴边，他无路可退，再次扑到她身上，将"荡妇"那个词塞到她的唇间。

一连几周，玛鲁哈令他精疲力竭。然而，鲍比刚满十七岁，每当故意将照片掉在地上时，他想让人知晓的不是已另有新欢，而是正和一个成色上好的女人在一起。他发觉自己对她已经欲罢不能。有一天下午，因为找不到她（他忘记了她在电视台有一个面试。他亲自伪造了一封给电视台经理的推荐信，署名是胡安·卢卡斯），他只好开着水星汽车在高速公路上狂飙，最后来到了维克多利亚的一家妓院。他感到异常失落，花了很多钱，却比不上跟玛鲁哈在一起的万分之一。此外，苦苦寻找的那张熟悉的面孔，依然不知在哪儿。这是他时不时会思考的另一件事：上一次他没能看清那张脸，当那个女人一闪而过时，他想，她是谁呢？此时，他又开始琢磨这件事。见鬼！玛鲁哈约我十点见，马上就到十点了。他飞车到达玛鲁哈的寄宿学校，使劲刹住车，随后将第一个喇叭连按三下，是《桂河大桥进行曲》①的节奏，再将第二个喇叭连按三下，嘀嘀——嗒嗒，嘀嘀——嗒嗒，嘀嘀——嗒嗒。玛鲁哈很快就出现了，仿佛走秀一般，千娇百媚地来到汽车旁。她微笑着上了汽车，他们许诺一个月之内通知她试镜，虽然只是试镜，但总比什么也没有强。鲍比同时按下两个喇叭，以示庆贺。他将车飞快地往情人坡②方向开去，十五分钟之后，汽车的座椅变成了一张可以容下两个人的床，甚至还有枕头。玛鲁哈任由他亲吻，随他解开上衣，而当他想要继续时，她说了一声"停"，便将他推开了。

她继续闪躲。鲍比火上心头，狂怒不已，大声叫喊，发出刺耳的声音，称她为"该死的荡妇！"，而她依然每天晚上将他推开。终于有一天，她做了解释：在他中学毕业之前不行，之后也不行，直到他在爸比的庄园里找到一份工作，即便那样也还是不行。必须到她家里去求婚，要先从男

---

① 大卫·利恩执导的电影《桂河大桥》的插曲之一。
② 情人坡（Pera del Amor），位于利马郊区的一个公园。

女朋友做起，要按部就班地等到结婚之后才行。鲍比朝她喊了一句"该死的荡妇！"，就怒气冲冲地走了，转身开始追求一个维亚·玛利亚的女生。一个星期之后，他又回来了。玛鲁哈温柔地接待了他，不停地亲吻他，坐在他身边，抚摸着他的头发，并和他一起到了情人坡。鲍比再次将座椅变成了床，扑到她身上，许诺她立刻结婚，而就在这时，玛鲁哈还是将他推开了。

在马克汉姆，因为对西班牙语老师出言不逊，鲍比已经接连三次被赶出了教室。他甚至收到警告：如果再继续表现恶劣，将被逐出学校。然而，鲍比继续没个好样子。有一天，他挑唆胡里乌斯和一个大块头男孩打架，眼见胡里乌斯占了上风，鲍比上前给了他一拳，害胡里乌斯摔了个狗吃屎。他诸事不顺，玛鲁哈继续日复一日地将他推开。唯一的转机是，他已经不再想念佩吉。也许，倒不如想念她。再说，谁说他已经不再想念佩吉？就在那天下午，在古铁埃雷斯街心转盘附近，趁他不备，另一辆汽车按起了《桂河大桥进行曲》，他看见比波·拉斯塔里亚和佩吉从身边经过，佩吉似乎比以前更加漂亮。他开动汽车，将油门一踩到底，这时，另有一辆车横在面前，而那一对情侣已经消失在前面的拐弯处……不如去忏悔一下吧，说不定能时来运转，找个人聊聊，忏悔一下，不！有什么可忏悔的！……有了！绝对是个好主意：给圣迪亚哥写封信，将一切告诉他，看他怎么说。他开动汽车，踩紧油门，这一次是回家的方向。

他已经有好几年没见过哥哥，几个世纪没收到过他的信了，圣迪亚哥过得还好吗？他只看见过他的几封简短来信，是偶尔寄给胡安·卢卡斯的，还有几张照片，他每买一辆新车都会寄照片回来。鲍比很佩服圣迪亚哥，一直很佩服，他可是个厉害的家伙，在利马读农艺学那一年，不停地更换女朋友，从来没有像我这样被女孩甩过，如果知道了我的全部感受，他一定会笑出尿来，也许还会说：见鬼，去抱着妈妈的裙子哭吧！可怜的鲍比想给哥哥写信，他一连几个小时坐在桌前，对着钢笔和空空如也的信纸发呆，已渐生厌倦。他无数次拿起笔，又无数次放下，一切仅止于"亲爱的圣迪亚哥"。他拿起钢笔，加了两个点，再次不知如何继续……圣迪亚哥：如果你不喜欢我的信，请不要往下读，可是这样一来，他怎么知道喜欢不喜欢？圣迪亚哥：我的情况很糟，佩吉给我戴了绿帽子。我正和一个成熟的女人拍拖，差不多算是个老女人，我对她爱不起来。但是，事情很奇怪。自从她不愿意和我上床，我就对她神魂颠倒，甚至像对佩吉那样。我样样不顺。她叫玛鲁哈，想和我结婚。我不知道自己怎么了。如果你喜欢一个女人，你就会和她结婚（当然不是现在，我要先把中学读完，再去读个大学，然后开始工作）。我喜欢玛鲁哈，很想和她结婚，可是我觉得，真到了和她结婚那一天，我就不想结婚了……你明白我的意思吗？我自己也不明白。怎么解释呢？请稍等……这么说吧：我和玛鲁哈结婚（因为我想和她结婚），结婚那天胡安·卢卡斯会来，他会笑出尿来，妈咪会对玛鲁哈说亲爱的，这场面想想就不对。胡安·卢卡斯一定不会喝玛鲁哈家里准备的皮斯科酒（这个回头再说，说到家，我猜她在瓦拉尔的家还不如她教母的家），而我则因此很恼火，话说，如果我当真一时着急上火，喝了皮斯科，或者别的什么（比如说，奇尔卡尼托①），那我就无法跟胡安·卢卡斯发火了。真该死！那时，我会突然意识到大家都在嘲笑我，更加火冒三丈，就对胡安·卢卡斯破口大骂，或者对你（如果你也来参加我的婚礼，我想如果我结婚，你一定会来），以及对所有嘲笑我的人……尤其是对你，是的，就是你，你会比其他人笑得更厉害。但愿你一回到利马就爱上一个玛鲁哈，也对你合上双腿，但是你不一样，你会和她结婚，该死的娘们，我发誓一定参加你的婚礼，我会嘲笑你，看到玛鲁哈披上婚纱的样子我一定会笑死……

看见信纸上还是一片空白，鲍比一跳而起，"亲爱的圣迪亚哥："是唯一写下的内容。他拿起钢笔准备继续往下写，但就在这时，他仿佛心电感应到他哥哥的答复："佩吉给你戴了一顶绿帽子，一顶硕大无比的巨型绿帽子。唯一的解决措施（也是万全之策）在于：让她最好的闺蜜爱上

---

① chilcanito，秘鲁的一种传统鸡尾酒，在皮斯科里添加柠檬汁、苏打水等调制而成。

你。至于玛鲁哈，小混蛋，这有专门的说法，你比谁都明白：激情冒险。"鲍比将这些话逐字逐句写在"亲爱的圣迪亚哥："这张纸上。他读了一遍又一遍，也许是出于对文字的尊敬，或者是因为白纸黑字更具有说服力，他愈发觉得有道理。

鲍比立刻拿起另外一张纸，写下"亲爱的圣迪亚哥："。不管怎样，他还是想和他联系。这一次写起来容易得多，实际上，已经没什么可说的了，他已经想通了：和佩吉的事情，归根结底就是运气不好，而且，我已经厌倦了那个瘦骨嶙峋的丫头。再说，事情这样发生也好，如果是我甩了她，她的朋友们都会站到她那一边。"相反，她有几个闺蜜和她闹翻了，一直不买我们那位表兄的账。你恐怕还不知道：我在安孔的赌场把她骂得狗血喷头。和她闹翻的女孩里，有一个我已经喜欢很久了。不过，我想先晾晾她，也给自己放个假。你觉得我正在拍拖的这个娘们怎么样？"玛鲁哈突然失去了魔力，鲍比打算就此搁笔，随手将那个"荡妇"的照片塞到信封里，因为他再也不想见到它了。

不出几天，家里收到一个从美国寄来的包裹，指明鲍比接收，侧面有一行小字写着"个人亲启，他人勿拆"。鲍比一把抓起包裹，顺着楼梯跑到房间。他无比激动地打开包裹，将里边的东西倒在床上。了不起的回复！干得漂亮，圣迪亚哥！他嘱咐不要拿给胡安·卢卡斯或者妈咪看。谁会想到要给他们看！他跑去将门插上，又回到床边仔细欣赏每一张照片。足够看上一会儿。太刺激了！看这个妞！还有这个！每张照片都值得一看，它们极好地概括了他哥哥的情感生活，他做梦都想知道。有些照片上有彩色的汽车，还有丰乳肥臀的女人，满眼都是洋气的玛鲁哈，一个比一个热辣性感。有一张是圣迪亚哥和莱斯特·朗四世抱着裸体的钢管舞女在走廊里拍的，另一张是和赤身裸体的她们在酒馆里跳舞，还有一张里，圣迪亚哥正和很多漂亮姑娘从大学的一座楼里出来。一张里在和一个佩吉接吻，一张里在和另一个，一张里又和再另一个。还有一张是和另一个佩吉的妹妹……如果佩吉有妹妹的话！毫无疑问，圣迪亚哥是对的。鲍比将照片藏在书桌里，自信满满地跑去在电话本里寻找佩吉朋友的号码。他将号码抄在随身携带的地址簿上,匆匆忙忙跑下楼。他要去找玛鲁哈,要让她去见鬼,当然这很难,因为一看见她,他就忍不住……鲍比迟疑了。可就在这时,他觉得自己一下子想出来上次在妓院里见到的那张似曾相识的面孔是谁了,"啊哈!"他欢呼道,向水星汽车飞奔而去。

自从得知比波抢走了自己表弟的女朋友,苏珊娜·拉斯塔里亚就开始惶惶不可终日。无论如何不能容忍这样的事情!她叫来比波,正打算大声呵斥,胡安·拉斯塔里亚出现了,并以更高的音调制止了她。长相难看的苏珊娜据理力争;她说表兄弟之间不应该发生类似的事情,人们会怎么想?会说我们家庭不和睦。胡安决定让她说个够,但允许比波退下。一段时间以来,拉斯塔里亚发现,谁也无法让他的妻子闭嘴,哪怕是一分钟,唯一的办法就是让她说个痛快,而且,一旦她开始说傻话,就留她一个人待着。这个办法引发了新问题。她不停地说,而他们不听她说,最后,当她察觉只剩下自己一个人时,就跑去给姐姐切拉打电话。切拉正好也一个人待着,电话一响就接听了。

就是在一次类似这样的通话里,切拉建议道,如果不敢给苏姗打电话,写封信也可以。苏珊娜觉得这是一个绝佳的主意,只需再找忏悔牧师确认一下即可实施。她跑去找巴勃罗神父。神父同往常一样,以圣徒一般的耐心,微笑着听她诉说。他说,这些都是孩子们自己的事情,她的表妹苏姗很可能也是这样认为。可以写信,如果她愿意,不过,他倒是觉得打电话更方便一些。长相难看的苏珊娜坚持认为,在类似的情况下,写信更加严肃和正式。巴勃罗神父没有反驳;确实写信可能更好。的确更好,拉斯塔里亚夫人这下可有事做了,她一定会花上好几个小时给她表妹写信。没错,还是写信更好。

第二天上午,苏珊娜·拉斯塔里亚开始写信。她花了一整天时间,当信写完时,胡安到了。她请他签名,就写在她名字的上方。胡安刚刚在高尔夫俱乐部同胡安·卢卡斯喝了几杯,一直在说笑。安孔赌场里的斗殴事件以及鲍比在失去佩吉之后的多次醉酒,都让他们大笑不止。此外,佩吉是个见过大世面的女孩，在来秘鲁之前，她的父母也在别的国家做过大使。就在今天下午，他已见过这对大使夫妇。在她这个年纪，时而换个男孩再正常不过。他同往常一样很亲热地向胡安·卢卡斯打了招呼。真是个可爱的姑娘。整件事本来就让胡安·拉斯塔里亚高兴得不能自已，而此刻，胡安·卢卡斯正在欢乐地谈论此事，甚至还要介绍他认识"未来的亲家"，哈哈哈——当时他们正在俱乐部的露天平台上喝酒。见到大使夫妇，胡安·拉斯塔里亚十分高兴，当然，他只字未提佩吉和比波的事，那是不值一提的小事，青春期的事，眼下就谈及恋爱或者婚姻未免太可笑了，所以在同加拿大大使夫妇告别后，阿斯塔里亚便不再去想什么恋爱或者婚姻。他开心地回家了。他一路上都在想，有子如斯，生活简直太精彩了，他热爱生活。儿子终将超越父母，他似乎看到多年的辛苦与付出就要修成正果。而此刻在书房里，辛苦与付出的代言人就站在旁边，要求他在信上签名。

"你去忏悔了吗？"他问，试图回避苏珊娜固执的要求。

"没去，今天没有时间。维克多非常糟糕，我要辞了这个管家。有时，他什么都做不好……"

"好吧，不过，现在去忏悔还来得及……"

"哎呀，胡安！我要跟你说多少遍？巴勃罗神父听忏悔只到下午六点。"

"好吧，好吧，明天你再去忏悔……"

"你要在这里签名……"

"你看，苏珊娜，这件事已经说烂了，人人知晓，而且都过去了。今天下午我们还在和胡安·卢卡斯就此事说笑。凑巧的是，我刚认识了你的……我们的亲家……当然，这是开玩笑的说法，那些都是孩子们之间的事。"

"你觉得大使夫妇怎么样？"

"他们会觉得你怎么样？"拉斯塔里亚心想。这个想法赋予了他力量，他一边抓住苏珊娜拿着信的手并将它轻轻推开，一边站起身来。

"我该走了。"他说。他将苏珊娜的手再次推开,同时用头轻轻地顶开她的身体。

"你必须签字。"

"我无需签字!你很清楚!孩子们之间的事,应该由他们自己处理,而且不管怎么说,这件事二三月份就发生了,现在已经是九月了。你还想知道更多的细节吗?"

"……胡安本来也要签名的。希望你能谅解,他刚打电话回来,还有很多工作,要很晚才能回来。我不能等他回来,因为司机要走了,我想请他今天晚上把信送达。请原谅,这么久才和你联系,毕竟这是一件令人难过的事情……"

"不可思议。"苏姗一边读着信,一边说。

"她简直在歇斯底里。"胡安·卢卡斯补充道。

"塞尔索,我的表姐苏珊娜的司机已经走了吗?"

"你不是要给她回信吧?"

"不,亲爱的……但是至少要告诉她,我看了她写的信,请她将这件事忘了吧,这样,我就不用再给她打电话了。"

"不,得了吧!给她打什么电话!她完全疯了!"

"Poor thing!胡安根本不理她。"

"胡安要是理她,就没有人理胡安了。"胡安·卢卡斯不假思索地说,模仿着苏姗怜悯的口气。

"好吧,塞尔索,请告诉司机,他可以走了。"

"好的,夫人。"

"这件事感觉已经过去好几个世纪了!……"

"给她打电话,告诉她,鲍比是佩吉闺蜜的男朋友。"

"说到这个,亲爱的,鲍比和那个女孩在一起,我感到很欣慰……我总是记不住她的名字。一切都很好,亲爱的,只是他最近喝酒过多,而且回家越来越晚……"

"这是你的问题,亲爱的,别拉我下水。再说,在他这个年龄很正常……"

"可是,他很容易激动,而且性格暴躁。再说,月考成绩一次比一次差,中学最后一年,要是不能毕业,未免太遗憾了。"

"嗯……这种情况应该如何处理?把他送去美国吗?"

"还太早,亲爱的……"

"我唯一能做的就是断了他的零花钱。"

零花钱断得很不是时候。每天下午,鲍比开始在苏姗的钱包里偷钱,苏姗终于明白为什么包里永远找不到一分钱,决定将钱藏在宫殿的保险箱里。然而,鲍比并未就此罢休,一连好几天都在琢磨如何打开保险箱。这是不可能实现的。他没有找到打开的办法,虽然将数字不停地组合,却无论如何撞不上正确的组合方式。这天晚上,他比任何时候都更需要钱。首先,要带罗斯玛丽去看电影,然后要赶到妓院。根据老鸨的说法,那个叫索妮娅的今天回来。几天前,他曾去打听过那张似曾相识的面孔,老鸨确定她在那里工作,这一阵正在南方度假,等她回来,会立刻安排妥当。在这之前,他可以和其他女孩快活,还有更好的。鲍比觉得,还有更好的这种说法未免有些夸张,不过,在那内特的店里偶尔确实可以见到很棒的妓女,当然,要花不少钱。要忘记玛鲁哈,没有比花钱寻欢作乐更好的办法了。不论花多少钱,都要忘记她,他也确实就要忘记她了,只是,钱已经花完了……而那个叫索妮娅的恰恰就是今天回来!妈妈偏偏这时强硬起来,把钱全藏在这个该死的盒子里!他用拳头捶击保险箱,即便这样还是无法将它打开。不过,这一拳是有效的。脑海里有另外一个保险箱打开了:鲍比立刻取道仆人服务区,跑向塞尔索的房间。

一个小时后,塞尔索出现在夏日吧台。在初春的阳光下,胡安·卢卡斯、苏姗和路易斯·马丁·罗梅罗正在谈论斗牛。他们咒骂斗牛公司的经理无能,今年依然不打算请布里塞纽来。听说这个斗牛士一如既往地令西班牙人疯狂,状态越来越好,越发具有大师风范。"看来我必须插手此事。"

胡安·卢卡斯带着威胁的口气说，这时塞尔索的声音打断了他。

"有人偷了瓦罗孔多之友俱乐部保险箱里的钱，共计一千五百索尔。"

"什么？"苏姗问，显然是吃了一惊。

"瓦罗孔多之友俱乐部的保险箱，作为俱乐部的出纳，我负责保管。"

苏姗想起了那个保险箱，胡里乌斯经常跟她说起它，是一个菲尔德①的饼干盒，装满了脏兮兮的纸币。

"必须做点什么，塞尔索。"

"必须找到它！用这笔钱也许可以买通斗牛公司的经理，让他把布里塞纽给我们带来。"胖子罗梅罗插科打诨。塞尔索双眼噙着泪水，向胖子投去一个咒骂的眼神：龌龊的胖子，就知道吃喝玩乐……

"有些疑点。"塞尔索壮胆向前迈了一步。

"说说看，孩子，发生了什么？"胡安·卢卡斯问。话刚出口，他立刻想起塞尔索在这个家里至少已经服务了十五年。

"有些疑点。"塞尔索再次说道。罗梅罗吞下一大口酒。

"应该是工人做的，那边只有他们经常去。"

"什么工人？"苏姗问。

"安装电梯的工人，亲爱的……"

"啊，是的……"

"这样，年轻人，你去一趟附近的警察局，叫一个警察过来。"

"有些疑点。"塞尔索坚持说，又向前迈了一步。

"正是因为有疑点，所以警察会来解决一切的，跟警长说是我的家……"

"告诉他是一起小额案件。"胖子罗梅罗插了一句，手里拿着酒杯，呱呱地笑着。胡安·卢卡斯和苏姗都对斗牛评论员的精彩点评表示赞赏，塞尔索却一点也不觉得有趣，几乎又要向前迈一步……上帝知道他为什么一连后退三步，转身离开了吧台。

---

① 菲尔德（Field），秘鲁最受欢迎的零食品牌。

在厨房里，塞尔索告知众人失窃的事情。管家婆全身鼓起正直的能量，宣称已经等着上电视了。谁也不懂她在说什么。卡洛斯说，凭什么指控工人，既然人人都知道小偷是谁。

"堂卡洛斯说得对。"亚伯拉罕插嘴道。不论卡洛斯说什么，亚伯拉罕总是附和，果真越来越像个同性恋。

"你就去告诉夫人和先生，是鲍比偷的。他不是也一直在偷他妈妈的钱吗？"

"堂卡洛斯说得完全正确……"

管家婆同意卡洛斯的观点，甚至确信鲍比是小偷，但她倾向于通过更民主的渠道得出这个结论。她说根本不需要请警察，他们自己完全有能力开展调查，不需要与案件无关的第三方参与。首先，把所有正在安装电梯的工人以及工头都叫来，让每个人证明自己无罪；之后，所有人一起去找先生和夫人，告诉他们现在只剩下一个嫌疑犯，就是他们自己的儿子。

"这么多工人挤在这里，我无法做饭！"

"您就是个自私鬼！"管家婆指责亚伯拉罕。

"您是什么？……"

"够了，够了，"卡洛斯打断他们，"怎样都行。我觉得，最好而且最快的办法是塞尔索去找夫人和先生，当面告诉他们是鲍比少爷干的。"

"我陪您去，如果您愿意。"管家婆说。

"不，我一个人去。"

塞尔索回到夏日吧台，胡安·卢卡斯、苏姗和路易斯·马丁·罗梅罗仍然在谈论斗牛和斗牛士。

"有些疑点。"塞尔索说，向前迈了三步。

"塞尔索，是小鲍比，对吗？"苏姗问。

"是的，夫人。"

"拿着。"胡安·卢卡斯一边说，一边递给他一张支票，"够吗？上面是你的名字，或者你希望我以那个俱乐部的名字重新写一张？"

此时，在电影院里，鲍比正对着大屏幕开心地笑着，时而扭头欣赏罗斯玛丽的侧颜。现在，只差去那内特的店里找索妮娅，一定是她，虽然换了个名字，索妮娅应该是她工作时的代号。鲍比握紧罗斯玛丽的手，她微笑着扭过头来，"鲍比，"女孩耳语道，"很开心做你的爱人。""我也是。"他一边说，一边贴近她的脸，亲吻她的额头。是的，他爱罗斯玛丽，就同爱佩吉一样，甚至更胜一筹，一切都水到渠成，她曾经是佩吉最好的朋友，现在变成了最坏的敌人。最令人痛快的是，比波·拉斯塔里亚在勾搭佩吉之前，先追求过罗斯玛丽，并向她表白，但被拒绝了。比波一定是出于报复才去勾搭佩吉的。说到底，还是我抢了他的罗斯玛丽。当然，他又想起比波抢走了他的佩吉。不过，罗斯玛丽此刻就在身边。他又亲吻了她一下，今天晚上我要去那内特的妓院，下午那一单足够去找索妮娅好几次。之后要好好表现，很快就会再有零花钱，到了年底一切都会重回正轨。

然而，到了那内特的店里，鲍比被告知索妮娅还没有回来，而且可以确定要到夏天才回来，南方似乎有什么人留住了她。鲍比开始骂骂咧咧，同去的狐朋狗友费了半天工夫才说服他相信，索妮娅不是妓院里最好的，那些钱足以度过好几个良宵。那天晚上，当回到宫殿时，他突然意识到自己的成绩很差，面临留级的危险，那内特的事情必须暂时放下，过了十月和十一月就是期末考试了。"我到夏天再去，等索妮娅回来再去。"

第二天，他承认偷了卡洛斯盒子里的钱。胡安·卢卡斯说这件事已经尽人皆知，最好立刻将钱归还。鲍比争辩说钱已经用于偿还债务，断了零花钱，他能怎么办？要靠什么生活？胡安·卢卡斯又说，下一笔零花钱要等通过了所有的考试之后才会有，鲍比回答说无所谓，心想，接下来的几个月还有一千多索尔，而且几乎用不上，反正要闭门读书了。胡安·卢卡斯对这个回答很不满意，他想到一个绝佳的主意。他说，要等到鲍比通过大学入学考试之后再给他零用钱，鬼知道他能考上什么大学。这个想法让鲍比很不愉快，他想，夏天索妮娅就回那内特的店里工作了。然而，他可不会任由胡安·卢卡斯发落而坐以待毙，他的嘴角出现一丝浅浅的笑意。常言道，办法总比困难多，鲍比的脑海中突然灵光闪现，太蠢了，怎么没有更早一些想到：胡里乌斯的存钱罐！他已经存了很多年，所有的人都往里边塞钱，太笨了！……他可是从出生起就有了那只存钱罐！……索妮娅的一千零一夜，胡里乌斯买单……鲍比放声大笑，胡安·卢卡斯差点提醒他刚被人戴了绿帽子，不过，苏姗儿子们的事最好还是不要插手，真正需要他插手的是斗牛经纪公司。

"……正因如此她不能去看斗牛。"胡安·拉斯塔里亚跟时尚建筑师说，一边很害臊地看着苏珊娜，她正穿着耶稣同款紫色长袍。在此之前，两人正在城堡的酒吧间喝着酒，苏珊娜突然出现了，而且穿着耶稣同款紫色长袍，他只好向建筑师介绍她。

"你这是要去忏悔吗？"

"我刚忏悔回来。"

"好的。请让维克多再给我们拿些冰来。"

"他开始火起来了。"建筑师笑着说。正说着，苏珊娜离开了酒吧间。

"啊！这样一来，气氛就活跃起来了！"拉斯塔里亚欢呼道，在吧台后面稍稍直起身。

"您也是爱好者？"

"当然，和胡安·卢卡斯一样。说到底，还是他教我如何欣赏十月的博览会的，包括色彩、集会，还有……还有……"

建筑师差点没问他：如果三月有博览会，您还会成为斗牛爱好者吗？

然而，他说出口的却是："胡安·卢卡斯很有见识。"

"在他身边可以学到很多……"

"当然。"

胡安·拉斯塔里亚觉得自己就要将威士忌泼到建筑师的脸上。

然而，他问出口的却是："您不喜欢斗牛，是吗，建筑师？"

"去看过两次，但没太感兴趣。"

"您做什么运动？"

"冲浪。"

胡安·拉斯塔里亚煞有介事地挺起胸膛，"我现在已经不需要这样了,"他想道,"习惯成自然。"维克多拿着冰块过来时,他正挺直胸膛,于是顺势将维克多捧着的银质小桶接过来。

"夫人让我转告您不要喝太多酒,先生。否则,夫人说,您整个晚上都会在床上跳来跳去。"

"请告诉夫人……干杯,建筑师!"

"胡安·卢卡斯似乎很生气,听说今年布里塞纽还是不来。"

"我已经听说了,他打算干涉经纪公司的决定。如果布里塞纽来,我打算再去看一次,如果真的像胡安·卢卡斯说得那么了不起,我或许会爱上……"

"我看很难,那是一种与生俱来的东西。如果不是一见钟情,便终身无法爱上……那是与生俱来的……再来一点威士忌吗,建筑师?"

"谢谢!您看过布里塞纽斗牛吗?"

"是的。要冰块吗?"

"谢谢!在马德里吗?"

"在利马……只在电影里看过。"

"啊哈!……"

"在胡安·卢卡斯家里,聚了很多朋友,看的是他最近一次去马德里时录的影片。真是一部高质量影片,还有路易斯·马丁·罗梅罗的讲解,您认识他吗?"

"斗牛评论员?"

"百闻不如一见!他的幽默感无人可敌。比波,过来!……我的一个儿子。"

"什么事,爸爸?"

"过来给建筑师打个招呼。你姨父家的房子就是他画的,他现在正在画……正在设计我们的房子。"

"这是大儿子吗?"

"我家的堂胡安。你要出门吗,儿子?"

"如果你能说服妈妈……"

"把这些钱带上。"

"再见，爸爸。"

"佩吉的男朋友……好吧，您不认识她。加拿大大使夫妇的女儿……他是个正经而好学的男孩。您有孩子了吗，建筑师？"

"已经有一个了。"

"真不敢相信，时间过得多快啊！您上次在晚会上和苏姗跳舞，可不就是昨天的事吗……"

"您的酒吧间真漂亮，胡安。"

"您当时还是单身，刚回来……"

"胡安！胡安！比波晚上又出门了！明天他还要起早上学。谁允许他……？"

"我允许他的。"

"请过来，夫人，能赏光陪我们喝一杯吗？"

"我不喝酒，年轻人……比波……"

"那就陪我们待一会儿吧，夫人。我和您丈夫一直在讨论新家的设计图，我想您一定也很想知道您的新家会是什么样子。"

"是这样，建筑师。除了祈求上帝保佑，我还能做什么呢？我哪有力气打扫一个比这个更大的房子？……仆人越来越不好找。您也许可以跟我丈夫谈谈，建造一个小一点的房子。我要怎样才能说服他啊！他就像一个小孩，做梦都希望自己的房子比我表妹夫的还要大。"

"我们讨论的正是这个，夫人。新家不会更大，也许会有更多的房间，如果您希望的话。考虑到视觉效果，新家看起来会小一些。您没看出胡安·卢卡斯的房子正是利用了马球场的视野吗？所以才看起来巨大无比，比实际上大很多。请不要担心，夫人，您的家会更小一些。关于这个细节，今天下午我已经说服了您的丈夫。"

"真是太感谢了，建筑师……胡安，比波明天要上学，你难道没有考虑到这一点吗？"

"好吧，胡安，听从您的吩咐。等您定好时间，我们就开工。现在我先告辞了。"

"好的，好的，我送您到门口，我今天晚上也要出门。"

"胡安！你感冒这么严重，晚上还要出门？"

"建筑师，请……"

"再见，夫人。晚安。"

"真不敢相信，时间过得多快啊！胡安·卢卡斯陪着微醉的您，可不就是昨天的事吗……"

拉斯塔里亚原本打算用一句话刺伤建筑师，一个突如其来的喷嚏使他就此打住。还是不要再继续说了，赶紧送他去门口吧，要是让苏珊娜抓住机会，一定又要借题发挥，细数感冒的诸多不宜，以及今晚外出的潜在危险。拉斯塔里亚轻轻推了时尚建筑师一下，这时，身后传来苏珊娜的声音：你已经不是年轻人了……

"晚安，胡安。"建筑师说，似乎带着一丝嘲讽的语气。

他们微笑着握手告别。从根本上说，两个人都很满意：胡安·拉斯塔里亚将由时尚设计师亲自打造私宅，而时尚设计师将凭借一座半城堡半实用的房子大赚一笔。

拉斯塔里亚重新向酒吧间走去，打算告诉苏珊娜，他没有感冒，而且晚上确实要外出。然而到了之后，却发现她已经消失在城堡的某一条漆黑的走廊里，于是决定喝一杯以示庆祝。一连串难以克制的喷嚏涌上来，他勉强将它们按灭在手帕里，"幸好她不在。"他想。然而他突然意识到，拿在手里的不是感冒时用的手帕，而是去高尔夫俱乐部时用的那一块。他立刻换了一块普通手帕，开始使劲地擤鼻子，脑海中浮现出胡安·卢卡斯擤鼻子的画面：他用的是一块柔软的丝线手帕，专门为鼻子周围敏感的肌肤设计，上面还绣着他名字的缩写。拉斯塔里亚又重新换了一块。他取出丝线手帕，但是已经不需要了。"下次再用吧，"他想，"反正谁也没有看见。"就在这时，又一阵喷嚏涌上来，他本打算用柔软的那块，末了却偷梁换柱：就在喷嚏爆发之前，又换回感冒用的手帕。他一个人藏在酒吧间的角落里，努力地擤着鼻涕，努力地回避着自己的想法。他以为他是一个人，但立刻意识到自己是多么愚蠢。随着一个意想不到的喷嚏，从旁边的小客厅里冷不防传来一个令人生厌的声音。苏珊娜就坐在那里，看起来一定丑陋无比；她在黑暗中坐着，一直在听着他的一举一动。这时她说了一句话，既充满同情又语义双关："愿上帝保佑你。"胡安·拉斯塔里亚一把扔开感冒用的手帕，决定那天晚上就将他的心上人公之于众。

　　鲍比的成绩在十一月初出现了明显提高，胡安·卢卡斯接受苏姗的建议，带他去观看博览会的最后几场斗牛比赛。如果那个白痴经理将布里塞纽请来，一定会精彩得多。临近月底的一个下午，胖子路易斯·马丁·罗梅罗给胡安·卢卡斯打来电话，说布里塞纽即将首次出现在西班牙语美洲的斗牛场上：连续两个星期天，他将在基多的斗牛场表演。胡安·卢卡斯叫他不要挂断电话，同时，通过另一条线与苏姗通话，问她是否愿意去基多度过两周。"划时代的斗牛比赛。"他又补充了一句。他扰乱了她的午睡，而苏姗在喝冰镇可口可乐以彻底清醒之前，从不做任何决定。苏姗一边应允，一边打了个大大的哈欠。她挂了电话，立刻通过内线和厨房联系，叫人送冰可口可乐来。听到肯定回答之后，胡安·卢卡斯也挂了电话，他正在统筹指挥。他立刻拿起另外一个话筒，跟胖子罗梅罗说，要邀请他去基多看布里塞纽斗牛，今天晚上我们再细说，路易斯，是的，再见……不好意思，先生们，刚才我们说到……

　　基多之旅就像是一场灾难。三个星期之前，在洛格罗尼奥① 斗牛场与第三头公牛周旋时，布里塞纽被牛顶伤，尚未彻底恢复。更糟糕的是，基多的海拔令胖子罗梅罗感到极度不适，但他非但没有多加小心，反倒比往常更加随心所欲地吃喝。终于，胖子病倒了，甚至表现出生命垂危的迹象，他们不得不提前返回，虽然布里塞纽有望康复并如期进行原定的第二场表演。

　　在基多时，正当胖子在酒店的大堂倍感煎熬时，一个行李服务生送来

---

① Logroño，西班牙北部的一座城市。

了鲍比寄来的加急信。苏姗大惊失色地打开信，旋即展露笑颜，在看到最后时，开始哈哈大笑，并因此请求仍在痛苦呻吟的胖子罗梅罗的原谅。她将信递给胡安·卢卡斯，他也开始一边看一边笑，最后大笑三声，完全盖住了胖子痛苦的呢喃。

"怎么回事？"罗梅罗问道，两人大笑不止让他有些恼火。

"鲍比请我们允许他在家里开毕业晚会。"

"说实话，我不觉得这有什么好笑。"

"你自己看……"

"不了，谢谢……唉哟！……"

"拿着，自己看，哀怨的胖子……"

听到自己被称作"哀怨的胖子"，罗梅罗感觉受到了侮辱，于是他把信要过来，却没有发现任何可笑之处。确实是没有什么好笑的。儿子请求允许在家里开舞会，这两个人从中看出什么特别之处了？是因为鲍比问他们要钱给女友买兰花吗？这有什么？还抄上了几个分数，想让他们看到十一月的成绩提高了……到底哪儿好笑？……胖子正准备把信还回去，苏姗提醒他看最后几行，最下面，亲爱的。胖子很不情愿地照做，笑着说，也许是因为认识那个女人，他们才觉得有意思，唉哟！他又发出一声呻吟。胡安·卢卡斯不喜欢看到别人难受，更不愿意看见路易斯·马丁如此受罪，于是一把拿过信，大声读出管家婆用以证明鲍比所言属实的注解："分数与鲍比少爷学校的原始成绩单上的完全一致，先生和夫人可以查看原件，学校名字是马克汉姆。"接下来是两个歪歪扭扭的字迹，下边还写着"亲笔签名"。胡安·卢卡斯大笑三声，哈——哈——哈——他叫胖子不要再哀叹了，他们这就回利马，"要为舞会做准备。"他嘲讽地补充了一句。

回到利马之后，路易斯·马丁·罗梅罗身体有所好转。听说布里塞纽在西班牙语美洲的首场演出最终未能成行，他深感庆幸：这样一来，胡安·卢卡斯即将有时间插手斗牛公司的事务，即将成为把伟大的布里塞纽带到新世界的斗牛场的第一人。胡安·卢卡斯将因此在斗牛史上拥有一席之地。

鲍比一直在翘首等待回信。一天下午,他从学校回来,却看到苏姗和胡安·卢卡斯微笑着迎上来。他们已经提前结束旅行归来了。鲍比感到大喜过望,"行还是不行?"他笑盈盈地问道。苏姗给了他一个吻,假装责怪他怎么也不问旅途如何。他于是问旅途如何,苏姗回答说买了一幅基多画派的杰作。接着,鲍比坦白说,电工已经来研究过舞会的灯光系统。看见苏姗和胡安·卢卡斯在笑,他又趁机提出了兰花的事情,只是他一个子儿也不剩,必须赶快订购,现在已经有些晚了,恰逢毕业季……没等他说完,胡安·卢卡斯就说,在利马随便一株天竺葵都被当作兰花,根本不需要订购!鲍比立刻想到佩吉给他戴了绿帽子,玛鲁哈拒绝了他,索妮娅迟迟未回,幸好胡安·卢卡斯及时注意到他的反应。"让我把话说完。"他说,然后开始娓娓道来。原来他也懂兰花,或者说他有兰花,只是他们还不知道而已。他有几百万株被闲置的兰花,都是野生的、真正的好品种,上帝可以作证,不是利马随便什么小店出售的病歪歪的兰花。永远应该精益求精,而他在廷戈·玛丽亚的种植园里的兰花正是这样的精品。苏姗请他慢点说,她什么也没听懂,但是鲍比已经明白,胡安·卢卡斯在雨林区有一个种植园。更确切地说,那是一座实验园,还有语言学家在那里研究琼乔人的方言,甚至在最近似乎还刚刚去了几个耶和华见证人[①]……

"都是谁在负责,亲爱的?怎么从来没有听你说过?"

"等哪天去看看,我们正在建造一个小型飞机场。那里我有两个南斯拉夫人……是移民……他们会给鲍比选一株不同凡响的兰花。"

下午六点时,电工的工头说一切就绪,只等验收,管家婆兴高采烈地跑去打开那些将会照亮毕业舞会的灯。在她按下开关后,只听"嗞嗞——

---

[①] Testigos de Jehová,是一个独立的宗教团体,19 世纪 70 年代末由查尔斯·泰兹·罗素在美国宾夕法尼亚州的匹兹堡发起,直至 1931 年的一次大会上,才根据《圣经·以赛亚书 43∶10》中的"耶和华说:'你们是我的见证人,是我所拣选的仆人。'"取名为耶和华见证人。

嗞嗞——"宫殿里所有的插座立刻火花四射，所有的灯一齐熄灭，空气中弥漫着焦味。工头笑着说只是一个小小的技术故障，这时鲍比出现了，冲他大声咒骂，说因为他的过失，舞会办不成了。工头的儿子出来维护自己的父亲，开始指责鲍比，幸好这时管家婆出来为鲍比辩解，说他服了很多镇静剂，所以情绪激动。鲍比大嚷着离开了，威胁说五分钟之内必须重见灯光，至于工头的儿子，他说，随时随地奉陪到底。大约六点半时，乐队的卡车到了，送来了钢琴和管风琴。从楼上的一个窗户里，胡里乌斯看见人们正在搬钢琴，赶紧跑下楼，看看是否跟玛丽·埃格内斯的钢琴一样。钢琴被放在一个露天平台的角落里，乐队就将在这里表演。胡里乌斯立刻搬来一个小板凳，坐下来演奏在普罗塞尔皮娜女士那里从未能够好好弹奏的练习曲。他弹得很好，到了最后甚至敢于加入自己的一点情感，可惜没能把它演奏完，因为鲍比再次出现，大声叫嚷着让他立刻合上钢琴盖，否则就要一掌将他的脸打开花。胡里乌斯急忙闪躲，一旦确定哥哥已经打不到他，就又立刻转过身来。

"这架钢琴太一般了。"他说。

"你懂什么！狗屎！"

"好钢琴不会有一股猫尿味，呵呵，呵呵……"

他侥幸跑开了。鲍比差一点赶上来，不巧被电工工头的儿子挡住了路。工头的儿子正出声地嚼着口香糖，一条腿还在打着节拍。鲍比再次决定要拿胡里乌斯存钱罐里的钱和索妮娅上床。他转身迈入通往露天平台的门，心想，早晚要给电工的儿子难看。"这几个也一样。"当迎面遇上三个正在将乐队的管风琴抬进来的人时，他自言自语道。就在这时，电话铃响了，鲍比跑去接听，说不定是哪位同学打来的。

"您是哪一位？胡里乌斯吗？"

"不是，鲍比。"

"孩子，我打电话来是为了祝贺你的毕业舞会的。"

"谢谢！"

"我猜，舞会监督人已经找好了吧？"

"太多了。"

"你妈妈在吗?……"

"谁也不在……"

"我想祝贺她,因为一切想必都完美无缺……"

"家里没有别人。"

"希望你的毕业舞会一切顺利,就像……"

"好的。"

"舞会监督人都有谁?"

"不知道。"

"你的妈咪不在家,是吗?"

"谁也不在!"

鲍比扔下话筒,接着气呼呼地骂了一句:"见鬼去吧,老女人!"苏姗回过头来。她坐在一旁看杂志,不经意间听到了鲍比说话。

"亲爱的,是苏珊娜姨妈吗?"

"只要她敢来,我就把她踢出去!"

"我想她不会来了,亲爱的……"

在厨房里,身着制服的塞尔索和丹尼尔正在喝茶。"穆里略婚礼、酒会及招待会承办公司"的侍者们已经在外面布置最后几张桌子,眼看就要开始准备鸡尾酒了。亚伯拉罕满脸狐疑地看着那一盘盘将要同开胃酒一起端上的小吃,卡洛斯开玩笑说,怎样?您的同行干得不赖吧?

"您尝了吗,堂卡洛斯?"

"还有这一种没尝。"司机回答道,同时四平八稳地从最大的托盘里拿起一块点心。

"等下要是不够吃,场面一定会很混乱……"

卡洛斯又拿起一块,见他如此目空一切,亚伯拉罕不由得低下头来,"您真是太可怕了,堂卡洛斯。"他说。

与此同时,在一间浴室里,鲍比剃胡子时不留神弄伤了自己。一看见血流出来,他立刻想起兰花还没有到,于是扔下剃须刀,跑下楼去找胡安·卢卡斯,因为他的失误,毕业舞会就要泡汤了。途中碰到正准备上楼换衣服的苏姗,鲍比问起胡安·卢卡斯在哪儿,因为他的失误,他的毕业舞会就要泡汤了。苏姗回答说 Daddy 在绿色的大厅里,正和路易斯·马丁·罗梅罗以及斗牛公司的新任经理打台球。

"我的兰花在哪儿?"鲍比大声叫嚷着冲进台球室。

"在廷戈·玛丽亚。"胖子罗梅罗立刻回答道。他将台球棍插在地上,仿佛那是一把长矛,同时张大嘴巴,从腹腔里发出一阵西班牙式的大笑。

"啊,糟糕!"胡安·卢卡斯惊呼,"还没到吗?"

"你跟我说飞机早上就送到。"

"有时会有延误,不过……"

"不是坠机了吧?"

"镇静,镇静,"罗梅罗插嘴道,"给我拿部电话来,小伙子,我给报社打个电话,如果发生了事故,他们会比任何人都先知道……真他妈不巧!只差这个了!"

"稍等,"胡安·卢卡斯制止他,"还是打给机场吧。"恰巧这时胡里乌斯来说,胡安叔叔,有两位先生带着一只小盒子来找你。正说着,就听见两个人当中的一个用嘶哑的声音说:"兰花,堂胡安。"兰花一事终于尘埃落定。这时,再次听到"嗞嗞"的声音,宫殿里的所有插座又一次火花四射。当时天色已晚,宫殿里顿时一片漆黑。

"这些电工!"胡安·卢卡斯抱怨了一句。

"真他妈不巧!……我的威士忌在哪里?"胖子嘟嘟囔囔地说。

一个小时之后,鲍比叼着烟,开着捷豹离开了宫殿。他要去罗斯玛丽家。她还没有准备好,很不巧,今天理发店把她的头发做得糟糕透了。离开宫殿时,鲍比看见两辆出租车刚好到达门口,他没有停下来看从车上下来的人是谁。应该是乐队以及乐队指挥和主唱。来的是"节奏与青春"乐队,指挥是本尼·洛博,主唱是安迪·拉迪诺,对自己的嗓子保护有加,每唱完一首歌都要围上领巾休息片刻。乐队总共十一个人,除了洛博和拉迪诺,还有九个乐手,个个都是节奏的魔术师。洛博是白人,而拉迪诺则同白人一样沐浴爱情与夜色，畅享朗姆酒与香烟的美妙，朝霞与霓虹一样也不错过。九个乐手肤色各不相同，有肤色较浅的、甚至有些帅气的桑博人，也有肤色较深的黑人。其中有几个可以做葬礼上的优雅的黑人司仪，几乎所有人都可以做司机，其中几个更风趣的甚至可以在一些舞厅做侍者。然而，这九位乐师是作为艺术家而来的。当他们到达宫殿的内庭时，"穆里略公司"的打着发蜡的侍者们正在完成最后的准备工作，由于第二次停电，稍稍有些滞后。九位乐师生就一副艺术家的派头。看见一下子来了九个更加成功的司机，卡洛斯仿佛一只受惊的乌龟一般立刻躲进了甲壳里。乐师们没有注意到卡洛斯，他们欢乐开怀，根本没有看见他。常言道，有美食就会有美酒，有美酒就该有音乐。而在有音乐的美好生活里，悲伤的黑人是不会有人注意的。相反，亚伯拉罕则开心地哼哼唧唧，上前来迎接。他钻到乐手们的中间，坐在一张小板凳上，点燃一支雪茄，兴奋得不能自已，就这样隔着缥缈的烟雾注视着他们。九个皮肤黑黑的人脱去外衣，露出红底白点的宽松丝绸衬衣。衬衣上部敞开着，露出黑乎乎的胸膛，下端打了一个结，束在肚脐上方。下身穿着白色的灯笼裤，在脚踝处收紧，裤裆处鼓鼓囊囊，看起来沉甸甸的，仿佛盛着一楼风月。塞尔索和丹尼尔犹豫不决，不知道是应该保持沉默，还是去找音乐家们签名，或者继续像个无知的山里人一样傻笑。最终他们选择了沉默。管家婆一本正经地过去跟乐师们说晚上好，敬仰之情溢于言表；相反，音乐家们的反应却十分傲慢无礼：其中一个就着她绝无仅有的丰硕乳房左右摆动的节奏敲击着沙槌，其他人跟着他的节拍耸动或者扭摆肌肉发达的肩膀，当管家婆渐渐走远，沙槌做出响亮的一击，仿佛群峰涌动的肩膀之舞也随之戛然而止。安迪·拉迪诺清了清嗓子试音，随即提议喝一杯以活跃现场，亚伯拉罕赶紧起身倒酒。众人举起酒杯，指挥洛博除外，他是负责签合同的人。

当一支流行歌曲的节奏响起时，胡里乌斯正在梳头。听见乐声，他立刻扔下梳子，飞快地跑进卧室，将一扇正对着乐队所在角落的窗户打开，探身向外。舞池里空无一人，庭院里放置了很多桌子，旁边也都没有人，只有乐队在一个角落里。此时，音乐已经停止，乐师们谈笑风生，一边拨弄着各自的乐器,一边听着指挥洛博布置任务。胡里乌斯关上窗户,回到浴室继续认真梳头,管家婆嘱咐必须打扮得精致优雅。相反,鲍比早已警告过他,如果胆敢出现在舞会上,就要打破他那张瘪三一样的脸,"舞会不欢迎鼻涕虫。"末了还恶狠狠地加上一句。那又怎样?从卧室的那扇窗户,他可以看到整个舞会。况且,当他稍后出现在庭院里时,鲍比恐怕早就不记得自己说过的狠话了。胡里乌斯梳完头发,戴上米奇小领带,又想起胡安·卢卡斯曾经说过,领带要亲手打,那些已经打好的,通过一个小钩子扣在脖子上的都丑陋不堪,领带不是挂在脖子上的破布条,有些东西如果不会用,倒不如不用。他摘下米奇领带,回到卧室去找一条普通领带,有一条很喜欢的,等下胡安·卢卡斯叔叔看见一定会说,和这件上衣配起来难看极了。他照了照镜子,觉得效果很好,当然很好,胡安·卢卡斯叔叔一定会说,什么时候才能学会着装搭配,年轻人?我已经学会了,妈咪,你喜欢吗?苏姗在衣柜上的一张照片里微笑,回答说喜欢。于是胡里乌斯又回过头来看床头柜上的照片,辛缇娅笑逐颜开,也在说喜欢……不过辛缇娅似乎还想说些什么,胡里乌斯急忙将目光移开,唯恐想到某些事情而悲伤也会随之而来,我不能,辛缇娅……流行音乐的节奏又响起来,他冲过去打开窗户,然而,还没来得及将头探出窗外,就只剩下几声走调的和弦和一道突如其来的喇叭声,随后又什么声音也没有了。他关上窗户,又看看辛缇娅的照片。第三次响起流行歌曲的节奏,乐师们一定还是在排练。胡里乌斯已经不再跑去开窗户,继续站着听辛缇娅说话。乐师们还在下面排练,他不该这么悲伤和紧张,舞会就要开始了……应该下楼,虽然现在还没有人,不过,可以去看乐师排练……又排练了几次……辛缇娅。胡里乌斯决定离开房间。他跑着下了楼梯,然后又跑向庭院,想趁着乐师们排练的工夫过去和他们说说话,结果却发现庭院里已经全是人,一对一对的舞伴正在跳舞。乐师们都站着,用心地演奏,满头大汗,一边随着节奏摇摆,似乎随时都会跳起舞来。

"胡里乌斯,你去哪儿了?……快来!"管家婆喊道。她叫他过去,所有的仆人都躲在那里观看舞会。

他们的藏身之处热闹得像个喜鹊窝。众人开心得好像这是为他们而举办的舞会，一个个嘻嘻哈哈地迈着舞步，快看，鲍比少爷！所有人欢呼雀跃。如此兴奋是有原因的，如此兴奋是因为鲍比带来了一个漂亮的小洋妞。

"鲍比少爷的女朋友真漂亮！"乌尼韦尔索反复赞叹着，沾满泥土的足球鞋刚刚踩在卡洛斯的脚上，他连忙道歉。

"之前那个加拿大女孩更好，"卡洛斯解释道，"更丰满一些，不像这个，两根钢轨随时要断……"

"什么？"胡里乌斯打断他。

"两根钢轨，她的腿。"

"呵呵，呵呵，钢轨……这个卡洛斯把东西的叫法都换了……（就跟卡诺一样……）"

这后一句他没有说出来，甚至没有继续往下想，在舞会上不应该想起伤感的事情。说起伤感，他又想起辛缇娅……

"呵呵，呵呵，钢轨……这个卡洛斯把东西的叫法都换了……（就跟卡诺一样，辛缇娅……）管家婆，你最喜欢哪一个？"

"这样看起来，和鲍比少爷跳舞的这个女孩最漂亮。"

"你呢，卡洛斯？"

"所有的都不错，但是要我说，都再长几公斤才好……罗莎·玛丽娅小姐也不错……"

"罗斯玛丽。"胡里乌斯纠正他。

"鲍比少爷的女朋友真漂亮！"塞尔索欢呼。

"鲍比少爷的女朋友真漂亮！"丹尼尔欢呼。

"还是鲍比少爷的女朋友最漂亮！她叫罗斯玛丽！"乌尼韦尔索也欢呼。

卡洛斯打断了乌尼韦尔索，他说，不要大声喧哗，乐队已经停止演奏了，如此吵吵闹闹外面可以听见。"关上灯。"管家婆说。这个主意不错：就这样在黑暗中，鼻子贴着那扇正好位于乐队后方的窗户，可以尽情享受舞会，完全不用担心庭院里会有人看见。

一个小时后，到了用餐时间，指挥洛博用管风琴演奏着悠扬的旋律。"快去和你的父母一起吃饭。"管家婆对胡里乌斯说。胡里乌斯离开他们的据点，绕过一张张桌子，向苏姗和胡安·卢卡斯走去。他们正和路易斯·马丁·罗梅罗、几个十分和蔼的舞会监管人以及几小时之前给鲍比送来兰花的两个金发的大块头在一起。"亲爱的！"一看见他，苏姗高兴地叫起来，"你吃过了吗？"胡里乌斯回答说没有。旁边一定有人听见了，立刻出现了一个"穆里略公司"的侍者，拿来了一小杯可口可乐，以及舞会定制菜单上的一道头盘。

在每道菜之间，洛博指挥都会演奏更加悠扬的旋律。于是，热恋中的小伙子以及准备当晚表白的小伙子，都慢慢站起身，沉默地伸开臂膀，向心爱的女孩发出邀请；女孩们微笑着站起身，缓缓伸出纤手，跟随男孩的脚步，走到他们的身边。在距离桌子几步远的地方，一对一对的情侣依偎相拥，庄重地闭上眼睛，不时地向旁边迈出一小步。技术欠佳、踩不到节拍的羞涩少年也在跳舞；他们跳得很差，而且与舞伴隔得很开。甚至班里的那些傻瓜，那些不如不来的人，也做出了日后定会让自己悔不当初的决定；他们挣扎着离开座位，和那些丑女孩或者那些后悔来了的女孩相伴起舞。然而，没人体会到安迪·拉迪诺的一片苦心，他的情歌里加入了一种特别的调子，专门为热带国家湿热港口的咖啡馆量身定制。

甜点之后，好戏开始了。九个乐师疯狂摇摆，洛博一边熟练地指挥，一边灵巧地演奏，时而弹奏钢琴，时而弹奏管风琴。安迪·拉迪诺没有唱歌，这个古巴人在九个乐师之间来回穿梭，大声叫喊着助兴，时不时对着麦克风喊上一句。伤脑筋的是那些蹩脚的舞者。一些女孩开始觉得无聊，因为那些羞涩的小伙子根本不知道跳舞是怎么一回事。娴熟的舞者则正相反，他们时而放开身边的女孩，时而又贴过来带着她们慢慢舞动。他们收放自如，每一步都踩着节拍。他们跳着各种舞蹈：梅伦盖舞、摇摆舞、摇滚舞、恰恰舞等等。众人一起换着花样跳舞的场面最为疯狂：人们踩着小踏步蹦蹦跳跳，排着队玩小火车的游戏，在桌子间跌跌撞撞地跳动着。众人尽情开怀,场面十分热闹。

场面自然是十分热闹的。有个美丽的女孩,快乐而且可爱,穿着有层层轻纱的蓝色连衣裙,裙摆的后部微微翘起。她用双臂环抱裸露的双肩,仿佛感觉寒冷似的,然而,她保持这样的姿势完全是出于开心。她过来了!她到这边来了!她随着跳舞的人群从他们面前转着圈经过,不时开心地挥挥手。这个全身洋溢着快乐的女孩向舞会监督人、胡安·卢卡斯、苏姗、两个金发的大块头以及摄影师挥手,摄影师跟在她身后追拍,她不停地唱唱跳跳,转眼就去了别处……胡里乌斯趁着喧闹,问苏姗那两个金发的大块头是谁。他们是胡安·卢卡斯在廷戈·玛丽亚的合伙人,阿第里奥和埃斯特班,都是南斯拉夫人……这时,她过来了,那个可爱无比的女孩再次经过,所有人都想看看她的模样,可是谁也看不清楚。她笑着,跳着,旋转着,金色的头发披落在脸上,层层轻纱包裹着她,摄影师的闪光灯晃得她睁不开眼睛,她又要走远了,一边远去一边大声说着"过来",她在叫胡里乌斯,叫他加入转圈的人群,加入小火车,快来,小伙子!她随着队伍向庭院深处转去,她在哪儿?快把我找出来!阿第里奥和埃斯特班快要笑死了,胡里乌斯抗拒着,不!不!他不想跟随人群一起转圈。那个女孩又过来了,为了看他和邀请他一起跳舞,她就要脱离转圈的人群,就要飞出来了。她转圈的速度越来越快,她很漂亮,完全不在乎别人将她裙子上的轻纱踩落,轻纱一片片飘落,地上到处都是,她满不在乎,继续快乐地转着圈。随着乐师更换曲目,她也优美地变换舞步。这时奏起了拉斯帕舞曲①,跳吧!跳吧!跳吧!民间拉斯帕舞!所有人都欣赏着她可爱的舞姿:她将两手支在腰间,像个不倒翁,又像只酒葫芦,她像个小疯子一样跳着舞,已经分不清谁是她的舞伴,她遇见谁便和谁跳舞,和所有人一起翩翩起舞。她转到两个南斯拉夫人面前时,也向他们发出邀请,两人把胡里乌斯往队伍里推,胡里乌斯此时确实打算加入,但是鲍比挽着罗斯玛丽的胳膊飞跑而过。所有人都跟着拉斯帕的节奏旋转,互挽手臂,随后

---

① 拉斯帕舞(la raspa)是一种起源于墨西哥,常在节庆时表演的群舞。

又松开，不停地变换舞伴，碰到谁便挽住谁的手臂，那个可爱的女孩不见了，有人挽着她的胳膊将她带走了，他们转着圈往庭院的深处去了。拉斯帕舞结束了，胡里乌斯在一对一对的舞伴中发疯似的寻找她。苏姗看着乐队，希望他们不要中断演奏。胡里乌斯仍然在舞伴之中寻找，她消失在庭院的深处，哪儿也看不见她的影子。洛博指挥乐队更换演奏曲目，苏姗向乐队微笑，这时奏起了《啤酒桶波尔卡》①。"波尔卡！"两个南斯拉夫人发出了一声欢呼。人们成群结队地踩着小踏步跑起来，从庭院的一头跑到另一头，那个可爱的女孩又出现了，一副欢天喜地的模样。"来吧！"她一边向所有人叫喊，一边向后踏着舞步，她又走远了，看不见了。"波尔卡！"阿第里奥和埃斯特班大声喊着，"她什么舞都会跳！"胡安·卢卡斯快乐地评价道："青春万岁！"路易斯·马丁·罗梅罗欢呼着，波尔卡！青春万岁！波尔卡！那个可爱的女孩再次出现，"美丽的姑娘！"胡安·卢卡斯赞叹道。"落落大方！"罗梅罗喊道。"活力无限！"一个舞会监督人补充了一句。"她又来了！"阿第里奥提醒众人注意，快！一起来吧！不要害怕！她过来时差点撞到他们。"夫人，跳舞吧！"她对苏姗喊道，笑得喘不过气来，眼睛里闪耀着幸福的光芒。"好的，亲爱的！好的，亲爱的！"苏姗微笑着对她说，却已经热泪盈眶。"夫人，跳舞吧！夫人，跳舞吧！"女孩一边叫喊，一边随着人群远去，跳着，舞着，旋转着，美丽的身影消失在庭院深处。胡里乌斯仍然在找寻着她……

"路易斯·马丁，"胡安·卢卡斯说，"你来招呼一下客人。"

"苏姗怎么了？"

"我不知道，可能有点不舒服……"

胡安·卢卡斯进了苏姗离开时走的那扇门。她就在那里，在第一个客厅的深处，正微笑着将手帕收起来。

"我没事，亲爱的。"

---

① 《啤酒桶波尔卡》（*The Beer Barrel Polka*），由捷克作曲家杰拉玛·万卓达（Jaromir Vejvoda, 1902—1988）创作于1927年，是欧洲最流行的波尔卡舞曲之一。

"苏姗……"

"你去招呼客人吧。"

胡安·卢卡斯想亲吻她,但是她没有回应。

"苏姗……"

"亲爱的,"她吻着他说,"我们去庭院吧。"

现在是胡里乌斯不见了。幸好,客人们丝毫没有察觉。阿第里奥和埃斯特班——这后一位声音格外嘶哑——正在和舞会监督人谈论波尔卡的诸般功用。乐队已经停止演奏,一对一对的舞伴们也已经筋疲力尽,都坐在椅子上休息。桌子上可以看到很多双握在一起的手,可以想象桌子下面也一定有很多手牵在一起。安迪·拉迪诺和九个乐师在慢悠悠地享用亚伯拉罕刚刚呈上的啤酒;洛博坐在管风琴前,准备演奏一首舒缓的乐曲;摄影师趁机给每对舞伴拍照。

又过了好一会,音乐才完全停止。起初,胡里乌斯以为终于可以睡觉了。他再也不想参加什么舞会了,刚开始的时候总是令人愉快,到了后来却免不了发生点什么。他以为管风琴奏出的旋律是在宣告舞会结束,舒缓的曲调将有助于他入眠,然而,从庭院里传来指挥洛博弹奏的激情洋溢的节奏,其他乐器逐渐加入其中,小号也吹奏起来。"跳梅伦盖舞吧!"安迪·拉迪诺喊道。胡里乌斯从床上一跃而起,想重新穿上衣服下楼,但是他没有。他也没有打开窗户去寻找她。他看了一眼辛缇娅的照片,他们都不记得你了,辛缇娅,只有妈咪记得你,我从她今天晚上的笑容里看出来了。上次看见她露出这样的笑容时,我才五岁,当时你没能从波士顿归来,辛缇娅。今天晚上来了很多你的同学,她们中的很多人是你的小学同班同学,妈咪也知道,她看见你了,不,辛缇娅,她没有看见你,是我从她的笑容里认出了你。我确实看见你了,我很害怕,舞会总是这样令人伤感,这样的事情通常发生在晚上。他们不记得你了,辛缇娅,那个女孩吓了我一跳。有一次,妈咪看见我在和你说话。所有人都说,辛缇娅在天堂里呢。有一次,妈咪发现我在为你祷告,不!不!不!胡里乌斯!不,亲爱的!不,我的孩子!我的心肝宝贝,别这样!我去忏悔了,我后来不再为你祷告，不过，一直到今天我都在和你说话。我们舞会之前还在聊天，不是吗？是你想说话，不是我想，我一直在和你说话，所以妈咪哭了，而我没有哭，我只是吓了一跳。妈咪说得对，胡里乌斯，不要这样！我的心肝宝贝，你不能这样！不应该这样！你会伤到自己，我心爱的孩子！辛缇娅在天堂里！……你这样会伤到自己，我的心肝宝贝！这是很久以前的事了，辛缇娅，后来我一直在跟你说话，从早到晚都对着你的照片和你说话。每天晚上，当我躺下时，我看着你，你什么都知道；每天早上，我一睁开眼就看着你，你也什么都知道。辛缇娅，妈咪说得对，所以我今天害怕了。当某一天想起你时，人们会伤心流泪，很多人都是这样。而我跟他们不一样，我把卡诺、鲍比和妈咪的事情说给你听。我今天害怕了，你要原谅我，辛缇娅，这只是你的照片，原谅我吧，辛缇娅，我要将你放到衣柜上去了，远离我的床。我从很小的时候就躺在床上想心事，我要把你从床边拿开，放到衣柜上去，辛缇娅，很抱歉，你能明白吗？我一连几个小时都在和你说话，所以今天晚上我吓到了。也许，这样担惊受怕会有害处，因为你的双手会发抖，每天下午四点钟都会感到胃疼。抱歉，辛缇娅，你在……妈咪今天晚上的笑容里，请原谅，你到衣柜上面去吧，我就要满十一岁了，你就待在衣柜上吧，我有一天也要去参加舞会，我不想再受惊吓。我已经给你讲过前几天晚上做的一个梦，辛缇娅，希望你能明白，那是在鲍比的舞会上，我还是一个孩子，你还没去波士顿，但是直到那天晚上，直到今天晚上，我一直在同你说话，而你已经十五岁了，我兴冲冲地出去找你，我去你的同学中间找你，但是你不在，她在哪儿？我问，她们都不记得你了，辛缇娅，这件事我已经告诉过你，你不要哭，你明白了吗？这一点用也没有，只会让你更加痛苦，让我更加害怕，这样行不通，我还停留在小时候，我找不到你，鲍比想把我赶走，因为他嫌我碍事，我当时确实碍手碍脚，你没有看见我的梦，辛缇娅，我在每张桌子前询问，所有人都觉得我很讨厌，突然有一个你出现了，旁边还有一个你，另一个肯定也是你，妈咪有一天说过，十五岁的女孩都是一个模样，今天妈咪认错人了，可怜的妈咪，但我当时真的相信她的话，那个女孩就是你，另外一个女孩也是你，我看见每个人时都觉得是辛缇娅，妈咪，为什么你说所有的女孩都是一个模样，太难了！太难了！舞会结束了，我没找到你，辛缇娅，我感到疲倦，一切渐渐消散，人们陆续走了，我还在奔跑，我感到疲倦，整个晚上我都在找你，辛缇娅，最后你对我笑了，我都告诉过你了，直到那时事情才变得容易起来，最后，你的微笑带领着我跟在她身后，到了一张桌子前，你的微笑，辛缇娅，我都告诉过你了，早上太阳出来时，我在你身边醒来，同往常一样，看着你，你瞧，我一醒来就看着你，你什么都知道……

"胡里乌斯！"

听到苏姗的声音，胡里乌斯吓了一跳，他甚至已经想好了一个借口，这是最后一次，妈咪。他回过头来，却看见了鲍比。

"舞会结束了吗？"

"你没发现已经没有音乐声了吗？"

"是的，是的，真的没有了，我真笨……"

"我是来跟你做交换的……"

"……"

"如果你把存钱罐里的钱给我，我就告诉你今天晚上要跟谁打炮。"

胡里乌斯想起胡安·卢卡斯说过，在夏天结束之前，一分钱也不给鲍比，他差点就把存钱罐给他了，呵呵……胡安·卢卡斯叔叔会怎么做？不过，他哥哥在凌晨四点钟来找他，要他交出所有的钱，而且浑身散发着酒臭味，确实让他心生疑虑。

"夏天才刚刚开始，"他说，"你怎么还我？"

"快点，白痴！给，还是不给？"

"不给！"胡里乌斯喊道，一边扑向秘鲁国际银行的小铁箱。

鲍比先拿到了，这个混蛋扬长而去……

"钥匙在妈咪的铁箱子里……"

鲍比非常了解这种存钱罐，比国际银行的圆顶还难打开，他也有一个，可惜是空的。妓院很快就要关门了。

"狗屎！"他骂道，松开了存钱罐，"你别想知道我今晚要跟谁打炮！"说完就怒气冲冲地离开了。索妮娅应该已经回到那内特的店里了……

胡里乌斯对此一无所知。如果你把存钱罐里的钱给我，我就告诉你今天晚上要跟谁打炮。他回头看看辛缇娅，他打算做什么？他想干什么？今天晚上要跟谁打炮……抱歉，辛缇娅，你还是到衣柜上面去吧，我把你放在衣柜上，妈咪说得对。胡里乌斯拿起辛缇娅的照片，然后把它放到衣柜上，紧挨着苏姗的照片。打炮？炮？抛石头？抱歉，辛缇娅，打炮，你明白吗？我要把你放在这里，我要关灯了，辛缇娅，我要走了，妈咪说得对，打炮？你明白吗？每当我躺下时，我看着你，你什么都知道……

胡里乌斯做得很决绝。算得上一个勇士。天快亮时，他睡着了，嗓子里好像堵着一颗核桃。他是背朝衣柜睡着的。阳光就要将他照醒了，前一天晚上管家婆玩得尽兴，忘记像往常一样上来将窗帘拉上。胡里乌斯感到一丝阳光照在他紧闭的眼皮上，然而就在这时，辛缇娅笑盈盈地在庭院的一张桌子旁叫他。拜托，妈咪！让我去！苏姗没能将他抓住，胡里乌斯气喘吁吁，在一对一对的舞伴中间艰难地穿行。突然，所有的人一下子全部离开了他的卧室，在他和桌子之间，在床与衣柜之间，空无一物。我一醒来就看着你，你什么都知道……

### III

如果我没有记错,那是我最后一次属于孩童的哭泣,里面已经掺入了一丝难以名状的迷茫与苦涩。

——弗朗塞斯科·切萨①,《三月时光》

……我们听见莫里斯·奥沙利文②的声音在诉说,他的大半个自己死于那一夜,那是他生命中的一个完整而深邃的部分:童年。

——狄兰·托马斯③,《二十年成长史》

"许下的诺言,欠下的债。"胡安·卢卡斯将电报递给苏姗时这样说。说好要接他回来过圣诞节,难道已经忘记承诺了吗?苏姗愉快地读出电报:"我二十四日到。利马时间下午三点。二〇四航班,纽约至利马。莱斯特·朗同往。"鲍比喜出望外,再过几小时圣迪亚哥就回来了。

众人匆匆忙忙地吃了午饭,随后就坐上水星汽车出发了。胡安·卢卡斯让卡洛斯开车,这样他们就能在机场大楼的正门前下车,而他可以去找地方停车。他们开开心心地到了机场。"就是那架飞机。"鲍比指着一架正在降落的飞机说。胡里乌斯看了一眼手表,那架想必就是。"还记得你的哥哥吗?"苏姗问道,一边牵起他的胳膊走向大厅。

是的,他记得。所有的人都记得圣迪亚哥。卡洛斯也记得;他立刻就停好了车,赶来看圣迪亚哥少爷的飞机着陆。此时,他已经到了,和他们一起站在接机平台上,欢呼着圣迪亚哥的名字。终于,两位空中小姐将舱

---

① 弗朗塞斯科·切萨(Francesco Chiesa,1871—1973),意大利作家。
② 莫里斯·奥沙利文(Maurice O'Sullivan,1904—1950),爱尔兰作家。
③ 狄兰·托马斯(Dylan Thomas,1914—1953),威尔士诗人、作家。《二十年成长史》(Twenty years a-growing)是狄兰·托马斯在莫里斯·奥沙利文的回忆录基础上创作的电影脚本。

门缓缓打开，在她们的身后，圣迪亚哥出现了。鲍比举起手臂向他招手，然而就在这时，圣迪亚哥抱住了其中一位空中小姐并与她亲吻了好一会儿。他终于停下来了，鲍比已经再次举起手臂向他挥手。但是这时又出来了一个金发小伙子，发色比圣迪亚哥更加金黄，他搂住了另外一位空中小姐，也和她亲吻了一会儿。"莱斯特的儿子！"胡安·卢卡斯兴奋地说。"他们这样，其他乘客都无法下飞机了。"胡里乌斯插嘴道，胡安·卢卡斯瞪了他一眼，怪他大煞风景。两人终于向平台看过来了。圣迪亚哥立刻就在接机的人群之中找到了他们。"在那儿，"他指给莱斯特看，"对！对！他们在那儿！"莱斯特·朗四世脱去假想的大檐帽，高高举起手臂，用力向他们挥舞，在空中来来回回画着扇形，幅度之大几乎接近一百八十度，仿佛在歌颂友谊或者友好邻邦……"不愧是莱斯特的儿子！"胡安·卢卡斯大笑着评论。

圣迪亚哥付了一大笔行李超重费，之后便向他的家人扑去，莱斯特·朗四世紧随其后。苏姗站在原地，边打趣边看着自己激动的儿子，然而，圣迪亚哥立刻就打乱了她的阵脚。"太棒了！"圣迪亚哥喊道，然后便随心所欲地以各种方式问候她：他亲吻她，接着将她稍稍推开，以崇拜的目光反复打量她，然后再一次拥抱她，将她的头发全都弄乱了。"亲爱的！亲爱的！亲爱的！"苏姗无助地大声叫道，他们彼此拥抱着又旋转了两圈。"完全是个强盗样！"苏姗惊呼，她刚刚摆脱圣迪亚哥狂喜的情绪。而此时圣迪亚哥已经扑向了惊慌失措的鲍比，不出几秒钟就使他失去了招架的能力。只听见胡安·卢卡斯在哈哈大笑。圣迪亚哥接下来打招呼的是胡里乌斯，"小耳朵！"他说，一边用一只胳膊肘轻轻地捅了他一下，又使劲地揪了揪他的两只耳朵。之后，他又拥抱了胡安·卢卡斯，这时他看见了卡洛斯，趁着高兴也给了他一个拥抱。"这位是莱斯特。"圣迪亚哥将朗三世的儿子介绍给众人，这位客人早已和所有的人打过招呼了。

到了宫殿之后，胡里乌斯认为他有责任向圣迪亚哥和他的朋友介绍新家，但是这两个人在各个房间随意走动，仿佛一直住在这里一样。苏姗困倦难当，需要像往常一样睡午觉，此时已经不见了人影。胡安·卢卡斯也跟他们说,好了,小伙子们,晚上再见了,到时候我们一起在家吃晚饭。圣迪亚哥和莱斯特坐在夏日吧台里,一边喝着白兰地,一边商量先冲个澡休息一下。这时,塞尔索、丹尼尔和管家婆到了。圣迪亚哥一边用英语向莱斯特介绍他们分别是谁,以及为什么一个个都如此难看,一边转而用西班牙语很热情地向他们打招呼,甚至还和两个男管家叙了叙旧。"那位是谁?"他问,突然看见了正在慌慌张张穿过花园,同时斜着眼睛看着他们的亚伯拉罕。还没有人说起过他。"他是厨师,"胡里乌斯解释道,"不知道他在这里做什么,他总是午饭后就离开,晚饭时再来。"

莱斯特和圣迪亚哥还在喝白兰地,这时鲍比来了,他不顾胡里乌斯质疑的目光,给自己也倒了一杯。"你看什么?"他问,胡里乌斯差点回答,他喝一小杯就会醉,但是他不想让两个远道而来的客人觉得自己是个爱告状的人。到那时为止,他觉得两人都很和蔼,虽然他哥哥的眼神看起来有些古怪。

"有什么车可以用吗?"圣迪亚哥突然问。

"一辆旅行车和一辆奔驰,还有胡安·卢卡斯的捷豹。"

"你开的是旅行车吗?"

"这么说来,妈妈开的是奔驰,那我们呢?"

鲍比正准备辩解说,奔驰汽车经常闲置,因为苏姗总是和胡安·卢卡斯一起外出,这时,圣迪亚哥突然改换了话题。

"游泳池在哪儿?"

"哦,你在问 swimmingpool。"莱斯特说。他忙不迭地查阅起一本拉丁美洲旅游指南,根据封面上的说明,这本书能让人成为一个受欢迎的旅游者,是同类书籍里最畅销的一本。

"放心,"圣迪亚哥用英语说,"我要介绍你认识的人都会说英语。你根本不需要这本小册子,你可以用它来擦屁股了……"

"屁股,啊!"朗惊呼道,他没有查小册子,这个词他听得懂。

"游泳池在哪儿?"圣迪亚哥再次问道。

"那边,"鲍比说着就指给他看,"就在你房间窗户的下面。"

"是的,我非常喜欢利马。"朗依旧执着地念着小册子。

"水深吗?"

"是的。怎么?"

"没什么……我想看看。"

"我非常喜欢利马,小姊……"

"小姐。"胡里乌斯笑着纠正道,一边回头看看圣迪亚哥是否同意他。

圣迪亚哥的眼神看起来确实有些奇怪。他站起身,朝游泳池走去。鲍比走在前边,突然回过头来。

"该死的小鼻涕虫,你跟着我们干什么?"他朝胡里乌斯大叫道,"你如果要跟着,必须把存钱罐给我!"

"不给!"

"那你就见鬼去吧,你永远也不会知道……"

"什么事?"圣迪亚哥停住了脚步。

"What's the matter?①"朗不假思索地问道。

"这个小跟屁虫到哪都跟着我!"

"我什么时候跟着你了?"

"不要欺负小耳朵。"

看着圣迪亚哥微笑着回过头来好像要为他说话,胡里乌斯松了一口气。但是他立刻注意到,圣迪亚哥并没有站在他这一边,实际上他没有维护任何人。他再次觉得他的目光有些奇怪,这让他想起在机场的一刻,当时他也看见他的眼睛里闪现出同样空洞的神情……对,对,就是他在跟塞尔索和丹尼尔打招呼的时候……他们继续朝游泳池走去。

"水足够深。"圣迪亚哥看见游泳池的时候说。他和朗四世反复打量二楼那个他们将要落脚的房间。

"我们上去看看!"圣迪亚哥突然喊道,"Upstairs!②"他指着房间的

---

① 英语,意思是:"出了什么事?"
② 英语,意思是:"到楼上去!"

窗户，又用英语跟他的朋友说了一遍。

两个人上楼去了，鲍比紧随其后，谁也没有注意到胡里乌斯还站在游泳池旁边。他脸上的表情十分痛苦，仿佛在宴会中途突发肠绞痛的客人焦急地期待阵痛平复：圣迪亚哥刚刚再次露出那种眼神，而他几乎就要从中看出个所以然来。不管怎么说，这一次他又捕捉到一个细节：微笑，微笑对于理解他的眼神有特殊的意义。

房间的窗户开着，胡里乌斯一直站在游泳池边，隐约听见两个哥哥和那个客人在楼上说话。先是鲍比说不，这不可能，之后就听不见他的声音了。相反，他听见莱斯特和圣迪亚哥两人用英语争论着什么。他们在问泳衣，这么多行李，泳衣会在什么鬼地方？紧接着有人说了一句没关系，将长裤脱了，随便穿点什么就行。胡里乌斯听见几声大笑，又安静了下来，他趁机凝神琢磨起他哥哥的那个奇怪的眼神。他再次听到有人说话，这次似乎距离更近了，当他抬起头来想看个究竟时……"Go！"上面有人喊道。圣迪亚哥和莱斯特一个接着一个从窗口飞跃而下，一头扎进游泳池里。他们气定神闲地浮出水面，游到旁边，爬到岸上。他们穿着短裤。两人站在游泳池边，姿势一模一样，双手叉在髋部，心满意足地看着水面。鲍比从楼上满怀敬佩地欣赏着他们，胡里乌斯在游泳池的另一侧打量着他们：他们就像两个泰山，两个田径运动员，每做一次深呼吸，身上的肌肉都会轮廓分明地显露出来。他们再次抬头看向窗户，这一次是为了衡量一下危险，莱斯特笑了，好像在说，已经过去了，他们已经安全了。圣迪亚哥也笑了，胡里乌斯发现他的笑容一点也不快乐。随后，当他抬起头来看向比宫殿第二层更高的地方时，那个微弱的笑容渐渐消失了，他的眼睛里掠过一丝笑意，就好像是一个肥皂泡，一瞬间就破裂了，只留下空洞洞的眼神迷失在另外一个窗户里，另外一个更高的窗户里，它位于宫殿里从来就不曾存在的第三层。他嘴唇上那个痛苦的表情也许是出于同样的原因，他的嘴唇绷紧，嘴角向下，看不到一丝一点开心快乐的踪影。

"休息一会儿。"圣迪亚哥给他朋友的提议打断了胡里乌斯的思绪，他正在聚精会神地观察他们。"今天晚上和我老爸老妈一起吃圣诞节团圆饭，然后我们出去玩。所以,现在睡两个小时很有必要。有哑铃吗?"他突然问胡里乌斯。

胡里乌斯正准备说没有,甚至想给他们讲讲卡诺举石头的故事,但是他立刻意识到不必白费力气,显然圣迪亚哥已经对他的回答失去了兴趣。

"小耳朵!"他突然大喊一声,同时笑眯眯地贴近他,很亲热地揪了一下他的耳朵,可是与此同时他又仿佛在远处看见了另外一个胡里乌斯。"睡觉吧。"他闭着眼睛说。

那天下午,管家婆气急败坏,而胡里乌斯则同往常一样负责安抚她。幸好他已经学会笑看她的坏心情,并且像卡洛斯一样告诉她,不要着急上火,对血压不好。卡洛斯此刻坐在厨房里,等待着两位新来的客人到场以开始圣诞晚宴。他在心里暗暗地嘲笑胡安·卢卡斯,耳边回响着管家婆的抱怨:"首先,这是一种完全自由散漫的态度,或者就是所谓的美国态度,请便吧!如今的一切都是自由散漫的教育方式的结果,是一种真正意义上的传统缺失。在这个家里人们无视圣诞节传统,今天是平安夜,这里却连一棵圣诞树也没有。"胡里乌斯打断她说,在这一点上,他认为妈咪说得对。"妈咪说在我们都快要热焦的时候,不能在圣诞树上洒满棉花球假装下雪。在德国或者美国可以,但是在秘鲁不行。"管家婆表示同意。"我不能同意的是,夫人没有公开表达她的想法,她没有摆圣诞树,却摆了耶稣降生情景模型,你们不要跟我说这也是美国的传统……你哥哥和他的朋友莱斯特已经睡了两个小时,我根本没法进去收拾,他们一定把东西扔得到处都是……不要跟我说,耶稣降生情景模型是那个叫莱斯特的年轻人带来的。""管家婆,"胡里乌斯解释道,"圣诞节令人感到悲伤。我不知道为什么现在圣诞节让人感到难过,我想是因为少了辛缇娅。以前有圣诞树,也有耶稣降生情景模型。自从辛缇娅死后,妈咪就不再喜欢这些了。"管家婆沉默了,但是她的沉默只持续了很短的时间。她说,她理解夫人的心情,但是,这些内在的个人情绪与外在的圣诞树没有任何关系。"每个人都有自己的伤心事,"她又说,"只有分享才有快乐可言。"她若有所思,对自己的话很满意，甚至因为说了如此深刻的话语而彻底摆脱了坏情绪。她坐下来，时而看看胡里乌斯，时而又低下头，仿佛是在玩味自己方才那一番话语的深刻意义。

"远道而来的客人何时下楼来？"胡安·卢卡斯有点不耐烦地问道。

"不知道，亲爱的。"

"来，塞尔索，拿一瓶香槟上来。"

"好的，先生。"

胡里乌斯记得，当塞尔索走进厨房时，他正和管家婆势均力敌地争论着圣诞节。他进来时很兴奋，说这个圣诞节先生和夫人为所有的人都准备了非常丰厚的奖金。"每样东西都有自己的名称，"管家婆打断他，"那个不是奖金，是圣达礼物，圣诞。"她立刻纠正了自己的口误。一想起这个场景，胡里乌斯不觉笑了起来，胡安·卢卡斯正要问他，年轻人，可以知道你在笑什么吗？然而，坐在桌子另一端的美丽动人的苏姗此刻抬起头来，目光从一排烛台的上方越过，烛台上插着十二支点燃的蜡烛。她轻轻地将滑落的金黄色发束甩向脑后，从她脸上浮现出的温柔的微笑里可以看出，两个旅行者已经到达餐厅了。

"瞌睡虫。"她一边说，一边用一根手指抚弄放在她面前的烛台基座。

"靠！"看见在烛光中若隐若现的苏姗，朗四世差点脱口而出。幸好他及时想起圣迪亚哥在飞机上提醒过他，只能在合适的时候说出这个词。这个美国佬勉强忍住没有说出口，从他的脸上依稀可以看出苏姗对他造成的巨大视觉冲击：苏姗坐在点燃的蜡烛后边，两扇落地窗户之间，窗外想必就是在格兰德河以南很远处的热带花园；在她两侧的墙壁上挂着色彩灰暗的图画，似乎画着一些叫不出名的圣徒，类似于他的父亲有一次从利马带回去的库斯科画派的杰作。这个投资商的儿子一点都不傻：他站在圣迪亚哥身后等待他亲吻完毕他的母亲，随后，他走到苏姗身边，突然拿出一个礼物："请您笑纳，夫人，来自我父母的问候。"苏姗还没来得及表示感谢，他又变出一份礼物，说这个则是他的心意。递给她时，他说："尽在不言中。"当然，他是用英语说的。

胡安·卢卡斯打开一瓶香槟酒，泡沫喷涌而出，比日复一日在世界上任何一个酒吧里上演的类似场面都更显壮观。塞尔索拿着托盘和酒杯走了过来。两分钟后，所有的人都举杯祝酒，却不知道为何事或者为何人："干杯！"祝酒完毕，仅此而已。

"太令人感动了！So sweet！"①苏姗感叹道。她轻轻地摇头，将金黄色的发束甩到脑后，双手正忙着打开礼物和卡片。

"太令人感动了！"她又说了一遍，一边看着卡片，"莱斯特托他的儿子给我们带来了他们在波士顿的新家的金钥匙，说那也是我们的家，随时随刻欢迎我们光临……So sweet！"

众人再次举杯，这一次很可能是为金钥匙以及黄金投资而干杯。胡安·卢卡斯在赢得人心这一方面从来不甘示弱，也变出了一把钥匙。

"这是一把瑞典钥匙！"他欢呼道，"孩子们，打开门，一辆运动款的沃尔沃就在外面等着你们！"

圣迪亚哥把他的话翻译成英语说给莱斯特，莱斯特的一条腿在桌子下面一蹬而起，开始在房间里漫无目的地跑动，嘴里还快乐地发出汽车马达的嗡嗡声。

"谢谢，胡安·卢卡斯！"圣迪亚哥快乐地大呼小叫。就在这一刻，胡里乌斯注意到他的目光移向落地大窗，他继续向远处看去，仿佛在夜色下的马球场上寻找一辆运动款的沃尔沃。

大家开始互赠礼物。胡安·卢卡斯说，等到圣迪亚哥和莱斯特一月初回美国后，沃尔沃就会被锁在车库里，恭候鲍比的大学入学考试成绩。"如果你通过考试，沃尔沃就是你的。"他一边说，一边递给他一沓纸币，供他在新年到来之前花天酒地。"痛快一个星期足够了，一月二号开始闭门学习。"鲍比看了一眼胡里乌斯，仿佛在说，你永远也不会知道我要去和谁打炮，胡里乌斯决定去问问卡洛斯"抛"是否还有别的意思。这个事情暂时先这样吧。苏姗叫塞尔索将小胡里乌斯的礼物取来。话音刚落，这个

---

① 英语，意思是："太感人了！"

男管家就提来一辆崭新的自行车。这是胡安·卢卡斯考虑到胡里乌斯连袖珍高尔夫也不再打时推荐的礼物。"他越来越瘦弱，"有一天他说，"瘦骨嶙峋，不像他的两个哥哥，他们就是两个衣服架子，穿什么都好看。"胡里乌斯开始仔细地研究新自行车。它什么都有：有特制的飞轮，至少挂在车龙头上的说明书是这么说的；有一排调速按钮，可以在下坡时更快，在上坡时更轻松，在平路上更省力；总而言之，这是一辆可以骑着去周游世界的自行车。研究完毕，胡里乌斯回到苏姗身边，开始满怀期待地盯着她，仿佛在问，还有一个礼物呢？众人喝着香槟，就着烛台彼此亲吻和互赠礼物，仆人们围在门口随时待命，场面快乐非常。然而，他却开始感到一丝悲伤涌上心头。幸运的是苏姗明白了他的意思。

"亲爱的，我没有忘记，"她说，"我没有忘记。只是书店给我看了最新的目录，美国刚出了一版精装全集，绿色皮革封面。我很遗憾，亲爱的，要一两个月才能到，但是我遵守了诺言。你难道不想要一套绿色皮革封面的《马克·吐温全集》吗？"

胡里乌斯差点回答说最好是绿铁皮封面的，以免再被鲍比撕破，但是在圣诞节时，就连二战都暂停了，在圣诞节时，士兵们可会休战。此外，苏姗告诉他，还为他准备了另外一个小礼物，她说有了这个礼物，在《马克·吐温全集》到达之前，他可以有所消遣。胡里乌斯接过包裹，心里想着，一把小吉他和《马克·吐温全集》一点关系也没有，一定是妈咪一时心血来潮。他猜得没错。确实，苏姗在一家玩具店里完全迷失了，慷慨而富有的她，当时也许在考虑买几个玩具给跑马场的穷人们寄去。这时，她看见了橱窗里的一把小提琴，她想，五岁的胡里乌斯，耳朵大大的，演奏小提琴的样子一定可爱极了。胡里乌斯拆开了他的小吉他包装，结果发现是一把小提琴。"一把没有老师教的小提琴，还好。"他想，一边看着胡安·卢卡斯。胡安·卢卡斯刚刚叫人将火鸡端上来，这时正回过头来看向他。

"明天开始就骑上您的自行车到街上去吧，该做点运动了。"他说。

虽然有足够一个星期花天酒地的钱，鲍比没有去找索妮娅。他暂时搁置了这个计划,圣迪亚哥已经过了逛妓院这一生命阶段,所以如果他那些天想和他的哥哥一起混,就只能受制于他的假期计划,并且同他和莱斯特一起挥霍胡安·卢卡斯给他的过圣诞节的钱。他从来没有想过他的哥哥会很爽快地允许他做跟班。相反,他认为圣迪亚哥和莱斯特随时会让他滚蛋,他们已经几近成年人,而他还未满十八岁。鲍比以为那个时刻会在平安夜的晚餐之后来临,当时他们三个人来到宫殿的外庭院准备启用崭新的沃尔沃,它就停在马车的后边。那是圣迪亚哥第一次看见那辆小汽车,他笑了。"不错。"他说。然而,随着他逐渐靠近,笑容也消失了。他和莱斯特上了车,关上车门,仿佛那一直就是他们的车。鲍比站在旁边看着他们,打算等他们一走,就开上水星车到那内特的店里去。

"上车吗?"圣迪亚哥突然问道,一边为他打开了车门。

鲍比迅速上车,坐在后排狭窄的座位上,希望有人出来为他们打开大门。"按喇叭。"他说。但是圣迪亚哥仿佛没有听见一样。他正在想,在利马他妈的能做什么呢?离开了这么久,我要以怎样的方式回归呢?现在能做什么呢?我还有哪些朋友?给谁打电话呢?我当时喜欢的女孩叫什么名字?我可以和谁打炮?谁和莱斯特呢?去哪个海滩?安孔、埃拉杜拉、拉斯加维奥塔斯,还是埃尔瓦齐齐?还是走一步看一步吧,当务之急是找个地方度良宵,已经凌晨一点钟了。

"有什么地方可以跳舞吗?"他问鲍比。

"有,不过……"

"弗莱迪单身俱乐部一直都在吗?"

"在。"

"开门。"圣迪亚哥对亚伯拉罕说。亚伯拉罕这时正离开宫殿,从沃尔沃旁边经过时,他斜着眼睛看向车内。

三个人下了车,都没有看见旁边有一个戴着脏帽子,穿着脏衣服的男人主动提出为他们清洁汽车,并提供全面护理。这个男人向他们打招呼,他们始终不予理睬。三个人径直穿过宽阔的马路,来到弗莱迪单身俱乐部的门口。一个侍者走上前来,准备引领他们去一张空桌旁落座,圣迪亚哥向他示意,他们坐吧台。"可以打个电话吗?"圣迪亚哥问。侍者回答说,调酒师会带他去柜台打。调酒师认出了圣迪亚哥,非常热情地向他打招呼。"对面的几位先生这就走。"他说。于是三个人一起走向很快就将空出来的座位。弗莱迪单身俱乐部人满为患,当然是因为圣诞节的缘故。很多人都已经喝得酩酊大醉。很难相信圣迪亚哥是远道而来的客人,因为那里有很多人都认识他,知道他未来将继承巨额家产。调酒师给他拿来一部电话,给您,圣迪亚哥先生。鲍比说自己有二十岁,他也点了威士忌,是的,就是那个牌子的。圣迪亚哥在打电话,他一个号码接着一个号码地拨。"谁都不在家,"在两通电话之间,他向莱斯特评论道,"这个时候,人人都在逃离安孔。"鲍比以为莱斯特对安孔一无所知,于是开始夸夸其谈,但是说到一半,他注意到美国佬压根不理他,特别是当他说起利马的阿卡普尔科①,也就是传说中的秘鲁的蓝色海岸时,莱斯特更是懒得理会……鲍比完全搞错了,朗四世不仅去过阿卡普尔科,和一堆阿卡普尔科的女人睡过觉,而且最近一次去的时候,已经觉得那是个无聊的地方。"谁也找不到。"圣迪亚哥说。他将电话推到一旁,举起酒杯。他透过烟雾环顾四周,跳舞的人很少,大家都围在吧台近旁大声说笑,不时爆发出喧闹声,还有大笑声。到处都是醉汉,有的站着,有的坐着;有的笑容可掬,有的在发酒疯。"是那个十足的白痴,混蛋希莱斯。""圣迪亚吉托!友谊万岁!"一看见圣迪亚哥,佩里科特大声嚷道,但是圣迪亚哥对他视而不见。佩里科特将手拢起贴在嘴边咳了几下,继续兴致勃勃地和身边那个已经忍受了他好几个小时的女孩聊天。莱斯特依然一言不发,如果说有什么是他关注的,那就是音乐了,但是他知道周围发生的一切,因为全世界的酒吧都是一个样。鲍比则相反,他必须时刻关注他哥哥的一举一动,捕捉他的每一个细节。圣迪亚哥点燃了一支香烟,莱斯特手里拿着一支点燃的烟,鲍比也点燃了一支。莱斯特和圣迪亚哥几乎没有碰他们的香烟,鲍比却一口接一口地吸。他已经喝完了威士忌,却发现他们两个的杯子还是满的,

---

① 利马的阿卡普尔科(Acapulco de Lima),利马沿海的富人居住区。

两人只是偶尔将酒杯微微举起，轻轻地晃动，冰块撞击杯壁，发出叮叮咚咚的响声。佩里科特·希莱斯将一杯威士忌连酒带杯打翻在地，弯腰去捡酒杯时，一起聊天的女孩趁机离开了。这时，圣迪亚哥听到旁边传来一阵大笑声，他认出了酒意正浓的托内拉达·萨马美。他被烟雾环绕，笑声听起来还和几年前一样，只是平添了几许烟熏的痕迹。笑声又响了起来，这次更加洪亮，因为他就站在身后，大声说着：你去哪儿了？难道这一段时间你都在努力读书？"你怎么还没死？"圣迪亚哥问，一边微笑着回过头来。他向莱斯特介绍托内拉达。"这位是你新认识的朋友？"托内拉达慢条斯理地问。他拍拍鲍比的肩膀，同时用另一只胳膊将皮帕·波塔尔揽到身边。在圣迪亚哥的时代，他从未对皮帕得过手，现在已然如意了。"两杯威士忌！"托内拉达喊道，调酒师正要提醒他之前几杯的费用，他说："那边的几杯记在佩里科特的账上，这边的记在这位新朋友的账上。"鲍比感觉到有人将手放在了他的肩膀上，他扭头看看圣迪亚哥，圣迪亚哥一副无所谓的样子，继续悠闲地和皮帕说着话。威士忌送到的时候，托内拉达的手立刻离开了鲍比的肩膀。

"再来一杯给……你叫什么名字？"

"罗贝托。"

"再来一杯给罗贝托。"

鲍比再次扭头看向他的哥哥，圣迪亚哥正和一个过来打招呼的人交谈。与此同时，皮帕已经用英语和莱斯特攀谈起来。莱斯特兴致很高，皮帕不仅是一个可以共度良宵的人，而且自有可爱之处，她可以随口讲出一千件奇闻逸事。托内拉达则可以讲出两千件，而且用的是英语，只凭四十五个单词，那是他良好教育的唯一遗产。他喝着威士忌，时而爆发出一阵大笑，更令人称道的是，他生动的双手惯于添油加醋，他常常会看着双手掌心惊呼：啊！好戏还在后面呢！托内拉达就是这样练就了一口完美的英语，可以应付所有场面：他会抛出三个恰到好处的成语，接着说一些他真正想说的，其他的留白都交由那双能说会道的手，再加上几个国际范儿十足的单音节词，末了用精准的词语收尾，再以一阵极富感染力的大笑锦上添花。这最后一步必不可少,因为如果不能引发听者的哄堂大笑,故事便没有讲述的必要。

皮帕与托内拉达一唱一和,把莱斯特哄得欢乐开怀。这就是秘鲁人的待客之道。利马的特色。满满的幽默感,外加全程英语翻译服务。朗四世感到快乐得无以复加,他喝了一大口威士忌,又点了一杯。在他旁边,托内拉达一口喝干威士忌,将冰块吐回杯中,然后晃荡着杯子,用英语催促着再来一杯。

托内拉达转过身,背对着鲍比,一边扭头请求谅解:他真正要背对的另有其人。就在这时,佩里科特已经凑上前来,差点没贴到他的肩膀上。此人对着托内拉达的后脑勺说话,完全不介意以如此别扭的方式交谈。托内拉达趁机后退了一步,正好踩到他的脚。他保持这个姿势好一会儿,迫使佩里科特不得不贴到鲍比身上。与此同时,托内拉达自己却继续同莱斯特和皮帕有说有笑。

"姑娘开始怀旧了。"他不乏嘲讽地说。

"为何怀旧?"莱斯特问。

"圣诞节前后我常常这样……也许是因为圣婴诞生的缘故……"

皮帕的这番话说得很不合时宜。话音未落,她就真的伤感起来。幸好托内拉达及时解围,他真的很喜欢她,"好家伙!"他盯着自己的双手发出一声感叹。每个圣诞节,当皮帕提到圣婴,就意味着一场放浪形骸的酩酊大醉即将开场……不管怎么说,她都是一个难得的女伴……

"没见过这样怀旧的,"托内拉达向莱斯特解释道,"居然还有后遗症。"

朗没听懂后遗症的说法,他请教皮帕更加精确的翻译,在托内拉达的英语词汇中没有这个词,也许对于他所习惯的那些场合而言,它过于复杂了。皮帕重新翻译之后,托内拉达继续解释:这个女孩的后遗症,是来源于修女学校的残余影响。三年以来,我一直设法让她在圣诞节能够安然入睡……当然是和某个她喜欢的人,她却总说圣诞节无论如何也不行。三个人发出哄堂大笑。鲍比从托内拉达的身后露出一张笑脸,也想加入到他们的谈话中来。

"啊哈！"佩里科特·希莱斯突然大叫了一声。托内拉达回过身来，以为自己狠狠地踩了他一脚，却发现他已经将脚抽离，此时正开心地在人群中前进，要去拥抱一个刚刚到达的大块头。来者人人都认识，只是佩里科特比其他人更早认出。"'总督'！'总督'！"佩里科特喊道。"总督"一边与他拥抱，一边将他推至一旁，他继续在人群中开路，一直走到吧台，离圣迪亚哥所在的位置不远。"'总督'！"圣迪亚哥向他打招呼。两人站起身，挤过众人，彼此拥抱了一下。"操他妈的狂欢，我已经连续喝了三天三夜。""总督"宣称。他越过众人的头顶俯视整个弗莱迪单身俱乐部，以免某个醉汉趁机贴到他身上。然而，四周烟雾弥漫，没有人朝他扑过来。雷·查尔斯①继续心平气和地为一对一对的舞者以及陷入圣诞节怀旧情绪的醉汉们演唱着。圣迪亚哥将"总督"带过来介绍给他的朋友。莱斯特·朗立刻站起身，以显示美国也是一个注重传统的国家，正如同约翰·韦恩②在电影里展现的一样：几个自以为了不起的家伙在酒吧里狭路相逢，在几个小时的激战中将一切豪华设施打得粉碎；从前是因为西部大开发，现在也因为丑陋的美国人，而在这里则是因为我是秘鲁人，我自豪，我快乐。托内拉达半遮半掩地藏在人群中，一看见他的同胞与莱斯特友好地握手，就放声大笑起来。要知道，"总督"三十来岁，而莱斯特虽然体态肥胖，却未满二十一岁。莱斯特自己意识到这一点，及时地松开了对方的手。"总督"也开心地笑起来，但是看向皮帕时，他想起了托内拉达几秒钟之前的大笑。"总督"快速回头去寻找他，因为几个月之前的某一天，他也像今天这样喝得醉醺醺，而托内拉达趁着他回头时，用脑袋撞了他一下，随后拳脚相加，有一脚正好踢中他的睾丸；糟糕的是，尽管挨了那些拳脚，"总督"似乎并无大碍，依然好端端的，不仅如此，他立刻在音乐声中准确地将托内拉达定了位，并将他暴揍了一顿。托内拉达伤势

---

① 雷·查尔斯（Ray Charles，1930—2004），美国灵魂音乐家、钢琴演奏家，是节奏布鲁斯音乐的先驱。
② 约翰·韦恩（John Wayne，1907—1979），美国电影演员，曾获奥斯卡最佳男主角奖。

惨重，在接下来的一个月中，利马竟然没有一个女人搭理他。当然听他侃侃而谈的依然大有人在，因为他总是和蔼可亲，算得上全利马最随和，也是最不可救药的人了。但是，至少在你的眼珠回到眼眶之前不要再惹出什么事来了，托内①。"不管怎么说，我是个开心宝。"这个混蛋常常这样辩解道，却收效甚微。"我走了。"他宣布，明显感觉到"总督"已经看见了他。"失陪了，皮帕，你和朋友们尽兴玩吧。这个可人儿就交给你了，莱斯特。'总督'又要来扁我了，他只要喝醉就想扁我。"他迅速走到门旁，从吧台依然不断传来叫他回去的呼声。"明白，明白，"他从门帘后探出头来，"明白，明白，赫尔曼。"他一边重复一边指了指佩里科特，示意调酒师找他要威士忌的钱。圣迪亚哥笑容可掬地看着这一幕：不可思议的托内拉达，他中学时代的偶像。当他还是个小男孩时，托内拉达就已是学校里的游泳健将，他在水中仿佛海豚一样灵巧，拿过校际比赛的冠军，是晚会上的王者。圣迪亚哥反复思量他怎么会落到如今这步田地，最后他想到可能是风趣的性格害了他……正准备深入思考，他的眼睛却突然黯淡下来，仿佛所有的记忆都陷入了情感消散的灰暗地带，已经无法企及了。

"托内拉达已经走了吗？""总督"问。

"我想是的。"圣迪亚哥说。

"来，佩里科特，说点什么吧。"

头发花白、已经开始秃顶的佩里科特·希莱斯转身背对着鲍比，高高兴兴地走到"总督"身边，开始恭维他的酒量。在一旁，皮帕正在向莱斯特和圣迪亚哥讲述托内拉达最近的几次惊人之举。听见托内拉达的名字反复被提到，喝得醉醺醺的"总督"混淆了不同事件发生的地点，再次想起了那个晚上，再次感到自己暴露了。那个晚上忽而近在眼前，忽而飘忽远去，仿佛发生在利马的任意一个酒吧，又仿佛远在布宜诺斯艾利斯，或者是圣地亚哥。他亲吻着一个百万富翁，那个星期他们开着小汽车出去度蜜月，当时他正亲吻着那个该死的基佬，突然又回到了眼前这个夜晚，旋即

---

① 托内拉达的昵称。

又去了布宜诺斯艾利斯的那个夜晚,似乎又变成了圣迪亚哥的夜晚。不同地方的夜晚一起在眼前打转,托内拉达的大笑声不绝于耳。托内拉达在盯着他,揭发他。在托内拉达之前从未有人打过他。

"托内拉达在哪儿?"

"他走了,"皮帕说,"可是你干吗要这么凶?"

"如果美国佬想把皮帕带走,我就杀了他。"他想着,转而问道:"皮帕,你想喝点什么?"

"买单,鲍比,"圣迪亚哥说,"我们走了。"

"我们走了?"

"是的,我们走了……我们走了,莱斯特。付钱,鲍比,我暂时还没钱,回头还你……'总督'想打人,为了旁边这个女人,他早晚要和莱斯特动手。"他低声解释道。

"买单。"鲍比要来账单。

"我们换个地方继续消遣。"当莱斯特询问为什么着急付钱时,圣迪亚哥用英语跟他解释。莱斯特和皮帕相处甚欢,甚至寻思如何解决她的圣诞节偏见。圣迪亚哥告诉他还有更好的地方,而且夜色渐浓。

一会儿之后,圣迪亚哥、鲍比和莱斯特已经坐在萨拉托加酒吧里了。鲍比困得要死,他的哥哥让他大失所望。已经过去好几个小时,除了游泳池那一幕,圣迪亚哥和他朋友的生活一点也不像几周之前寄给他的照片那样精彩。他正想说他很累,先走了,就在这时,传来了托内拉达的大笑声。

"你们不会给我把'总督'带来了吧?"托内拉达叽叽歪歪地问道。

圣迪亚哥笑了。莱斯特正准备要第四杯威士忌,托内拉达阻止了他:"为时过早,我的朋友。这座城市依然灯火辉煌……不是所有人都在圣诞树下睡觉,有很多妞……girls。"他翻译给莱斯特听。

"是的,很多妞!"

托内拉达将一只手插进裤子口袋,掏出一张纸币,"最后一杯,"他说,"不过从现在开始,生活将会更加精彩。"

"拿去打车。"他把钱递给鲍比。

"你还是留着喝威士忌吧。"鲍比拒绝了他的好意。

"不愧是一家人。"托内拉达有感而发,随即发出一阵极具特色的大笑。鲍比站起身,看着他哥哥。

"好吧,鲍比,明天见。"看见鲍比气呼呼地走了,圣迪亚哥说,"家里有哑铃吗?"他突然问,但是鲍比没有听见。

第二天,圣迪亚哥和莱斯特睡了两觉。第一觉醒来时是下午一点左右,在陌生的床上,身边躺着托内拉达头一天晚上带他们去找的女孩。圣迪亚哥是第一个睁开眼睛的人。他从床上起来,去另一个房间找他的朋友。他没怎么喝酒,所以只是觉得有点累。莱斯特的状况也不太糟,至少从他迎接圣迪亚哥进门的那个微笑上看来是这样的。他一跃而起,叫嚷着要洗个冷水澡,喝杯橙汁。圣迪亚哥叫他暂时打消这个念头,到了家什么都有。眼下最要紧的,是在女孩们醒来之前离开,否则会被她们挽留,甚至被要求去海滩。如果他们不赶紧离开,这样的事情一定会发生。和莱斯特睡觉的那个女孩刚刚在睡梦里露出笑颜,哼哼唧唧地伸了个懒腰,这足以使美国佬恨不得一头再扎回温柔乡。但是再多就过分了,有了昨天晚上和今天凌晨的已经足够,要保持体力。圣迪亚哥回到自己的房间,莱斯特开始穿衣服。两人胡乱将衣服穿到身上,拍拍各自女孩的屁股,并许诺很快再回来,随后就离开了。

第二觉醒来时已经是下午四点,在宫殿里。他们洗了澡,喝了橙汁,随后就下楼来。圣迪亚哥再次问鲍比是否有哑铃。胡安·卢卡斯正好在旁边,他说,家里有胡里乌斯和鲍比两个懒汉,哑铃从来就是多余的,而今天又是节日;他许诺圣迪亚哥和莱斯特,明天一定为他们带回一套哑铃。

哑铃到了之后,两个圣诞节来客的生活开始规律起来。每天早晨,他们起得很晚,穿上泳衣就来到花园,随后一连几小时将大小与功能各异的哑铃不停地举起又放下:有锻炼前臂的、肩膀的、胸肌的、背部肌群的、肱二头肌的、肱三头肌的、臀肌的、大腿的、小腿肚的,不一而足。他们在这项运动上投入很多个小时，鲍比气呼呼地看着他们，等待他们锻炼完毕以决定那天上午去哪个海滩。有一天他们撺掇鲍比也举哑铃，然而，鲍比回房间照照镜子，确定自己绝对不需要这项训练，除非想同他们一样变成一个泰山。"免谈，"他想，"我可不想变成哑铃的奴隶。"还是袖手旁观吧，看着他们不停地举起哑铃又放下，挥汗如雨。他们穿着塑料衣服，目的就是多出汗，将少得不能再少的脂肪分解掉。因为旅途和圣诞节的缘故，他们有三四天早晨没有举哑铃，由此堆积的一丁点儿脂肪只有他们自己能够注意到。他们就像基佬一样对胸围比上个月增加或者减少了一毫米而大惊小怪。真该看看这两个大块头是如何保养的！

还有随之而来的淋浴！柚子汁！维他命的摄入量要精确！还有卡路里！美式早餐！然后进入休息和消化时间！还有……"基佬，看起来就是两个基佬。"鲍比心想。幸好他们同托内拉达找来的几个女孩上了床；否则，他们如此计较自己的外表，在镜子前照来照去，一定会让他倍感焦虑。他们甚至自我抚摸，不过那是由于过度狂热：走两步看看，结实吗？帮我量量肱二头肌，想要我给你也量一下吗？鲍比心存疑虑，不过，他们与托内拉达找来的女孩打炮这一事实让他放心不少。这只是个技术问题，单纯的身体素质锻炼，对！就是这样！还好，仅此而已！

还好，休息之后，他们就不再盯着自己的身体。至少鲍比是这样认为的。这个小伙子很固执，因为稍后在沙滩上，他仍然因为同样的原因感到焦虑，不论是在埃尔瓦齐齐海滩，还是在埃拉杜拉，或者是在安孔。休息之后，他们一边决定当天上午去哪个海滩一边开着沃尔沃飞驰而去。鲍比同他们一起。对他而言，这些都是最美好的时刻。圣迪亚哥和莱斯特对他十分友好，从不把他当小孩或者未成年人看待。他们介绍女孩给他认识，女孩们和他聊天，毫不介意自己稍稍年长于他。当他带上罗斯玛丽同行时，他们彬彬有礼，亲切地与她打招呼。他们约在防护堤上见面，一起下到海滩上。在那里，另有一些女孩已经在等待，众人彼此问候之后便躺在沙滩上。他们都知道，在更远处，在另一些朋友那里，有些女孩希望他能过去，躺在她们身边。但是莱斯特和圣迪亚哥都有自己的喜好，他们已经挑选出心仪的女孩，也算是各有所爱了。莱斯特的女孩叫德尔菲尼塔①。她的眼睛同她的名字一样，和大海很相配，她在沙滩上的样子不啻一道美丽的风景。

对于鲍比而言，这些都是最美好的时刻。在这里，他的哥哥和美国佬都是名副其实的行家里手。真该看看他们是如何征服那些女孩的，整个海滩都为他们疯狂！他们躺在沙滩上，目光藏匿于黑色的墨镜之下，看起来无动于衷，却对自己的战绩了然于心。突然，他们果断而灵巧地一跃而起，快速跑向海边，纵身潜入水中，哗——！瞬间浪花四溅。他们在波浪中露出水面，尽情地游起泳来！他们追逐着波浪前进，渐渐远离岸边，最后不见踪影，只留下担忧的女孩们。

有时他们还会滑水。他们在水面上接连腾跃，与此同时，鲍比遵循他们的指示操控快艇，再近一点！再近一点！他们从后面对他大声喊着。罗斯玛丽吓得要死，快艇距离沙滩过近，眼看就要被一阵波涛吞没。搞什么鬼！他们在意的是要让沙滩上所有的人都知道，做出这些疯狂之举的是他们。圣迪亚哥和莱斯特酷毙了！

随后就到了穿着泳衣吃午饭的时间。事情又开始变得乏味，因为圣迪亚哥和莱斯特又开始关注他们的体形。开胃酒，他们点伏特加调酒，却几乎不曾尝过一口。相反，鲍比总会多喝一杯，罗斯玛丽对此颇有微词。罗斯玛丽有点烦人。"恋爱中的女人总是这样，"鲍比想，"我以后不和女人恋爱了，我以后只调情，就像圣迪亚哥和莱斯特一样，对，就和他们俩一样。"他们亲吻女孩，和她们打情骂俏，却从来都不承诺，从来不说我回美国之后会想念你，也从来不说我会给你写信。相反，罗斯玛丽整天念叨着入学考试，说什么鲍比该学习了，新年已经过去了，所有的同学都已经闭门谢客，在准备入学考试了。鲍比试图使她放宽心，他反复解释说，胡安·卢卡斯会打点此事，这完全是人脉和影响力的问题，罗斯玛丽，要看影响力和人脉，但罗斯玛丽还是不停地说，不许再多喝一杯伏特加，必须

---

① Delfinita，在西班牙语中的意思是海豚。

马上开始学习，她现在真的有一点小讨厌。

值得庆幸的是，她没有当着他们的面烦扰他。在圣迪亚哥和莱斯特面前，罗斯玛丽表现得非常乖巧，但她总是利用他们去洗澡的工夫差点没把他逼疯。而与此同时，他们会冲个凉，以摆脱海水留在皮肤上的黏糊糊的感觉，然后清清爽爽地回到餐厅。啊！这种感觉太棒了！在淋浴时，浴巾常常掉在地上从而浸湿，所以回到海边餐厅时，他们总是在努力将它拧干。他们从餐桌之间走过，各自拧着浴巾，手臂上的肌肉因为用力而轮廓分明。"好办法，"看见他们回来时，鲍比想道，"每张桌子上的人都在看他们，崇拜他们，这是个好办法。"他开始明白，他的哥哥和莱斯特的一举一动都深藏心机。

确实，这两个大学生做的任何事情都是经过精心设计的。从根本上说，圣迪亚哥和莱斯特为了策略，愿意做出一切牺牲。他们在利马的最后几天假期里，鲍比开始注意到这一点。他突然明白，照片里所展现的花天酒地、纵酒狂欢的生活已经过去了，他甚至认为，他哥哥之所以把照片寄给他，正是要告别那种无序而随性的生活，以全心投入对身体的崇拜和对策略的钻研之中。当然了，事情必须如此。几年之后，他也会这样，不过，还有好几年。圣迪亚哥和莱斯特稍稍提前了。他却还有时间，还有大把时间可以和索妮娅，以及无数个像她那样的女人打炮。对，对，等他们一回美国，他就去找索妮娅。糟糕的是，和他们一起，他就快花完圣诞节那晚得到的钱了。策略和钱使他想到了胡安·卢卡斯。这个人确实算得上策略之王。然而，在胡安·卢卡斯身上，策略带有游戏的性质。胡安·卢卡斯有着强大的忍耐力，通过忍耐、策略和游戏，他看起来比实际年龄小了二十岁，混蛋！这太难了！他一直以为有了钱就有了一切：女人，纵情狂欢，越来越多的女人。可现在看来，这一切都会使人慢慢老去，所以即便是享乐，也需要精打细算……太可恶了！鲍比又喝了一大口伏特加调酒，幸好，罗斯玛丽什么也没说，否则，即使当着圣迪亚哥和莱斯特的面，他也会让她去见鬼。那两人此时已经挤干毛巾，终于坐下来精心计较着午饭的摄入。

晚上他们计较得少一些。实际上，有托内拉达·萨马美在旁边，他们不太可能计较。于是，新年的第一天，在从安孔的一场聚会回来的路上，他们在一个酒馆喝得烂醉。那天晚上，他们甚至将车开出了车道。托内拉达歪歪扭扭地坐在后排，旁边还有三个女人，在回利马的一路上都在给他们讲笑话。圣迪亚哥、莱斯特和鲍比坐在前排座位上，将一切节制抛到九霄云外，和另一车也是从安孔回利马的朋友展开激烈的比赛。在一阵接着一阵的大笑中，圣迪亚哥吃力地操控着方向盘。几个女人歇斯底里地嚷着，我们要死了！我们要死了！然而，没有人真的相信她们会死，尤其是托内拉达，他讲起了一长串关于死亡的笑话，为了让美国佬也能听懂，他一半说西班牙语，一半说英语。终于，在一阵大笑中，圣迪亚哥注意到汽车正在快速地偏离车道。恰恰在这时，托内拉达抛出了另一个笑话的结局。圣迪亚哥在美国曾经多次拿死亡开玩笑，此时感觉到一阵难以名状的冲动或者类似的什么，总而言之，他继续哈哈大笑，甚至希望小汽车冲出车道，车里所有的人都大笑着奔赴死亡。沃尔沃像箭一样飞离车道，与此同时，朋友坐着的雪佛兰像闪电一样经过，两百米之后开始减速。坐在雪佛兰里的人全部下车，跑到沙地上。"出了什么事？出了什么事？"他们摸着黑靠近沃尔沃，里面的人应该还活着……沃尔沃看起来好好的……这个车真结实！它飞起来了，在沙地上跳了几下之后停下来，陷在了泥泞里。女孩们歇斯底里地又哭又喊。雪佛兰车里的人循着声音靠近，当他们终于到达车旁时，里面的男士们又开始说笑。托内拉达问是不是没有人感觉到疼痛，继而又问在场的人里有没有圣彼得。众人沉默了，都感到迷惑不解，托内拉达很快又开口了："如果没有人感到疼痛，也没有人是圣彼得，那么就意味着什么也没有发生！Saint Peter！"他翻译给朗听，美国佬再次笑了起来。圣迪亚哥用眼角的余光扫视鲍比，一秒钟之后，他意识到那是他的弟弟，他感觉到自己非常爱他，他想起了自己刚刚决绝地载着大笑不止的众人一起飞，此时他再次感觉到同样的冲动。

"好吧，"他一边说一边打开车门，"明天我们叫吊车来将沃尔沃挖出来。现在都坐到雪佛兰上去吧，快行动起来！"

对于鲍比而言，那是最精彩的一晚。也是最贵的一晚。那天晚上，他在夜总会里花光了最后一分钱,可那又有什么要紧?有圣迪亚哥在旁边,一切都不是问题。只有小屁孩才整天担心钱会花光。等他上了大学,就可以像他的哥哥一样签单即可。现在,在圣迪亚哥走之前,他就跟随着他,接受他的邀请,还有胡里乌斯的存钱罐,可以去找索妮娅三四次,之后就开始学习,就这样定了!很快圣迪亚哥和莱斯特就要走了,他们一月初必须回到学校,确实没剩下几天了。但至少今天晚上,在夜总会,没有人提及回美国,倒是说到了去别的地方,那可算得上一场盛大的旅行!有格洛莉娅作陪的盛大的旅行!

　　来一场盛大的旅行,与格洛莉娅同行,
　　恰,恰,恰,
　　来一场盛大的旅行,与我同行,
　　恰,恰,恰。

当乐队演奏到曲子高潮部分时,主持人向在除夕夜纵酒狂欢的人们宣布,当晚的第二场表演开始了。他以高昂的语调为已经酒意上头,却酒兴未艾的人们注入新的热情:让我们欢迎举世闻名的美丽舞娘格洛莉娅·辛普妮!请各位欣赏由她以及震惊世界的"盛大歌舞团"带来的精彩表演!掌声响起,却无人登台,乐队再次奏起同样的旋律:

　　来一场盛大的旅行,与格洛莉娅同行,
　　恰,恰,恰,
　　来一场盛大的旅行,与我同行,
　　恰,恰,恰。

可怜的格洛莉娅·辛普妮没有上台,因为托内拉达刚刚公布了一个笑话的绝妙结尾。于是,在十七杯威士忌的作用下,这个刚刚听完精彩笑话的可怜女人思绪纷呈。她想起法官刚刚将孩子的抚养权判给了父亲;想起去年的除夕与任何一个在加利福尼亚或者迈阿密度过的夜晚都没有不同,她和一个美国佬上了床,看起来同眼前的这位一样;想起自己曾经凭着几分姿色,在巴蒂斯塔①的政权下混得风生水起。总而言之,十七杯威士忌、托内拉达的笑话,加上一大堆其他的事情,促使格洛莉娅·辛普妮开始放声大笑,泪水随即喷涌而出,冲花了脸上的妆容。虽然乐队不停地向她发出召唤:"来一场盛大的旅行,与格洛莉娅同行",她却无法站起身来。其他参与演出的女孩试图将她推上台去,但一切都是徒劳。格洛莉娅·辛普妮的笑声继续回旋在她去过的无数个夜总会里,不同的除夕,不变的生活,哈哈哈,哈哈哈……圣迪亚哥冷漠地看着那个场面,不过是一个舞女在撒酒疯而已。

相反,托内拉达向她伸出了援手。"我这就回来,心肝儿。"他对合唱团里的一个崇拜者说,随后就站起身,并将格洛莉娅·辛普妮送到了舞台上。人们纷纷鼓掌,另有一些嫉妒托内拉达艳福的人喝起了倒彩。当他将格洛莉娅送到乐队旁边时,喝倒彩的声音更多了。

"托内拉达就是个讨厌鬼!"某人喊道。

"正确!"托内拉达停下来,朝着声音传来的方向答道,"我小时候也有铅做的玩偶小人,但是我从不玩:我把它们一个一个都吃掉。"②

从托内拉达那一桌爆发出笑声与掌声,鲍比为莱斯特翻译这个爱开玩笑的人的绝妙回答,圣迪亚哥和他的朋友们一边花钱,一边享受围在身边的女孩们的崇拜。托内拉达回到桌边,要求大家在他的小鼻子妞身边为他腾个空位。"在你身边开始新生活,和你一起去到天涯海角。"他说着就坐到她身边,而她则以笑声与亲吻迎接他。这个小鼻子女人有着突出的嘴唇,她要在利马待一个月。托内拉达看上了她,要和她一起开始新生活,

---

① 全名鲁本·富尔亨西奥·巴蒂斯塔-萨尔迪瓦(Rubén Fulgencio Batista y Zaldívar, 1901—1973),1933—1940年间为古巴实际的军事领导人,1940—1944年间为古巴合法总统。之后又通过军事政变于1952年重新成为古巴最高领导人。

② 在西班牙语中,"讨厌的"(pesado)与"重的"是同一个词。

"她是我的女人。"他曾暗自思量。他要好好对待她,捕获她的芳心。他背对其他人,只与她面对面,仿佛是在约会。"你怎么会走上这条路?"他问道。他一边在她的酒杯里倒满威士忌,一边说真心想知道问题的答案。

"姐妹们,该我们上场了!"莱斯特身边的女孩喊道。

她们要去换衣服,下一个节目轮到她们表演,必须抓紧时间,唉哟!她们赶紧站起来,许诺表演完就回来,随即转身去更衣室。当她们转身离开时,喝得醉醺醺的男士们便看见一排丰满的臀部紧挨着桌子的边缘和桌上的酒杯,如波浪一般涌过。"好家伙!"朗四世惊呼,同时扭头看向圣迪亚哥。后者朝他微笑,似乎在说,对,这个词用得很到位。"少穿一点啊!"托内拉达对着女孩子们的背影喊道。其中几个回过头来给他一个飞吻,而他的眼神则已经在跟随格洛莉娅·辛普妮的一举一动。她一边在桌子之间行走,一边歌唱:

> 来一场盛大的旅行,与格洛莉娅同行,
> 恰,恰,恰,
> 来一场盛大的旅行,与我同行,
> 恰,恰,恰。

她在绅士们的耳边轻声唱着"恰,恰,恰",而他们的妻子就在身旁。"漂亮的贱货。"受到冒犯的妻子们在心里咒骂着。她们有些坐立不安,却依然笑容可掬,温文尔雅。她们本来高高在上,此时却突然相形见绌,这样的反差让她们感到不适。"恰,恰,恰。"她对着某位先生唱道,而当她渐渐远离,走向另一张桌子时,刚才那位先生的妻子便开始在她舒服的椅子上调整坐姿,好让自己舒服一些。就这样,格洛莉娅·辛普妮唱着"恰,恰,恰",靠近一张又一张桌子,时不时藏身于某人的身后。最后,当她经过托内拉达身边时,他大喊道:"轻装上阵吧,我的女神!"

> 来一场盛大的旅行,与格洛莉娅同行,

恰，恰，恰，
来一场盛大的旅行，与我同行。

她一边唱着"恰，恰，恰"一边向舞台走去，同时将身上的羽毛、薄纱、绸缎，以及其他艳丽的服饰逐一卸去。到达舞台上时，只剩下胸衣和一小块亮闪闪的贝壳，上面镶满了银色的箔片。

"风气委员会找过她，全拜那边那个女人所赐。"托内拉达说。

"禽兽。"圣迪亚哥含笑应和。

"尊贵的夫人们总是为难这些女孩……"

这时，乐队停止了演奏，托内拉达中断了他风趣的解说。一个黑人鼓手突然跳出来，占据了事先计划好的位置。他几乎骑在鼓上，抚弄着鼓面，仿佛一只猴子抱着一根巨大的香蕉。随后，他将鼓面敲出三声深沉而响亮的轰鸣，尽显海地巫师的神秘与威力。鼓声在格洛莉娅·辛普妮的腹部造成了可怕的后果。她腹部的皮肤出现褶皱，开始收缩，鼓声每响一次，腹部就收缩一下：鼓声第一次响起时，腹部收缩了一点；第二次响起时，又收缩了一点；第三次响起时，收缩得更为厉害。肚脐周围完全凹陷，再往下，闪闪发光的贝壳受到牵扯，也上移至肚脐附近。第四下鼓声差一点要了她的命，她痛苦地抓扯自己的头发，已全无发型可言。显然，她正在承受巨大的痛苦。从她的脸上可以看出，她就要死了。她差点就死了，然而，鼓手很有经验，他微笑着朝那些躲在幕后，等待着上场的裸体女孩们使了一个眼色，又看了一眼已经走到近旁的托内拉达，随后便开始拯救这个着了魔的白种女人。只听这个巫师鼓手喊道："一！"一长串欢快而急速的鼓声随即响起。单调而连续的敲击似乎缓解了格洛莉娅·辛普妮分娩的阵痛，取而代之的是一阵难以遏制的瘙痒，她感到仿佛有无数只蚂蚁在贝壳的亮片里肆无忌惮地爬行。格洛莉娅·辛普妮发疯了，她甚至逃离了巫师鼓手的控制，她自由了。她当着女士们的面，在位于利马中心地带的一家夜总会，从她受到诅咒的肚脐里释放出成千上万个海地巫师。这些堕落的、像魔鬼一样邪恶的巫师开始纠缠各位丈夫，使他们在座位上躁动起来。他们一个个大汗淋漓,脖子跟随肚皮舞舞女的疯狂举动而扭动。格洛莉娅·辛普妮继续随心所欲地行事,动作的节奏甚至比鼓手的还要紧凑。巫师鼓手的两条胳膊仿佛两条鞭子一般抽打着鼓面,在多年忘我的敲击中,他早已破解夜生活所包含的不可告人的秘密。现在,他已经不再拥有年轻时的壮实体格,不再想入非非,不再轻信他人,他是个专业鼓手。人们掏钱来看格洛莉娅的销魂舞姿,他假装敲击不出合适的鼓点使她像刚才那样舞蹈。格洛莉娅不停地舞动着,他以鼓击跟随她的舞步。她的动作越来越令人作呕,在人群里引发更大的躁动。人群越为她沸腾,付给她的钱就越多;付给她的钱越多,她就越有足够的钱供儿子去牧师开办的学校读书;她要用汗水为她的儿子铺就一条通往律师职业的道路。人们不让她停下来,不停地呼唤着她的名字。又响起一阵禁忌般的鼓声,巫师鼓手用双肘和双掌轮番击鼓:时而先用肘击,后用掌击;时而先用掌击,后用肘击;时而双肘各击一下;时而单肘连击两下。所有的变换与组合,鼓手都了然于心,他已经再次将格洛莉娅·辛普妮揽入他的节奏之中,使她随着鼓声起舞:咚——咚,……,咚——咚,……,咚——咚,咚——咚,咚——咚,咚——咚,咚——咚,咚——咚,咚——咚,咚——咚,踏,咚——咚——踏,咚——咚——踏,咚——咚,咚——咚,咚——咚,咚——咚,咚——咚——踏——踏,踏——踏,踏——踏,踏——踏——踏——咚,咚,咚。最后,格洛莉娅·辛普妮摔倒在地,汗流浃背。掌声雷动,她依然一动不动,仿佛死了一样。托内拉达大笑着站起身,同其他人一起鼓掌,为鼓手喝彩。鼓手此时已经从巨型香蕉上跳下来,他将格洛莉娅扶起,两人一起向酒意渐浓的人群致谢。一些女士没有看见那些女孩,还以为演出终于结束了。可是,鼓手和女罪人刚离开舞台,一群装束大胆的女孩就上来表演下一个节目。于是,丈夫们借口庆祝新年,趁着酒意又点了几瓶威士忌。没人能使他们停下,他们只想没完没了地喝酒,并看完"盛大歌舞团"的整场演出。在最后一个裸体舞女结束表演之前,谁也别想让他们离开。虽然格洛莉娅·辛普妮已经走了,她的肚皮舞的魔力却丝毫没有减少,依然在台上台下肆意横行。

对于鲍比而言，那无疑是一个精彩绝伦的夜晚。此时，他醒了，眼前又浮现出报幕员大声宣布"姑娘们带来的压轴表演！"的场面；紧接着，他看到托内拉达为姑娘们送上鸡尾酒；在为她们调制鸡尾酒的同时，他又打电话预约了一批出租车，将她们送到各自的住所。鲍比远远地看了一眼床头柜上的闹钟，上面显示着下午四点。想到昨天晚上圣迪亚哥和莱斯特总算放下了种种精打细算和五花八门的策略谋划，投入到尽情的享乐之中，他禁不住开心地笑起来。他仿佛又看见托内拉达一边接连不断地打开酒瓶，一边面对那喧闹和疯狂的场面大呼："尽情狂欢吧！"想到这里，鲍比突然没了劲头，纵酒狂欢后的种种不适让他明白，他已经完全清醒，想要再次睡着已经不可能了。他穿上罩衫，慢慢地下了床，叫人给他送几瓶苏打水和冰可乐到游泳池去。他希望当自己浸泡在游泳池里，在冰凉的水中缓解头疼和放松疲倦的四肢时，苏打水和可乐就在托盘里，并被摆放在游泳池边缘他伸手可及的地方。当他在半路上碰到莱斯特和圣迪亚哥时，他感到十分恼火：两人躺在草坪椅上，戴着巨大的墨镜，面带微笑，各自看着杂志，看不出有任何不适。他坚信，在纵酒狂欢时，他们一定有所克制以避免饮酒过量。今天，他们比往常稍稍晚起了一些。因为是新年，他们暂停了哑铃训练，明天再继续，仅此而已。鲍比一头扎入水中。到了水里，他感觉好了些，"切！"他笑了起来，"我有的是时间，不管怎么说，我比托内拉达强多了，那家伙的寓所里可没有游泳池。"他在水中悠闲地游着。

对于鲍比而言，那是一个不可复制的夜晚。一切回归正常：哑铃，海滩，安孔赌场，灯光昏暗的舞厅。有一两次，他曾希望好景重现，特别是当他看见托内拉达再次出现在萨拉托加酒吧里，或者弗莱迪单身俱乐部里时，但是并没有发生任何特别的事：托内拉达一如既往地爆发出几声大笑，喝了几杯威士忌，与几个体面的女孩相伴。至于那几个新年时碰见的姑娘，以及格洛莉娅·辛普妮，再也无人提起。然而，鲍比自有计划。他只要进入大学，沃尔沃就是他的了，那时候他会立刻去找托内拉达，他知道在哪儿可以找到他，而且，这个懂得生活的人最近还请他喝过几杯。现在只是要关两三个月的禁闭，以换取大学入学资格。如此沉重的话题还是暂且搁置吧，至少，他还可以再与圣迪亚哥和莱斯特愉快地度过两三天。

两三天变成了几个星期。他们经常说起美国以及那里的生活，但是离开利马却遥遥无期。大学已经开学了，他们却连出发的打算都没有。管家婆跟胡里乌斯说起对这件事的看法。"这两个年轻人态度懒散，"她说，"先生和夫人作为其中一个的父母，以及——按照他们的话说——另一个的父亲的挚友，有责任督促两个年轻人尽快回到圣迪亚哥少爷的朋友的国家。"胡里乌斯认为此事很严重。每当这两个吸引了全家人注意力的年轻人出现在餐厅或者夏日吧台时，他总会不停地朝苏姗和胡安·卢卡斯使眼色。遗憾的是，胡安·卢卡斯和苏姗不予理会，相反，他们似乎很开心这两个年轻人继续留在家里。总之，他们完全没有异议。"这就是长子的优势。"鲍比想。胡里乌斯则想起他上学晚了一年，更有甚者，为了送他去学前班，他们还剥夺了他进幼儿园的机会。根据他刚刚读过的一本书，幼儿园在任何一个孩子的生命里都代表一段美好时光……管家婆说得对，苏姗和胡安·卢卡斯不太称职。

问题是，圣诞节的两位来客迟迟未走，鲍比只好离开他们，闭门读书。来了各门功课的辅导老师，都是苏珊娜姨妈熟知并且通过电话推荐的：这些老师都在尽心尽力帮他的儿子比波备考，他们保证比波将会取得好成绩，她每天都在为他祈祷，事情必然如愿，祈祷……祈祷……苏姗也应该这样做……可是，苏姗只想挂电话，终于，她挂了电话。来了成堆的老师，每门功课都有，鲍比开始闭门学习，成了整个宫殿最值得同情的人。晚上，在餐厅里，大家都对他表示同情，他看起来精疲力竭，可在睡觉之前还有好几道三角学的题目要做。与此同时，两位来客还在利马，没有人过问迟迟不回美国是否会影响他们的学业。圣迪亚哥有一天说落下的课回去之后很容易就可以补上，然而这并没有说明为何他们留在利马的时间越来越长。他的解释没有打消苏姗的疑虑。一天下午，她去韦尔施①给

---

① 韦尔施（La casa Welsch），德国 GEO EHNI & CO.公司于20世纪初在利马开设的秘鲁子公司，主要经营钟表与珠宝首饰。

胡里乌斯买一块手表，他就要满十一周岁了。经理告诉她，她的大儿子刚刚和一位美国朋友来过，他们买了一枚精美的白金戒指。

然而，苏姗丝毫没有去干涉两个大小伙子的生活，她对此事的知情度到此为止。她不知道戒指是莱斯特买来打算送给一个女孩的。她确实注意到气氛有些紧张，她将原因简单归结为鲍比和胡里乌斯之间的一系列争吵。她听见两人反复叫嚷着一个存钱罐，却没有注意到争吵总是发生在晚上。终于有一天，胡里乌斯来询问他的存钱罐钥匙是否妥善保管在保险箱里。当她回答说是的时候，他放心地走了。第二天，鲍比向胡安·卢卡斯要钱，高尔夫球手刚刚因为一球之差而无缘高尔夫锦标赛的冠军，没好气地回答说，在入学考试结束之前，一分钱都不会给他。鲍比试图向圣迪亚哥要钱，圣迪亚哥只是笑笑，然后再将胡安·卢卡斯的话重复一遍。随后，鲍比又去莱斯特那里碰运气，莱斯特用英语大声叫他滚蛋。楼下所有的房间都能听见这个美国佬的吼叫声。胡安·卢卡斯不在旁边，苏姗听到了他愤怒的嚎叫，感到十分吃惊，莱斯特外表平和冷静，完全看不出可以释放出如此高频的声音。苏姗想起戒指的事，但是，她无论如何也不愿插手两个小伙子的生活，所以关于此事，她的知情度也就到此为止。

至少目前是这样。然而，她注意到气氛越来越紧张。鲍比和胡里乌斯之间的纠纷愈演愈烈。胡里乌斯越来越强硬，他就要满十一周岁，到了冬天小学就毕业了；此外，他满口脏话，苏姗只好提醒卡洛斯，不管他怎么询问，也不要再教给他更多的脏话了。这对胡里乌斯而言又能算得了什么？他已经知道打炮是什么意思，于是觉得自己站在了他哥哥同一个高度。鲍比是另一个大问题，他越来越暴力，繁重的学习任务让这个可怜的孩子愈发疯狂。有一天早上，他竟然让苏姗娜姨妈推荐来的化学老师去见鬼。事情不止于此。同一天的下午，莱斯特回来时显得异常紧张，他的衬衫几乎破成了布条，幸好他的脸以及身体其他部位都完好无缺。这个美国来客没有受伤，但还是要给他吃镇静剂，他像个疯子一样在宫殿不同的房间里来回跑动，大声喊着："结束了！结束了！到此为止！都过去了！结束了！"所有人都能听懂这些话语，却没有人明白个中原因。"什么结束了?"胡里乌斯很不解,"什么结束了?"很快,他得知莱斯特指的是在利马停留的日子已经接近尾声了。当莱斯特服用镇静剂时,圣迪亚哥打电话给航空公司。动身就在明天晚上。

几个小时之后,莱斯特在镇静剂的作用下向苏姗和胡安·卢卡斯解释说,他的利马之旅十分精彩,现在是返回的时候了。关于他的衬衫为何会被撕成破布条一事,苏姗决定绝口不提,不难猜测,此事和那枚戒指多少有些关联。圣迪亚哥告诉他们,那天晚上他和莱斯特还要出门和几个朋友告别,要和他们再最后喝几杯。所有人都觉得这是个不错的主意。现在就看胡安·卢卡斯是否接受鲍比的提议。什么提议?很简单,也很好理解:鲍比想和他们一起去,他需要透透气,他已经闭门学习了好几个星期,出去放松一晚对他没有坏处,而且为兄长送行是个最合适的机会。圣迪亚哥笑了笑,好像在说,如果你愿意,就一起来吧,我无所谓,我不过离开一两年,犯不着痛哭流涕。鲍比始终坚持,胡安·卢卡斯刚刚在与前一次的冠军交锋中扳回一局,于是说,好吧,但是就一个晚上。"你这下高兴了。"圣迪亚哥看着他的弟弟,心想。然而,出乎他的意料,鲍比没有笑,也没有表现出高兴,他打算等到晚上再笑。鲍比也有自己的策略,他学得很快。

"不,我不坐你们的车,我开旅行车去。"
"什么意思?"圣迪亚哥问。
莱斯特不明白兄弟二人在说些什么。鲍比用英语向他解释,"我很抱歉,"他说,"有个女人在等我,她已经等我一阵子了,今天是我唯一去见她的机会。"圣迪亚哥感到好奇。
"你怎么要到旅行车的?"
"很简单:我跟胡安·卢卡斯说,你们会晚些回来,而我不想回来太晚,所以最好能把旅行车借给我。这样,如果有必要,我就先回来,明天可以按时起来学习。"
"好主意……"

"而且他还给了我一些钱，不多，但是足够今晚了。"

"好吧，"圣迪亚哥说，"那么，再见了……"

"再见……"

圣迪亚哥心不在焉地向鲍比笑了笑，鲍比也回了他一个同样的微笑。他们微笑着回过头，走向各自的汽车，又回头彼此对视了一下，依然心不在焉。他们心照不宣，一秒钟之内便签署了彼此漠视的永久协议：他们同为巨大家产的继承人。

鲍比坚信自己认出了索妮娅。当他开足马力去找她时，圣迪亚哥和莱斯特正慢悠悠地将车停在弗莱迪单身俱乐部门前，他们和一群朋友约好在那儿见面。不能再约托内拉达了。绝对不行。至少，只要莱斯特还在利马，就不能再约托内拉达。

"不管怎么说，我都是个开心宝。"那个混蛋为自己正言。他斜倚在弗莱迪单身俱乐部的吧台上，身边围满了女人，都被他的连珠妙语逗弄得欢笑不止。

"为什么要躲着我？我难道不是个开心宝吗？"

"你一直都这么可爱。"一个女人说。

"你可不要靠近我。"另一个女人说。

"可怜的托内①！"皮帕感叹道，"谁都不理他！"

"先把你的眼珠子放回眼眶里再说！"

"圣迪亚哥和莱斯特在那边。"皮帕突然宣布道，她看见他们进来并朝吧台方向走去。

"我走了！这个美国佬和'总督'一样黏人……他们在得克萨斯接受了良好的训练。小姐们，恕不奉陪……告辞了。"

"别傻了！"皮帕惊呼，"他们已经在吧台坐下了，和朋友们聊得好着呢！他看见你了，也没什么表示……"

莱斯特没什么表示，一进门并看见托内拉达坐在前面，圣迪亚哥就一

---

① 托内是托内拉达的昵称。

把拦住他;他没什么表示,因为下午他已经服用了三片镇静剂;他没什么表示,因为这是他在利马的最后一晚,不能打架闹事。圣迪亚哥向托内拉达微笑致意,同时用眼角的余光观察着莱斯特:他看起来很平静,刚要了几杯威士忌,正开心地同已经到达的朋友们交谈。

朋友们陆续到达,纷纷点了威士忌。同往常一样,圣迪亚哥喝得很少;莱斯特则一反常态,一杯接着一杯喝。如果托内拉达继续在U形吧台的另一侧,就在他们对面大笑不止,莱斯特很有可能像下午一样喝醉闹事。当然,还有语言的问题,莱斯特全然听不懂那边在聊什么,他可能会以为那个混蛋在嘲笑他,谁知道呢,托内拉达向来口无遮拦……然而,酒精没能振奋这个美国佬的精神,他越发悲伤,和朋友们的交谈也越来越少,最后只在点酒和为他人倒酒时才吭声,俨然一副断肠人的姿态。

"难以置信!"他突然大喊一声,脑袋耷拉在胸前。

"什么?"圣迪亚哥问。

"难以置信!"他重复道,脑袋耷拉得更为厉害。

他只是在寻找酒杯以及倒酒时才抬起头。"难以置信!"半小时之后,他又说了一遍。圣迪亚哥暂停与邻座的交谈,当他看向莱斯特时,后者的头耷拉得更为厉害。他一杯接着一杯地喝,每喝一杯,头就更低一点,此时他的头已经埋在了吧台与他的身体构成的黑暗空间里,但是他还没有完全倒在吧台下边。他一点点地向下滑落,突然,他又想起了什么,于是又喝了一杯威士忌。他似乎有意使身处其中的空间黑得更彻底,然而,吧台、衬衫和领带的色彩一直在眼前萦绕,不让他拥有纯粹的黑色。他想营造出完美的悲伤氛围,将自己一个人全然隔离于其中,然而,酒吧的音乐和食客们愚蠢的笑声却持续不断地闯入他的空间。他沿着醉酒的台阶下滑,眼前还未清净,又撞到这些声音,他一杯接着一杯地喝着威士忌,却依然能够听见。噪音继续在耳边响起,他无法进入宁静的黑暗空间,不能沉浸在黑暗中尽情拥抱回忆。他差点就做到了,莱斯特在记忆的深渊里下滑,可是他突然感到有人将他猛力一撞,他猝不及防地摔倒在地,感到一阵巨大而苦涩的不适。撞他的人似乎又转过身来,转着圈将他拉了起来,眩晕一阵接着一阵袭来，他感到完全失重了。他精心营造的氛围在一秒钟之内消失殆尽，黑色也破碎了，变成无数的彩色小块不时地在眼前打转，他偶尔看见黑色的碎片，但是眩晕转瞬又再次袭来。莱斯特竭尽全力挨个绕过那数不清的彩色小块，最终找准机会一下子直起身，以此避免了眩晕的再次来袭。他感到自己坐在了凳子上，于是趁机双手抱住酒杯，他紧紧地握着杯子，直到调酒师已经静静地待在原处，只是在给顾客倒酒时才挪动位置……

"威士忌。"他又点了一杯。

他以为已经可以放开平衡轴，却差点一口将内脏吐出来，只好又紧紧握住酒杯，直到依稀看见托内拉达就在调酒师身后。他定神勾勒出托内拉达的轮廓，开始死死地瞪着他，他觉得神志已经恢复，便稍作思考，并凶神恶煞地瞪着托内拉达，每个眼神似乎都在骂出一句脏话。终于，嗓子里不再有苦味，眩晕感逐渐消退，他慢慢地放开酒杯。此时，坐在对面的无赖已经目光低垂。

同时低下的，还有他的声音。看到莱斯特对他怒目而视，托内拉达降低了音量，慢悠悠地将故事讲完，同时不失紧张地观察着局势：莱斯特又要了一杯威士忌，圣迪亚哥试图阻拦，他不听劝告，调酒师将酒杯倒满……托内拉达又开始讲新的故事，这一杯威士忌将在莱斯特身上生出何种反应尚未可知，他的语速渐渐放慢，女孩们必须贴近以听清故事的细节。那是一个精彩绝伦的故事，什么？什么？她们不停地问着，大点声！听不见！……她们捅了他的屁股一下！故事讲完了，托内拉达高调地放声大笑。这时，在他的对面，莱斯特将酒杯放在了烟灰缸上，只见他的脑袋前倾，越来越低，似乎想用鼻尖触碰肚脐，吧台边缘的精致皮革护边挡住了他。这一次没有任何干扰，他成功地钻进了自己的黑暗空间……

"啊，不！绝对不行！"皮帕惊呼，"快收起来！"

"看到了吧？……我说什么来着？我的小女友已经心有所属……"

"托内拉达，快收起来！不然我就走了……你这个胆小鬼！"

托内拉达还在快乐地晃动着小手指，他将手指在女孩们的眼睛和鼻尖前面晃来晃去，手指上戴着一个他刚刚从口袋里取出的白金戒指。莱斯特到的时候，皮帕已经看见他将戒指藏起来了。皮帕火冒三丈。

"你竟然是个如此猥琐的人！"

"看到了吧？……我说什么来着？……酒精能激发她的高尚情感。"

他的整张脸都在疼，他今天晚上没有一丁点儿尊重高尚情感的打算，都见鬼去吧！他只想说笑话，揶揄一切，管它是什么！女孩儿们了解皮帕，她有她的问题，她就是这样……还有比在圣诞夜来点儿什么更刺激的吗？……有谁想听一个小秘密吗？……这个圣诞节也不例外……跟谁也不行……

"龌龊！"

其他女孩对戒指风波不以为意，而皮帕多杯威士忌下肚，依然沉溺于不经意之间涌上心头的高尚情感之中，此时双眼已噙满泪水。托内拉达张开双臂想要抱住她，她从下边滑溜出去了。

"龌龊！流氓！"皮帕知道戒指事件的前因后果。

"各位的声音太大了……拜托，小姐……"

唉！她干吗要掺和这件事！皮帕三口两口喝干了杯子里的酒，开始大声叫骂起来：再也不会有人看见她和托内拉达在一起！……再也看不到她了！……万事皆有限度！……小德尔菲娜刚刚进了圣乌苏拉①！……再也找不到比她更漂亮和更善良的女人了！……那可是她的表妹啊！……而这个龌龊的流氓！……这个王八蛋听说她的父亲要引进几部阿根廷电影！……要开一家新的电影院！……要找两个大明星来参加首映礼！……要举办盛大的欢迎仪式！……还有鸡尾酒会，可不嘛！龌龊的流氓！"

"皮帕小姐……"

"这个流氓还没有找过女演员！……知道这一切能让他赚多少钱吗！……你当然要消失，流氓！……你不想让人看见和我表妹在一起！……你最不想见到的人就是我！……她为你的一切买单！把你的胳膊

---

① 圣乌苏拉是利马的一家修道院。

从我身上拿开！不要碰我，恶心的混蛋！……你知道戒指是谁的！不是吗？不是吗？想不起来了？滚开，无耻的流氓！小偷！"

"我只是偷了她的心。"托内拉达插嘴道，他试图引发其他姑娘的笑声以摆脱尴尬的局面，可是所有的女孩都面露难色。虽然音乐声一直未停，整个酒吧却都听见了他们的对话。

"小偷！你打算什么时候将小德尔菲娜甩掉？告诉我什么时候！你说，骗子！……"

"小姐……"

"问他！问他！他是个小偷！无耻的混蛋！"

"她只要喝醉就会冲我发酒疯。"

皮帕开始放声大哭，因为她很爱托内拉达。"这个女人已经彻底疯了。"圣迪亚哥想，他一直面带微笑地关注着这场闹剧，这时他看见皮帕一下子扑进托内拉达怀里哭起来，时而抬起头在他的肿眼泡、八字眉和豁嘴唇上胡乱地亲吻，"龌龊！流氓！"她一边叫喊着，一边紧紧地贴在他的怀里。

"再来一轮威士忌。"托内拉达命令道，侍者还没来得及问"谁买单？"，他就递上了一卷纸币，就绕在戴着戒指的手指上。

莱斯特觉察到有人将胳膊放在他的背上，他耸耸肩，示意来者放开他，不要打扰他。他觉得应该是圣迪亚哥，他试图直起身，脑袋却沉得让他直不起腰，他再次趴在吧台舒适的护沿上。

"来一杯苏打水。"圣迪亚哥说。

"不要苏打水。"莱斯特嘟囔着，他试图解释，他服用了镇静剂，待会儿就会好转。

"有什么建议吗？"圣迪亚哥转而问身边的朋友，"我可不想这样把他带回家。"

"嗨！"鲍比突然大喊一声。谁也没有注意到他来了，他看起来格外心满意足。"莱斯特怎么了？"鲍比问。

"帮我把他弄出去，他跟死人一样重。最好让他在哪儿先睡一会儿再回家。"

"去旅行车里吧。座椅放下来就是床。"

"好主意……等一会儿如果他不醒,你帮我将他抬出去。"

完全没有必要。莱斯特自己直起身来,一点儿一点儿地,动作十分缓慢。他并没有睡着。在那下面他的黑暗空间里,莱斯特不停地抵抗着眩晕,随着眩晕一阵接着一阵袭来,他去德尔菲娜家的情景也在脑海中不停打转。他无数次地到达她家,将戒指送给她;无数次地进她的家门,和她共度午后,他牵起她的手,感到戒指在她的指间散发出丝丝凉意;有时,他听见她的父亲说起美国电影的引进计划,而他在心里暗暗思量是否有可能让他与自己的父亲合作。随后他又回想起在德尔菲娜的庄园里斗鸡的那个下午,以及看到秘鲁女孩如此轻率地说出"I love you"时,他露出的嘲讽的微笑;他对此极不适应,他的表白可从未超出过"I like you"。在斗鸡时,她说"我爱你","I love you",为防他没有听懂,她翻译给他听。他从来没有越过"我喜欢你"的限度,直到那个下午,斗鸡之后的某一个下午,他的感觉从未超过"I like you",然而,当德尔菲娜带来两只银质小斗鸡并送给他,他突然发现自己在说"I love you",他觉得自己爱她,他向她表白,然后开始像个傻瓜一样爱她……

"蠢货,蠢货。"圣迪亚哥听见他口中念念有词,扭头看时,只见他慢慢直起身,又重新趴倒在吧台的护边上……这次他确实清晰地看见在安孔的海边浴场度过的那些下午,一天晚上,在一个派对上,一切都刚刚开始,昨天晚上,在派对上……"蠢货!"他骂了一句,他试图直起上半身,这时才意识到昨天晚上只有他说了"I love you":他和小德尔菲娜整晚都在跳舞,一支舞接着一支舞,一秒钟之内他想起了昨天晚上发生的所有事情,他慢慢抬起头,她没有跟他说……他再次邀请她跳舞,在舞会结束时再次向她告别,"蠢货!"他又骂了一遍,他再次努力地直起上半身,突然意识到当时他就已察觉到她既古怪又紧张,就和今天下午一样,他按了门铃,她亲自给他打开花园的门,看起来古怪而紧张;他突然明白管家为何没在,她的手指上没有戴着戒指,"蠢货!蠢货!……"他明白了下午究竟发生了什么……"蠢货!"他感觉到下午的怒火在体内复燃,下午的情景随之闯入了他的黑暗空间，他本已拱起上身，此时又瘫软下来，他再次进入德尔菲娜家的花园，她没有说"I love you"，她只说了"我喜欢你"，又补充说，但是……"蠢货！"看见她神情古怪又紧张，他说"I love you"，就在这时，托内拉达出现在花园的一侧，看起来怡然自得。他听见自己用英语骂了句"懦夫"，又看见托内拉达一边向后退，一边辩解和闪躲，他弯下腰去……我的戒指掉到草丛里了，但是他捡起的却是一根棍子，而莱斯特扑到托内拉达的身上，他终于将双手撑在了吧台护边上……他紧咬牙关，拳头接连落下，怒火中烧，牙齿咬得吱嘎作响，终于他直起身来，就和在花园里时一样，他觉得浑身疲乏，只想回家，他动作僵硬地站起来，又盯着托内拉达看了一会儿，这个无赖躺在地上，脸已经变形。

一会儿之后，莱斯特在水星车的座椅上安睡，水星车停靠在弗莱迪单身俱乐部的门前，座椅调成了床的样子。不远处，在沃尔沃车里，圣迪亚哥和鲍比消磨着时间，他们时而打打瞌睡，时而试图聊点什么提提神。凌晨五点左右，他们看见托内拉达摇摇晃晃地出来了，正竭尽一切努力以免皮帕·波塔尔一头栽倒在地上。终于，两人上了一辆出租车离开了。圣迪亚哥趁机告诉他的弟弟发生在他的朋友和那个无赖之间的事情。鲍比没做任何评论。有一刻，他忍不住想要告诉圣迪亚哥在那内特妓院的快乐冒险，但是想到他的哥哥可能会嘲笑他居然还在和妓女鬼混，他决定保持沉默。

"我们去兜兜风。"圣迪亚哥说，一边启动沃尔沃。

"不要太久……天快亮了。"

"莱斯特怎么也醒不过来，你叫我怎么办？"

七点钟光景，两人回来将莱斯特叫醒。叫醒他并不难，困难的是安抚他：这个可怜虫感觉糟糕透了，不停地抱怨。最后，他们告诉他，他已经睡了好几个小时，等到了家将为他呈上丰盛的早餐，之后可以再躺下继续睡。圣迪亚哥上了旅行车，叫鲍比将沃尔沃开回去。

当他们在宫殿的门口大声按喇叭时，已经是早上八点了。一早就在浇灌的乌尼韦尔索立刻为他们打开了大门。胡里乌斯正骑着自行车从左边过来，圣迪亚哥和鲍比机敏地转动着方向盘，以免一把将他撞倒。两人只顾着看胡里乌斯，都没有注意到差点带倒右边走着的一个丑陋的女人。莱斯特从车窗里看见了她，不适感立刻卷土重来，他觉得自己很难再次入睡。

相反，她笑吟吟地看着他，直到后来，当水星汽车已经开进了宫殿，她才开始恍惚，心想刚才那个金发的年轻人肯定不是家里的哪个孩子。紧接着，鲍比开着沃尔沃也进了大门，但是她没能看见，因为乌尼韦尔索拦住了她，不让她进入宫殿，她因而更加满头雾水。两人相持不下，争吵良久。乌尼韦尔索想知道妮尔达是谁，而妮尔达想知道乌尼韦尔索是谁。两人都觉得自己有权审问对方。妮尔达始终认为自己是家里的厨娘，看不出旧宫殿和新宫殿之间有何差别；唯一的问题在于，她所有的说辞都是与旧宫殿相关，而乌尼韦尔索从来没有做过旧宫殿的园丁，对他而言，除了眼前这个，再没有其他的宫殿。总而言之，两个人中既没有园丁，也没有厨娘。妮尔达开始不可理喻，她告诉乌尼韦尔索，她不是来看他的，而是来看小胡里乌斯的。这一宣称让形势变得更为复杂，按照乌尼韦尔索的说法，胡里乌斯刚刚骑着自行车在他们两人的眼皮底下经过，所以，妮尔达并不知道谁是胡里乌斯，而胡里乌斯也不认识她。妮尔达大声叫嚷，露出了满嘴的金牙，乌尼韦尔索大声叫嚷着回应，露出满嘴的龋齿和几颗金牙。两个人都十分恼火：在妮尔达口中，马车十分陈旧，而在乌尼韦尔索看来，却是全新的；他们的意见怎么也无法统一，更糟糕的是，分歧开始转变为针对彼此的人身攻击；他们离出发点越来越远，最后开始争执究竟是谁先冒犯了谁。乌尼韦尔索指责妮尔达诽谤山里人固执，和驴一样死脑筋；妮尔达大声反驳说事实就是那样，随后又反唇相讥，说是乌尼韦尔索先说她"擅闯民宅"，说她分明是要入室抢劫。两人彼此叫嚷和攻击，眼看就要大打出手，这时，卡洛斯开开心心地来上班，他向妮尔达打招呼，好像她从未离开过一样。妮尔达扑上去拥抱他，顺便向那个粗鲁的山里人证实她到这里就和回家一样。他向卡洛斯抱怨乌尼韦尔索不让她进门，卡洛斯笑呵呵地问是谁任命他当哨兵的，"山里人就该唱山歌"。这句话一说，他完全赢得了妮尔达的欢心，她再次扑到他的怀里，这次是要告诉他，她的孩子得了伤寒或者类似的什么，已经死在马德雷德迪奥斯了。

卡洛斯将她带到厨房，向她讲述自从她走后所发生的一切。塞尔索和丹尼尔也过来和她寒暄，邀请她一起吃早餐，她则讲述了自己最近几个月的生活。她不停地说话，时刻不忘提及她儿子的死亡；而一说到这个，她就开始嚎啕大哭。她苦难的生活让在场的人目瞪口呆；自从她离开这个家之后，她过得糟糕透了：带着一个生病的孩子，哪儿也不愿意接受她，最后她决定回到家乡。在那里情况也很糟，儿子的病情加重了，可能是因为气候，又或者是因为水，谁知道是什么使他的肚子彻底完蛋了。一个星期之后，孩子开始哭。起初只是晚上哭，之后是白天哭，最后，可怜的小家伙没日没夜地哭，可怜的孩子，他不知道如何表达，一定是医生给他喝的什么苦汤药把他害死了。妮尔达又开始嚎啕大哭，在场的人都一筹莫展。

这就是管家婆来询问胡里乌斯是否已经回来时所见到的情景。听到胡里乌斯的名字，妮尔达立刻破涕为笑。塞尔索介绍前任厨娘和现役女职员认识。管家婆趾高气扬地一下蹬到妮尔达面前，以示不劳她起身。两人说的客套话可谓闻所未闻。妮尔达说一句，管家婆回以两句更为复杂的。面对个子更高，身形更大，并且拥有小学文凭的管家婆，妮尔达不觉低下头来。管家婆立刻又问是否已经给这位女士上了早餐，塞尔索和丹尼尔回答说是，那还用问吗？但是她总是有理，于是继而大声吆喝，问他们不快给女士再上一杯茶，还在等什么？妮尔达对她表示感谢，开始给她讲无数个关于胡里乌斯的故事。两个男管家也来了劲头，他们斟上茶，拿来更多的面包：他们也有故事要讲，忆起往事，他们有自己的版本。妮尔达不介意被打断，很耐心地听他们说，最后再把每个故事准确地总结一遍。与此同时，管家婆一边默默地吃着早餐，一边满怀嫉妒地听他们谈论往事，那是一个对她而言完全陌生的时代，她无法发表意见，更无法做到振振有词。而那些人讲起来就没完没了！卡洛斯也开口了，说了一些他们不知道的事情，都发生在外面，比如某一次送胡里乌斯去学校，或者去某个朋友家参加生日聚会。不同的事件渐渐混在一起，回忆越来越长。往事历历在目，催人泪下，妮尔达说一会，又听一会，眼睛睁得大大的。辛缇娅的名字出现在一段回忆里，这个可怜的女人赶紧放下茶杯哭起来，"辛缇娅，辛缇娅……"她抽泣着。记忆立刻又跳转到胡里乌斯开始在他的满是著名动画形象的小餐厅里用餐，妮尔达重新拿起茶杯，又开心地笑起来，然而，上帝知道辛缇娅，以及给她梳头发的贝尔莎怎么又出现在故事里，可怜的女人不得不一把扔掉茶杯，以释放压抑着的哭泣，否则决堤的泪水一定会顶破她的双眼，或者使她的后颈迸裂。卡洛斯发现了妮尔达情绪波动的规律，于是开始说起只有胡里乌斯出场的故事。塞尔索拿来更多茶，聚会又热闹起来。所有的人都又要了一杯茶，管家婆除外，因为她找不到机会插嘴，开始感到厌倦。"过去的时光总是更加美好。"管家婆突然说，她的话收效甚微，其他人并没有赞许她有文化，而是立刻表示同意，随即便以从未有过的热情回忆一段他们确实觉得更为美好的过去。妮尔达是谈话的绝对主角，她仿佛一台唱片机，一遍又一遍地重复讲述胡里乌斯小时候的故事。那个孩子一直十分高贵，比他的两个哥哥更加懂事，想来他就要是个小大人了，就快满十一岁了，她一直记得他的生日，她从未忘记过，再过一个星期他就十一周岁了，啊！……她看着他出生，而且，是她纠正了他的两个小耳朵！再过一个星期他就满十一岁了，只是一周之后她已经在工作了，不能来，她总算是在利马找到了工作，现在更加容易，她的儿子死了，人就是这样……她一边再次哭起来，一边从布兜里取出一个小纸包，她养了几只小母鸡，带来了母鸡下的六个鸡蛋以庆祝胡里乌斯的生日，以她儿子的名义……她像疯了一样地哭起来，其他人忙着给她倒茶，递面包和黄油，管家婆不再耿耿于怀，小跑着去取果酱，夫人早餐时吃的就是这种果酱，小胡里乌斯很快就会回来，每天早晨在吃早餐前，他总是出去骑一会儿自行车，这是先生的命令，小胡里乌斯就要回来了……

然而，胡里乌斯没有回来。他坐在旅行车的后排座位上，鲍比在他旁边。胡里乌斯强忍住心头的怒火，一想到妮尔达今天早上从纸包里取出为他的生日准备的六个鸡蛋，他就感到强烈的失望与抵触情绪。他愉快地去吃早餐，却看到丑陋的妮尔达坐在厨房里等他，就是这种难以抑制的抵触情绪阻止他进去。他不能进去。他迈不开腿；此刻，在从机场回来的路上，早上不期而遇的那一幕在脑海中萦绕，他的双手在发抖，圣迪亚哥再次离开本应让他感到难过，然而，他的脑子里只有她坐着哭泣的画面，其他一切都模糊不清。众人回来时都很悲伤，至少都沉默不语，各有思虑。苏姗美丽而动人，她一言不发，看起来心不在焉，或者是在暗自悲伤，她接受了胡安·卢卡斯的提议：先把孩子送回家，再找个地方共进晚餐。胡安·卢卡斯在一个红绿灯前停下车；他讨厌交通灯，在等待时他不知道该说些什么，他没有什么可说的，他焦急地等待绿灯亮起，脑袋里一片空白，于是又想起了飞机场的那一幕：再见，小伙子，祝你好运，记得来信。他突然之间悲上心头，仿佛离开的是他的亲生骨肉，他立刻咳了几声，以缓解喉咙里的不适感，我们把孩子送回家，然后出来吃晚餐，怎样？……绿灯亮了。苏姗愿意接受任何提议，好的，亲爱的，好主意。旅行车飞速前进，她将胳膊伸出窗外，感受夏日夜晚暖暖的风。她看着自己伸出窗外的手，看见路旁房屋里璀璨的灯光从她张开的、伸直的指间快速倒退，她突然觉得在夜色里她的胳膊看起来仿佛一架飘浮在空中的飞机，于是赶紧将它缩回来，好的，亲爱的，好主意。她回过头来向鲍比解释，叫他最好不要跟着来，她和胡安·卢卡斯要到很晚才回家，而他第二天要早起复习功课。和鲍比说完之后，她意识到胡里乌斯就在旁边，该如何跟他解释呢？然而，她放心地转过身去，和在机场时一样，胡里乌斯完全一副心不在焉的样子，她想起他实际上并没有向圣迪亚哥和莱斯特告别。她没有再纠结于此事，圣伊西德罗的万家灯火在窗外接连而过，吸引了她的注意力。苏姗抬头看看天，高楼挡住了天空，偶尔在没有房子的地方露出一小块来，可以看见黑色的天空，以及一颗一闪而过的星星，她又想起之前伸出窗外的手，在夜晚的暖风里看起来就像是刚刚离去的那架飞机，好的，亲爱的，打算带我去哪儿？胡安·卢卡斯咳嗽了一声，他感觉有什么堵在嗓子眼，到了下一个红灯时，他感到喉咙已经通畅。他将车停下，想到了莱斯特：告诉你的爸爸，欢迎他十月大驾光临，我会为他将布里塞纽请到利马来比赛，他可是本世纪最伟大的斗牛士！十月见！别忘了！去吧，小伙子，好运，哈哈哈！他扭头看看苏姗，我知道要带你去哪儿吃饭了，亲爱的，那可是个好地方！苏姗问他是哪家餐馆，亲爱的。绿灯亮了，他重新启动汽车，发动机发出轰鸣，他没有回答，他什么也没有说，哈哈哈！就让美丽动人的苏姗满怀好奇地看着我吧！苏姗关上窗户。她又想将胳膊伸出窗外，但是她关上了窗户，以免再想起飞机，她朝胡里乌斯回过头去，这才想起并没有什么要对他说的。胡里乌斯将视线移开，转眼看见自己到了厨房门口：妮尔达在里面，他停下了脚步；看见她一边哭泣，一边取出鸡蛋放在桌上，他跟跟跄跄地一路后退。没有人看见他回来了；没有人看见突然生出的胆怯仿佛一堵墙挡在面前让他撞了个正着；没有人看见他目睹妮尔达蓬头垢面，哭喊着"我可怜的孩子死了！"；没有人看见他跟跟跄跄、跌跌撞撞地倒退着出了厨房，躲在门后听他们说话……

"尝尝，妮尔达女士，这是英国的果酱……请用，女士……小胡里乌斯就快回来了，早饭之前他总是出去骑自行车，这是胡安·卢卡斯先生的命令……"

"谢谢，小姐……你们不来一点儿吗？希望小胡里乌斯早点回来。我一直记得他的生日，他就满十一岁了，是个小大人了，还记得他从马车里向你们开枪吗？……他和维尔玛做游戏，还记得吗？……抱歉，我还是不要提到她比较好……"

胡里乌斯赶紧打开窗户，猛地将头探出去，但即便在窗外，在漆黑的夜色与温暖的晚风里，维尔玛依然是个妓女，最下流的妓女，妮尔达今天早上就是这样说的。这是最糟糕的，没有比这个更糟糕的了。他关上窗户，继续安安静静地坐在座位上，好像什么也没有发生过一样。她是苏姗的儿子，苏姗和胡安·卢卡斯结婚了；他是鲍比的弟弟，他刚刚去给大哥圣迪亚哥送行，他在美国读大学，已经和朋友莱斯特一起离开了；他们已经走了，而他此刻正坐在沿着哈维尔·普拉多大道飞速行驶的水星旅行车里。看啊，我没事，一点事也没有。只是维尔玛成了一个下流的妓女，比我刚才打开窗户那会儿下流一百倍，比今天早晨下流一千倍：今天早晨，他第一次感到身后有一个巨大的、可怕的球,它一边膨胀,一边对他紧追不舍,那个球从厨房里滚出来,越来越大……

"我在街上碰见她了,穿得花枝招展,年轻的维尔玛一直是个美人儿……不过,十分无礼……我很热情地和她打招呼……当然,她假装不认识我……虽然她喷了很多香水,看起来和之前不太一样,但是走路的样子分明就是她啊……我很热情地和她打招呼,而她却从一开始就表现得很无礼……满口污言秽语,充满挑衅,她气势嚣张,大放厥词,说什么穷女人有个屁尊严……她说,她在维克多利亚的一家妓院里谋生,一副满不在乎的模样……"

也许我应该跑开……又有什么用呢?从提到她名字的那一刻起,从她低下头那一刻起,我就知道了,"告诉你今天晚上我要去和谁打炮……"胡里乌斯强忍住心头的怒火,控制住自己的两条胳膊,否则乱拳随时会落在鲍比身上。鲍比正面目可憎地坐在旅行车另一侧的窗户旁,对此丝毫没有察觉;坐在前面的苏姗和胡安·卢卡斯也全然不知情,每个人都若有所思。胡里乌斯趁机恢复了平静,他是苏姗的儿子,苏姗和胡安·卢卡斯结婚了,他是鲍比的弟弟,刚刚去机场送别另一个哥哥,此刻正在回家的路上,终于快要到家了……他反复求证自己还活着以求获得片刻安宁,此时他再次默念:我还活着,我叫胡里乌斯,我没有去揍鲍比,其实什么也没有发生。他一旦将自己定位为一个十一岁的男孩,今年就要小学毕业,此刻正从机场回来,维尔玛立刻就变成一个庞大的妓女,好像那个可怕的大球一样越来越大,跟着他出了宫殿,如果他继续逃避,球就会追到圣伊西德罗、米拉弗洛雷斯、利马,甚至全世界的每条大街小巷;如果他打开窗户,他会发现它就在外面,变得更大了,比今天早晨大很多。今天早晨,当那个球尾随他出了厨房时,他赶紧藏进一个浴室里,于是维尔玛变成了一个更大的妓女;球将他推挤到墙上和冷水管上,维尔玛成了一个巨大的妓女;他一路逃到游泳池,跳到水里快速地游起来,将头埋在水里,什么也不想听见,什么也不想看见,他发疯似的摆动双腿、双臂和双脚,直到精疲力竭;当他停下来呼吸时,维尔玛已经是一个硕大无比的妓女。

然而还是比现在小太多了。现在车窗已再次关上,虽然他很平静,虽然他叫胡里乌斯,他的妈妈美丽动人,他很爱她,他们刚从机场回来,维尔玛仍然是一个妓女,大得仿佛一个巨人,而他除了向苏姗求救,已经别无他法。他感到自己被推向她,他趁势扑到她的怀里,搂住她的脖子,哭喊着:救救我!……把这个鬼东西从我身上拿走!……好像是个球!……巨大无比!……很重!……快要把我压扁了!……我感到窒息!……我很痛!……把维尔玛、妮尔达和辛缇娅都带走!……但是,什么也没有发生。什么也没有发生,胡里乌斯挺过来了,旅行车平淡无奇地到达了新宅。没有任何事情发生。

很难解释,也很难描述胡里乌斯是如何挺过那个时刻,若无其事地回到新宅的,这始终是个未解之谜。可以百分之百确定的是:他是苏姗的儿子,他刚刚从机场回来。当然,他知道在胡安·卢卡斯面前既不要闹事,也不要闹情绪,特别是在他一边等着苏姗更衣外出,一边趁机喝杯开胃酒的时候。关于这一点毋庸置疑,胡安·卢卡斯的生活必须要像他自己计划的那样有条不紊地进行,这样他才能永葆年轻。胡里乌斯挺过的那个时刻,举个例子,就好像一个人本想割脉,却把小刀递给你,"帮我拿一会儿,我这就回来取。"又或者一个正在逃跑的人,突然忘了自己为什么逃跑,并开始觉得自己强大起来,强大到停止了逃跑,他转过身,直视追赶他的人,向前迈出一步,追赶者顿感惶惑,常常因此错失良机,也莫名奇妙地开始逃遁。

他赶紧回到楼上自己的房间。可怜的维尔玛此时已经变成了像巨人一般大小的妓女,他正对着她的脸狠狠地将门关上,差点没要了她的命。紧接着,他动用一切想象力,最后证实了房间里确实没有别人;他深呼吸,闭上眼睛又睁开,最终证实了那个可怕的大球也被关在了门外,被刚才那一个突如其来的闭门羹完全震慑住了。

苏姗也回到了楼上自己的房间。她换着衣服,寻思着如何光芒四射地出现在胡安·卢卡斯的面前,要求他明天就带她去欧洲。这时,她突然想起刚才一进家门,胡里乌斯就匆匆地给了她一个吻,不觉有些愕然。可怜的苏姗左思右想，完全沉浸在思绪里，很快就弄错了香水。恍惚之间，她仿佛觉得胡里乌斯把什么递到她手里说："帮我拿一会儿，我这就回来取。"对，对，她知道该做什么了：她急切地想去找他，给他一个大大的吻，他一定在为哥哥的离开而感到悲伤，孩子们的心思真是怎么也猜不透。苏姗这就去找他，糟糕！她弄错了香水。"现在该怎么办？"她自言自语，浑身包裹在一股胡安·卢卡斯在下午六点之后不愿意闻到的香气中。

房间里一片漆黑，房门紧闭，胡里乌斯躺在床上，并不知道刚刚面临的是怎样一种危险。他已经挺过了那个艰难时刻，努力放松紧张的神经，呼吸渐渐恢复正常。他不知道苏姗差点就来还他一个吻，差点就使他的一切努力付之一炬。

那天晚上，所有人都在交谈。在厨房里，塞尔索、丹尼尔、管家婆、亚伯拉罕、玛丽娜（新来的洗衣女工，负责熨烫胡安·卢卡斯的衬衫）、卡洛斯以及乌尼韦尔索，在讨论圣迪亚哥少爷和他朋友的离去，以及他们的离去对胡里乌斯产生的影响。管家婆认为，胡里乌斯正是因为他们的离开才将自己关在房间里，整晚都没吃饭。鲍比也一样，他独自在宫殿的大餐厅里吃晚饭，一边和自己冲动的本能进行长时间的交谈：今天晚上睡个好觉，从明天开始闭关学习，一直到考试那一天。与此同时，在行驶的捷豹车里，苏姗身上不带一丁点胡安·卢卡斯在晚间拒绝闻到的香水味，轻而易举地说服了他。

"都依你，亲爱的……先去伦敦吗？还是马德里？"

"先去伦敦，亲爱的。"苏姗侧身回答，一边将伸出窗外的胳膊缩回来。在夜晚暖风的吹拂下，她的手臂仿佛一架飞机，正开往欧洲。"我们去欧洲吧。"每个字听起来都十分有说服力。

胡里乌斯也在谈话，那是一场在漆黑的房间里发生的漫长的对话，已渐近尾声。他躺在床上一动不动，没有丝毫躲避的可能。

"妈咪，请把存钱罐的钥匙给我。"

"好的，亲爱的，给你。"

苏姗刚把钥匙交给他，胡里乌斯就箭一般地离开了，因为那一刻和那个艰难时刻如此相似，鲍比就要粉墨登场了……

"胡里乌斯……抱歉，我骗你的。"

"谢谢，鲍比……"

"胡里乌斯，原谅我，那不是真的。"

"我知道了，鲍比，谢谢……"

"胡里乌斯……"

"呸！……"

"如果你把钥匙给我，我就告诉你今天晚上要和谁打炮！"

"给你钥匙，给你存钱罐……"

"拿着，胡里乌斯。还给你，我开玩笑的……"

"呸！……"

"胡里乌斯……抱歉！"

"谢谢你，鲍比……但那一切都是真的。"

"把手伸过来，胡里乌斯……"

"呸！……"

"如果你把存钱罐给我……"

"钥匙和存钱罐都给你，条件是你永远不要告诉我……"

"抱歉，胡里乌斯，我开玩笑的……我没想……"

"呸！……"

不能再这样下去了。如此自怜自艾，早晚会要了他的命。于是，胡里乌斯接受了所有他曾拒绝进行的交谈，之前他只保留了对鲍比或者对他自己而言更易于接受的部分。他仿佛再一次挺过了那个艰难时刻，不过，这一次将一劳永逸。时间一下子回到了几天之前，鲍比第一次对他说：

"如果你给我存钱罐，我就告诉你今天晚上要和谁打炮！"

他随即跑去问卡洛斯：

"打炮是什么意思？"

他甚至敢探身看向厨房内部，妮尔达正在完整地讲述维尔玛的故事。

他想自欺欺人，给鲍比安上拉法埃里托·拉斯塔里亚的面孔，但那是最后一次：他勇敢地做出回应，将表兄的脸换成了在机场回来的路上，坐在水星车里的鲍比心满意足的表情。终于，可以呼吸了。他感到如释重负，然而，夜色渐深，却迟迟不能入睡，眼前出现了一个巨大的空洞，深邃而黑暗……胡里乌斯无以填充，只能发出一声绵长而沉闷的哭泣，满满的全是疑问，这一点毫无疑问。

Alfredo Bryce Echenique
**Un mundo para Julius**
Copyright © Alfredo Bryce Echenique, 1970
This edition arranged with Agencia Literaria Carmen Balcells, S. A.
Simplified Chinese edition copyright 2023 by Shanghai Translation Publishing House
All rights reserved.

本书由上海文化发展基金会资助出版

图字:09-2021-057 号

图书在版编目(CIP)数据

胡里乌斯的世界/(秘)阿尔弗雷多·布里斯·埃切尼克著;毛频译. 一上海:上海译文出版社,2023.12
ISBN 978-7-5327-9466-9

Ⅰ.①胡… Ⅱ.①阿… ②毛… Ⅲ.①长篇小说-秘鲁-现代 Ⅳ.①I778.45

中国国家版本馆 CIP 数据核字(2023)第 231902 号

胡里乌斯的世界
[秘鲁]阿尔弗雷多·布里斯·埃切尼克 著 毛频 译
责任编辑/刘岁月 装帧设计/张志全工作室

上海译文出版社有限公司出版、发行
网址:www.yiwen.com.cn
201101 上海市闵行区号景路 159 弄 B 座
启东市人民印刷有限公司印刷

开本 890×1240 1/32 印张 14.5 插页 2 字数 350,000
2023 年 12 月第 1 版 2023 年 12 月第 1 次印刷
印数:0,001—6,000 册

ISBN 978-7-5327-9466-9/ Ⅰ·5923
定价:78.00 元

本书中文简体字专有出版权归本社独家所有,非经本社同意不得转载、摘编或复制
如有质量问题,请与承印厂质量科联系. T:0513-83349465